LE CYCLE DE GUILLAUME D'ORANGE

Dans Le Livre de Poche
« Lettres gothiques »

LA CHANSON DE LA CROISADE ALBIGEOISE.
TRISTAN ET ISEUT (Les poèmes français - La saga norroise).
JOURNAL D'UN BOURGEOIS DE PARIS.
LAIS DE MARIE DE FRANCE.
LA CHANSON DE ROLAND.
LE LIVRE DE L'ÉCHELLE DE MAHOMET.
LANCELOT DU LAC.
LANCELOT DU LAC (tome 2).
FABLIAUX ÉROTIQUES.
LA CHANSON DE GIRART DE ROUSSILLON.
PREMIÈRE CONTINUATION DE PERCEVAL.
LE MESNAGIER DE PARIS.
LE ROMAN DE THÈBES.
CHANSONS DES TROUVÈRES.

Chrétien de Troyes :
LE CONTE DU GRAAL.
LE CHEVALIER DE LA CHARRETTE.
EREC ET ENIDE.
LE CHEVALIER AU LION.
CLIGÈS.

François Villon :
POÉSIES COMPLÈTES.

Charles d'Orléans :
RONDEAUX ET BALLADES.

Guillaume de Lorris et *Jean de Meun :*
LE ROMAN DE LA ROSE.

Alexandre de Paris :
LE ROMAN D'ALEXANDRE.

Adam de la Halle :
ŒUVRES COMPLÈTES.

Antoine de La Sale :
JEHAN DE SAINTRÉ.

Louis XI :
LETTRES CHOISIES.

Dans la collection « La Pochothèque »
Chrétien de Troyes :
ROMANS.

LETTRES GOTHIQUES

Collection dirigée par Michel Zink

LE CYCLE DE GUILLAUME D'ORANGE

ANTHOLOGIE

Choix, traduction, présentation et notes de Dominique Boutet.
Extraits des éditions de J.-L. Perrier, E. Langlois,
D. McMillan, Cl. Régnier, C. Wahlund et H. von Feitlitzen,
A.-L. Terracher, F. Guessard et A. de Montaiglon, M. Barnett,
G. A. Bertin, W. Cloetta.

Ouvrage publié avec le concours du Centre National du Livre

LE LIVRE DE POCHE

Dominique Boutet, ancien élève de l'Ecole normale supérieure, est professeur à l'univeristé de Picardie-Jules Verne (Amiens). Il a publié en particulier *Les Fabliaux* (P.U.F., 1985), *Charlemagne et Arthur ou le roi imaginaire* (Champion, 1992), *La Chanson de geste, forme et signification d'une écriture épique du Moyen Age* (P.U.F., 1993) et, en collaboration avec Armand Strubel, *Littérature, politique et société en France au Moyen Age* (P.U.F., 1979) et *La Littérature française du Moyen Age* (P.U.F., coll. Que sais-je ?, n° 145).

© Librairie Générale Française, 1996, pour la traduction,
la présentation et les notes.

INTRODUCTION

D. Madelénat, dans son ouvrage de synthèse sur l'épopée[1], distingue, aux côtés du « modèle mythologique » du *Kalevala* ou de l'épopée indienne et du « modèle homérique » dont l'action se déroule sur terre mais où les dieux et les hommes vivent dans deux univers imbriqués, un « modèle historique médiéval » qui englobe la chanson de geste française et l'épopée germanique. Les chansons de geste sont sans doute les productions épiques les plus proches, en effet, des réalités historiques. L'univers du mythe, qui les a précédées, s'y trouve intégré presque systématiquement à une problématique proprement politique, au point que la religion elle-même s'y trouve soumise : la grande affaire, le plus souvent, est la lutte contre les musulmans, dénommés généralement « païens » ou « Sarrasins ». Les chansons en font évidemment une affaire de foi. Mais il est clair, surtout dans le cycle de Guillaume dont nous proposons ici de larges extraits, que ces adversaires du christianisme sont avant tout des envahisseurs, qu'il faut rejeter des territoires qu'ils occupent indûment ou qu'ils cherchent à conquérir : Espagne, où ils sont installés depuis le VIIIe siècle et d'où la *Reconquista* s'efforce de les rejeter depuis le milieu du XIe siècle, Midi de la France (la Septimanie carolingienne, devenue pour l'essentiel comté de Toulouse, la Provence rhodanienne avec Orange et Arles), Italie du Sud. Les chansons de geste sont, à cet égard, les thuriféraires d'une politique méditerranéenne qui transcende le plus souvent les particularismes : la cour du Charlemagne épique est tantôt à Aix-la-Chapelle, tantôt

---

1. D. Madelénat, *L'Epopée*, Paris, PUF, 1986.

à Paris, et l'idée impériale qui s'y représente n'est pas celle qui oppose, en ce XIIe siècle, les intérêts français aux intérêts germaniques. C'est ici que la dimension religieuse retrouve toute sa force et son efficacité : face à l'envahisseur, c'est l'unité de la foi qui assure la victoire, dans la *Chanson de Roland* comme dans *Aliscans*. Tel est l'horizon politique majeur de ce sous-genre épique : il est inséparable, en ses débuts et au moins pendant un long siècle, de l'idée de croisade qui est à l'œuvre dans la réalité historique et qui ne cesse d'aller d'échec en échec[1].

L'investigation politico-historique des chansons de geste se fait aussi plus précise, et s'intéresse au fonctionnement des institutions : exercice de la souveraineté royale, bonne marche des relations féodo-vassaliques. La seconde moitié du XIIe siècle est marquée, en France, par une volonté continue des rois de mieux contrôler leurs terres et d'y instaurer un pouvoir réel, en même temps que d'accroître leur influence territoriale. Au début de ce siècle, le domaine royal ne dépasse guère Orléans, et l'entourage politique d'un Louis VI, par exemple, est formé presque exclusivement de seigneurs d'Ile-de-France : on est bien loin du temps de Charlemagne, dont le pouvoir s'étendait (en principe plus qu'en réalité, d'ailleurs) à l'Europe entière. A chaque succession, le nouveau roi, pourtant associé au trône quelques années avant la mort de son père, doit affronter des rebellions de vassaux qui veulent sinon le renverser, du moins marquer les limites de son pouvoir. Des chansons de geste mettent en scène ces luttes entre des barons soucieux d'indépendance, ou à l'amour-propre chatouilleux, et le roi épique qui est alors plus souvent Charlemagne que Louis. L'idée de croisade peut être alors complètement oubliée, et ne reparaître qu'à la fin de l'œuvre, comme une sorte de *deus ex machina*, comme on le voit dans *Girart de Vienne*. Le thème de la faiblesse royale, génératrice d'injustices, est développé d'une façon particulièrement virulente dans le cycle de Guillaume, dès le *Couronnement de Louis*, où s'opposent les deux types structurels de Charlemagne, vieillissant mais digne et conscient des devoirs d'un roi, et son fils Louis, encore adolescent, à qui les responsabilités

---

1. *Cf.* P. Alphandéry et A. Dupront, *La Chrétienté et l'idée de croisade*, Paris, Albin Michel, 1959 (2 volumes).

du pouvoir font peur. Cette image du *puer*, héritée sans doute de la rhétorique des historiens antiques plus que des réalités historiques du règne de Louis le Pieux, est traitée dans cette chanson à la manière d'un *topos*, et le roi, à la fin de l'œuvre, ajoutera l'ingratitude à la lâcheté. Malheur à la ville dont le prince est un enfant ![1]

Le *Charroi de Nîmes* surenchérit : lors d'une grande distribution de fiefs, Louis sert largement tous ses vassaux, mais il oublie Guillaume, à qui il doit pourtant d'être roi et qui a brisé ses ennemis. L'altercation qui se produit alors entre le roi et le héros n'a d'égale, dans tout le genre épique ou presque, que celle qui oppose ces mêmes protagonistes à Laon dans la seconde partie de la *Chanson de Guillaume* et dans *Aliscans*. Le *topos* de la faiblesse et de l'ingratitude de Louis est désormais fixé, et devient un vrai *topos* de cycle. Les œuvres postérieures du cycle se croient presque toutes obligées d'y sacrifier : il n'y a guère qu'à la fin de l'épisode de Synagon, dans la seconde rédaction du *Moniage Guillaume*, que l'on voit Louis mener une guerre et rendre possible la libération de son vassal. Il est vrai que les œuvres postérieures à *Aliscans* font peu intervenir le roi de France : le *Moniage Rainouart* l'ignore (sauf lors de brèves allusions à l'ancienne situation de Rainouart aux cuisines) ou voit fugitivement en lui un justicier efficace, prompt à exiler un criminel[2]. Ces chansons ont changé de fonction : leur rôle est de divertir plus que d'approfondir une approche socio-politique, et le goût prononcé qu'elles affichent pour la reprise inlassable de thèmes à succès comme le combat par champions, où s'introduit d'ailleurs un intérêt marqué pour le bizarre (Loquifer et sa massue face au tinel de Rainouart, le monstre Chapalu, le *travail* de Gadifer, sorte de char blindé insolite), la multiplication des épisodes comiques ou merveilleux, sont le signe d'une transformation de l'esthétique qui est liée à une profonde mutation de la fonction des chansons de

---

1. Sur cette question, *cf.* notre article : «La pusillanimité de Louis dans *Aliscans* : idéologie ou *topos* de cycle ? (topique, structure et historicité)», *Le Moyen Age*, à paraître en 1996-97. **2.** C'est ce que prétend l'abbé de Brioude, criminel mal repenti qui a subi les rigueurs de la justice royale (éd. cit., v. 3383-3386).

geste dans la société médiévale, mutation dont les manuscrits cycliques, par leur existence même, portent témoignage.

La chanson de geste entre oralité et écriture

Le texte épique existe, au Moyen Âge, sous deux formes qui ont été longtemps indissociables : la *chanson* et le *roman*. Le terme de *roman*, au XIIe et au XIIIe siècle, désigne moins un genre particulier qu'un mode d'expression linguistique : la langue romane (l'ancien français), par opposition à la langue savante, le latin. Cette langue nouvelle accède progressivement au statut littéraire qui était jusque-là réservé au latin. Les premiers « romans » (*Roman de Brut*, *Roman de Thèbes*, *Roman d'Enéas*) se présentent en effet comme des adaptations d'œuvres latines plus ou moins anciennes. Mais le mot *roman* va progressivement se charger d'un sens dérivé. Ces œuvres, en effet, même si elles étaient lues à voix haute dans des cercles fermés (en famille, ou entre amateurs, par exemple), n'existaient que par l'écrit, et le lecteur se bornait à lire le manuscrit qu'il avait sous les yeux. Un *roman*, c'est donc aussi un texte *écrit*. C'est ainsi que certains jongleurs – donc des professionnels de l'oralité – se vantent d'être les seuls à connaître la bonne version de la chanson de geste qu'ils sont en train de proférer, parce qu'ils en possèdent *le roman*, c'est-à-dire le texte écrit[1]. Dès le XIIIe siècle, les manuscrits contenant des chansons de geste, y compris les manuscrits cycliques qui ne contiennent aucun autre type de textes, peuvent s'orner de miniatures : de tels ouvrages étaient à l'évidence destinés à la délectation solitaire ou en petit groupe, à la lecture individuelle. La fonction du texte est devenue une fonction proprement littéraire, ou du moins, une telle fonction coexiste avec sa fonction originelle.

Celle-ci était en effet très différente. Qui dit *chanson* dit oralité. Le Moyen Âge n'a jamais été, bien évidemment, une civilisation d'oralité pure, comme ont pu l'être et le sont encore quelquefois les sociétés africaines. Peu de médiévistes croient encore que les chansons de geste qui nous sont parvenues ont

---

1. Ainsi, dans l'un des manuscrits de la chanson de *Gaydon*, qui appartient au « cycle du roi » : *Mais je la sçay dès le commencement/ Jusquà la fin, car j'en ai le rommant* (éd. de F. Guessard et S. Luce, Paris, Vieweg, 1862, variantes du ms. c, p. 342).

connu une phase purement orale, pendant laquelle les jongleurs restituaient par l'improvisation un texte dont ils ne connaissaient que le canevas, transmis par les générations antérieures, et auquel ils savaient redonner chair et vie grâce à des moyens stéréotypés caractéristiques de leur art. Sans doute une situation analogue s'est-elle produite quelquefois pour nos *textes* : ainsi le manuscrit D du cycle de Guillaume donne de la *Prise d'Orange* une version manifestement affectée par une transmission purement mémorielle, sans appui écrit. Mais, précisément, la philologie en fait la constatation, et se montre capable de distinguer cette version des autres, de l'isoler comme un fait inhabituel. Nous ne pouvons, dans le cadre étroit de cette introduction, rouvrir un débat qui a sévi pendant des décennies, et qui présente d'autant moins d'intérêt scientifique qu'il porte sur des réalités par définition insaisissables[1]. Il reste que si la transmission des œuvres se faisait pour l'essentiel par l'écrit, leur « consommation » était inséparable d'une situation d'oralité : celle que P. Zumthor a appelée la « performance » jongleresque[2]. C'est cette situation de communication, de publication orale des œuvres, qui justifie très largement l'usage qui est fait de moyens stéréotypés, bien plus que la nécessité pour les jongleurs de disposer de moyens mémoriels universels pour improviser sur un canevas.

Les moyens techniques sur lesquels se fonde le style propre aux chansons de geste contribuent à mettre en place une écriture stylisée et une esthétique de la répétition. L'expression des cellules narratives se fait la plupart du temps au moyen de formules stéréotypées (dont chacune connaît un nombre parfois important de variantes), associées le plus souvent selon des schémas récurrents qui constituent autant de motifs rhétoriques ; ceux-ci se définissent donc comme le croisement entre stylisation et stéréotypie. Leur retour fréquent au cours du texte (motif rhétorique de l'attaque à la lance, du panorama vu d'une fenêtre

---

1. Pour une vue plus complète de cette question, *cf.* par exemple J. Rychner, *La Chanson de geste, essai sur l'art épique des jongleurs*, Genève, Droz, 1955 ; M. Delbouille, « La chanson de geste et le livre », *La Technique littéraire des chansons de geste*, Actes du colloque de Liège, Paris, Belles Lettres, 1959, p. 295-409 ; D. Boutet, *La Chanson de geste, forme et signification d'une écriture épique du Moyen Age*, Paris, PUF (coll. Ecriture), 1993. **2.** P. Zumthor, *Introduction à la poésie orale*, Paris, Seuil, 1983.

ou d'un tertre, de la prière dite « du plus grand péril », etc.) contribue à imprimer à celui-ci un rythme répétitif, qui peut se rapprocher de l'effet stylistique de l'incantation. Cette esthétique trouve son couronnement dans la technique des laisses similaires et des laisses parallèles. Deux laisses sont dites similaires lorsqu'elles contiennent les mêmes cellules narratives, développées au moyen de variations linguistiques autour de formules analogues (avec, bien entendu, la possibilité de faire varier la longueur et l'intensité des divers éléments constitutifs du motif). Le texte donne alors la sensation de piétiner sur place, puisque l'action ne progresse pratiquement plus : l'intensité du chant l'emporte sur la marche narrative, qu'il suspend. Ce procédé, dont les chanson de geste font un usage variable et toujours mesuré, souligne à quel point ce genre est tourné vers la célébration. Il s'agit en effet, dans ces œuvres (plus sensiblement au XIIe siècle que dans les siècles suivants), de célébrer en communauté, sur les grands lieux de rassemblement des foules (foires, carrefours, lieux de pèlerinage), les valeurs fondatrices de la civilisation qui les produit et les consomme : valeurs chrétiennes, valeurs féodales, valeurs guerrières sans lesquelles la communauté ne se sentirait pas protégée. Cette célébration peut, bien entendu, avoir un objet plus précis : entraîner vers la croisade, convaincre les princes que là est leur devoir, en mettant sous leurs yeux l'exemple des grands ancêtres du temps de l'Empire carolingien. Mais, plus généralement, la fonction de la chanson de geste est de ressouder cette communauté, de lui montrer que, quelles que soient les faiblesses des rois ou de l'aristocratie, il n'y a de salut que dans une dynamique centripète. Telle est la leçon que s'applique à donner le cycle de Guillaume d'Orange. A la fin du XIIIe siècle, Jean de Grouchy, dans son traité sur la musique, le *De musica* (il ne faut pas oublier que les chansons de geste étaient psalmodiées), expliquait que ces œuvres, comme les vies de saints, avaient pour but de montrer au peuple les souffrances endurées par la classe des guerriers pour le bien commun, et contribuaient ainsi à la cohésion de la Cité (*ad conservationem civitatis*). La chanson dit le vrai : non seulement elle a des prétentions historiques (même lorsqu'elle n'a aucun fondement de cette nature), mais encore elle trouve dans cette perspective historique son unique justification : elle contribue à faire un peuple.

Il n'y a pas de célébration sans fête. La chanson de geste, aussi longtemps qu'elle conserve des attaches avec sa fonction première, est le lieu de la fête épique. Comme l'a montré N. Andrieux à propos d'*Aliscans*[1], au cœur même des pires catastrophes, la joie demeure le sentiment dominant. Ce n'est pas la « joie » du roman courtois, ni celle du poète lyrique habité par la pensée de sa dame : c'est une joie sauvage, fondée sur le plaisir des coups et du sang, un enthousiasme horrifié devant les cervelles qui se répandent, les membres et les têtes qui volent, les yeux expulsés de leurs orbites. La *Chanson de Guillaume*, comme la *Chanson de Roland*, est remplie de ces exercices de style qui rappellent que derrière l'idéologie religieuse il y a un vieux fond barbare que l'on ne peut pas, que l'on ne veut pas renier. La mêlée est joyeuse (*fier estor* est souvent associé au verbe *(r)esbaudir*), les armes resplendissent au soleil et étincellent (ce sont les fameux *heaumes verts*, dont la couleur n'est plus que celle de leur éclat). Le drame, celui de Vivien ou, ailleurs, celui de Roland, se joue au milieu de cette fête, il en est inséparable. Il tire une bonne part de sa grandeur de cette atmosphère où les extrêmes se touchent quand le destin s'accomplit. Le combat est comme la chasse et le festin : la chair de la vie aristocratique. Il est marqué par la vie, le déploiement de l'énergie vitale. C'est précisément cette énergie qu'accumulent, pour mieux la libérer, les successions empilées de décasyllabes dont la césure est toujours identique, les répétitions de formules et de motifs, les laisses similaires et les enchaînements entre les laisses. Ainsi, la chanson de geste forme un tout : elle célèbre la vie d'un peuple, sa vitalité, sans laquelle il ne se sentirait pas grand.

Lorsque la véritable fiction, celle du roman arthurien, des fées, de l'insolite, des rebondissements cultivés pour le plaisir, pénètre dans les œuvres, une époque nouvelle commence, et la chanson de geste entre en littérature.

Dès la fin du XIIe siècle, les chansons de geste se répartissent

---

[1]. N. Andrieux, « *Grant fu l'estor, grant fu la joie* : formes et formules de la fête épique », dans : *Mourir aux Aliscans*, études réunies par J. Dufournet, Paris, Champion (coll. Unichamp), 1993, p. 9-30.

en trois ensembles principaux, que la critique a baptisés cycles, et que les médiévaux appelaient *gestes* : la Geste du roi, la Geste de Guillaume (ou, du nom de son grand-père, de Garin de Monglane), la Geste de Doon de Mayence (ou des vassaux rebelles). Bertrand de Bar-sur-Aube définit leur ternarité, à ses yeux exhaustive[1], dans le prologue de son *Girart de Vienne* :

> N'ot que trois gestes en France la garnie ;
> Ne cuit que ja nus de ce me desdie.
> Des rois de France est la plus seignorie,
> Et l'autre après, bien est droiz que jeu die,
> Fu de Doon a la barbe florie,
> Cil de Maience qui molt ot baronnie (...)
> De ce lingnaje, ou tant ot de boidie,
> Fu Ganelon (...)
> La tierce geste, qui molt fist a prisier,
> Fu de Garin de Monglenne au vis fier (...)
> Lor droit seignor se penerent d'aidier (...)
> Crestïenté firent molt essaucier,
> Et Sarrazins confondre et essillier[2].

Au XIIIe siècle, la chanson de *Doon de Mayence* confirme cette classification, qui distingue à la fois trois familles, trois thématiques complémentaires, trois célébrations en lesquelles se résume l'histoire vivante de la France. Moins d'un siècle plus tard, des manuscrits commençaient à rassembler certaines de ces « gestes » et à donner ainsi une réalité matérielle à cette cohérence intellectuelle sur laquelle s'était fondé le développement de notre poésie épique en langue vulgaire.

---

1. En fait, il existe aussi une « geste » des Lorrains, une « geste » de Nanteuil ; mais elles se réduisent à quelques chansons, et on les intègre souvent dans le cycle des rebelles. 2. « Il n'y eut que trois lignées (célébrées) dans le puissant pays de France ; personne, je le sais, ne me contredira. Celle des rois de France est la plus haute en dignité ; la seconde, il est juste que je le dise, était celle de Doon de Mayence à la barbe fleurie, qui était un grand guerrier (...) ; à ce lignage, expert en tromperie, appartenait Ganelon (...) ; la troisième, qui était très digne d'éloges, était celle de Garin de Monglane au fier visage (...) ; ils mirent leur peine à soutenir leur seigneur légitime (...) ; ils couvrirent de gloire la chrétienté, et abattirent et détruisirent les Sarrasins » (éd. W. Van Emden, Paris, SATF, 1977).

La composition cyclique et l'organisation des manuscrits

La geste de Guillaume d'Orange est le modèle même de l'assemblage cyclique épique. Elle s'est constituée progressivement, autour d'un noyau ancien, par le rassemblement de chansons séparées ayant vécu d'une vie autonome avant leur regroupement[1], mais aussi au moyen de créations *ad hoc*, proprement cycliques, visant soit à établir un pont entre des œuvres mal ajustées (ainsi de la *Chevalerie Vivien*, qui prend place entre les *Enfances Vivien* ou la *Prise d'Orange* et *Aliscans* qui commence en plein cœur de la bataille et appelait donc une soudure, un raccord), soit à étendre la matière à la parenté du héros principal, Guillaume : histoire de ses parents (Aymeri), de ses collatéraux (ses frères ; Rainouart, son beau-frère ; Vivien, son neveu), de ses grand-parents (Garin de Monglane), des descendants non pas de Guillaume (qui n'a pas d'enfants) mais de ses collatéraux (Maillefer, le fils de Rainouart, puis Renier). Tout le lignage peut ainsi faire l'objet, potentiellement, d'une chanson particulière. Pour ses membres les plus illustres, les différentes étapes de leur vie peuvent être individualisées dans des chansons distinctes : *Enfances Guillaume, Enfances Vivien, Moniage Guillaume, Moniage Rainouart, Mort Aymeri de Narbonne*, etc. La période de la maturité de Guillaume est chantée dans de nombreuses chansons, centrées chacune sur un événement particulier (prise de Nîmes, d'Orange, débuts du règne de Louis le Pieux...). Le cycle s'est ainsi constitué et complété entre le XIIe et le XIVe siècle (*Enfances Garin de Monglane*).

Cependant la notion de cycle ne désigne pas simplement une matière, un ensemble de connexions thématiques autour de l'histoire d'un lignage qui, dans le cas présent, met son point d'honneur à repousser les Sarrasins au profit de la Couronne de France incarnée par un roi faible, Louis.

Le cycle, c'est d'abord un objet matériel : un ensemble de manuscrits « cycliques » qui rassemblent, chacun, tout ou partie de cette matière en une sorte de vaste roman dont chaque chanson devient une sorte de chapitre, et qui opèrent des classements dans cette matière. Les manuscrits imposent de distin-

---

[1]. Elles ont pu, avant le regroupement des manuscrits cycliques, former à quelques-unes un second noyau : ainsi du « petit cycle des Narbonnais ».

guer entre la « geste de Garin de Monglane », qui correspond à la plus grande extension du cycle, et des regroupements partiels dont la « geste (ou cycle) de Guillaume d'Orange » est le plus important.

Le cycle de Garin de Monglane comprend vingt-trois chansons (sans la *Chanson de Guillaume*) ; mais le manuscrit le plus développé n'en contient que dix-huit ; vingt de ces chansons figurent dans au moins un manuscrit cyclique. Le cycle de Guillaume proprement dit comprend dix chansons : les *Enfances Guillaume* (premiers exploits de Guillaume), le *Couronnement de Louis* (son activité aux débuts du règne de Louis), le *Charroi de Nîmes* (la conquête d'un fief sur les Sarrasins), la *Prise d'Orange* (conquête d'une ville et surtout d'une femme), les *Enfances Vivien* (la jeunesse romanesque du neveu), la *Chevalerie Vivien* (qui prépare la suite), *Aliscans* (qui relate la bataille où Vivien trouve la mort et introduit le personnage truculent de Rainouart, sans oublier pour autant le héros principal du cycle, Guillaume), la *Bataille Loquifer* (aventures épiques et romanesques de Rainouart et de son fils Maillefer), le *Moniage Rainouart* (Rainouart entre au couvent sans vraiment s'assagir), le *Moniage Guillaume* (la retraite de Guillaume et la construction de son ermitage). La *Chanson de Guillaume*, quant à elle, nous est parvenue isolément : elle n'a jamais été reprise dans un manuscrit cyclique, pour des raisons que nous évoquerons plus loin.

L'organisation de cette matière, à partir de chansons écrites à des époques différentes, a supposé des raccords, des remaniements ponctuels pour harmoniser des données parfois contradictoires. Elle est le fruit de plusieurs étapes, et la critique a pu distinguer plusieurs « noyaux cycliques » autour desquels s'est cristallisée la prolifération des œuvres.

Le noyau le plus ancien comprendrait le *Couronnement de Louis*, le *Charroi de Nîmes* et une version archaïque de la *Prise d'Orange*. Cette dernière devait contenir une deuxième partie, aujourd'hui perdue, où le Sarrasin Thibaut, époux d'Orable, revenait à la charge[1]. Sa disparition serait due à l'assemblage

---

1. Plusieurs œuvres contiennent des allusions à ce siège, en particulier la *Chanson de Guillaume*.

cyclique, car ce siège était devenu incompatible avec les données d'*Aliscans*.

Un autre noyau s'était constitué autour de la chanson des *Narbonnais* (on l'appelle parfois le petit cycle des Narbonnais) : il prend place au moment des « enfances » de Guillaume et comprend les chansons d'*Aymeri de Narbonne*, des *Narbonnais*, du *Siège de Barbastre* et de la *Mort Aymeri de Narbonne*; la chanson des *Enfances Guillaume* s'y superpose partiellement, ce qui prouve qu'elle n'appartient pas au même assemblage. On distingue également, mais cette fois à l'intérieur même du cycle de Guillaume proprement dit, un « cycle de Rainouart », de la fin du XIIe siècle, comprenant *Aliscans*, la *Bataille Loquifer* et le *Moniage Rainouart*. Mais ces petits cycles ne sont pas isolés dans les manuscrits.

Si l'on met à part le *Moniage Guillaume*, rejeté à la fin du cycle dans tous les manuscrits (sauf B1, qui est un manuscrit du « grand cycle »), les manuscrits du cycle de Guillaume entendu *stricto sensu* rapportent successivement les exploits de trois héros : Guillaume, Vivien, Rainouart. Or une chanson, et une seule, étroitement liée à la *Chanson de Guillaume*, se trouve à la jonction de ces sous-cycles et chante ces trois héros à la fois : *Aliscans*. Elle est aussi la plus littéraire à nos yeux de modernes, en dépit de sa tendance à multiplier avec une excessive facilité les exploits de Rainouart dont le public devait être friand. Elle n'est pas à l'origine de la compilation, bien entendu, mais elle en représente le centre de gravité. C'est autour d'elle que se cristallise la double thématique de l'échec et de la revanche, du drame et des illusions du comique, et que se résume ou se reflète le cycle tout entier.

Les manuscrits cycliques

Les chansons de geste du cycle de Guillaume nous sont parvenues dans douze manuscrits (sans compter quelques fragments). Sur ce nombre, quatre seulement contiennent la totalité des chansons : ce sont les mss A4 (Milan, Trivulziano 1025), B1 (British Museum Royal 20 D XI), B2 (BN fr. 24369-70) et C (Boulogne-sur-Mer, bibliothèque municipale 192); le ms. A1 (BN fr. 774) ne renferme pas la *Bataille Loquifer*; il manque à A3 (BN fr. 368) les *Enfances Guillaume*, au ms. D (BN fr. 1448) le *Moniage Guillaume*. Le manuscrit ars (Paris, Arsenal 6562) contient *Aliscans*, la *Bataille Loquifer*, le *Moniage Rainouart* et le *Moniage Guillaume I*. Seuls B1, B2 et D contiennent aussi[1] le « grand cycle », B1 étant le plus complet (dix-huit chansons).

Ce sont, pour la plupart, des manuscrits de bibliothèque, ornés de miniatures. Seul le manuscrit de l'Arsenal en est dépourvu[2], ce qui lui a valu d'être considéré comme un « manuscrit de jongleur », support de l'apprentissage des textes : c'est aussi le plus ancien, puisqu'on le date habituellement du premier quart du XIIIe siècle. Il comporte une particularité (qu'il partage avec le ms. C) : chaque laisse de décasyllabes se termine sur un vers plus court, de six syllabes, pourvu d'une terminaison féminine sans rapport avec la rime ou l'assonance de la laisse, que la critique a baptisé « vers orphelin » ou « petit vers ». On a longtemps pensé que ce procédé reflétait un état archaïque (souvenir d'un refrain), et que cette version était plus ancienne que les autres. On rencontre ce même procédé dans toutes les chansons du cycle d'Aymeri, et ce aussi bien dans les mss B1 et B2, qui n'en affublent pas les autres chansons, que dans le ms. C. Les travaux de M. Tyssens ont établi, à partir d'un examen serré de la tradition manuscrite et des tendances formulaires de ces petits vers dans le cycle d'Aliscans, que la présence du vers orphelin dans ce petit cycle est due à l'assembleur du manuscrit perdu, du début du XIIIe siècle, dont procèdent les mss C et ars : cet assembleur aurait cherché à embellir ces chansons par cette adjonction que les chansons du cycle d'Aymeri, composées pour la plupart vers la fin du XIIe siècle, avaient mise à la mode.

Dans ces constructions cycliques, on peut distinguer deux visées alternatives.

Une visée biographique d'abord, le cycle se présentant comme une sorte de roman qui relate les exploits du héros de son enfance jusqu'à sa mort : sur ce point, le cycle de Guillaume

---

1. Quatre autres manuscrits contiennent seulement tout ou partie du petit cycle d'Aymeri : British Museum Harleyan 1321, BM Royal 20 B XIX, BN fr. 1374 et BN nouv. acq. fr. 6298. **2.** Il en va de même pour le manuscrit F (BN fr. 2494), mais celui-ci ne contient que deux chansons (*Aliscans* et la *Bataille Loquifer*), et peut donc difficilement être considéré comme un manuscrit cyclique.

(entendu *stricto sensu*) ne rencontre aucun problème d'organisation interne, chaque chanson ayant une position chronologique évidente par rapport aux autres (ainsi, dans le *Charroi*, Guillaume n'a pas encore de fief et ne connaît pas encore Orable ; dans la *Bataille Loquifer*, Rainouart a un fils de la jeune Aélis, qu'il a rencontrée dans *Aliscans* ; les *Enfances* et les *Moniages* ont une position relative nécessaire, etc.). Rainouart apparaissant pour la première fois dans *Aliscans*, ses aventures ne pouvaient prendre place qu'en fin de parcours, après celles de Vivien et l'essentiel de celles de Guillaume (qui continue d'ailleurs d'intervenir). Deux problèmes seulement pouvaient se poser : où placer les *Enfances Vivien*, qui constituent une dérivation par rapport à la biographie principale, celle de Guillaume ? Aucune raison d'ordre chronologique n'obligeait à situer ce poème après la *Prise d'Orange* : seule sa position par rapport à *Aliscans* et à la *Chevalerie Vivien* était prédéterminée. Les raisons sont d'un autre ordre : la première est que, comme on l'a dit, la *Prise d'Orange* formait avec le *Couronnement* et le *Charroi* le noyau initial ; la seconde est que la biographie de Guillaume, de l'oncle par conséquent, demandait à avoir avancé, acquis de l'épaisseur temporelle, au moment où commençait celle du neveu. Il s'agit d'un souci d'ordre littéraire, qui repose sur une conception du temps qui est déjà une conception romanesque. Le second problème, théoriquement insoluble quant à lui, était celui de la place relative du *Moniage Rainouart* et du *Moniage Guillaume*. Ces deux héros appartiennent à la même génération, puisqu'ils sont beaux-frères. Or c'est un fait que tous les manuscrits sans exception les font suivre dans le même ordre. Là encore, la logique est d'ordre littéraire et non pas technique : les assembleurs ont tous voulu rassembler une « geste de Guillaume », et celle-ci, commençant avec ses *Enfances*, ne pouvait s'achever que sur son *Moniage*.

La seconde visée est d'ordre encyclopédique. Elle est le fait de trois manuscrits, B1, B2 et D, qui ont la volonté d'intégrer le cycle de Guillaume dans la durée d'un lignage dont le héros a été le représentant le plus digne de mémoire. B1, le plus complet, y parvient mal : ne sachant que faire du *Siège de Barbastre*, de *Guibert d'Andrenas*, de la *Mort Aymeri* et de *Foucon de Candie*, il les rejette à la fin, ce qui est absurde puisque Guillaume meurt à la fin du *Moniage* et qu'il est bien vivant dans tous ces textes. B2, en revanche, glisse en « incidence » le *Siège de Barbastre* et *Guibert d'Andrenas*, qui relatent les hauts faits de deux frères de Guillaume, au beau milieu des *Enfances Vivien* : l'organisation du manuscrit ne se soucie pas de l'ancienne autonomie des œuvres singulières. Le ms. D insère le *Siège de Barbastre* et la *Prise de Cordres* entre la *Prise d'Orange* et les *Enfances* Vivien. Le ms. B1 est plus classique, mais place les *Enfances Guillaume* en incidence au milieu de la chanson des *Narbonnais*, qui occupait le même espace chronologique. Les ramifications de la matière, de la « geste », sont donc bien un phénomène distinct de la confection d'un cycle, au sens matériel du mot.

Cette confection, on vient de le dire, n'hésite pas à malmener la singularité des chansons. C'est également le cas dans le cycle de Guillaume entendu *stricto sensu*, mais les choses se présentent ici d'une autre manière. Il s'agit non plus de scission mais de fusion. Ainsi, les frontières entre le *Couronnement de Louis*, le *Charroi de Nîmes* et la *Prise d'Orange* sont sujettes à variations. Dans la famille A, le passage du second à la troisième n'est marqué par aucune miniature, aucun signe distinctif : les deux textes n'en forment plus qu'un seul. Dans le ms. D, le *Couronnement de Louis* est réduit à environ trois cents vers et la frontière avec le *Charroi* n'existe plus. Dans les familles B et C, le *Charroi* est décomposé en deux chansons distinctes[1].

Toutes ces œuvres sont, en fait, dans l'état où elles nous sont parvenues, des remaniements. Ainsi, la *Prise d'Orange* que donnent nos manuscrits, et qui contient des éléments des plus anciens, est un remaniement du début du XIIIe siècle, en particulier dans la rédaction du ms. C, très marquée par l'influence courtoise : Cl. Lachet a montré que ce remaniement pouvait se définir comme la parodie courtoise d'une épopée. C'est également le cas d'*Aliscans*, qui est sans doute le chef-d'œuvre du cycle, et que l'on date de ces années 1180-1200 qui correspon-

---

[1]. *Cf.* N. Andrieux, « Au cœur du cycle », dans : *Comprendre et aimer la chanson de geste (à propos d'*Aliscans*), Feuillets de l'ENS Fontenay-St Cloud*, mars 1994, p. 15-16.

dent à une période d'activité intense dans le domaine de la poésie épique. Le *Girart de Vienne* de Bertrand de Bar-sur-Aube en est le témoignage le plus magistral, puisque cette œuvre présente à la fois un remaniement complet de la structure du *Girart* primitif (Bertrand ajoute un prologue et un épilogue), une modification importante des choix idéologiques (les torts sont reportés, pour une large part, du vassal au suzerain (alors que le Girart ancien était un rebelle jaloux de son indépendance), et une sensibilité certaine à l'influence courtoise (badinage amoureux entre Roland et Aude pendant le siège de Vienne, récurrence du thème dit de «l'ouverture printanière», issu de la poésie lyrique[1]). Or cette œuvre a marqué son époque, au point d'être encore mentionnée à la fin du XIIIe siècle dans le traité de Jean de Grouchy sur la musique[2]. Le remaniement est donc, dans ce cas, à la fois d'ordre narratif, idéologique, thématique et stylistique. Il en va de même pour *Aliscans*. Là encore, le texte antérieur a disparu. Pour *Girart de Vienne*, son contenu nous a été transmis par des résumés en latin ou en français qui prennent place dans des compilations diverses, généralement des chroniques qui prétendent rapporter l'histoire du règne de Charlemagne[3]. Pour *Aliscans*, il reste un témoin de l'état antérieur de la légende : la *Chanson de Guillaume*. Ces deux textes entretiennent cependant des relations de cousinage, et non de filiation, et ne se superposent pas exactement : *Aliscans* débute à un moment où la bataille fait rage, et élude ainsi le contenu de plusieurs centaines de vers de la *Chanson de Guillaume*. Il reviendra à la *Chevalerie Vivien*, composée postérieurement, de relater le commencement de la bataille, mais elle le fera en s'écartant radicalement des données de la *Chanson de Guillaume* : elle s'attache en particulier à mettre en scène le serment de Vivien de ne pas reculer de la longueur d'une lance devant

---

1. On appelle « ouverture printanière » l'évocation de la renaissance de la nature qui sert souvent de motif introducteur dans la poésie lyrique des troubadours et, plus tard, des trouvères du nord de la France. 2. Le *De musica* de Jean de Grouchy fait de Girart de Vienne le prototype des chansons à vers orphelin, c'est-à-dire dont les laisses s'achèvent par un vers plus court que les autres (hexasyllabique). *Cf. supra*. 3. C'est le cas de la *Chronique rimée* de Philippe Mousket (milieu du XIIIe siècle), qui, pour reconstituer l'histoire de Charlemagne, juxtapose des éléments tirés du Pseudo-Turpin et des résumés de chansons de geste.

les païens *(covenant Vivien)*, que la *Chanson de Guillaume* évoquait, sans le relater, comme un fait antérieur à l'action.

Près des origines : la Chanson de Guillaume.

Cette œuvre, on l'a dit, est extérieure au cycle, mais elle en est un peu la formule générative : c'est pourquoi nous en donnons de larges extraits en appendice. On la date généralement, sous sa forme actuelle, des environs de 1150, mais sa première partie est plus ancienne ; l'unique manuscrit qui nous l'a conservée, le manuscrit du British Museum additional 38663, est anglo-normand (comme celui du *Roland* d'Oxford) et date de 1225 : l'aire anglo-normande était conservatrice, ce qui explique que ce manuscrit livre un état littéraire qui pourrait remonter à plus loin encore (la critique a pu évoquer le début du XIIe siècle), alors que sur le continent les versions archaïques étaient remplacées par des remaniements mieux adaptés aux goûts nouveaux.

Cette chanson comprend deux parties, de ton très différent, entre lesquelles le lien est assuré par la présence de Guillaume d'une part, et par la continuité de la bataille de l'Archant d'autre part. La première (baptisée *G1*) s'achève au v. 1980 : *Or out vencu sa bataille Willame* ; Déramé, l'émir qui commande les Sarrasins, est mort (le petit Gui lui a coupé la tête), mais Guillaume n'a pas encore retrouvé le corps de Vivien. La seconde partie (baptisée *G2*) raconte la demande de secours adressée au roi Louis et la seconde bataille de l'Archant, au cours de laquelle s'illustre Rainouart, géant d'origine sarrasine qui s'avère être le frère de Guibourc (l'épouse de Guillaume), et qui manie avec autant de férocité que de cocasserie une arme de fortune, son *tinel* (un tronc d'arbre qui lui servait à transporter les seaux à la cuisine). Cette seconde partie est une adjonction (dite parfois *Chanson de Rainouart*), une continuation de la première, et sa rédaction est à coup sûr postérieure à celle de la *Prise d'Orange* primitive.

Outre la différence de ton entre *G1* et *G2* (tragique pour la première, héroï-comique et burlesque pour la seconde), on constate entre ces deux parties des incohérences. Au vers 925 (dans *G1*), Vivien a été massacré et son corps transporté à l'écart par des Sarrasins ; au vers 2031 (*G2*), il revient à lui le temps que Guillaume lui administre les derniers sacrements. L'eau bourbeuse et souillée de la source (v. 847) devient une eau limpide (v. 2011). Vivien connaît ainsi deux morts successives : l'une dans la solitude, l'autre accompagnée de l'affection de son oncle. Mais surtout Guillaume, dès le vers 2055, envisage un retour à Orange (son fief depuis la *Prise d'Orange*), alors que dans *G1* sa résidence était Barcelone. Nulle part, dans cette chanson, le champ de bataille ne se situe aux Aliscamps (près d'Arles), il s'appelle toujours l'*Archamp* ; originellement, ce théâtre des opérations se trouve en Catalogne. La chanson d'*Aliscans*, logique avec la nouvelle géographie provençale inaugurée par *G2*, rapprochera le champ de bataille du fief d'Orange, et l'associera à la plus vaste nécropole paléochrétienne du Midi, celles des Aliscamps.

Selon F. Suard, bien que le texte du manuscrit de Londres mette bout à bout deux modèles différents, « il a le mérite de nous laisser discerner un projet narratif d'ensemble sur la bataille de Larchamp, qui allait au-delà de la mort de Déramé et a fait très tôt place au personnage de Renouart »[1]. Selon J. Wathelet-Willem, le prototype de *G1*, baptisé *X, était centré sur la défaite de Guillaume devant Déramé, et il aurait ensuite été fusionné avec une chanson indépendante sur la mort du comte Vivien. Enfin, dans une autre étape, ce prototype *X aurait évolué en « chanson de Rainouart », sans Vivien. Le texte du manuscrit de Londres proviendrait de la fusion de ces deux évolutions différentes qui avaient donné séparément *G1* et *G2* : d'où les incohérences entre ces deux parties. Ce n'est là qu'une hypothèse. Elle a cependant le mérite de serrer d'assez près les différents événements historiques que l'on peut discerner à l'arrière-plan de la *Chanson de Guillaume*.

La Chanson de Guillaume *et l'Histoire*

On a pu rapprocher avec quelque vraisemblance l'action de *G1* d'événements survenus en 793 en Septimanie : une invasion arabe poussant jusqu'à Narbonne et Carcassonne. Le comte de Toulouse, Guillaume, ayant alors des troupes peu nombreuses,

---

1. *La Chanson de Guillaume*, éditée par F. Suard, Bordas, Classiques Garnier, 1991, Introduction, p. XX.

fut battu par les envahisseurs sur l'Orbieu, mais le choc avait été pour eux si sévère qu'ils ont préféré revenir sur leurs bases, en Espagne. Dix ans plus tard, en 803, Guillaume prend sa revanche : il s'empare de Barcelone et instaure la Marche d'Espagne, qui correspond approximativement à l'actuelle Catalogne. Le fils de Charlemagne, Louis, qui portait alors le titre de roi d'Aquitaine, dirigeait les opérations, sans faiblesse marquante.

Aucun Vivien, cependant, ne participait à ces affrontements. En revanche, il a existé un comte Vivien, abbé laïque de Saint-Martin de Tours, mort en 851 lors des combats engagés par Charles le Chauve contre les Bretons. Selon le *Chronicon* de Réginon de Prüm (rédigé en 906), Vivien avait été abandonné lâchement par Charles le Chauve, avait lui-même combattu héroïquement, et son corps était resté sans sépulture. On peut également noter que le comte Vivien était représenté, dans le volume de la Bible offert à Charles le Chauve, entouré des chanoines de Tours, en train d'offrir cet ouvrage magnifiquement illustré au roi. Or Saint-Martin de Tours est précisément ce monastère dans lequel le jeune roi Louis trouve refuge, dans le *Couronnement de Louis*, quand ses vassaux cherchent à l'éliminer, et c'est là que Guillaume le retrouve pour le sauver.

Selon l'hypothèse de J. Wathelet-Willem, la fusion des deux événements historiques, originellement sans lien entre eux, aurait pu se faire en Poitou, au XIe siècle. Vivien aurait pris alors la place initialement dévolue à Bertrand, l'autre neveu du Guillaume épique. Dans l'onomastique poitevine, en effet, apparaissent des couples de frères nommés Vivien et Guillaume dès les environs de 1070.

Ensuite s'est faite la liaison avec l'autre noyau, qui associait depuis longtemps Guillaume et Rainouart, dans une autre aire géographique : les couples de frères portant ces deux noms sont répandus dans l'onomastique de la région d'Arles dès l'an mil. La légende était ici celle du siège d'Orange (alors que pour le premier noyau, il s'agissait de Barcelone), et le Guillaume historique qui sert de prototype n'est plus le comte de Toulouse de la fin du VIIIe siècle : il s'agit de Guillaume le Libérateur, fils de Boson, comte d'Arles, qui avait remporté une victoire sur les Arabes en 983 et libéré l'abbé de Cluny que ces derniers avaient fait prisonnier. L'un des parents de cet abbé s'appelait Rainoardus. Ces événements pourraient être à l'origine du modèle commun à *G2* et à *Aliscans* (dont le nom même évoque Arles).

Deux textes anciens, en latin, dont le caractère littéraire (non historique) est indiscutable, évoquent l'existence de légendes épiques sur Guillaume dès la fin du Xe ou le début du XIe siècle. Le plus ancien est le *Fragment de La Haye*, écrit sans doute entre 980 et 1030. C'est un texte en prose latine, dérimage d'un poème épique riche en rhétorique. Il raconte une bataille entre chrétiens et Sarrasins, vraisemblablement autour de Narbonne. Aucun Guillaume n'est cité dans ce texte bref et fragmentaire, mais on y rencontre Charlemagne, Bernardus, Bertrandus Palatinus, Ernaldus, Wibelinus puer et, contre eux, le roi Borel. Tous ces personnages figurent dans la *Chanson de Guillaume* et dans *Aliscans*.

Le second texte est la célèbre *Nota Emilianense*, rédigée vers 1065-1075, qui relate en seize lignes l'expédition de Charlemagne contre Sarragosse et le désastre subi par son arrière-garde lors du passage des Pyrénées. On y a vu le plus ancien témoignage sur la *Chanson de Roland*. Sont mentionnés Roland, Bertrand, Ogier (dit «courte-épée», *Spata curta*), Olivier, Turpin, et un certain *Ghigelmus alcorbitanas* – qualificatif qui ne peut être d'origine latine, et que l'on analyse comme la transposition de l'ancien français *al corb nés* : le nez de Guillaume a donc été «courbe», bosselé, avant d'être «court». Nous y reviendrons.

Ces deux textes attestent donc l'existence d'une légende, au XIe siècle, qui liait Guillaume aux expéditions de Charlemagne en Espagne, ce qui marginalise les événements de Provence (Orange, Arles) dans le débat sur les origines de la légende de Guillaume «d'Orange».

Guillaume, héros épique

La critique a cru pouvoir convoquer seize Guillaume de l'histoire carolingienne pour expliquer la genèse du Guillaume épique – les héros épiques étant toujours, aux yeux de l'école dite «historique», des personnages syncrétiques. Il n'est cependant pas douteux que l'un d'entre eux, comme l'a montré J. Frappier à la suite de J. Bédier, a servi de support principal : ce

Guillaume, comte de Toulouse, dont nous avons déjà parlé, qui s'est retiré en 804 (et par conséquent avant le règne de Louis le Pieux) à l'abbaye d'Aniane, dans l'actuel département de l'Hérault, avant de fonder une filiale à Gellone (qui prendra plus tard son nom actuel de Saint-Guilhem-le-Désert), où il a vécu jusqu'à sa mort, en 812. Sa première épouse s'appelait Witburgh (Guibourc ?). C'est ce personnage que chantera, vers 1125, la *Vita sancti Wilhelmi*, composée à Gellone dans un souci de propagande monastique : cette *Vita*, postérieure aux premières créations épiques, identifie clairement le fondateur de cette abbaye au héros des chansons de geste.

Celui-ci possède trois traits distinctifs : son nez, son surnom, son rire.

Son nez est d'abord dit « courbe » : la *Chanson de Guillaume* dit toujours *al corb nés*, la *Nota Emilianense*, on l'a vu, l'appelle *alcorbitanas* ; un faux diplôme de l'abbaye de Saint-Yriex, élaboré vers 1090 dans l'intérêt de l'abbaye, comme cela était fréquent au Moyen Âge, évoque un Guillaume *curbinasus*. On remarquera que ce nez particulier était également à l'origine du surnom (Nasus) de Bernard de Septimanie – cette province où se trouvent Narbonne et Gellone –, fils de Guillaume de Toulouse. Ce n'est que plus tard que le nez *courbe* devient un nez *court* : le *Couronnement de Louis*, qui daterait du début du second tiers du XIIe siècle, donne une explication *a posteriori* du raccourcissement, en relatant le duel entre Guillaume et Corsolt, le géant sarrasin dont l'épée a tranché l'extrémité de l'appendice nasal du héros.

Le surnom de *Fierebrace* (c'est-à-dire « aux bras robustes ») apparaît dès la *Chanson de Guillaume* (*G1*). Il est pleinement exploité dès le *Couronnement de Louis*, où Guillaume apparaît comme *le* héros « capable de tuer par la seule vigueur de ses bras et de ses poings nus »[1] : il tue le traître Arnéis d'Orléans, dans une église et devant la cour rassemblée, d'un magistral coup de poing. Il incarne le type du héros aux poings gros et carrés, sur lequel nous reviendrons.

Le rire de Guillaume s'exprime principalement dans une formule récurrente (avec ses variantes stéréotypées) : *s'en a un ris*

---

1. J. Frappier, *Les Chansons de geste du cycle de Guillaume d'Orange*, Paris, SEDES, t. 1, 1955, p. 94.

geté, présente dès le *Charroi de Nîmes*. Dans la *Prise d'Orange* Bertrand craint que, même déguisé, son oncle ne soit reconnu par les Sarrasins : *Connoistront vos a la boce et au rire* (v. 338). J. Frappier voit dans ce rire éclatant un signe de vaillance, de franchise, de supériorité dans l'adversité, de mépris des bassesses, voire d'autodérision.

Faut-il voir derrière ces trois traits constitutifs une « belle création épique » (J. Frappier), différente du modèle qu'était Roland ? Une épopée héroï-comique, celle de Guillaume, s'opposerait-elle au type de l'épopée tragique, la *Chanson de Roland* ?

Une autre interprétation du héros a été proposée plus récemment par J.-H. Grisward[1]. Elle englobe, à vrai dire, tous les problèmes de génétique, de thématique et d'idéologie que posent sinon le cycle tout entier, du moins ses noyaux les plus anciens.

Une problématique indo-européenne

Ce critique s'intéresse au cycle dans son entier, à partir de la chanson des *Narbonnais*, qui se présente à nous comme un remaniement des environs de 1200 d'une chanson bien plus ancienne, et qui relate l'histoire de la succession d'Aymeri de Narbonne à travers un schéma de partage du monde analogue à un schéma attesté en Inde (*Mahabharata*, chants I et V) et en Iran (dans le *Shanameh*), et qui gravite autour des célèbres trois fonctions indo-européennes étudiées abondamment par G. Dumézil[2]. Comme on sait, selon cette idéologie qui remonte aux environs du deuxième millénaire avant J.-C., l'équilibre du monde requiert le concours harmonieux de trois fonctions (exercées ou non par des groupes sociaux différents) : la première correspond à la sphère du droit et de la religion (souveraineté magico-religieuse), la seconde à celle de la force physique et de la guerre, la troisième à celle de l'abondance, et par conséquent de la fécondité, de la richesse, de l'amour, du commerce. Cette trifonctionnalité a été appliquée par les

---

1. J.-H. Grisward, *Archéologie de l'épopée médiévale*, Paris, Payot, 1981. Cet ouvrage est entièrement consacré à la famille des Narbonnais. 2. Voir particulièrement, sur ce schéma, G. Dumézil, *Mythe et épopée II*, Paris, Gallimard, 1971, p. 251 sqq.

peuples indo-européens (dont les Latins, les Germains et les Celtes) à la compréhension de l'ensemble du cosmos.

J.-H. Grisward a montré que les sept fils d'Aymeri de Narbonne (les « Aymerides ») correspondaient, par couples, et avec leur sœur la reine Blanchefleur, à cette structure. Le système fonctionne dans tous les domaines : organisation des personnages, lieux (la Gascogne, à l'ouest, correspond à l'exercice de la première fonction, l'Espagne, au sud, à celui de la seconde, la Lombardie, à l'est, à celui de la troisième), fonctions qu'Aymeri exige de Charlemagne pour ses trois fils qu'il envoie à la cour (Bernard doit être « conseiller de la chambre », Guillaume gonfalonier de l'armée, Hernaut sénéchal, chargé des vivres), caractères spécifiques (qu'ils soient moraux, physiques ou biographiques).

Ainsi, sur le deuxième niveau fonctionnel, qui nous intéresse plus particulièrement, la coexistence de Guillaume et d'Aïmer correspondrait à la complémentarité entre deux types de guerriers germaniques, l'un, « héros de Thôrr » (Guillaume), l'autre « héros d'Odhinn » (Aïmer). Les trois caractéristiques principales de Guillaume (le rire, le surnom, le nez bosselé ou raccourci), ainsi que son caractère de faiseur de rois et de protecteur de la royauté (*Couronnement de Louis*), appartiennent précisément à ce système fonctionnel. Ainsi, le « héros de Thôrr » se reconnaît à sa taille prodigieuse, son physique ingrat (souvent marqué par une bosse ou une mutilation au visage), un appétit prodigieux, un rire énorme, un mode de vie plutôt citadin ; c'est un tueur à mains nues *(Fierebrace)*, cogneur, solitaire, spécialiste de la bataille rangée ; son activité s'exerce principalement de jour et à l'intérieur du royaume, il affronte des monstres (géants par exemple, comme Corsolt), le moteur principal de son action est la défense de la royauté. Le « héros d'Odhinn » représente l'exact envers de ce tableau : il est de taille normale, son physique est avenant ; sa nourriture est frugale, son abord farouche, il préfère les lieux sauvages ; c'est un tueur armé, qui court la campagne, un meneur de troupe (Aïmer est toujours accompagné d'un petit groupe de guerriers), spécialiste de la guerilla ; il agit de préférence la nuit, à l'extérieur du royaume (en Espagne dans le cas d'Aïmer) ; les ennemis qu'il affronte sont toujours des humains ordinaires, et le moteur principal de son action est la défense du lignage. Le premier type correspond en Grèce à Hercule, le second à Achille.

Quant à la reine Blanchefleur, elle correspondrait à une déesse féminine de troisième fonction, que le comparatisme indo-européen laisse précisément attendre à la place que la sœur des « Aymerides » occupe effectivement dans la *Chanson de Guillaume* et dans *Aliscans*. La légende de Starcatherus, rapportée par Saxo Grammaticus dans les *Gesta Danorum*, présente un épisode analogue à celui du déchaînement de Guillaume contre Blanchefleur dans la scène dite « de Laon » dont nous donnons de larges extraits dans cette anthologie : or Starcatherus est une sorte d'Héraklès du Nord, un « héros de Thôrr ». Ce personnage mythique, excédé par les scandales de la cour du roi Ingellus, se présente sous un déguisement et se voit traité sans égards ; il refuse alors de manger et s'attaque au roi, qu'il accuse de vivre dans la mollesse et les ripailles, au lieu de venger son père naguère assassiné par le père de la reine. Comme celle-ci intervient, le héros se déchaîne contre elle : il l'accuse de vivre dans le luxe et la luxure, la traite de fornicatrice, de « dévote du vice », la taxe de goinfrerie. Ingellus prend alors conscience de sa faute, et réagit en tuant ses beaux-frères. Le parallélisme avec la scène de Laon est frappant, si l'on excepte la motivation de l'action (le meurtre du père du roi), transposée ici en invasion sarrasine.

La mythologie nordique présente par ailleurs, au troisième niveau fonctionnel, un couple masculin (Njördhr et Freyr, parallèles aux jumeaux Romulus et Rémus, aux Dioscures Castor et Pollux, aux Ashvins de l'Inde) et une déesse, sœur et épouse de Freyr, Freyja[1]. Or Freyja est considérée elle aussi comme un être débauché, se livrant à une sexualité débridée. J.-H. Grisward peut ainsi conclure que « la parfaite adéquation d'une Blanchefleur sensuelle, lascive et voluptueuse à cette représentation rend clairement lisible la sœur scandaleuse des Aymerides qui s'interprète aisément (...) comme la transposition romanesque de la figure féminine jointe dans la mythologie germanique aux dieux des trois fonctions »[2]. C'est donc bien la

---

[1]. Il existe un schéma analogue dans l'Inde védique. [2]. J.-H. Grisward, *op. cit.*, p. 244-245.

totalité de la famille d'Aymeri de Narbonne qui provient du monde pré-chrétien.

Cela n'est pas sans conséquence au regard de la question de la genèse des textes épiques du Moyen Âge. La découverte de J.-H. Grisward entraîne en effet, du moins pour les chansons en question, un renversement complet de perspective. La geste ne se serait plus constituée progressivement, par syncrétisme entre des personnages historiques de diverses provenances, rassemblés ensuite par le hasard des transmissions orales et des déplacements géographiques : « Au commencement était la *structure* »[1]. Une structure très ancienne, pré-carolingienne, en quête de noms, et qui a rencontré l'histoire carolingienne parce qu'alors se posait le problème du partage de l'Empire (IXe siècle). Guillaume et ses frères – et sa sœur – sont nés ensemble à l'épopée. Le cycle de Guillaume, et singulièrement la *Chanson de Guillaume* et *Aliscans*, plongeraient donc leurs racines dans la plus vieille littérature et les plus vieux schémas idéologiques d'explication du monde de notre continent. La référence indo-européenne permettrait également de rendre compte des étrangetés du personnage d'Hernaut de Gironde (de Gérone, en Catalogne), que J. Frappier dépeint comme « un bouffon victime de sa jactance », dont le nom signifie « ribaud » : mauvais garçon, querelleur et... roux, et cependant de grande valeur, fort et hardi. Pourquoi ce portrait contrasté, contradictoire ? J.-H. Grisward a justement retrouvé là la figure de Keu, le sénéchal du roi Arthur : ces deux anti-héros seraient en fait des héros de troisième fonction, homologues du Loki scandinave[2], qui a pu être rapproché, par ailleurs, du *trickster* du folklore, auquel le Renart (le roux...) du *Roman de Renart* emprunte également bien des traits. L'histoire carolingienne ne serait donc pas primitive : elle ne ferait que se superposer à des structures préexistantes, dont elle aurait favorisé, par des convergences thématiques et idéologiques, la résurgence.

---

1. J.-H. Grisward, « Epopée indo-européenne et épopée médiévale : histoires ou Histoire ? », *Perspectives Médiévales*, 1982, p. 126. **2.** *Cf.* G. Dumézil, *Loki*, 2e éd., Flammarion, 1986.

La création littéraire : registres, convenances, innovations

Le cycle de Guillaume est caractéristique des tendances générales des chansons de geste françaises ; son élaboration visible couvrant plus d'un siècle et demi, il permet également de saisir les grandes lignes de l'évolution du genre. Bien plus : ses chansons ont plus d'une fois précédé cette évolution, donnant le signal de nouveaux départs.

La première partie de la *Chanson de Guillaume* baigne dans une lumière voisine de celle de la *Chanson de Roland*. Le personnage de Vivien, quels qu'aient pu être ses « modèles » historiques, peut d'abord être envisagé comme une création rhétorique. La relation de neveu à oncle qui l'unit à Guillaume rappelle le lien entre Roland et Charlemagne ; avec le même Guillaume, il représente l'opposition/complémentarité de la *fortitudo* et de la *sapientia* (particulièrement dans *Aliscans*, où une laisse entière est consacrée à la célébration de la sagesse de l'oncle) : c'était déjà le cas de Roland et d'Olivier. La mort de Vivien, dans la solitude (*G1*), est plus épurée encore que celle de Roland ; plus encore que celle-ci, elle est calquée sur le modèle de l'agonie du Christ, comme l'a montré J. Frappier[1]. Ainsi, le héros invoque le souvenir du Christ et de sa Passion lorsqu'il jure fidélité absolue à ses compagnons (*Ne vus faldrai pur destresce de mun cors*, v. 313) ; plus tard, dans son agonie, il boit de l'eau salée et souillée (v. 838-867), et l'on songe alors au « calice » que le Christ souhaitait voir s'écarter de lui au Mont des Oliviers, puis à l'éponge imbibée de vinaigre qui lui a été tendue sur la Croix (Matthieu, 27, 48). Le thème de la soif (v. 841) est à rapprocher de la cinquième des sept dernières paroles du Christ, *sitio*. Enfin, Vivien, dans une invocation à la Vierge, demande d'abord à être épargné, puis se ravise : il ne peut implorer pour lui-même ce qu'elle n'a pas fait pour son Fils (v. 813-824). Son sacrifice est ainsi pleinement assumé, comme celui du Christ : « Non pas ce que je veux, mais ce que tu veux » (Matthieu, 26, 39).

Ce héros christique est-il touché, en bon héros épique, par la démesure ? Sur ce point, le cycle a évolué d'une façon significative. Vivien, dès *G1*, fait le vœu de ne jamais reculer devant

---

1. J. Frappier, *op. cit.*, p. 192-196.

les païens. Dans cette chanson, il est encore raisonnable : il jure de « ne jamais fuir par crainte de la mort » (v. 293), et, à la différence de Roland à Roncevaux, il n'est nullement responsable du désastre[1]. Toutefois, au moment où l'agonie approche, Vivien évoque son vœu de ne pas fuir « de la longueur d'un pied » (v. 810, v. 903) : c'est cette dernière spécification, marquée par la démesure, que retiendront *Aliscans* et la *Chevalerie Vivien*. On peut estimer, avec J. Frappier, que la mention de « la longueur d'un pied », dans *G1*, est une surenchère vers l'absolu, à un moment où le sacrifice total ne peut plus avoir d'incidence sur l'issue des combats.

Aliscans choisit de juxtaposer les trois types de héros chrétien qu'elle reçoit de la tradition : Vivien, le martyr ; Guillaume, le saint qui conquiert le paradis grâce à sa sagesse ; Rainouart, l'élu par excellence, choisi en raison même de sa naïveté, comme Perceval, néophyte marqué par l'évidence de la foi. Le héros épique peut être ainsi un modèle pour tous, et entraîner vers la croisade les personnalités, les vocations, les plus diverses[2], en même temps que distraire son public en multipliant, plus que ne le faisait *G2*, les facéties de Rainouart.

L'importance de la dimension comique est, de fait, une caractéristique du cycle de Guillaume. D'autres œuvres, au XIIIᵉ siècle surtout, la manieront à leur tour (*Jehan de Lanson* en est un bon exemple[3]). Mais c'est ici qu'elle apparaît inséparable de l'écriture. Le *Charroi de Nîmes* et *G2* en sont les témoignages les plus anciens ; le remaniement de la *Prise d'Orange*, un demi-siècle plus tard, conduira ces tendances jusqu'à la parodie[4]. Sans que la dimension épique soit encore entamée, le cycle propose une esthétique radicalement différente de celle du « cycle du roi » inauguré par la *Chanson de Roland*. Là encore, les thèmes comiques tirent leur origine d'un passé lointain. A côté du rire de Guillaume, « héros de Thôrr », le personnage de

---

1. On se souvient que dans le *Roland*, le héros, en refusant de sonner du cor lorsqu'il en était encore temps, avait provoqué le massacre de Roncevaux. 2. *Cf.* sur cette question notre article, « *Aliscans* et la problématique du héros épique médiéval », *Feuillets de l'ENS Fontenay-St Cloud*, mars 1994 (*Comprendre et aimer la chanson de geste*), p. 47-62. 3. *Cf.* D. Boutet, « *Jehan de Lanson* » : *technique et esthétique de la chanson de geste au XIIIᵉ siècle*, Paris, Presses de l'Ecole normale supérieure, 1988. 4. Cl. Lachet, *La Prise d'Orange ou la parodie courtoise d'une épopée*, Paris, Champion, 1986.

Rainouart, l'homme des cuisines, renvoie au monde du folklore. G. Paris, Runeberg et d'autres l'ont rapproché de héros de contes populaires, spécialement des « héros des contes slaves qui restent longtemps étendus sur le poêle jusqu'à ce qu'un jour leur force prodigieuse se révèle et leur héroïsme »[1] et du « Gaite-tison », qui reste accroupi dans les cendres de la cheminée. Sa stupidité, son manque de mémoire font songer à Jean le Sot. Mais G. Paris l'a comparé également à Héraklès : brutal, grossier, gros mangeur, armé d'une massue – le fameux *tinel*, arme improvisée faite d'un tronc d'arbre, perche destinée à transporter des seaux sur les épaules[2]. On peut aussi le rapprocher du type de l'homme sauvage, de l'« homme de mai » du folklore, appuyé sur sa massue et incarnant les forces de la régénérescence du printemps, ou des structures carnavalesques étudiées par M. Bakhtine[3]. Les liens que Rainouart entretient avec le folklore pourraient expliquer le « côté peuple » que la critique lui a souvent reconnu[4]. Son histoire même suit un thème de conte populaire, celui de Cendrillot (version masculine de Cendrillon) : « un jeune homme méprisé de tous finit par obtenir l'estime universelle et la main d'une princesse »[5]. D'autres traditions ont pu jouer aussi dans la définition de ce personnage voué aux cuisines et au foyer : le *topos* des cuisines se rencontre dans la littérature latine depuis l'Antiquité tardive, et fleurit à l'époque carolingienne[6].

Le cycle de Guillaume n'est pas resté non plus insensible aux influences celtiques, si importantes pour les romans arthuriens contemporains. Mais les épisodes intéressés par cette influence

---

1. *Cf.* J. Frappier, *op. cit.*, p. 228. **2.** J. Runeberg (*Etudes sur la Geste de Rainouard*, Helsingfors, 1905, p. 132) a rapproché cette massue de celle de Siegfried, que la cathédrale de Worms prétendait posséder. **3.** J.-P. Martin, « Le personnage de Rainouart, entre épopée et carnaval », *Feuillets de l'ENS de Fontenay-St Cloud*, mars 1994, p. 75-86. **4.** Ainsi A. Adler, « The composition of the *Chanson de Guillaume* », *Modern Philology*, XLIX, 1951-52, p. 163, voyait en Rainouart un représentant des classes populaires face à l'aristocratie guerrière. **5.** J. Runeberg, *op. cit.*, p. 145, n. 1. **6.** Ainsi, dans un poème du IXe siècle, un abbé nommé Ebolus embroche des guerriers. Orderic Vital, dans son *Historia ecclesiastica*, mentionne un certain Harcheritus, *regis franciae coquus et miles insignis* (« cuisinier du roi de France et remarquable guerrier »). Selon saint Augustin et Isidore de Séville, Nabuzardan, capitaine de Nabuchodonosor qui a pris Jérusalem (2 Rois, 25, 8-12), était un cuisinier.

sont généralement considérés comme l'œuvre de remanieurs[1]. Dans la *Bataille Loquifer*, qui est la chanson la plus marquée par le style arthurien, Rainouart, endormi sur une plage, est enlevé par des fées qui l'emportent dans l'île d'Avalon, illustrée depuis longtemps par le *Roman de Brut* de Wace : un lieu arthurien par excellence, où Rainouart rencontre le roi breton défunt. Il doit alors combattre un monstre qui a l'apparence d'un chat gigantesque, Chapalu – qu'Arthur lui-même affrontera dans un roman en prose du milieu du XIIIe siècle, que la critique a coutume d'appeler la *Suite-Vulgate du Merlin*. L'univers épique et l'univers du roman se conjoignent un instant. Mais Chapalu est précisément un personnage issu des traditions celtiques, qui connaissent ce thème de la lutte d'un héros et d'un chat enchanté. Peut-être faut-il y voir une transposition d'un élément de mythologie germanique, ingéré par les Celtes à l'occasion de leurs contacts avec le monde scandinave : le combat qui oppose le dieu Thôrr et le chat géant d'Utgard, qui dissimule sous une apparence féline le Serpent de Midgard ; J. Runeberg note la ressemblance entre Rainouart et Thôrr (« le dieu à la massue, grand buveur, grand mangeur ») d'une part, et entre Chapalu et le Serpent d'autre part (« tous deux monstres à la fois infernaux et aquatiques, et tous deux apparaissant sous des formes variées »[2]) : or Rainouart, comme Guillaume, est un héros du type d'Héraklès, un « héros de Thôrr » selon la typologie indo-européenne. On sait par ailleurs que le roi Arthur, après sa mort, résidait dans l'Etna selon certaines légendes rapportées par Gervais de Tilbury dans ses *Otia imperialia*, et la *Bataille Loquifer*, comme le *Moniage Rainouart*, sont peut-être d'origine sicilienne : cette île, comme Naples, était à l'époque de la rédaction de ces chansons au pouvoir des Normands qui y entretenaient une cour brillante, en contact étroit avec le monde arabe.

Le merveilleux occupe une place importante dans le cycle : si le baume utilisé par Loquifer pour guérir ses blessures (et, dans un geste éminemment courtois, celles de son adversaire, Rainouart) rappelle celui dont dispose le sarrasin Fierabras dans

---

1. C'est l'opinion de M. Tyssens, *La Geste de Guillaume d'Orange dans les manuscrits cycliques*, Paris, Belles Lettres, 1967, p. 273-278. **2.** J. Runeberg, *op. cit.*, p. 99.

son duel contre Olivier[1], et si le corps meurtri de Vivien, dans *Aliscans*, dégage spontanément cette odeur de rose et de lys qui caractérise les corps saints dans l'hagiographie, les enchantements d'Orange déclenchés par Orable la magicienne dans les *Enfances Guillaume* et les sirènes de la *Bataille Loquifer* appartiennent à un tout autre registre. Très répandues dans l'art, très présentes dans le folklore gallois[2], elle entretiennent, elles aussi, des relations avec la Sicile : la sirène-poisson, qui se distingue depuis le VIIIe siècle de l'antique sirène-oiseau qui avait menacé l'équipage d'Ulysse, pourrait être née d'une confusion avec Scylla, le monstre qui hantait le rocher du même nom (et associé à Charybde), décrit par Virgile dans l'*Enéide* (III, v. 426-432), et localisé dans le détroit de Messine[3]. Quant aux fées, si elles sont les lointaines héritières des *Fatae* antiques[4], leur domaine littéraire est très largement le domaine dit « breton » : romans arthuriens et, plus encore, lais narratifs. C'est donc une sorte d'univers celtique de pacotille que s'efforce de reconstituer la *Bataille Loquifer*, à une époque où le genre épique cherche à se renouveler en ingérant des thèmes à succès caractéristiques d'autres genres. Rainouart, qui retrouve en Avalon Roland, auprès de Gauvain, d'Yvain et de Perceval, devient en même temps un nouvel Énée, admis à rencontrer les ombres célèbres : Dante, conduit par Virgile, le verra à son tour dans le paradis. Ce héros reste en tout cas, dans la totalité du cycle, l'innocent qui craint Dieu et mesure mal sa propre force : le *Moniage Rainouart*, après les exploits comiques et terrifiants du *tinel* répétés à l'envi dans *Aliscans*, joue sur cette alliance des contraires dans l'épisode où l'on voit le héros s'irriter devant le silence d'un crucifix et massacrer des moines effarés.

La veine comique et l'épanchement de la tendresse sont sans doute les caractères les plus significatifs du cycle : décalage de

---

1. *Fierabras*, éd. Krœber et Servois, Paris, Vieweg, 1860, p. 3-46. 2. Ainsi de la Morforwyn, sirène à allure de phoque, gardienne du troupeau des vagues. Thomas de Cantimpré, dans son *De Natura rerum* (1228), donne des sirènes une description analogue. 3. Le *Liber monstrorum* établit en effet ce rapprochement entre l'apparence physique de Scylla et les sirènes. Sur ces dernières et l'évolution de leur morphologie depuis l'Antiquité, *cf.* E. Faral, « La queue de poisson des sirènes », *Romania*, t. 74, 1953, p. 433-506. 4. L. Harf-Lancner, *Les Fées au Moyen Age*, Paris, Champion, 1984.

registres dans le *Charroi de Nîmes* et dans la *Chanson de Guillaume*, tendresse comique de Rainouart pour son *tinel*, tendresse réciproque de Guillaume et de Rainouart pour Guibourc dans *Aliscans*, sensibilité de Rainouart devant la détresse de la sirène dont il aurait voulu abuser dans la *Bataille Loquifer*, émotion désespérée de la mère de Vivien dans les *Enfances Vivien*. L'esthétique ainsi proposée est celle d'une humanisation aussi complète que possible de l'univers épique, et tend à s'écarter du modèle historique proprement dit ; l'héroïsme lui-même baigne dans une lumière plus familière (si l'on excepte du moins la mort de Vivien dans *G1*, mais dans *G1* seulement). La chanson de geste, ici, semble ne plus obéir à aucune règle, et les liens entre le ciel et la terre semblent souvent passer au second plan – même si Dieu est loin d'être absent. D'autres chansons de la fin du XIIe siècle et du XIIIe siècle connaissent évidemment des configurations analogues, mais c'est dans le « cycle de Guillaume » que le mélange des genres et l'aplatissement du tragique se font avec le plus de naturel. Le rire de Guillaume, on l'a vu, faisait sans doute partie des caractères définitoires du « héros de Thôrr » : la transposition du mythe en épopée engendrait ainsi un registre spécifique, qui pouvait donner lieu ensuite à des développements relativement autonomes, à l'ambiguïté féconde. Rainouart, beau-frère de Guillaume, est en quelque sorte son double : il se charge de tout ce qu'un grand baron français ne pouvait représenter sans faire tomber la geste dans la parodie ou la pure bouffonnerie, il représente la pointe extrême qui peut s'avancer dans la zone des interdits sans que la convention épique minimale, celle du grandissement héroïque, soit vraiment transgressée. A cet égard, il n'est pas seulement un personnage carnavalesque : il introduit la subversion carnavalesque au cœur des valeurs épiques, sans pour autant remettre en cause leur souveraineté. Guillaume, dans son *Moniage*, commence à faire de même : mais sa retraite dans un ermitage et sa victoire finale sur le diable sont bien le signe du rétablissement de l'ordre épique, inséparable de l'ordre divin.

L'aboutissement du cycle : la mise en prose

Vers la fin du Moyen Âge, alors que l'on travaille encore au remaniement de certaines chansons de geste comme *Renaut de*

Montauban, *Ami et Amile* ou *Jehan de Lanson*, une mode nouvelle se développe : celle du dérimage, de la mise en prose des poèmes épiques. Le cycle de Guillaume a donné ainsi naissance à un roman en prose, qui n'a pas encore été publié dans sa totalité. Deux manuscrits contiennent la version complète de l'œuvre : le ms. BN fr. 796 et le ms. BN fr. 1497, et plusieurs manuscrits en donnent des fragments ou des versions partielles. Le ms. BN fr. 1497 rapporte en 549 folios les événements contenus dans treize chansons du grand cycle : *Aymeri de Narbonne*, les *Narbonnais*, les *Enfances Guillaume*, le *Couronnement de Louis*, le *Charroi de Nîmes*, la *Prise d'Orange*, le *Siège de Barbastre*, les *Enfances Vivien*, la *Chevalerie Vivien*, *Aliscans*, la *Bataille Loquifer*, le *Moniage Rainouart* et le *Moniage Guillaume*. Une sélection, on le voit, a été opérée parmi les chansons du cycle d'Aymeri, mais toutes celles du cycle de Guillaume ont été retenues. Cependant la mise en prose s'accompagne d'une révision systématique du récit. La thématique de l'amour, déjà très présente dans l'histoire de Guillaume et d'Orable, est encore renforcée ; les noces de Louis et de Blanchefleur font l'objet d'un épisode, alors que le *Couronnement de Louis* se bornait à les mentionner. Pour les *Enfances Vivien*, des épisodes guerriers sont ajoutés, en même temps qu'une attention particulière est accordée aux relations entre Vivien et la bourgeoise qui l'a recueilli. Les aspects politiques, qui relevaient d'une historicité qui était celle du XIIe siècle, sont généralement évacués. Ainsi, dans les chapitres qui correspondent au *Charroi de Nîmes*, la longue scène qui oppose Guillaume à Louis est réduite à trois paragraphes dont la tonalité n'a rien de conflictuel.

La mise en prose n'accorde pas plus d'importance au merveilleux, au contraire : le combat de Guillaume contre le géant ou l'extermination par Dieu des serpents et de la vermine qui peuplent le lieu choisi par Guillaume pour y établir son ermitage (*Moniage Guillaume II*) sont supprimés, de même que le duel avec Chapalu (*Bataille Loquifer*) : le romanesque arthurien a paru incongru, à moins que l'auteur de la mise en prose ait disposé d'une copie de le chanson de geste dépourvue de cet épisode dont la critique estime qu'il n'appartenait pas à la version primitive.

Mais, surtout, il fallait transformer une compilation cyclique en un roman continu. Certes, dans les manuscrits cycliques, les remanieurs avaient déjà assuré des transitions. Mais les poèmes gardaient la plupart du temps leur individualité, et des miniatures contribuaient à en souligner les contours. Dans la mise en prose, le texte est d'une parfaite continuité. F. Suard, qui est l'auteur de la seule étude d'envergure sur ce *Roman en prose de Guillaume d'Orange*, constate que « le lecteur se trouve en face d'un récit bien construit », dont l'organisation est « rigoureuse et efficace »[1]. Cependant, il remarque que l'opération de mise en prose conduit à un résultat bâtard : la structure des poèmes est une structure lyrico-épique, qui demeure étrangère au procédé de construction romanesque le plus généralement répandu, celui de l'entrelacement. La perte des effets épiques produits par le style formulaire et par l'utilisation des motifs rhétoriques n'est pas compensée par la création d'une réalité proprement romanesque. Quelles que soient les réussites stylistiques et les efforts déployés pour donner vie aux personnages, la mise en prose souffre finalement d'une évolution du goût qui tendait à se lasser de l'écriture caractéristique des chansons de geste, sans pour autant se désintéresser de leur matière.

---

1. F. Suard, *Guillaume d'Orange, étude du roman en prose*, Paris, Champion, 1979, p. 186-187.

NOTE SUR LES ÉDITIONS UTILISÉES

Nous avons utilisé les éditions suivantes :

Enfances Guillaume, éd. J.-L. Perrier, Columbia University, New York, 1933 ;

Le Couronnement de Louis, éd. E. Langlois, SATF, 1888 ;

Le Charroi de Nîmes, éd. D. McMillan, Klincksieck, 1972 ;

La Prise d'Orange, éd. Cl. Régnier, Klincksieck, 1970 ;

Enfances Vivien, édition diplomatique par C. Wahlund et H. von Feitlitzen, Upsala/Paris, 1895, retranscrite par nos soins ;

La Chevalerie Vivien, éd. A.-L. Terracher, Champion, 1909 ;

Aliscans, éd. F. Guessard et A. de Montaiglon, Paris, A. Franck, 1870 ;

La Bataille Loquifer, éd. M. Barnett, Medium Aevum Monographs, new series VI, Society for the Study of Mediaeval Languages and Literatures, Oxford, 1975 ;

Le Moniage Rainouart, éd. G.A. Bertin, SATF, Paris, Picard, 1973 ;

Le Moniage Guillaume, éd. W. Cloetta, SATF, 1906 ;

Chanson de Guillaume, éd. D. McMillan, SATF, 1949.

Les contraintes éditoriales ne nous ont pas toujours permis de choisir l'édition la plus récente, qui est souvent, en l'occurrence, la meilleure. Quant à refaire nous-même le travail d'édition des textes, cela n'eût eu aucun sens dans le cadre d'une anthologie. Pour *Aliscans*, nous aurions pu suivre l'édition critique composite de Halle ; nous avons préféré, malgré sa moindre qualité, l'édition de 1870, parce qu'elle suit (sauf lorsqu'elle veut combler une lacune) le manuscrit de l'Arsenal qui donne la version à vers orphelin : celle-ci est introuvable dans le commerce. Pour les *Enfances Vivien*, nous avons choisi de suivre, parmi les manuscrits synoptiques édités par Wahlund et von Feitlitzen, le ms. BN fr. 1448, dont la qualité est reconnue. Nous avons résolu les abréviations selon l'usage et corrigé les bévues manifestes du copiste. Nous avons adopté une numérotation continue, qui diffère donc de celle de l'édition synoptique; toutefois, pour rendre le repérage aisé, nous avons conservé la numérotation synoptique pour le premier vers de chacun de nos extraits de cette œuvre.

Pour la traduction, nous nous sommes efforcé à la brièveté, que favorise en principe l'usage du vers libre. Nous sommes resté aussi proche que possible de l'ancien français, sans chercher à trouver des équivalents modernes des *realia* du Moyen Âge : nous avons conservé le haubert, le heaume, le bliaut, termes qui figurent, au demeurant, dans le Littré. La brièveté nous a conduit en plus d'un endroit à négliger des nuances marquées par de petits adverbes ou des pronominaux à valeur particulière : il nous a paru préférable, dans le cadre de ce volume, de privilégier le rythme : n'est-ce pas lui, avant tout, qui caractérise la « geste » ?

Enfin, nous remercions les éditions Klincksieck de nous avoir autorisé à publier des extraits du *Charroi de Nîmes* et de la *Prise d'Orange*.

INDICATIONS BIBLIOGRAPHIQUES

La bibliographie critique sur les chansons de geste est immense, et le cycle de Guillaume, avec les problèmes et l'intérêt soulevés par des chansons comme le *Couronnement de Louis*, la *Chanson de Guillaume* ou la *Prise d'Orange*, y occupe une large place. Nous avons donc choisi de n'indiquer ici que les ouvrages, à l'exclusion des articles publiés dans des revues. Le lecteur peut se reporter au *Bulletin bibliographique de la Société Rencesvals*, qui paraît annuellement aux éditions Nizet, ainsi qu'au manuel bibliographique de Robert Bossuat.

AUTRES ÉDITIONS DES CHANSONS DU CYCLE

Outre les éditions dont nous avons reproduit des extraits :
– *Enfances Guillaume*, éd. par P. Henry, Paris, SATF.
– *Couronnement de Louis*, éd. E. Langlois, deuxième édition, Champion (Classiques français du Moyen Âge).
– *Couronnement de Louis*, éd. Y. Lepage, Genève, Droz, 1978 (édition d'après tous les manuscrits).
– *Charroi de Nîmes*, éd. J.-L. Perrier, Champion (Classiques français du Moyen Âge), 1931.
– *La Prise d'Orenge, according to ms. A1..., with Introduction* by Blanche Katz, New York, King's Crown Press, 1947.
– *Aliscans*, Kritischer Text von Erich Wienbeck, Wilhelm Hartnacke und Paul Rasch, Halle, 1903 ; Genève, Slatkine-reprints, 1974.
– *Aliscans*, éd. Cl. Régnier, Champion (Classiques français du Moyen Âge), 1990 (2 vol.).
– *La Bataille Loquifer*, éd. J. Runeberg, 1913.

– *Le Moniage Rainouart*, éd. P. Bianchi de Vecchi, Pérouse, 1980 (*Collana di Filologia Romanza*, 2).

– *La Chanson de Guillaume*, éd. et traduite par J. Wathelet-Willem, *Recherches sur la Chanson de Guillaume*, Paris, 1975, t. 2.

– *La Chanson de Guillaume*, éd. de F. Suard, Bordas (Classiques Garnier), 1990.

TRADUCTIONS EN FRANÇAIS MODERNE

– *Couronnement de Louis*, traduction d'A. Lanly, Champion, 1969.

– *Charroi de Nîmes*, traduction de F. Gégou, Paris, 1971.

– *La Prise d'Orange*, traduction de Cl. Lachet et J.-P. Tusseau, Paris, 1986.

– *Aliscans*, traduction de B. Guidot et J. Subrenat, Champion, Traductions des Classiques français du Moyen Age, 1991.

OUVRAGES SUR LA CHANSON DE GESTE

Typologie des sources du Moyen Age occidental, fasc. 49 : *L'Epopée*, Turnhout, Brepols, 1988.

La Technique littéraire des chansons de geste, actes du colloque de Liège, Paris, Belles Lettres, 1959.

J. BÉDIER, *Les Légendes épiques*, Paris, 1908-1913 (4 vol.).

F. LOT, *Etudes sur les légendes épiques françaises*, Paris, 1958.

J. RYCHNER, *La Chanson de geste, essai sur l'art épique des jongleurs*, Genève, Droz, 1955.

M. DE RIQUER, *Les Chansons de geste françaises*, Paris, 1957.

D. MADELÉNAT, *L'Epopée*, Paris, PUF, 1986.

J.-P. MARTIN, *Les Motifs dans les chansons de geste*, Lille, 1992.

D. BOUTET, *La Chanson de geste, forme et signification d'une écriture épique du Moyen Age*, Paris, PUF, 1993.

F. SUARD, *La Chanson de geste*, PUF, 1993 (coll. Que sais-je ?).

Ed. A. HEINEMANN, *L'Art métrique de la chanson de geste, essai sur la musicalité du récit,* Genève, Droz, 1993.

OUVRAGES SUR LE CYCLE DE GUILLAUME

Mourir aux Aliscans, études recueillies par J. Dufournet, Champion, 1993 (coll. Unichamp).

*Comprendre et aimer la chanson de geste (à propos d'*Aliscans*), Feuillets de l'ENS Fontenay-St Cloud*, mars 1994.

J. RUNEBERG, *Etudes sur la Geste de Rainouart*, Helsingfors, 1905.

J. FRAPPIER, *Les Chansons de geste du cycle de Guillaume d'Orange*, Paris, SEDES, 2 vol., 1955-1965.

Hommage à Jean Frappier, Les Chansons de geste..., t. 3, SEDES, 1983.

K.-H. BENDER, *König und Vassal*, Heidelberg, 1967.

M. MANCINI, *Societa feudale e ideologia nel Charroi de Nîmes* Florence, 1972.

M. TYSSENS, *La Geste de Guillaume d'Orange dans les manuscrits cycliques*, Paris, Belles Lettres, 1967.

Ph. MÉNARD, *Le Rire et le sourire dans le roman courtois en France au Moyen Age*, Genève, Droz, 1969 (un gros chapitre porte sur les chansons de geste).

J. WATHELET-WILLEM, Recherches sur la Chanson de Guillaume, Paris, Belles Lettres, 1975.

F. SUARD, *Guillaume d'Orange, étude du roman en prose*, Paris, Champion, 1979.

J.-H. GRISWARD, *Archéologie de l'épopée médiévale*, Paris, Payot, 1981.

B. GUIDOT, *Recherches sur la chanson de geste au XIIIe siècle, d'après certaines œuvres du cycle de Guillaume d'Orange*, Aix-en-Provence, 1986.

Cl. LACHET, *La Prise d'Orange ou la parodie courtoise d'une épopée*, Champion, 1986.

LES ENFANCES GUILLAUME

La chanson des *Enfances Guillaume* est une œuvre d'apparition tardive (XIIIe siècle), destinée à ouvrir le cycle sur le récit des premiers exploits du héros, en rendant ce récit (qui occupait déjà une partie de la chanson des *Narbonnais*) compatible avec le déroulement cyclique qu'il doit préparer. Les *Enfances Guillaume* sont une œuvre relativement brève pour son époque (3400 décasyllabes assonancés), dont elle partage cependant le goût pour le merveilleux : l'épisode des « jeux d'Orange », où Orable, la « dame », c'est-à-dire la maîtresse, d'Orange déploie ses talents de magicienne pour terroriser son futur époux, Thibaut d'Arabie, est justement célèbre. Le décor est celui d'un Orient de pacotille, dont la chanson dénonce les superstitions sur un ton mi-sérieux, mi-comique, et le héros, Guillaume, qu'il soit présent ou évoqué de loin, se détache nettement du groupe de ses frères – alors que les *Narbonnais* se présentaient comme la célébration d'un lignage.

Analyse du texte

Guillaume vient tout juste de quitter Narbonne pour se rendre à Paris (selon le schéma initial des *Narbonnais*), tandis que le roi d'Arabie Thibaut se dirige vers Orange dont il doit épouser la princesse sarrasine Orable. Le héros fait savoir qu'avant de rejoindre Charlemagne il veut se tailler un fief en pays sarrasin. Ainsi, il intercepte les ambassadeurs qui reviennent d'Orange, les déconfit et s'empare du cheval, Baucent, que la jeune femme adressait en cadeau à Thibaut. Le héros tombe amoureux de la Sarrasine sur sa réputation de beauté, tandis qu'elle même, sensible à l'exploit qu'il vient d'accomplir, nourrit un sentiment analogue à son égard. Elle le sauve d'une embuscade en lui faisant passer un message, et lui promet, sans l'avoir encore jamais vu, de devenir chrétienne et de l'épouser. Mais Thibaut précipite ses noces. Pour éviter que le mariage ne soit consommé, Orable déclenche et déchaîne les « jeux d'Orange », qui plongent les Sarrasins dans la terreur. Orable, en cherchant à préserver sa virginité pour celui qu'elle aime, se comporte ainsi comme Fénice dans le roman de *Cligès* de Chrétien de Troyes : elle devient une héroïne de roman.

Guillaume poursuit sa route vers la cour royale, où il fait grande impression. Apprenant que Narbonne est assiégée, il part la délivrer et réinstalle ses parents dans leur fief.

Les *Enfances Guillaume* ne sont donc rien d'autre qu'une chanson-prologue, dont l'intrigue principale, l'amour d'Orable et de Guillaume, ne connaîtra son plein accomplissement que dans la *Prise d'Orange*. Cependant, selon M. Tyssens, cette chanson a vécu d'abord d'une vie autonome : elle n'a pas été composée au moment de la mise en recueil du cycle. Elle s'achève en effet à Narbonne, le *Couronnement de Louis* commence à Paris, et les différents manuscrits cycliques imaginent dans chaque version une transition différente[1].

---

1. M. Tyssens, *La Geste de Guillaume d'Orange dans les manuscrits cycliques*, éd. cit., p. 419-420.

XXXVI

(...)
Paiein s'adoubent, la pute gens salvaige.
Mahonmet portent el chief de lor bataile
Por la cité et confondre et abatre.
Paiein i fissent une offrande si large ;
1520 Thiebaus offrit un boin mulet d'Arabe.
François le voient, formantes s'an esmaient.
Dame Ermanjars sospire fort et larme :
« Sainte Marie, soiez moi secourable.
He ! Aymeris, malemant esploitastes
1525 Kant a Nerbone voz trois anfans laisastes.
Mavais garans lor sereiz lai n'ait guare. »
Et li François dient li un as autres :
« Car voz sovigne d'Aymeri a la barbe
Et de Guillaume le sien fil Fierebraisce
1530 Ki est an France a Paris ou a Chartres.
A Pantecouste doit resevoir ses armes ;
Puis revanrait a mervillous bernaige ;
Trop vos donrait or et arjant et pailes,
Et murs d'Espaigne et auferranz de garde.
1535 Cent dehaiz ait ke por paieins s'esmaie. »
Il remonterent sus les murs a baitailes ;
Voient Mahon an mi leu de la place.
Environné l'ont paien d'un vert paile
Et devant lui trente lanpes ki ardent,   [77d]
1540 Et vint lanternes ke reluisent con braime,
A chieres pieres, mastices et stoupasce.
Tel clarté getent conme solois ke raie.

Destruction de la statue de Mahomet devant Narbonne

XXXVI

(...)
Les païens s'arment, cette mauvaise engeance barbare.
Ils portent la statue de Mahomet en tête de leur corps de
Afin de détruire et d'abattre la ville.   [bataille,
Les païens ont fait une généreuse offrande :
1520 Thibaut donna un bon mulet d'Arabie.
Voyant cela, les Français sont très effrayés.
Dame Hermengart soupire profondément et pleure :
« Sainte Marie, soyez-moi secourable !
Hélas ! Aymeri, vous avez été bien imprudent
1525 En laissant à Narbonne vos trois enfants !
Vous leur serez bientôt, là, un mauvais garant ! »
Et les Français disent entre eux :
« Souvenez-vous donc d'Aymeri le Barbu,
Et de Guillaume Fièrebrace, son fils,
1530 Qui est en France, à Paris ou à Chartres.
Il doit être armé chevalier à la Pentecôte,
Puis il reviendra avec une suite impressionnante.
Il vous donnera assez d'or, d'argent et d'étoffes de soie,
Des mules d'Espagne, des coursiers de haut prix.
1535 Maudit soit cent fois qui se laisse effrayer par les païens ! »
Ils remontent sur les murs crénelés,
D'où ils voient Mahomet au milieu des païens :
Ceux-ci l'ont enveloppé d'une étoffe verte ;
Devant lui brûlent vingt lampes,
1540 Et vingt lanternes jettent des feux comme des pierres
                                              [précieuses,
Avec des pierres fines, des améthystes et des topazes.
Elles répandent leur clarté comme un soleil rayonnant.

XXXVII

Conme Françoiz ont Mahonmet veü,
D'un vermoil paile environ portandu,
1545 Asseiz fut graindes d'un tonel de trois muis,
Dou millor or ki an Arabe fu,
Uns Sarrasins i antrait per conduit
Se ke li autre ne l'ont mie veü.
Kant il fuit anz si se dresçat el bu,
1550 Tiebaut d'Arabe fist venir devant lui
Et trente rois ki estoient seu dru.
A oelz parole por estre porseü :
« Chevaichiez, rois, dist il, tot a vertu.
Mar doutereiz, mais soiez asegur
1555 C'ancui areiz cele grant tor lasus
Et le palais ke ton ancestre fu. »
Thiebaus l'entant, grant joe en ait eü.
A Mahonmet ait son guaige tendu
K'il le croistrait de quatre mars ou plus
1560 Dou millor or ki an Araibe fu.
Cil prant le gan si l'ait sachié a lui.
Sarrasin cuident si soit per sa vertu.
Tuit se coucherent a terre contre lui,
Batent lor corpes si lor randent salus.
1565 Françoiz s'en gabent ki astoient as murs.
Dist l'uns a l'autre : « Cor lansons or a lui. »
Et il se firent a force et a vertu.
Lancent li lances et gitent pelz agus,
Pieres reondes et grans caillos cornus.
1570 Ainz ke paiein se fussent perceü,
Ot Mahonmez cent plaies voire plus.
Li colz li froise et li piz et li buis ;
Celui tuerent ki enz el cors li fui,
Et Mahonmez a la terre abatu.

XXXVII

Tandis que les Français voyaient Mahomet,
Tout enveloppé d'une soierie vermeille,
1545 Beaucoup plus grand qu'un tonneau de trois muids,
Fait du meilleur or de toute l'Arabie,
Un Sarrasin y entra par un conduit,
Sans se faire remarquer des autres.
Une fois à l'intérieur, il se dressa dans le buste,
1550 Et fit venir devant lui Thibaut d'Arabie
Et trente rois de ses amis.
Ils les interpelle pour qu'ils l'écoutent :
« Chevauchez, roi, dit-il, avec ardeur,
Ne craignez rien, soyez sûr de vous,
1555 Car vous prendrez aujourd'hui cette grande tour-là,
Et le palais qui appartenait à votre ancêtre. »
En entendant ces mots, Thibaut est tout joyeux.
Il tend son gage à Mahomet pour lui promettre
De lui faire une offrande de plus de quatre marcs
1560 Du meilleur or de toute l'Arabie.
Le dieu prend le gant et le tire vers lui :
Les Sarrasins y voient un effet de son pouvoir divin.
Tous s'étendent à terre devant lui,
Battent leur coulpe et le vénèrent.
1565 Les Français, qui étaient sur les murailles, s'en gaussent.
Ils se disent l'un l'autre : « C'est le moment de lui jeter des
Et ils s'y mettent de toutes leurs forces.   [projectiles ! »,
Ils lui envoient des lances, des épieux acérés,
Des pierres rondes et de gros cailloux pointus ;
1570 Avant que les païens y aient pris garde,
Mahomet avait reçu au moins cent blessures.
Son cou, et sa poitrine, et son buste se brisent.
Ils tuèrent celui qui s'était caché dans la statue,
Et Mahomet se trouva versé à terre[1].

---

1. Cette histoire paraît s'inspirer de la Bible, Daniel, texte grec, 14, 3-22 : la statue de Bel, à Babylone, est censée se nourrir chaque jour de quarante brebis, de vin et de fleur de farine ; le roi, Cyrus, vénère cette statue et demande à Daniel pourquoi il refuse de faire de même : « Tu ne crois pas que Bel est un dieu vivant ? Ne vois-tu donc pas tout ce qu'il mange et boit chaque jour ? » Après avoir répandu de la cendre sur le sol à l'intérieur de la statue et l'avoir scellée,

Enfances Guillaume

1575 Voit le Thiebaus, a poc k'il n'est fondu.
Il prant un pel ki a la terre jut,
Per mi le chief en ait Mahon feru
De maintenant quarante colz ou plus :
« He ! Mahonmet cent dehais aiez tu,
1580 Car tes vertus ne valent un festu. »
Paiein s'escrient : « Mavais rois, ke fais tu [78a]
Cant nostre deu laidanges et destruiz ?
Vez ke de pieres et de cailoz aguz :
Quatorze cher pais n'en moinroient pluix.
1585 Per traïson l'ont tué cil des murs ;
Il n'eüst garde c'il se fust perceü. »
Respont Thiebaus : « Mal nos est avenus,
Car Mahonmez est mors et confondus.
Ne firait mais miracles ne vertus. »
1590 Voit Ermanjart as fenestres des murs :
« Franche contesce, se li tieus Deus t'aüst,
Doneiz moi trues, quinze jors et nen pluis. »
Dist Ermanjars : « Si j'en iere aseür,
Livreiz m'ostaiges et jel vos donrai plus. »
1595 Thiebaus l'en livre quatre rois mescreüs :
Se il li tollent la monte d'un festu,
Ke li ostaige seront sempres pandu.
François les moinent en la grant tor lasus
Et Thiebaus est an son treif revenus.

XXXVIII

1600 Thiebaus appelle le roi Matrefalent
Et Airofle, Danebrun et Mordant :
« Bairon, dist il, a Mahon vos conmant.
Voz remainrés si gardereiz ma jant
Et la citeit et dariere et devant.
1605 Gardeiz n'i ait nul avaïssement.

A ce spectacle, Thibaut est effondré.
Il s'empare d'un épieu qui traînait par terre,
Et il en frappe Mahomet sur le crâne
Aussitôt, au moins quarante fois :
« Eh ! Mahomet, maudit sois-tu cent fois,
Car ton pouvoir ne vaut pas un fétu ! »
Les païens s'écrient : « Mauvais roi, que fais-tu,
A injurier et à détruire notre dieu ?
Vois toutes ces pierres, ces cailloux tranchants :
Quatorze chars n'en transporteraient pas plus.
Les ennemis, du haut des murs, l'ont tué traîtreusement.
Il n'aurait rien risqué s'il les avait aperçus. »
Thibaut répond : « Il nous est arrivé malheur,
Car Mahomet est mort et renversé,
Il ne fera plus jamais de miracle ni de merveille ! »
Il voit Hermengart aux fenêtres de la muraille :
« Noble comtesse, je t'en conjure par ton dieu,
Accorde-moi une trêve de quinze jours, sans plus. »
Hermengart lui répond : « Si j'ai des garanties,
Livrez-moi des otages, et je vous accorderai davantage. »
Thibaut lui livre alors quatre rois mécréants :
Si les Sarrasins prennent si peu que ce soit à la comtesse,
Les otages seront pendus sur-le-champ.
Les Français les conduisent en haut de la grande tour,
Et Thibaut est retourné à son pavillon.

XXXVIII

Thibaut convoque le roi Matrefalent,
Et Aérofle, Danebrun et Mordant :
« Barons, dit-il, que Mahomet vous garde !
Vous resterez pour protéger mes hommes,
Et pour surveiller la cité de tous côtés.
Veillez à ce qu'elle ne soit pas envahie.

---

le roi constate le lendemain que les prêtres s'y sont introduits de nuit par une entrée secrète et ont consommé les offrandes en famille. Cyrus, découvrant ainsi la supercherie, « les fit tuer, et il abandonna Bel à Daniel, qui renversa l'idole et son temple ». Cet épisode précède de peu l'histoire de Daniel jeté dans la fosse aux lions, qu'évoquent, dans les chansons de geste, un grand nombre de prières « du plus grand péril ».

Per Mahonmet ne per saint Tervagan
Ne per les deus ou la moie arme apant,
S'il i perdoient un soul denier vaillant,
Je voz di bien, j'en seroie dollan.
1610 Et je irai an Oranges la grant
Et si savrai dou fort roi Aquillant,
De Golias et de son frei Ottran,
Confaitemant il lor est convenant,
Ne se Guillaumes les ait vancut en champ. »
1615 Et cil respondent : « Nos ferons vo conmant.
La citeiz iert gardee fermemant ;
N'en istrait hons n'autres n'antrerait anz. »
Respont Thiebaus : « Ne je mieux ne demanz. »

XLI

Thiebaus esgarde les plus grans mirablies
1735 Ki el palais sont talies et mises.
Il en jurait Mahonmet et ses ydres
Cist palais vaut trestote Esclabounie.
Ke cestui ait molt est menans et riche.
Quarriaz d'Oranges et Acereiz moieme,
1740 Li quatre roi et li per de la ville,
An sont antré an la chanbre votisse ;
Dusc'a Orable ne sescent ne ne finent.
Quarriaz la voit si li conmence a dire :
« Per Mahon, suer, des or sereiz roïne :
1745 Corone d'or vos iert el chief assise.
Thiebaus d'Araibe en est seanz moieme ;
Il vos requiert o sa grant baronie. »
Kant l'ot Orable, por poc n'enraige d'ire :
« Quarrel, biau freire, k'est ceo or ke vos dittes ? [79a]

Par Mahomet et par saint Tervagant[1],
Et par les dieux à qui mon âme est soumise,
S'ils perdaient seulement la valeur d'un denier,
Je vous l'assure, j'en serais affligé.
1610 Moi, je me rendrai à Orange, la grande cité,
Prendre des nouvelles du puissant roi Aquilant,
De Golias et de son frère Otrant,
Pour savoir ce qu'ils comptent faire,
Et si Guillaume les a vaincus au combat. »
1615 Eux lui répondent : « A votre commandement !
La cité sera gardée avec fermeté.
Personne n'en sortira ni n'y entrera. »
Thibaut conclut : « Je ne demande rien d'autre. »

Le mariage d'Orable et les jeux d'Orange

XLI

Thibaut admire les plus grandes merveilles,
1735 Sculptures ou objets, qui rehaussent le palais.
Il jure bien par Mahomet et par ses hydres
Que ce palais vaut à lui seul toute l'Esclavonie[2],
Et que celui qui le possède est riche et puissant.
Carreau d'Orange, avec Acéré en personne,
1740 Les quatre rois et les pairs de la ville
Viennent d'entrer dans la chambre voûtée.
Ils s'avancent vers Orable.
Dès qu'il la voit, Carreau s'adresse à elle :
« Par Mahomet, chère sœur, vous serez bientôt reine.
1745 La couronne d'or sera posée sur votre tête ;
Thibaut d'Arabie est ici en personne,
Il vous demande, avec sa nombreuse suite de barons. »
A ces mots, Orable faillit éclater de colère :
« Carreau, cher frère, que dites-vous donc ?

---

1. Tervagant est l'un des trois dieux qu'adorent les musulmans dans les chansons de geste, avec Mahomet et Apollin (*cf. infra*, n. 2, p. 67). **2.** L'Esclavonie, ou pays des Slaves (Slavonie), est l'un des pays « sarrasins » traditionnels, avec la Perse, la Syrie, l'Arabie et... la Saxe.

1750 A poc Guillaumes ne m'ait ja convertie
Et destorné de la loi paienime,
Si croirai Deu, le fil sainte Marie. »
Respont Quarriaz : « Damoisele, nel dites.
Thiebaus est rois justecieres et sires ;
1755 Trestote Espaigne est envers lui ancline.
Se ceu ne faites ke l'amiranz devise,
Mal remenor arons an ceste ville.
Veneiz a lui si deveneiz s'amie.
Querronz respit qu'il ne vos panrait mie.
1760 – Deus, dist Orable, don seroie garie
Ne de Guillaume ne panroie je mie. »
Quarriaz d'Oranges et Acereiz li riche
Et Clarions li preus et li nobiles
L'en adestrerent de la chanbre votisse ;
1765 Devant Tiebaut l'en moinent a delivre.
Elle ot vestuit un paile d'Aumarie,
Une escharboucle ot devant en sa guinple.
De sa biauté vos sai je bien a dire :
Baise ot la hainche et dougie et traitise,
1770 Lons les costeiz si ot longe l'eschine,
Et vairs les oelz con faus de mue prime,
Et blans les dans et la bouche petite.
Voit lai Thiebaus si conmença a rire.
Vers li s'adresce, per le mantel l'ait prise.
1775 Voit le la dame, a poc n'enraige d'ire ;
Ne puet muer ki en plorant ne die :
« He ! Clarions, aveiz me vos traïe ?
A Aquillant astoie je amie ;
Por lui garir destruirait paienime.
1780 Se voit Guillaume se li sarait bien dire,
Si grant chalonge metrait an ceste vile,
Mil Sarrasin an perderont la vie. »

Guillaume m'a presque convertie
Et détournée de la Loi païenne,
Et je croirai en Dieu, le Fils de sainte Marie. »
Carreau lui répond : « Ne dites pas cela, demoiselle.
Thibaut est roi justicier et seigneur.
Toute l'Espagne lui est soumise.
Si vous ne faites pas ce que l'émir exige,
Il ne fera pas bon rester dans cette ville.
Rejoignez-le et devenez son amie.
Nous demanderons un délai, pour qu'il ne vous épouse pas.
— Dieu, dit Orable, alors je serais sauvée,
Car je ne saurais attendre longtemps Guillaume[1]. »
Carreau d'Orange et le puissant Acéré,
Et Clarion, le noble preux,
L'accompagnèrent au sortir de la chambre voûtée.
Ils la conduisent tranquillement devant Thibaut.
Elle avait revêtu une soierie d'Aumarie,
Une escarboucle ornait le devant de sa coiffure.
Je peux bien vous décrire sa beauté[2] :
Sa hanche était basse, fine et bien tournée,
Ses flancs allongés, ainsi que son dos,
Ses yeux, vairs comme ceux d'un faucon de première mue,
Ses dents blanches et sa bouche petite.
En la voyant, Thibaut eut un sourire.
Il vient vers elle, la prend par le manteau.
Voyant cela, la dame étouffe de colère ;
Elle ne peut s'empêcher de dire en sanglotant :
« Hélas ! Clarion, m'avez-vous trahie ?
J'étais l'amie d'Aquilant.
Pour se défendre il détruira la terre des païens.
S'il rencontre Guillaume, il saura le lui dire,
Et il disputera si âprement cette ville
Que mille Sarrasins en perdront la vie. »

---

1. Nous préférons la correction proposée par P. Henry (*Ke de G.* au lieu de *Ne de G.*), meilleure au plan de la logique. Ce vers ne saurait signifier qu'Orable renonce à Guillaume ; d'ailleurs, *prendre*, au sens d'*épouser*, se construit transitivement (*cf.* le v. 1759), et *de* ne saurait être le partitif. Nous suppléons *respit*, exprimé deux vers plus haut ; il faudrait donc comprendre : *Ke de G. ne panroie je mie (respit)*, bien que le texte comporte *ne* et non pas *n'en* ou *nel*. **2.** Le poète procède curieusement à l'inverse de l'ordre canonique de la *descriptio puellae*, qui descend de la tête aux pieds.

Respont Thiebaus : « Damoisele, nel dites. »
De joste lui sor un banc l'ait assise.

XLII

1785 Thiebaus d'Arrabe fut liés de la pucele.
Tuit li bairon de la dame s'apresce.
Quarriaz la done Thiebaut per la main destre,
Et cil l'espouse a la loi de sa terre.
Sor trente rois des millors de Biterne,
1790 Pluis i ot or et arjant et vaisele
Ke trente mules des millors de Biterne [b]
Ne porteroient demei lue de terre.
Entre ses dans devise la pucele :
« De cest avoir donrai je a Guillelme
1795 Ki a Thiebaut l'Esclavon ferait guerre. »
Des noces faire de noiant ne s'areste ;
Molt i ot cers et pors et dains et beste,
Pojons et cignes et autres oiselz volage.
Molt an i vint de per totes les terre.
1800 Cil jugleour ne finent ne ne sesse :
Rotent et harpent et chantent et vielent.

XLIII

Orable fuit saige et cortoise et riche.
Ou voit Thiebaut se li conmance a dire :
« Gentis rois sire, ne vos an poist il mie,
1805 Je voil aler a ma chanbre votisse
Priveement parler a mes meschines
Si ferai tandre et pailes et cortines.
Acontre vos vorai estre garnie,
Per Mahonmet, car molt m'aveis souprise. »
1810 Respont Thiebaus : « Bien dites, bele amie.
Je vos ai ja et juree et plevie ;
Bien poeiz faire tote vos conmandie. »

Thibaut lui répond : « Demoiselle, ne dites pas cela ! »
Il l'a assise près de lui sur un banc.

XLII

1785 Thibaut d'Arabie se réjouissait d'avoir pareille jeune fille.
Tous les barons s'approchent de la dame.
Carreau la donne à Thibaut par la main droite,
Et celui-ci l'épouse selon la loi de son pays.
Sur trente étoffes des plus belles de Biterne[1]
1790 Il y avait plus d'or, d'argent et de vaisselle
Que trente mules, des meilleures de Biterne,
N'en porteraient sur une demi-lieue.
La pucelle murmure entre ses dents :
« Je donnerai une partie de ces richesses à Guillaume,
1795 Qui fera la guerre à Thibaut le Slave. »
Mais cela n'interrompt pas la noce.
Il y a abondance de cerfs, de sangliers, de daims et d'autres [viandes,
De pigeons, de cygnes et d'autres gibiers à plume.
On affluait de toutes les contrées.
1800 Les jongleurs s'empressent et s'activent,
A la rote, à la harpe, à la vielle, et à chanter.

XLIII

Orable était sage, courtoise et riche.
Elle se tourne vers Thibaut et lui déclare :
« Noble roi, seigneur, ne vous formalisez pas,
1805 Je souhaite retourner dans ma chambre voûtée
Pour parler en privé à mes demoiselles de compagnie.
Je ferai tendre des soieries et des tentures.
Je veux me préparer pour vous recevoir,
Par Mahomet, car vous m'avez prise au dépourvu.
1810 – Vous avez raison, belle amie, répond Thibaut.
Nous avons à présent prononcé nos serments ;
Vous êtes libre de faire ce qu'il vous plaît. »

---

1. Le texte est ici corrompu ; nous retenons la leçon des mss ABC2 *(sor trente pailes)*. Cette ville sarrasine est en effet réputée pour ses soieries dans plusieurs chansons de geste *(Elie de Saint-Gilles, Floovant, Simon de Pouille, Florence de Rome, Prise de Cordres et de Sebille).*

Quarriaz d'Oranges et Acerés li riche
Et Clarions li preus et li nobile
1815 L'en remenerent an la chanbre votise.
Dedans un lit ont la pucele asise.
Elle se clame toute lasce, chaitive :
« Jai m'ait Thiebaus espousee et plevie !
Jai de Guillaume ne serai mais saisie ! »

XLIV

1820 « Ahi ! Guillaumes, ke ferai ? dist Orable,
Con m'amistié et la vostre departent.
Poc ont duré, mais poignans sont et aspre
Et plus tranchans ki espee ne haiche,
Et plus isneles que quarrelz que on traie
1825 D'auboulestrier quant dou tillier eschape.
Aigue de mer, huis ne porte ne barre
Ne tient m'amor ke vers Guillaume n'aille ;
Mais ainz nou vi s'en ai a cuer grant raige.
Il est molt preus et c'est cortois et saige.
1830 Ainz escuiers ne fist tel vaselaige,
Ke d'Aquillant le roi fist son mesaige
Si m'envoiait un esprivier muaige.
Bien poeiz croire k'il n'est mie ramaiges ; [c]
Plus est meniers ke oiselz ke l'on saiche.
1835 A ! Clarions, malemant esploitaistes
Kant a Guillaume le bairon afiastes
Ke le feriés de m'amor connestable. »
Dist Clarions : « Ne me dittes contraire.
Ge ne me puix ancontre aus toz conbatre.

Carreau d'Orange et Acéré le puissant,
Et Clarion, le nobie preux,
1815 La raccompagnèrent dans la chambre voûtée.
Ils installent la jeune fille dans un lit.
Celle-ci se lamente : « Pauvre de moi, malheureuse !
Thibaut vient de m'épouser et de jurer sa foi !
Jamais je n'appartiendrai à Guillaume ! »

XLIV

1820 « Hélas, Guillaume, que pourrai-je faire ? dit Orable,
Au moment où nos amours doivent se séparer !
Elles ont peu duré, mais sont brûlantes et âpres,
Plus tranchantes qu'une épée ou qu'une hache,
Plus vives qu'un carreau que l'on tire
1825 D'une arbalète, quand il s'échappe de l'arbrier en tilleul.
Ni mer, ni porte de maison ou de ville, ni verrou
Ne peuvent empêcher mon amour d'aller vers Guillaume ;
Je ne l'ai jamais vu[1], mais la passion me dévore[2] !
Il est très courageux, courtois et sage.
1830 Nul écuyer n'a jamais accompli semblable prouesse,
D'avoir fait du roi Aquilant son messager
Et de m'avoir envoyé un épervier mué.
Soyez-en sûr, il n'est pas sauvage,
C'est même le plus habile des oiseaux.
1835 Hélas ! Clarion, vous avez mal agi,
Vous qui avez promis à Guillaume
Que vous le feriez maître de mon cœur.
— Ne me blâmez pas, répondit Clarion.
Je ne puis les affronter tous ensemble.

---

1. C'est une adaptation du thème lyrique de l'amour de loin, rendu célèbre par le troubadour Jaufré Rudel (milieu du XIIᵉ siècle), et repris au début du XIIIᵉ siècle dans le roman de *Guillaume de Dole* de Jean Renart ; le Guillaume de notre cycle tombe lui-même amoureux d'Orable sans l'avoir vue, d'après sa seule réputation, au début de la *Prise d'Orange* (v. 288-292). Dans la chanson de geste de *Fierabras*, la sarrazine Floripas tombe elle aussi amoureuse de Gui de Bourgogne sur sa seule réputation. 2. *Grant rage* : rapprocher l'emploi de ce terme du *Roman de la Rose* de Guillaume de Lorris, au v. 1581 (éd. F. Lecoy, Paris, Champion), à propos des effets de la Fontaine de Narcisse sur ceux qui la contemplent : *Ci sort as genz noveile rage*, où il s'agit également de nommer le sentiment amoureux.

Se per voz n'est ankenuit a lit faire,
Li trancherai le chief sor les espales.
– Ne voil, biau freire, si Mahon bien me face.
Jai traïsson ne murdres nen iert faite.
Je nel vodroie per Tervagan le saige,
Por tot l'avoir qui est tresc'ai Araibe ;
Mais a Guillaume trametrai un mesaige.
Bien est drois et raisons que mes amins le saiche.
Se ne li mande molt feroie ke laiche
Et poroit dire ke ne l'amoie guaire. »
Elle moieme li ait fait une charte ;
Puis la seelle, son mesaigier la charge,
Son chanberlain privé, ainz n'i quist autre.
« Amin, fait ele, se Deuz gran bien te face,
Vai m'an an France, a Paris ou a Chartre.
Tant kier Guillaume le bairon que tu l'aie
Et se li done ceste anseigne de paile.
Por m'amistié la port an la bataille ;
Sor totes autres iert bien reconosable.
De moie part li doneiz ceste charte ;
Face la leire ou a clerc ou a maistre
Et croie bien kan ke dirait la charte. »
Li mes s'an torne por faire son mesaige.
Dou grant palais avale les estaiges
Tot coiemant ke paiein ne le saichent.
Dons est venu au pairon de la sale
Et ait trové de paieins molt grant mase.
Il s'an issi san nule demoraile
Et est monteiz desus un dromadaire
Ke plus tost cort ke alondre volaige.
Li mes s'an torne per le congié d'Oraible
Et ist d'Oranges kant li vespres abaise.
Vait s'an li mes si se depart d'Orable.

Les jeux d'Orange   61

1840 Si vous voulez[1], cette nuit, au moment de vous coucher,
Je lui trancherai la tête au-dessus des épaules.
– Je vous l'interdis, au nom de Mahomet !
Jamais je n'accepterai une trahison ou un meurtre.
Je ne le veux pas, j'en atteste la sagesse de Tervagant,
1845 Pour tous les biens du monde, d'ici en Arabie.
Mais je ferai porter un message à Guillaume.
Il est bien juste et raisonnable que mon ami soit informé !
Si je ne le faisais pas, je serais bien lâche,
Et il pourrait dire que je ne l'aimais guère. »
1850 Elle rédige elle-même un message pour lui,
Y appose son sceau, le confie à son messager,
Son chambellan privé – elle n'en voulut pas d'autre.
« Ami, lui dit-elle, Dieu te protège !
Va de ma part en France, à Paris ou à Chartres.
1855 Cherche Guillaume, le baron, tout le temps qu'il faudra,
Et donne-lui cette étoffe de soie comme signe de
[reconnaissance.
Qu'il la porte au combat pour l'amour de moi[2].
On la reconnaîtra bien au milieu des autres.
Donne-lui ce message de ma part.
1860 Qu'il le fasse lire par un clerc ou un maître,
Et qu'il accorde foi à tout ce qui s'y trouve écrit. »
Le messager s'en va accomplir sa mission.
Il descend les escaliers du vaste palais
Silencieusement, à l'insu des païens.
1865 Puis il arrive au perron de la grande salle,
Où se trouvaient des païens en grand nombre.
Il s'en est échappé sans attendre,
Et a enfourché un dromadaire
Qui file plus vite qu'une hirondelle en vol.
1870 Le messager s'éloigne avec le congé d'Orable
Et sort d'Orange à la tombée du soir.
Le messager s'en va, il a quitté Orable.

---

1. Les mss ABC2 donnent la leçon : *Se vos volés*. **2.** Dans les tournois, les dames invitaient souvent leur ami à porter une manche à leurs couleurs en signe d'amour : la littérature arthurienne en joue abondamment (*cf.* par exemple l'épisode tragique de la demoiselle d'Escalot dans *La Mort le roi Artu*), mais la chose est plus rare dans le genre épique. C'est un trait romanesque évident.

XLV

Or est Thiebaus an la cité d'Orange.
Pris ait Orable, la cortoise, la gente.
1875 Quarriaz ses freires li ait doné a fame [d]
De Gloriete les palais et les chanbre.
Isnelement ses noces i conmance ;
Ainz n'oï teilles an la terre d'Espaigne.
Au maingier sieent li duc et li demoine.
1880 Quarante chien et veneour seissante
Muevent et cornent et se huent ensanble.
Voit le Thiebaus, grant mervelle li sanne.
Il en appelle ses dus et ses demoines,
La damoisele, la cortoise, la gente :
1885 « Ceu ke puet estre, ma damoisele gente ? »
Se dist la dame : « C'est uns des jués d'Orange.
Ancui vairés les deduis de ma chanbre. »

XLVI

Grans sont les noces sus el palais plainnier.
Thiebaus d'Araibe fut assis au maingier
1890 A trente mile Sarrasins et paiens.
Quarante roi le servent au maingier.
Per mi la saule vint uns sers eslaissiez.
Adonc s'esmuevent quatre cent loiemier,
Et chien et vetre et brochait et livrier.
1895 Li veneour sor les corans destriez
Huchent et cornent et semonent les chienz.
De toutes pars ont le cerf enchaucié.
Desor la table sailli a quatre piez
Devant Thiebaut, le riche roi proisié ;
1900 Hurteit des cornes et mort et brait et fiert,
Froise la neif si espant le maingier.
Desor les table saillirent tuit li chien.
Li veneour, sor les corans destriers,
Huent et cornent et semonent les chienz.

XLV

Thibaut se trouve dans la cité d'Orange.
Il a épousé Orable, la courtoise, la belle.
1875 Carreau, son frère, la lui a donnée,
Avec les palais et les chambres de Gloriette.
Il célèbre aussitôt ses noces,
Inouïes, que je sache, en toute la terre d'Espagne.
Ducs et seigneurs sont assis au dîner.
1880 Quarante chiens et soixante chasseurs
Se mettent en route, sonnent du cor et crient tous à la fois.
Thibaut s'enthousiasme à ce spectacle.
Il interpelle ses ducs et ses vassaux,
Et sa demoiselle, la courtoise, la belle :
1885 « Qu'est-ce donc que cela, ma belle demoiselle ? »
Et la dame répondit : « C'est un des jeux d'Orange.
Bientôt vous connaîtrez les plaisirs de ma chambre. »

XLVI

Les noces sont somptueuses dans le vaste palais.
Thibaut d'Arabie était assis à table
1890 Avec trois mille Sarrasins et païens.
Quarante rois le servent pendant le repas.
Un cerf bondit au milieu de la salle.
Quatre cents limiers s'élancent aussitôt,
Des chiens, des vautres[1], des braques et des lévriers.
1895 Les chasseurs, sur des destriers rapides,
Crient, sonnent du cor, et excitent les chiens.
De tous côtés, ils se lancent à la poursuite du cerf,
Qui bondit de ses quatre pieds sur la table,
Devant Thibaut, le puissant roi si estimé.
1900 Il frappe de ses bois, mord, brame, cogne,
Brise la coupe et renverse la nourriture.
Tous les chiens sautent sur les tables.
Les chasseurs, sur les destriers rapides,
Crient, sonnent du cor, et excitent les chiens.

---

1. Le *veltre* est une sorte de dogue, d'une race aujourd'hui disparue, spécialisé dans la chasse à l'ours et au sanglier.

De toutes pars ont le cerf angoisié.
Fronche del neis kant il fut couresié ;
Per les nairines saillent cent pautonier.
Trestoz li moindres ot de loig quinze piez ;
Mais ils n'avoient ne chause ne chaucier,
Braies vestues ne bliaus entailliez.
Conme guenon sont velu et forchié,
Se n'ot chascuns ke un poig et un pié,
Et trois mentons et quatorze oelz el chief ;
Et chascuns porte une tor de mostier,
Dedanz chascune ait cent arboulestrier.
Traient quarelz de venin antochiés.
Voit le Thiebaus, le san cuide chaingier. [80a]
A vois escrie : « Mahonmet, cor aidiez !
Ai ! dame Orable, car t'an praigne pitié ;
Car fai le geu remenoir et laisier ;
Trestote Araibe vos an donrai an fié. »
Respont Orable : « Por noiant an plaidiez ;
Ancor ne sont nostre jeu conmancié.
Tant an vairés ainz le seloil couchié,
Bien poreiz dire, si vos en estordiez,
K'ainz mais nus hom ne fu si justiciez. »
L'anchantemans est feniz et laissiez.
Se fut avis Sarrasins et Persanz
Et a Thiebaut ke ce ne fust noianz.

XLVII

Granz sont les noces sus el palais leanz.
Thiebaus d'Araibe mainjue dureman
Et trente mile Sarrasin et Persan.
Quarante roi le servent duremant.
Per mi la saule revient l'enchanteman :
Trois mile moines couroneiz et chantan,
Et sont plus noir ke poix nen aireman,
Et lancent flames et les grans feus ardan,
Et chascuns porte un mort honme an sa main.
Per le palais s'apardent li auquan ;
Sarrasins brulent les grenons per devan ;

Les jeux d'Orange

1905 De toutes parts ils ont traqué le cerf.
Dans sa fureur, il fronce le nez,
Par ses narines jaillissent cent brigands.
Le plus petit a quinze pieds de long,
Mais aucun n'a ni chausses ni chaussures,
1910 Ni ne porte de braies ni de bliaut brodé.
Ils sont velus et fourchus comme une guenon ;
Chacun n'avait qu'un seul pied, un seul poing,
Mais trois mentons et quatorze yeux sur le visage.
Et chacun porte la tour d'une église
1915 Où ont pris place cent arbalétriers
Qui tirent des carreaux empoisonnés.
A cette vue, Thibaut croit devenir fou.
Il s'écrie d'une voix forte : « Mahomet, au secours !
Hélas ! Dame Orable, prends donc pitié de moi !
1920 Fais donc cesser ce jeu !
Je te donnerai en fief l'Arabie tout entière ! »
Orable lui répond : « Supplications inutiles !
Nos jeux n'ont pas encore commencé.
Vous en verrez tellement, d'ici au coucher du soleil,
1925 Que vous pourrez bien dire, si vous en réchappez,
Que personne n'a jamais été traité ainsi. »
L'enchantement prend fin.
Ni les Sarrasins, ni les Persans,
Ni Thibaut, ne prennent cela pour une galéjade.

XLVII

1930 Là, dans le palais, les noces sont splendides.
Thibaut d'Arabie mange tout son soûl,
Ainsi que trente mille Sarrasins et Persans.
Quarante rois le servent avec empressement.
Dans la salle survient un nouvel enchantement :
1935 Surgissent en chantant trois mille moines tonsurés,
Qui sont plus noirs que la poix ou que l'encre,
Qui jettent de grandes flammes ardentes
Et qui portent, chacun dans sa main, un cadavre.
Nombre d'entre eux se répandent à travers le palais,
1940 Et mettent le feu aux moustaches des Sarrasins.

Chascuns strangloit trois paieins an un ran,
Voire quatorze, n'i arestent noian.
Dient paiein : « C'est maus confesseman. »
Devant Thiebaut an vienent plus de cent,
1945 Ke des mors honmes le debatirent tant
Per les cousteiz, per le piz, per les flan,
Desoz le maibre le laiserent gissan.
Illuec reclame Mahon et Tervagan :
« Ahi ! Orable, geteiz moi de sean.
1950 Se jou astoie a Nerbone la grant,
Ja mais nul jor n'antreroie sean. »
Respont la dame : « Vos parleiz de noiant ;
Ancor ne sont fait nostre anchanteman. »
Ce fut avis Sarrasins et Persanz
1955 Nes a Thiebaut ke ce ne fust noian.

XLVIII

Grans sont les noces el palais signori.
Thiebaus d'Araibe est au maingier assis
A trente mile paieins et Sarrasins.
Quarante roi se poinent dou servir. [b]
1960 Thiebaus cuidoit adonc estre garis ;
Mais dame Orable nel metoit en obli.
Per mi la saule l'enchantemans revint :
Ors et lieons quarante et quatre vint
Crient et braient en moinent male fin
1965 Et se despescent si con autre mastin.
Sus el palais en est leveiz li cris.
Lai veïssiez tant bliaut de chainsil
Ronpre et coper ses peliçons hermins.
Voit le Thiebaus, le san cuide marir.
1970 A vois reclame Mahon et Apolin :

Chacun étrangle trois païens d'affilée,
Et même quatorze[1], rien ne les en empêche.
Les païens disent : « Voilà une mauvaise confession ! »
Plus de cent moines se dirigent vers Thibaut,
1945 Et le frappent tant et si bien avec leurs cadavres,
Sur les côtés, la poitrine et les flancs,
Qu'ils l'abandonnent étendu sur le marbre.
Alors il invoque Mahomet et Tervagant :
« Hélas ! Orable, tirez-moi de là !
1950 Si j'étais à Narbonne, la grande cité,
Jamais je n'aurais envie de revenir ici ! »
La dame lui répond : « Paroles inutiles !
Nos enchantements ne font que commencer. »
Ni les Sarrasins, ni les Persans,
1955 Ni Thibaut, ne prennent cela pour une galéjade.

XLVIII

Magnifiques sont les noces dans le palais seigneurial.
Thibaut d'Arabie est assis à table,
Avec trois mille païens et Sarrasins.
Quarante rois mettent leur ardeur à le servir.
1960 Thibaut pensait y être en sécurité.
Mais Dame Orable ne l'oubliait pas.
L'enchantement revint envahir la salle :
Ours et lions, quarante et quatre-vingts
Poussent des cris retentissants, s'entre-tuent
1965 Et s'entre-déchirent comme de vulgaires mâtins.
Le vacarme envahit le palais.
Ah ! Si vous aviez vu les bliauts de lin
Se déchirer, et les pelisses d'hermine se lacérer !
A ce spectacle, Thibaut croit devenir fou.
1970 Il invoque à voix haute Mahomet et Apollin[2] :

---

1. Ces chiffres ne sont pas à prendre à la lettre : ils signifient seulement un nombre hyperbolique. 2. Les poètes épiques affectent de confondre tous les paganismes : Apollin/Apollon est l'un des principaux dieux sarrasins, avec Mahomet et Tervagant, et l'Islam est présenté comme un polythéisme. Le nom d'*Apolin* procède d'une contamination entre le dieu grec et un personnage de l'Apocalypse de saint Jean, *Apollyon*, qui n'est autre que « l'ange de l'Abîme »,

« He ! dame Orable, car me geteiz de ci.
Se je astoie a Nerbone la cit,
Ja maix Oranges ne querroie veïr. »
Respont Orable : « Por noiant l'aveiz dit. »
1975 Vait s'an li jors et li vespres revint.
L'anchantemans est remeiz et fenis,
Et an la chanbre firent faire les leiz.
Orable en moinent trente roi Sarrasin.
Thiebaus d'Araibe i alait li gentis ;
1980 Mais dame Orable les pertint mieus ausi ;
Ainz el palais ne sorent revenir.
Toute nuit hulent ausi conme mastin.
Et de Thiebaut fist un pomel d'or fin ;
Desor un paile a son chavais l'ait mis,
1985 Tresc'al demain ke li selouz revint,
Ke dame Orable l'enchantement defist.
Li trente roi sont a repaire mis ;
Truevent Thiebaut gissant de joste li ;
Ne se remuet nes ke fait un goupis
1990 Ke li chien ont petrait a terre mis.
Et dame Orable l'apelait se li dist :
« Thiebaus d'Araibe, car leveiz de cest lit ;
Asseis vos estez deporteiz et deduis.
Au pucelaige ait Guillaumes falli ;
1995 Maintes foieiez l'aveiz anuit requis. »
Thiebaus l'oï, a grant honte li vint,
Ke il cuidoit k'elle voir li deïst.
Isnelemant c'est chauciez et vestiz,
Si en montait el palais signori,
2000 Si appellait paieins et Sarrasins :
« Adoubeiz vos, franc Sarrasin gentil,
Si m'en irai a Nerbone la cit,
A la fort ville ke ma gent ont assis. »
Et cil respondent : « Tot a vostre plaisir. »

[c]

« Eh ! Dame Orable, tirez-moi de là !
Si j'étais à Narbonne, dans la cité,
Je ne chercherais plus à voir Orange. »
Orable lui répond : « Paroles inutiles ! »
1975 Le jour s'en va devant le crépuscule.
L'enchantement prend fin,
Et on fait préparer les lits dans la chambre.
Trente rois sarrasins conduisent Orable ;
Thibaut d'Arabie, le noble, était avec eux,
1980 Mais dame Orable les a bien possédés :
Ils furent incapables de revenir au palais.
Toute la nuit ils hurlent comme des chiens.
Thibaut, elle le transforme en une pomme d'or fin,
Qu'elle pose à son chevet sur un tissu de soie
1985 Jusqu'au lendemain, au lever du soleil,
Où elle rompt l'enchantement.
Les trente rois retrouvent leur chemin,
Et voient Thibaut couché auprès d'Orable.
Il est aussi immobile qu'un renard
1990 Que les chiens ont blessé et étendu à terre.
Dame Orable s'adresse ainsi à lui :
« Thibaut d'Arabie, levez-vous donc !
Vous avez largement trouvé votre plaisir !
Guillaume n'aura pas droit à mon pucelage :
1995 Vous me l'avez fait perdre maintes fois cette nuit[1]. »
A ces mots, Thibaut fut tout honteux,
Car il la croyait sur parole.
Il s'empressa de se chausser et de s'habiller,
Puis se rendit dans le noble palais,
2000 Où il interpella païens et Sarrasins :
« Armez-vous, très nobles Sarrasins !
Je me rendrai à Narbonne, la cité,
La ville puissante que mon peuple a assiégée. »
Ils lui répondent : « A vos ordres ! »

---

le roi des sauterelles monstrueuses libérées par la cinquième trompette, après l'ouverture du septième sceau (Apocalypse, 9, 11). **1.** Chrétien de Troyes, dans *Cligès*, avait déjà imaginé un stratagème analogue : Fénice y utilisait un breuvage magique pour faire croire à son époux qu'ils consommaient le mariage, alors qu'elle se préservait pour son amant (*Cligès*, éd. A. Micha, Paris, Champion, CFMA, v. 3239-3330).

LE COURONNEMENT DE LOUIS

Le *Couronnement de Louis* est sans doute, si l'on excepte la *Chanson de Guillaume*, la chanson la plus ancienne du cycle, puisqu'on la date généralement du début du second tiers du XIIe siècle. La matière historique qu'elle exploite dans son premier épisode pourrait en effet avoir dû son actualité à l'association au trône et au couronnement anticipé de Louis VII, en 1136.

Cette œuvre est composée de cinq épisodes, dans lesquels la critique a vu longtemps, à tort semble-t-il, des « branches » originellement autonomes, qui auraient été artificiellement rassemblées. En fait, même si chacun des épisodes est narrativement indépendant des autres, la chanson possède une unité réelle : après avoir installé le très jeune Louis sur le trône, Guillaume défend le royaume contre ses ennemis, qu'ils soient de l'intérieur (rebelles) ou de l'extérieur, tout en affirmant la solidarité entre l'empereur et le pape. A la fin de l'œuvre, la pacification est totalement réalisée. Avec cette ambiguïté de structure, qui s'écarte des règles de narration les plus habituelles, le *Couronnement de Louis* a été un morceau de choix dans les discussions sur les origines et la genèse des chansons de geste[1]. Il est néanmoins clair que l'œuvre possède une forte unité idéologique, qui donne d'ailleurs sa marque au cycle tout entier : Guillaume apparaît, malgré quelques gestes d'humeur, comme le défenseur indéfectible

---

1. Sur cette question, *cf.* J. Frappier, *Les Chansons de geste du cycle de Guillaume d'Orange*, éd. cit., t. 1, chapitre consacré au *Couronnement de Louis*.

de la royauté, quels que soient les torts et les faiblesses de celle-ci.

Analyse

Premier épisode : le couronnement proprement dit.

Charlemagne, vieillissant, veut couronner son fils devant toute la cour afin que sa succession ne sorte pas de sa famille ; mais Louis, encore adolescent, s'estime incapable de supporter le poids de l'Empire. Un ambitieux, Arnéis d'Orléans, propose ses services en attendant que l'héritier ait plus de maturité : Guillaume, qui arrive à ce moment, le tue en public et couronne lui-même Louis. Barons et haut clergé se réjouissent avec Charlemagne.

Deuxième épisode : Guillaume se rend à Rome, où le pape est menacé par les Sarrasins ; un combat entre champions doit décider du sort de la guerre ; Guillaume relève le défi du géant Corsolt et le tue après un duel acharné au cours duquel son adversaire lui tranche l'extrémité du nez, d'où, nous dit le texte, le surnom de « au court nez » qui s'attache désormais à Guillaume.

Troisième épisode : Charlemagne vient de mourir, et Guillaume doit rentrer en France pour défendre le jeune Louis menacé par la rébellion de certains vassaux (Acelin, puis Richard de Normandie). Louis s'est réfugié dans l'abbaye de Saint-Martin de Tours, où le héros le retrouve.

Quatrième épisode : nouvelle expédition à Rome, assiégée par Gui l'Allemand ; Guillaume, après avoir vaincu l'envahisseur, couronne Louis roi d'Italie (titre que portait Charlemagne en tant qu'empereur). Cette seconde expédition italienne n'est donc pas une redite : une sorte de procédure d'investiture, à caractère idéologique, est à l'œuvre dans la construction du texte.

Cinquième épisode : très bref (v. 2649-2693), il sert d'épilogue. Guillaume, malgré les faiblesses du roi, affronte une nouvelle fois les ennemis de l'intérieur et pacifie le royaume. C'est le point d'orgue idéologique : le héros déclare et montre qu'il souhaite consacrer les forces de sa jeunesse au service du roi-empereur, Louis.

Le dernier vers, qui annonce l'ingratitude de Louis, se retrouve dans les trois versions principales du poème, x, D et C : la convergence entre x et D implique, selon M. Tyssens, l'authenticité de cette fin[1].

Le texte édité est le texte critique établi à partir de l'ensemble des manuscrits.

---

1. M. Tyssens, *La Geste de Guillaume dans les manuscrits cycliques*, Paris, Belles Lettres, 1967, p. 421.

I

Oïez, seignor, que Deus vos seit aidanz !
Plaist vos oïr d'une estoire vaillant,
Buene chançon, corteise et avenant ?
Vilains juglere ne sai por quei se vant
5 Nul mot n'en die tresque l'en li comant.
De Looÿs ne lairai ne vos chant,
Et de Guillelme al cort nés le vaillant,
Qui tant sofri sor sarrazine gent ;
De meillor ome ne cuit que nuls vos chant.

II

10 Seignor baron, plaireit vos d'une esemple,
D'une chançon bien faite et avenante ?
Quant Deus eslist nonante et nuef reiames,
Tot le meillor torna en dolce France.
Li mieldre reis ot a nom Charlemagne ;
15 Cil aleva volentiers dolce France ;
Deus ne fist terre qui envers lui n'apende ;
Il i apent Baviere et Alemaigne,
Et Normandie, et Anjou, et Bretaigne,
Et Lombardie, et Navare, et Toscane.

III

20 Reis qui de France porte corone d'or
Prodom deit estre et vaillanz de son cors ;
Et s'il est om qui li face nul tort,
Ne deit guarir ne a plain ne a bos

Première « branche » : la scène du couronnement

I

Ecoutez, seigneurs, que Dieu vous soutienne !
Voulez-vous entendre, sur une histoire de grand prix,
Une bonne chanson, courtoise et agréable ?
Le mauvais jongleur se vante je ne sais pourquoi :
5 Qu'il ne la récite que si on le lui demande !
Moi, je vais tout de suite vous chanter Louis
Et Guillaume au Court Nez, le vaillant,
Qui s'est tant démené contre les Sarrasins.
Nul ne peut, je le pense, chanter meilleur héros.

II

10 Seigneurs barons, aimeriez-vous entendre un récit
Une chanson bien construite et agréable ?   [exemplaire,
Quand Dieu élut quatre-vingt-dix-neuf royaumes,
Il établit le meilleur en douce France.
Le meilleur roi s'appelait Charlemagne ;
15 Il s'appliqua à accroître la puissance de la douce France.
Toutes les terres que Dieu créa étaient en son pouvoir :
La Bavière et l'Allemagne,
La Normandie, l'Anjou et la Bretagne,
La Lombardie, la Navarre, la Toscane.

III

20 Un roi qui porte la couronne d'or de France
Doit être sage et vigoureux de corps.
Et si jamais quelqu'un lui cause un tort,
Ni bois, ni plaine ne doivent lui être un refuge

De ci qu'il l'ait o recreant o mort :
25 S'ensi nel fait, dont pert France son los ;
Ce dist l'estoire : coronez est a tort.

IV

Quant la chapele fu beneeite a Ais,
Et li mostiers fu dediiez et faiz,
Cort i ot buene, tel ne verrez ja mais ;
30 Quatorze conte guarderent le palais.
Por la justice la povre gent i vait ;
Nuls ne s'i claime que trés buen droit n'i ait.
Lors fist l'en droit, mais or nel fait l'en mais ;
A conveitise l'ont torné li malvais ;
35 Por fals loiers remainent li buen plait.
Deus est prodom, qui nos governe et paist,
S'en conquerront enfer qui est punais,
Le malvais puiz, dont ne resordront mais.

V

Cel jor i ot bien dis et uit evesques,
40 Et si i ot dis et uit arcevesques,
Li apostoiles de Rome chanta messe.

VI

Cel jor i ot oferende molt bele,
Que puis cele ore n'ot en France plus bele.
Qui la reçut molt par en fist grant feste.

Jusqu'à ce que le roi l'ait maté ou tué.
25 S'il n'agit pas ainsi, la France perd sa gloire.
L'histoire juge qu'il a été couronné à tort.

IV

Une fois la chapelle d'Aix bénie,
Et l'église achevée et consacrée,
Une grande cour s'y tint, comme on n'en verra plus.
30 Quatorze comtes gardaient le palais[1].
Les pauvres gens y vont pour plaider leur cause ;
Tous les plaignants sont jugés selon le droit.
Le droit prévalait alors : aujourd'hui, c'est bien fini...
Les méchants ont fait triompher la convoitise.
35 Les pots-de-vin perturbent l'équité des jugements.
Mais Dieu est sage, notre Pasteur qui nous gouverne,
Et ils n'en obtiendront que le puant enfer,
Ce puits infâme qu'ils ne quitteront jamais.

V

Ce jour-là, il y avait au moins dix-huit évêques,
40 Ainsi que dix-huit archevêques.
Le pape de Rome chanta la messe.

VI

Ce jour-là, l'offrande fut magnifique.
Plus jamais on n'en vit en France de plus belle.
Celui qui la reçut s'en réjouit beaucoup.

---

1. Le terme de *palais* désigne soit un vaste château (princier ou non), soit, au sens premier et beaucoup plus fréquemment, dans un château, la grande salle où se tenaient les assemblées, les festivités, et en particulier où le seigneur rendait la justice et procédait aux grands actes d'administration, en présence de ses vassaux ; cette salle était généralement située au premier étage. En ce sens, il est resté en usage en archéologie médiévale. Le contexte, dans les textes littéraires, ne permet pas toujours de décider entre les deux sens.

VII

45 Cel jor i ot bien vint et sis abez,
Et si i ot quatre reis coronez.
Cel jor i fu Looïs alevez,
Et la corone mise desus l'altel ;
Li reis ses pere li ot le jor doné.
50 Uns arcevesques est el letrin montez,
Qui sermona a la crestienté :
« Baron, dist il, a mei en entendez :
Charles li magnes a molt son tens usé,
Or ne puet plus ceste vie mener.
55 Il ne puet plus la corone porter :
Il a un fill a cui la vuelt doner. »
Quant cil l'entendent, grant joie en ont mené ;
Totes lor mains en tendirent vers Deu :
« Pere de gloire, tu seies merciez
60 Qu'estranges reis n'est sor nos devalez ! »
Nostre emperere a son fill apelé :
« Bels filz, dist il, envers mei entendez :
Veiz la corone qui est desus l'altel ;
Par tel convent la te vueil ge doner :
65 Tort ne luxure ne pechié ne mener,
Ne traïson vers nelui ne ferez,
Ne orfelin son fié ne li toldrez ;
S'ensi le fais, g'en lorai Damedeu :

VII

45 Ce jour-là, il y avait au moins vingt-six abbés,
Et avec eux quatre rois couronnés.
Ce jour-là, Louis y fut élevé en dignité,
Et la couronne fut posée sur l'autel.
Le roi, son père, la lui avait transmise ce jour-là[1].
50 Un archevêque est monté au lutrin
Pour sermonner le peuple chrétien :
« Barons, dit-il, prêtez l'oreille à mes paroles :
Charles le Grand est devenu très âgé,
Il lui faut à présent changer de vie.
55 Il ne peut plus porter la couronne :
Il a un fils, à qui il souhaite la transmettre. »
A ces mots, les barons ont manifesté leur joie.
Ils ont tendu leurs mains vers Dieu :
« Père de gloire, grâces te soient rendues !
60 Nous n'avons pas à craindre d'avoir un roi étranger[2] ! »
Notre empereur a appelé son fils :
« Cher fils, dit-il, écoute-moi.
Regarde la couronne qui est sur l'autel :
Je veux te la donner aux conditions suivantes :
65 Que tu sois juste, ennemi de la luxure et du péché,
Ne commettes jamais aucune trahison,
Et ne prives jamais l'orphelin de son fief[3].
Si tu agis ainsi, j'en rendrai grâce à Dieu :

---

1. A. Lanly, dans sa traduction des Classiques français du Moyen Age (Champion, 1969), comprend différemment ce vers. La variante du ms. B, *l'en ot et le don doné*, semble confirmer que le poète fait ici allusion à la transmission de la couronne. 2. La procédure de succession ne repose pas sur une hérédité automatique ; Charlemagne fait couronner son fils de son vivant, et l'assemblée des Grands ratifie par acclamation. Le successeur aurait très bien pu être étranger à la famille : le comportement des barons, tel que le texte les présente, est évidemment un plaidoyer en faveur de l'hérédité de la couronne. Pour une analyse idéologique détaillée de ce passage, *cf.* Jean Batany, « Propagande carolingienne et mythe carolingien : le programme de Louis le Pieux chez Ermold le Noir et dans le *Couronnement de Louis* », in : *Mélanges R. Louis*, Saint-Père-sous-Vézelay, 1982, t. 1, p. 313-340. 3. Le fief, héréditaire de fait, ne l'était pas de droit : à la mort de son titulaire, le roi pouvait, juridiquement, en disposer à sa guise. Cette pratique, courante aux origines de la féodalité, devenait exceptionnelle au XIIe siècle : la chanson de *Raoul de Cambrai* s'attache à en dénoncer les effets meurtriers (*Raoul de Cambrai*, éd. Meyer et Longnon, Paris, 1880).

Prent la corone, si seras coronez ;
70 O se ce non, filz, laissiez la ester :
Ge vos defent que vos n'i adesez.

VIII

« Filz Looïs, veiz ici la corone ;
Se tu la prenz, emperere iés de Rome ;
En ost porras bien mener .CM. omes,
75 Passer par force les eves de Gironde,
Paiene gent craventer et confondre,
Et la lor terre deis a la nostre joindre.
S'ensi vuels faire, ge te doins la corone ;
O se ce non, ne la baillier tu onques. »

IX

80 « Se tu deis prendre, bels filz, de fals loiers,
Ne desmesure lever ne esalcier,
Faire luxure ne alever pechié,
Ne eir enfant retolir le sien fié,
Ne veve feme tolir quatre deniers,
85 Ceste corone de Jesu la te vié,
Filz Looïs, que tu ne la baillier. »
Ot le li enfes, ne mist avant le pié.
Por lui plorerent maint vaillant chevalier,
Et l'emperere fu molt grains et iriez :
90 « Ha ! las, dist il, com or sui engeigniez !
Delez ma feme se colcha paltoniers,
Qui engendra cest coart eritier.
Ja en sa vie n'iert de mei avanciez.
Quin fereit rei, ce sereit granz pechiez.
95 Or li fesons toz les chevels trenchier,
Si le metons la enz en cel mostier :
Tirra les cordes et sera marregliers,

Prends la couronne, tu seras couronné ;
70 Mais dans le cas contraire, mon fils, n'y touche pas :
Je t'interdis d'en approcher la main. »

VIII

« Louis, mon fils, vois ici la couronne :
Si tu la prends, tu es empereur de Rome ;
Tu peux conduire une armée de plus de cent mille
75 Passer en force les flots de la Gironde, [hommes[1],
Abattre et confondre les peuples païens,
Et tu dois joindre leurs terres à la nôtre.
Si tu veux tout cela, je te donne la couronne.
Sinon, que tu ne l'aies jamais ! »

IX

80 « Si tu dois accepter, cher fils, de te laisser corrompre,
Cultiver et exalter la démesure,
Te montrer luxurieux, glorifier le péché,
Priver le jeune héritier de son fief
Ou prendre à une veuve ne serait-ce que quatre deniers,
85 Au nom de Jésus, je t'interdis, mon fils Louis,
De porter cette couronne ! »
L'enfant entendit ces mots, mais ne bougea pas.
Il fit ainsi pleurer maint vaillant chevalier,
Et l'empereur fut très peiné et irrité :
90 « Hélas ! dit-il, quelle déception !
Un maraud a dû coucher avec ma femme
Et engendrer cet héritier couard !
Il n'a plus rien à attendre de moi.
En faire un roi serait un grand péché.
95 Faisons-lui couper tous les cheveux
Et mettons-le ici, dans cette église :
Il sonnera les cloches et sera marguillier,

---

1. Nous adoptons pour ce vers la leçon de B, bien préférable ; le chiffre de mille cent hommes, donné par notre manuscrit, est, dans les chansons de geste, celui d'une troupe menée par un grand baron, et non celui de l'armée impériale.

S'avra provende qu'il ne puist mendiier. »
Delez le rei sist Arneïs d'Orliens,
100 Qui molt par fu et orgoillos et fiers ;
De granz losenges le prist a araisnier :
« Dreiz emperere, faites pais, si m'oiez.
Mes sire est jovenes, n'a que quinze anz entiers,
Ja sereit morz quin fereit chevalier.
105 Ceste besoigne, s'il vos plaist, m'otreiez,
Tresqu'a treis anz que verrons coment iert.
S'il vuelt proz estre ne ja buens eritiers,
Ge li rendrai de gré et volentiers,
Et acreistrai ses terres et ses fiez. »
110 Et dist li reis : « Ce fait a otreier.
— Granz merciz, sire », dient li losengier,
Qui parent erent a Arneïs d'Orliens.
Sempres fust reis quant Guillelmes i vient ;
D'une forest repaire de chacier.
115 Ses niés Bertrans li coru a l'estrier ;
Il li demande : « Dont venez vos, bels niés ?
— En nom Deu, sire, de la enz del mostier,
Ou j'ai oï grant tort et grant pechié.
Arneïs vuelt son dreit seignor boisier :
120 Sempres iert reis, que Franceis l'ont jugié.
— Mar le pensa », dist Guillelmes li fiers.
L'espee ceinte est entrez el mostier,
Desront la presse devant les chevaliers :
Arneïs trueve molt bien apareillié ;
125 En talent ot qu'il li colpast le chief,
Quant li remembre del glorios del ciel,
Que d'ome ocire est trop mortels pechiez.
Il prent s'espee, el fuere l'embatié,
Et passe avant ; quant se fu rebraciez,
130 Le poing senestre li a meslé el chief,
Halce le destre, enz el col li assiet :
L'os de la gole li a par mi brisié ;
Mort le tresbuche a la terre a ses piez.

La scène du couronnement

Avec une prébende, pour qu'il ne mendie pas. »
Auprès du roi se tenait Arnéis d'Orléans,
100 Qui était plein d'orgueil et de fierté ;
Il se mit à lui tenir des propos trompeurs :
« Empereur légitime, calmez-vous, écoutez-moi.
Mon seigneur est jeune, il a tout juste quinze ans,
Il ne vivrait guère s'il devenait chevalier.
105 Accordez-moi, s'il vous plaît, de remplir cette fonction
Pendant trois ans, pour voir ce qu'il deviendra.
S'il devient preux et digne de son héritage,
Je la lui transmettrai alors bien volontiers,
Et j'accroîtrai ses terres et ses fiefs. »
110 Le roi répond : « Je vous l'accorde.
— Grand merci, seigneur[1] », répondent les flatteurs
Qui sont parents d'Arnéis d'Orléans.
Celui-ci allait devenir roi, quand Guillaume survient.
Il revient d'une chasse en forêt.
115 Son neveu Bertrand court lui tenir l'étrier.
Guillaume lui demande : « D'où venez-vous, cher neveu ?
— Au nom de Dieu, seigneur, de cette église,
Où se fomente une trahison et un grand péché.
Arnéis veut tromper son seigneur légitime :
120 Il sera bientôt roi, les Français l'ont décidé.
— Malheur à lui », dit Guillaume le fier.
Il entre dans l'église l'épée au côté,
Fend la foule devant les chevaliers,
Et il trouve Arnéis en costume d'apparat.
125 Il brûlait d'envie de lui couper la tête,
Mais il pensa au glorieux Roi du ciel :
Tuer un homme est un très grand péché mortel.
Il remet donc son épée au fourreau,
Et il s'avance, les manches retroussées,
130 Lui donne un coup de son poing gauche sur le crâne,
Lève le poing droit qu'il abat sur son cou :
Il lui fracasse ainsi l'os de la nuque,
Et l'étend raide mort à ses pieds.

---

1. Le mot *sire*, adréssé à un roi pour désigner spécifiquement sa dignité royale, n'est pas attesté avant le XIVe siècle ; c'est pourquoi nous employons la forme, sémantiquement plus large, de « seigneur » dans notre traduction.

Quant il l'ot mort sel prent a chasteier :
135 « Hé ! gloz ! dist il, « Deus te doint encombrier !
Por quei voleies ton dreit seignor boisier ?
Tu le deüsses amer et tenir chier,
Creistre ses terres et alever ses fiez.
Ja de losenges n'averas mais loier.
140 Ge te cuidoe un petit chasteier,
Mais tu iés morz, n'en dorreie un denier. »
Veit la corone qui desus l'altel siet :
Li cuens la prent senz point de l'atargier,
Vient a l'enfant, si li assiet el chief :
145 « Tenez, bels sire, el nom del rei del ciel,
Qui te doint force d'estre buens justiciers ! »
Veit le li pere, de son enfant fu liez :
« Sire Guillelmes, granz merciz en aiez.
Vostre lignages a le mien esalcié. »

X

150 « Hé ! Looïs, dist Charles, sire filz,
Or avras tu mon reiame a tenir.
Par tel convent le puisses retenir
Qu'a eir enfant ja son dreit ne tolir,
N'a veve feme vaillant un angevin ;
155 Et sainte eglise pense de bien servir,
Que ja deables ne te puisse honir.
Tes chevaliers pense de chier tenir ;
Par els seras onorez et serviz,
Par totes terres et amez et cheriz. »

Il commence alors à sermonner le cadavre :
135 « Eh ! canaille ! dit-il, que Dieu te maudisse !
Pourquoi voulais-tu tromper ton seigneur légitime ?
Tu devais au contraire l'aimer et le chérir,
Accroître ses terres et augmenter ses fiefs.
Jamais tu ne tireras bénéfice de tes tromperies.
140 Je voulais simplement te donner une leçon,
Mais tu es mort, tu ne vaux plus rien. »
Il voit la couronne posée sur l'autel :
Le comte la prend sans hésiter
Vient vers l'enfant, la lui met sur la tête :
145 « Tenez, cher seigneur, au nom du Roi du ciel !
Qu'il te donne la force d'être bon justicier ! »
En voyant cela, le père se réjouit pour son fils :
« Seigneur Guillaume, soyez-en grandement remercié.
Votre lignage a glorifié[1] le mien. »

X

150 « Eh ! Louis, dit Charles, seigneur, mon fils,
Tu auras à présent mon royaume à régir.
Puisses-tu le gouverner en suivant ces principes :
Ne prive jamais un jeune héritier de ses droits,
Ni ne vole un sou vaillant[2] à une veuve ;
155 Mets ton zèle à servir la sainte Eglise,
Que le diable ne puisse causer ton déshonneur.
Veille à chérir tes chevaliers.
Tu seras par eux honoré et servi,
Et aimé et chéri dans tout ton royaume. »

---

1. *Essalcier*, littéralement, en contexte profane, « élever en honneur ». Nous traduisons par « glorifier » dans la mesure où Guillaume n'a pas seulement évité à Louis et à Charlemagne un déshonneur (*essalcier* prenant alors le sens de : « relever l'honneur de » ; *cf.* la trad. d'A. Lanly) : son acte est un plaidoyer en faveur de l'hérédité sans condition de la couronne, et donc une célébration, une glorification du lignage royal, dont la valeur suprême se trouve exaltée parce qu'elle est sacrée, cautionnée par Dieu lui-même (*el nom del rei del ciel*). Cette scène a été abondamment commentée par la critique : *cf.* en particulier J. Batany, *art. cit.*, J. Dufournet, « A propos d'un livre de Jean Frappier : Guillaume d'Orange dans le *Couronnement de Louis* », in : *Revue des langues romanes*, 1966, p. 103-118 et D. Boutet, *Charlemagne et Arthur ou le roi imaginaire*, Paris, Champion, 1992, p. 56-59. **2.** L'*angevin* était une petite monnaie frappée par les comtes d'Anjou ; il signifie ici « monnaie de peu de valeur ».

XI

160 Quant ont le jor de Looïs rei fait,
La cort depart, si sont remés li plait ;
Chascuns Franceis a son ostel s'en vait.
Cinc anz vesqui puis Charles et non mais,
Charles li reis en monta el palais ;
165 Ou veit son fill, si li dist entresait :

XII

« Filz Looïs, ne te celerai mie,
Or avras tot mon reiame en baillie,
Après ma mort, se Deus me beneïe.
Qui me guerreie, bien sai qu'il te desfie,
170 Cil qui me het, bien sai ne t'aime mie :
Se gel puis prendre, par Deu le fill Marie,
De reençon ge n'en vueil aveir mie,
Ainz le ferai detrenchier et ocire. »

XIII

« Filz Looïs, a celer ne te quier,
175 Quant Deus fist rei por pueples justicier,
Il nel fist mie por false lei jugier,
Faire luxure, ne alever pechié,
Ne eir enfant por retolir son fié,
Ne veve feme tolir quatre deniers ;
180 Ainz deit les torz abatre soz ses piez,
Encontre val et foler et pleissier.
Ja al povre ome ne te chalt de tencier ;
Se il se claime ne t'en deit ennoier,
Ainceis le deis entendre et conseillier,
185 Por l'amor Deu de son dreit adrecier ;
Vers l'orgoillos te deis faire si fier
Com liepart qui gent vueille mangier ;
Et s'il te vuelt de neient guerreier,
Mandez en France les nobles chevaliers,
190 Tant qu'en aiez plus de trente miliers ;

XI

160 Ce jour-là, une fois Louis couronné,
La cour se sépare, l'assemblée a pris fin.
Chaque Français regagne sa demeure.
Charles vécut encore cinq ans, pas davantage.
Charles, le roi, monta dans la grande salle.
165 Voyant son fils, il lui dit aussitôt :

XII

« Louis, mon fils, sache-le bien
Tu auras donc tout mon royaume à gouverner
Après ma mort – Dieu me bénisse !
Quiconque me fait la guerre t'exprime à coup sûr sa [défiance,
170 Quiconque me hait, à coup sûr ne t'aime pas.
Si je peux m'en saisir, par Dieu le Fils de Marie,
Je n'en accepterai aucune rançon,
Mais je le ferai mettre en pièces et tuer. »

XIII

« Louis, mon fils, sache-le bien,
175 Quand Dieu créa le roi pour gouverner les peuples,
Il ne le créa pas pour juger injustement,
Pour être luxurieux ni pour répandre le péché,
Ni pour priver un jeune héritier de son fief,
Ni pour voler même quatre deniers à une veuve.
180 Mais il doit au contraire terrasser l'injustice,
L'abaisser et la fouler aux pieds.
Ne cherche jamais querelle à un pauvre homme :
S'il se plaint, tu ne dois pas t'en fâcher,
Mais au contraire l'écouter et l'aider
185 Et, pour l'amour de Dieu, défendre son droit.
Envers l'orgueilleux tu dois être aussi féroce
Qu'un léopard qui ne pense qu'à dévorer les gens.
Et si jamais il s'avise de te faire la guerre,
Rassemble en France les nobles chevaliers
190 Jusqu'à ce que tu en aies bien trente mille.

Ou mielz se fie la le fai asegier,
Tote sa terre guaster et essillier.
Se le puez prendre ne a tes mains baillier,
N'en aies onques manaide ne pitié,
195 Ainceis li fai toz les membres trenchier,
Ardeir en feu ne en eve neier ;
Quar se Franceis te veient entrepiez,
Diront Normant en nom de reprovier :
"De si fait rei n'avions nos mestier.
200 Mal dahé ait par mi la crois del chief
Qui avuec lui ira mais osteier,
Ne a sa cort ira por corteier !
Del sien meïsme nos poons bien paier."
Et altre chose te vueil, filz, acointier,
205 Que se tu vis il t'avra grant mestier :
Que de vilain ne faces conseillier,
Fill a prevost ne de fill a veier :
Il boisereient a petit por loier ;
Mais de Guillelme le nobile guerrier,
210 Fill Aimeri de Narbone le fier,
Frere Bernart de Brebant le guerrier :
Se cil te vuelent maintenir et aidier,
En lor service te puez molt bien fiier. »
Respont li enfes : « Veir dites, par mon chief. »
215 Il vint al conte, si li cheï as piez.
Li cuens Guillelmes le coru redrecier ;
Il li demande : « Dameisels, que requiers ?
– En nom Deu, sire, et manaide et pitié.
Mes pere dit qu'estes buens chevaliers,
220 N'a tel baron soz la chape del ciel ;
En vos vueil metre mes terres et mes fiez,
Que les me guardes, nobiles chevaliers,
Tant que ge puisse mes guarnemenz baillier. »
Respont li cuens : « Par ma fei, volentiers. »

La scène du couronnement

Assiège-le là où il se croît le mieux en sûreté,
Va ravager et dévaster toute sa terre.
Si tu peux le prendre et le tenir entre tes mains,
N'aie jamais pour lui miséricorde ni pitié,
195 Mais fais-lui couper tous les membres,
Fais-le brûler sur un bûcher ou noyer dans l'eau.
Car si les Français voient qu'on te foule aux pieds,
Les Normands s'écrieront en manière de reproche :
"Nous n'avions vraiment pas besoin d'un pareil roi !
200 Que le malheur tombe sur le sommet de la tête
De quiconque partira en expédition avec lui,
Ou acceptera de fréquenter sa cour !
N'hésitons pas à vivre sur son bien !"
Je tiens encore à t'apprendre, mon fils, autre chose
205 Qui, si tu vis, te sera profitable :
C'est de ne jamais prendre un vilain[1] comme conseiller,
Ni un fils de prévôt ou un fils de voyer[2] :
Ils trahiraient bientôt pour de l'argent.
Prends au contraire Guillaume, le noble guerrier,
210 Le fils d'Aymeri de Narbonne le fier,
Le frère de Bernard de Brébant le guerrier :
S'ils veulent te soutenir et t'apporter leur aide,
Tu peux avoir toute confiance en leur service. »
L'enfant répond : « Vous dites vrai, par ma tête. »
215 Il vint vers le comte et tomba à ses pieds.
Le comte Guillaume le releva immédiatement,
Lui demandant : « Damoiseau, que veux-tu ?
– Au nom du Père, seigneur, votre miséricorde et votre
Mon père dit que vous êtes bon chevalier, [pitié.
220 Sans égal sous la voûte céleste.
C'est à vous que je veux confier mes terres et mes fiefs,
Pour me les protéger, noble chevalier,
Jusqu'au jour où je pourrai porter les armes. »
Le comte répond : « Par ma foi, volontiers. »

---

1. Un *vilain* est, d'abord, un paysan, quelle que soit sa fortune ; puis, par extension, un non-noble, généralement d'origine modeste. 2. Le prévôt est une sorte de fonctionnaire seigneurial, ecclésiastique ou royal, qui cumulait les pouvoirs judiciaire, financier et politique. Le voyer (*vicarius*) est un officier de justice, chargé en particulier de la surveillance des routes. Au XIIe siècle, ces deux fonctions étaient attribuées à des non-nobles.

225 Il li jura sor les sainz del mostier
Ja n'en avra vaillant quatre deniers,
S'il ne li doint de gré et volentiers.
Lors vint a Charle, ne s'en volt delaier ;
Devant le rei se vait agenoillier ;
230 « Dreiz emperere, ge vos demant congié ;
Quar il m'estuet errer et chevalchier
Tot dreit a Rome, por saint Pere preier ;
Bien a quinze anz, a celer ne vos quier,
Que m'i promis, mais ne poi esplcitier.
235 Cestui veiage ne vueil ge plus laissier. »
Li reis li done coroços et iriez,
Si li charja seissante chevaliers,
D'or et d'argent trossez trente somiers ;
Al departir se corurent baisier.
240 Par tel convent i ala li guerriers,
Puis ne revint si ot grant encombrier ;
Ainz fu morz Charles que il fust repairiez ;
Et Looïs remest ses eritiers.
Ainz que Guillelmes peüst puis espleitier,
245 Ne il en France peüst puis repairier,
Fu il a tort enserrez et muciez,
Qu'il n'i aveit fors des membres trenchier ;
Trop li peüst Guillelmes delaier.

XIX

495 Li apostoiles fu molt bien enseigniez ;
Or veit il bien que Deus li vuelt aidier,
Quant par un ome puet son dreit desraisnier.
Molt requiert bien son dreit vers l'aversier :
« Sire, fait il, a celer ne vos quier,

225 Il lui jure sur les reliques de l'église
Qu'il ne retiendra pas même quatre deniers,
Si Louis ne les lui donne de son propre mouvement.
Puis il se tourne vers Charles sans tarder,
Et va s'agenouiller devant le roi :
230 « Empereur légitime, je vous demande mon congé,
Car il me faut aller à grandes chevauchées
Tout droit à Rome, pour prier saint Pierre ;
Il y a bien quinze ans, je ne vous le cache pas,
Que j'en ai fait le vœu, sans pouvoir le réaliser :
235 Je ne veux plus retarder ce voyage. »
Le roi lui donne congé malgré son déplaisir,
Et lui confie soixante chevaliers
Avec trente bêtes de somme chargées d'or et d'argent.
Ils se quittent en s'embrassant avec empressement ;
240 C'est ainsi que le guerrier partit pour Rome.
De graves difficultés retardèrent son retour ;
Charles mourut avant qu'il ne fût revenu,
Et Louis restait son héritier.
Avant que Guillaume eût pu faire diligence,
245 Et même avoir le temps de revenir en France,
On dut, malgré son rang, l'enfermer et le cacher,
Car il courait le risque d'être massacré ;
Le retard de Guillaume aurait pu lui être fatal.

Deuxième « branche » : le combat contre le géant sarrasin Corsolt

Préparatifs :

XIX

495 Le pape était parfaitement instruit ;
A présent il voit bien que Dieu veut lui venir en aide,
Puisqu'il peut faire défendre son droit par un champion.
Il sut bien le revendiquer devant l'ennemi :
« Seigneur, dit-il, je vous le dis franchement,

500 Quant par dous omes nos convendra plaidier,
Vo champion verreie volentiers,
Qui contre Deu vuelt Rome chalengier. »
Respont li reis : « Tot en sui aaisiez. »
L'en li aimene le rei Corsolt en pié,
505 Lait et anché, hisdos come aversier ;
Les uelz ot roges com charbon en brasier,
La teste lee et herupé le chief ;
Entre dous ueilz ot de lé demi pié,
Une grant teise de l'espalle al braier ;
510 Plus hisdos om ne puet de pain mangier.
Vers l'apostoile comence a reoillier ;
A voiz escrie : « Petiz om, tu que quiers ?
Est ce tes ordenes que halt iés reoigniez ?
— Sire, fait il, ge serf Deu al mostier,
515 Deu et saint Pere, qui devant nos est chiés.
De soe part vos vorreie preier
Que vos voz oz retorner feïssiez :
Ge vos dorrai le tresor del mostier ;
N'i remandra calice n'encensier,
520 Or ne argent qui vaille un sol denier,
Que ne vos face ça hors apareillier. »
Respont li reis : « N'iés pas bien enseigniez,
Qui devant mei oses de Deu plaidier ;
C'est l'om el mont qui plus m'a fait irier :
525 Mon pere ocist une foldre del ciel ;
Tot i fu ars, ne li pot l'en aidier.
Quant Deus l'ot mort, si fist que enseigniez ;
El ciel monta, ça ne volt repairier ;
Ge nel poeie sivre ne enchalcier,
530 Mais de ses omes me sui ge puis vengiez ;
De cels qui furent levé et baptisié
Ai fait destruire plus de trente miliers,
Ardeir en feu et en eve neier ;
Quant ge la sus ne puis Deu guerreier,

500 Puisque nous recourons à un duel judiciaire,
J'aimerais bien voir votre champion,
Qui veut disputer Rome à Dieu. »
Le roi[1] répond : « Je peux vous satisfaire. »
On lui amène le roi Corsolt à pied :
505 Il louche et il est laid, hideux comme un démon.
Ses yeux sont rouges comme des braises,
Sa tête large, ses cheveux hérissés.
Ses deux yeux sont distants d'un demi-pied,
Une bonne toise sépare son épaule de sa ceinture.
510 Nul homme mangeur de pain[2] ne peut être plus hideux.
Voilà qu'il roule ses yeux en regardant le pape.
Il s'écrie à pleine voix : « Petit homme, que veux-tu ?
Est-ce ton sacerdoce qui t'impose cette tonsure[3] ?
– Seigneur, dit-il, je sers Dieu à l'église,
515 Dieu et saint Pierre qui conduit nos pas.
C'est en son nom que je veux vous prier
De faire repartir votre armée.
Je vous donnerai le trésor de l'église :
Il n'y restera ni calice ni encensoir,
520 Ni or, ni argent, si peu que ce soit,
Que je ne vous fasse livrer dehors. »
Le roi répond : « Tu n'es pas instruit,
Si tu oses défendre Dieu devant moi.
Personne au monde ne m'a autant irrité que lui :
525 Une foudre tombée du ciel a tué mon père ;
Il en fut brûlé vif, sans secours possible.
Mais Dieu, après l'avoir tué, eut la sagesse
De remonter au ciel, au lieu de rester sur place :
Je n'ai pas pu le suivre ni le pourchasser,
530 Mais je me suis, depuis, vengé sur ses fidèles.
J'ai causé la mort de trente mille baptisés
Qui avaient été tenus sur les fonts baptismaux :
Je les ai fait périr par le feu ou par l'eau.
Puisque je ne peux pas me battre là-haut contre Dieu,

---

1. Il s'agit du roi sarrasin, l'émir Galafre. **2.** Autrement dit, seuls des êtres non humains peuvent avoir une apparence plus monstrueuse. **3.** Au Moyen Age, tous les membres du clergé ayant reçu les ordres étaient tonsurés, et non les seuls moines.

535 Nul de ses omes ne vueil ça jus laissier,
Et mei et Deu n'avons mais que plaidier :
Meie est la terre et siens sera li ciels.
Se ge par force puis prendre cest terrier,
Quant qu'a Deu monte ferai tot essillier,
540 Les clers qui chantent as coltels escorchier,
Et tei meïsme, qui sire iés del mostier,
Ferai rostir sor charbon en foier,
Si que li feies en cherra el brasier. »
Quant l'aspostoiles l'oï ensi plaidier,
545 N'est pas merveille s'il en fu esmaiez.
Il et li abes prenent a conseillier :
« Par saint Denis, cil Turs est esragiez !
Grant merveille est quant terre est soz ses piez,
Qu'el feu d'enfer ne l'a Deus enveié.
550 Ahi ! Guillelmes, li marchis al vis fier,
Cil te guarisse qui en croiz fu dreciez !
Contre sa force n'a la toe mestier. »
Conduit demande a Galafre le fier,
Et il li charge les filz de sa moillier ;
555 De ci a Rome le conduient a pié.
Li cuens Guillelmes i est venuz premiers ;
Il le saisist par le fer de l'estrier :
« Sire, fait il, come avez espleitié ?
Et quar me dites, veïstes l'aversier
560 Qui contre Deu vuelt Rome desraisnier ?
Gentilz om, sire, avez tant espleitié ?
– Oïl, bels sire, a celer ne vos quier,
Ce n'est pas om, ainz est uns aversiers.
Se vif esteient Rolanz et Oliviers,
565 Yve et Yvoires, Hates et Berengiers,
Et l'arcevesques, et l'enfes Manessiers,
Estolz de Langres, et li corteis Gualtiers,
Et avuec els Gerins et Engeliers,

535 Je ne laisserai ici-bas aucun de ses hommes en vie[1],
Et Dieu et moi n'avons plus à disputer :
La terre est mienne et le ciel lui appartiendra.
Si je puis m'emparer par la force de ce territoire,
Je ferai détruire tout ce qui appartient à Dieu,
540 Ecorcher au couteau les clercs qui le servent,
Et toi-même, qui es le seigneur de cette église,
Je te ferai rôtir sur des charbons ardents,
Jusqu'à ce que ton foie tombe dans le brasier. »
Quand le pape l'entendit tenir de tels discours,
545 Il n'est pas étonnant qu'il en fût effrayé.
L'abbé et lui se consultent :
« Par saint Denis, ce Turc est enragé !
Il est incroyable que la terre soit encore sous ses pieds,
Et que Dieu ne l'ait pas jeté dans les flammes de l'enfer !
550 Hélas ! Guillaume, marquis au fier visage,
Que te protège Celui qui a été mis en Croix !
Tu es bien faible en face de ce païen ! »
Le pape demande un sauf-conduit au fier Galafre,
Et l'autre lui remet les fils de sa femme.
555 Ils l'accompagnent à pied jusqu'à Rome.
Le comte Guillaume est venu à sa rencontre ;
Il le saisit par le fer de son étrier :
« Seigneur, dit-il, qu'avez-vous fait ?
Dites-moi donc, avez-vous vu le diable
560 Qui veut disputer Rome à Dieu ?
Noble seigneur, avez-vous réussi ?
— Oui, cher seigneur, je ne le cèlerai pas,
Ce n'est pas un homme, c'est un vrai démon.
Si Roland et Olivier étaient vivants,
565 Et Yve et Yvoire, Haton et Bérenger,
Et l'archevêque[2], et le jeune Manessier,
Estout de Langres, et le courtois Gautier,
Ainsi que Gérin et Engelier,

---

1. Conception féodale des rapports entre Dieu et les chrétiens : la foi, *fides*, correspond à la fidélité vassalique (également *fides* en latin) ; les chrétiens sont donc les « hommes », les vassaux, de Dieu. **2.** Il s'agit de Turpin, l'archevêque de Reims de la *Chanson de Roland*, à la fois prêtre et combattant, mort à Roncevaux.

Li doze per, qui furent detrenchié,
570 Et se i fust Aimeris li guerriers,
Vo gentilz pere, qui tant fait a preisier,
Et tuit vo frere, qui sont buen chevalier,
Ne l'osereient en bataille aprochier.
— Deus ! dist Guillelmes, dites mei que ce iert ;
575 Or vei ge bien falsez est li clergiez.
Ja dites vos que Deus par est tant chiers,
Qui que il vuelt maintenir et aidier,
Nuls nel porra honir ne vergoignier,
Ardeir en feu ne en eve neier.
580 Mais, par l'apostre qu'on a Rome requiert,
Se il aveit vint teises vers le ciel,
Se combatreie al fer et a l'acier.
Se Deus nos vuelt nostre lei abaissier,
Bien i puis estre ocis et detrenchiez,
585 Mais s'il me vuelt maintenir et aidier,
N'a soz ciel ome qui me puisse empirier,
Ardeir en feu o en eve neier. »
Quant l'apostoiles l'oï ensi plaidier :
« Ahi ! dit il, nobiles chevaliers,
590 Cil te guarisse qui en croiz fu dreciez !
Tel hardement ne dist mais chevaliers.
Ou que tu ailles, Jesus te puisse aidier,
Quant as en lui pensee et desirrier ! »
Le braz saint Pere aporte del mostier ;
595 L'or et l'argent en ont fait esrachier,
La maistre jointe font al conte baisier,
Puis l'en font croiz sor son helme d'acier,
Contre le cuer et devant et derrier ;
Si faiz joiels li ot le jor mestier :
600 Ne fu puis om quil peüst empirier,
Ne mais itant l'espès de dous deniers,
Dont li frans om ot puis grant reprovier.
A tant en monte sor l'alferant destrier.

Le combat contre le géant sarrasin Corsolt   99

Les douze pairs qui furent massacrés,
570 S'il y avait aussi Aymeri le guerrier,
Votre noble père, qui est tant estimé,
Et tous vos frères, qui sont chevaliers accomplis,
Aucun d'eux n'oserait combattre contre lui.
— Dieu, dit Guillaume, dites-moi ce qui va se passer !
575 Je vois bien maintenant que le clergé perd la tête !
Ne dites-vous pas que Dieu est si puissant
Pour celui qu'il veut préserver et aider,
Que nul ne pourra le couvrir de honte,
Ni le faire périr par le feu ou par l'eau ?
580 Mais, par l'apôtre que l'on invoque à Rome,
Même s'il était haut de vingt toises,
Je le combattrais par le fer et l'acier.
Si Dieu veut humilier notre religion,
Alors, je risque bien d'être tué et massacré ;
585 Mais s'il veut me préserver et me secourir,
Personne au monde ne pourra m'infliger de blessure,
Ni me faire périr par le feu ou par l'eau. »
Quand le pape l'entend tenir de tels propos :
« Ah ! dit-il, noble chevalier,
590 Que te protège Celui qui fut mis sur la Croix !
Nul chevalier n'a jamais parlé avec tant d'audace.
Jésus puisse te venir en aide où que tu ailles,
Toi qui mets en Lui ta pensée et ton espoir ! »
De l'église, il apporte le bras de saint Pierre.
595 Après avoir ôté l'or et l'argent qui le recouvrent,
Ils présentent le coude au comte pour qu'il le baise,
Puis font le signe de croix sur son heaume d'acier,
Sur son cœur, devant, derrière, avec la relique.
Un tel joyau lui fut très utile ce jour-là :
600 Personne désormais ne put le mutiler,
Sinon de l'épaisseur de deux pièces d'un denier,
Ce qui valut ensuite au noble comte force railleries[1].
Il monte alors sur son cheval impétueux,

---

1. Cette anticipation évoque le coup d'épée qui tranchera le bout du nez de Guillaume, d'où son surnom de Guillaume « au Court Nez » (*cf. infra*, v. 1041, 1102 et 1159-1165).

A son col pent un escu de quartier,
605 Et en son poing un reit trenchant espié.
De ci qu'al tertre ne s'i volt atargier.
Molt le reguardent paien et aversier ;
Dist l'uns a l'altre : « Vei la bel chevalier
Et pro et sage, corteis et enseignié ;
610 S'eüst son per ou deüst bataillier,
Fiers fust ancui l'estors al comencier ;
Mais vers Corsolt n'a sa force mestier :
De tels quatorze ne dorreit un denier. »

XX

Li reis Galafres est de son tref issuz ;
615 A lei de rei est chalciez et vestuz ;
Le tertre esguarde et celui qui fu sus,
Dist a ses omes : « Li Franceis est venuz.
Gel vei al tertre : bien li siet ses escuz ;
Cil deit combatre vers Corsolt le membru,
620 Mais vers lui est et chaitis et menuz.
Pou i valdra Mahomez et Cahu,
Se cil n'est tost par rei Corsolt vencuz. »
Li reis le mande et il i est venuz ;
Vait li encontre les dous braz estenduz :
625 « Bel niés, dist il, bien seiez vos venuz !
Vei le Franceis sor le tertre batu :
S'est quil requiere n'a talent qu'il remut. »
Respont Corsolz : « Morz est et confonduz ;
Puis que gel vei, ja n'iert plus atendu.
630 Or tost mes armes : qu'atendereie plus ? »
Il i corurent set rei et quinze duc,
Si li aportent soz un arbre ramu ;
Mais de tels armes ne cuit qu'il en seit plus ;
S'uns altre om les eüst el dos vestu,
635 Nes remuast por tot l'or qui onc fu.

Un écu écartelé[1] à son cou,
605 Et un fort épieu tranchant au poing.
Il s'élance jusqu'au tertre,
Sous les regards curieux des ennemis païens.
Ils se disent entre eux : « Voilà un beau chevalier,
Preux et sage, courtois et bien appris ;
610 S'il devait affronter un adversaire de même valeur,
Aujourd'hui le combat ferait rage dès son début ;
Mais sa vigueur ne peut rien contre Corsolt :
Quatorze guerriers semblables ne seraient rien pour lui. »

XX

L'émir Galafre est sorti de sa tente.
615 Il est vêtu et chaussé comme un roi.
Il observe le tertre et celui qui s'y trouve,
Et il dit à ses hommes : « Le Français est venu.
Je le vois sur le tertre : son écu lui sied bien.
C'est lui qui doit affronter le vigoureux Corsolt,
620 Mais, en comparaison, il est faible et menu.
Mahomet et Cahut seront sans pouvoir,
S'il n'est bien vite vaincu par le roi Corsolt. »
L'émir mande ce dernier, qui le rejoint.
Il va à sa rencontre en lui tendant les bras :
625 « Cher neveu, lui dit-il, soyez le bienvenu !
Voyez le Français sur le tertre battu :
Si on l'attaque, il ne cherchera pas à partir. »
Corsolt répond : « Il est mort et anéanti.
Maintenant que je l'ai vu, il n'attendra pas plus.
630 Allez, vite ! mes armes ! pourquoi tarderais-je ? »
Sept rois et quinze ducs accourent vers lui
Et les lui apportent sous un arbre à la vaste ramure.
Je crois bien qu'il n'existe plus d'armure de cette sorte ;
Si quelqu'un d'autre l'avait revêtue,
635 Il n'aurait pu la remuer pour tout l'or du monde.

---

1. En héraldique, l'écu *de quartier* est un écu partagé en quatre parties par une ligne horizontale et une ligne verticale entrecroisées.

XXI

Quatorze rei armerent l'aversier ;
El dos li vestent une broigne d'acier,
Desus la broigne un blanc halberc doblier,
Puis ceint l'espee dont trenche li aciers ;
640 Teise ot de lonc et de lé demi pié ;
Il ot son arc et ses turqueis laciez,
Et s'arbaleste et ses quarels d'acier,
Darz esmoluz, afaitiez por lancier.
On li ameine Alion son destrier ;
645 A grant merveille par fu li chevals fiers,
Si desreez, com j'oï tesmoignier,
D'une grant teise n'i pot on aprochier,
Fors que icil qui en fu costumiers.
Quatre darz ot a la sele atachiez,
650 Mace de fer porte a l'arçon derrier.
Li reis Corsolz i monta par l'estrier ;
A son col pent un escu a or mier,
Une grant teise ot l'escuz de quartier ;
Mais ainz de lance ne deigna il baillier ;
655 De dobles armes l'ont bien apareillié.
Deus ! quels chevals, quil peüst chasteier !
Et neporquant il cort si li destriers
Ne s'i tenist ne lievre ne levriers.
Envers son oncle se prist a desraisnier,
660 A voiz s'escrie : « Faites pais, si m'oiez :
Les seneschals faites tost avancier,

XXI

Quatorze rois armèrent l'ennemi.
Il lui font revêtir une cuirasse d'acier,
Et, par-dessus, un double haubert[1] blanc ;
Puis il ceint son épée dont l'acier est tranchant,
640 Longue d'une toise et large d'un demi-pied.
Il avait son arc, son carquois lacé,
Son arbalète et ses carreaux d'acier,
Ses flèches aiguisées, prêtes à être lancées.
On lui amène son cheval Alion.
645 Cet animal était prodigieusement farouche,
Tellement sauvage, à ce que l'on m'a dit,
Que nul ne peut l'approcher à moins d'une toise,
Excepté son cavalier habituel.
Il avait quatre flèches attachées à sa selle,
650 Et une masse de fer à l'arrière de l'arçon.
Le roi Corsolt s'enleva sur l'étrier ;
A son cou, un écu rehaussé d'or pur :
Cet écu à quartiers était long d'une grande toise.
Mais le roi ne daigna pas s'armer d'une lance.
655 Il a été bien équipé d'un double jeu d'armes.
Dieu ! quel cheval, pour qui aurait pu le dresser !
Malgré ce poids, le destrier courait plus vite
Qu'un lièvre ou même un lévrier.
Corsolt interpelle son oncle,
660 En s'écriant d'une voix forte : « Silence ! Ecoutez-moi !
Faites vite venir les sénéchaux[2],

---

1. Le *halberc doblier* est une cotte à double épaisseur de mailles. La *broigne* est ici distincte du haubert (alors que l'usage épique généralement les confond) : protection d'un type plus ancien, dérivé de la *lorica* romaine, elle est (d'après C. Enlart, *Manuel d'archéologie*, Paris, Picard, 1916, t. 3, p. 448) « un justaucorps de forte toile et de cuir, garni extérieurement d'une armature de cuivre ou de corne » ; elle disparaît au cours du XIIe siècle pour être remplacée par le haubert, ou cotte de mailles. 2. La fonction primitive du sénéchal (*dapifer*) est la responsabilité des vivres et du service de table. Au XIIe siècle, le sénéchal (également dit en latin *senescalcus*) tend à devenir un officier de première importance, aux fonctions à la fois administratives et militaires, et, pour le sénéchal royal, « une sorte de vice-roi » (A. Luchaire). Le sénéchal de France sera si encombrant, à la fin du XIIe siècle, que Philippe Auguste supprimera la fonction en 1191, après le décès de son titulaire. Le *Couronnement de Louis*, comme souvent les chansons

Les tables metre, atorner le mangier ;
Por cel Franceis ne l'estuet delaier,
Plus tost l'avrai ocis et detrenchié
665 Que vos n'iriez demi arpent a pié ;
Ja de m'espee ne le quier atochier,
Se de ma mace puis un cop empleier ;
Se tot n'abat et lui et le destrier,
Ja mais frans om ne me doint a mangier ! »
670 Paien escrient : « Mahom te puisse aidier ! »
Trés parmi l'ost comença a brochier ;
A Mahomet l'ont comandé paien.
Li cuens Guillelmes vit venir l'aversier,
Lait et hisdos et des armes chargié ;
675 S'il le redote, nuls n'en deit merveillier.
Deu reclama le pere dreiturier :
« Sainte Marie, com ci a buen destrier !
Molt par est buens por un prodome aidier ;
Mei le convient des armes espargnier.
680 Deus le guarisse, qui tot a a jugier,
Que de m'espee ne le puisse empirier. »
De tel parole n'eüst coarz mestier.

XXVI

(...)
1030 Corsolz li dist treis moz par retraçon :
« Ahi ! Guillelmes, come as cuer de felon ;
A grant merveille sembles buen champion,
De l'escremir ne resembles bricon ;
Mais par ces armes n'avras ja guarison. »
1035 Lors trestorna son destrier aragon,

Dresser les tables, préparer le repas.
Ne retardez rien à cause du Français :
Je l'aurai tué et mis en pièces plus vite
665 Que vous ne couvririez un demi-arpent à pied.
Je n'aurai même pas à le toucher avec l'épée ;
Si je peux lui donner un seul coup de ma masse
Et que je ne l'abats d'un coup, lui et son cheval,
Que jamais un homme libre ne me serve à manger ! »
670 Les païens s'écrient : « Puisse Mahomet te soutenir ! »
Il éperonne son cheval en traversant l'armée ;
Les païens l'ont recommandé à Mahomet.
Le comte Guillaume vit venir cet ennemi
Laid et hideux, armé de pied en cap.
675 Rien d'étonnant à ce qu'il le redoute !
Il invoqua le Père justicier :
« Sainte Marie, quel magnifique destrier !
Il est d'un grand secours pour un bon chevalier :
Il me faut absolument éviter de le blesser :
680 Que Dieu le protège, le Justicier suprême,
Et le préserve de mes coups d'épée ! »
Ce n'est pas un couard qui aurait ainsi parlé.

La fin du combat contre Corsolt[1]

XXVI

(...)
1030 Corsolt lui dit trois mots en forme de raillerie :
« Ah ! Guillaume, comme tu es âpre au combat !
Tu te montres un champion vraiment extraordinaire,
Très expert en escrime ;
Mais ces armes ne pourront te protéger ! »
1035 Il fait faire volte face à son destrier aragonais,

---

de geste du cycle de Guillaume, entend la fonction de sénéchal dans son acception archaïque. **1.** Guillaume vient de se lamenter de la profusion d'armes dont dispose son adversaire.

Et trait l'espee qui li pent al giron,
Et fiert Guillelme par tel devision
Que le nasel et l'elme li desront.
Trenche la coife del halberc fremillon,
1040 Et les chevels li trenche sor le front,
Et de son nés abat le someron.
Maint reprovier en ot puis li frans om.
Li cols devale par de desus l'arçon,
Que del cheval li a fait dous tronçons.
1045 Li cols fu granz, si vint de tel randon
Que treis cenz mailles en abat el sablon ;
L'espee vole hors des mains al gloton.
Li cuens Guillelmes salt en pié contre mont,
Et trait Joiose, qui li pent al giron ;
1050 Ferir le cuide par desus l'elme a mont,
Mais tant esteit et parcreüz et lons
N'i avenist por tot l'or de cest mont.
Li cols descent sor l'alberc fremillon,
Que treis cenz mailles en abat el sablon.
1055 La vieille broigne fist al Turc guarison ;
Ne l'empira vaillant un esperon.
Corsolz li dist dous moz par contençon :
« Ahi ! Guillelmes, come as cuer de felon !
Ne valent mais ti colp un haneton. »
1060 Tuit cil de Rome s'escrient a halt ton,
Et l'apostoiles, qui fu en grant friçon :
« Sainz Pere, sire, secor ton champion,
Se il i muert male iert la retraçon ;
En ton mostier, por tant que nos vivons,
1065 N'avra mais dite ne messe ne leçon. »

Tire l'épée qui pend à sa ceinture[1]
Et frappe Guillaume d'une telle manière
Qu'il lui fend le nasal[2] et le heaume.
Il tranche la coiffe du haubert brillant[3],
1040 Coupe les cheveux sur le front,
Et mutile l'extrémité de son nez.
Le noble baron en fut ensuite souvent raillé[4].
Le coup s'abat sur l'arçon
Et tranche le cheval en deux.
1045 C'est un coup prodigieux, et d'une telle force,
Qu'il fait tomber trois cents mailles sur le sol.
L'épée s'échappe des mains de ce vaurien.
Le comte Guillaume bondit sur ses pieds,
Et tire Joyeuse, qui pend à sa ceinture.
1050 Il compte frapper l'autre sur le sommet du heaume,
Mais le païen est si démesurément grand
Qu'il n'aurait pu y parvenir pour tout l'or du monde.
Le coup s'abat sur le haubert brillant,
Dont il répand trois cents mailles sur le sable.
1055 Le Turc fut protégé par sa vieille cuirasse ;
Guillaume ne l'entama même pas.
Corsolt lui lança deux mots cinglants :
« Ah ! Guillaume, comme tu es âpre au combat !
Mais tes coups ne sont pas plus dangereux qu'un
[hanneton ! »
1060 Tous ceux de Rome et le pape, qui était plein d'effroi,
S'écrièrent à pleine voix :
« Saint Pierre, seigneur, secours ton champion,
S'il meurt ici, tu en seras blâmé :
Dans ton église, durant toute notre vie,
1065 On ne dira plus ni messe ni leçon[5]. »

---

1. Le *giron* est le pan d'étoffe de la robe qui pend à droite et à gauche, sous la ceinture. L'épée pend donc le long du *giron*. Nous traduisons par « à sa ceinture » par commodité de langage moderne. **2.** Le nasal est la pièce métallique du heaume qui protège le nez. **3.** *Fremillon* (latin *formicare*) : « brillant », « bruissant » (les dictionnaires de Godefroy et de Tobler-Lommatzsch hésitent entre les deux sens). **4.** C'est l'origine de son surnom, « au Court Nez » (*cf. infra*, v. 1159-1165). **5.** Selon Littré : « partie de l'office qu'on dit à matines, et qui se compose de morceaux de l'Ancien ou du Nouveau Testament et de la vie du saint dont on célèbre la fête ».

XXVII

Li cuens Guillelmes a la chiere membree
Fu tot armez sor la montaigne lee ;
Veit le paien qui ot perdu s'espee,
Dont son cheval ot trenchié l'eschinee.
1070 Li Turs passe oltre plus d'une arbalestee,
Tot en poignant sa mace a destesee,
Envers Guillelme en vint gole baee ;
Alsi escume come beste eschalfee
Que li chiens chacent en la selve ramee.
1075 Li cuens le veit, s'a sa targe levee.
Li Turs i fiert de si grant randonee
De chief en altre li a tote quassee,
Emprès la bocle li a tote copee ;
Par le pertuis i passast de volee
1080 Uns esperviers, senz point de demoree.
Emprès le helme est la mace passee.
Baissa le chief a icele encontree.
Ja mais par lui ne fust Rome aquitee,
Se Deus ne fust et la vierge onoree.
1085 Tuit cil de Rome haltement s'escrierent ;
Dist l'apostoiles : « Que fais tu or, sainz Pere ?
Se il i muert, c'iert male destinee ;
En ton mostier n'iert mais messe chantee,
Tant com ge vif ne que j'aie duree. »

XXVIII

1090 Li cuens Guillelmes fu molt estoltoiez,
Et de cel colp fu durement chargiez,
Mais d'une chose s'est il molt merveilliez,
Que li Turs a tant duré el destrier,
Por ce qu'il ot tant durement saignié ;
1095 Et s'il volsist il l'eüst mis a pié,
Mais il espargne quanqu'il puet le destrier,
Quar il se pense, s'il le puet guaaignier,

XXVII

Le comte Guillaume à l'illustre visage
Se tenait tout armé sur la large éminence.
Il voit le païen qui a perdu son épée
En tranchant l'échine du cheval.
1070 Le Turc s'éloigne de plus d'une portée d'arbalète,
Tout en éperonnant il a brandi sa masse
Et se dirige vers Guillaume la gueule ouverte ;
Il écume comme une bête échauffée
Que les chiens coursent sous les ramures de la forêt.
1075 Voyant cela, le comte lève son bouclier[1].
Le Turc le frappe avec tant de vigueur
Qu'il l'a fendu complètement de haut en bas,
Et l'a brisé aux alentours de la boucle.
Un épervier en plein vol aurait pu traverser
1080 La brèche, sans s'arrêter.
La masse a frôlé le heaume.
Guillaume, pour l'esquiver, a baissé la tête.
Jamais il n'aurait pu libérer Rome
Sans l'aide de Dieu et de la Vierge honorée.
1085 Tous ceux de Rome crièrent à pleine voix ;
Le pape dit : « Que fais-tu donc, saint Pierre ?
S'il meurt ici, ce sera un triste sort ;
Dans ton église on ne chantera plus de messe,
Aussi longtemps que je serai vivant. »

XXVIII

1090 Le comte Guillaume était tout étourdi,
Et très éprouvé par ce coup.
Il y a une chose qui le surprend beaucoup :
C'est que le Turc se soit maintenu sur son destrier
Si longtemps, en dépit du sang qu'il a perdu.
1095 S'il l'avait voulu, il l'aurait privé de cheval,
Mais il épargne autant qu'il peut le destrier :
C'est qu'il réfléchit que, s'il peut le conquérir,

---

1. La *targe* est un bouclier rond, et se distingue de l'écu, de forme oblongue. Elle comportait une boucle, ou renflement central en métal.

Bien li porreit ancore aveir mestier.
Li Sarrazins vint a lui eslaissiez ;
1100 Ou veit Guillelme, si l'a contraleié :
« Culverz Franceis, or iés mal engeigniez,
Quar de ton nés as perdu la meitié ;
Or seras mais Looïs provendiers,
Et tes lignages en avra reprovier.
1105 Or veiz tu bien ne te puez plus aidier ;
O tot ton cors m'en estuet repairier,
Quar l'amiranz m'atent a son mangier ;
Molt se merveille que ge puis tant targier. »
Il s'abaissa vers son arçon premier,
1110 De devant lui le voleit enchargier
Trestot armé sor le col del destrier.
Veit le Guillelmes, le sens cuide changier ;
Bien fu en aise por son colp empleier,
Et fiert le rei, que n'ot soing d'espargnier,
1115 Par mi son elme, qui fu a or vergiez,
Que flors et pierres en a jus tresbuchié,
Et li trencha le maistre chapelier.
La bone coife li convint eslongier,
Que pleine palme li fent le hanepier ;
1120 Tot l'embroncha sor le col del destrier.
Les armes peisent, ne se pot redrecier :
« Deus, dist Guillelmes, com j'ai mon nés vengié !
Ne serai mais Looïs provendiers,
Ne mes lignages n'en avra reprovier. »
1125 Son bras a fors des enarmes sachié,
L'escu geta enz el champ estraier :
Tel hardement ne fist mais chevaliers.
Se li Turs fust sains et sals et entiers,
Par grant folie fust li plaiz comenciez ;
1130 Mais Deu ne plot plus se peüst aidier.
Li cuens Guillelmes ne s'i volt atargier ;

Il pourra lui être d'une grande utilité.
Le Sarrasin se précipite sur lui au grand galop.
1100 Voyant Guillaume, il l'apostrophe :
« Méprisable Français, là, tu es mal en point,
Car tu as perdu la moitié de ton nez !
Tu toucheras désormais des prébendes de Louis,
Et ton lignage en supportera la honte !
1105 Tu vois bien à présent que tu ne peux plus te défendre.
Il ne me reste plus qu'à repartir en t'emportant,
Car l'émir m'attend pour dîner.
Il s'étonne de voir que je tarde tant. »
Il se pencha alors sur son arçon
1110 Pour le charger tout armé
Sur l'encolure du destrier.
Voyant cela, Guillaume crut devenir fou ;
Il était en bonne position pour frapper efficacement :
Il frappe le roi, qu'il n'a soin d'épargner,
1115 Au milieu de son heaume vergeté d'or[1],
Faisant tomber à terre fleurs et pierreries,
Et tranche le capuchon du haubert[2].
Il écarte ainsi la forte coiffe,
En lui fendant le crâne d'une bonne paume,
1120 Et le renverse complètement sur l'encolure du destrier.
Le poids de ses armes l'empêche de se redresser.
« Dieu ! dit Guillaume, j'ai bien vengé mon nez !
Je ne toucherai pas de prébendes de Louis,
Et mon lignage n'en supportera pas la honte !
1125 Il a retiré son bras des poignées[3]
Et abandonné son écu au milieu du champ :
Jamais chevalier ne montra tant d'audace.
Si le Turc avait été en possession de ses moyens,
C'eût été de la folie de la part de Guillaume ;
1130 Mais Dieu ne voulut pas que le païen pût se défendre.
Le comte Guillaume ne veut pas perdre un instant !

---

1. Le heaume pouvait être peint de diverses couleurs, ou orné de baguettes : c'est le *heaume vergé*. Il était souvent richement rehaussé de pierreries, de verroterie et de décorations en forme de fleurs (*cf.* le vers suivant). 2. La partie supérieure du haubert (« capuchon ») enveloppait la tête, à l'exception du visage 3. Les *enarmes* sont les poignées de cuir dans lesquelles le chevalier engage son bras pour tenir solidement son écu.

A ses dous poinz saisist le brant d'acier
Et fiert le rei, n'ot soing de l'espargnier,
Par mi les laz de son elme vergié.
1135 La teste o l'elme fist voler quatre piez ;
Li cors chancele et li Sarrazins chiet.
Li cuens Guillelmes ne s'i volt delaier ;
La buene espee dont son nés ot trenchié,
Il la volt ceindre, mais trop longe li iert ;
1140 Vint a l'arçon, maintenant la pendié.
Pié et demi sont trop lonc li estrier :
Grant demi pié les a lors acorciez.
Li cuens Guillelmes i monta par l'estrier,
Del Sarrazin a retrait son espié,
1145 Qu'il li aveit enz el corps apoié ;
Tot entor l'anste en est li sanz glaciez :
« Deus, dist Guillelmes, com vos dei graciier
De cest cheval que j'ai ci guaaignié !
Or nel dorreie por l'or de Montpelier.
1150 Hui fu tel ore que molt l'oi conveitié. »
De ci a Rome ne s'est pas atargiez.
Li apostoiles i est venuz premiers,
Si le baisa quant l'elme ot deslacié.
Tant ont ploré li cuens Bertrans, ses niés,
1155 Et Guielins et li corteis Gualtiers !
Tel paor n'orent a nul jor desoz ciel :
« Oncles, fait il, estes sains et haitiez ?
— Oïl, fait il, la merci Deu del ciel,
Mais que mon nés ai un poi acorcié ;
1160 Bien sai mes nons en sera alongiez. »
Li cuens meïsmes s'est iluec baptisiez :
« Dès ore mais, qui mei aime et tient chier,
Trestuit m'apelent, Franceis et Berruier,
Conte Guillelme al cort nés le guerrier. »
1165 Onc puis cel nom ne li pot l'en changier.
Puis ne finerent tresqu'al maistre mostier.
Cil ot grant joie qui le tint par l'estrier.
La nuit font feste por le franc chevalier,

De ses deux poings il saisit l'épée d'acier
Et frappe le roi, qu'il n'a soin d'épargner,
Sur les lacets de son heaume ciselé.
1135 Il fait voler à quatre pieds de là la tête et le heaume,
Le corps chancelle, le Sarrasin s'écroule.
Le comte Guillaume ne veut pas perdre un instant ;
La bonne épée, qui avait mutilé son nez,
Il voudrait bien la ceindre : mais il est trop petit.
1140 Il va donc la suspendre à l'arçon.
Les étriers sont trop longs d'un pied et demi :
Il les raccourcit donc d'un grand demi-pied.
Le comte Guillaume s'enlève sur l'étrier ;
Il retire sa lance du corps du Sarrasin,
1145 Qu'il y avait fichée.
Le sang s'était figé tout autour de la hampe :
« Dieu, dit Guillaume, je dois bien vous rendre grâce
Pour ce cheval que je viens de gagner !
Certes, je ne le donnerais pas pour l'or de Montpellier.
1150 Je l'ai tant convoité aujourd'hui ! »
Il se rend aussitôt à Rome.
Le pape le premier est venu à sa rencontre,
Et lui donne un baiser dès que son heaume est délacé.
Comme ont pleuré le comte Bertrand, son neveu,
1155 Et Guiélin, et le courtois Gautier !
Jamais encore ils n'avaient eu aussi peur :
« Mon oncle, dit Bertrand, êtes-vous sain et sauf ?
— Oui, répond-il, grâce au Dieu du ciel,
Bien que mon nez soit un peu raccourci :
1160 Je suis sûr que mon nom en sera allongé. »
Le comte s'est alors baptisé lui-même :
« Désormais, quiconque m'aime et me chérit,
Que tous, Français et Berrichons, m'appellent
Le comte Guillaume au Court Nez le guerrier. »
1165 Depuis ce temps, ce nom lui est resté.
Puis ils cheminèrent jusqu'à la basilique.
Celui qui le tenait par l'étrier débordait de joie[1].
On fêta toute la nuit le noble chevalier,

---

1. C'était un rôle honorifique, qui honorait à la fois celui que l'on accompagnait ainsi et celui qui tenait l'étrier.

Tresqu'al demain que jorz fu esclairiez,
1170 Que d'altre chose voldront assez plaidier.
Et dist Bertrans : « As armes, chevalier !
Puis que mes oncles a le champ guaaignié
Vers le plus fort qui tant ert resoigniez,
Bien nos devons as feibles essaier.
1175 Oncles Guillelmes, faites vos aaisier,
Quar molt par estes penez et travailliez. »
Guillelmes l'ot, si s'en rit par feintié :
« Hé ! Bertrans, sire, or del contraleier !
Ja vo contraires ne vos avra mestier,
1180 Que, par l'apostre que requierent palmier,
Ge ne laireie por l'or de Montpelier
Que ge ne voise el maistre renc premiers,
Et i ferai de l'espee d'acier. »
Quant cil de Rome l'oïrent si plaidier,
1185 Li plus coarz en fu proz et legiers.
Dès or se guardent li felon losengier,
Que trop i pueent demorer et targier,
Quar cil de Rome se vont apareillier.

XXXVI

Vait s'en Guillelmes li nobiles guerriers ;
Ensemble o lui doze cent chevalier.
Par sa maisnie a fait un ban huchier ;
Chascuns a point qui cheval, qui destrier,
1505 Et il lor dist, senz point de l'atargier,
Qu'il n'aient cure de cheval espargnier :
Qui pert roncin, il li rendra destrier.
« Al malvais plait vueil estre a comencier ;

Jusqu'à l'aube du lendemain,
1170 Car ils avaient beaucoup de sujets de discussion.
Puis Bertrand s'écria : « Aux armes, chevaliers !
Maintenant que mon oncle a été victorieux
Du plus fort, qui était si redouté,
Nous devons bien nous mesurer aux faibles !
1175 Oncle Guillaume, prenez toutes vos aises,
Car vous êtes très fatigué et meurtri. »
A ces mots, Guillaume rit et plaisanta :
« Holà ! Bertrand, seigneur, il n'en est pas question !
Vous aurez beau protester,
1180 Car, par l'apôtre que prient les pèlerins
Je ne renoncerai pas, pour l'or de Montpellier,
A avancer au premier rang de l'armée,
Et à frapper de mon épée d'acier. »
Quand ceux de Rome l'entendirent parler ainsi,
1185 Même le plus couard en fut réconforté.
A présent, les perfides félons peuvent être sur leurs gardes :
Ils risquent de perdre leur temps à muser,
Car ceux de Rome vont revêtir leurs armes.

Troisième « branche » : Louis à Saint-Martin de Tours

XXXVI

Guillaume s'éloigne, le noble guerrier ;
Douze cents chevaliers l'accompagnent.
Il a fait proclamer un ban parmi ses hommes ;
Chacun éperonne un cheval ou un destrier[1],
1505 Et il leur ordonne, sans tarder,
De ne pas se soucier de ménager leurs chevaux :
Qui perdra un roncin aura un destrier.
« Je veux assister dès le début à cette mauvaise assemblée ;

---

1. Le *destrier* est un cheval de combat, lourd et puissant ; le *cheval* peut soit être un terme générique, soit désigner un cheval de marche, plus léger. Le *roncin* (v. 1507) est un cheval de somme, donc dépourvu de toute noblesse.

Ge vueil par tens saveir et acointier
1510 Qui vuelt reis estre de France justiciers ;
Mais par l'apostre que requierent palmier,
Tels se fait ore et orgoillos et fier
Cui ge metrai tel corone en son chief
Dont la cervele l'en vendra tresqu'as piez. »
1515 Dient Romain : « Cist om a le cuer fier.
Qui li faldra, Deus li doint encombrier ! »
Ne sai que deie la novele noncier ;
De ci a Tors ne voldrent atargier.
Molt sagement en voldra espleitier :
1520 En quatre aguaiz a mis mil chevaliers :
Dous cenz en meine molt bien apareilliez,
Qui ont vestu les blans halbers dobliers,
Desoz les coifes les verz helmes laciez,
Et si ont ceint les brans forbiz d'acier ;
1525 Et molt près d'els resont li escuier,
As fors escuz et as trenchanz espiez,
Ou al besoing porront bien repairier.
De ci as portes ne voldrent atargier ;
Le portier truevent, si l'ont lors araisnié :
1530 « Uevre la porte, ne nos fai ci targier,
Nos venons ci al riche duc aidier ;
Ancui sera coronez al mostier
Ses filz a rei, que Franceis l'ont jugié. »
Li portiers l'ot, a pou n'est esragiez ;
1535 Deu reclama, le pere dreiturier :
« Sainte Marie ! dist li corteis portiers,
Looïs sire, c'est povres recovriers ;
Se cil n'en pense qui tot a a jugier,
N'en puez partir senz les membres trenchier.
1540 Hé ! Deus aïde ! fait li corteis portiers,
Ou sont alé li vaillant chevalier
Et li lignages Aimeri le guerrier,

Je veux savoir à temps exactement
1510 Qui veut être le roi de France qui rend la justice ;
Mais, par l'apôtre qu'invoquent les pèlerins,
Tel se montre aujourd'hui orgueilleux et fier
A qui j'enfoncerai dans le crâne une couronne
Qui lui fera descendre la cervelle jusqu'aux pieds ! »
1515 Les Romains disent : « Cet homme a le cœur fier.
Dieu punisse quiconque l'abandonnera ! »
Je ne sais comment vous rapporter la chose :
Sans s'attarder ils se rendent à Tours[1].
Guillaume se conduira en homme prévoyant :
1520 Il a disposé mille chevaliers en quatre postes de guet,
Et il en conduit deux cents autres bien équipés,
Qui ont revêtu de blancs haubelts à doubles mailles,
Lacé leurs heaumes verts sous un capuchon[2],
Et ceint les épées d'acier fourbi ;
1525 Non loin se tiennent leurs écuyers,
Qui portent les solides écus et les lances tranchantes :
Ils pourront au besoin revenir vers eux.
Ils se rendent aux portes sans tarder ;
Dès qu'ils voient le portier, ils l'ont interpellé :
1530 « Ouvre la porte, ne nous fais pas attendre,
Nous venons pour offrir notre aide au puissant duc[3].
Aujourd'hui, son fils sera couronné roi
A l'église, car les Français l'ont décidé. »
A ces mots, le portier devient presque fou de rage ;
1535 Il invoque Dieu, le Père de justice :
« Sainte Marie ! dit le portier à l'esprit noble,
Louis, seigneur, quel malheur pour toi !
Si le Juge suprême n'y veille pas,
Tu ne sortiras pas d'ici sain et sauf.
1540 Hé ! Dieu, au secours, dit le noble portier,
Que sont devenus les chevaliers valeureux
Et le lignage d'Aymeri le guerrier,

---

1. C'est là que le roi Louis est caché par ses partisans, pour le protéger contre les vassaux rebelles. 2. Selon A. Lanly (trad., p. 123), il ne s'agit pas de la coiffe du haubert (qui se trouve *sous*, et non *sur*, le heaume), mais d'un capuchon civil, en étoffe, destiné à dissimuler l'armure, par précaution. 3. Celui-ci occupait la ville, et était l'un des vassaux révoltés ; Guillaume emploie ici une ruse pour entrer plus aisément dans la ville.

Qui si soleient lor dreit seignor aidier ? »
Dist a Guillelme : « N'i metrez or les piez.
1545 Trop a ça enz de glotons losengiers ;
Ge ne vueil ore que plus les acreissiez.
C'est granz merveille quant terre vos sostient.
Quar pleüst ore al glorios del ciel
Que ja fondist la terre soz voz piez,
1550 Et Looïs fust arriere en son fié !
De malvais pueple sereit li monz vengiez. »
Guillelmes l'ot, s'en fu joianz et liez.
Bertran apele : « Entendez, sire niés,
Oïstes mais si bien parler portier ?
1555 Qui son corage li voldreit acointier,
Bien nos porreit ancui aveir mestier. »

XXXVII

« Amis, bels frere, dist Guillelmes li ber,
Estoltement m'as ton ostel veé ;
Mais se saveies de quel terre sui nez,
1560 Et de quel gent et de quel parenté,
A ceste esemple que ge t'oi ci conter,
Molt l'overreies volentiers et de gré. »
Li portiers dist : « Deus en seit aorez ! »
Le guichet uevre tant qu'il l'ait esguardé :
1565 « Gentilz om, sire, se j'osasse parler,
Ge demandasse de quel terre estes nez,
Et de quel gent et de quel parenté.
– Veir, dist Guillelmes, ja orras verité,
Qu'ainz por nul ome ne fu mes nons celez :
1570 Ge sui Guillelmes de Narbonne sor mer. »
Dist li portiers : « Deus en seit aorez !
Sire Guillelmes, bien sai que vos querez :
Vostre lignages n'ot onques laschété ;
Li mals Richarz est ça dedenz entrez,
1575 A tot set cenz de chevaliers armez ;
Gentilz om, sire, petit de gent avez
Por lor grant force sofrir ne endurer. »
Respont Guillelmes : « Nos en avrons assez.

Qui toujours secouraient leur seigneur légitime ? »
Et il dit à Guillaume : « Vous n'entrerez pas.
1545 Il y a là beaucoup de racaille perfide,
Je n'ai pas envie que vous en accroissiez le nombre.
Je m'étonne que la terre vous soutienne :
Hélas ! que ne plaît-il au glorieux Roi du ciel
Que la terre se dérobe maintenant sous vos pieds,
1550 Et que Louis reprenne possession de son fief !
Le monde serait purgé des méchants ! »
En l'entendant, Guillaume fut comblé d'allégresse.
Il interpelle Bertrand : « Ecoutez, seigneur neveu !
Avez-vous jamais entendu portier si bien parler ?
1555 Si l'on voulait lui révéler nos dispositions,
Il pourrait nous rendre aujourd'hui de grands services. »

XXXVII

« Cher frère, mon ami, dit Guillaume le vaillant,
Tu m'as interdit sans réflexion l'entrée de cette demeure.
Si tu savais en quelle terre je suis né,
1560 De quelle race, et de quelle famille,
A en juger par ce que tu viens de dire,
Tu ouvrirais la porte avec un grand plaisir. »
Le portier s'écrie : « Que Dieu en soit loué ! »
Il ouvre le guichet et regarde son interlocuteur :
1565 « Noble chevalier, seigneur, si j'osais parler,
Je vous demanderais de quelle terre vous êtes,
Et de quelle race, et de quelle famille.
— Assurément, dit Guillaume, tu sauras la vérité,
Car la crainte ne m'a jamais fait cacher mon nom.
1570 Je suis Guillaume de Narbonne-sur-Mer.
— Grâces soient rendues à Dieu ! dit le portier,
Seigneur Guillaume, je sais bien pourquoi vous venez :
Votre lignage ignore la lâcheté.
L'exécrable Richard est entré ici,
1575 Avec sept cents chevaliers en armes.
Noble seigneur, votre troupe est trop mince
Pour affronter victorieusement leurs grandes forces.
— Nous aurons assez d'hommes, répondit Guillaume.

En quatre aguez sont ça dehors remés
1580 Mil chevalier guarni et conreé ;
S'en ai dous cenz de molt bien atornez,
Desoz les cotes li blanc halberc safré,
Desoz les coifes li vert helme gemé ;
Li escuier resont après assez,
1585 Ou al besoing porrons bien recovrer. »
Dist li portiers : « Deus en seit aorez !
Se li conseilz m'en esteit demandez,
Tost en sereit li aguaiz desertez
Et par message queiement amenez.
1590 Li traïtor sont ça enz enserré ;
Ou les querras quant ci les as trovez ?
En icest jor, sache de verité,
O ainz qu'il seit li matins ajornez,
En puez tu faire totes tes volentez.
1595 Om qui tel fais vuelt sor lui atorner
Deit plus fiers estre que en bois li senglers. »
Guillelmes l'ot, s'est vers terres clinez ;
Bertran apele : « Sire niés, entendez :
Oïstes mais si bien portier parler ? »

XXXVIII

1600 Quant li portiers entendi la novele
Del pro Guillelme cui proece revele,
Vers le palais a tornee sa teste,
Et prist un guant, sel mist en son poing destre,
Puis s'escria a sa vois halte et bele :
1605 « Ge te desfi, Richarz, tei et ta terre :
En ton service ne vueil ore plus estre.
Quant traïson vuels faire ne porquerre,
Il est bien dreiz et raison que i perdes. »
Contre Guillelme fu tost la porte overte ;
1610 Tot maintenant li desferme et desserre :
Entre Guillelmes et sa compaigne bele,
Et li portiers dolcement l'en apele :
« Frans chevaliers, va la vengeance querre
Des traïtors qui contre tei revelent. »

En quatre postes de guet se tiennent, au-dehors,
1580 Mille chevaliers armés de pied en cap ;
J'en ai ici deux cents, bien équipés,
Portant un blanc haubert rembourré sous leurs vêtements,
Et sous les capuchons leurs heaumes verts à pierreries.
Leurs écuyers aussi sont à proximité,
1585 Pour nous procurer du secours au besoin.
– Grâces soient rendues à Dieu ! dit le portier.
Si l'on me demandait mon avis,
J'ordonnerais vite que l'on quitte les postes de guet :
Un messager ferait venir ces hommes en silence.
1590 Les traîtres sont enfermés ici, à l'intérieur :
Pourquoi les chercher ailleurs, s'ils sont ici ?
Aujourd'hui même, sache-le bien,
Ou au plus tard demain matin avant l'aube,
Tu peux les réduire à ta merci.
1595 Un homme qui se charge d'une telle entreprise
Doit être plus féroce que le sanglier dans les bois. »
A ces mots, Guillaume incline sa tête vers le sol ;
Il interpelle Bertrand : « Seigneur neveu, écoutez :
Avez-vous jamais entendu portier si bien parler ? »

XXXVIII

1600 Quand le portier eut appris que c'était
Le valeureux Guillaume dont la prouesse brille,
Il tourna la tête vers le palais
Et, prenant un gant qu'il mit à son poing droit,
Il s'écria de sa belle voix puissante :
1605 « Je te défie, Richard, toi et ta terre !
Je ne veux plus désormais te servir !
Tu ne t'appliques qu'à fomenter des trahisons :
Il est bien juste et normal que tu y perdes ! »
La porte eut vite fait d'être ouverte à Guillaume ;
1610 Le portier aussitôt en ôte les barres et les verrous :
Guillaume entre avec sa noble compagnie,
Et le portier lui parle avec douceur :
« Noble chevalier, va prendre vengeance
Des traîtres qui se rebellent contre toi. »

1615 Ot le Guillelmes, si s'embronche vers terre,
Isnelement un escuier apele ;
Es portes entrent qui lor furent overtes :
« Va, si me di dan Gualtier de Tudele,
Guarin de Rome en diras la novele,
1620 Qu'encontre mei sont les portes overtes ;
Qui vuelt aveir guaaignier et conquerre,
Si viegne tost, n'i ait noise ne feste. »
Et cil s'en torne qui de riens ne s'areste.
Isnelement li aguaiz se desserre,
1625 Es portes entrent qui lor furent overtes.
Quant cil les virent des murs et des fenestres
Cuident que seient cil qu'ont enveié querre,
Mais il avront ancui altres noveles,
Qui lor seront doleroses et pesmes.

XXXIX

1630 Li cuens Guillelmes apela le portier :
« Amis, bels frere, se me vuels conseillier,
J'ai molt de gent que ge dei herbergier.
– En nom Deu, sire, ne vos sai conseillier,
Qu'il n'i a volte, ne crote, ne celier,
1635 Qui ne seit pleine d'armes et de destriers ;
Et par les loges gisent li chevalier.
Vostre est la force del plus maistre marchié :
Lor herneis faites et saisir et baillier,
Et qui nel vuelt de buen cuer otreier
1640 N'i mete ja fors la teste a trenchier. »
Respont Guillelmes : « Bien m'avez conseillié,
Par saint Denis, et ge mielz ne requier ;
Ne serez plus ne guaites ne uissiers,
Ainceis serez mes maistres conseilliers. »
1645 Bertran apele : « Entendez, sire niés :
Oïstes mais si bien parler portier ?
Adobez le a lei de chevalier. »
Respont Bertrans : « Bels sire, volentiers. »
Il le reguarde et as mains et as piez,
1650 Molt le vit bel et gent et enseignié,

1615 A ces mots, Guillaume baisse la tête vers le sol,
Et appelle promptement un écuyer
En entrant par les portes qui leur étaient ouvertes :
« Va, annonce de ma part à Gautier de Tudèle,
Et fais savoir à Garin de Rome
1620 Que les portes ont été ouvertes devant moi.
Que tous ceux qu'intéressent butin et conquêtes
S'empressent de venir, sans clameurs ni bruits joyeux. »
Le messager s'éloigne sans s'attarder.
Les soldats embusqués s'en vont rapidement
1625 Et entrent par les portes ouvertes pour eux.
Quand les ennemis les voient des murs et des fenêtres,
Ils pensent que ce sont les renforts qu'ils ont sollicités,
Mais ils découvriront bientôt leur méprise,
Qui leur sera douloureuse et pénible.

XXXIX

1630 Le comte Guillaume s'adressa au portier :
« Cher ami, peux-tu me renseigner ?
J'ai beaucoup de gens à faire héberger.
– Au nom de Dieu, seigneur, je ne sais que vous dire,
Car les moindres voûtes, caves ou celliers
1635 Sont remplis d'armes et de destriers,
Et les logements occupés par des chevaliers.
Mais c'est à vous d'imposer votre loi :
Faites saisir et emporter leurs harnais ;
Et que quiconque fait montre de mauvaise volonté
1640 Courre le risque d'avoir la tête tranchée. »
Guillaume répond : « Voilà un bon conseil,
Par saint Denis : il me convient parfaitement.
Vous ne serez plus guetteur ni portier :
Je fais de vous mon premier conseiller. »
1645 Il s'adresse à Bertrand : « Seigneur neveu, écoutez :
Avez-vous jamais entendu portier si bien parler ?
Adoubez-le comme un vrai chevalier. »
Bertrand répond : « Cher seigneur, volontiers. »
Il le regarde de la tête aux pieds
1650 Et le trouve très beau, très noble et bien appris ;

Si l'adoba a lei de chevalier
De fort halberc et de helme d'acier,
De bone espee et de trenchant espié,
Et de cheval, de roncin, d'escuier,
1655 De palefrei, de mulet, de somier ;
De son service li dona buen loier.
Li cuens Guillelmes en apela Gualtier
Le Tolosain, ensi l'oï noncier,
Fill de sa suer, un gentil chevalier :
1660 « A cele porte qui torne vers Peitiers,
La m'en irez, filz de franche moillier,
Ensemble o vos avra vint chevaliers ;
Guardez n'en isse nuls om qui seit soz ciel,
Ne clers ne prestre, tant sache bien preier,
1665 Que il n'en ait toz les membres trenchiez. »
Et cil respont : « Bels sire, volentiers. »

XL

Li cuens Guillelmes al cort nés li marchis
En apela Sohier del Plesseïs :
« A cele porte qui uevre vers Paris,
1670 La en irez, frans chevaliers de pris,
Ensemble o vos chevalier tresqu'a vint.
Guardez n'en isse nuls om de mere vis
Que il ne seit detrenchiez et ocis. »
Et cil respont : « Tot a vostre devis. »
1675 Il n'i ot barre ne porte ne postiz
Ou li cuens n'ait de ses chevaliers mis.
Tresqu'al mostier s'en vait tot a devis.
Il descendi devant el parevis ;
El mostier entre, crois fist devant son vis ;
1680 Desus le marbre, devant le crucefis,
La s'agenoille Guillelmes li marchis
Et prie Deu qui en la crois fu mis
Qu'il li enveit son seignor Looïs.
Atant es vos Gualtier un clerc ou vint :

Il l'équipe donc comme un vrai chevalier,
Avec un fort haubert et un heaume d'acier,
Une bonne épée et une lance tranchante,
Un cheval, un roncin, un écuyer,
1655 Un palefroi[1], un mulet, un cheval de somme.
Il le récompensa bien de son service.
Le comte Guillaume interpella Gautier
Le Toulousain – ainsi l'ai-je entendu nommer –,
Le fils de sa sœur, un noble chevalier :
1660 « Vous irez, fils d'une noble dame,
A la porte qui donne vers Poitiers,
Accompagné de vingt chevaliers.
Veillez à ce qu'absolument personne ne sorte,
Ni clerc, ni prêtre, si habiles que soient ses prières,
1665 Sans qu'on lui coupe tous les membres. »
L'autre répond : « Volontiers, cher seigneur ! »

XL

Le comte Guillaume au Court Nez, le marquis,
S'adressa ensuite à Seier du Plessis :
« Vous irez, noble et vaillant chevalier,
1670 A la porte qui est tournée vers Paris,
Avec une vingtaine de chevaliers.
Veillez à ce qu'absolument personne ne sorte
Sans qu'on le tue et qu'on le mette en pièces. »
L'autre répond : « A vos ordres ! »
1675 Il ne restait de barrière, de porte ni de poterne
Où le comte n'ait disposé des chevaliers.
Il s'en va selon son gré jusqu'à l'église.
Là, il descend de cheval sur le parvis,
Entre dans l'église, fait le signe de Croix.
1680 Sur le marbre, devant le crucifix,
S'agenouille Guillaume, le marquis,
Et il prie Dieu qui fut mis sur la Croix
De lui adresser son seigneur, Louis.
Voici venir Gautier, un clerc :

---

1. Le *palefroi* est un cheval de promenade. Il peut être monté par une femme.

1685 Bien reconnut Guillelme le marchis,
Desor s'espalle li a son deit assis :
Tant le bota que li cuens le senti ;
Li cuens se drece, si li monstra le vis :
« Que vuels tu, frere ? guarde n'i ait menti. »
1690 Et cil respont : « Ja le vos avrai dit :
Quand venuz estes secorre Looïs,
Fermez les uis del mostier Saint Martin.
Clers et chanoines a ça enz quatre vinz,
Vesques, abés, qui molt sont de grant pris,
1695 Qui por aveir ont le mal plait basti ;
Deseritez iert ancui Looïs,
Se Deus et vos nel volez guarantir ;
Prenez les testes, por Deu, ge vos en pri ;
Tot le pechié del mostier pren sor mi,
1700 Quar il sont tuit traïtor et failli. »
Guillelmes l'ot, s'en a geté un ris :
« Bien seit de l'ore que tels clers fu noriz !
Ou troverai mon seignor Looïs ?
– En nom Deu, sire, li clers li respondi,
1705 Ge l'amerrai, se Deu plaist et ge vif. »
Tresqu'al mostier ne prist il onques fin,
En la grant crote isnelement en vint ;
Iluec trova son seignor Looïs.
Li gentilz clers par la main l'a saisi :
1710 « Filz de bon rei, ne seiez esbaïz,
Si m'aïst Deus, que plus avez d'amis
Que ne cuidoes al lever ui matin.
Ja est venuz Guillelmes li marchis :
A doze cenz de chevaliers de pris
1715 Vos a li cuens en cel mostier requis.
Il n'i a barre ne porte ne postiz
Ou il nen ait de ses chevaliers mis. »
Looïs l'ot, molt joianz en devint,
Tresqu'al mostier ne prist il onques fin.
1720 Li gentilz abes l'en a a raison mis :
« Filz de bon rei, ne seiez esbaï :
Vei la Guillelme qui sa fei vos plevit ;

1685 Il reconnut parfaitement Guillaume, le marquis,
Et lui posa son doigt sur l'épaule,
En appuyant jusqu'à ce que le comte le sente.
Le comte se redresse et montre son visage :
« Que veux-tu, frère ? Veille à ne pas mentir ! »
1690 Et l'autre lui répond : « Vous allez le savoir :
Puisque vous êtes venu au secours de Louis,
Fermez les portes de l'église Saint-Martin.
Il y a ici-même quatre-vingts clercs et chanoines,
Des évêques, des abbés, qui sont de très haut rang,
1695 Qui ont, pour de l'argent, monté cette conspiration.
Louis sera déshérité aujourd'hui
Si Dieu et vous-même ne le protégez pas.
Coupez-leur la tête, par Dieu, je vous en prie :
Je prends sur moi tout le péché qui sera commis dans cette
1700 Car ce sont tous des traîtres et des parjures. »   [église,
A ces mots, Guillaume a éclaté de rire :
« Bénie soit l'époque où un tel clerc a été élevé !
Où trouverai-je mon seigneur Louis ?
— Au nom de Dieu, seigneur, lui répondit le clerc,
1705 Je vous l'amènerai, si Dieu le veut et si je reste en vie. »
Il s'empressa d'aller au monastère,
Et arriva promptement dans la grande crypte.
Il trouva là son seigneur Louis.
Le noble clerc le prend par la main :
1710 « Fils d'un bon roi, ne vous inquiétez pas !
Par Dieu, vous avez plus d'amis
Que vous ne le pensiez ce matin en vous levant.
Guillaume, le marquis, est déjà arrivé :
Le comte est venu vous chercher dans cette église
1715 Avec douze cents chevaliers valeureux.
Il ne reste de barrière, de porte ni de poterne
Où il n'ait disposé des chevaliers à lui. »
A ces mots, Louis fut tout joyeux,
Et se dépêcha de se rendre à l'église.
1720 Le noble abbé alors lui adressa ces paroles :
« Fils d'un bon roi, ne vous effrayez pas !
Voici Guillaume qui vous a juré fidélité.

Va li al pié, si li crie merci. »
L'enfes respont : « Tot a vostre plaisir. »

XLI

1725 Li gentilz abes l'en apela premier :
« Filz a baron, guarde ne t'esmaier :
Vei la Guillelme, va li cheeir al pié. »
L'enfes respont : « Bels sire, volentiers. »
Devant le conte se vait agenoillier,
1730 Estreitement li a le pié baisié,
Et le soler que li cuens ot chalcié.
Pas nel conut Guillelmes li guerriers,
Quar de clarté aveit pou al mostier :
« Lieve tei, enfes, ce dist li cuens preisiez,
1735 Deus ne fist ome qui tant m'ait corocié,
Se tant puet faire que il viegne a mon pié,
Ne li pardoinse de gré et volentiers. »
Et dist li abes, qui fu ses emparliers :
« En nom Deu, sire, a celer ne vos quier,
1740 C'est Looïs, fils Charlon al vis fier ;
Ancui sera ocis et detrenchiez,
Se Deus et vos ne li volez aidier. »
Ot le Guillelmes, sel corut embracier,
Par les dous flanz le lieve senz targier :
1745 « En nom Deu, enfes, cil m'a mal engeignié
Qui te rova a venir a mon pié,
Quar sor toz omes dei ge ton cors aidier. »
Il en apele ses gentiz chevaliers :
« Un jugement veuil or que me faciez :
1750 Puis que l'om est coronez al mostier
Et il deit vivre a lire son saltier,
Deit il puis faire traïson por loier ?
– Nenil, bels sire », dient li chevalier.
« Et s'il le fait, quels en est li loiers ?
1755 – Penduz deit estre come lere fossiers. »
Respont Guillelmes : « Bien m'avez conseillié,
Par saint Denis, et ge mielz ne vos quier ;

Jetez-vous à ses pieds pour lui crier merci. »
L'enfant répond : « A votre gré. »

XLI

1725 Le noble abbé lui parla le premier :
« Fils de guerrier, rejette toute inquiétude !
Voici Guillaume, jette-toi à ses pieds. »
L'enfant répond : « Cher seigneur, volontiers. »
Il va s'agenouiller devant le comte,
1730 Lui baise le pied avec ferveur
Ainsi que le soulier qu'il avait chaussé.
Guillaume, le guerrier, ne le reconnut pas,
Car l'église était faiblement éclairée :
« Lève-toi, enfant, dit le comte très estimé,
1735 Dieu n'a pas créé d'homme qui m'ait à ce point courroucé
Que, s'il en vient à me baiser le pied,
Je ne lui pardonne de bon cœur. »
L'abbé, qui était le porte-parole de Louis, répond :
« Au nom de Dieu, seigneur, je ne vous le cacherai pas,
1740 C'est Louis, le fils de Charlemagne au fier visage.
Il sera aujourd'hui même tué et massacré,
Si Dieu et vous-même refusez de le secourir. »
A ces mots, Guillaume court le prendre dans ses bras :
Il le relève aussitôt en le prenant par les fiancs :
1745 « Au nom de Dieu, enfant, il m'a joué un mauvais tour,
Celui qui t'a poussé à te jeter à mes pieds,
Car c'est à moi de te porter secours plus qu'à tout autre. »
Il interpelle ses nobles chevaliers :
« Je veux que vous rendiez pour moi un jugement :
1750 Une fois qu'un homme est tonsuré dans une église,
Et qu'il doit se consacrer à lire son psautier,
A-t-il encore le droit de trahir pour de l'argent ?
— Non, cher seigneur », répondent les chevaliers.
« Et s'il le fait, quel salaire mérite-t-il ?
1755 — Il faut le pendre comme un profanateur de sépulture. »
Le comte répond : « Vous m'avez bien conseillé,
Par saint Denis, voilà qui me convient très bien.

Mais l'ordene Deu ne veuil mie abaissier,
Et neporquant le comparront il chier. »

XLII

1760 Li cuens Guillelmes a l'aduré corage
Le jugement a oï del barnage ;
Tresqu'al chancel en est venuz en haste,
Ou a trové et evesques et abes
Et le clergié qui a lor seignor falsent ;
1765 Totes les croces fors des poinz lor esrache,
A Looïs son dreit seignor les baille ;
Li gentilz cuens par mi les flans l'embrace,
Si le baisa quatre feis en la face.
Li cuens Guillelmes de neient ne se targe,
1770 Tresqu'al chancel en est venuz en haste,
Ou a trové et evesques et abes ;
Por le pechié ne les volt tochier d'armes,
Mais as bastons les desrompent et batent,
Fors del mostier les traïnent et chacent,
1775 Ses comanderent a quatre vinz deables.
Qui traïson vuelt faire a seignorage
Il est bien dreiz que il i ait damage.

LVI

(...)
2215 Tant ont par force espleitié et erré
Qu'ils sont venu a Orliens la cité.
La a Guillelmes rei Looïs trové.
Come prison li a Richart livré,
Et il le fait en sa chartre geter.
2220 Puis i fut tant, si com j'oï conter,

Je ne veux pas avilir ce que Dieu a sacré,
Mais néanmoins je vais le leur faire payer cher. »

XLII

1760 Le comte Guillaume au cœur aguerri
A entendu le jugement de ses barons.
Il se précipite vers la clôture du chœur,
Où il trouve les évêques, les abbés,
Et les clercs, qui complotent contre leur seigneur.
1765 Il leur arrache des mains toutes les crosses,
Et les remet à Louis, son seigneur légitime.
Le noble comte le prend par les flancs dans ses bras,
Et lui donne quatre baisers sur le visage.
Le comte Guillaume, sans perdre de temps,
1770 Se précipite vers la clôture du chœur
Où il trouve les évêques et les abbés.
Ce serait un péché de les frapper avec des armes :
Ses hommes donc leur rompent les os à coups de bâton,
Puis les traînent et les chassent de l'église
1775 Et les envoient à tous les diables.
Quiconque cherche à trahir son seigneur
Doit à bon droit trouver sa propre perte.

Quatrième « branche » : l'épisode de Gui l'Allemand
Le dévouement de Guillaume

LVI

(...)
2215 Ils ont avancé à marches forcées
Jusqu'à la cité d'Orléans.
C'est là que Guillaume a trouvé le roi Louis.
Il lui a livré Richard comme prisonnier,
Que le roi a fait jeter dans ses geôles.
2220 A ce qu'on m'a dit, il y est resté

Que il fu morz de dueil et de lasté.
Or se cuida Guillelmes reposer,
Vivre de bois et en riviere aler ;
Mais ce n'iert ja tant com puisse durer.
2225 Es dous messages poignant tot abrivez ;
De Rome vienent, chevals ont tot lassez
Et recreüz, confonduz et matez.
Tant ont le rei et quis et demandé
Qu'il ont Guillelme et Looïs trové.
2230 Al pié li vont por la merci crier :
« Merci, frans cuens, por Deu de magesté !
De la pucele vos a petit membré
Cui vos avez voz convenz afiez.
Morz est Guaifiers de Police li ber ;
2235 Assez la quierent conte, demaine et per,
Altre que vos ne vuelt s'amor doner.
Por altre essoigne somes meü assez :
Morz est Galafres, li gentilz amirez,
Que vos feïstes baptisier et lever,
2240 Et l'apostoiles est a sa fin alez.
Gui d'Alemagne a ses oz assemblez ;
Pris a de Rome les maistres fermetez.
Toz li païs est a dolor tornez,
Gentilz om sire, se vos nel secorez. »
2245 Ot le Guillelmes, s'est vers terre clinez,
Et Looïs comença a plorer.
Veit le Guillelmes, le sens cuide desver :
« Hé ! povres reis, lasches et assotez,
Ge te cuideie maintenir et tenser
2250 Envers toz cels de la crestïenté,
Mais toz li monz t'a si cueilli en hé
En ton service vueil ma jovente user
Ainz que tu n'aies totes tes volentez.
Faites voz omes et voz barons mander,

Jusqu'à ce qu'il mourût de douleur et de lassitude.
A présent Guillaume espérait bien se reposer,
Chasser dans les forêts et au bord des rivières,
Mais jamais de sa vie il n'y parviendra.
2225 Voici qu'arrivent au grand galop deux messagers.
Ils viennent de Rome, et ils ont complètement épuisé,
Harassé et réduit à néant leurs chevaux.
Ils demandent à rencontrer le roi Louis,
Et le trouvent en compagnie de Guillaume.
2230 Ils se prosternent devant lui pour implorer sa grâce :
« Pitié, noble comte, au nom du Dieu de majesté !
Vous avez bien oublié la jeune fille
A qui vous aviez donné votre parole[1].
Gaifier de Spolète, le vaillant, est mort.
2235 Comtes, seigneurs et pairs se la disputent,
Mais elle ne veut donner son amour qu'à vous.
C'est un autre embarras qui nous a fait venir :
Galafre est mort, le noble émir
Que vous aviez fait baptiser sur les fonts,
2240 Et le pape est allé à sa fin.
Gui d'Allemagne a rassemblé ses troupes,
Et s'est emparé des forteresses de Rome.
Tout le pays est plongé dans le malheur,
Noble seigneur, si vous ne le secourez. »
2245 A ces mots, Guillaume a incliné son front,
Et Louis s'est mis à pleurer.
Voyant cela, Guillaume crut perdre la raison :
« Eh ! misérable roi, lâche et stupide,
Je pensais te maintenir et te défendre
2250 Contre tous les peuples de la chrétienté,
Mais le monde entier t'a tellement pris en haine
Que je veux consacrer ma jeunesse à ton service,
Jusqu'à ce que tu aies tout ce que tu désires.
Rassemble tous tes hommes et tes barons,

---

1. Guillaume ayant libéré Gaifier, sa femme et sa fille, que les Sarrasins avaient faits prisonniers, Gaifier avait proposé la main de sa fille à son libérateur. Celui-ci avait accepté, mais l'annonce de la mort de Charlemagne et de la révolte de Richard avait entraîné l'ajournement de la cérémonie (v. 1360-1400).

Et tuit i viegnent li povre bacheler,
A clos chevals, a destriers desferrez,
A guarnemenz desroz et despanez ;
Tuit cil qui servent as povres seignorez
Viegnent a mei : ge lor dorrai assez,
Or et argent et deniers moneez,
Destriers d'Espaigne et granz muls sejornez,
Que j'amenai de Rome la cité,
Et en Espaigne en ai tant conquesté
Que ge ne sai ou le disme poser.
Ja nuls frans om ne m'en tendra aver,
Que toz nes doinse et ancor plus assez. »
Respont li reis : « Deus vos en sache gré ! »
Il font lor chartres et lor briés seeler,
Et lor sergenz et lor guarçons errer.
Ainceis que fussent li quinze jor passé,
En i ot tant venuz et assemblez,
Cinquante mile les peüst l'en esmer,
Que buens sergenz, que chevaliers armez.
De cels a pié ne laissent nul aler,
Por le secors angoissier et haster.
De lor jornees ne vos sai deviser :
Montgeu trespassent qui molt les a penez,
De ci a Rome ne se sont aresté.
Mais en la porte ne porent il entrer,
Quar l'Alemans les a molt destorbez.
Reis Looïs i fist tendre son tref,
Et ses alcubes et ses brahanz lever ;
Fait les cuisines et les feus alumer.
Li cuens Guillelmes a les foriers menez
Par mi la terre por le païs guaster ;
Et font la terre et le païs rober,
Dont cil de l'ost sont riche et assasé.

L'épisode de Gui l'Allemand 135

2255 Et que viennent tous les jeunes nobles[1] pauvres
Qui n'ont que chevaux éclopés, destriers déferrés,
Equipements rompus et déchirés.
Que tous ceux qui servent des seigneurs trop pauvres
Viennent vers moi : je leur distribuerai
2260 Beaucoup d'or et d'argent et de bons deniers,
Des destriers d'Espagne et de grands mulets dispos
Que j'ai ramenés de la cité de Rome.
Et j'en ai tant conquis en Espagne
Que je ne sais même pas quoi faire du dixième !
2265 Jamais homme libre ne me tiendra pour avare :
Je leur distribuerai tout, et davantage encore. »
Et le roi lui répond : « Dieu vous en sache gré ! »
Ils font sceller leurs chartes et leurs messages,
Et ils envoient leurs sergents et leurs serviteurs.
2270 Avant que quinze jours se fussent écoulés,
Une telle foule était venue se rassembler
Qu'ils pouvaient bien être cinquante mille,
Solides hommes d'armes ou chevaliers armés.
Ils ne laissent personne voyager entre eux,
2275 Pour accélérer la venue des renforts.
Je ne m'attarde pas sur le récit de leur voyage :
Ils franchissent Montjeu[2], qui les a épuisés,
Et ont poursuivi sans arrêt jusqu'à Rome.
Mais ils ne purent y pénétrer,
2280 Car l'Allemand les en a bien empêchés.
Le roi Louis a fait tendre là son pavillon,
Et dresser ses aucubes et ses brehants[3].
Il fait allumer les feux pour les cuisines.
Le comte Guillaume a conduit les fourriers
2285 A travers le pays pour le ravager,
Et ils le livrent au pillage :
Ceux de l'armée en sont enrichis et comblés.

---

1. Le *bacheler* est un jeune homme qui n'a pas encore été adoubé, mais qui est destiné à l'être lorsqu'il en aura l'âge (entre 15 et 18 ans) ; le terme s'est ensuite étendu à des chevaliers pauvres, encore jeunes, non mariés et non « chasés » (n'ayant pas de fief). 2. C'est le nom médiéval du Grand-Saint-Bernard. 3. Il s'agit de deux types de tentes de petites dimensions.

LVIII

    Gui d'Alemaigne apela un message,
Sel fist monter sor un destrier d'Arabe.
A son col pent une grant pel de martre,
Entre ses poinz un bastonet en aste.
2365 Gui d'Alemaigne li a dit un message :
« Alez me tost a ces tentes de paile,
Si me direz Looïs le fill Charle
Qu'a molt grant tort me vuelt guaster ma marche,
N'a dreit en Rome ne en tot l'eritage ;
2370 Et s'il le vuelt aveir par son otrage,
Encontre mei l'en convendra combatre,
O chevalier qui por son cors le face.
Et se ge sui vencuz en la bataille,
Rome avra quite et trestot l'eritage,
2375 Ne trouvera qui l'en face damage ;
Et se gel veinc a l'espee qui taille,
Mar i prendra vaillant une maaille :
Voist s'en en France, a Paris o a Chartres,
Laisse mei Rome, que c'est mes eritages. »
2380 Et cil respont : « Bien est dreiz que le face. »
A tant s'en torne par mi la porte large,
De ci as trés de riens ne s'i atarge.
Il descendi lez la tente de paile,
Si s'en entra el tref qui esteit larges ;
2385 Iluec trova Looïs le fill Charle.
Il l'apela veiant tot le barnage :
« Dreiz emperere, entendez mon language ;
Ne vos salu, n'est pas dreit que le face.
Gui d'Alemaigne m'enveie por message ;
2390 Par mei vos mande, ne sai que vos celasse,
N'as dreit en Rome ne en tot l'eritage.
Et se le vuels aveir par ton oltrage

L'ambassade de Gui l'Allemand

LVIII

Gui d'Allemagne appela un messager
Et le fit monter sur un destrier d'Arabie,
Lui mit au cou une grande fourrure de martre,
Et au poing un petit bâton en guise de lance.
2365 Gui d'Allemagne lui a dicté son message :
« Allez-moi vite vers ces tentes de soie
Dire de ma part à Louis, le fils de Charles,
Qu'il veut illégalement ravager ma marche ;
Il n'a aucun droit sur Rome ni sur cet héritage.
2370 S'il persiste à y prétendre par outrecuidance,
Il lui faudra se battre contre moi,
Lui ou un chevalier envoyé à sa place.
Si je suis vaincu dans ce combat,
Il aura Rome en pleine possession, et tout l'héritage :
2375 Personne ne le lui contestera.
Mais si mon épée tranchante me donne la victoire,
Malheur à lui s'il veut en prendre la moindre parcelle[1] !
Qu'il rentre en France, à Paris ou à Chartres,
Et qu'il me laisse Rome, car c'est mon héritage. »
2380 Le messager répond : « Il est juste que je le fasse. »
Il sort alors par la large porte,
Et galope jusqu'aux pavillons.
Il mit pied à terre près de la tente de soie,
Puis pénétra dans le vaste pavillon.
2385 Il y trouva Louis, le fils de Charles,
Qu'il interpella devant toute sa cour :
« Légitime empereur, écoutez mes propos :
Je ne vous salue pas, ce ne serait pas convenable.
Gui d'Allemagne me charge d'un message ;
2390 Par ma bouche, il déclare – je ne cacherai rien –
Que tu n'as aucun droit sur Rome, ni sur cet héritage.
Et si tu veux, dans ton outrecuidance, l'avoir,

---

1. Littéralement : « la valeur d'une maille » ; la maille est la plus petite pièce de monnaie en vigueur.

Encontre lui t'en convient a combatre,
O chevalier qui por ton cors le face.
2395 Et se il est vencuz en la bataille
Dont avras Rome quite et tot l'eritage,
Ne troveras qui t'en face damage ;
Et s'il te veint a l'espee qui taille,
Mar i prendrez vaillant une maaille :
2400 Alez en France, a Paris o a Chartres,
Laissiez li Rome, que c'est ses eritages. »
Ot le li reis, s'embronche le visage,
Quant se redrece, s'apele son barnage :
« Seignor baron, entendez mon language :
2405 Gui d'Alemaigne me mande grant oltrage ;
Par noz dous cors me mande la bataille,
Et ge sui jovenes et de petit eage,
Si ne puis pas maintenir mon barnage.
A il Franceis qui por mon cors le face ? »
2410 Quant cil l'oïrent, s'embronchent lor visage.
Veit le li reis, a poi que il n'esrage ;
Tendrement plore desoz les pels de martre.
A tant es vos Guillelme Fierebrace,
Qui les foriers a conduiz en la place.
2415 Tot armez entre en la tente de paile,
Et veit le rei qui sospire a granz lairmes :
Quant il le veit, a poi que il n'esrage.
Lors li escrie, oiant tot le barnage :
« Hé ! povres reis, li cors Deu mal te face !
2420 Por quei plorez ? Qui vos a fait damage ? »
Et Looïs respondi, que n'i targe :
« En nom Deu, sire, ne sai que vos celasse :
Gui d'Alemaigne m'a mandé grant oltrage.
Par noz dous cors me requiert la bataille,
2425 N'i a Franceis qui por mon cors le face,
Et ge sui jovenes et de petit eage,
Si ne puis pas bien sofrir tel barnage.
– Reis, dist Guillelmes, li cors Deu mal te face !
Por vostre amor en ai fait vint et quatre :
2430 Cuidiez vos donc que por ceste vos faille ?
Nenil, por Deu ! Ge ferai la bataille.

Il te faudra te battre contre lui,
Toi, ou un chevalier envoyé à ta place.
2395 Si Gui est vaincu au combat,
Alors tu auras pleinement Rome et tout l'héritage,
Personne ne te le contestera.
Mais si son épée tranchante lui donne la victoire,
Malheur à toi, si tu veux en prendre la moindre parcelle !
2400 Retourne en France, à Paris ou à Chartres,
Laisse-lui Rome, car c'est son héritage. »
En entendant ce discours, le roi se rembrunit.
Quand il redresse la tête, il interpelle ses barons :
« Seigneurs barons, écoutez-moi bien :
2405 Gui d'Allemagne m'adresse un discours outrecuidant.
Il exige que je me batte en duel contre lui,
Mais je suis jeune, je ne suis qu'un enfant,
Je ne puis assumer la vaillance qu'exige mon rang.
Y a-t-il un Français qui le ferait pour moi ? »
2410 A ces mots, tous les visages se rembrunissent.
Le roi pense alors devenir fou de rage ;
Il pleure tendrement sous ses fourrures de martre.
Survient alors Guillaume Fièrebrace,
Qui a raccompagné les fourriers au camp.
2415 Il entre tout armé dans la tente de soie
Et voit le roi qui soupire à chaudes larmes :
A ce spectacle, il croit devenir fou de rage.
Il l'interpelle alors devant tous les barons :
« Eh ! misérable roi, que Dieu te punisse !
2420 Pourquoi pleures-tu ? Qui t'a causé du tort ? »
Et Louis répondit immédiatement :
« Au nom de Dieu, seigneur, je ne vous le cacherai pas :
Gui d'Allemagne m'a adressé un message outrecuidant ;
Il exige que je me batte en duel contre lui ;
2425 Aucun Français ne veut combattre à ma place,
Et je suis jeune, je ne suis qu'un enfant,
Je ne peux pas assumer une telle prouesse.
– Roi, dit Guillaume, que Dieu te punisse !
Pour l'amour de vous, je l'ai bien fait vingt-quatre fois.
2430 Pensez-vous donc que je reculerais cette fois-ci ?
Certes non, par Dieu ! Je ferai ce combat.

Tuit vo Franceis ne valent pas maaille. »
Ou veit le mès fierement l'en araisne.

LIX

« Amis, bels frere, dist Guillelmes li frans,
2435 Va, si me di a Guion l'Alemant
Qu'uns chevaliers, qui son seignor defent,
Vuelt la bataille, molt en est desiranz.
Ge vueil ostages trestot a mon talent,
Et il les preigne trestot a son comant,
2440 Cil qui veintra, qu'il ait son convenant. »
En pié sailli li palazins Bertrans :
« Oncles, dist il, trop nos vait malement ;
Tot vos eschiet, et batailles et champ.
Vostre barnages met le nostre a neient.
2445 Ceste bataille, sire, ge la demant :
Donez la mei par le vostre comant. »
Respont li cuens : « Vos parlez folement.
Quant Looïs s'aleit or dementant,
Ainz n'i ot nul tant hardi ne puissant
2450 Qui devant lui osast tendre son guant.
Cuidiez vos ore qu'alasse reculant ?
Ge nel fereie por l'onor d'Abilant.
Messagiers frere, di Guion l'Alemant
Armer se voist, et puis si voist el champ,
2455 Li cuens Guillelmes li sera al devant. »
Et cil s'en torne a esperons brochant.
De ci a Rome ne fist arestement.
(...)

Tous vos Français ne valent pas un sou ! »
Il se tourne vers le messager et l'interpelle avec force.

LIX

« Ami, cher frère, dit Guillaume le noble,
2435 Va, dis de ma part à Gui l'Allemand
Qu'un chevalier qui défend son seigneur
Désire de tout son cœur se battre.
Je demande des otages qui me conviennent,
Qu'il en prenne lui aussi selon sa volonté :
2440 Que le vainqueur ait ce qui est convenu. »
Le paladin Bertrand se leva d'un bond :
« Mon oncle, dit-il, nous n'avons pas de chance :
Tout repose sur vous, batailles et duels.
Votre prouesse éclipse complètement la nôtre.
2445 Ce combat singulier, seigneur, je le revendique :
Acceptez de me donner l'ordre de le faire. »
Le comte répond : « Vous parlez sans réfléchir !
Quand Louis, tout-à-l'heure, se lamentait,
Nul, si hardi ou si puissant fût-il,
2450 N'osa tendre son gant devant lui.
Pensiez-vous alors que j'allais reculer ?
Je ne le ferais pas pour le fief d'Abilant[1] !
Cher messager, dis à Gui l'Allemand
D'aller s'armer, et de se rendre sur le terrain ;
2455 Le comte Guillaume l'affrontera. »
L'autre s'en va en piquant des deux,
Et file directement à Rome.
(...)

---

[1]. *Abilant* est peut-être, comme le suggère A. Lanly, « une déformation de Babylone en (B)abilan ».

LXIII

Par dedenz Rome fu Guillelmes li ber,
S'a Looïs son seignor coroné :
De tot l'empire li a fait seürté.
2645 Lors s'apareille et pense de l'errer.
Tant ont ensemble erré et cheminé
Qu'ils sont venu en France le regné.
Vait s'en li reis a Paris la cité,
Li cuens Guillelmes a Mosteruel sor mer.
2650 Or se cuida Guillelmes reposer,
Deduire en bois et en riviere aler ;
Mais ce n'iert ja tant com puisse durer,
Quar li Franceis prirent a reveler,
Li uns sor l'altre guerreier et foler.
2655 Les viles ardent, le païs font guaster,
Por Looïs ne se vuelent tenser.
Uns mès le vait a Guillelme conter ;
Ot le li cuens, le sens cuide desver,
Bertran apele : « Sire niés, entendez :
2660 Por l'amor Deu, quel conseil me donez ?
Li reis mes sire est toz deseritez. »
Respont Bertrans : « Quar le laissiez ester.
Quar laissons France, comandons l'a malfé,
Et cestui rei, qui tant est assotez ;
2665 Ja ne tendra plein pié de l'erité. »
Respont Guillelmes : « Tot ce laissiez ester :
En son service vueil ma jovente user. »
Il fait ses omes et ses amis mander.
Tant ont par force chevalchié et erré
2670 Qu'il sont venu a Paris la cité.
La a Guillelmes rei Looïs trové.
Dès or comencent granz guerres a mener.
Quant veit Guillelmes, li marchis al cort nés,

Cinquième « branche » (intégrale)

LXIII

Guillaume le vaillant était dans Rome,
Il a couronné Louis, son seigneur :
Il l'a rendu maître de tout l'empire.
2645 Alors il se prépare à repartir.
Tous deux ont cheminé ensemble
Jusqu'au royaume de France.
Le roi se dirige vers Paris, la cité,
Et le comte Guillaume vers Montreuil-sur-Mer.
2650 A présent Guillaume comptait se reposer,
Se divertir à la chasse et au bord des rivières.
Mais jamais de sa vie il ne le pourra,
Car les Français se mirent à se révolter,
A se faire la guerre et à s'entre-détruire.
2655 Ils incendient les villes, ravagent le pays,
Sans se préoccuper de l'autorité de Louis[1].
Un messager vient l'annoncer à Guillaume.
A cette nouvelle, le comte croit perdre la raison ;
Il appelle Bertrand : « Seigneur neveu, écoutez :
2660 Pour l'amour de Dieu, que me conseillez-vous ?
Le roi, mon seigneur, a perdu tout son héritage. »
Bertrand répond : « Laissez-le donc se débrouiller.
Abandonnons donc la France – qu'elle aille au diable ! –
Et ce roi-là qui est si stupide :
2665 Bientôt il n'aura plus un pied carré de son héritage. »
Guillaume rétorque : « N'y pensez pas !
Je veux user ma jeunesse à son service. »
Le comte convoque ses hommes et ses amis.
Ils cheminent à grandes chevauchées
2670 Jusqu'à ce qu'ils arrivent à Paris, la cité.
Là, Guillaume a trouvé le roi Louis.
Dès lors ils entreprennent de mener de grandes guerres.
Quand Guillaume, le marquis au Court Nez,

---

1. C'est également l'atmosphère de *Raoul de Cambrai* (éd. Meyer et Longnon, Paris, SATF, 1880).

Qu'en cele terre ne porra demorer,
2675 Quar trop i a des enemis mortels,
Il prent l'enfant que il ot a guarder,
Si l'en porta a Loon la cité ;
A cels dedenz le fait molt bien guarder,
Et cels defors et ardeir et preer ;
2680 Dont s'acuelt il as granz barres colper,
Et as halz murs percier et esfondrer.
Dedenz un an les ot il si menez
Que quinze contes fist a la cort aler,
Et qu'il lor fist tenir les eritez
2685 De Looïs, qui France ot a guarder ;
Et sa seror li fist il esposer.
En grant barnage fu Looïs entrez :
Quant il fu riches Guillelme n'en sot gré.

Guillaume pacifie le royaume

Voit qu'il ne pourra rester dans cette contrée,
2675 En raison du grand nombre de ses ennemis mortels,
Il prend l'enfant qu'il devait protéger
Et le conduit à Laon, la cité.
Il le confie précieusement à ceux de la ville,
Brûle et met au pillage le camp des assiégeants.
2680 Il entreprend alors de briser les palissades,
Et de saper et faire effondrer les murailles.
Au bout d'un an il les a tellement malmenés
Qu'il a fait revenir à la cour quinze comtes,
Qu'il a contraints à tenir leurs fiefs
2685 De Louis, qui a la charge de la France,
Et il a fait épouser sa sœur au roi.
Louis s'alliait ainsi à une famille de grands barons :
Plus tard, puissant, il n'en sut nul gré à Guillaume.

(Fin du *Couronnement de Louis*)

LE CHARROI DE NÎMES

Le *Charroi* est généralement daté des environs de 1140. C'est l'une des plus courtes des chansons de geste conservées (avec le *Pèlerinage de Charlemagne*) : elle comporte 1486 décasyllabes assonancés. Elle est le plus ancien témoignage de mélange des tons dans une chanson de geste, la seconde partie étant bien plus comique qu'héroïque ; le monde paysan et celui du commerce y font leur apparition, mais la satire n'est pas loin. La question d'actualité qu'aborde cette œuvre est celle de la difficulté qu'ont les cadets des familles nobles à trouver un fief, à être « chasés » : la guerre contre les Sarrasins est ici une conséquence de cette exiguïté du territoire chrétien, plus encore que le fruit d'une conviction religieuse.

Analyse

La chanson se divise en deux parties radicalement opposées.

La première se déroule à la cour de Louis : Guillaume, de retour de la chasse, découvre que le roi est en train de l'oublier dans la distribution de fiefs à laquelle il est en train de procéder. Le plus fidèle soutien du roi manifeste alors son amertume et sa colère. Mais il refuse tout fief dont il déposséderait une veuve ou un orphelin. Il demande alors au roi de lui accorder d'aller se tailler une terre en pays sarrasin : le roi indolent proteste qu'il ne peut la lui donner. Il accepte finalement de mauvais gré et promet une aide limitée : Guillaume ne pourra exiger de lui plus d'un secours tous les sept ans.

La seconde partie relate le voyage, par la voie Regordane (Le Puy-en-Velay, Brioude, les Cévennes orientales, Saint-Gilles), et la conquête de Nîmes grâce à une ruse imitée de celle du cheval de Troie : Guillaume et ses proches se déguisent en marchands et mènent un convoi de charrettes chargées de barriques dans lesquelles ont pris place des chevaliers en armes. La prise de la ville est racontée sommairement.

Dans la rédaction D, le *Charroi* fait suite au *Couronnement de Louis* sans la moindre rupture, au cours d'une même laisse assonant en *-é*, comme s'il s'agissait d'une seule et même chanson. En revanche, les versions x et C associent le *Charroi* et la *Prise d'Orange*, en les distinguant par un simple changement de laisse.

Le texte édité suit le manuscrit A2 (BN fr. 1449).

I

Oez, segnor, Dex vos croisse bonté, [38v°a]
Li glorïeus, li rois de maiesté !
Bone chançon plest vous a escouter
Del meillor home qui ainz creüst en Dé ?
5 C'est de Guillelme, le marchis au cort nes,
Conme il prist Nymes par le charroi monté ;
Aprés conquist Orenge la cité
Et fist Guibor baptizier et lever
Que il toli le roi Tiebaut l'Escler ;
10 Puis l'espousa a moillier et a per,
Et desoz Rome ocist Corsolt es prez.
Molt essauça sainte crestïentez.
Tant fist en terre qu'es ciels est coronez.
Ce fu en mai, el novel tens d'esté :
15 Fueillissent gaut, reverdissent li pré,
Cil oisel chantent belement et soé.
Li quens Guillelmes reperoit de berser
D'une forest ou ot grant piece esté.
Pris ot dos cers de prime gresse assez,
20 Trois muls d'Espaigne et chargiez et trossez.
Quatre saietes ot li bers au costé ;
Son arc d'aubor raportoit de berser.
En sa conpaigne quarante bacheler :
Filz sont a contes et a princes chasez,
25 Chevalier furent de novel adoubé ;

Guillaume réclame un fief au roi Louis

I

Ecoutez, seigneurs, que Dieu accroisse votre valeur,
Le Roi de gloire qui trône en majesté !
Voulez-vous écouter une bonne chanson
Sur le meilleur chrétien qui ait jamais été ?
5 Elle dit comment Guillaume, le marquis au Court Nez,
A pris Nîmes en conduisant un charroi ;
Ensuite il conquit la cité d'Orange
Et fit baptiser sur les fonts Guibourc,
Qu'il ravit au roi Thibaut le Slave[1]
10 Avant de la prendre pour épouse et comme égale ;
Et il tua Corsolt dans un pré devant Rome.
Il glorifia beaucoup la sainte chrétienté.
Il fit tant ici-bas qu'il est couronné au ciel.
C'était en mai, au renouveau de l'été :
15 Les bois se couvrent de feuilles, les prés reverdissent,
Les oiseaux chantent de beaux chants suaves.
Le comte Guillaume revenait de chasser,
D'une forêt où il était resté longtemps.
Il avait pris deux cerfs de très fine graisse,
20 Que transportaient trois mules d'Espagne
Le baron portait quatre flèches au côté ;
Il revenait de chasser avec son arc d'aubier.
Quarante jeunes gens l'accompagnaient,
Tous fils de comtes et de princes fieffés.
25 Ils étaient depuis peu adoubés chevaliers.

---

1. Thibaut l'*Escler*, ou l'*Esclavon*, c'est-à-dire le Slave ; son appartenance au monde sarrasin ne doit pas surprendre : les chansons de geste confondent dans cette même dénomination tous les peuples non chrétiens, qu'ils soient musulmans ou païens (Slaves, Scandinaves...).

Tienent oiseaus por lor cors deporter,
Muetes de chiens font avec els mener.
Par Petit Pont sont en Paris entré.
Li quens Guillelmes fu molt gentis et ber :
30 Sa venoison fist a l'ostel porter.
En mi sa voie a Bertran encontré,
Si li demande : « Sire niés, dont venez ? »
Et dist Bertran : « Ja orroiz veritez ;
De cel palés ou grant piece ai esté ;
35 Assez i ai oï et escouté.
Nostre empereres a ses barons fievez :
Cel done terre, cel chastel, cel citez,
Cel done vile selonc ce que il set ;
Moi et vos, oncle, i somes oublïé.
40 De moi ne chaut, qui sui un bacheler,
Mes de vos, sire, qui tant par estes ber
Et tant vos estes traveilliez et penez
De nuiz veilliez et de jorz jeünez. »
Ot le Guillelmes, s'en a un ris gité :
45 « Niés, dit li cuens, tot ce lessiez ester.
Isnelement alez a vostre hostel
Et si vos fetes gentement conraer,
Et ge irai a Looÿs parler. »
Dist Bertran : « Sire, si con vos conmandez. »
50 Isnelement repere a son hostel.
Li quens Guillelmes fu molt gentis et ber ;
Trusqu'au palés ne se volt arester,
A pié descent soz l'olivier ramé,
Puis en monta tot le marbrin degré.
55 Par tel vertu a le planchié passé,
Ronpent les hueses del cordoan soller ;
N'i ot baron qui n'en fust esfraez.
Voit le li roi, encontre s'est levez,
Puis li a dit : « Guillelmes, quar seez.
60 — Non ferai, sire, dit Guillelmes le ber, [39r°a]
Mes un petit vorrai a vos parler. »
Dist Looÿs : Si con vos conmandez.
Mien esciënt, bien serez escoutez.
— Looÿs, frere, dit Guillelmes le ber,

Ils portent au poing des oiseaux pour le plaisir,
Et se font accompagner de meutes de chiens.
Ils entrent dans Paris par le Petit-Pont.
Le comte Guillaume était très noble et valeureux ;
30 Il fit porter sa venaison chez lui.
Sur son chemin il rencontre Bertrand
Et lui demande : « Cher neveu, d'où venez-vous ? »
L'autre répond : « Vous allez le savoir :
De ce palais où je suis resté longtemps.
35 J'ai écouté attentivement beaucoup de choses.
Notre empereur a distribué des fiefs à ses barons :
Tel a eu une terre, tel un château ou une cité,
Ou encore une ville, selon ce qu'il sait d'eux.
Vous et moi, mon oncle, il nous a oubliés.
40 Pour moi, peu importe – je ne suis qu'un jeune homme –
Mais vous, seigneur, qui êtes si vaillant,
Qui n'avez pas ménagé votre peine,
Veillant la nuit, et jeûnant le jour ! »
A ces mots, Guillaume a éclaté de rire :
45 « Cher neveu, dit le comte, n'y pensez plus !
Rentrez vite chez vous
Et faites-vous équiper noblement ;
Quant à moi, j'irai parler à Louis. »
Bertrand répond : « Seigneur, comme vous voulez. »
50 Il s'empresse de rentrer chez lui.
Le comte Guillaume était très noble et valeureux.
Il se rendit droit au palais.
Là, il descend de cheval sous l'olivier branchu
Et monte les escaliers de marbre.
55 Il marche sur le plancher avec un telle vigueur
Qu'il rompt les jambières de son soulier de cuir.
Tous les barons en sont épouvantés.
Le roi le voit, se lève pour venir le saluer,
Puis lui dit : « Guillaume, asseyez-vous.
60 – Certes non, sire, dit Guillaume, le vaillant,
Mais je voudrais vous dire quelques mots. »
Louis répond : « Comme vous voulez.
A mon avis, on vous écoutera attentivement.
– Louis, mon frère, dit Guillaume le vaillant,

65 Ne t'ai servi par nuit de tastonner,
De veves fames, d'enfanz desheriter ;
Mes par mes armes t'ai servi conme ber,
Si t'ai forni maint fort estor chanpel,
Dont ge ai morz maint gentil bacheler
70 Dont le pechié m'en est el cors entré.
Qui que il fussent, si les ot Dex formé.
Dex penst des armes, si le me pardonez ! »
– Sire Guillelmes, dist Looÿs le ber,
Par voz merciz, un petit me soffrez.
75 Ira yvers, si revenra estez ;
Un de cez jorz morra uns de voz pers ;
Tote la terre vos en vorrai doner,
Et la moillier, se prendre la volez. »
Ot le Guillelmes, a pou n'est forsenez :
80 « Dex ! dist li quens, qui en croiz fus penez,
Con longue atente a povre bacheler
Qui n'a que prendre ne autrui que doner !
Mon auferrant m'estuet aprovender ;
Encor ne sai ou ge en doi trover.
85 Dex ! con grant val li estuet avaler
Et a grant mont li estuet amonter
Qui d'autrui mort atent la richeté ! »

II

« Dex ! dit Guillelmes, con ci a longue atente
A bacheler qui est de ma jovente !
90 N'a que doner ne a son hués que prendre.
Mon auferrant m'estuet livrer provende ;
Encor ne sai ou le grain en doi prendre.
Cuides tu, rois, que ge ne me demente ? »

III

« Looÿs, sire, dit Guillelmes li fers,
95 Ne me tenissent mi per a losengier,
Bien a un an que t'eüsse lessié,
Que de Police me sont venu li briés

65 Je ne t'ai pas servi en te massant la nuit,
Ou en déshéritant les veuves ou les enfants.
Mais je t'ai servi comme un baron, l'arme au poing,
J'ai livré nombre de combats furieux,
Où j'ai tué bien des hommes jeunes et nobles,
70 C'est un péché qui pèse sur ma conscience.
Quels qu'ils aient été, c'étaient des créatures de Dieu.
Dieu prenne soin de leur âme et me le pardonne !
– Seigneur Guillaume, dit le noble Louis,
S'il vous plaît, accordez-moi quelque répit.
75 L'hiver passera, l'été reviendra ;
Dans l'intervalle, un de vos pairs mourra ;
Je vous promets de vous donner toute sa terre,
Et sa veuve, si vous voulez l'épouser. »
A ces mots, Guillaume faillit devenir fou furieux :
80 « Dieu, dit le comte, qui fus mis sur la Croix,
Quelle longue attente pour un pauvre jeune homme
Qui ne peut rien avoir ni donner à autrui !
J'ai besoin de donner sa pitance à mon cheval :
Je ne sais même pas où je puis la trouver.
85 Dieu ! Qu'il lui faut descendre de profondes vallées
Et gravir de bien hautes montagnes,
A celui qui attend la richesse de la mort d'autrui ! »

II

« Dieu, dit Guillaume, quelle longue attente
Pour un jeune homme de mon âge !
90 Il n'a rien à donner, ni où puiser pour son usage.
J'ai besoin de nourrir mon cheval,
Et je ne sais même pas comment trouver le grain.
Et tu voudrais, roi, que je reste de marbre ? »

III

« Louis, seigneur, dit Guillaume le fier,
95 Si mes pairs n'avaient dû m'en tenir pour félon,
Je t'aurais quitté depuis plus d'un an,
Quand de Spolète me sont parvenus des messages

Que me tramist li riches roi Gaifier,
Que de sa terre me dorroit un quartier,
100 Avec sa fille tote l'une moitié. [39r°b]
Le roi de France peüsse guerroier. »
Ot le li rois, le sens cuide changier.
Dist tel parole que bien deüst lessier.
Par ce conmence li maus a engragnier,
105 Li maltalanz entr'eus a enforcier.

IV

« Sire Guillelmes, dist li roi Looÿs,
Il n'a nul home en trestot cest païs,
Gaifier ne autre, ne le roi de Polis,
Qui de mes homes osast un seul tenir
110 Trusqu'a un an qu'il n'en fust morz ou pris,
Ou de la terre fors chaciez en essill.
— Dex ! dit li quens, con ge sui malbailliz
Quant de demande somes ici conquis !
Se vos serf mes, dont soie je honiz ! »

V

115 « Gentill mesniee, dit Guillelmes le ber,
Isnelement en alez a l'ostel
Et si vos fetes gentement conraer
Et le hernois sor les somiers trosser.
Par maltalant m'estuet de cort torner ;
120 Quant por viande somes au roi remés,
Dont puet il dire que il a tot trové. »
Et cil responent : « Si con vos conmandez. »
Sor un foier est Guillelmes montez ;
Sor l'arc d'aubor s'est un pou acotez

Que m'adressait le puissant roi Gaifier
Pour me promettre une partie de sa terre,
100 Une moitié entière, si j'épousais sa fille.
J'aurais bien pu alors faire la guerre au roi de France. »
En l'entendant, le roi faillit devenir fou.
Guillaume aurait bien mieux fait de se taire :
La querelle commence alors à s'envenimer,
105 Et leur colère mutuelle à s'enflammer.

IV

« Seigneur Guillaume, dit le roi Louis,
Il n'est personne, dans tout ce pays,
Ni Gaifier, ni nul autre, lui, le roi de Spolète[1],
S'il osait recevoir l'hommage d'un de mes hommes,
110 Qui n'en serait mort ou prisonnier avant un an,
Ou exilé loin de ses terres.
— Dieu ! dit le comte, me voilà en fâcheuse posture,
Si, de nous faire entretenir, nous devenons de vrais serfs[2] !
Si je vous sers encore, puissé-je en être honni ! »

V

115 « Mes nobles compagnons, dit Guillaume le vaillant,
Rentrez vite chez vous,
Faites-vous préparer un riche équipage,
Et mettre les bagages sur les bêtes de somme.
La colère m'oblige à quitter la cour.
120 Si nous sommes restés avec lui pour être entretenus,
Il peut dire qu'il a bien réussi ! »
Et les autres répondent : « A vos ordres ! »
Guillaume est monté sur la pierre du foyer ;
Il s'appuie un instant sur son arc en aubier

---

1. Le texte édité n'est guère satisfaisant, puisqu'il semble attribuer la ville de Spolète à un autre qu'à Gaifier. Nous traduisons la variante du ms B1 : *qui fu rois d'Ypolis*. 2. Cl. Régnier propose de lire *viande* (« nourriture ») au lieu de *demande*. Nous traduisons ici la variante, plus claire, du ms. D : *Cant por vitaille suis vostre sers conquis*. L'idée est que Louis profite de l'état de dépendance matérielle dans laquelle se trouve la noblesse de cour (et en particulier les jeunes dépourvus de fiefs rémunérateurs) pour la traiter avec une excessive dureté.

125 Que il avoit aporté de berser,
Par tel vertu que par mi est froez,
Que les tronçons en volent trusqu'as trez ;
Li tronçon chieent au roi devant le nes.
De grant outrage conmença a parler
130 Vers Looÿs, quar servi l'ot assez :
« Mi grant servise seront ja reprové,
Les granz batailles et li estor chanpel ?
Looÿs, sire, dist Guillelmes le ber,
Dont ne te menbre del grant estor chanpel
135 Que je te fis par desoz Rome es prez ?
La conbati vers Corsolt l'amiré,
Le plus fort home de la crestïenté
N'en paienime que l'en peüst trover.
De son brant nu me dona un cop tel
140 Desor le hiaume que oi a or gemé
Que le cristal en fist jus avaler.
Devant le nes me copa le nasel ;
Tresqu'es narilles me fist son brant coler ;
A mes dos mains le m'estut relever ;
145 Grant fu la boce qui fu au renoer –
Mal soit del mire qui le me dut saner ! –
Por ce m'apelent "Guillelmes au cort nes".
Grant honte en ai quant vieng entre mes pers,
Et vers le roi en nostre segnoré.
150 Maldahé ait qui en ot onc espié,
Lance n'escu ne palefroi ferré,
Son brant d'acier o le pont conquesté. »

(...)

125 Qu'il avait emporté pour chasser,
Mais avec tant de force qu'il se brise par le milieu
Et que les morceaux sont projetés jusqu'aux poutres,
Avant de retomber sous le nez du roi.
Guillaume commença à adresser à Louis
130 Des propos très violents, car il l'avait beaucoup servi :
« Mes grands services vont-ils se retourner contre moi,
Les grands combats et les batailles rangées ?
Louis, seigneur, dit Guillaume le vaillant,
As-tu donc oublié la grande bataille rangée
135 Que j'ai conduite pour toi dans les prés devant Rome ?
Là je me suis battu contre l'émir Corsolt,
L'homme le plus vigoureux que l'on pût trouver
Dans la chrétienté comme chez les païens.
Il me frappa si fort avec son épée nue
140 Sur mon heaume aux pierreries serties d'or,
Qu'il en fit tomber le cristal sur le sol.
Il trancha le nasal qui protégeait mon nez,
Et l'épée s'abattit jusque sur mes narines ;
Je dus remettre mon nez en place avec les deux mains :
145 La suture me laissa une grosse bosse –
Au diable le médecin qui me soigna ! –
Et depuis, on m'appelle "Guillaume au Court Nez"[1].
J'en supporte la honte quand je suis devant mes pairs,
Et devant le roi, lorsqu'il tient sa cour.
150 Malheur à qui en obtint un épieu,
Une lance, un écu ou un palefroi ferré,
Et son épée d'acier avec le pommeau[2] ! »

(...)

---

1. La bosse justifierait plutôt la forme primitive du sobriquet de Guillaume : « al corb nés », au nez courbe, bombé : il y a ici la trace d'une interférence entre la tradition la plus ancienne (la *Nota Emilianense*, au XIe siècle, parle d'un *Guilhelmus alcorbitanas*) et sa transformation encore récente. **2.** Ces trois vers étranges ne sont peut-être pas incongrus (D. McMillan estime que le texte est corrompu : *cf.* son éd., Notes, p. 134) ; ils ne contiennent pas une énumération des armes que Guillaume a conquises sur le géant sarrasin : le terme de *palefroi* ne peut désigner un cheval de bataille conquis sur l'adversaire (en l'occurrence Alion, le *destrier* de Corsolt). Guillaume maudit ceux qui lui ont volé sa récompense et obtenu, sans rien faire, les faveurs que Louis aurait dû dispenser à Guillaume. *Conquester* n'a pas ici le sens de « conquérir par les armes », mais

IX

« Looÿs, sire, Guillelme a respondu,
Tant t'ai servi que le poil ai chanu.
N'i ai conquis vaillissant un festu,
Ne en ta cort en fusse mielz vestu ;
260 Encor ne sai quel part torne mon huis.
Looÿs, sire, qu'est vo sens devenuz ?
L'en soloit dire que g'estoie voz druz.
Et chevauchoie les bons chevaus crenuz,
Et vos servoie par chans et par paluz.
265 Maldahé ait qui onques mielz en fu,
Ne qui un clo en ot en son escu
Se d'autrui lance ne fu par mal feru.
Plus de vint mile ai tüé de faus Turs ;
Mes, par celui qui maint el ciel lasus,
270 Ge tornerai le vermeill de l'escu.
Fere porroiz que n'ere mes vo dru ! »

X

« Dex, dit Guillelmes, qu'issis de Virge gente,
Por c'ai ocis tante bele jovente,
Ne por qu'ai fet tante mere dolente,
275 Dont li pechié me sont remés el ventre ?
Tant ai servi cest mauvés roi de France,
N'i ai conquis vaillant un fer de lance. »

IX

« Louis, seigneur, a répondu Guillaume,
Je t'ai servi si longtemps que j'ai les cheveux blancs.
Je n'y ai rien gagné qui vaille un fétu,
Pas même de quoi être mieux vêtu dans ta cour.
260 Je ne sais toujours pas où s'ouvre ma porte[1] !
Louis, seigneur, où est votre sagesse ?
Chacun disait que j'étais votre ami.
Je chevauchais de bons chevaux aux longs crins,
Et vous servais par les champs et les marais.
265 Maudit soit quiconque en a tiré profit,
Ou qui en a gagné un clou à son écu,
Sans avoir enduré un coup d'une lance ennemie !
J'ai tué plus de vingt mille Turcs fourbes.
Mais, par Celui qui règne dans les cieux,
270 Je cesserai de me battre pour mon seigneur.
Vous pourriez bien finir par perdre mon amitié ! »

X

« Dieu ! dit Guillaume, qui naquis de la noble Vierge,
Pourquoi ai-je tué tant de jeunes guerriers ?
Pourquoi ai-je plongé tant de mères dans le deuil ?
275 Ces péchés restent fichés au fond de mon cœur.
J'ai eu beau servir ce maudit roi de France,
Je n'y ai rien gagné, pas même un fer de lance. »

---

celui d'« obtenir en don grâce à ses mérites ». *Cf.* les vers 265-267, qui éclairent ce passage dont ils constituent une reprise (*Maldahé ait qui onques...*). Dans ces conditions, contrairement à l'opinion de D. McMillan, la leçon donnée par le manuscrit de base au v. 152 se tient : celle que donne le ms. C, qui « semble avoir conservé un texte laissant entrevoir une allusion aux événements narrés aux vv. 1140 ss du *Couronnement de Louis*, où on voit Guillaume s'emparer du cheval Alion » (D. McMillan, loc. cit.), est fautive : elle ne peut être qu'une réfection due à l'incompréhension d'un scribe devant un passage qui lui semblait énigmatique (ms. C : *Se nel* (corr. pour : *jel*) *conquis au branc d'achier lettré*). La *varia lectio* de BC pour le v. 151 se tient avec le v. 150 (v. 151 : *Ne ainz* (C : *Onques*) *n'en oi mon palefroi feré*) : « Malheur à qui en obtint un épieu,/ Alors que je n'ai même pas eu de quoi faire ferrer mon palefroi », mais s'articule mal avec le v. 152. **1.** Autrement dit : « Je n'ai toujours pas de maison ».

XI

« Sire Guillelmes, dit Looÿs le ber,
Par cel apostre qu'en quiert en Noiron pré,
280 Encor ai ge soissante de voz pers
A qui ge n'ai ne promis ne doné. »
Et dit Guillelmes : « Dan rois, vos i mentez.
Il ne sont mie en la crestïentez ;
N'i a fors vos qui estes coroné –
285 Par desus vos ne m'en quier ja vanter.
Or prenez cels que vos avez nomé,
Tot un a un les menez en cel pré
Sor les chevaus garniz et conraez ;
Se tant et plus ne vos ai devïez,
290 Ja mar avrai riens de tes heritez,
Et vos meïsmes, se aler i volez. »
Ot le li rois, s'est vers lui enclinez ;
Au redrecier l'en a aresoné :

XII

« Sire Guillelmes, dist Looÿs li frans,
295 Or voi ge bien, plains es de maltalant.
– Voir, dit Guillelmes, si furent mi parent.
Einsi vet d'ome qui sert a male gent :
Quant il plus fet, n'i gaaigne neant,
Einçois en vet tot adés enpirant. »

XIII

300 « Sire Guillelmes, dit Looÿs li prouz,   [40v°a]
Or voi ge bien, maltalant avez molt.
– Voir, dit Guillelmes, s'orent mi ancesor.
Einsi vet d'ome qui sert mauvés segnor ;
Quant plus l'alieve, si i gaaigne pou.
305 – Sire Guillelmes, Looÿs li respont,
Gardé m'avez et servi par amor
Plus que nus hon qui soit dedenz ma cort.
Venez avant, ge vos dorrai beau don :

XI

« Seigneur Guillaume, répond le noble Louis,
Par l'apôtre qu'on invoque aux Jardins de Néron,
280 Il reste encore soixante de vos pairs
A qui je n'ai rien promis ni donné. »
Guillaume rétorque : « Seigneur roi, vous mentez !
Je n'en ai pas dans toute la chrétienté,
Excepté vous qui êtes couronné –
285 Je ne prétends pas être au-dessus de vous.
Prenez donc ceux que vous avez nommés,
Et menez-les un par un dans ce pré
Sur des chevaux équipés pour le combat.
Si je ne vous en tue pas tant et plus,
290 Je renonce à avoir une terre de vous.
Je vous affronterai aussi, si vous le voulez. »
A ces mots, le roi a baissé la tête devant lui.
Quand il l'a relevée, il lui a répondu :

XII

« Seigneur Guillaume, a dit Louis, le noble,
295 Je vois donc bien que tu es emporté.
– Oui, dit Guillaume, je tiens de mes parents.
Voilà ce qui arrive quand on sert des ingrats :
Plus on en fait, et moins on y gagne,
Et les choses ne cessent de se dégrader. »

XIII

300 « Seigneur Guillaume, a dit Louis, le preux,
Je vois bien que tu es emporté.
– Oui, dit Guillaume, je tiens de mes ancêtres.
Voilà ce qui arrive quand on sert un mauvais seigneur.
Plus on accroît sa gloire, moins on en tire profit.
305 – Seigneur Guillaume, lui répondit Louis,
Vous m'avez protégé et servi par amour
Plus qu'aucun autre baron de ma cour.
Avancez, je vous ferai un beau don :

Prenez la terre au preu conte Foucon ;
310 Serviront toi trois mile conpaignon.
– Non ferai, sire, Guillelmes li respont.
Del gentil conte dui enfanz remés sont
Qui bien la terre maintenir en porront.
Autre me done, que de cestui n'ai soing. »

XIV

315 « Sire Guillelmes, dit li rois Looÿs,
Quant ceste terre ne volez retenir
Ne as enfanz ne la volez tolir,
Prenez la terre au Borgoing Auberi
Et sa marrastre Hermensaut de Tori,
320 La meillor fame qui onc beüst de vin ;
Serviront toi trois mile fervesti.
– Non ferai, sire, Guillelmes respondi.
Del gentil conte si est remés un fill ;
Roberz a non, mes molt par est petiz,
325 Encor ne set ne chaucier ne vestir.
Se Dex ce done qu'il soit granz et forniz,
Tote la terre porra bien maintenir. »

XV

« Sire Guillelmes, dit Looÿs le fier,
Quant cel enfant ne veus desheriter,
330 Pren donc la terre au marchis Berengier.
Morz est li quens, si prenez sa moillier ;
Serviront toi dui mile chevalier
A cleres armes et a coranz destriers ;
Del tuen n'avront vaillissant un denier. »
335 Ot le Guillelmes, le sens cuide changier ;
A sa voix clere conmença a huchier :
« Entendez moi, nobile chevalier,
De Looÿs, mon segnor droiturier,
Conme est gariz qui le sert volentiers.

Prenez la terre du preux comte Foulques :
310 Trois mille compagnons vous serviront.
– Certes non, seigneur, lui répondit Guillaume.
Le noble comte a laissé deux enfants
Qui seront bien capables de tenir ce fief.
Donne m'en un autre, je n'ai cure de celui-ci ! »

XIV

315 « Seigneur Guillaume, dit le roi Louis,
Puisque vous ne voulez pas tenir cette terre,
Ni en déposséder les enfants,
Prenez la terre d'Auberi le Bourguignon,
Et sa belle-mère Hermensaut de Tori,
320 La meilleure femme qui ait jamais existé[1].
Trois mille hommes bardés de fer te serviront.
– Certes non, seigneur, répondit Guillaume.
Le noble comte a laissé un fils ;
Il se nomme Robert, mais il est tout petit,
325 Il ne sait pas encore se chausser ni se vêtir.
Si Dieu lui accorde de devenir grand et fort,
Il sera bien capable de tenir ce fief. »

XV

« Seigneur Guillaume, dit Louis le terrible,
Puisque tu refuses de déshériter cet enfant,
330 Prends donc la terre du marquis Bérenger.
Le comte est mort, épouse donc sa femme :
Deux mille chevaliers te serviront
Avec des armes luisantes et de fringants coursiers ;
Ils ne te coûteront pas un denier de ton patrimoine. »
335 En entendant ces mots, Guillaume crut devenir fou ;
De sa voix claire il s'écria :
« Ecoutez-moi, nobles chevaliers,
Voyez comment Louis, mon seigneur légitime,
Récompense ceux qui le servent de bon cœur.

---

1. *Qui onc beüst de vin*, c'est-à-dire qui appartînt au genre humain (par opposition aux êtres *faés* ou monstrueux).

340 Or vos dirai del marchis Berengier : [40v°b]
Ja fu il nez enz el val de Riviers ;
Un conte ocist dont ne se pot paier ;
A Monloon en vint corant au sié,
Iluec chaï l'empereor au pié,
345 Et l'empereres le reçut volentiers,
Dona li terre et cortoise moillier.
Cil le servi longuement sanz dangier.
Puis avint chose, li rois se conbatié
As Sarrazins, a Turs et a Esclers.
350 Li estors fu merveilleus et plenier ;
Abatuz fu li rois de son destrier,
Ja n'i montast a nul jor desoz ciel,
Quant i sorvint li marchis Berangier.
Son segnor vit en presse mal mener ;
355 Cele part vint corant tot eslessié ;
En son poing tint le brant forbi d'acier.
La fist tel parc conme as chiens le sanglier,
Puis descendi de son corant destrier
Por son segnor secorre et aïdier.
360 Li rois monta, et il li tint l'estrier,
Si s'en foui conme coart levrier.
Einsi remest li marchis Berangier ;
La le veïsmes ocirre et detranchier,
Ne l'i peüsmes secorre ne aidier.
365 Remés en est un cortois heritier ;
Icil a non le petit Berangier.
Molt par est fox qui l'enfant velt boisier,
Si m'aïst Dex, que fel et renoiez.
Li empereres me veult doner son fié :
370 Ge n'en vueil mie, bien vueil que tuit l'oiez.
Et une chose bien vos doi acointier :
Par cel apostre qu'en a Rome requiert,
Il n'a en France si hardi chevalier,
S'il prent la terre au petit Berangier,
375 A ceste espee tost ne perde le chief !

340 Je veux dire quelques mots du marquis Bérenger :
Il naquit jadis dans le Val de Riviers[1] ;
Il tua un comte, et ne put s'acquitter[2].
Il accourut à Laon, la capitale[3],
Se prosterna aux pieds de l'empereur,
345 Et celui-ci lui fit bonne figure,
Lui donna fief et épouse courtoise.
Bérenger le servit longtemps, sans faillir.
Puis vint un jour où le roi se battait
Contre les Sarrasins, les Turcs et les Slaves.
350 La bataille faisait rage, terrible.
Le roi fut renversé de son cheval,
Bien incapable d'y remonter tout seul,
Quand survint le marquis Bérenger.
Il vit son seigneur accablé sous les coups des ennemis.
355 Il fonça dans cette direction de toutes ses forces,
Tenant au poing son épée d'acier fourbi.
Il fit un carnage, comme un sanglier avec des chiens,
Puis descendit de son destrier rapide
Pour porter aide et secours à son seigneur.
360 Le roi monta à cheval – l'autre lui tint l'étrier –
Et prit la fuite comme un lâche lévrier.
Le marquis Bérenger ainsi se trouva seul :
Nous le vîmes se faire tuer et massacrer,
Sans pouvoir lui porter la moindre assistance.
365 Il a laissé un courtois héritier,
Que l'on appelle le petit Bérenger.
Bien fou, qui cherche à nuire à cet enfant ! –
J'en prends Dieu à témoin ! – un vrai félon, un renégat !
L'empereur veut me donner son fief :
370 Je n'en veux pas, sachez-le bien tous !
Et je veux bien vous assurer d'une chose :
Par l'apôtre qu'on prie à Rome,
Il n'y a pas en France de chevalier si audacieux
Que je ne lui coupe la tête avec cette épée
375 S'il prend la terre du petit Bérenger !

---

1. C'est une province des Pays-Bas (McMillan). **2.** Le droit germanique autorisait un paiement en réparation d'un meurtre. **3.** Laon était l'un des grands centres du pouvoir carolingien, après Aix-la-Chapelle.

– Granz merciz, sire ! » dïent li chevalier
Qui apartienent a l'enfant Berangier.
Cent en i a qui li clinent le chief,
Qui tuit li vont a la janbe et au pié.
380 « Sire Guillelmes, dist Looÿs, oiez : [41r°a]
Quant ceste hennor a prendre ne vos siet,
Se Dex m'aïst, or vos dorrai tel fié,
Se sages estes, dont seroiz sozhaucié.
Ge vos dorrai de Francë un quartier,
385 Quarte abeïe et puis le quart marchié,
Quarte cité et quarte archeveschié,
Le quart serjant et le quart chevalier,
Quart vavassor et quart garçon a pié,
Quarte pucele et la quarte moillier,
390 Et le quart preste et puis le quart mostier ;
De mes estables vos doing le quart destrier ;
De mon tresor vos doing le quart denier ;
La quarte part vos otroi volentiers
De tot l'empire que je ai a baillier.
395 Recevez le, nobile chevalier.
– Non feré, sire, Guillelmes respondié.
Ge nel feroie por tot l'or desoz ciel,
Que ja diroient cil baron chevalier :
"Vez la Guillelme, le marchis au vis fier,
400 Conme il a ore son droit segnor boisié ;
Demi son regne li a tot otroié,
Si ne l'en rent vaillissant un denier.
Bien li a ore son vivre retallié." »

XVI

« Sire Guillelmes, dit Looÿs le ber,
405 Par cel apostre qu'en quiert en Noiron pré,
Quant ceste honor reçoivre ne volez,
En ceste terre ne vos sai que doner,
Ne de nule autre ne me sé porpenser.
– Rois, dit Guillelmes, lessiez le dont ester ;
410 A ceste foiz n'en quier or plus parler.

— Grand merci, seigneur, disent les chevaliers
Qui appartiennent au petit Bérenger.
Ils sont bien cent à s'incliner devant lui,
Et à lui toucher la jambe et le pied.
380 « Seigneur Guillaume, dit Louis, écoutez :
Puisqu'il ne vous sied pas de recevoir ce fief,
J'en atteste Dieu, je vais vous donner un terre telle
Que, si vous êtes un sage, vous en tirerez honneur.
Je vous donnerai un quart de la France,
385 Le quart des abbayes et le quart des marchés,
Le quart des villes et des archevêchés,
Le quart des sergents et le quart des chevaliers,
Des vavasseurs et des soldats à pied,
Le quart des jeunes filles et le quart des épouses,
390 Le quart des prêtres et le quart des églises ;
Sur mes écuries, le quart des destriers ;
Sur mon trésor, prenez le quart de mes deniers.
Je vous fais volontiers don du quart
De tout l'empire que j'ai à gouverner.
395 Acceptez-le, noble chevalier !
— Certes non, seigneur, répondit Guillaume.
Je ne le ferais pas pour tout l'or de ce monde,
Car ces vaillants chevaliers auraient tôt fait de dire :
"Voyez comment Guillaume, le marquis au noble visage,
400 Vient de trahir les intérêts de son seigneur légitime !
Celui-ci lui a fait don de la moitié de son royaume,
Et il ne lui doit même pas l'hommage d'un denier.
Il a bien su lui rogner ses ressources !" »

XVI

« Seigneur Guillaume, dit Louis le vaillant,
405 Par l'apôtre qu'on prie aux Jardins de Néron,
Si vous ne voulez pas accepter un tel fief,
Je ne sais plus que vous donner de cette terre,
Et je ne vois pas bien quelle autre proposer.
— Roi, dit Guillaume, ne pensez plus à cela.
410 Pour cette fois, n'en parlons plus.

Quant vos plera, vos me dorrez assez
Chastiaus et marches, donjons et fermetez. »
A cez paroles s'en est li quens tornez ;
Par maltalant avale les degrez.
415 En mi sa voie a Bertran encontré
Qui li demande : « Sire oncle, dont venez ? »
Et dit Guillelmes : « Ja orroiz verité
De cel palés ou ai grant piece esté :
A Looÿs ai tencié et iré ;
420 Molt l'ai servi, si ne m'a riens doné. » [41r°b]
Et dit Bertran : « A maleïçon Dé !
Vo droit segnor ne devez pas haster,
Ainz le devez servir et hennorer,
Contre toz homes garantir et tenser.
425 – Diva, fet il, ja m'a il si mené,
Qu'a lui servir ai tot mon tens usé ;
N'en ai eü vaillant un oef pelé. »

XVII

Et dit Guillelmes : « Sire Bertran, beaus niés,
Au roi servir ai mon tens enploié,
430 Si l'ai par force levé et essaucié ;
Or m'a de France otroié l'un quartier.
Tot ensement con fust en reprovier
Por mon servise me velt rendre loier ;
Mes, par l'apostre qu'en a Rome requiert,
435 Cuit li abatre la corone del chief :
Ge la li mis, si la vorrai oster ! »
Dist Bertran : « Sire, ne dites pas que ber.
Vo droit segnor ne devez menacier,
Ainz le devez lever et essaucier,
440 Contre toz homes secorre et aïdier. »
Et dit li quens : « Vos dites voir, beaus niés ;
La loiauté doit l'en toz jorz amer.
Dex le conmande, qui tot a a jugier. »

Quand il vous plaira, vous saurez me combler
De châteaux et de marches, de donjons et de forteresses. »
Sur ces paroles, le comte a tourné les talons.
Plein de colère, il descend les escaliers.
415 Sur son chemin il a croisé Bertrand
Qui lui demande : « Noble oncle, d'où venez-vous ? »
Guillaume répond : « Voilà ce qu'il m'est advenu
Dans ce palais où j'ai passé beaucoup de temps.
Je me suis irrité contre Louis et l'ai apostrophé ;
420 Je l'ai beaucoup servi, il ne m'a rien donné. »
Bertrand réplique : « Par la malédiction de Dieu !
Vous n'avez pas à harceler votre seigneur légitime,
Mais au contraire à le servir et l'honorer,
Le protéger et le défendre contre tous.
425 – Holà ! fait-il, voilà comment il m'a traité :
J'ai consacré toute ma vie à le servir,
Et je n'y ai même pas gagné un œuf pelé ! »

XVII

Guillaume répondit : « Seigneur Bertrand, cher neveu,
J'ai passé tout mon temps à servir le roi,
430 J'ai mis toutes mes forces à accroître sa puissance ;
Il vient de m'octroyer un quart de la France :
C'est avec une apparente mauvaise humeur
Qu'il veut me rendre le loyer de mon service.
Mais, par l'apôtre qu'on implore à Rome,
435 Je lui ferai tomber la couronne de la tête :
Je la lui ai posée, je la lui ôterai bien ! »
Bertrand réplique : « Seigneur, quelles paroles indignes !
Vous n'avez pas le droit de menacer votre suzerain :
Au contraire, vous devez accroître sa puissance,
440 En toute circonstance le secourir et l'aider. »
Et le comte répond : « Vous dites vrai, cher neveu ;
Il faut toujours chérir la loyauté.
Dieu l'ordonne, qui juge tous nos actes. »

XVIII

« Oncle Guillelmes, dit Bertran li senez,
445 Quar alons ore a Looÿs parler
Et moi et vos en cel palés plenier
Por querre un don dont me sui porpensé.
– Quiex seroit il ? » dit Guillelmes le ber.
Et dit Bertran : « Ja orroiz verité.
450 Demandez li Espaigne le regné,
Et Tortolouse et Portpaillart sor mer,
Et aprés Nymes, cele bone cité,
Et puis Orenge, qui tant fet a loer.
S'il la vos done, n'i afiert mie grez,
455 C'onques escuz n'en fu par lui portez,
Ne chevaliers n'en ot ensoldeez ;
Assez vos puet cele terre doner,
Ne son rëaume n'en iert gaires grevez. »
Ot le Guillelmes, s'en a un ris gité :
460 « Niés, dit Guillelmes, de bone heure fus nez, [41v°a]
Que tot ausi l'avoie ge pensé ;
Mes ge voloie avant a toi parler. »
As mains se prennent, el palés sont monté,
Trusqu'a la sale ne se sont aresté.
465 Voit le li rois, encontre s'est levé ;
Puis li a dit : « Guillelmes, quar seez.
– Non ferai, sire, dit li quens naturez,
Mes un petit vorroie a vos parler
Por querre un don dont me sui porpensez. »
470 Et dit li rois : « A beneïçon Dé !
Se vos volez ne chastel ne cité,
Ne tor ne vile, donjon ne fermeté,
Ja vos sera otroié et graé.
Demi mon regne, se prendre le volez,
475 Vos doin ge, sire, volentiers et de grez ;

XVIII

« Oncle Guillaume, dit le sage Bertrand,
445 Allons donc maintenant parler à Louis,
Vous et moi, dans cette vaste salle,
Pour demander un don auquel j'ai réfléchi.
– De quoi s'agirait-il dit le vaillant Guillaume.
Bertrand répond : « Vous allez le savoir.
450 Demandez-lui le royaume d'Espagne,
Et Tortelose[1], et Porpaillart-sur-Mer[2],
Et ensuite Nîmes, cette bonne cité,
Ainsi qu'Orange, qui est si estimable.
S'il vous la donne, inutile de le remercier :
455 Jamais il n'en a porté la bannière,
Ni entretenu des chevaliers de ce pays.
Il peut bien vous faire don de cette terre,
Son royaume ne s'en trouvera guère amputé ! »
En entendant ces mots, Guillaume éclate de rire :
460 « Neveu, dit Guillaume, béni sois-tu !
Car j'avais eu exactement la même idée.
Mais je voulais te la soumettre auparavant. »
Main dans la main, ils montent dans le palais,
Directement jusqu'à la grande salle.
465 Le roi le voit, se lève pour venir le saluer,
Puis il lui dit : « Guillaume, asseyez-vous donc !
– Non, merci, seigneur, dit le comte bien né,
Mais j'aimerais vous dire quelques mots
Pour demander un don auquel j'ai réfléchi. »
470 Le roi répond : « Puisse Dieu vous bénir !
Si vous souhaitez un château ou une cité,
Une tour, une ville, un donjon ou une forteresse,
Je vous l'accorderai aussitôt de bon gré.
Si vous voulez la moitié de mon royaume,
475 Je vous la donne, seigneur, avec un grand plaisir :

---

1. Il s'agit sans doute de Tortosa. 2. Ville d'Espagne, qui sera plus tard le fief de Rainouart. Selon D. McMillan (éd., Table), qui s'appuie sur P. Aebischer, *Rolandiana et Oliveriana*, Genève, Droz, 1967, p. 235-238, il s'agit peut-être de Sort, « localité la plus importante du comté de Pallars, dans la partie supérieure de la vallée de la Noguera Pallaresa. »

Car de grant foi vos ai toz jorz trové
Et par vos sui rois de France clamé. »
Ot le Guillelmes, s'en a un ris gité ;
Ou voit le roi, si l'a aresonné :
480 « Icestui don par nos n'iert ja rové ;
Ainz vos demant Espaigne le regné,
Et Tortolose et Portpaillart sor mer,
Si vos demande Nymes cele cité,
Aprés Orenge, qui tant fet a loer.
485 Se la me dones, n'i afiert mie grez,
C'onques escuz n'en fu par toi portez,
N'ainz chevalier n'en eüs au digner,
N'aprovrïez n'en est vostre chatel. »
Ot le li rois, s'en a un ris gité.

XIX

490 « Looÿs, sire, dit Guillelmes le fort,
Por Deu me done d'Espaigne toz les porz ;
Moie iert la terre, tuens en iert li tresors ;
Mil chevalier t'en conduiront en ost. »

XX

« Done moi, roi, Nauseüre la grant
495 Et avec Nymes et le fort mandement,
S'en giterai le mal paien Otrant
Qui tant François a destruit por neant,
De maintes terres les a fet defuiant.
Se Dex me veult aidier, par son conmant,
500 Ge autre terre, sire, ne vos demant. » [41v°b]

XXI

« Donez moi, sire, Valsoré et Valsure,
Donez moi Nymes o les granz tors aguës,
Aprés Orenge, cele cité cremue,
Et Neminois et tote la pasture,
505 Si con li Rosnes li cort par les desrubes. »

Car j'ai pu éprouver votre fidélité,
Et c'est grâce à vous que je suis appelé roi de France. »
En entendant ces mots, Guillaume éclate de rire :
Se tournant vers le roi, il lui parle en ces termes :
480 « Ce n'est pas ce don-là que nous réclamerons !
Je vous demande le royaume d'Espagne,
Et Tortelose, et Porpaillart-sur-Mer,
Je vous demande la cité de Nîmes,
Et puis Orange, qui est si estimable.
485 Si vous me l'accordez, je ne vous remercie pas :
Jamais vous n'en avez porté la bannière,
Aucun de leurs chevaliers n'a dîné avec vous,
Et votre patrimoine n'en est pas diminué ! »
En l'entendant, le roi éclate de rire.

XIX

490 « Louis, seigneur, dit Guillaume le fort,
Pour Dieu, accorde-moi tous les cols d'Espagne ;
La terre sera à moi, ses richesses seront tiennes ;
Mille de ses chevaliers rejoindront ton armée. »

XX

« Accorde-moi, mon roi, Nauseüre la grande,
495 Ainsi que Nîmes et ses puissantes fortifications :
J'en expulserai l'odieux païen Otrant
Qui a tué pour rien tant de Français,
Et qui les a chassés de maintes terres.
Si Dieu veut m'apporter son aide, selon sa volonté,
500 Seigneur, je ne vous demande pas d'autre terre. »

XXI

« Accordez-moi, seigneur, Valsoré et Valsure,
Donnez-moi Nîmes aux grandes tours effilées,
Et puis Orange, cette cité redoutée,
Et la région de Nîmes avec ses pâturages,
505 Là où le Rhône coule entre des précipices. »

Dist Looÿs : « Beau sire Dex, aiüe !
Par un seul home iert cele hennor tenue ? »
Et dit Guillelmes : « De sejorner n'ai cure.
Chevaucherai au soir et a la lune,
510 De mon hauberc covert l'afeutreüre,
S'en giterai la pute gent tafure. »

XXII

« Sire Guillelmes, dit li rois, entendez.
Par cel apostre qu'en quiert en Noiron prez,
El n'est pas moie, ne la vos puis doner ;
515 Einçois la tienent Sarrazin et Escler,
Carreaus d'Orenge et son frere Aceré,
Et Golias et li rois Desramé,
Et Arroganz et Murant et Barré,
Et Quinzepaumes et son frere Goudré,
520 Otrans de Nymes et li rois Murgalez.
Le roi Tiebaut i doit l'en coroner ;
Prise a Orable, la seror l'amiré :
C'est la plus bele que l'en puisse trover
En paienime n'en la crestïenté.
525 Por ce crien ge, se entr'eus vos metez,
Que cele terre ne puissiez aquiter.
Mes, s'il vos plest, en ceste remanez ;
Tot egalment departons noz citez :
Vos avroiz Chartres et Orliens me lerez,
530 Et la corone, que plus n'en quier porter.
— Non ferai, sire, dit Guillelmes le ber,
Que ja diroient cil baron naturel :
"Vez ci Guillelme, le marchis au cort nez,
Con il a ore son droit segnor monté :
535 Demi son regne li a par mi doné,
Si ne l'en rent un denier monnoié.
Bien li a ore son vivre recopé." »

Louis répond : « Doux seigneur Dieu, pitié !
Un tel fief pourra-t-il être tenu par un seul homme ? »
Et Guillaume réplique : « Au diable le repos !
Je chevaucherai le soir et au clair de lune,
510 Revêtu de mon haubert fourré,
J'expulserai la sale engeance des Tafurs[1]. »

XXII

« Seigneur Guillaume, dit le roi, écoutez.
Par l'apôtre qu'on prie aux Jardins de Néron,
Elle n'est pas à moi, je ne puis vous la donner !
515 Ce sont les Sarrasins et les Slaves qui la possèdent,
Carreau d'Orange et son frère Acéré,
Et Golias, et le roi Déramé,
Et Arrogant, et Murant, et Barré,
Et Quinzepaumes et son frère Goudré,
520 Otrant de Nîmes et le roi Murgalé.
Le roi Thibaut doit y être couronné :
Il a épousé Orable, la sœur de l'émir :
C'est la plus belle femme que l'on puisse trouver
Chez les païens comme chez les chrétiens.
525 Je crains donc, si vous vous en mêlez,
Que vous ne parveniez à libérer ce fief !
Mais, s'il vous plaît, restez dans ce royaume :
Partageons nos cités à part égale :
Vous aurez Chartres et me laisserez Orléans
530 Ainsi que la couronne, je n'en désire pas plus.
– Certes, non, seigneur, dit Guillaume le vaillant,
Car les barons bien nés auraient vite fait de dire :
"Voyez Guillaume, le marquis au Court Nez,
Comme il a pris soin des intérêts de son seigneur légitime :
535 Celui-ci lui a donné la moitié de son royaume,
Et il est libre de toute redevance.
Il a bien su lui rogner ses ressources !" »

---

1. Le terme est employé ici pour désigner l'ensemble des Sarrasins, par référence à Tafur, païen confondu par Dieu. En revanche, lors de la première croisade, les Tafurs avaient été les alliés des Croisés. *Cf.* par exemple la *Chanson d'Antioche*, éd. S. Duparc-Quioc, Paris, 1977-1978.

XXIII

« Sire Guillelmes, dist li rois, frans guerriers,
Et vos que chaut de mauvés reprovier ?
540 En ceste terre ne quier que me lessiez.
Vos avroiz Chartres et me lessiez Orliens, [42r°a]
Et la corone, que plus ne vos requier.
– Non ferai, sire, Guillelmes respondié ;
Ge nel feroie por tot l'or desoz ciel.
545 De vostre hennor ne vos quier abessier,
Ainz l'acroistrai au fer et a l'acier ;
Mes sires estes, si ne vos quier boisier.
Ce fu au tens a feste saint Michiel ;
Fui a Saint Gile, lors fui ge chiés un ber ;
550 Herberja moi le cortois chevalier,
Molt me dona a boivre et a mengier,
Fain et avaine a l'auferrant corsier.
Quant ce fu chose que eüsmes mengié,
Il s'en ala es prez esbanoier
555 O sa mesnie, le gentil chevalier,
[..]
Quant par la resne me sesi sa moillier.
Ge descendi, ele me tint l'estrier,
Puis me mena aval en un celier,
Et del celier amont en un solier ;
560 Ainz n'en soi mot, si me chaï as piez.
Cuidai, beau sire, qu'el queïst amistiez
Ou itel chose que fame a home quiert.
Se gel seüsse, ne m'en fusse aprochiez
Qui me donast mil livres de deniers.
565 Damandai li : « Dame, fame, que quierz ?
– Merci, Guillelmes, nobile chevalier !
De ceste terre quar vos preigne pitié,
Por amor Deu qui en croiz fu drecié ! »
Par la fenestre me fist metre mon chief ;
570 Tote la terre vi plaine d'aversier,
Viles ardoir et violer mostiers,
Chapeles fondre et trebuchier clochiers,
Mameles tortre a cortoises moilliers,

XXIII

« Seigneur Guillaume, dit le roi, noble guerrier,
Que vous importent donc les médisances ?
540 Je ne veux pas que vous m'abandonniez dans mon
Vous aurez Chartres, laissez-moi Orléans [royaume.
Et la couronne, je n'en demande pas plus.
— Certes non, seigneur, répondit Guillaume.
Je ne le ferais pas pour tout l'or du monde.
545 Je ne veux pas amputer votre domaine,
Mais l'augmenter par le fer et l'acier :
Vous êtes mon seigneur, je ne veux pas vous nuire.
Un jour, aux environs de la Saint-Michel,
Je logeais à Saint-Gilles chez un homme de bien.
550 Ce courtois chevalier m'hébergea,
Me servit nourriture et boisson à profusion,
Ainsi qu'avoine et foin à mon fougueux coursier.
Après la fin du repas,
Il s'en alla se détendre dans les prés
555 Avec sa suite, le noble chevalier,
[...]
Quand son épouse prit mon cheval par la rêne.
Je mis pied à terre, elle me tint l'étrier,
Puis elle me fit descendre dans un cellier
Et, de là, monter dans une chambre haute.
560 Avant toute explication, elle tomba à mes pieds.
Je pensais, cher seigneur, qu'elle me requerrait d'amour,
Ou de ce qu'une femme peut espérer d'un homme.
Si j'avais su, je serais resté à distance,
Même pour mille livres de bons deniers.
565 Je lui demandai : « Dame, femme, que veux-tu ?
— Pitié, Guillaume, noble chevalier !
Oui, prenez donc pitié de cette terre,
Pour l'amour de Dieu qui fut crucifié ! »
Elle m'invita à regarder par la fenêtre :
570 Je vis tout le pays recouvert d'ennemis,
Des villes brûler, des églises profanées,
Des chapelles s'effondrer et des clochers s'abattre,
Les seins des femmes courtoises soumis à la torture :

Que en mon cuer m'en prist molt grant pitié,
575 Molt tendrement plorai des elz del chief.
La plevi ge le glorïeus del ciel,
Et a saint Gile, dont venoie proier,
Qu'en cele terre lor iroie aïdier
A tant de gent con porrai justisier.

XXIV

580 — Sire Guillelmes, dist Looÿs li frans,
Quant ceste terre ne vos vient a talant, [42r°b]
Si m'aïst Diex, grainz en sui et dolent.
Franc chevalier, or venez dont avant,
Ge ferai, voir, tot le vostre talant.
585 Tenez Espaigne, prenez la par cest gant ;
Ge la vos doing par itel covenant :
Se vos en croist ne paine ne ahan,
Ci ne aillors ne t'en serai garant. »
Et dit Guillelmes : « Et ge mielz ne demant,
590 Fors seulement un secors en set anz. »
Dist Looÿs : « Ge l'otroi bonement.
Or ferai, voir, tot le vostre conmant. »
(...)

XXXIII

Li quens Guillelmes vet au mostier orer ;
Trois mars d'argent a mis desus l'autel,
Et quatre pailes et trois tapiz röez.
845 Grant est l'offrende que li prince ont doné,
Puis ne devant n'i ot onques sa per.
Del mostier ist Guillelmes au cort nes ;

Alors, du fond du cœur, je fus pris de pitié,
575 Et mes yeux versèrent de tendres larmes.
Là, je jurai au glorieux Roi du ciel
Et à saint Gilles, que je venais prier,
Que dans ce fief je leur porterais secours
Avec autant de troupes que je pourrais en commander. »

XXIV

580 « Seigneur Guillaume, dit le noble Louis,
De ce que vous méprisez ce fief,
Par Dieu, je suis triste et affligé.
Noble chevalier, avancez donc,
Je ferai vraiment ce que vous désirez.
585 Tenez l'Espagne en fief, prenez-là avec ce gant[1] ;
Je vous la donne aux conditions suivantes :
Si vous n'en retirez que souffrance et tourment,
Je ne vous protégerai ni ici ni ailleurs. »
Et Guillaume répond : « Je n'en demande pas plus,
590 Sauf seulement un secours en sept ans. »
Louis déclare : « Je l'accorde volontiers,
Je ferai, certes, tout ce que vous voulez. »
(...)

Le charroi[2]

XXXIII

Le comte Guillaume va prier dans l'église ;
Il a déposé sur l'autel trois marcs d'argent,
Quatre soieries et trois tapis à médaillons.
845 C'est une riche offrande que les princes ont faite,
Ni avant, ni après on n'en vit d'aussi riche.
Puis Guillaume au Court Nez sort de l'église ;

---

1. C'est la cérémonie de l'investiture féodale par le gant. **2.** Guillaume et ses hommes passent entre Clermont et Monferrand, et arrivent au Puy (en Velay).

Ou voit ses homes, ses a aresonez :
« Baron, dist il, envers moi entendez.
850 Vez ci les marches de la gent criminel ;
D'or en avant ne savroiz tant aler
Que truissiez home qui de mere soit nez
Que tuit ne soient Sarrazin et Escler.
Prenez les armes, sus les destriers montez,
855 Alez en fuerre, franc chevalier menbrez.
Se Dex vos fet mes bien, si le prenez ;
Toz li païs vos soit abandonez. »
Et cil respondent : « Si con vos conmandez. »
Vestent hauberz, lacent hiaumes gemez,
860 Ceingnent espees a ponz d'or noielez,
Montent es seles des destriers abrivez ;
A lor cos pendent lor forz escus bouclez, [44r°a]
Et en lor poinz les espiez noielez.
De la vile issent et rengié et serré,
865 Devant els font l'orifanble porter ;
Tot droit vers Nymes se sont acheminé.
Iluec vit l'en tant heaume estanceler !
En l'avangarde fu Bertran l'alosé,
Gautier de Termes et l'Escot Gilemer,
870 Et Guïelin, li preuz et li senez.
L'arriere garde fist Guillelmes le ber
A tot dis mile de François bien armez
Qui de bataille estoient aprestez.
Il n'orent mie quatre liues alé
875 Qu'an mi la voie ont un vilain trové ;
Vient de Saint Gile ou il ot conversé,
A quatre bués que il ot conquesté
Et trois enfanz que il ot engendré.
De ce s'apense li vilains que senez,
880 Quel sel est chier el regne dont fu nez ;
Desor son char a un tonnel levé,
Si l'ot enpli et tot rasé de sel.
Les trois enfanz que il ot engendrez

Le charroi 183

Dès qu'il voit ses hommes, il les harangue :
« Barons, dit-il, prêtez-moi attention.
850 Voici les marches du peuple criminel[1].
Dorénavant, où que vous vous tourniez,
Vous ne pourrez trouver de créature humaine
Qui ne soit à coup sûr un Sarrasin ou un Slave.
Prenez vos armes, montez sur vos destriers,
855 Et allez fourrager, nobles et illustres chevaliers.
Si Dieu vous est favorable, profitez-en.
Que tout le pays vous soit livré ! »
Et les autres répondent : « A vos ordres ! »
Ils revêtent les haubers, lacent les heaumes à pierreries,
860 Ceignent leurs épées au pommeau d'or émaillé,
Se mettent en selle sur les destriers fougueux ;
Ils pendent à leur cou leurs forts écus à boucle,
Et tiennent dans leur poing les lances émaillées.
Ils sortent de la ville en rangs serrés,
865 Et font porter devant eux l'oriflamme.
Ils se sont mis en route vers Nîmes.
Ah ! comme on voyait là maint heaume étinceler !
Bertrand, le renommé, était à l'avant-garde,
Avec Gautier de Termes et l'Ecossais Gillemer,
870 Et Guïelin, le preux plein de sagesse.
Guillaume, le vaillant, composa l'arrière-garde
Avec dix mille Français armés de pied en cap,
Qui étaient prêts à affronter la bataille.
A peine avaient-ils parcouru quatre lieues,
875 Qu'ils rencontrèrent sur la route un paysan.
Il venait de Saint-Gilles, où il avait séjourné,
Avec quatre bœufs qu'il avait achetés
Et trois enfants qu'il avait engendrés.
Ce paysan pensa, en homme plein de sagesse,
880 Que le sel était cher dans son pays d'origine ;
Il a hissé un tonneau sur son char,
Et l'a rempli de sel jusqu'à ras bord.
Les trois enfants qu'il avait engendrés

---

1. Les Cévennes, vers lesquelles se dirige Guillaume en empruntant la voie Regordane (qui conduit à Saint-Gilles-du-Gard), ont en effet connu une importante occupation sarrasine.

Jeuent et rïent et tienent pain assez ;
885 A la billete jeuent desus le sel.
François s'en rïent ; que feroient il el ?
Li quens Bertrans l'en a aresoné :
« Di nos, vilain, par ta loi, don es né ? »
Et cil respont : « Ja orroiz verité.
890 Par Mahon, sire, de Laval desus Cler.
Vieng de Saint Gile, ou ge ai conquesté.
Or m'en revois por reclorre mes blez :
Se Mahomez les me voloit sauver,
Bien m'en garroie, tant en ai ge semé. »
895 Dïent François : « Or as que bris parlé !
Quant tu ce croiz que Mahomez soit Dé,
Que par lui aies richece ne planté,
Froit en yver ne chalor en esté,
L'en te devroit toz les menbres coper ! »
900 Et dit Guillelmes : « Baron, lessiez ester.
D'un autre afaire vorrai a lui parler. »

XXXIV

Li quens Guillelmes li conmença a dire : [44r°b]
« Diva, vilain, par la loi dont tu vives,
Fus tu a Nymes, la fort cité garnie ?
905 – Oïl voir, sire, le paage me quistrent ;
Ge sui trop povres, si nel poi baillier mie ;
Il me lesserent por mes enfanz qu'il virent.
– Di moi, vilain, des estres de la vile. »
Et cil respont : « Ce vos sai ge bien dire.
910 Por un denier dos granz pains i preïsmes ;
La denerec vaut dos en autre vile ;
Molt par est bone se puis n'est enpirie.
– Fox, dit Guillelmes, ce ne demant je mie,
Mes des paiens chevaliers de la vile,
915 Del roi Otrant et de sa conpaignie. »

Jouent et rient et ont beaucoup de pain ;
885 Ils jouent aux billes sur le sel.
Les Français s'en amusent : comment ne pas le faire ?
Le comte Bertrand apostrophe le paysan :
« Dis-nous, paysan, au nom de ton Dieu, d'où es-tu ? »
Et celui-ci répond : « Vous allez le savoir.
890 Par Mahomet, seigneur, de Laval-sur-Cler[1].
Je reviens de Saint-Gilles, où j'ai gagné de l'argent.
A présent, je m'en retourne pour engranger mon blé :
Si Mahomet voulait bien me le préserver,
J'en serais satisfait, tant j'en ai semé ! »
895 Les Français disent : « Tu as parlé follement !
Lorsque tu crois en la divinité de Mahomet,
Et que tu lui attribues ta richesse et ton abondance,
Le froid en hiver et la chaleur de l'été,
On devrait bien te couper tous les membres ! »
900 Mais Guillaume intervient : « Barons, cela suffit !
Je voudrais l'entretenir d'une autre affaire. »

XXXIV

Le comte Guillaume lui adresse la parole :
« Dis voir, paysan, par la foi qui te fait vivre,
Es-tu passé à Nîmes, la cité puissamment fortifiée ?
905 — Oui certes, seigneur ; ils ont exigé le péage,
Je suis très pauvre, je ne peux l'acquitter ;
En voyant mes enfants, ils n'ont pas insisté.
— Dis-moi, vilain, comment est cette ville. »
L'autre répond : « Je peux bien vous le dire.
910 Nous avons acheté deux grands pains pour un denier.
Le denier vaut autant que deux dans d'autres villes :
C'est une bonne valeur, si elle ne chute pas.
— Idiot, dit Guillaume, ce n'est pas ma question !
Parle-moi plutôt des chevaliers païens de cette ville,
915 Du roi Otrant et de son entourage. »

---

1. Ce lieu est inconnu : on a proposé plusieurs identifications, dans l'actuel département du Gard, mais le nom a des chances d'être purement fantaisiste. *Cf.* J. Frappier, *Les Chansons de geste...*, t. 2, p. 236-237 (aux p. 234-237, J. Frappier récapitule en un tableau l'ensemble de l'itinéraire de l'armée, de Paris à Nîmes).

Dit li vilains : « De ce ne sai ge mie,
Ne ja par moi n'en iert mençonge oïe. »
S'i fu Garniers, un chevalier nobile ;
Vavassor fu et molt sot de voidie,
920 D'engignement sot tote la mestrie.
Il resgarda les quatre bués qu'i virent ;
« Sire, fet il, se Dex me beneïe,
Qui avroit ore mil tonneaus de tel guise
Conme cele est qui el char est assise,
925 Et les eüst de chevaliers emplies,
Ses conduisist tot le chemin de Nymes,
Sifetement porroit prendre la vile. »
Et dit Guillelmes : « Par mon chief, voir en dites.
Ge le feré sel loe mes enpires. »

XXXV

930 Par le conseil que celui a doné
Font le vilain devant els arester,
Si li aportent a mengier a plenté
Et pain et vin et pyment et claré.
Et cil menjue, qui molt l'ot desirré.
935 Et quant il fu richement conraé,
Li quens Guillelmes a ses barons mandé,
Et il i vienent sanz plus de demorer.
Ou qu'il les voit, ses a aresonnez :
« Baron, dist il, envers moi entendez.
940 Qui avroit ore mil tonneaus ancrenez
Conme cil est que en cel char veez,
Et fussent plain de chevaliers armez,
Ses conduisist tot le chemin ferré
Tot droit a Nymes, cele bone cité,
945 Sifaitement porroit dedenz entrer.

Le paysan répond : « Là-dessus, je ne sais rien,
Je me garderai bien d'inventer des mensonges. »
Garnier se tenait là, un noble chevalier ;
C'était un vavasseur[1] plein d'astuce,
920 Qui était passé maître dans l'art de la ruse.
Il observa les quatre bœufs qu'on voyait là :
« Seigneur, dit-il, Dieu me bénisse !
Quiconque aurait mille tonneaux du genre
De celui qui est placé sur ce char,
925 Y aurait fait prendre place à des chevaliers
Et les conduirait jusqu'à Nîmes,
Pourrait de cette façon s'emparer de la ville. »
Guillaume répond : « Sur ma tête, vous dites vrai !
Je le ferai, si mes hommes me le conseillent. »

XXXV

930 Suivant le conseil qui vient d'être donné,
Ils font arrêter le paysan devant eux,
Et lui apportent à manger à foison :
Du pain, du vin, du piment et du clairet[2].
Et celui-ci, qui avait très faim, dévore.
935 Une fois le paysan largement rassasié,
Le comte Guillaume réunit ses barons,
Qui s'assemblent immédiatement.
Il les harangue aussitôt :
« Barons, dit-il, écoutez-moi.
940 Quiconque disposerait de mille tonneaux cerclés
Comme celui que vous voyez sur ce char,
Les remplirait de chevaliers armés,
Et les conduirait tout au long du grand chemin
Jusqu'à Nîmes, cette bonne cité,
945 Pourrait de cette façon y pénétrer,

---

1. *Vavasseur* : un homme appartenant à la petite noblesse (littéralement : vassal de vassal, arrière-vassal) ; c'est un *vavasseur* qui se charge d'apprendre à Perceval le métier des armes et le code chevaleresque ; désormais la littérature les considérera comme des modèles de courtoisie et de bon sens, des incarnations de l'idéal de *prodomie* (le *Charroi de Nîmes* est cependant antérieur au *Conte du Graal*). 2. Ce sont deux variétés de vin médiéval : on appréciait alors les vins épicés (*piment*) ou aromatisés (*claré*).

Ja n'i avroit ne lancié ne rüé. »
Et cil responnent : « Vos dites verité.
Sire Guillelmes, franc hon, quar en pensez.
En ceste terre a bien charroi assez,
950 Chars et charretes i a a grant planté.
Faites voz genz arriere retorner
Par Ricordane, ou nos somes passé,
Si faites prendre les bués par poesté. »
Et dit Guillelmes : « Si en ert bien pensé. »

XXXVI

955 Par le conseil que li preudon lor done
Li quens Guillelmes fist retorner ses homes
Par Ricordane quatorze liues longues.
Prennent les chars et les bués et les tonnes.
Li bon vilain qui les font et conjoingnent
960 Ferment les tones et les charrues doublent.
Bertran ne chaut se li vilain en grocent :
Tiex en parla qui puis en ot grant honte,
Perdi les eulz et pendi par la goule.

XXXVII

Qui dont veïst les durs vilains errer
965 Et doleoires et coignies porter,
Tonneaus loier et toz renoveler,
Chars et charretes chevillier et barrer,
Dedenz les tonnes les chevaliers entrer,
De grant barnage li peüst remembrer.
970 A chascun font un grant mail aporter ;

Sans avoir eu du tout à utiliser ses armes. »
Et les autres répondent : « Vous avez raison.
Noble seigneur Guillaume, prenez vos dispositions.
Dans ce pays il y a beaucoup de charrois,
950 Les chars et les charrettes sont innombrables.
Faites faire demi-tour à vos gens
Par la voie Regordane[1], où nous sommes passés,
Et réquisitionnez les bœufs de vive force. »
Et Guillaume répond : « Nous en aviserons. »

XXXVI

955 Ecoutant le conseil donné par cet esprit sage,
Le comte Guillaume fit revenir ses hommes
Par la voie Regordane, sur quatorze lieues,
Et s'empara des chars, des bœufs et des tonneaux.
Les braves paysans qui les font et les assemblent
960 Arriment les tonneaux et doublent les attelages[2].
Bertrand se moque bien de faire grommeler les paysans :
Qui se plaignait subissait un supplice infamant,
Qu'on lui crevât les yeux ou qu'on le pendît par le cou.

XXXVII

Qui aurait vu alors les rudes paysans s'affairer,
965 Porter doloires et cognées,
Lier les tonneaux et tout remettre à neuf,
Cheviller et renforcer[3] les chars et les charrettes,
Et les chevaliers entrer dans les tonneaux,
Aurait pu garder le souvenir d'un grand exploit.
970 Ils font donner à chacun un grand maillet ;

---

1. Cette voie, qui va de Gergovie à Saint-Gilles, était empruntée par les pèlerins de Saint-Jacques-de-Compostelle. 2. *Les charrues doublent* : d'après Cl. Régnier : « Le surcroît de charge qu'impose le poids des hommes et des armes a certainement obligé à renforcer le nombre de bêtes de trait ; l'expression pourrait vouloir dire "ils doublent les attelages". Le nouvel attelage aurait huit bœufs et non plus quatre, comme dans le v. 921 » (*Mélanges Frappier*, t. 2, p. 939). 3. *Cheviller et barrer* : toujours selon Cl. Régnier (*ibid.*), l'expression « semble désigner la transformation que les parlers de l'Autunois appelaient "batailler" une charrette ; elle consistait à en augmenter la capacité et la solidité au moyen de traverses supplémentaires. »

Quant il venront a Nymes la cité
Et il orront le mestre cor soner,
Nostre François se puissent aïdier.

XXXVIII

Es autres tonnes si sont mises les lances,
975 Et en chascune font fere dos ensaignes ;
Quant il venront entre la gent grifaigne
N'i entrepaingnent li soldoier de France.

XXXIX

En autre tonne furent li escu mis ;
En chascun fonz font fere dos escrins ;
980 Quant il venront entre les Sarrazins
Nostre François ne soient entrepris.

XL

Li quens se haste del charroi aprester.
Qui dont veïst les vilains del regné
Tonneaus loier, refere et enfonser,
985 Et cez granz chars retorner et verser,
Dedenz les tonnes les chevaliers entrer,
De grant barnage li peüst remembrer.
Huimés devon de dan Bertran chanter
Confetement il se fu atorné.
990 Une cote ot d'un burel enfumé ;
En ses piez mist uns merveilleus sollers :
Granz sont, de buef, deseure sont crevé.
« Dex, dit Bertran, beaus rois de maiesté,
Cist m'avront sempres trestoz les piez froé ! »
995 Ot le Guillelmes, s'en a un ris gité.
« Niés, dit li quens, envers moi entendez.
Fetes ces bués trestot cel val aler. »
Et dist Bertran : « Por neant en parlez.
Ge ne sai tant ne poindre ne bouter
1000 Que ge les puisse de lor pas remüer. »

Quand ils seront rendus dans la cité de Nîmes,
Et qu'ils entendront le premier cor sonner,
Puissent nos Français savoir se défendre !

XXXVIII

Dans d'autres tonneaux on charge les lances,
975 Et sur chacun on fait mettre deux marques ;
Quand ils arriveront au milieu des cruels ennemis,
Puissent les soldats de France ne pas être surpris !

XXXIX

Dans d'autres tonneaux on range les écus ;
Sur chaque fond deux marques sont portées.
980 Quand ils arriveront parmi les Sarrasins,
Puissent nos Français ne pas être surpris !

XL

Le comte se hâte de préparer le charroi.
Qui aurait vu alors les paysans de la contrée
Lier les tonneaux, les marteler et les garnir d'un fond,
985 Et retourner et renverser les grands chars,
Les chevaliers entrer dans les tonneaux,
Aurait pu garder le souvenir d'un grand exploit.
Nous allons maintenant chanter sire Bertrand,
Et dire comment il s'est habillé.
990 Il a mis une cotte de grosse étoffe noircie,
Et a chaussé des souliers invraisemblables :
Grands, en cuir de bœuf, percés sur le dessus.
« Dieu ! dit Bertrand, doux Roi de majesté,
Ils m'auront vite brisé complètement les pieds ! »
995 A ces mots, Guillaume a éclaté de rire.
« Neveu, dit le comte, écoutez-moi.
Faites descendre ces bœufs au fond de ce vallon. »
Bertrand répond : « Certainement pas !
Je ne sais pas comment manier l'aiguillon
1000 Pour arriver à les faire bouger. »

Ot le Guillelmes, s'en a un ris gité.
Mes a Bertran est molt mal encontré,
Qu'il ne fu mie del mestier doctriné ;
Ainz n'en sot mot, s'est en un fanc entré,
1005 Trusqu'a moieus i est le char entré ;
Voit le Bertran, a poi n'est forsené.
Qui le veïst dedenz le fanc entrer
Et as espaules la roe sozlever,
A grant merveille le peüst resgarder ;
1010 Camoisié ot et la bouche et le nes.
Voit le Guillelmes, si le prist a gaber :
« Beaus niés, dist il, envers moi entendez.
De tel mestier vos estes or mellez
Dont bien i pert que gaires ne savez ! »
1015 Ot le Bertran, a pou n'est forsenez.
En cele tonne que li quens dut mener
Fu Gilebert de Faloise sor mer,
Gautier de Termes et l'Escot Gilemer :
« Sire Bertran, de conduire pensez,
1020 Ne gardons l'eure que nos soions versez. » [45r°a]
Et dit Bertrans : « A toz tens i vendrez ! »
De cels des chars devons ore chanter
Qui le charroi devoient bien mener :
Portent corroies et gueilles et baudrez,
1025 Portent granz borses por monnoie changier,
Chevauchent muls et sonmiers toz gastez.
Ses veïssiez encontremont errer,
De male gent vos peüst remenbrer !
En cele terre ne savront mes aler,
1030 Por qu'il soit jor qu'en les puist aviser,
Por marcheant soient ja refusé.
Sor la chaucie passent Gardone au gué ;
Par d'autre part herbergent en un pré.
Des or devons de Guillelme chanter,
1035 Confetement il se fu atornez.

A ces mots, Guillaume a éclaté de rire.
Mais une mésaventure est arrivée à Bertrand,
Car il n'avait jamais rien appris du métier ;
Il n'y connaissait rien : son char s'est embourbé,
1005 Les roues enfoncées jusqu'au moyeu.
Voyant cela, Bertrand devient comme fou de rage.
Si vous l'aviez vu entrer dans le bourbier
Et soulever la roue avec ses épaules,
Vous auriez trouvé cela extraordinaire !
1010 Il en avait le nez et la bouche cramoisis.
A ce spectacle, Guillaume se mit à le taquiner :
« Cher neveu, dit-il, écoutez-moi.
Vous vous êtes mêlé de faire quelque chose
Dont il est clair que vous ne savez rien ! »
1015 A ces mots, Bertrand devient comme fou de rage.
Dans le tonneau que le comte devait conduire
Avaient pris place Gilbert de Falaise-sur-Mer,
Gautier de Termes et l'Ecossais Gillemer :
« Seigneur Bertrand, occupez-vous de nous conduire,
1020 Nous n'allons pas tarder[1] à verser ! »
Et Bertrand répond : « Vous le verrez le moment venu ! »
Chantons maintenant les hommes des chars,
Ceux qui avaient pour rôle de conduire le charroi :
Ils portent des courroies, des sacoches et des baudriers,
1025 De grosses bourses pour changer la monnaie,
Et chevauchent des mules et de méchantes bêtes de somme.
Si vous les aviez vus cheminer par les montagnes,
Vous auriez pu garder le souvenir de malandrins !
Où qu'ils aillent dans ce pays,
1030 Quiconque les verrait
Refuserait de les prendre pour des marchands.
Sur la route, il traversent à gué le Gardon,
Et vont s'installer dans un pré sur l'autre rive.
Il nous faut à présent chanter Guillaume,
1035 Et raconter comment il s'est vêtu.

---

1. Sur le sens de l'expression *ne garder l'eure que*, voir la note de D. McMillan (éd., p. 146), ainsi que A. Jeanroy, *Romania*, 1915-1917, p. 586-594 et L. Clédat, *Romania*, 1918-1919, p. 261-262.

XLI

Li cuens Guillelmes vesti une gonnele
De tel burel conme il ot en la terre,
Et en ses chanbes unes granz chauces perses,
Sollers de buef qui la chauce li serrent ;
1040 Ceint un baudré un borjois de la terre,
Pent un coutel et gaïne molt bele,
Et chevaucha une jument molt foible ;
Dos viez estriers ot pendu a sa sele ;
Si esperon ne furent pas novele,
1045 Trente anz avoit que il porent bien estre ;
Un chapel ot de bonet en sa teste.

XLII

Delez Gardon, contreval le rivage,
Iluec lessierent dos mil homes a armes
De la mesniee Guillelmes Fierebrace.
1050 Toz les vilains firent il en sus trere,
Par nul de ceus que novele n'en aille
Confet avoir feront des tonneaus trere.
Plus de dos mil leur aguillons afetent,
Tranchent et fierent, s'acueillent lor voiage.
1055 Ainz ne finerent, si vindrent a Vesene,
A Lavardi ou la pierre fu trete
Dont les toreles de Nymes furent fetes.
Cil de la vile s'en vont a lor afere ;
Adont regardent, si parlent l'un a l'autre : [45r°b]
1060 « Ci voi venir de marcheanz grant masse.

XLI

Le comte Guillaume a endossé une tunique
De l'étoffe la plus courante dans la région.
Il a enfilé de grandes chausses bleu-vert,
Et des souliers de bœuf qui recouvrent les chausses.
1040 Il porte la ceinture d'un bourgeois du pays,
Y suspend un couteau avec un très beau fourreau,
Et chevauche une jument étique ;
Deux vieux étriers pendent de sa selle :
Ses éperons ne sont pas jeunes :
1045 Ils peuvent bien avoir trente ans ;
Il portait un chapeau d'étoffe sur sa tête.

XLII

Près du Gardon, en contrebas, sur le rivage,
Ils disposèrent deux mille hommes en armes[1]
De la suite de Guillaume Fièrebrace.
1050 Ils firent s'éloigner tous les paysans,
Afin qu'aucun d'entre eux n'aille divulguer
Quelle marchandise sortira des tonneaux.
Ils sont plus de deux mille à tailler leurs aiguillons,
A trancher, à frapper, puis ils reprennent la route.
1055 Sans s'attarder, ils passent à Vesène[2],
Et à Lavardi d'où fut extraite la pierre
Qui servit à construire les tours de Nîmes.
Les gens de la ville vaquent à leurs occupations.
En voyant le charroi, ils échangent des propos :
1060 « Voilà un grand cortège de marchands.

---

1. Les v. 1033 et 1047-48 laissent supposer que l'armée de Guillaume, et l'auteur du poème avec elle, ignoraient tout du régime méditerranéen du Gardon, particulièrement dangereux : un élément à verser, peut-être, au dossier controversé de la connaissance que le *Charroi* peut avoir de la France du Sud. **2.** D. McMillan (éd., Table des noms propres) suggère Vaison-la-Romaine : mais pour aller de la Regordane à Vaison, il faut traverser non pas le Gardon, mais le Rhône... Peut-être s'agit-il plutôt de Vézénobres (Vezenobrium, Vicenobrium, c. 1150), entre Alès et Nîmes, à un kilomètre environ au nord du confluent du Gardon d'Alès et du Gardon d'Anduze, village dont la partie médiévale est encore parfaitement conservée. En revanche *Lavardi* est difficile à identifier.

– Voir, dit li autres, onques mes ne vi tale. »
Tant les coitierent que il vinrent au mestre,
Si li demandent : « Quel avoir fetes traire ?
– Nos, syglatons et dras porpres et pailes
1065 Et escarlates et vert et brun proisable,
Tranchanz espiez et hauberz et verz heaumes,
Escuz pesanz et espees qui taillent. »
Dïent paien : « Ici a grant menaie.
Or alez dont au mestre guionage. »

XLIII

1070 Tant ont François chevauchié et erré,
Vaus et montaignes et tertres trespassé,
Qu'il sont venu a Nymes la cité.
Dedenz la porte font lor charroi entrer,
L'un enprés l'autre, si conme il est serré.
1075 Par mi la vile en est le cri alé :
« Marcheant riche de cel autre regné
Tel avoir mainnent, onc ne fu tel mené ;
Mes en toneaus ont tot fet enserrer. »
Li rois Otrans qui en oï parler,
1080 Il et Harpins avalent les degrez :
Freres estoient, molt se durent amer,
Segnor estoient de la bone cité.
Trusqu'au marchié ne se sont aresté ;
Dos cenz paiens ont avec els mené.

– Certes, répond un autre, je n'en ai jamais vu de tel. »
Ils remontèrent vite jusqu'au conducteur du charroi,
Et lui demandèrent : « Que transportez-vous ?
– Nous ? Des manteaux, des étoffes de pourpre et de soie,
1065 Teintes d'écarlate, de vert et de brun de grand prix,
Des épieux tranchants, des haubergs, des heaumes verts,
De lourds boucliers et des épées tranchantes. »
Les païens disent : « Voilà bien des richesses !
Allez donc vous présenter à l'octroi principal. »

XLIII

1070 Les Français ont chevauché et parcouru du chemin,
Ils ont franchi vallées, montagnes et tertres,
Et ils sont arrivés à Nîmes, la cité.
Ils font entrer leur charroi par la porte,
Char après char, en file indienne.
1075 Le bruit en a couru dans toute la ville :
« De riches marchands du royaume voisin
Apportent plus de richesses que personne avant eux !
Mais ils ont tout enfermé dans des tonneaux. »
Le roi Otrant, à qui parvient cette rumeur,
1080 Descend les escaliers avec Harpin.
Ils étaient frères et ils s'aimaient beaucoup.
Ils étaient les seigneurs de cette bonne cité.
Ils se sont rendus tout droit au marché,
Accompagnés de deux cents païens.

LA PRISE D'ORANGE

Le texte qui est parvenu jusqu'à nous, quelles que soient ses versions, est un remaniement de la fin du XIIe siècle ou du début du XIIIe siècle d'une chanson bien plus ancienne, qui devait exister dès la fin du XIe siècle et devait comporter un siège d'Orange. Ces remaniements portent, à des degrés divers, la marque d'un esprit nouveau, plus romanesque, et la version C a même des allures de parodie courtoise[1]. La rédaction A comprend 1888 décasyllabes assonancés.

Cette chanson est une suite des *Enfances Guillaume* et du *Charroi de Nîmes*, puisqu'elle relate le mariage de Guillaume et d'Orable (qui, une fois baptisée, porte le nom de Guibourc), et qu'elle prolonge le thème de la conquête de la basse vallée du Rhône par le héros. Elle associe la conquête de la femme à la conquête de la ville, et parachève ainsi la réflexion idéologique et sociale sur le statut des cadets de familles nobles engagée dans le *Charroi de Nîmes*.

Analyse

Au printemps Guillaume, d'une fenêtre de son château de Nîmes, est sensible au renouveau de la nature et déplore le manque de jeunes filles; survient alors un prisonnier chrétien, Guillebert, échappé de la prison d'Orange. La description qu'il fait de cette ville de rêve et d'Orable convainc Guillaume de quitter Nîmes. Celui-ci pénètre dans la ville sous un déguisement, est reconnu et doit se réfugier avec ses deux compagnons

---

1. *Cf.* Cl. Lachet, *La Prise d'Orange ou la parodie courtoise d'une épopée*, Paris, Champion, 1986.

dans la tour de Gloriette, le palais d'Orable, où ils mènent une résistance acharnée et pleine d'humour. Jetés en prison, ils sont délivrés par Orable, amoureuse du héros. Un messager est envoyé à Nîmes par un souterrain : il reviendra avec un corps de troupe qui mettra en fuite les païens. A la fin de la chanson, Orable se convertit et épouse Guillaume.

L'intérêt de l'œuvre, qui n'a plus aucun fondement historique, réside principalement dans le déploiement de l'humour, du jeu sur les registres, dans le travail effectué sur le style épique traditionnel qui devient lui-même objet de jeu. L'édition de Cl. Régnier suit la rédaction AB.

Cette chanson, dans les manuscrits cycliques, est généralement suivie des *Enfances Vivien*; rien cependant ne prépare cette succession, et la version CE s'achève même sur l'annonce d'un avenir difficile à Orange pour Guillaume et son épouse. C'est là que se pose le problème de la préexistence d'une chanson du *Siège d'Orange*, qui aurait rapporté la mort de Thibaut. C'est en ce point que se cristallisent le mieux les difficultés de l'assemblage cyclique, et des rapports entre les chansons nouvelles ou renouvelées et les formes plus anciennes qui n'ont pas survécu.

I

Oëz, seignor, que Dex vos beneïe,
Li glorïeus, li filz sainte Marie,
Bone chançon que ge vos vorrai dire !
4 Ceste n'est mie d'orgueill ne de folie,
Ne de mençonge estrete ne emprise,
Mes de preudomes qui Espaigne conquistrent.
Icil le sevent qui en vont a Sainte Gile,
8 Qui les ensaignes en ont veü a Bride :
L'escu Guillelme et la targe florie,
Et le Bertran, son neveu, le nobile.
Ge ne cuit mie que ja clers m'en desdie
12 Ne escripture qu'en ait trové en livre.
Tuit ont chanté de la cité de Nyme :
Guillelmes l'a en la seue baillie,
Les murs hautains et les sales perrines
16 Et le palés et les chasteleries ;
Et Dex ! Orenge nen ot encore mie.
Pou est des homes qui verité en die,
Mais g'en dirai, que de loing l'ai aprise,
20 Si com Orenge fu brisiee et malmise ;
Ce fist Guillelmes a la chiere hardie,
Qui en gita les paiens d'Aumarie
Et ceus d'Eüsce et celz de Pincernie,
24 Ceus de Baudas et ceus de Tabarie ;

Guillaume s'ennuie à Nîmes

I

Ecoutez, seigneurs – qu'ainsi Dieu vous bénisse[1],
Le glorieux Fils de sainte Marie –,
Une bonne chanson que je voudrais vous réciter !
4 Elle n'a pour sujet ni orgueil ni folie,
Et ne repose pas sur des mensonges, contraires à son
Elle parle des preux qui ont conquis l'Espagne. [esprit[2] :
Ceux qui vont à Saint-Gilles le savent bien,
8 Eux qui en voient les reliques à Brioude :
L'écu de Guillaume et son bouclier à rosace,
Et celui de Bertrand, son noble neveu.
Je ne crois pas qu'un clerc me contredise,
12 Ni aucun texte dans aucun livre.
Tous les jongleurs ont chanté la cité de Nîmes :
Guillaume en est le seigneur,
Avec ses murs élevés et ses salles en pierre,
16 Et le palais et les garnisons.
Eh ! Dieu, il n'avait pas encore Orange !
Peu de jongleurs en disent l'histoire véridique,
Mais je dirai, car je l'ai appris depuis longtemps,
20 Comment Orange fut détruite et mise à sac ;
La cause en fut Guillaume, au visage hardi,
Qui en chassa les païens d'Aumarie[3],
Ceux de Sutre et ceux de Pincernie,
24 Ceux de Baudas et ceux de Tabarie ;

---

1. Cette traduction est suggérée par Cl. Régnier, éd., notes, p. 125. **2.** Cl. Régnier (*ibid.*) propose la traduction précise suivante : « Elle n'est pas issue de sources mensongères ou entreprise par goût du mensonge. » **3.** *Aumarie* désigne la cité d'*Auffrique* en Barbarie, dans l'actuelle Tunisie.

Prist a moillier Orable la roïne ;
Cele fu nee de la gent paienie
Et si fu feme le roi Tiebaut d'Aufrique,
28 Puis crut en Deu, le filz sainte Marie,
Et estora moustiers et abaïes.
De ceus est poi qui ceste vos deïssent.

II

Oëz, seignor, franc chevalier honeste !
32 Plest vos oïr chançon de bone geste : [42a]
Si comme Orenge brisa li cuens Guillelmes ?
Prist a moillier dame Orable la saige ;
Cele fu feme le roi Tiebaut de Perse ;
36 Ainz qu'il l'eüst a ses amors atrete,
En ot por voir mainte paine sofferte,
Maint jor jeuné et veillé mainte vespre.

III

Ce fu en mai el novel tens d'esté ;
40 Florissent bois et verdissent cil pré,
Ces douces eves retraient en canel,
Cil oisel chantent doucement et soëf.
Li cuens Guillelmes s'est par matin levez,
44 Au moustier vet le servise escouter,
Puis s'en issi quant il fu definez
Et monta el palés Otran le deffaé,
Qu'il ot conquis par sa ruiste fierté.
48 A granz fenestres s'est alez acouter ;
Il regarda contreval le regné,
Voit l'erbe fresche et les rosiers plantez,
La mauviz ot et le melle chanter.
52 Lors li remembre de grant joliveté

Il épousa Orable, la reine ;
Elle était Sarrasine par sa naissance,
Et était la femme du roi Thibaut d'Afrique[1] ;
28 Puis elle eut foi en Dieu, le Fils de sainte Marie,
Et construisit des églises et des abbayes.
Peu de jongleurs sont capables d'en parler.

II

Ecoutez, seigneurs, chevaliers nobles et honorés !
32 Vous plaît-il d'entendre chanter de grands exploits,
Comment le comte Guillaume s'attaqua à Orange ?
Il épousa dame Orable, pleine de sagesse ;
Elle avait été la femme du roi Thibaut de Perse ;
36 Mais avant de l'avoir attirée vers son cœur,
Il dut, en vérité, supporter maint tourment,
Jeûner bien des jours et veiller bien des nuits.

III

C'était en mai, quand reviennent les beaux jours ;
40 Les bois fleurissent et les prés reverdissent,
Les calmes ruisseaux cessent de déborder,
Les oiseaux chantent d'une voix douce et suave[2].
Le comte Guillaume s'est levé de bon matin,
44 Va à l'église suivre le service divin,
Puis s'en retourne quand il est terminé
Et monte dans le palais d'Otrant l'infidèle,
Qu'il avait conquis grâce à sa violente audace.
48 Il est allé s'accouder aux grandes fenêtres.
Il regarde en bas tout le pays,
Voit l'herbe fraîche et les rosiers plantés,
Il entend la grive et le merle chanter.
52 Alors il se souvient de la grande vie de plaisir

---

1. Par Afrique ou *Aufrique*, il faut entendre l'*Africa* romaine, c'est-à-dire la Tunisie et la Tripolitaine. **2.** C'est le motif dit de « l'ouverture printanière », emprunté à la poésie lyrique, et que l'on rencontre dans plusieurs chansons de geste du cycle de Guillaume entendu au sens large (en particulier dans le *Girart de Vienne* de Bertrand de Bar-sur-Aube).

Que il soloit en France demener ;
Bertran apele : « Sire niés, ça venez.
De France issimes par mout grant povreté,
56 N'en amenames harpeor ne jugler
Ne damoisele por noz cors deporter.
Assez avons bons destriers sejornez
Et buens hauberz et bons elmes dorez,
60 Tranchanz espees et bons escuz boclez
Et buens espiez dont li fer sont quarrez
Et pain et vin et char salee et blez ;
Et Dex confonde Sarrazins et Esclers,
64 Qui tant nos lessent dormir et reposer,
Quant par efforz n'ont passee la mer
Si que chascuns s'i peüst esprover !
Que trop m'enuist ici a sejorner ;
68 Ensement somes ça dedenz enserré
Comme li hom qui est emprisonné. »
De grant folie s'est ore dementez :
Ja ainz n'iert vespre ne soleill esconsez
72 Que il orra une novele tel   [42b]
Dont il iert mout corrocié et iré.

IV

Or fu Guillelmes as fenestres au vent
Et de François tiex .LX. en estant
76 N'i a celui n'ait fres hermine blanc,
Chauces de soie, sollers de cordoan ;
Li plusor tienent lor fauconceaus au vent.
Li cuens Guillelmes ot mout le cuer joiant ;
80 Regarde aval par mi un desrubant ;
Voit l'erbe vert, le rosier florissant
Et l'orïol et le melle chantant.
Il en apele Guïelin et Bertran,
84 Ses .II. neveus que il pot amer tant :
« Entendez moi, franc chevalier vaillant.
De France issimes il n'a mie lonc tens ;

Qu'il menait habituellement en France ;
Il appelle Bertrand : « Cher neveu, venez ici !
Nous avons quitté la France dans une grande indigence,
56 Sans emmener de harpeur ni de jongleur
Ni de demoiselle pour notre plaisir.
Nous avons beaucoup de bons destriers reposés,
De bons hauberts et de bons heaumes dorés,
60 D'épées tranchantes et de bons écus à boucle,
De bonnes lances dont le fer est large,
Et de pain, de vin, de viande salée et de blé ;
Et que Dieu confonde les Sarrasins et les Slaves,
64 Qui nous laissent si bien dormir et nous reposer,
Eux qui n'ont pas passé en force la mer
Pour nous permettre d'éprouver notre prouesse !
Je suis bien las de rester ici à ne rien faire ;
68 Nous sommes enfermés ici exactement
Comme des prisonniers. »
Voilà bien de folles lamentations :
Avant même le soir et le coucher du soleil,
72 Il apprendra une nouvelle
Qui provoquera sa colère et sa fureur.

IV

Guillaume se trouvait alors à la fenêtre, au vent,
Avec quelque soixante Français debout,
76 Tous vêtus de fraîche[1] hermine blanche,
Avec des chausses de soie, des souliers en cuir de Cordoue.
La plupart tiennent leurs jeunes faucons au vent.
Le comte Guillaume avait le cœur en joie ;
80 Son regard descend au fond d'un ravin ;
Il voit l'herbe bien verte, le rosier qui fleurit,
Et le loriot et le merle qui chantent.
Il interpelle Guïelin et Bertrand,
84 Ses deux neveux qui méritent son affection :
« Ecoutez-moi, nobles et vaillants chevaliers.
Il n'y a pas longtemps que nous avons quitté la France ;

---

1. « L'hermine passait pour entretenir une fraîcheur autour du corps » (Cl. Régnier).

S'eüssons ore .M. puceles ceanz,
88 De ceus de France, as genz cors avenanz,
Si s'i alassent cist baron deportant
Et ge meïsmes alasse donoiant,
Icele chose me venist a talant.
92 Assez avons beaus destriers auferranz
Et bons hauberz et bons elmes luisanz,
Tranchanz espiez et bons escuz pesanz,
Bones espees dont li heut sont d'argent
96 Et pain et vin, char salee et froment ;
Et Dex confonde Sarrazins et Persant,
Quant mer ne passent par lor efforcement !
Des or m'anuie le sejorner ceanz,
100 Quant ge ne puis prover mon hardement. »
De grant folie se vet or dementant :
Ja ainz n'iert vespre ne le soleil cochant
Que il orra une novele grant
104 Dont mout sera corrocié et dolant.

V

Or fu Guillelmes as fenestres del mur,
Et des François ot o lui .C. et plus,
Ni a celui n'ait hermine vestu.
108 Regarde aval si com li Rones bruit,
Vers orïent si com le chemin fu ;
Vit un chetif qui est de l'eve issu :
C'est Gillebert de la cit de Lenu.
112 Pris fu el Rosne sor un pont a un hu ; [42c]
Dedenz Orenge l'en menerent li Tur.
.III. anz l'i ont et gardé et tenu,
Trusqu'a un main que jor fu aparu
116 Qu'a Deu plot bien que il en fu issu.
Uns Sarrazins le deslia par lui,
Puis l'a forment ledengié et batu.
Au ber en poise, que tant i ot geü ;
120 Par le toupet l'a sesi, sel tret jus,

Nous aurions maintenant mille pucelles ici-même,
88 Venues de France, aux corps bien faits et élégants,
Ces barons les auraient rejointes pour s'amuser,
Et moi-même je serais allé les courtiser,
J'aurais eu envie de le faire.
92 Nous avons nombre de beaux destriers fougueux,
De bons haubers et de bons heaumes brillants,
De lances tranchantes et de bons écus lourds,
De bonnes épées aux poignées d'argent,
96 Beaucoup de pain, de vin, de viande salée et de froment ;
Mais Dieu confonde les Sarrasins et les Persans,
Eux qui ne passent pas la mer en force !
Désormais je m'ennuie à demeurer ici,
100 Quand je ne peux manifester ma hardiesse. »
Voilà bien de folles lamentations :
Avant le soir et le coucher du soleil,
Il apprendra une nouvelle grave
104 Qui provoquera sa colère et sa douleur.

V

Guillaume se trouvait alors aux fenêtres de la muraille,
Avec autour de lui plus de cent Français,
Tous vêtus d'hermine.
108 Il regarde en contrebas le Rhône tumultueux,
Ainsi que la route du côté de l'orient.
Il voit un prisonnier qui émerges des eaux :
C'est Gillebert, de la cité de Laon[1].
112 Il avait été pris sur un pont du Rhône, lors d'une attaque ;
Les Turcs l'avaient conduit dans Orange,
Où ils l'ont gardé enfermé pendant trois ans,
Jusqu'à un beau matin, au lever du jour,
116 Où il plut à Dieu de l'en faire sortir.
Un Sarrasin le détacha spontanément,
Pour l'injurier et le battre vigoureusement.
Le baron en avait assez de cette prison.
120 Il saisit l'autre par le toupet, le fait tomber,

---

1. *Lenu* est une déformation de *Leün*, ancien nom de Laon (Cl. Régnier, éd., Notes).

De son gros poing l'a si el col feru
Que il li brise et l'eschine et le bu,
Que a ses piez l'a jus mort abatu.
124 Par la fenestre s'en avale ça jus ;
Puis ne pot estre ne bailliez ne tenuz ;
Desi a Nymes ne s'est aresteüz.
Icil dira tiex noveles encui
128 A noz barons qui parolent de bruit
Que plus torra Guillelmë a anui
Que a deduit de dames nu a nu.

IX

« Amis, beau frere, dit Guillelmes le ber,
240 Est tele Orenge comme tu as conté ? »
Dist Gillebert : « Ainz est meillor assez.
Se voiez ore le palés principel
Comme il est hauz et tot entor fermé !
244 Encontremont a il que regarder.
S'i estïez le premier jor d'esté,
Lors orrïez les oseillons chanter,
Crïer faucons et cez ostoirs müez,
248 Chevaus hennir et cez muls rechaner,
Ces Sarrazins deduire et deporter ;
Ces douces herbes i flerent mout soëf,
Pitre et quanele, dom il i a planté.
252 La porrïez dame Orable aviser,
Ce est la feme a dant Tiebaut l'Escler ;
Il n'a si bele en la crestïenté
N'en paienie qu'en i sache trover :
256 Bel a le cors, eschevi et mollé,

Et le frappe sur la nuque de son gros poing, si fort
Qu'il lui brise l'échine et le tronc
Et le laisse raide mort à ses pieds.
124 Il s'échappe en descendant par la fenêtre.
A présent on ne peut plus l'attraper ni se saisir de lui ;
Il ne s'arrête pas avant d'être à Nîmes.
Il va bientôt annoncer de telles nouvelles
128 A nos barons qui parlent joyeusement,
Que Guillaume y trouvera plus d'embarras
Que d'ébats amoureux avec des dames.

Les séductions d'Orange

IX

« Ami, cher frère, dit Guillaume le vaillant,
240 Orange est-elle bien comme tu me l'as décrite ? »
Gillebert répond : « Elle est bien mieux encore.
Si vous voyiez le grand palais,
Comme il est haut et fortifié de partout !
244 Il faut le regarder sur toute sa hauteur.
Si vous vous y trouviez le premier jour de l'été,
Vous entendriez les oisillons chanter,
Piailler les faucons et les autours mués[1],
248 Les chevaux hennir et braire les mulets,
Les Sarrasins se divertir et prendre du bon temps ;
De douces épices répandent leurs odeurs suaves,
Le pyrètre[2] et la canelle, dont il y a abondance.
252 Vous pourriez y admirer Dame Orable,
Qui est l'épouse de messire Thibaut le Slave ;
On ne saurait en trouver de plus belle
Dans toute la chrétienté comme chez les païens :
256 Son corps est beau, svelte et bien moulé,

---

1. Les *ostoirs mués* sont des autours qui ont perdu leur plumage de jeune (de couleur claire) et qui ont désormais leur plumage d'adulte. Un oiseau *mué* est bon pour le dressage, d'où sa valeur supérieure. 2. Identification incertaine.

Et vairs les eulz comme faucon müé.
Tant mar i fu la seue grant beauté
Quant Deu ne croit et la seue bonté !
260 Uns gentils hom s'en peüst deporter ;
Bien i fust sauve sel vosist creanter. »
Et dist Guillelmes : « Foi que doi saint Omer,
Amis, beau frere, bien la savez loër ;
264 Mes, par celui qui tot a a sauver,
Ja ne quier mes lance n'escu porter
Se ge nen ai la dame et la cité. »

X

« Amis, beau frere, est Orenge si riche ? »
268 Dist li chetis : « Si m'aïst Dex, beau sire,
Se veïez le palés de la vile
Qui toz est fez a voltes et a lices !
Si l'estora Grifonnez d'Aumarice,
272 Uns Sarrazins de mout merveillex vice ;
Il ne croist fleur desi que en Pavie
Qui n'i soit painte a or et par mestrie.
La dedenz est Orable la roïne,
276 Ce est la feme au roi Tiebaut d'Aufrique ;
Il n'a si bele en tote paienie,
Bel a le col, s'est gresle et eschevie,
Blanche a la char comme est la flor d'espine,
280 Vairs eulz et clercs qui tot adés li rïent.
Tant mar i fu la seue gaillardie,
Quant Deu ne croit, le filz sainte Marie !
— Voir, dist Guillelmes, en grant pris l'as or mise ;
284 Mes, par la foi que je doi a m'amie,

Ses yeux sont vairs comme ceux d'un faucon mué.
Quel grand malheur qu'avec une telle beauté
Elle ne croie pas en Dieu et en sa puissance !
260 Un homme bien né aurait pu s'en satisfaire ;
Elle n'aurait rien perdu si elle avait voulu y consentir. »
Guillaume s'exclame : « Par la foi que je dois à saint Omer,
Mon ami, cher frère, vous savez bien en faire l'éloge !
264 Mais, par Celui qui doit sauver le monde,
Je ne veux plus porter écu ni lance
Si je ne conquiers pas la dame et la cité. »

X

« Ami, cher frère, Orange est-elle si riche ? »
268 Le prisonnier répond : « Dieu m'en soit témoin, seigneur,
Quelle merveille que le palais de cette ville,
Avec ses voûtes et ses bordures de mosaïques[1] !
Il fut construit par Grifon d'Aumarie,
272 Un Sarrasin extraordinairement rusé.
Il n'est point de fleur, d'ici jusqu'à Pavie,
Qui ne s'y trouve peinte en or avec grand art.
C'est là que vit la reine Orable,
276 Qui est la femme du roi Thibaut l'Africain.
C'est la plus belle de tout le monde païen :
Son cou est élégant, sa taille mince et svelte,
Sa peau est blanche comme l'aubépine,
280 Ses yeux, vairs et limpides, continuellement rieurs.
Ah ! quel malheur qu'avec une telle beauté
Elle ne croie pas en Dieu, le Fils de sainte Marie !
— Assurément, dit Guillaume, tu as chanté ses louanges !
284 Mais, par la fidélité que je dois à mon amie,

---

1. Deux termes posent ici problème. Au v. 269, *palés de la vile* ne peut désigner que l'ensemble de l'édifice ; la précision apportée au vers suivant, *a lices*, si l'on admet, avec Cl. Régnier, que *lices* est une faute pour *listes* (*a lices = listé*), étend à la décoration du bâtiment tout entier la somptuosité qui est généralement celle de la seule salle d'apparat (dans la formule traditionnelle *palais listé*) : c'est par là qu'Orange témoigne d'un faste exceptionnel. Il est douteux en effet que *lices* soit à prendre dans son sens habituel de « palissades », car on ne voit pas alors ce qui serait de nature à susciter l'émerveillement de Guillaume.

Ne mengerai de pain fet de ferine
Ne char salee, ne bevrai vin sor lie,
S'avrai veü com Orenge est assise ;
288 Et si verrai icele tor marbrine
Et dame Orable, la cortoise roïne.
La seue amor me destreint et justise
Que nel porroie ne penser ne descrire ;
292 Se ge ne l'ai, par tens perdrai la vie. »
Dist li chetis : « Vos pensez grant folie.
S'estïez ore el palés de la vile
Et veïssiez cele gent sarrazine,
296 Dex me confonde se cuidïez tant vivre
Que ça dehors venissiez a complie !
Lessiez ester, pensé avez folie. »

XI

Guillelmes ot la parole effraee
300 Que li chetis li a dite et contee ;
Il en apele la gent de sa contree :
« Conseilliez moi, franche gent hennoree.
Cil chetis m'a cele cité loee ;
304 Ge n'i fui onques ne se sai la contree,
Ci cort le Rosne, une eve desrubee ;
Se ce ne fust, ge l'eüsse effraee. »
Dist li chetis : « Folie avez pensee.
308 S'estïez ore .C.M. as espees,
A beles armes et a targes dorees,
Et vosissiez commencier la mellee,
N'i eüst eve ne nulle destornee,
312 Ainz qu'eüssiez es granz portes l'entree,
I avroit il feru .M. cops d'espee,   [43d]
Tant cengles routes, tantes targes troees
Et tant baron abatu par l'estree !
316 Lessiez ester, folie avez pensee. »

Je ne mangerai pas de pain fait de farine
Ni de viande salée, ni ne boirai de vin sur lie,
Tant que je n'aurai pas vu comment Orange est située.
288 Et je verrai cette tour de marbre
Et dame Orable, la courtoise reine.
L'amour que j'ai pour elle me tourmente et m'enchaîne,
Plus que je ne pourrais l'imaginer ni le décrire ;
292 Si je ne l'obtiens pas, j'en serai bientôt mort. »
Le prisonnier réplique : « Voilà une folle pensée !
Si vous étiez en ce moment dans le palais d'Orange,
Et que vous voyiez le peuple sarrasin,
296 Que Dieu me damne si vous aviez l'espérance de vivre
Assez longtemps pour en sortir avant complies[1] !
Abandonnez une aussi folle idée ! »

XI

Guillaume entend les propos de terreur
300 Que lui a adressés le prisonnier.
Il apostrophe les gens de son pays :
« Conseillez-moi, nobles gens estimés.
Ce prisonnier m'a chanté les louanges de cette cité ;
304 Je ne l'ai jamais vue et ne connais pas le pays ;
Le Rhône y coule, avec des flots tumultueux ;
Sans cela, je l'aurais mise en émoi ! »
Le prisonnier répond : « Quelle idée insensée !
308 Même si vous étiez cent mille armés d'épées,
De bonnes armes et de boucliers dorés,
Et que vous décidiez d'engager la mêlée,
Et même s'il n'y avait ni fleuve ni autre obstacle,
312 Avant que vous ayez forcé l'entrée des grandes portes,
Vous auriez échangé mille coups d'épée,
Et que de sangles rompues, de boucliers troués,
Et de barons abattus sur le chemin !
316 Abandonnez une aussi folle idée ! »

---

1. Passage (v. 293-297) difficile, qui diffère selon les manuscrits. *Cf.* Cl. Régnier, éd., Notes, p. 128. Complies est le dernier office de la journée, avant le coucher.

XII

« Voir, dit Guillelmes, tu m'as mis en effrois,
De la cité me contes orendroit
Que tele n'a nule ne cuens ne rois,
320 Et tu me blasmes que ne l'aille veoir !
Par saint Morise qu'en quiert en Aminois,
Ge te semoing, tu venras avec moi ;
Mes n'i merron cheval ne palefroi
324 Ne blanc hauberc ne heaume d'Aminois
N'escu ne lance n'espié poitevinois,
Mes esclavines com chetis tapinois ;
Tu as el regne assez parlé turquois
328 Et aufriquant, bedoïn et basclois. »
Li chetis l'ot ; cuidiez que ne li poist ?
Lors vosist estre a Chartres ou a Blois
Ou a Paris, en la terre le roi,
332 Quar or ne set de lui prendre conroi.

XIII

Or fu Guillelmes corrociez et plains d'ire ;
Ses niés Bertran li commença a dire :
« Oncle, fet il, lessiez vostre folie.
336 S'estïez ore el palés de la vile
Et veïssiez cele gent sarrazine,
Connoistront vos a la boce et au rire,
Si savront bien que vos estes espie.
340 Et lors, espoir, vos menront en Persie ;
Mengeront vos sanz pain et sanz farine,
Ne targeront que il ne vos ocïent,
Giteront vos en lor chartre perrine,
344 N'en istroiz mes a nul jor de vo vie
Tant que venra le roi Tiebauz d'Aufrique

XII

« Assurément, dit Guillaume, j'en suis effrayé :
Tu viens de me dire qu'aucun comte ni aucun roi
Ne possède pareille cité,
320 Et tu me blâmes de vouloir aller la voir !
Par saint Maurice qu'on prie dans l'Amiénois,
Je te l'ordonne, tu viendras avec moi.
Nous n'emmènerons ni cheval ni palefroi,
324 Ni blanc haubert, ni heaume de l'Amiénois,
Ni écu, ni hampe, ni lance[1] poitevine,
Mais des pèlerines comme de malheureux déguisés[2] ;
Tu as beaucoup parlé le turc dans ce pays,
328 Et l'africain, le bédouin et le basque. »
Croyez-vous que ces mots réjouirent le prisonnier ?
Il aurait préféré être à Chartres ou à Blois,
Ou à Paris, dans le domaine royal,
332 Car il ne sait comment se tirer d'embarras.

XIII

Guillaume était enflammé de colère.
Son neveu Bertrand lui adressa la parole :
« Mon oncle, dit-il, renoncez à cette folie.
336 Si vous vous trouvez dans le palais d'Orange,
Et que vous vous mêlez au peuple sarrasin,
Ils vous reconnaîtront à votre bosse et à votre rire,
Et sauront bien que vous les espionnez.
340 Et alors, ils vous emmèneront peut-être en Perse.
Ils vous mangeront sans pain et sans farine,
Ne tarderont pas à vous tuer,
Ou vous jetteront dans leur prison en pierre,
344 Où vous demeurerez tout le reste de votre vie,
Jusqu'à la venue du roi Thibaut d'Afrique,

---

1. *Espié* désigne habituellement la lance d'attaque, avec laquelle on frappe d'estoc à cheval ; ici, ce terme désigne l'ensemble de la lance, et *lance* le bois, la hampe : *cf.* le v. 1000 : *Brisent les lances des noielez espiez* (« ils brisent les hampes des lances niellées »). 2. Cl. Régnier, éd., Notes, p. 129, rappelle que les chevaliers qualifiaient souvent les pèlerins de « déguisés ».

Et Desramez et Gollïas de Bile,
A lor talant feront de vos justise.
348 Se por amors estes mis a joïse,
Dont porra dire la gent de vostre empire
Que mar veïstes Orable la roïne.
– Voir, dit Guillelmes, ce ne redot ge mie ;
352 Que, par l'apostre qu'en requiert en Galice,
Mielz voil morir et a perdre la vie [44a]
Que je menjuce de pain fet de farine,
De char salee ne de vin viez sor lie,
356 Einçois verrai comme Orenge est assise
Et Gloriete, cele tor marberine,
Et dame Orable, la cortoise roïne.
La seue amor me destraint et jostise ;
360 Home qui aime est plains de desverie. »

XIV

Or fu Guillelmes por Orenge esmaiez ;
Ses niés Bertran l'en prist a chastoier :
« Oncle, dist il, tu te veus vergoignier
364 Et toi honnir et les membres tranchier.
– Voir, dit li cuens, ce ne dote ge rien ;
Hom qui bien aime est trestoz enragiez.
Ge ne leroie, por les membres tranchier
368 Ne por nul home qui m'en seüst proier,
N'aille veoir comment Orenge siet
Et dame Orable qui tant fet a proisier.
La seue amor m'a si fort jostisié
372 Ne puis dormir par nuit ne someillier
Ne si ne puis ne boivre ne mengier
Ne porter armes ne monter sor destrier
N'aler a messe ne entrer en moustier. »
376 Arrement fist tribler en un mortier
Et autres herbes que connoissoit li ber,
Et Gillebert, qui ne l'ose lessier ;
Lor cors en taignent et devant et derrier

De Déramé et de Golias de Bile,
Qui vous condamneront selon leur bon plaisir.
348 Si c'est l'amour qui est cause du jugement,
Tous vos peuples pourront bien dire
Que vous avez vu la reine Orable pour votre malheur.
— Certes, dit Guillaume, cela ne me fait pas peur !
352 Car, par l'apôtre que l'on prie en Galice[1],
J'aime mieux mourir et dire adieu à la vie
Que manger du pain fait de farine,
De la viande salée et du vin vieux sur lie :
356 Je n'ai de cesse de voir la situation d'Orange,
Et Gloriette, la tour de marbre,
Et dame Orable, le reine courtoise.
L'amour que j'ai pour elle me tourmente et m'enchaîne ;
360 On perd toute sagesse quand on est amoureux. »

XIV

Guillaume était alors troublé à cause d'Orange.
Son neveu Bertrand se mit à le sermonner :
« Mon oncle, dit-il, tu veux te couvrir de honte
364 Et de déshonneur, et te faire couper les membres !
— Certes, dit le comte, cela ne me fait pas peur ;
On devient enragé quand on est amoureux.
Je n'ai de cesse, dût-on me couper les membres,
368 Et même si l'on venait me supplier,
D'aller voir quelle est la situation d'Orange,
Et dame Orable, qui est si estimée.
Je suis saisi d'un tel amour pour elle
372 Que je ne puis, la nuit, dormir ni sommeiller ;
J'en perds aussi l'envie de boire et de manger,
De porter mes armes et de monter à cheval,
D'aller à la messe et d'entrer à l'église. »
376 Il fit piler de l'encre dans un mortier,
Ainsi que d'autres herbes que le baron connaissait,
Lui et Gillebert, qui n'ose pas refuser.
Ils s'en barbouillent le corps tout entier,

---

1. C'est évidemment saint Jacques, au sanctuaire de Compostelle.

380 Et les visaiges, la poitrine et les piez ;
Tres bien resemblent deable et aversier.
Dist Guïelin : « Par le cors saint Richier,
A grant merveille estes andui changié ;
384 Or poëz bien tot le monde cerchier,
Ne seroiz ja par nul home entercié.
Mes, par l'apostre qu'en a Rome requiert,
Ge ne leroie, por les membres tranchier,
388 N'aille avec vos, si verrai comment iert. »
De l'oignement s'est et taint et torchié.
Ez les mout bien toz trois apareilliez ;
De la vile issent, si ont pris le congié.
392 « Dex, dist Bertran, beau pere droiturier,
Com somes ore traï et engignié ! [44b]
Par quel folie est cest plet commencié
Dont nos serons honi et vergoignié,
396 Se Dex n'en pense, qui tot a a jugier !

XXV

Quant Arragon entendi l'Esclavon
792 Que il connut toz trois les compaignons,
En piez se dresce, ses a mis a reson : [46d]
« Sire Guillelmes, l'en set bien vostre non.
Mar i passastes le Rosne, par Mahom !
796 Tuit seroiz mort a grant destructïon,
L'os et la poldre venterons par le mont ;
Ge n'en prendroie d'or fin plain cest donjon
Ne soiez mort et ars tot en charbon. »
800 Guillelmes l'ot, si taint comme charbon ;
Dont vosist estre a Rains ou a Loon.

380 Et le visage, la poitrine et les pieds.
On les prendrait pour des diables ou des démons !
Guïelin s'exclame : « Par les reliques de saint Riquier,
Vous voilà prodigieusement métamorphosés !
384 A présent, vous pouvez bien parcourir le monde,
Personne ne pourra jamais vous reconnaître !
Mais, par l'apôtre que l'on prie à Rome,
Je n'aurai de cesse, dût-on me couper les membres,
388 De vous accompagner, pour vous voir à l'œuvre. »
Il s'est teint et barbouillé avec la potion.
Les voilà tous trois parfaitement équipés.
Ils prennent congé, et sortent de la ville.
392 « Dieu ! dit Bertrand, cher Père justicier,
Comme nous voilà trahis et joués !
Par quelle folie cette affaire est-elle engagée,
Qui nous vaudra déshonneur et honte,
396 Si Dieu n'y veille, lui le Juge suprême ! »

Combats dans la tour

XXV

Quand Arragon entendit que le Slave
792 Connaissait les trois compagnons[1],
Il se lève et leur adresse la parole :
« Seigneur Guillaume, on sait bien votre nom.
Malheur à vous d'avoir passé le Rhône, par Mahomet !
796 Vous allez tous mourir dans d'horribles supplices,
Nous dispersons au vent vos os et vos cendres ;
Je n'accepterais même pas plein ce donjon d'or fin
Pour renoncer à vous tuer et vous réduire en cendres. »
800 A ces mots, Guillaume devint rouge comme du charbon ;
Il aurait préféré être à Reims ou à Laon.

---

1. Ce sont, bien entendu, Guillaume, Gillebert et Guïelin qui se sont présentés sous leur déguisement devant les Sarrasins, et qu'un Slave, Salatré, vient de reconnaître.

Guïelins voit que ne se celeront ;
Detort ses poinz et ses cheveus deront.
804 « Dex, dist Guillelmes, par ton saintisme non,
Glorïeus pere, qui formas Lazaron
Et en la Virge preïs anoncïon,
Jonas garis el ventre del poisson
808 Et Danïel en la fosse au lïon,
La Madaleine feïstes le pardon,
Le cors saint Pere meïs en Pré Noiron
Et convertis saint Pol son compaignon,
812 Qui en cel tens estoit mout cruiex hom,
Puis refu il des creanz compaignons,
Ensemble o els sivi processïon,
Si com c'est voir, Sirë, et le creon,
816 Deffendez nos de mort et de prison,
Ne nos occïent cist Sarrazin felon. »
Un bordon ot, grant et forni et lonc ;
A ses .II. mains le leva contremont
820 Et si en fiert Salatré le gloton,
Qui l'encusa vers le roi Arragon,
Par mi le chief, mout grant cop del baston
Que la cervele en vola contremont.
824 « Monjoie ! escrie, ferez avant, baron ! »

XXVI

Guillelmes a le palés effraé,
Devant le roi a le paien tüé.
Li cuens Guillelmes ra choisi un tinel
828 Qui por feu fere i estoit aporté ;
Cele part vient poignant et tressüé,

Guïelin voit bien qu'ils sont démasqués ;
Il tort ses poings et s'arrache les cheveux.
804 « Dieu ! dit Guillaume, par ton très saint Nom,
Père glorieux, qui créas Lazare
Et qui pris chair dans la Vierge,
Qui protégeas Jonas dans le ventre de la baleine,
808 Et Daniel dans la fosse au lion,
Toi qui pardonnas à la Madeleine,
Qui fis porter saint Pierre aux Jardins de Néron
Et convertis saint Paul, son compagnon,
812 Qui à cette époque-là était un homme très cruel,
Et qui devint ensuite l'un des apôtres,
Dont il partagea la vie et l'action,
De même que cela est vrai, Seigneur, et que nous le
816 De même protégez-nous de la mort et du cachot, [croyons,
Que ces Sarrasins cruels ne nous tuent pas. »
Il portait un bourdon[1], grand, robuste et long ;
Il le leva en l'air de ses deux mains,
820 Et frappa Salatré, cette canaille
Qui l'avait dénoncé au roi Arragon,
En plein milieu du crâne, d'un grand coup du bâton,
Au point d'en faire jaillir en l'air la cervelle.
824 « Montjoie[2] ! s'écrie-t-il, avancez et frappez, barons ! »

XXVI

Guillaume a mis le palais en effervescence,
En tuant le païen devant le roi.
Le comte Guillaume, lui, a remarqué un tronc[3]
828 Apporté là pour alimenter le feu.
Il se dirige vers lui en éperonnant, en sueur[4],

---

1. Le *bordon*, *bourdon*, est le grand bâton que portaient les pèlerins ; il était souvent renforcé d'un embout métallique (*bordon ferré*, v. 852). Il aidait à la marche et pouvait, à l'occasion, servir d'arme. 2. C'était le cri de guerre des guerriers français ; sa forme la plus complète était *Monjoie saint Denis*. 3. C'est une arme de ce genre qu'avait déjà illustrée Rainouart dans la seconde partie de la *Chanson de Guillaume* et dans *Aliscans*. 4. *Poignant et tressué* constitue une formule traditionnelle du motif rhétorique de l'attaque à la lance, attaque qui se faisait toujours à cheval. J. Rychner, suivi par Cl. Régnier, voyait là l'usage traditionnel et gauche d'une formule stéréotypée ; Cl. Régnier pense que « le groupe pourrait ne signifier que "très vite", les formules épiques se vidant faci-

As poinz le prent, contremont l'a levé ;
Baitaime vet ferir, le desreé,
832 Par mi le chief, ruiste cop del tinel
Que le cervel li fet del chief voler ;
Devant le roi l'a mort acravanté.
Et Gilebert rala ferir Quarré,
836 De son baston l'a el ventre bouté,
C'une grant piece l'a fet outre passer ;
Mort le trestorne devant lui au piler.
« Monjoie ! escrie, baron, avant venez !
840 Puisqu'ainsi est qu'a mort somes livrez,
Vendons nos bien tant com porrons durer ! »
Ot l'Arragon, le sens cuide desver,
A voiz s'escrie : « Baron, quar les prenez !
844 Par Mahomet, ja seront afolé
Et enz el Rosne balancié et gité
Ou ars en feu et la poldre venté. »
Dist Guïelin : « Baron, ensus estez !
848 Que, par l'apostre qu'en quiert en Noiron Prez,
Ainz que m'aiez sera chier comparé. »
Par maltalent en a son fust crollé ;
Li cuens Guillelmes i fiert de son tinel
852 Et Gillebert de son bordon ferré.
Granz cops i donent li baron naturel ;
.XIIII. Turs lor i ont mort gitez
Et toz les autres i ont si effraez
856 Par mi les huis les ont ferant menez ;
Font les torouz verroillier et fermer,
A granz chaienes ont le pont sus levé.
Or en penst Dex, qui en croiz fu pené !
860 Qu'or est Guillelmes en perilleus hostel
Et Gillebert et Guïelin le ber,

Le prend dans ses poings, et le lève en l'air ;
Il va frapper Baitaime le violent
832 En plein milieu du crâne, d'un rude coup de tronc,
Au point de lui en faire jaillir la cervelle.
Il l'a abattu mort devant le roi.
Quant à Gillebert, il assaillit Quarré,
836 Le frappant en plein ventre avec son bâton,
Qui le transperce largement.
Il le renverse mort devant lui, contre un pilier.
« Montjoie ! s'écrie-t-il, avancez-vous, barons,
840 Puisque nous sommes réellement condamnés à mort,
Vendons cher notre vie tant que nous le pourrons ! »
A ces mots, Arragon croit perdre la raison ;
Il s'écrie d'une voix forte : « Barons, saisissez-les !
844 Par Mahomet, mettons-les à mal,
Et jetons-les[1] dans le Rhône,
Ou brûlons-les et dispersons leurs cendres ! »
Guïelin réplique : « Barons, écartez-vous !
848 Car, par l'apôtre qu'on prie aux Jardins de Néron,
Avant de me tenir vous l'aurez payé cher ! »
Il agite son bâton avec fureur ;
Le comte Guillaume frappe avec son tronc d'arbre
852 Et Gillebert avec son bourdon ferré.
Les barons bien nés assènent de grands coups ;
Ils ont abattu morts quatorze Turcs
Et ont tellement effrayé tous les autres
856 Qu'ils les ont fait sortir par leurs coups répétés ;
Ils tirent solidement les verrous,
Hissent le pont-levis avec les grandes chaînes.
Que Dieu les garde, qui fut crucifié !
860 Car Guillaume est là en grand danger,
Lui, Gillebert et Guïelin le vaillant,

---

lement de leur contenu ». Cl. Lachet estime, à juste titre selon nous, que l'on a là un emploi parodique du motif. **1.** *Balancié et gité* est un bon exemple de transposition formulaire : la formule est généralement employée pour le lancer du javelot, auquel on imprime d'abord un mouvement de balancier ; ici, la formule prend la valeur d'un redoublement synonymique, et correspond à un patron rythmico-syntaxique dont la valeur est de l'ordre du « chant », c'est-à-dire, dans l'esthétique de la chanson de geste, de la combinaison de la répétition et du rythme, et non de l'ordre du sémantisme discursif.

En Glorïete ou il sont enserré ;
Et Sarrazin, li cuvert forsené,
864 Bien les assaillent qu'il n'i ont demoré.

XXVII

Li Sarrazin sont orgueilleus et fier ;
Bien les assaillent a .c. et a milliers,
Lancent lor lances et dars tranchanz d'acier.
868 Cil se deffendent com gentill chevalier ;
Ces gloutons versent es fossez et es biez,
Plus de .xiiii. en i ont trebuchié,
Li plus halegres ot le col peçoié.
872 Voit l'Arragon, a pou n'est enragié,
De duel et d'ire a pou n'est forvoié ; [47b]
A sa voiz clere commença a huichier :
« Es tu lassus, Guillelmes au vis fier ? »
876 Et dist li cuens : « Voirement i sui gié,
Par ma proesce i sui ge herbergié ;
Dex m'en aïst, qui en croiz fu drecié ! »

XXVIII

Or fu Guillelmes en Glorïete entré ;
880 As Sarrazins commença a parler :
« Mal dahé ait por vos se quiert celer !
En ceste vile entrai por espïer ;
Or vos ai tant mené et losangié
884 De Glorïete vos ai ge fors chacié.
Des or seroiz de ceste tor bergier ;
Gardez la bien, s'en avroiz bon loier. »
Arragons l'ot, le sens cuide changier ;
888 Il en apele Sarrazins et paiens :
« Or tost as armes, nobile chevalier !
Par force soit li assauz commenciez !
Qui me prendra Guillelme le guerrier
892 De mon rëaume sera confanonnier ;

Dans cette tour de Gloriette où ils sont enfermés.
Et les Sarrasins, ces canailles enragées,
864 Les attaquent violemment sans perdre un instant.

XXVII

Les Sarrasins sont orgueilleux et farouches ;
Ils les attaquent par centaines et par milliers,
En les criblant de lances et de dards d'acier tranchants.
868 Les nôtres se défendent comme de nobles chevaliers ;
Ils bousculent ces brigands dans les fossés et les biefs[1],
Où ils en ont envoyé plus de quatorze
Dont le moins mal en point avait le cou brisé.
872 Arragon, voyant cela, devient presque enragé :
La douleur et la colère le rendent presque fou.
Il se met à crier de sa voix claire :
« Es-tu là-haut, Guillaume au fier visage ? »
876 Et le comte répond : « Assurément, j'y suis,
Ma prouesse m'a permis d'y pénétrer ;
Que Dieu m'y vienne en aide, lui qui fut crucifié ! »

XXVIII

Guillaume avait pénétré dans Gloriette ;
880 Il se mit à haranguer les Sarrasins :
« Malheur à qui se cache à cause de vous !
J'étais entré dans cette ville en espion ;
A présent, je vous ai si bien menés et trompés
884 Que je vous ai chassés de Gloriette.
Désormais, vous serez le berger de cette tour ;
Gardez-la bien, vous toucherez un bon salaire ! »
Arragon, à ces mots, croit perdre la raison ;
888 Il interpelle les Sarrasins et les païens :
« Vite, aux armes, nobles chevaliers !
A l'assaut, de toutes vos forces !
Celui qui me prendra Guillaume, le guerrier,
892 Je le ferai gonfalonnier de mon royaume ;

---

1. Il s'agit des « fossés de raccordement » (Cl. Régnier).

Toz mes tresorz li ert apareilliez. »
Quant cil l'entendent, si sont joiant et lié ;
As armes corent li cuvert losangier,
896 Guillelme assaillent et devant et derrier.
Voit le li cuens, le sens cuide changier ;
Deu reclama, le verai justisier.

XXIX

Or fu Guillelmes corrocié et dolant
900 Et Guïelin et Gillebert le franc
En Gloriete ou il sont la dedenz.
Bien les requistrent cele paiene gent,
Lancent lors lances et dars d'acier tranchanz.
904 Voit le Guillelmes, a pou ne pert le sens.
« Niés Guïelin, qu'alons nos atendant ?
Jamés en France ne serons reperant ;
Se Dex n'en pense par son commandement,
908 Ne reverrons ne cosin ne parent. »
Dist Guïelin o le cors avenant :
« Oncle Guillelmes, vos parlez de neant.
Par amistiez entrastes vos ceanz ;
912 Vez la Orable, la dame d'Aufriquant,
Il n'a si bele en cest siecle vivant ;
Alez seoir delez li sor cel banc,
Endeus vos braz li lanciez par les flans
916 Ne de besier ne soiez mie lenz ;
Que, par l'apostre que quierent peneant,
Ja n'en avrons del besier le vaillant
Qui ne nos cost .XX.M. mars d'argent,
920 A grant martire a tresoz noz parenz.
– Dex, dist Guillelmes, tu m'avras gabé tant
Que par un pou que ge ne pert le sen. »

XXX

Or fu Guillelmes correciez et irez
924 Et Gillebert et Guïelin le ber,
En Gloriete ou il sont enserré.

Tout mon trésor sera à sa disposition. »
Ces propos les réjouissent fort ;
Tous ces marauds perfides courent aux armes,
896 Et assaillent Guillaume de toutes parts.
Voyant cela, le comte croit perdre la raison ;
Il prie Dieu, le vrai justicier.

XXIX

Guillaume était furieux et affligé,
900 Ainsi que Guïelin et Gillebert, le noble,
Dans Gloriette où ils sont enfermés.
Les troupes païennes les attaquaient avec ardeur,
Les criblant de lances et de dards d'acier tranchant.
904 Peu s'en faut que Guillaume n'en perde la raison :
« Guïelin, mon neveu, qu'attendons-nous donc,
Jamais nous ne retournerons en France.
Si la volonté divine ne nous préserve,
908 Nous ne reverrons plus ni cousins ni parents. »
Guïelin, à l'allure élégante, répond :
« Oncle Guillaume, vous dites des sottises.
C'est l'amour qui vous a conduit dans cette tour :
912 Voyez là-bas Orable, la dame d'Afrique,
Qui est la plus belle du monde.
Allez donc vous asseoir près d'elle sur ce banc,
Enlacez-la dans vos deux bras
916 Et donnez lui des baisers avec empressement.
Car, par l'apôtre que prient les pénitents,
Le moindre de ces baisers nous coûtera
Au moins vingt mille marcs d'argent,
920 Et de grandes souffrances pour tout notre lignage.
– Dieu, dit Guillaume, tu m'auras tellement raillé
Que peu s'en faut que je ne perde la raison. »

XXX

Guillaume donc était en colère et furieux,
924 Ainsi que Gillebert et Guïelin, le vaillant,
Dans Gloriette où ils sont enfermés.

Bien les requierent Sarrazin deffaé ;
Cil se deffendent com chevalier membré,
928 Gietent lor perches et les granz fuz quarré.
Et la roïne les en a apelez :
« Baron, dist ele, François, quar vos rendez !
Felon paien vos ont cueilli en hez ;
932 Ja les verroiz par les degrez monter,
Tuit seroiz mort, ocis et desmenbrez. »
Ot le Guillemes, le sens cuide desver ;
Cort en la chambre desoz le pin ramé,
936 A la roïne se prist a dementer :
« Dame, dist il, garnemenz me donez,
Por l'amor Deu, qui en croiz fu penez ;
Que, par saint Pere, se ge vif par aé,
940 Mout richement vos iert guerredoné. »
La dame l'ot, s'a de pitié ploré ;
Cort en sa chambre, n'i a plus demoré,
A un escrin que ele a deffermé ;
944 En a tret hors un bon hauberc saffré
Et un vert heaume, qui est a or gemé
Guillelme encontre le corut aporter.
Et cil le prist, qui tant l'ot desirré ;
948 Il vest l'auberc, si a l'eaume lacié ;
Et dame Orable li ceint l'espee au lé,
Qui fu Tiebaut son seignor, a l'Escler.
Ainz ne la voit a nul home doner,
952 Nes Arragon, qui tant l'ot desirré, [47d]
Qui ert ses filz de moillier espousé.
Au col li pent un fort escu listé
A un lïon qui d'or fu coroné.
956 El poing li baille un fort espié quarré,
A .v. clos d'or le confanon fermé.
« Dex, dist Guillelmes, comme or sui bien armé !
Por Deu vos pri que des autres pensez. »

Les païens sans foi les attaquent avec ardeur ;
Les nôtres se défendent en chevaliers réputés,
928 Lancent de gros bâtons et de grands troncs massifs.
La reine alors les a interpellés :
« Barons, dit-elle, Français, rendez-vous donc !
Les cruels païens vous ont pris en haine ;
932 Vous les verrez bientôt monter ces escaliers :
Vous mourrez tous, vous serez tués et mis en pièces. »
A ces mots, Guillaume croit perdre la raison ;
Il accourt dans la chambre, sous les branches du pin,
936 Et se prend à se lamenter devant la reine :
« Dame, dit-il, donnez-moi une armure,
Pour l'amour de Dieu, qui fut crucifié ;
Car, par saint Pierre, si je vis assez longtemps,
940 Je vous le rendrai au centuple. »
Ces mots font pleurer de pitié la dame ;
Elle se précipite aussitôt dans sa chambre,
Pour chercher un écrin qu'elle ouvre tout de suite[1] ;
944 Elle en retire un bon haubert au vernis jaune,
Et un heaume vert aux pierreries serties d'or.
Elle court les porter à Guillaume.
Celui-ci, qui les désirait si ardemment, les prend ;
948 Il revêt le haubert, a vite lacé le heaume ;
Et dame Orable lui ceint l'épée au côté :
C'était celle de Thibaut le Slave, son seigneur.
Elle n'avait jamais accepté de la donner,
952 Pas même à Arragon, qui la convoitait tant,
Et qui était le fils de sa femme légitime[2].
Elle lui suspend au cou un fort écu à bordure peinte[3],
Et décoré d'un lion avec une couronne d'or.
956 Elle met dans son poing une forte lance bien large[4],
Avec un gonfalon fixé par cinq clous d'or.
« Dieu ! dit Guillaume, me voilà bien armé !
Pour l'amour de Dieu, dame, occupez-vous des autres. »

---

1. Nous traduisons ici le passage, ailleurs insignifiant, du présent au passé composé, qui met en valeur la rapidité de l'action. 2. Arragon, fils de Thibaut, était le beau-fils d'Orable. 3. *Listé* signifie « orné d'une bordure peinte » ; un *palais listé* est une salle de château décorée d'une bande peinte. 4. Il s'agit de la lance pour frapper d'estoc (*espié*), et non d'une arme de jet comme au v. 903.

XXXI

960 Quant Guïelin vit adoubé son oncle,
Cort en la chanbre a la dame seconde ;
I l'en apele, doucement l'aresonne :
« Dame, dist il, por saint Pere de Rome,
964 Donez moi armes por le besoing qu'abonde.
– Enfes, dist ele, mout es juene personne ;
Se tu vesquisses, tu fusses mout preudome.
De mort te heent li Vavar et li Hongre. »
968 Vint en la chambre, s'en a tret une broigne ;
Cele forja Ysac de Barceloigne,
Onques espee n'en pot maille derompre ;
El dos li vest, mout en fu liez li oncles.
972 L'eaume li lace Aufar de Babiloine,
Au premier roi qui la cité fu onques ;
Onc nule espee nel pot gaires confondre,
Abatre pierre ne flor de l'escharbocle.
976 Ceint li l'espee Tornemont de Valsone,
Que li embla li lierres de Valdonne,
Puis la vendi Tiebaut a Voireconbe,
Si l'en dona .M. besanz et .M. onces,
980 Qu'il en cuida son fill livrer coronne ;
Au flanc li ceint, dont les renges sont longues.
Au col li met une targe roonde.
L'espié li baille madame de Valronne ;
984 Grosse est la hante et l'alemele longue.
Bien fu armez, et Gilleberz adonques.
Huimés avra Glorïete chalonge.

XXXI

960 Quand Guïelin vit son oncle tout armé,
Il se précipita dans la chambre de la suivante ;
Alors il lui adressa la parole avec douceur :
« Dame, dit-il, au nom de saint Pierre de Rome,
964 Donnez-moi des armes, dont j'ai un besoin urgent.
— Enfant, dit-elle, tu es vraiment bien jeune ;
Si tu restais en vie, tu deviendrais un preux.
Vavars et Hongrois te vouent une haine mortelle. »
968 Elle entre dans sa chambre, en rapporte une cuirasse[1] ;
Ysac de Barcelone l'avait forgée,
Aucune épée ne put en rompre une maille.
Elle la lui enfile, son oncle s'en réjouit fort.
972 Elle lui lace le heaume d'Aufar de Babylone,
Le premier roi qui posséda jamais cette cité[2].
Aucune épée n'a jamais pu l'endommager,
En abattre ni pierrerie ni la fleur de l'escarboucle.
976 Elle lui ceint l'épée de Tornemont de Valsone,
Que lui vola le larron de Valdonne,
Celui-ci la vendit à Thibaut à Voirecombe[3]
Qui la paya mille besants et mille onces,
980 Espérant conquérir grâce à elle un royaume pour son fils.
Elle la lui ceint au côté, avec son long baudrier.
Elle lui suspend au cou un bouclier rond,
Et lui donne la lance de *Maudoine* de Valronne[4].
984 Son bois est large et sa lame tranchante.
Quand il fut bien armé[5], ce fut au tour de Gillebert.
Désormais, Gloriette sera bien disputée.

---

1. Le vers suivant, avec le verbe *forja*, atteste que *broigne* est ici synonyme de *hauberc*, et désigne la cotte de maille (et non l'ancienne protection en cuir). 2. Aufar de Babylone aurait ainsi été le premier seigneur d'Orange. *Babiloine* : il s'agit toujours de la « Babylone » d'Egypte, c'est-à-dire du Caire. 3. On remarquera que les noms sarrasins (personnes ou lieux) sont ici formés sur *val* ou sur *combe* : ils renvoient à l'idée de creux, de vallée, connotés par le ténébreux (cf. *Roland*, éd. J. Dufournet, GF-Flammarion, v. 814 : *Halt sunt li pui et li val tenebrus*), à l'inverse des sommets. Les Sarrasins sont les hommes des ténèbres, tandis que les chrétiens, de par leur religion, sont proches de la lumière. 4. *Madame*, que donnent les manuscrits, est dépourvu de sens ; Cl. Régnier y voit une déformation d'un nom tel que *Maudoine*, où *mau* renvoie, comme souvent dans les noms des Sarrasins, à l'idée de malheur. 5. Cette laisse offre un parfait exemple du motif rhétorique de l'armement du chevalier, sous sa forme

XXXII

    Bien fu armez Guillelmes et ses niés
988 Et Gillebert, dont sont joiant et lié.
    El dos li vestent un fort hauberc doublier ;
    El chief li lacent un vert heaume vergié ;
    Puis li ont ceint une espee d'acier ;
992 Au col li pendent un escu de quartier.
    Ainz qu'il eüst le bon tranchant espié,   [48a]
    Felon paien orent tant esploitié
    Que les degrez en monterent a pié.
996 Li cuens Guillelmes vet ferir Haucebier ;
    Et Gillebert, Maretant le portier ;
    Et Guïelin revet ferir Turfier ;
    Cil troi ne furent de la mort espargnié.
1000 Brisent les lances des noielez espiez
    Que les esclices en volent vers le ciel ;
    A lor espees lor convint repairier,
    Ja se vorront prover et essaier.
1004 Li cuens Guillelmes tret l'espee d'acier ;
    Fiert un paien en travers par derrier,
    Ausi le cope comme un rain d'olivier ;
    Sus el palés en chieent les moitiez.
1008 Et Gillebert revet ferir Gaifier,
    Sus el palés en fist voler le chief.
    Et Guïelin ne fu pas esmaié ;
    Il tint l'espee, s'a l'escu enbracié ;
1012 Cui il consuit tot est a mort jugié.
    Paien le voient, si se sont tret arrier ;

XXXII

Guillaume et son neveu avaient de bonnes armes,
988 Ainsi que Gillebert : ils en sont tout joyeux.
Ils passent à ce dernier un solide haubert double ;
Ils lui lacent sur la tête un heaume vert renforcé,
Puis ils lui ceignent une épée en acier,
992 Et suspendent à son cou un écu à quartiers.
Il n'avait pas encore sa bonne lance tranchante[1],
Quand les cruels païens, à force d'acharnement,
Montèrent à pied les escaliers.
996 Le comte Guillaume va frapper Haucebier,
Et Gillebert, Maretant, le portier ;
Guïelin, lui, va frapper Turfier ;
Aucun de ces trois-là n'échappa à la mort.
1000 Ils brisent les hampes des lances niellées,
Et les éclats volent vers le ciel ;
Il leur faut donc en venir aux épées,
Avec lesquelles ils éprouveront leur prouesse.
1004 Le comte Guillaume tire l'épée d'acier ;
Il frappe un païen de biais, par-derrière,
Et le découpe comme un rameau d'olivier ;
Il tombe en deux moitiés sur le sol de la salle.
1008 Et Gillebert s'en va frapper Gaifier,
Dont il fait voler la tête sur le sol.
Quant à Guïelin, il ne s'effrayait pas :
L'épée au poing, le bouclier au bras,
1012 Il voue à la mort tous ceux qu'il poursuit.
Voyant cela, les païens font retraite ;

---

dite ornée : l'énumération détaillée des armes s'accompagne de l'évocation de leur histoire. **1.** Cette lance, d'un poids considérable, servait lors de « l'attaque à la lance », qui se pratiquait à cheval ; le poète paraît oublier ce détail. C'est, pour J. Rychner, la preuve d'une composition orale purement stéréotypée ; selon Cl. Lachet, il faut voir là une volonté parodique. Le fait que la présence de la lance soit mentionnée à la fois pour Guillaume, pour Guïelin et pour Gillebert (v. 956, 983 et 993), dans trois armement parallèles, doit exclure l'hypothèse d'une négligence due à l'habitude : l'usage des lances dans un escalier, comme on va le voir bientôt, ne peut que produire un effet comique de décalage entre un stéréotype et une situation inédite. L'écriture épique joue ainsi avec ses propres traditions, et prouve que les poètes épiques pouvaient avoir une attitude réflexive à l'égard du genre qu'ils pratiquaient.

En fuie tornent li cuvert losangier,
Franc les enchaucent, li nobile guerrier ;
1016 Plus de .XIIII. en i ont detranchiez,
Que toz les autres en ont si esmaiez
Par mi les huis les en ont hors gitiez.
François les corent fremer et verroillier ;
1020 As granz chaennes ont le pont sus saichié,
A la tor furent fermé et atachié.
Or en penst Dex qui tot a a jugier !
Voit l'Arragon, le sens cuide changier.

XXXIII

1024 Or fu Guillelmes dolant et correços
Et Guillebert et Guïelin li proz ;
Mout les destraignent cele gent paiennor,
Lancent lor lances et dars ovrez a tor,
1028 A maux de fer toz les murs lor deffont.
Voit le Guillelmes, a pour d'ire ne font.
« Niés Guïelin, dist il, quel le ferons ?
Jamés en France, ce cuit, ne revenrons
1032 Ne ja neveu, parent ne beserons.
– Oncle Guillelmes, vos parlez en pardon ; [48b]
Que, par l'apostre qu'en quiert en Pré Noiron,
Ge me cuit vendre ainz que nos descendon. »
1036 Il avalerent les degrez de la tor ;
Cez paiens fierent sor cez heaumes reonz ;
Toz lor detranchent les piz et les mentons,
Tel .XVII. en gisent el sablon
1040 Li plus halegres ot copé le pomon.
Paien le voient, s'en ont au cuer friçon ;
A voiz escrïent le fort roi Arragon :
« Quar prenez trives, que ja n'i enterron ! »
1044 Arragon l'ot, a pou d'ire ne font ;
Mahomet jure que il le comparront.

Ces perfides marauds prennent la fuite,
Poursuivis par les Francs, nos nobles guerriers ;
1016 Ceux-ci en ont mis en pièces plus de quatorze,
Si bien qu'ils ont tellement effrayé tous les autres
Qu'ils les ont expulsés par les portes.
Les Français courent en fermer les verrous ;
1020 Ils relèvent le pont-levis avec les chaînes,
Qu'ils fixent solidement sur la tour.
A la grâce de Dieu, le Justicier suprême !
Arragon, voyant cela, croit perdre la raison.

XXXIII

1024 Guillaume était plein d'affliction et de colère,
Ainsi que Gillebert et Guïelin, le preux.
Les païens ne cessent de les harceler,
Leur jettent des lances et des dards travaillés au tour,
1028 Et démolissent les murs avec des maillets de fer.
Ce spectacle met Guillaume hors de lui :
« Guïelin, mon neveu, dit-il, que ferons-nous,
J'en suis certain, jamais nous ne reviendrons en France,
1032 Et nous ne donnerons plus de baisers à nos proches.
– Oncle Guillaume, vous dites n'importe quoi.
Car, par l'apôtre qu'on prie aux Jardins de Néron,
Je vendrai cher ma peau avant que d'être en bas. »
1036 Ils descendirent les marches de la tour ;
Ils frappent les païens sur leurs heaumes ronds,
Et leur fracassent poitrines et mentons :
Il y en a bien dix-sept qui gisent sur le sable,
1040 Dont le plus sain a le poumon coupé.
A ce spectacle, les païens frissonnent de peur.
Ils crient d'une voix forte au puissant roi Arragon :
« Demandez donc une trêve, jamais nous n'y entrerons ! »
1044 Entendant cela, Arragon est hors de lui ;
Il jure par Mahomet qu'ils vont le payer cher.

LES ENFANCES VIVIEN

La chanson des *Enfances Vivien* est une création tardive (début du XIIIe siècle), destinée à donner au héros martyr de la bataille de l'Archant (relatée dans la *Chanson de Guillaume*) une biographie complète, qui fait ainsi de lui le personnage principal d'un sous-ensemble cyclique. Cette œuvre, qui comprend, dans sa version synoptique un peu plus de 5000 vers, relate donc les premiers exploits de Vivien.

Analyse

Le père de Vivien, Garin d'Anséune, l'un des frères de Guillaume, a été fait prisonnier par les Sarrasins à Luiserne, en Espagne. Ceux-ci sont prêts à l'échanger contre son fils, qui n'a pas quinze ans et n'est donc pas en âge de porter les armes. Malgré le désespoir de la mère, Guillaume conseille l'échange. Celui-ci a lieu en Espagne, en présence de Guillaume. Vivien connaît ensuite des aventures du type de celles que l'on rencontre dans les romans grecs : un pirate, le roi Gormond, le vend comme esclave, et le héros finit par être adopté par un couple de marchands qui ignorent tout de son identité et de son origine noble. Vivien ne cesse, à leur grand dam, de rêver d'une vie aristocratique fondée sur la chasse et la guerre contre les Sarrasins. Il parvient à constituer une troupe de fortune et va attaquer Luiserne, dont il s'empare. Encerclé, il devra son salut à l'arrivée d'une armée commandée par ses oncles. Il rentre ensuite chez ses parents, à Anséune.

La chanson de geste s'enrichit donc ici d'une dimension nouvelle : le goût pour les péripéties, les rebondissements, les enlèvements, les reconnaissances, tels qu'on les rencontrait par exemple dans *Floire et Blancheflor* ou *Aucassin et Nicolette*, et qui sera l'une des orientations favorites du genre épique au XIVe siècle.

Cette chanson, si elle a été conçue dans un esprit qui est celui de la constitution d'une biographie cyclique, a cependant été créée de façon indépendante. L'ajustage avec la *Chevalerie* est malhabile, et le texte est en contradiction sur plusieurs points importants avec *Aliscans* comme avec la *Chevalerie* elle-même : ainsi, le héros ne peut avoir prononcé son fameux serment (de ne jamais reculer devant les Sarrasins) à la fois à Luiserne (*Enfances*) et lors de son adoubement par Guillaume (*Chevalerie*) ; il ne peut avoir été élevé simultanément par un couple de marchands (*Enfances*) et par Guibourc à Orange (comme le laisse entendre *Aliscans*). La composition des *Enfances* serait d'ailleurs postérieure à celle de la *Chevalerie*[1]. Curieusement, l'assemblage cyclique n'a cherché à supprimer ces contradictions dans aucune des quatre familles de manuscrits qui comportent les *Enfances Vivien* (A, B, C, D).

Note sur la présente édition

Nous avons suivi, dans l'édition de C. Wahlund et H. von Feitlitzen, le texte du ms. BN fr. 1448 (ms. D), qui est unanimement considéré comme la meilleure base de lecture. Cette édition étant une édition diplomatique synoptique, nous avons résolu les abréviations selon les règles habituelles, et modifié la numérotation des vers pour la rendre continue. Afin de rendre le repérage plus aisé, nous avons cependant conservé la numérotation synoptique du premier vers de chacun de nos extraits. Pour les sigles des manuscrits, nous avons utilisé le système le plus récent, confirmé par M. Tyssens (*op. cit.*, p. 41), qui n'est pas celui de Wahlund et von Feitlitzen.

---

1. *Cf.* J. Frappier, *Les Chansons de geste du cycle de Guillaume d'Orange*, éd. cit., t. 1, p. 292.

VIII

(...)
266 Grant fut la cort a Paris la cité ;
Assés i ot esvesques et abés,
Et dux et contes et princes et chasés.
La gentis dame descendi as degrés.
270 Elle montait sus el palais listé.
Lou roi salue voiant tot lou barné :
« Cil Damedeu qui an crux fut penés,
Et el sepulcre fut cochiés et posés,
Et fist la lune et le solail lever,
275 Cil salt et gart Loeis a vis cler,
Le dux Bovon, le chaitif Aïmer,
Et Guïelin, et Ernalt lou sané,
Gaudin lou brun et Guichart l'alosé,
Et dan Bernard de Brebant la cité,
280 Et sous qui sient et sous que voi ester,
Sor tos les autres dan Guillelme a cornais !
Une parolle vos veul dire et mostrer,
Ceste chative que Dex meïmes heit,
Del mellor home de la crestïenté,
285 Prise m'avoit a moiller et a per :
Ce est Garin d'Anseüne sor mer,
Frere Guillelme lou marchis a corneis,
Filz Aymerit lou viel chanu barbé.
De la bataille est mes sire eschapés,
290 Et en Espaigne l'ont Sarrasin moné.

Guillaume décide que le jeune Vivien sera échangé contre Garin, prisonnier des Sarrasins

VIII

(...)

266 Grande était la cour qui se tenait à Paris ;
Il y avait beaucoup d'évêques et d'abbés,
De ducs, de comtes, de princes et de chasés[1].
La noble dame descendit au pied de l'escalier,
270 Et monta vers la grande salle décorée de bandes.
Elle salue le roi devant tous ses barons :
« Que Notre-Seigneur Dieu qui fut crucifié,
Et qui fut déposé et couché dans le sépulcre,
Qui fit se lever la lune et le soleil,
275 Sauve et garde Louis au clair visage,
Le duc Beuve, Aïmer le Captif,
Et Guïelin, et Hernaut le sage,
Gaudin le Brun et l'illustre Guichard,
Et Bernard, de la cité de Brubant,
280 Tous ceux qui sont assis ou que je vois debout,
Et plus que tous sire Guillaume au Court Nez !
Je veux vous faire des révélations,
Moi, une malheureuse que Dieu lui-même hait,
Sur le meilleur de tous les chrétiens,
285 Qui m'avait prise pour épouse et pour égale :
Je veux dire Garin d'Anséune-sur-Mer,
Le frère de Guillaume, le marquis au Court Nez,
Et le fils d'Aymeri, le vieillard à la barbe blanche.
Mon seigneur a quitté le champ de bataille,
290 Et les Sarrasins l'ont conduit en Espagne.

---

1. Chasés, c'est-à-dire pourvus d'un fief, donc de moyens de subsistance.

En prison est a Luiserne sor mer ;
La lou justisent Sarrasin et Escler.
De reançon ne puet mie trover,
Mais Vivïen mon fil ont demandé ;
295 Ardoir le volent, ocire et demanbrer
Por dan Naimon mon pere lou barbé.
Con le pora ceste lasse endurer,
Qui le portait .VIIII. mois dedans ses lés ! »
Trestuit se taissent et li conte et li per,
300 Et li demoine, li prince, li chasé.
Mal soit de ceuls qui .I. mot ait soné,
Fors que Guillelmes, lou marchis au cornais,
Qui ains n'amait prometre san doner,
Ne veve dame ne volt deseriter ;
305 Tous jors assauce sainte crestïënté.
Cil palerait qui ne se pot celer :
« Baron, fait il, faites pais, si m'oez !
Je palerai, qui c'an doie anoier.
Puis c'ons et feme sont endui assanblé,
310 Et on les a beneïs* et sacrés,
Nus hons ne puet tant en livre esgarder
Que plus de foi puisse nus hons trover.
De ce qu'il ont norit en lor aé
Se doient il guarir et repasser ;
315 Mal soit de l'arbre c'o vergier est planté
Qui son seignor ne fait onbre en esté !
Nevos et oncles et parens sont assés
Mais un sien freire ne puet on recovrer.
Niés Vivïen, con iés a terme nés* !
320 Ma boche juge que tu soies livrés
En la prison por ton pere salver
Se tu i muers Dex ait t'ame salvé* !
De la vengence nos covendra panser. »
La Dame l'ot si commance a plorer.

---

* **310** beneïs *C*, benis *D*. **319** aterminé *A2*, aterminez *B1*. L'exclamation porterait alors sur la fin prochaine de Vivien : « Comme ta fin est proche ! » La leçon que donne notre manuscrit nous paraît mieux conclure les considérations générales qui précèdent, en les appliquant au cas présent. **322** salver *D*.

Il est emprisonné à Luiserne-sur-Mer,
Sous la coupe des Sarrasins et des Slaves.
Il ne peut pas trouver l'argent de la rançon,
Mais ils ont réclamé Vivien, mon fils, en échange :
295 Ils veulent le brûler vif, le tuer, le mettre en pièces,
A cause de sire Naimes, mon père, le barbu.
Comment pourra le supporter la malheureuse
Qui l'a porté pendant neuf mois dans ses flancs ! »
Les comtes et les pairs restent tous muets,
300 Ainsi que les seigneurs, les princes, les chasés.
Maudits soient ceux qui auraient pris la parole,
Sauf Guillaume, le marquis au Court Nez,
Qui jamais ne savait promettre sans donner,
Et n'a jamais voulu déshériter de veuve ;
305 Il ne cesse d'accroître la gloire de la chrétienté.
Lui ne put s'empêcher de parler :
« Barons, dit-il, taisez-vous, écoutez !
Je parlerai, que cela plaise ou non !
Dès qu'un homme et une femme ont été unis,
310 Et qu'on les a bénis et consacrés,
On aurait beau consulter tous les livres,
On ne saurait trouver de lien plus indissoluble.
L'être qu'ils ont élevé durant leur vie
Doit pouvoir les garantir et les sauver.
315 Maudit soit l'arbre planté dans un verger
Qui ne donne pas de l'ombre à son maître en été !
Nous avons beaucoup d'oncles, de neveux, de parents,
Mais la perte d'un frère est irréparable.
Vivien, mon neveu, comme tu es né à point !
320 Je prononce par ma bouche que tu sois livré
Comme prisonnier pour sauver ton père.
Si tu en meurs, que Dieu sauve ton âme !
Il nous incombera de te venger ! »
En entendant ces mots, la dame fond en larmes.

325 Grant deul demoinent et li conte et li per ;
Por Vivïen fut dolant lou barné.

IX

« Oncles Guillelmes, dist Vivïens li frans,
Jugié m'avés tot a vostre talant
Que ge m'en aille en Espaigne la grant.
330 Jou irai, oncles, par lou vostre commant.
Por lou mien pere, dont j'ai lo cuer dolant,
Sera mes cors livrés a grant tormant
Entre les mains a la païene gent.
— Niés, dist Guillelmes, Jhesu te soit garant !
335 Mais, par l'apostre que quierent peneant,
Se tu i meurs, por toi en mora tant
De cele gent qui Deu n'aiment nient,
Que nes menroient .IIII^c. cher charroient. »
Qant ot ce dit, do cuer vait sospirant.

X

340 Quant ot la dame que Guillelmes li juge
Que Vivïens soit livrés a martire,
Lors fist grant deul formant en esperdue
Et se demente par si grant demesure :
« Filz Vivïens, doce char, bone aieue,
345 Apert viare, fiere regardeüre,
Si pou m'avés baillie et maintenue ! »
Tuit li baron en ont mervaille aiue.
Dist l'un a l'autre : « Ceste fois est molt dure !
Ains ne fut mais feme en cest sicle nulle
350 Qui son enfent en monast a destruire
Ou il fust mors ou la teste perdue ! »

XI

« Filz Vivïens, ce dist la gentis dame,
Ne vos envoi mie por armes prendre,
Ne por haubert, por escut ne por lance,

325 Les comtes et les pairs mènent grand deuil ;
Tous les barons se lamentaient sur Vivien.

IX

« Oncle Guillaume, dit Vivien le noble,
Vous avez décidé en toute liberté
Que je m'en irai en Espagne, ce grand pays.
330 J'irai, mon oncle, comme vous le commandez.
Pour libérer mon père, pour qui j'ai grand chagrin,
Je serai livré, terrible supplice,
Entre les mains du peuple des païens.
— Neveu, dit Guillaume, que Jésus te protège !
335 Mais, par l'apôtre que prient les pénitents,
Si tu y meurs, tant d'autres en mourront
De ce peuple qui n'a aucun amour pour Dieu,
Que quatre cents chars ne suffiraient pas à les charrier. »
Sur ces mots, un soupir s'exhale de son cœur.

X

340 Quand la dame entend que Guillaume décide
Que Vivien soit livré au supplice,
Elle mène grand deuil, éperdue de douleur,
Et se lamente au-delà de toute mesure :
« Vivien, mon fils, ma douce chair, mon soutien,
345 Visage rayonnant, regard farouche,
Vous avez eu si peu le temps de me protéger ! »
Tous les barons sont frappés de stupeur.
Ils se disent entre eux : « Que ce sort est cruel !
Jamais auparavant aucune femme, dans ce monde,
350 N'eut à conduire son enfant à sa perte,
Là où on le tuerait et lui couperait la tête ! »

XI

« Vivien, mon fils, disait la noble dame,
Je ne vous envoie pas recevoir des armes,
Un haubert, un écu ou une lance,

XII

355 Mais por la mort, dont ge suis a fiance.
Filz Vivïens, por ce vas en Espaigne :
Les Sarrasins en prenront la vengence
Filz Vivïens, de vos belles enfances,
Qui molt estoient belles et avenantes ! »

XII

360 « Filz Vivïens, or pranrai de ton poil
Et de ta char, des ongles de tes dois,
Qui plus sont blanches que ermine ne noîs ;
Enprés mon cuer les lierai estroit ;
Ses reverrai as festes et as* mois.
365 Encor me manbre, bels filz dolz et cortois,
Que me deïstes n'a mie encor .I. mois,
Dedens mes chanbres seïstes delés moi,
Cant ge ploroie dan Garin lo cortois :
Vos me deïstes : "Belle mere, tais toi !
370 La mort mon pere que remambrer vos voi,
Se ge tant vif que porte mes conrois,
Parmei Espaigne ne pora remanoir
Que la vengence tote prise n'en soit."
Lors ai ge joie, belz filz, adont de toi ! »

XIII

375 « Filz Vivïens, la gentis dame dist,
Tu fais ansin com l'aignelet petit
Qui laist sa mere cant voit lo louf venir,
Et il i trove si tresmale mercis
Que il l'an moine et met tot a declin.
380 Or vendra Paiques, une feste en avril,
Cil damoisel sont chaucie et vesti,
Vont en riviere por lor gibier tenir,
En lor poinz portent falcons et esmerils :
Ne te varai ne aler ne venir !

---

* **364** *A2, B1* ; a *D*.

355 Mais pour trouver la mort, j'en suis bien convaincue.
Vivien, mon fils, tu vas pour cela en Espagne :
Les Sarrasins se vengeront,
Vivien, mon fils, sur tes belles enfances,
Qui étaient si prometteuses et distinguées ! »

XII

360 « Vivien, mon fils, je prendrai une mèche de tes cheveux,
Un peu de ta chair, des ongles de tes doigts,
Qui sont plus blancs que l'hermine ou la neige ;
Je les coudrai étroitement sur mon cœur,
Et les regarderai à chaque fête, chaque mois.
365 Je me souviens encore, cher fils doux et courtois,
De ce que tu m'as dit il y a moins d'un mois –
Tu étais dans ma chambre, assis auprès de moi –
Quand je pleurais sire Garin le courtois.
Tu me disais : "Chère mère, calme-toi !
370 La mort de mon père, que je vous vois rappeler,
Si je vis assez pour porter les armes,
On ne pourra m'empêcher, à travers toute l'Espagne,
D'en prendre une vengeance totale !"
Alors, cher fils, tu me remplis de joie ! »

XIII

375 « Vivien, mon fils, a dit la noble dame,
Tu te comportes comme le petit agneau
Qui quitte sa mère quand il voit venir le loup,
Et qui n'y trouve nulle miséricorde,
Car l'autre l'emporte et le tue.
380 Bientôt viendra Pâques, une fête d'avril :
Les damoiseaux, chaussés et bien vêtus,
Vont alors à la chasse le long des rivières,
Leurs faucons et leurs émerillons au poing :
Mais toi, je ne te verrai pas aller et venir !

385 Hee ! Mort, car vien, si me pren et oci !
Deul et domage est or mais can ge vif ! »

XXVII

828 Li marcheant a sa feme ot parleit*.
Po voir cuida que deïst verité.
830 Prist Vivïen, en ses bras l'a cobré,
.VII. fois li baise et la boche et lou nés,
Molt bellement l'asist lés son costel.
« Bias filz, fait il, bone ore fussiés nés :
Filz de moillier ai tos jors desirré.
835 N'oi mais tel joie des l'ore que fui nés !
Commant as non ? garde ne me celer. »
Respont li anfes : « Ja orois verité.
Ja par moi n'iert certes mon non celé.
Vivïen, sire, suis en fons apellé. »
840 Godefrois l'ot, grant joie en a moné.
« Filz Vivïens, dist Godefrois li bers,
Se tant poez acroitre et amander
Par les marchiés me seüssiés aler,
Et mes boins drais et vendre et achater,
845 Si aprenrois et do poivre et do bleif,
Et des mesurres comment doient aler,
Soier au change les monoies garder,
Riche seras en trestout ton aé ;
Tos mes tresors vos iert abandonné. »
850 Dist Vivïens : « De folie parlés.
Mais un destrier, s'il vos plaist, me donés,
Et .II. brachés moi faites delivrer,
.I. espervier, s'il vos plaist, m'aportés,

---

* **828** L. m. ot sa fame parler *A2* ; oit la dame parler *B1*.

385 Ah ! Mort, viens donc, pour me prendre et me tuer !
    La vie n'est plus pour moi que deuil et que malheur ! »

Vivien, fils adoptif d'un marchand

XXVII

828 Le marchand venait de parler avec sa femme,
    Et croyait fermement qu'elle lui avait dit vrai.
830 Il prit Vivien, le tenant dans ses bras,
    Et le baisa sept fois sur la bouche et le nez,
    Puis il l'assit doucement à côté de lui.
    « Cher fils, dit-il, bénie soit l'heure de votre naissance !
    J'ai toujours désiré avoir un fils.
835 Jamais je n'ai été si heureux de ma vie !
    Comment t'appelles-tu ? Ne me le cache pas ! »
    L'enfant répond : « Je ne mentirai pas.
    Certes, je ne dissimulerai jamais mon nom.
    Mon nom de baptême, seigneur, est Vivien. »
840 Godefroy, à ces mots, manifesta sa joie.
    « Vivien, mon fils, dit Godefroy, l'homme de bien,
    Si tu pouvais grandir et t'éduquer au point
    D'être capable de fréquenter pour moi les marchés,
    De vendre et d'acheter mes belles étoffes,
845 Tu saurais tout sur le poivre et le blé,
    Et sur le bon usage des mesures,
    Tu saurais être au change le gardien des monnaies[1]
    Tu serais riche toute ta vie durant.
    Tout mon trésor sera alors à toi. »
850 Vivien répond : « Vos propos sont absurdes.
    Donnez-moi donc plutôt, s'il vous plaît, un destrier,
    Et faites-moi mener deux chiens de chasse,
    Apportez-moi, s'il vous plaît, un épervier,

---

1. Voir sur ces questions techniques J. Le Goff, *Marchands et banquiers au Moyen Age*, Paris, P.U.F., collection « Que sais-je ? ».

Par ces montaignes me volrai deporter.
855 – Beau filz, dist il, bone ore fussiés nés ;
Ans aprenrois de l'avoine et do blef,
Et des mesures si con doient aler ;
Sirois a change les monoies garder,
Si aurois cote de burel d'otre mer,
860 Et bones heuses par desus les solers,
Si que li vens ne te puisse adeser. »
Dist Vivïens : « De folie parlés !
Encor serai chevaliers adobés,
Si prenrai viles, chastels et fermetés !
865 Mort sont païens se jes puis ancontrer ! »
Godefrois l'out, s'an a .i. ris geté.
Li marcheans fut molt gentis et ber.
Vivïen fist gentilment conraer,
Braies, chemise d'un chainsil d'otre mer,
870 Chauces de paille, de cordouan soler ;
Vestir lo font d'un poile d'outre mer,
Tot entor lui de fin or pointuré ;
.I. mantelet ont au col afublé
A sa mesure bien taillie et ovré.
875 Lou chef ot blont*, menu recercelé,
Les iolz ot vars comme faucons mué ;
Blanche ot la char comme flor en esté ;
Ce fut li anfes qui puis soffrit maint mel,
Car il conquist les Archans sor la mer,
880 Et Bradeluques, les tors de Balegués,
Tant i ferit de l'espee do lés
Endek'au pis en fut ensanglantés.

---

* **875** *A2 B1 ;* blonde *D.*

Vivien, fils adoptif d'un marchand 253

J'aimerais aller me divertir dans la montagne[1].
855 – Cher fils, dit-il, bénie soit l'heure de ta naissance !
Apprends plutôt tout sur l'avoine et le blé
Et sur le bon usage des mesures ;
Tu serais, pour le change, le gardien des monnaies,
Tu aurais une cotte de bure d'outre-mer,
860 De bonnes bottes par-dessus tes souliers,
Pour être bien protégé contre le vent. »
Vivien répond : « Vos propos sont absurdes !
Je serai bientôt adoubé chevalier,
Et je prendrai des villes, des châteaux et des places fortes !
865 Les païens sont morts si je viens à les rencontrer ! »
A ces mots, Godefroy a éclaté de rire.
Ce marchand avait beaucoup de cœur et de valeur.
Il fit habiller richement Vivien,
Avec des braies, une chemise de fine étoffe d'outre-mer,
870 Des chausses de soie dorée, des souliers en cuir de
On lui fait revêtir une robe de soie d'outre-mer, [Cordoue.
Entièrement piquée d'un dessin de fin or.
On lui attache au cou un petit manteau
Très ouvragé et taillé à sa mesure.
875 Ses cheveux étaient blonds, finement bouclés,
Et ses yeux vairs comme un faucon mué.
Il avait la peau blanche comme une fleur en été.
Ce même enfant, plus tard, connut bien des souffrances,
Car il conquit les Archants[2] près de la mer,
880 Et Ardeluque, les tours de Balaguer[3] :
Il donna tant de coups de l'épée ceinte à son côté
Qu'il fut ensanglanté jusqu'à la poitrine.

---

1. Spontanément donc, Vivien est attiré par le modèle de la vie aristocratique, où la chasse jouait un grand rôle. Sur la chasse ou, plus particulièrement, la fauconnerie au Moyen Age, voir A. Strubel et Ch. de Saulnier, *La Poétique de la chasse au Moyen Age*, Paris, P.U.F., 1994 et B. Van den Abeele, *La Fauconnerie dans les lettres françaises du XIIe au XIVe siècle*, Louvain, 1990 (Mediaevalia Lovaniensia). **2.** Anticipation sur la grande bataille où Vivien mourra dans des souffrances atroces, dans la *Chanson de Guillaume* et dans *Aliscans*. Selon J. Wathelet-Willem, « les Aliscans » désigneraient l'ensemble du champ de bataille, et « l'Archant » plus particulièrement la partie la plus proche de la mer (J. Wathelet-Willem., « Le champ de bataille où périt Vivien », *Marche Romane, Mélanges M. Delbouille*, Liège, 1973, p. 61-74). **3.** Balaguer est la capitale du comté d'Urgel, en Catalogne. Ardeluque est l'une des conquêtes espagnoles de Vivien.

Molt par fu beaus, cointes et acesmés,
Desor son cors n'avoit que deviser.
885 La marcheande lou prist a esgarder :
Molt lou vit bel, cortois et acesmés ;
Vars ot les oilz comme falcons mué,
Devers la terre eschevis et molés ;
Les flans ot grailles ou li gist li baldrés.
890 La marcheande l'an a molt esgardé.
Au marcheant l'ai a son doi mostré :
« Or esgardés, par la foi Damedé,
Si bel enfent nos a Jhesu doné,
Il n'a plus bel en la crestïenté ! »
895 Dist Godefrois : « Vos dites verité ! »
Mais Vivïens ne s'est mie aresté ;
En sa main porte .I. espervier mué,
A la fontaine s'an vait por deporter.
Molt dolcement commensa a chanter ;
900 Il se regarde tot contreval les prés :
Vit l'aive corre et ces rosiers plantés,
Entandrement oÿ
Ot la calandre et l'aloe chanter,
Lors li remanbre de son fier parenté ;
De son aioul li prent a remanbrer,
905 Et de Girart, et d'Ernalt lou sané,
Et de Garin, de Guichart l'alosé,
Et de Guillelme lou marchis au corneis,
Et de sa mere, dame Heutace a vis cler.
Do cuer do ventre commence a sospirer,
910 Des iolz do chief si commance a plorer.
Cil marcheant s'an sont garde doné.
Dist l'un a l'autre : « Onques ne m'aït Dé*,

---

* **912** *A2* ; Si m'eist Damedex *D*. Le passage est corrompu : voir note suivante.

Là, il était très beau, élégant et coquet :
Son apparence était irréprochable.
885 La marchande se prit à le regarder :
Elle le trouva beau, distingué et coquet ;
Il avait les yeux vairs comme un faucon mué,
Ses jambes étaient parfaites et bien moulées.
Ses hanches étaient graciles au niveau de la ceinture[1].
890 Après l'avoir longuement contemplé,
La marchande l'a montré du doigt à son mari :
« Regardez donc, par la foi que je dois à Dieu,
Quel bel enfant Jésus nous a donné :
Il n'en est de plus beau dans toute la chrétienté ! »
895 Godefroy répond : « C'est bien la vérité ! »
Mais Vivien n'est pas resté immobile :
Il porte sur sa main un épervier mué,
Et se dirige vers la fontaine pour son plaisir[2].
Il se prit à chanter d'une voix douce,
900 Et fixa son regard[3] en contrebas des prés.
Il vit l'eau qui courait et les plants de rosiers,
Entendit la calandre et l'alouette chanter ;
Il se souvient alors de son fier lignage[4] :
Il se met à penser à son aïeul,
905 Et à Girart, à Hernaut le sage,
Et à Garin, à l'illustre Guichard,
Et à Guillaume, le marquis au Court Nez,
Et à sa mère, dame Wistace[5] au teint clair.
Il se prend à soupirer du fond du cœur,
910 Et ses yeux commencent à verser des larmes.
Nos marchands s'en sont aperçus.
L'un dit à l'autre : « Que Dieu m'abandonne,

---

1. Littéralement : « du baudrier ». On remarquera que le système de référence, pour la description de l'enfant Vivien, est celui de l'univers chevaleresque et de son esthétique. 2. La fontaine : autre élément obligé du décor aristocratique, *topos* de la lyrique courtoise. 3. Nous traduisons ainsi la forme pronominale, qui indique que le sujet accomplit l'action avec un intérêt particulier. 4. Ces quelques vers, qui s'inspirent du *topos* de l'« ouverture printanière » de la poésie lyrique, sont vraisemblablement un écho à la *Prise d'Orange* (éd. Cl. Régnier, v. 49-53 et v. 80-82 ; de même, les chausses de soie, les souliers en cuir de Cordoue et les faucons sont mentionnés aux v. 76-77 de la *Prise* : passages reproduits et traduits *supra*. 5. Wistace était la fille du duc Naimes de Bavière, conseiller privilégié de Charlemagne dans la tradition épique.

S'onques cist anfes fut de marcheans nés,
914 Ains est de France, d'aucun haut parenté*. »
921 Dist l'un a l'autre : « Vos dites verité ! »
Et Godefrois fut molt gentis et bers,
Par bone estraine li a .C. sols donés :
« Tenés, bias filz, de gagnier pansés ! »
925 Dist Vivïens : « Or i seront malfés ! »

XXVIII

Godefrois en apelle Vivïen lou guerrier :
« Entent a moi, dist Godefrois li fiers,
Certes, cant ge estoie bacheliers ligiers,
En mon chatel ge n'ai qui valut .VI. deniers ;
930 La mercit Deu, tant sont montepliés,
Encui en chargeroie dec'a .II^c. somiers.
Portés honor, biaus filz, as* marcheans prisiés,
Tot ensin con ge fis, Vivïens au vis fier ! »
Et il i respondit : « Biau sire, volantiers. »
935 Il i done .C. sols maintenant de deniers,
Et Viviens les prist de gré et volantiers ;
En son giron recoillit les deniers.
Tos les degrés avale do planchier.
Enmi sa voie encontre .I. escuier,
940 Desos ses cuisses .I. palefroit corsier
Que de boiviere amenoit l'escuier.
Si l'avoit bien conrae et sainié.
Et Vivïens molt tost l'ai araisnié :
« Amis, beau frere, Dex guarise ton chief !
945 Car me vent ore ce palefroit corsier !
– Volantiers, sire, ce dist li escuiers.

---

* **914** *C* ; Il est..., do riche... *D*. Nous suivons les corrections proposées par M. Tyssens (*La Geste de Guillaume d'Orange*..., éd. cit., p. 203-204). Le ms *D* intercale après le v. 914 six vers qui sont sans aucun doute, comme le pense la critique, « une interpolation malheureuse », et qui entament la logique du texte. Ces vers consistent en une énumération des membres du lignage de Vivien. Or Godefroy ne sait pas encore, à ce moment, que Vivien n'est pas son fils. Nous suivons donc l'opinion de M. Tyssens, et préférons offrir au lecteur un texte qui se tienne. Nous conservons néanmoins la numérotation des vers correspondant au texte du ms D. **932** *Lire* : au ; as *A2 B1 C*.

Si cet enfant a jamais eu pour parents des marchands !
914 Il appartient à quelque haut lignage français ! »
921 Et l'autre lui répond : « Vous dites vrai ! »
Et Godefroy, dans sa noblesse de cœur,
Par bonne fortune lui a donné généreusement cent sous :
« Tenez, cher fils, faites-les fructifier ! »
925 Vivien répond : « Au diable cette pensée ! »

XXVIII

Godefroy alors s'adresse à Vivien le guerrier :
« Ecoute-moi, dit l'excellent Godefroy,
Certes, du temps de ma tendre jeunesse,
Je ne possédais même pas six deniers ;
930 Grâce à Dieu, ils se sont tellement multipliés
Que je pourrais maintenant en charger deux cents bêtes de
Honorez, mon cher fils, les marchands estimés, [somme.
Comme je l'ai fait moi-même, Vivien au visage fier ! »
Et il lui répondit : « Cher seigneur, volontiers ! »
935 Aussitôt il lui donne cent sous en deniers,
Et Vivien les a pris avec grand plaisir.
Après avoir placé l'argent dans son ourlet,
Il descend au bas des escaliers.
Sur son chemin il croise un écuyer,
940 Qui avait enfourché un palefroi rapide
Qu'il venait de faire se désaltérer.
Il l'avait parfaitement bouchonné et soigné.
Vivien a tôt fait de l'interpeller :
« Ami, cher frère, que Dieu te protège !
945 Vends-moi donc tout de suite ce palefroi rapide !
– Volontiers, seigneur », lui répond l'écuyer.

« Ço fais tu, frere ? » dist Vivïens li fiers.
Et cil respont : « Ja l'orés, par mon chief,
.L. sols de monoiés deniers. »
950 Vivïens l'ot, honques ne fut si liés.
« Amis, beau freire, Dex te gart d'anconbrier !
N'ai que .C. sols ici aparailliés ;
Ceus te donrai de gré et volantiers,
Et mon mantel de fres ermine chier. »
955 Cil l'antendit, onques ne fut si liés,
Inelement est descendus a pié.
En son giron recoillit les deniers,
Et lou mantel ne li volt pas laissier.
Et Vivïens sus la selle s'asiet.
960 En fuie torne li cortois mesagiers,
Ne vait .I. pas ne regarde aiers.
Et Godefrois repaire do marchiés,
Ensanble o lui sa cortoise moillier.
Enmei sa voie encontre Vivïen,
965 Desos ses cuisses son auferrant corsier.
Cortoisement le prist a aresnier* :
« Biau sire filz, com avés esploitié* ?
– O non Deu, sire, jou ai fait boin marchié* :
Veïstes ains tel auferrant corsier ?
970 – Qu'i as doné, Vivïens, beaus filz chiers ? »
Et dist li anfes : « Ja l'orés, par mon chief :
.L. sols lou me fist l'escuier ;
N'oi que .C. sols illoc aparailliés ;
Ceus li donai de gré et volantiers,
975 Et mon mantel de fres ermine chier.
Dex ! moie corpe se ge l'ai anginié ! »
Godefrois l'ot, s'an a .I. ris geté.
Il an apele sa cortoise moillier :
« Esgardés, dame, de Vivïen lou fier !
980 Vez des deniers con les a enploiez !
Biau sire filz, savez barguinier !
Par cel apostre c'on a Rome requiert,

---

* **966** c. l. p. a a. *A2* ; c. l'en prent a arresnier *B1*. Il en apelle... cortoisement moilli... *(fin effacée) D*. **967** esploitié *A2 B1 C (D effacé)*. **968** marchié *C (effacé dans D)*.

« Tu acceptes, cher frère ? » dit Vivien le fier.
L'autre répond : « Par ma tête, voici mon prix :
Cinquante sous en deniers monnayés. »
950 A ces mots, Vivien ne se tint plus de joie :
« Ami, cher frère, que Dieu te protège !
Je n'ai là que cent sous tout prêts ;
Je te les donnerais avec grand plaisir,
Ainsi que mon manteau de riche hermine nouvelle. »
955 L'autre, à ces mots, ne se tint plus de joie,
Et mit immédiatement pied à terre.
Il recueillit les deniers dans son ourlet
Et il n'oublia pas d'emporter le manteau.
Et Vivien s'assoit sur la selle.
960 Le courtois messager s'en va au grand galop,
Et ne cesse de lancer des regards derrière lui.
Godefroy, qui revient du marché,
Accompagné de sa courtoise épouse,
Rencontre sur son chemin Vivien
965 Qui avait enfourché son rapide coursier.
Il lui adresse courtoisement la parole :
« Mon cher fils, qu'avez-vous donc fait ?
— Au nom de Dieu, seigneur, j'ai fait une bonne affaire :
Avez-vous jamais vu pareil coursier rapide ?
970 — Combien l'as-tu payé, Vivien, mon fils très cher ? »
L'enfant répond : « Par ma tête, je vais vous le dire :
L'écuyer m'en réclamait cinquante sous ;
Mais je n'en avais que cent sur moi ;
Je les lui ai donnés avec plaisir,
975 Ainsi que mon manteau de riche hermine nouvelle.
Dieu, *mea culpa* si je l'ai dupé ! »
A ces mots, Godefroy a éclaté de rire.
Il s'adresse à son épouse courtoise :
« Regardez, dame, comme est le fier Vivien !
980 Voyez ce qu'il a fait de mes deniers !
Très cher fils, vous savez marchander !
Par cet apôtre que l'on invoque à Rome,

Il ne valt mie .XXX. sols de deniers :
Encloés est de tos les .IIII. piés. »
985 Vivïens l'ot, lou sanc cuide changier ;
Il jura Deu, lou glorioux do ciel,
Qu'il en sa vie ne fera mais marchiet.
Li marcheans en fut molt corociés :
« Beau sire filz, ne dites mie bien,
990 Que cist chevas ne valt pas .V. deniers :
Encloés est de tout les .IIII. piés. »
La marcheande par fist molt a prisier :
« Sire, fait elle, ne dites mie bien.
L'anfes est jones, bien sera ensaigniés !
995 Ça en avent li mostrerons marchiés ;
N'ait que .VII. ans et .IIII. mois entiers. »

XXIX

Cil Godefrois et sa feme a grant joie,
De Vivïen Deu loent et grasoient.
Mais il n'a cure de marchié ne de foire,
1000 Ansois demande de Chapres* et de Cordres,
Des grans batailles devers Constantinoble ;
Ces soldoiers en loera ancores.
Dist Godefrois : « Sire filz, tu asotes,
Va as marchiés, s'achate pes* et cotes. »
1005 Dist Vivïens : « Si ferai, par saint Jorge,
Car ge serai bons chevaliers ancores,
Et si aurai .XXX. escus et .XIIII..
Deu ne fist home c'un* sol denier vos toille
Que ge nel pande par la gole a reorte ! »

---

* **1000** Surie *A2 B1*. **1004** piaux *A2 B1 C*. **1008** *Lire :* con.

Ce cheval ne vaut même pas trente sous en deniers !
Sa ferrure le fait boiter des quatre pieds ! »
985 A ces mots, Vivien devient fou de rage :
Il jure par Dieu, le glorieux Roi du ciel,
Que jamais plus il ne fera d'affaires.
Cela met le marchand en grande colère :
« Mon cher fils, vous déraisonnez ;
990 Ce cheval ne vaut même pas cinq deniers :
Sa ferrure le fait boiter des quatre pieds. »
La marchande se montra d'une grande sagesse :
« Seigneur, dit-elle, vous avez tort.
L'enfant est jeune, il aura le temps d'apprendre !
995 Nous lui montrerons comment on fait des affaires ;
Il a tout juste sept ans et quatre mois. »

XXIX

Godefroy et sa femme se réjouissent ;
Ils louent Dieu et lui rendent grâce pour Vivien.
Mais lui ne se soucie des marchés ni des foires :
1000 Il ne s'intéresse qu'à Chypre et à Cordoue[1],
Et aux combats illustres devant Constantinople[2] ;
Il chantera encore les louanges de ces soldats.
Godefroy lui dit : « Mon fils, tu es fou.
Va plutôt au marché acheter fourrures et cottes. »
1005 Vivien répond : « Au contraire, par saint Georges[3] :
Car je serai plus tard un bon chevalier,
Je posséderai plus de trente boucliers !
Quiconque vous volerait ne serait-ce qu'un seul denier,
Je le pendrai par le cou au bout d'une corde ! »

---

1. Chypre était sur l'une des routes maritimes vers la Terre sainte, empruntées par les armées de la troisième croisade (1189) ; Cordres (= Cordoue) symbolise les guerres de Charlemagne contre les Sarrasins d'Espagne ; une chanson de geste rapporte la *Prise de Cordres et de Sebille* (= de Séville). 2. Les trois premières croisades étaient passées pacifiquement par Constantinople. La quatrième croisade, détournée par les Vénitiens vers l'empire d'Orient, avait abouti en revanche à la prise de Constantinople par les croisés (1204). Elle a été relatée, en prose, par Geoffroy de Villehardouin et par Robert de Clari. *Cf.* J. Dufournet, *Villehardouin et Clari*, Paris, SEDES, 1973. 3. On notera que Vivien jure par l'un des grands saints militaires : la formule est adaptée non seulement à l'assonance, mais au contexte.

XXX

1010 Dist Godefrois : « Sire filz, tu enrages !
Va aus marchiés, s'achate pels et chapes !
Gardes, beaus filz, que chatel* ne defaces. »
Dist Vivïens : « No ferai, par saint Jake,
Ansois serai bons chevaliers as armes,
1015 Si prenrai viles et si conquerrai marches !
Userier sanble qui tant d'avoir amasse.
Or deüsiez maintenir grant barnaige,
Ces escus pandre parmi ces anples sales.
Que valt avoirs dont on ne fait barnaige ?
1020 Mal dahait ait* li rois de ceste marche,
Cant il les dans et les oilz ne vos sache,
Ou il vos mete en prison en sa chartre !
Or deüssiés demoner grant barnage,
Faire maixons ou tors ou grandes sales,
1025 Abanoier as eschas et as tables,
Et tenir cort a Noiel et a Paikes.
Que valt avoirs dont on ne fait barnage ?
Je nes pris mie qui .I. sol denier vaille !
Li marcheant sont trop de grant esparne,
1030 Mais, par la foi que doi au cors saint Jaque,
Se del avoir pooie avoir amase,
As soldoiers en donroie a Paikes,
A Pantecoste et as festes mirables. »
Godefrois l'ot, a poi que il n'enrage ;
1035 Hauce lou poing, si lo fiert de la paume :
« Tais toi, lichieres orguilox, tu enrages,
Qui moi deprises mes mars d'or et mes plates,
Et mes sandals, mes tires et mes pailles,

---

* **1012** *A2 B1* ; chastes *D*. **1020** ait *corr.*

XXX

1010 Godefroy dit : « Mon fils, tu es fou !
Va sur les marchés, et achète peaux et chapes[1] !
Prends garde, cher fils, à ne pas dissiper ton bien ! »
Vivien répond : « Certes non, par saint Jacques,
Mais je serai bon chevalier expert aux armes,
1015 Et je prendrai des villes et conquerrai des marches[2] !
Qui ne fait qu'amasser ressemble à un usurier[3] !
Que n'avez-vous entretenu une grande suite,
Et suspendu les écus dans ces vastes salles !
Que vaut l'argent, si l'on ne mène grand train ?
1020 Maudit soit donc le roi de cette marche,
S'il ne vous fait arracher yeux et dents
Ou ne vous envoie croupir dans sa prison !
Vous auriez dû montrer votre puissance,
Edifier des maisons, des tours, de grandes salles,
1025 Vous divertir aux échecs et au trictrac,
Et tenir une cour à Noël et à Pâques.
Que vaut l'argent, si l'on ne mène grand train ?
Je ne l'estime pas la valeur d'un denier !
Les marchands sont trop portés à épargner,
1030 Mais, par la foi que je dois à saint Jacques,
Si je pouvais réunir de l'argent,
Je le distribuerais aux soldats à Pâques,
A la Pentecôte et aux grandes fêtes[4] ! »
A ces mots, Godefroy faillit devenir fou de rage ;
1035 Il lève le poing, frappe Vivien de sa paume :
« Tais-toi, maudit orgueilleux, tu es fou,
Toi qui méprises mes marcs d'or et ma vaisselle,
Mon taffetas, mes soies de Tyr, mes draps d'or[5],

---

1. La *chape* est un manteau ouvert à larges manches, pourvu d'un capuchon.
2. Peut-être y a-t-il un jeu de mots délibéré entre ces *marches*, provinces frontières dont la conquête fait rêver Vivien, et les *marchés* pour lesquels il n'éprouve que répulsion. 3. On sait quel discrédit moral le Moyen Age attachait à cette profession, interdite aux chrétiens. 4. Noël, mais surtout Pâques et la Pentecôte sont les dates habituelles de convocation des cours plénières, dans les chansons de geste comme dans la réalité. On voit qu'ici, comme le veut l'idéal courtois, la *largesse* se présente comme la vertu aristocratique par excellence, inséparable de la prouesse guerrière. 5. Un(e) *paile* est un drap d'or ou de soie rayée originaire de Syrie ou d'Egypte.

Mon chier avoir de coi jou ai grant mase,
Que j'ai conquis en Pulle et en Calabre,
Et a saint Gile, dek'au perron saint Jaque !
N'i a do tien qui .I. sol denier valle ! »
Vivïens l'ot, a poi que il n'enrage.
Dolant en fut, mais il n'en pot el faire.
Mais sa pansee ne velt que nus la sache.

XXXI

Tant* ne chastie Godefrois son enfent
Qu'il ne repregne les oisiax et* les chiens.
Par ces montaignes se vait esbanoient,
Si porte oisias qui molt sont avenant,
Ensanble o lui les levriers et les chiens.
Lievres aporte cant a la nuit revient,
Grues et gentes, il fait molt que vaillans,
Et Godefrois en est molt desirans*.
Li marcheans li a dit bellement :
« Filz Vivïens, tu ne fais mie bien
Cant tu me tos lou mien vivre et lou tien.
Por voir, a foi, un broier te covient ;
Je te pandrai a ton col .I. lien,
S'iras en cople si con feront li chien. »

XXXII

« Beaus sire peres, dist Vivïens li frans,
N'est pas mervaille se suis grains et dolans
Por les otrages de coi me dites tant !
Par ces montaignes me vois esbanoient,

---

* **1046** *A2 B1 C* ; Qant *D*. **1047** l. o. & *A2 B1* ; om. *D*. **1053** corrociez *(graphies diverses) A2 B1 C*.

Mon cher trésor qui est considérable !
1040 Je l'ai acquis en Pouille et en Calabre,
A Saint-Gilles, et jusqu'au Perron de saint Jacques[1] !
Mais toi, tu ne possèdes rien qui vaille ! »
A ces mots, Vivien faillit devenir fou de rage.
Il était ulcéré, mais il n'en pouvait mais,
1045 Et préféra dissimuler ses pensées.

XXXI

Godefroy a beau sermonner son enfant,
Vivien retourne vers ses oiseaux et ses chiens.
Il a plaisir à parcourir les montagnes,
Tenant au poing ses oiseaux si distingués,
1050 Accompagné de ses lévriers et de ses chiens.
A la nuit tombante il rapporte des lièvres,
Des grues, des oies sauvages, comme il sied à son rang.
Mais Godefroy ne décolère pas.
Le marchand lui parle courtoisement :
1055 « Vivien, mon fils, ce n'est pas bien
De nous faire perdre nos moyens de subsistance !
Assurément, ma foi, il te faudrait une massue[2] !
Je te mettrai un collier au cou,
Et tu seras tenu en laisse, comme les chiens. »

XXXII

1060 « Mon très cher père, dit le noble Vivien,
Il n'est pas étonnant que je m'irrite si fort
De ces insultes dont vous m'abreuvez !
Je vais me distraire dans ces montagnes,

---

1. Saint-Gilles du Gard était, comme on l'a vu dans le *Charroi de Nîmes*, une étape importante sur la route de Saint-Jacques-de-Compostelle, à proximité des ports méditerranéens spécialisés dans le commerce avec l'Orient arabe. Le « Perron de saint Jacques » : El Padron, en Galice, au sud-ouest de Saint-Jacques-de-Compostelle. Ce *perron* (petronum) était le rocher qu'avait heurté la barque sans pilote, partie de Jérusalem, qui contenait le corps décapité de saint Jacques, et que le souffle des anges avait conduite vers les lieux mêmes où l'apôtre avait achevé sa prédication hispanique, à l'embouchure du rio Ulla. 2. La massue est l'un des attributs du fou au Moyen Age. Les mss A2 et B1 sont plus explicites : « Tu es complètement fou, il ne te manque plus qu'une massue » (ms. B1).

Je moine chiens et mes levriers courrans,
A mes oiseas me vois esbanoiant :
O fais ge dont la folie si grant
Que vos m'alés tote jor ranponant ?
D'autre mestier ne serai jor vivans :
Por voir serai chevaliers conbatans,
Si prenrai viles, cités et chasement.
Sor Sarrasins vel estre conquerens.
Ceste folie que m'alés reprovent,
N'est pas mervaille se molt en suis dolans. »
Godefrois l'ot, a poi ne pert lou sans.
Por Vivïen fut iriés et dolant.
« Beau sire filz, or est aparissant
Por Deu do ciel c'or soies remanblans
Des grans folies dont tu vas tant faisant.
Ains tant n'en fist nus hons de vostre tens.
Tote jor vas par montaignes cerchant,
O les oisiaus la folie querant,
Et tes brachés tote jor traïnant.
Car pren or garde a ces autres enfens,
A Mauriet et a fil a Morant,
Filz nos voisins qui molt vont conquerent ;
A lor cos ont lor mantiax traïnant*,
Tuit sont vestit de vermail boquerant ;
Marchiés et foires vont tote jor querant,
Assés amoinent roge or et blanc argent,
Destriers et muls et palefrois enblans,
Et si sont tuit bien riche marcheant.
Ensin lou fai, beau dolz fil Vivïens,
Que ge suis mis un vielz chanus ferrans :
Si me deüse reposer par mes bans,
Et tu alasses a .IIII^{xx}. sergens,
S'an portissiés mon or et mon argent,
Tires et pailes et vermalz boquerans
Dont j'ai assés en mon palais ceans.
Filz Vivïens, soies pros et vaillans,
Je vos ferai molt riche marcheant,

---

* **1086** trainanant *D*.

Accompagné de chiens et de mes rapides lévriers,
1065 Et me divertissant avec mes oiseaux.
En quoi consiste cette grande folie
Que vous ne cessez de me reprocher ?
Jamais je n'aurai d'autre façon de vivre :
Vraiment, je serai un chevalier qui combattra,
1070 Et je prendrai des villes, des cités et des fiefs !
Je veux faire des conquêtes sur les Sarrasins.
Rien d'étonnant à ce que je m'irrite
De vous entendre me traiter de fou ! »
En entendant ces mots, Godefroy enragea.
1075 Vivien le mettait dans tous ses états :
« Mon très cher fils, il est clair à présent
Que tu dois prendre conscience, au nom du Dieu du ciel,
Des bêtises que tu fais en si grand nombre.
Aucun homme de ton âge n'en a commis autant.
1080 Tu passes toutes tes journées à travers ces montagnes,
En insensé, avec tes oiseaux,
Accompagné sans cesse de tes chiens de chasse.
Prends donc exemple sur les autres enfants,
Sur Mauriet et le fils de Morant,
1085 Ces fils de nos voisins qui gagnent beaucoup d'argent.
Ils ont de longs manteaux qui tombent de leurs épaules,
Et ils sont tous vêtus de bougran[1] vermeil ;
Ils passent leurs journées dans les marchés et les foires,
Transportant beaucoup d'or rouge et d'argent blanc,
1090 Des destriers, des mules et des palefrois marchant l'amble :
Ainsi sont-ils de fort riches marchands.
Fais donc comme eux, Vivien, mon cher fils,
Car je suis à présent un vieillard chenu et grisonnant :
J'aurais bien l'âge de me retirer sur mes terres :
1095 Toi, tu voyagerais avec quatre-vingts sergents
Pour transporter mon or et mon argent,
Tiretaines[2], soieries et bougrans vermeils
Dont mon palais, ici même, regorge.
Vivien, mon fils, montre-moi ta valeur,
1100 Et je ferai de toi un bien riche marchand,

---

1. Bougran : étoffe orientale fine comme la batiste. 2. *Tires*, variété d'étoffe originaire de Tyr, ville célèbre dès l'Antiquité pour sa pourpre.

Par toutes terres iront de vos parlant,
Et tuit li autre a vos seront pandant. »
Dist Vivïens : « Ge n'an ferai nient !
Dahait ait* ore vostre or et vostre argent,
1105 Et vostre pailes et vostre bouquerans !
Je ne serai certes pas marcheant !
Cil pontenier m'iroient aguaitant,
A ces passages lou treü demandant.
Dex lou confonde, lou pere roialment,
1110 Que, par l'apostre que quierent peneant,
N'auront do mien .I. sol denier vaillant.
Suis ge dont sers, que soie rachatans ?
Si m'eïst Dex, le pere omnipotens,
Ansois serai chevaliers conbatans,
1115 Si prenrai viles, cités et chasement.
Païen d'Espaigne sont entré en mal an !
Par cel apostre que quierent peneant,
Ja ne vairont entresi a .II. ans
Que lor vendrai Ollivier et Rollant,
1120 Les .XII. pers hardis et conbatans,
Et les .XX.ᵐ. dont Charle fut dolans ! »
Godefrois l'ot, a poi ne pert lo sans.

---

* **1104** ait *A2 B1*.

Dont la réputation s'étendra par le monde ;
Tous les autres dépendront de toi.
— Certainement pas ! répond Vivien.
Qu'aillent au diable votre or et votre argent,
1105 Et vos soieries, et votre bougran !
Assurément, je ne deviendrai pas marchand !
Les pontonniers[1] me guetteraient
Pour me faire acquitter des péages.
Dieu les détruise, le Père rédempteur[2],
1110 Car, par l'apôtre qu'implorent les pénitents,
Ils n'auront pas un seul denier de mon bien.
Suis-je donc un serf, pour acquitter des droits ?
J'en invoque Dieu, le Père tout-puissant,
Je serai au contraire un chevalier qui combat,
1115 Et je prendrai des villes, des cités et des fiefs.
Il va en cuire aux païens d'Espagne !
Par cet apôtre qu'implorent les pénitents,
Avant que deux ans se soient écoulés,
Ils me paieront la mort d'Olivier et de Roland,
1120 Des douze pairs hardis et âpres au combat,
Et des vingt mille[3], dont Charles fut affligé ! »
En entendant ces mots, Godefroy crut devenir fou.

---

1. Les pontonniers sont chargés de garder les péages des ponts. 2. *Roialment* : la formule *Jhesu le roiamant, le pere roiamant* (< *redimentem*) se rencontre fréquemment dans les chansons de geste. 3. Ce chiffre était celui de l'arrière-garde de Charlemagne, conduite par Roland et massacrée à Roncevaux, selon la *Chanson de Roland*.

LA CHEVALERIE VIVIEN

La *Chevalerie Vivien* a été écrite pour servir de prologue à *Aliscans*, qui commence au beau milieu de la bataille de l'Archant, rebaptisée ici Aliscans. A la différence des *Enfances Vivien*, elle n'a jamais dû connaître d'existence indépendante. Elle se présente donc comme une réécriture du début de la *Chanson de Guillaume*, dont elle transforme assez profondément la matière. En particulier, remontant légèrement dans le temps, elle met en scène l'adoubement de Vivien et en profite pour lui faire prononcer le célèbre vœu de ne jamais fuir devant les Sarrasins[1]. Le personnage de Vivien est, pour une part, calqué sur le héros de la *Chanson de Roland* : la scène la plus remarquable de la *Chevalerie* s'inspire en effet des deux « scènes du cor », où Roland et Olivier s'opposaient sur la question de l'opportunité d'appeler l'empereur au secours de l'arrière-garde. La chanson date de la fin du XIIe ou du début du XIIIe siècle, tout en étant antérieure aux *Enfances Vivien*, et, dans sa version longue, comprend 1944 décasyllabes assonancés.

Analyse

Guillaume arme Vivien chevalier. Celui-ci prononce alors le serment solennel de ne jamais reculer d'un pied devant les Sarrasins. Puis il part pour l'Espagne, terre traditionnelle de conquête pour les chevaliers chrétiens. Il conquiert des villes dont le nom a des résonances importantes dans le cycle : Barcelone, résidence de Guillaume dans la *Chanson de Guillaume*,

---

1. Sur la complexité du thème du vœu de Vivien et de ses variantes, se reporter à notre Introduction générale.

Tortelouse, Portpaillart, qui deviendra le fief de Rainouard. Vivien, comme souvent les héros épiques à ce moment de leur vie (Ogier dans la *Chevalerie Ogier* n'est pas plus tendre), se montre d'une grande cruauté envers ses ennemis, qu'il n'hésite pas à mutiler sauvagement; les femmes et les enfants ne sont pas non plus épargnés. Par provocation, il envoie même au roi Déramé, émir de Cordoue, cinq cents sarrasins auxquels il a crevé les yeux. L'émir s'embarque et rencontre l'armée de Vivien à l'Archant. Ainsi, dans cette chanson, Vivien est bien le responsable de la catastrophe qui commence et qui se poursuivra dans *Aliscans*.

La chanson s'interrompt évidemment en plein milieu des combats, pour laisser la place à *Aliscans* : les deux œuvres se suivent avec un parfait naturel. Certaines versions (x, C) prennent même le soin, pour assurer une continuité parfaite, d'introduire dans le dernier vers de la *Chevalerie* le mot *dolor*, qui apparaissait dans le premier vers d'*Aliscans* : le changement de chanson se fait ainsi autour du procédé de l'enchaînement simple entre deux laisses.

Le texte édité est le texte critique à partir de l'ensemble des manuscrits.

XII

Or sont paien et Sarrasin sor mer.
.XXX. roi sont, que Persant que Escler,
Les autres Turs ne vos sai ge nonmeir.
Naigent et siglent et soir et avesprer ;
320 Tant ont corut, Dex les puist craventer !
Sanpres voront en l'Archant osteler.
D'as or lairai, Dex les puist craventer !
De Vivïen volrai hui mais chanter
Qui en l'Archant s'estoit fais osteler,
325 Ensanble o lui .x^m. de grant barnei.
L'anfes regarde el palagre de mer,
Ot la mer bruire, tantir et resoner,
D'ores en autres ces monïas soner.
O lui en prent Gerar[t] a apeler,
330 De Teracone Gibert et Aïmer,
Gautier de Blaives, son oncle Fouquerei,
Hunalt de Saintes et Giber[t] de Valcler,
Jehan d'Averne, .i. gentil bacheler,
Maint bon vasal que ne sai pas nonmeir.
335 Dist Vivïens : « Nobile bacheler,
En celle mer oi grant noise moner,
Cors et buisines et flajos flajoler. »
A icel mot qu'il laisse lou paleir,
Devers senestre se prent a esgarder ;
340 Et vit l'estore paroir et amostrer,
Les voilles blanches luisir et reflanber,
De l'or d'Esrabe molt en restanceler,
Ce sanble bien, Dex lor puist mal doner !
Que la mer doient trestote acovester.

L'armée de Vivien décide d'affronter les païens

XII

Païens et Sarrasins se sont embarqués.
Parmi eux, trente rois, tant Slaves que Persans,
Et d'autres Turcs que je ne sais nommer.
Ils naviguent à la voile tant qu'il y a du jour.
320 Ils ont fait si vite – Dieu puisse les abattre ! –
Qu'ils pourront bientôt s'installer à l'Archant.
Mais assez parlé d'eux – Dieu puisse les abattre ! –
C'est Vivien que je voudrais chanter,
Qui s'est installé à l'Archant
325 Avec une armée de dix mille preux.
Le jeune homme regarde vers la haute mer ;
Il entend les flots bruire, retentir et résonner,
Et les trompettes sonner de temps à autre.
Il appelle auprès de lui Girart,
330 Gibert de Terracone et Aïmer,
Gautier de Blaye, son oncle Fouqueré,
Hunaut de Saintes et Gibert de Valcler,
Jean d'Averne, un jeune noble,
Et bien d'autres guerriers dont j'ignore le nom.
335 Vivien leur dit : « Nobles jeunes gens,
J'entends bien du vacarme sur cette mer,
Des cors, des trompettes et des flageolets. »
Ayant ainsi terminé son discours,
Il se prend à regarder vers la gauche :
340 Il découvre la flotte qui apparaît
Avec ses voiles blanches qui brillent et étincellent,
Et resplendissent de tout l'or d'Arabie.
On pourrait croire – Dieu puisse leur nuire ! –
Qu'ils recouvrent toute la surface de la mer.

345 Dont conmençait l'anfes a sopirer ;
Dist a ses homes : « Or poés esgarder :
Bataille avrons, sel poons endurer ;
Ce sont paien, Sarrasin et Escler.
Hui devons nos nos barnages mostrer,
350 Et Damedeu nos ames conmander. »
Cant cil l'oïrent si faitement parler,
Li plus hardis conmensa a *trenbler*,
Color a perdre et forment a muer.

XIII

Quant li .x^m. ont l'estore veüe
355 De celle gent felone et mescreüe,
Et en mer voient tante voile tandue,
(Une luee en est la mer vestue),
Et des buisines ont la noise entendue,
N'i ot .I. sol qui la color *ne* mue ;
360 Li plus hardis de paor [en] tresue.
Dist l'un[s] a l'autre : « Sainte Marie, aiue !
Or veons bien nostre fin est venue. »
Vivïens l'ot a la chiere menbrue ;
Lieve la teste et forment s'esvertue,
365 Dist a ses homes : « Bone gent asolue,
N'aiés paor de la gent mescreüe
Dont tant avés asanblee veüe.
De rien se poine cil qui Deu[s] nen aiue.
Traions nos ça lés ceste roche agüe,
370 Chascons restigne el poing l'espee nue ;
Qui ci mora, s'arme iert bien *asolue*,
Avoc les anges servie et coneüe,
En paradis avra maintes aüe[s].
Vers Damedeu ai covenance aiue
375 Que ne fuirai por la gent mescreüe. »
Et dist Gerar[s], cant tel gent ai veüe :
« Niés Vivïens, ci a fole atendue.
S'eüst Guillelmes la novelle entendue,
Nos arïens et secors et aiue. »

[206c]

345 Le jeune homme se met à pousser des soupirs.
Il s'adresse à ses hommes : « Vous pouvez bien le voir,
Nous livrerons bataille, si nous en avons la force.
Ce sont des païens, des Sarrasins et des Slaves.
Nous allons aujourd'hui montrer notre vaillance
350 Et confier nos âmes à Notre-Seigneur Dieu. »
En l'entendant parler ainsi,
Même les plus hardis se mirent à trembler,
A blêmir et à changer complètement de couleur.

XIII

Quand les dix mille ont aperçu la flotte
355 De ce peuple cruel et mécréant,
Et vu tant de voiles gonflées sur la mer –
Elle en est recouverte sur une lieue –,
Et entendu le son des trompettes,
Il n'y en a pas un qui ne change de couleur ;
360 Même le plus hardi en transpire de peur.
Ils se disent entre eux : « Sainte Marie, à l'aide !
Nous voyons bien que notre heure est venue. »
En entendant cela, l'illustre Vivien
Lève la tête et, dans un grand effort,
365 Dit à ses hommes : « Peuple valeureux et saint,
Ne craignez pas le peuple mécréant
Que vous voyez rassemblé en si grand nombre.
Il s'active pour rien, celui que Dieu n'aide pas.
Retirons-nous près de ce piton rocheux,
370 Et que chacun se tienne prêt, l'épée nue au poing.
Quiconque mourra ici, son âme sera sauvée,
Reconnue et servie avec les anges,
Et connaîtra maintes grâces au paradis.
J'ai fait le vœu devant Dieu
375 De ne pas fuir devant les Infidèles. »
Girart répond, en voyant le nombre des ennemis :
« Vivien, cher neveu, il n'y a pas d'espoir.
Si Guillaume avait été informé,
Nous aurions du secours et de l'aide. »

XIV

380 Ce dist Gerar[s], li dus de Conmarcis :
« Niés Vivïens, ce n'est pas jeus partis ;
Tant par voi si Sarrasins et Persis,
Contre .I. des nos sont encor .XXVI. ;
Li nos *effors* i dura molt petis.
385 Car an alons, s'il vos vient a plaisir ;
N'est mie jeus, sire, des Arabis. »
Dist Vivïens : « Ne t'aimaier, amis ;
Nos somes jone et damoisel de pris,
S'avomes armes tot a nostre plaisir,
390 Et bons chevas, corans et Arabis ;
Si creons bien el roi de paradis,
Et en la crois ou li suens cors fut mis,
Qui fut de mort, si con Dex, surexis ; [206d]
Et cil paien croient en Entecrist,
395 Et en lor dex doleros et chaitis.
Li un[s] de nos valt des lor .XXVI.
En covenant l'ai a Damedeu mis
Que ne fuirai por Turc ne por Persis,
Ne [ja] del chanp n'iere par aus *partis* :
400 Trovés [i] iere tos dis ou mors ou vis.
Malvais seroie, recreans et faillis,
Se a Guillelme avoie jai tremis ;
Encor nen est mes fors escus croisis,
Ne mes haubers desconfis ne mal mis,
405 Ne ge ne suis de *nule rien* mal mis.
Tenés ma foit, que ge lou vos plevis :
Ja en Orenge n'en ira mais escris,
Tant con ge soie ancor si poestis ;

XIV

380 Girart, le duc de Commarchis, déclara :
« Vivien, mon neveu, le jeu n'est pas égal !
Je vois des Sarrasins et des Persans en si grand nombre
Qu'ils sont bien à vingt-six contre un des nôtres.
Nos forces s'épuiseront bien vite.
385 Allons-nous en, si vous le voulez bien ;
Les Arabes, seigneur, ne plaisantent pas. »
Vivien répond : « Ne t'inquiète pas, mon ami.
Nous sommes jeunes, nobles et vaillants,
Et nous avons des armes à foison,
390 De bons chevaux arabes très rapides.
Et nous croyons fermement en le Roi du paradis
Et en la croix où il fut crucifié,
Lui qui ressuscita, étant Dieu, de la mort,
Tandis que les païens croient en l'antéchrist
395 Et en leurs dieux misérables et sans pouvoir.
Chacun de nous vaut bien vingt-six des leurs.
J'ai fait le vœu devant Dieu
De ne fuir jamais devant un Turc ou un Persan,
Et de ne jamais abandonner à cause d'eux le terrain.
400 On m'y trouvera chaque jour, mort ou vif.
Je serais misérable, parjure et couard
Si j'avais demandé déjà l'aide de Guillaume[1].
Mon solide écu n'est pas encore mis en pièces,
Ni mon haubert rompu et mis à mal,
405 Moi-même je n'ai reçu encore aucune blessure.
Soyez garant du serment que je vous fais :
Aucun message ne sera envoyé à Orange,
Tant que j'aurai encore quelque force.

---

1. Dans toute cette scène, depuis la découverte de l'étendue de l'armée ennemie qui couvre tout l'horizon, la *Chevalerie Vivien* transpose la première « scène du cor » de la *Chanson de Roland* (*cf.* éd. J. Dufournet, GF Flammarion, 1993, laisses 79 à 88) ; ici, elle reprend à son compte la controverse entre Roland et Olivier sur la nécessité de sonner du cor pour appeler Charlemagne, mais l'infléchit en introduisant le thème du vœu de Vivien et par conséquent le risque du parjure. Ce thème est lui-même hérité de la chanson des *Aliscans*, à laquelle la *Chevalerie Vivien* doit servir d'introduction, et, plus anciennement, de la *Chanson de Guillaume* et du modèle commun au *Guillaume* et à *Aliscans*.

Ja reprovier n'en avront mi ami,
Guiber[s] li rois, Guillelmes li marchis,
Bueves li dus et Bernars li floris,
Hernals li rois, Aÿmers li chaitis,
Ne li miens peres, d'Anseüne Garin[s],
Ne mes aios, de Nerbone Aimeris,
Que por paiens soi[e] ent .I. jor fuitis :
O si morai ou si demorai vis.
Et *se des* Turs vos est tel paior pris,
Congié aiez et de Deu et de mi :
Si voist chascons lai ou est ses plaisirs.
Deu[s] verra bien a[l] grant jor do joïs
Li quex sera de lui servir aidis.
Qui bien fera, qui pros ne qui hardis,
Cil iert a joie coronés et floris ;
Il n'avra cure des malvais, des faillis. »
La peüssiés veoir grant ploreïs
Et paumes batre as chevaliers de pris.
Dist l'un[s] a l'autre : « Ans ne fut si hardis ;
Qui li faura molt sera mal baillis. »

XV

Dist Viviëns : « Baron, or entendés :
Vés si paiens, dont vos tant amués ;
Je ne voil pas que vos por moi morés.
Alés vos en quel part que vos volés,
Molt bonement lou congié en avés.
Je remenrai, car li covens est tés. [207a]
A icel jor que ge fui adobés
L'oi en covent a Deu de maiestei
Que ne fuiroie por Turc ne por Escler.
De la bataille ne me volrai torner,
Tos dis [i] iere ou mors ou vis trovés. »
Cant cil l'oïrent, si lor en prist pités ;
Dist l'un[s] a l'autre : « Baron, c'est verités,

Mes parents ne connaîtront jamais la honte –
410 Le roi Guibert, Guillaume le marquis,
Le duc Beuve, Bernard à la barbe fleurie,
Le roi Hernaut, Aïmer le Captif,
Ni mon père, Garin d'Anséune,
Ni mon aïeul, Aymeri de Narbonne –
415 De m'avoir vu fuir un jour devant les païens :
Qu'ainsi je meure ou je survive.
Et si les Turcs vous inspirent pareille terreur,
Dieu et moi nous vous donnons notre congé :
Que chacun aille où bon lui semble.
420 Dieu saura bien, au jour du Jugement,
Qui se sera soucié de le servir.
Quiconque montrera sa prouesse et sa hardiesse
Recevra dans l'allégresse des couronnes de fleurs.
Il se moquera bien des mauvais et des lâches. »
425 Combien vous auriez vu alors couler de pleurs,
De chevaliers valeureux se frapper les paumes[1] !
Ils se disaient entre eux : « Quelle hardiesse !
Qui l'abandonnera en subira de lourdes conséquences. »

XV

Vivien déclare : « Barons, écoutez-moi !
430 Voici les païens, qui vous clouent de stupeur.
Je ne veux pas que vous mourriez à cause de moi.
Allez-vous-en où vous voudrez,
Je vous en donne le congé très librement.
Moi, je resterai, car j'en ai fait le serment.
435 Le jour de mon adoubement,
J'ai fait le vœu au Dieu de majesté
Que ni Turc ni Slave ne me ferait fuir.
Je m'interdirai de quitter le champ de bataille,
On m'y trouvera chaque jour, mort ou vif. »
440 En entendant ces mots, ils en eurent grand-pitié.
Ils se disaient entre eux : « Baron, assurément,

---

1. Se frapper les paumes, s'arracher les cheveux et déchirer ses vêtements sont les principales manifestations extérieures de la douleur et du deuil au Moyen Age.

Qui li faura ja mais en son aé
Ja Deu ne voie ne ses grans amistés,
Ne an sa glore ne soit il coronés ! »
445 Sains Esperis les a reconfortés,
Que il li dient : « Vivïens, cois estés ;
Ne vos faurons por estre demanbré,
Ans i ferrons de nos brans acerés. »
Dist Vivïens : « .v^c. mercis et grés !
450 Beas niés Gerar[s], mes conrois m'ordoneis ;
.V. conte somes estrait d'un parenté,
Et a chascon .II^m. homes donés.
Bien nos tenons l'un a l'autre serré,
Lors si sera chascons de nos salvés. »
455 Dont veïssiés mervaillos cris lever,
Hiames lacier et escus acoler,
Et ces espiés ancontremont levés,
Ces confanons contremont venteler.
Vivïens prent sa gent a esgarder ;
460 Poi en i a, s'an fut molt aïrés.
Il bat sa corpe, a Deu s'est conmendés :
« Dex ! dist li anfes, et car me secorés ! »
A tant e[s] vos Sarrasins aancrés,
Jetent lor ancres, es les vos arivés.
465 Des cors qui sonent retantist li renés.
Ans Dex ne fist nul home tant osé,
S'i[l] les veïst cant il issent des nés,
N'en poïst estre en son cuer effraés.
Ja s'an alassent li .x^m. arrosté,
470 Cant Vivïens s'est en halt escriés :
« Baron, dist il, en Deu vos confortés.
Dex nos a hui en son ciel apelés ;
Qui si mora ans ne fut si beur neis,
El ciel sera ensanble les abés. »
475 Puis lor escrie : « Hui mès esperonnés, [207b]
Ans que paien se soient adoubé. »
A ces paroles ont les chevas hurteis.
(...)

Que celui qui osera un jour l'abandonner
Ne connaisse jamais ni Dieu ni son amour,
Et qu'il ne soit jamais couronné dans sa Gloire ! »
445 Le Saint-Esprit les a réconfortés,
Car ils lui disent : « Vivien, soyez tranquille !
Nous vous suivrons, quitte à être mis en pièces,
Et nous frapperons de nos épées affilées ! »
Vivien répond : « De tout cœur, mille mercis !
450 Cher neveu Girart, organisez mon armée !
Nous sommes cinq comtes nés d'un même lignage :
Confiez à chacun la charge de deux mille hommes.
Si nous serrons bien nos troupes,
Nous pourrons sauver chacun notre vie. »
455 Quel tumulte incroyable vous auriez pu entendre !
Vous auriez vu lacer les heaumes, mettre au cou les écus,
Les lances dressées vers le ciel,
Les gonfanons claquer au vent !
Vivien se prend à regarder son armée :
460 Son petit nombre lui meurtrit le cœur.
Il bat sa coulpe, et s'en remet à Dieu :
« Dieu, dit le jeune homme, venez donc à mon secours ! »
Voici que les Sarrasins ont touché terre ;
Ils jettent l'ancre, les voici arrivés.
465 Les terres retentissent des sonneries de cors.
Aucune créature, si audacieuse soit-elle,
En les voyant débarquer des navires,
N'aurait pu s'empêcher de trembler dans son cœur.
Déjà, les dix mille s'apprêtaient à s'enfuir,
470 Quand Vivien les interpelle d'une voix forte :
« Barons, dit-il, ayez confiance en Dieu !
Dieu nous a aujourd'hui appelés au ciel ;
Quiconque mourra ainsi n'aura jamais été si heureux :
Il se retrouvera au ciel avec les abbés. »
475 Puis il les harangue : « Donnez vite des éperons,
Avant que les païens aient revêtu leurs armes ! »
Aussitôt ils ont éperonné leurs chevaux.
(...)

XXXVIII

Grans fut l'estor[s], et fors et adureis. [213a]
De pamisson est Vivïens levés ;
De son bliaut li ont les flans bandeis :
Par mi lou cors ot .XV. plaies tés
1445 De la menor morust uns amirés.
Mais Dex lou tint en ses grans erités.
Par mi lou chanp est ansin atornei,
De ses .X^m. n'i a que .C. remeis.
« Las ! dist li anfes, or m'estovra finer.
1450 Mort sont mi home, pou en i oi crieir ;
Dex ait vos armes en sa grant maiesteit !
Ahi ! Gerars, con m'avés oblié !
Moi devïez le secors amener ;
Mors estes, niés, quant vos ne revenés.
1455 Oncle[s] Guillelmes, ja mais ne me vareis !
Dame Guibor, Deu[s] vos croise bonteis !
Li oil me troblent, ne voi mie bien cler ;
Je ne sai mais mon cheval ou moner.
Près est ma fin, hui m'estovra finer,
1460 Et de ce sicle morir et trespasseir. »
A icest mot lait lou cheval aleir ;
Il ne lou seit condure ne moner,
Et fiert Gautier, .I. suen ami charneil.
Desor son col li a grant cop donei ;
1465 Deu[s] lou gairit qu'i[l] ne l'a afolei.
« Niés, dist Gautier[s], Vivïens, tort avés ;
Por .I. petit que ocis ne m'avés ;

Vivien appelle Guillaume à son secours

XXXVIII

Le combat faisait rage, rude et terrible.
Vivien revient de son évanouissement.
On a bandé ses blessures avec son bliaut :
Son corps était meurtri de quinze plaies telles
1445 Qu'un émir serait mort de la moindre d'entre elles.
Mais Dieu le garda sous sa protection[1].
Telle est la situation sur le champ de bataille :
Sur les dix mille il n'en reste que cent.
« Hélas ! dit le jeune homme, ma fin est toute proche.
1450 Mes hommes sont morts : je n'entends guère leur cri[2] ;
Dieu reçoive vos âmes dans sa grande majesté !
Ah ! Girart, comme vous m'avez oublié !
Vous deviez m'amener des renforts ;
Vous êtes mort, cher neveu, puisque vous ne revenez pas.
1455 Oncle Guillaume, vous ne me verrez plus !
Dame Guibourc, que Dieu vous soit propice[3] !
Mes yeux se troublent, je ne vois plus très clair[4] ;
Je suis incapable de conduire mon cheval.
Ma fin est proche, elle est pour aujourd'hui :
1460 Je vais mourir et quitter ce monde. »
Sur ces paroles, il abandonne les rênes.
Il ne sait où diriger son cheval,
Et frappe Gautier, l'un de ses proches parents,
D'un grand coup sur la nuque.
1465 Dieu seul lui a évité de le tuer.
« Cher neveu, dit Gautier, Vivien, vous avez tort :
Vous avez bien failli me tuer,

---

1. La variante *poesté* (pour *érités*) des mss AB est plus claire, le sens est analogue. **2.** Nous voyons ici une allusion au cri de guerre, mais le verbe *crieir* peut aussi bien évoquer les cris des guerriers au combat. **3.** La *Chevalerie* s'inspire ici d'*Aliscans*, mais transpose : Vivien tient ici le propos que tenait Guillaume (éd. Cl. Régnier, v. 566 et 815-816). **4.** Ces détails rappellent la mort d'Olivier et celle de Roland. *Cf. Chanson de Roland*, éd. cit., v. 1991-2007 et 2297.

Ne vos mefis honques en mon aei.
– Je ne vos voi, dist Vivïen li beir ;
1470 De maintes pars suis ens el cors navrés,
Et de mon san corus et esaneis ;
Petit voi mais lumiere ne clarté.
De ceste presse la defors me moneis,
Tant que ge soie .I. petit esofleis.
1475 Li cuers me faut, auques suis apressés ;
Mais s'un petit estoie reposeis,
Mes cuers me dit ancor ferroie assés. »
Gautier[s] en plore, cant il [l']oï paleir ;
Fors de la presse l'a conduit et monei ;
1480 Et [dans] Guillemes chevalche o son barnei.
Tant se hasterent ansanble de l'ereir
Que de[s] paiens oient les cors soner
En Aleschans et la noise hueir.
Et dist Guillelmes : « Oés et escoutés ;
1485 C'est Vivïens qui si est atrapeis.
Ha ! sire Dex, de mon nevot panseis,   [213b]
Que an l'Archant soit ancor vis trovés
Et que ge puisse ancor a lui paleir. »

XXXIX

En Aleschans fut Vivïens destrois ;
1490 De plaies ot en ses flans plus de .III..
Dist a ses homes : « Traiés vos çai vers moi,
Mi chevalier, por Deu ! portés vo foit ;
Devers Orenge voit venir .I. conroi,
Ceu est Guillemes, je croi en moie foit. »
1495 Dient si home : « Sire, vos dites voir ;
Ne sai s'il sont de crestïene loi,
Mais nos vaons lor lances aparoir.
C'est l'arier ban[s] a Desramei lou roi :
Tuit somes mort, n'i a mais nul defois. »
1500 Lors s'antrebaisent en amor et en foi.

Et pourtant je ne vous ai jamais causé de dommage.
— Je ne vous vois pas, dit le valeureux Vivien ;
1470 Je suis meurtri de multiples blessures,
Et j'ai perdu beaucoup de sang.
C'est à peine si je discerne encore la lumière.
Conduisez-moi à l'écart de cette presse,
Jusqu'à ce que je reprenne un peu de souffle.
1475 Mon cœur défaille, je suis un peu oppressé,
Mais si je me reposais un moment,
Mon cœur me dit que j'aurais encore la force de frapper. »
A ces mots, Gautier se met à pleurer.
Il le conduit à l'écart de la presse.
1480 Et Guillaume chevauche avec tous ses barons.
Ils se sont tant et si bien hâtés de cheminer
Qu'ils peuvent entendre sonner les cors des païens
Aux Aliscans, et le vacarme s'élever.
Guillaume prend la parole : « Tendez bien l'oreille !
1485 C'est Vivien qui est pris au piège[1].
Ah ! Seigneur Dieu, veillez sur mon neveu,
Qu'on le trouve encore en vie à l'Archant,
Et que je puisse encore lui parler. »

XXXIX

Aux Aliscans Vivien agonisait.
1490 Ses flancs étaient meurtris de plusieurs plaies.
Il parla à ses hommes : « Venez ici vers moi !
Mes chevaliers, pour Dieu ! jurez-vous fidélité.
Je vois venir une troupe du côté d'Orange :
C'est Guillaume, j'en suis bien convaincu. »
1495 Ses hommes répondent : « Vous dites vrai.
Nous ne savons si ce sont des chrétiens,
Mais nous voyons leurs lances qui pointent.
C'est l'arrière-ban du roi Déramé :
Nous sommes tous morts, irrémédiablement. »
1500 Ils échangent des baisers d'amitié et de fidélité.

---

1. Encore un souvenir du *Roland*, quand Charlemagne entend sonner le cor de Roland (éd. J. Dufournet, GF, 1993, laisses 134-135).

XL

Vivïens ot la noise grant lever
Des gens Guillelme qui ne finent d'errer,
De l'esploitier et de l'esperoner.
Lors quida bien li jantis bacheleir[s]
1505 Que des paiens fust l'aier ban[s] mandeis.
Il prent son cor, si conmence a corner,
.II. fois en gros et puis lo tiers en cleir.
En son retrait s'est li cuens demanteis :
« Ahi ! Guillelmes, ja mais ne me varés !
1510 Près est ma fin, n'i a nul recovrer.
Tant ai ferut, n'en doi estre blameis,
C'antor m'espee m'en est li poins enfleis. »
Guillelmes ait bien lou cor escotei ;
Dist a Bertran : « Beaus dolz niés, or vaez ;
1515 J'oi Vivïen en son *cor* regrater,
Poés savoir que molt est apressés.
Por l'amor Deu, vos conrois ordeneis,
Laciés vos helmes et si les refermeis ;
De l'avengarde vos soit li dons doneis,
1520 Je vos sivrai a .x^m. ferarmés ;
Secorrai vos, se mestier en avés. »
Et dist Bertrans : « Si con vos conmandeis. »

XLI

Beas fut li tens et li estors fut fors.
Vivïens sone par tel aïr son cor,
1525 .II. fois en graille et puis lou tiers an gros,
La maistre voine li desronpit del cors.
Grant fut l'alaine et la bondie fort ;
Guillelmes l'ot, si vint a grant efort ; [213c]
Dist a ses homes : « Por l'amor Deu, or tost !
1530 C'est Vivïens qui sone lai cel cor,
Bien l'ai oït et a[l] son et as mos ;
Tant est aquis que près est de la mort.
Beau[s] sire Dex, je vos pri et recort
Tant li laissiés Vivïen l'arme el cors

XL

Vivien entend le grand vacarme que mènent
Les troupes de Guillaume qui poursuivent leur route,
Se hâtent et donnent des éperons.
A ce moment, le noble jeune homme était bien convaincu
1505 Que les païens avaient convoqué leur arrière-ban.
Il saisit son cor, commence à en sonner,
Emet deux notes graves et une troisième aiguë.
A l'écart, le comte se lamente :
« Hélas ! Guillaume, vous ne me verrez plus !
1510 Ma fin approche irrémédiablement.
J'ai donné tant de coups – comment me le reprocher ?–
Que mon poing est enflé tout autour de l'épée. »
Guillaume a bien prêté l'oreille au cor ;
Il dit à Bertrand : « Très cher neveu, voyez donc :
1515 J'entends Vivien appeler avec son cor :
Il est certain que l'ennemi le presse.
Pour l'amour de Dieu, ordonnez vos troupes,
Lacez vos heaumes et fermez-les bien.
Je vous confie l'avant-garde,
1520 Je vous suivrai avec dix mille guerriers bardés de fer.
Je vous porterai secours, en cas de nécessité. »
Bertrand répond : « Je suis à vos ordres. »

XLI

Le temps était beau et le combat faisait rage.
Vivien sonne du cor avec une telle ardeur,
1525 Deux notes aiguës et la troisième grave,
Que sa veine principale éclate.
Son souffle était puissant et le son éclatant.
Guillaume l'entend, qui vient avec un renfort important.
Il s'adresse à ses hommes : « Pour l'amour de Dieu, vite !
1530 C'est Vivien, là-bas, qui sonne de ce cor,
Je l'ai bien reconnu à sa sonorité.
Il est si épuisé qu'il est près de mourir.
Doux seigneur Dieu, je vous prie encore
De laisser vivre Vivien assez longtemps

1535 Qu'a mon nevoit aie parleit .III. mos.
Bias niés Bertran[s], por l'amor Deu, or tost !
Devers la mer, par deça [c]est *regort*,
La sont paien, sachiés, a grans efors.
Je vos suivrai tot maintenant a dos,
1540 A .x^m. homes, ja n'i avrai repos,
Trancherai lor et les ners et les os. »

XLII

Beas fut li jors et li solaz luisans.
Inellement s'arma li cuens Bertrans,
Gaudins li Bruns, Gautier[s] li Tolosans,
1545 Hunaus de Saintes et Guichar[s] li vaillans ;
Vestent haubers, lacent hiame[s] luisans,
Çaignent espees a lor senestres flans,
Preinent escus a or reflanboiant,
Es chevas montent et bruns et aferrans.
1550 A tout .x^m. de hardis conbatans
Molt fierement chevalchent les Archans ;
Sonent [c]il graille et daier et davent,
Tantist la mer par devers les Archans.
Desramés l'ot, li vielz et li ferrans,
1555 Et Aesrofle[s] et Auciber[s] li grans.
Tant iert chacons cointes et acesmens
C'ancor n'avoient vestus lor garnemens ;
Viltés lor sanble et hontage[s] molt grans
Que por tel gent que il voient *vivant*
1560 Fussent armei et entrassent *en chanp*.
Dist Desramés : « Or oés mon sanblant :
Quel gent est ce qui lai nos sont errant ?
A grant mervaille sont tuit de fer sanblant.
Ausin tost est Tiebals li Africans,
1565 D'Esclavonie m'amoine secors grant. »
Dient paien : « Nos n'en savons nient. »
A tant es vos Corsabrin apoignant,
.I. Sarrasin, nés fut de Bocidant,

1535 Pour que je puisse lui adresser quelques mots.
Bertrand, cher neveu, pour l'amour de Dieu, vite !
Sur la mer, derrière cette baie,
Se trouvent les païens, sachez-le, innombrables.
Je vous suivrai de près, immédiatement,
1540 Avec dix mille hommes, sans me reposer,
Pour leur trancher les nerfs et les os. »

XLII

La journée était belle et le soleil luisait.
Le comte Bertrand s'arma rapidement,
Comme Gaudin le Brun, Gautier de Toulouse,
1545 Hunaut de Saintes et le vaillant Guichard.
Ils passent leur haubert, lacent leur heaume étincelant,
Ceignent leur épée à leur côté gauche,
Prennent leur écu dont l'or resplendit,
Et montent sur leurs chevaux bruns et impétueux.
1550 Avec dix mille combattants pleins d'ardeur
Ils parcourent à cheval l'Archant avec fierté.
Les trompes sonnent de toutes parts,
La mer retentit du côté de l'Archant.
Déramé, le vieillard grisonnant, entend cela,
1555 Comme Aérofle et le grand Haucebier.
Ils étaient tous si coquets et voluptueux
Qu'ils n'avaient pas encore revêtu leur armure.
Il leur paraît bien vil et honteux
De s'armer et d'aller sur le champ de bataille
1560 Pour affronter semblables adversaires.
Déramé déclare : « Ecoutez donc mon avis.
Qui sont ces gens qui viennent là vers nous ?
Chose étonnante : on les croirait tous de fer.
C'est sûr, c'est Thibaut l'Africain,
1565 Qui m'amène de grands renforts d'Esclavonie.
– Nous n'en savons rien », répondent les païens.
Surgit alors à vive allure Corsabrin,
Un Sarrasin né à Bocidant[1],

---

1. Ville païenne de Perse.

De la mesnie Esmerei lo vaillant.
1570 Navrés estoit par mi outre les flans, [213d]
Li sans li va a l'esperon chaiant ;
Ceu sachiés vos, il [s]e vait regardant :
De son espiet l'avoit ferut Bertrans.
« Desramés, [sire], que vas tu t'atargent ?
1575 A mal eür lai[s] ester Vivïen ;
Diables est, si est filz a jaiant,
Ne puet morir por nulle arme tranchant.
Renge tes home[s] et rasanble ta gent ;
Veiz ci Guillelme et Gaudin et Bertran,
1580 Hunalt de Saintes, Gautier lou Tolosant,
Et dan Gerairt et Guichar[t] lou vaillant,
Et tant des autres ne sai lou covenant.
Or est mestier[s] que soiez defandant. »
Desramés l'ot, tos li mua li sens ;
1585 Dist as paiens : « Nos avrons estors grans ;
Forment redout Guillelme et son bobant,
C'onques ancor ne fui a lui jostans
K'au chief do tor ne fusse [assés] perdans. »
Lors se retraient Sarrasin et Persant,
1590 Vivïen laissent en mi lou champ gisant ;
Antor lui ot ancores de sa gent,
.XL. o .XXX., je ne sai vraiement ;
N'i a .I. sol qui n'ait lou cors sanglant.
Dist Vivïens : « Vancut avons lou chanp ;
1595 Paien nos fuent, alons après poignant ;
En paradis Damedex nos atant,
Je oi les anges laissus en ciel chantant ;
Dex ! por coi vif, que ne me vois morant !
Qu'i fust la joie que ge desirre tant !
1600 Fust or la moie avoc les Innocens !
Mais a Deu prie, lou pere realment,
Que de ce sicle ne soie despartans
S'aie paleit a Guillelme lou franc,
Dou vrai cors Deu soie conmenians. »

Vassal d'Esméré le vaillant.
1570 Il avait au milieu des flancs une blessure,
Et le sang s'écoulait jusque sur l'éperon.
Il est inquiet, sachez-le :
Bertrand l'avait frappé de son épieu.
« Déramé, seigneur, pourquoi tardes-tu ?
1575 C'est pour notre malheur que tu laisses Vivien debout.
C'est un démon, le fils d'un géant,
Aucune arme, si tranchante soit-elle, ne peut le tuer.
Dispose ton armée et rassemble ton peuple :
Voici qu'arrivent Guillaume, et Gaudin, et Bertrand,
1580 Hunaut de Saintes, Gautier de Toulouse,
Et Girart, et le vaillant Guichard,
Et tant d'autres dont j'ignore tout !
Il est grand temps que vous vous défendiez !
A ces mots Déramé devint fou de rage ;
1585 Il harangue les païens : « Nous aurons une violente bataille.
Je redoute fort Guillaume et sa superbe,
Car jamais jusqu'ici je ne l'ai affronté
Sans y avoir au bout du compte beaucoup perdu. »
Les Sarrasins et les Persans se retirent alors,
1590 Et laissent Vivien gisant sur le champ de bataille.
Il avait encore autour de lui quelques fidèles,
Trente ou quarante, je ne saurais trop dire.
Pas un d'entre eux qui ne soit tout sanglant.
Vivien dit : « Nous sommes victorieux.
1595 Les païens s'enfuient, allons les poursuivre !
Le Seigneur Dieu nous attend au paradis,
J'entends les anges qui chantent là-haut, au ciel.
Dieu ! pourquoi donc vivre ? Que ne suis-je mourant ?[1]
Car j'aurais cette joie que je désire tant.
1600 Que mon âme n'est-elle avec les Innocents ?
Mais je prie Dieu, le Père rédempteur[2],
De ne pas me faire quitter ce monde
Avant que j'aie parlé à Guillaume, le noble,
Et que j'aie communié avec le Vrai Corps de Dieu. »

---

1. Ce vers est emprunté à *Aliscans*, éd. cit., v. 326 : *Dex, por quoi vif ? Que ne me prent la fin ?* **2.** Sur cette formule, *cf. supra* les *Enfances Vivien*, v. 1109 et note correspondante.

1605 A ces paroles es vos venu Bertran
Et les .x^m. de ferir desirrans.

XLIX

(...)
Mais qui que muire ne qui soit afoleis,
De Vivïen est il deus et piteis :
Par l'estor vait, toz est vains et lasseis ;
Cui il consuit a sa fin est aleis,
1800 Ensument fiert con s'il fust forsaneis.
De gent paiene dont il i ot asseis,
Et des grans cos que il i a doneis,
Li debandait en .VII. leus ses costeis ;
Par mi ses plaies sont si boel passei.
1805 Li cuens voit bien qu'il est a mort narvreis
Et qu'il n'avra a nul jor mais santei ;
Il n'a loisir qu'i[l] les ait rebouteis,
Ans trait l'espee, si les ait descopeis.
A icel deul, baron, que vos oés,
1810 A il Guillelme devent lui ancontré ;
L'anfes nel vit, car il est avugleis ;
Halce l'espee, grant cop li ait donei
Amont en l'elme el maistre *coing doré* ;
Ne fust l'espee qui li prist a torner,
1815 Desi es dans li fust aval coleis ;
Devers senestre est li brans avaleis, [215b]
De celle part est li escus copeis ;
Tot contreval est si eschanteleis
Que de la chauce a .X. mailles ostei,
1820 Et l'esperon li a par mi copei ;
Desi en terre est li cos avalei[s].
Voit lou Guillelmes, si l'a molt redoteit ;
Cuidait que fust Sarrasins ou Escleir[s]

1605 Sur ces mots, voici qu'arrive Bertrand
Et les dix mille qui brûlent de se battre.

Blessé à mort, Vivien continue de se battre

XLIX

(...)
Mais peu importent les morts et les blessés.
C'est sur Vivien qu'il faut s'apitoyer :
Il parcourt la bataille, accablé de fatigue :
Ceux qu'il poursuit sont condamnés à mort,
1800 Car il les frappe comme un fou furieux.
Les païens qui l'entourent en grand nombre
Et les grands coups qu'il donne
Font se rouvrir en sept points ses blessures ;
Ses boyaux se sont échappés par ses plaies.
1805 Le comte sait bien qu'il est condamné à mort,
Et que jamais il ne pourra guérir.
Il n'a pas le loisir de les remettre en place :
D'un coup d'épée, il les a détachés.
Dans ce malheur, barons, que je vous conte,
1810 Il rencontre Guillaume juste devant lui.
Le jeune homme, devenu aveugle, ne le voit pas.
Il brandit son épée, lui assène un grand coup
De haut en bas sur la pointe dorée du heaume.
Si l'épée n'avait pas alors dérapé,
1815 Elle lui aurait fendu les dents.
L'épée est tombée vers la gauche,
Et lui a découpé l'écu de ce côté,
Le transperçant si bien de part en part
Qu'elle a fait sauter dix mailles de la chausse
1820 Et coupé en deux l'éperon,
Avant de venir se ficher dans la terre.
Voyant cela, Guillaume fut pris d'une grande frayeur.
Il pensait que c'était un Sarrasin ou un Slave,

Por lou grant cop que il li a donei.
Tire sa rene, si li a escrié :
« Os tu, paiens, mar fusses tu ains neis !
Mal do gloton qui toi a angendrei,
Et de la pute qui vos ait chaelei !
Ans puis celle ore que ge fui adoubeis,
Que Challemagnes m'ot mes armes donei,
N'oi mais tel cop par Tur ne par Escleir ;
Mais, se Deu plaist, chier sera conparei. »
Joiose hauce, si ait l'escut cobrei ;
Et Viviens lou ra araissonei :
« Amis, dist il, envers moi entendeis ;
Car por iceu que vos Karle nonmeis,
Si sai je bien que de France estes nés.
Or vos conjur de Dieu de maiesté,
Et par les fons u fus regenerés,
Que vos me dites comment estes només.
— Paiens, dist il, ja ne vos iert celei.
J'ai non Guillelmes, li marchis au cor neis ;
Mes peres est Aymeris apeleis,
Hernals mes freire, li chatis Aÿmer[s],
Guiber[s] li rois et Beuves li saneis,
Et dan[s] Bernars de Brebant la citei,
Et d'Anseüne Guarin[s] li adureis ;
Si est mes niés Viviens l'aloseis,
Por cui amor suis en cest chanp entreis. »
Cant seit [que] s'est Guillelmes a[u] cor neis,
Que ferut l'ot a son bran acerei,
Ancontre terre fut enbrunchiés li ber.
Li cuens Guillelmes fut chevaliers manbreis,
Mervailla soi por coi s'estoit clineis ;
Pitié en ait, si l'a sus relevei :
« Dites, amis, por Deu ! que vos aveis ?
Qui estes vos et de quel terre neis ? »
Viviens l'ot, a poine pot parleir :
« Honcle[s] Guillelmes, vos ne me raviseis ?
Viviens suis et vostre niés clameis ;
Filz suis Garrin et d'Anseüne neis. » [215c]
Ot lou Guillelmes, li sans li est mueis ;

Pour lui avoir asséné un pareil coup.
1825 Il tire ses rênes et lui dit d'une voix forte :
« Quelle audace, païen ! Maudite fut ta naissance !
Et maudits soient le bandit qui t'a engendré
Et la putain qui t'as mis au monde !
Depuis le jour de mon adoubement,
1830 Où Charlemagne m'a remis mes armes,
Aucun Turc, aucun Slave ne m'a frappé si fort.
Mais, si Dieu le veut, tu vas le payer cher. »
Il brandit Joyeuse et saisit son écu.
Vivien lui répond à son tour :
1835 « Ami, dit-il, écoutez-moi.
Car si vous avez nommé Charles,
Je suis certain que vous êtes de France.
Je vous conjure donc, par le Dieu de majesté,
Et par les fonts où je fus baptisé,
1840 De me dire comment vous vous nommez.
– Païen, dit-il, je ne vous le cacherai pas.
Je m'appelle Guillaume, le marquis au Court Nez.
Mon père s'appelle Aymeri,
Et mes frères, Hernaut, Aïmer le Captif,
1845 Le roi Guibert et le sage Beuves,
Et Bernard, le seigneur de la cité de Brubant,
Et Garin d'Anséune, le vaillant ;
J'ai pour neveu l'illustre Vivien,
C'est par amour pour lui que je combats ici. »
1850 Quand il découvre que c'est Guillaume au Court Nez
Qu'il a frappé de son épée tranchante,
Le baron a baissé la tête vers le sol.
Le comte Guillaume était un sage chevalier :
Il se demanda la raison de ce geste.
1855 De pitié, il l'a relevé :
« Dites-moi, ami, au nom de Dieu, qu'avez-vous ?
Qui êtes-vous, de quelle terre êtes-vous né ? »
Vivien l'entendit, mais put à peine parler :
« Oncle Guillaume, ne me reconnaissez-vous pas ?
1860 Je suis Vivien, votre neveu ;
Je suis le fils de Garin, et né à Anséune. »
En entendant ces mots, Guillaume devint fou :

N'ot mais teil deul dès l'ore que fu neis,
Car entor lui vit ses boias copeis.

L

1865 A grant mervaille fut corociés Guillelmes,
Cant Vivïen voit gesir a la terre,
Et entor lui voit gesir sa boelle
Tos descopeis a s'espee sor l'erbe.
Ans n'ot mais deul qui si li fust a certes ;
1870 De son destrier chiet a terre et chancelle,
Li uns leis l'autre se pasment a la terre.
Cant se redrece, sa dolor renovelle :
« Niés Vivïens, con ai en t[oi] grant perte !
De vo lignage estes li plus honeste[s] ;
1875 N'estïez mie orguillox ne *rubestes*,
Mais chevaliers mioldre ne pooit estre. »
Dist Vivïens : « Laissiés ester, chaeles !
Est ce or plais ne de clerc ne de prestre ?
Vostre merci, remeteis me en ma selle,
1880 Par antor moi me saigniés ma boelle,
Puis me meneis o mi leu de la presse ;
Si me doneis mon cheval par la rene,
Ma bone espee me bailliés el poin destre ;
Sol me laissiés o mi leu de la presse,
1885 El plus espeis de celle gent averse.
Se ge n'abat des mellors de lor geste,
Ans ne fui niés Aymeri ne Guillelme.
Ne morai pas, ge sai molt bien mon estre,
Ans sera nonne, voire passee vespre ;
1890 Bien sen la vie qui el cors me flaelle. »
Ot lou Guillelmes, a poi que il ne desve.

Jamais, de toute sa vie, il n'avait connu pareille tristesse,
Car il voyait autour de lui ses boyaux tranchés.

L

1865 Guillaume manifesta une douleur incroyable
A la vue de Vivien qui gisait sur le sol,
Ses boyaux répandus tout autour de lui,
Sur l'herbe, tranchés d'un coup d'épée.
Jamais il n'avait éprouvé affliction plus profonde.
1870 Il tombe de cheval, chancelle,
Et ils se pâment l'un à côté de l'autre.
Quand il se relève, Guillaume reprend sa plainte :
« Vivien, mon neveu, quelle grande perte pour moi !
De tout votre lignage vous êtes le plus honorable,
1875 Vous n'étiez ni orgueilleux ni barbare ;
Nul chevalier ne pouvait vous surpasser. »
Vivien répond : « Cela suffit, que diable !
Qu'est-ce que ce discours de clerc ou de prêtre ?
Par pitié, remettez-moi en selle,
1880 Ceignez-moi mes boyaux tout autour de la taille,
Et menez-moi au cœur de la bataille.
Donnez-moi les rênes de mon cheval,
Mettez ma bonne épée dans mon poing droit.
Laissez-moi seul au plus fort du combat,
1885 Là où les rangs ennemis sont les plus serrés.
Si je n'abats pas des meilleurs de leur race,
Je suis l'indigne parent d'Aymeri et de Guillaume.
Je connais mon destin : je ne mourrai pas
Avant l'heure de none, et peut-être après vêpres[1].
1890 Je sens bien la vie qui tourmente ma chair. »
En entendant ces mots, Guillaume croit devenir fou.

---

1. L'heure de none est l'heure de la mort du Christ, selon la tradition. C'est, par exemple, à cette heure canoniale que Bohort, dans la *Queste del Saint Graal*, a droit à la vision d'un grand oiseau qui se sacrifie pour ses oisillons, vision qui sera ensuite glosée comme une allégorie du sacrifice de la Croix (*Queste*, éd. A. Pauphilet, Champion, C.F.M.A., p. 167-168).

LI

« Oncle Guillelmes, dist Vivïens li beir,
Por l'amor Deu, laissiés vos doloseir :
Vos veez bien que a mort suis navreis.
1895 Por l'amor Deu, mon destrier me randeis,
Antor mon cors mes boias me noés,
Sus en ma selle molt tost me raseez,
De mon cheval la rene me doneis,
Ma bone espee ens el poing me meteis ;
1900 El plus espès de[s] paiens me *meneis*,
Puis me laissiés et venir et aleir.
Se ge n'abat des miolz enparenteis,
Et des mellors et des plus abrivés, [215d]
Se ge les puis devent moi ancontreir,
1905 Ans ne fui niés dan Guillelme au cor neis. »
– Bias niés, dist il, ja par moi n'i ireis ;
Mais, s'il vos plaist, cochiés vos reposeir,
Et ge irai par cel estor chanpeil,
S'i requerai mes anemis mortels ;
1910 Si m'eïst Dex, molt bien vengiés sereis. »
Dist Vivïens : « Honques mais n'oï teil ;
Sire, dist il, molt grant tort en aveis :
Se muir leans entre ces vis malfeis,
Li guerredons m'en iert mioldre doneis,
1915 En paradis serai miolz coroneis.
Se ce ne faites, que vos lo refuseis,
Je m'ocirrai, si que vos lou varés. »
Ot lou Guillelmes, a poi n'est forseneis ;
O voille o non, tant fort l'a conjurei,
1920 En mi la presse de[s] Turs l'an a menei ;
Et Vivïens i ferit a planteit.
Deu[s] lou sostient que il nen est versei[s] ;
Cui il ataint il est mal eürei[s].

LI

« Oncle Guillaume, dit Vivien, le vaillant,
Pour l'amour de Dieu, cessez de vous lamenter :
Vous voyez bien que je suis mortellement blessé.
1895 Pour l'amour de Dieu, ramenez-moi mon destrier,
Nouez-moi mes boyaux tout autour de la taille,
Et remettez-moi en selle le plus vite possible,
Donnez-moi la rêne de mon cheval,
Et mettez-moi ma bonne épée au poing ;
1900 Conduisez-moi au beau milieu des ennemis,
Et laissez-moi ensuite aller comme bon me semble :
Si je n'abats pas des païens les mieux nés,
Les meilleurs et les plus téméraires,
S'ils se trouvent en face de moi,
1905 Je n'ai jamais été le neveu de Guillaume au Court Nez.
— Cher neveu, répondit Guillaume, je ne vous y aiderai pas.
Mais, je vous prie, étendez-vous pour vous reposer,
Tandis que moi, j'irai au milieu des combats
Pour provoquer mes ennemis mortels.
1910 J'en atteste Dieu, vous serez vengé. »
Vivien rétorque : « Qu'entends-je donc là ?
Seigneur, dit-il, vous avez grandement tort !
Si je meurs là, au milieu de ces vrais démons,
J'en obtiendrai une meilleure récompense,
1915 Je serai plus aisément couronné en paradis.
Si vous vous obstinez à me le refuser,
Je me suiciderai sous vos yeux[1]. »
Guillaume l'entend, il croit devenir fou.
Bon gré mal gré, devant tant de supplications,
1920 Il l'a mené au beau milieu des Turcs.
Là, Vivien a frappé tant et plus.
Dieu le maintient bien ferme sur sa selle ;
Malheur à ceux qu'il atteint !

---

1. L'auteur a choisi de mettre en scène la démesure de Vivien, plus que ne l'avaient fait ses devanciers. Pour une analyse de cette orientation plus caricaturale, voir M. de Combarieu du Grès, *L'Idéal humain et l'expérience morale chez les héros des chansons de geste*, Publications de l'Université de Provence, Aix, 1979, t. 2, p. 605.

Tost lou perdi li marchis au cor neis,
1925 Nel vera mais desi au definer.
Bertran ancontre, ces mos li a conteis,
Anbedui plorent par fines amisteis.
« Bias niés Bertran[s], près de moi vos teneis,
Tant con vos voi ne puis estre esgarei[s].
1930 Je vos dis bien, et si est veritei[s],
Que nos serons desco[n]fit et matei ;
Beas niés Bertrans, por Deu ! or esgardeis :
Vez que de Turs, de Persans et d'Escleirs,
Tos li Archans en est par mi popleis.
1935 Je sai molt bien, ice est plais proveis,
De paiens est tos li mons afrondeis.
– Voir, dist Bertrans, beau[s] sire, tort avés,
Que vos ancor si tost vos demanteis.
Fereis ancoste et ge ferré de lés ;
1940 Venjons nos bien a nos brans acereis,
Que reprovier n'en ait nos parenteis. »
A ces parolles ont les chevas hurteis ;
Dedans la presse ne finent de chapleir,
Tant que paiens ont aieres meneis.

Blessé à mort, Vivien continue de se battre

Le marquis au Court Nez le perdit vite de vue :
1925 Il ne le verra plus avant l'heure de sa mort.
Il rencontre Bertrand, lui rapporte ces nouvelles :
L'amitié la plus pure les fait tous deux pleurer.
« Bertrand, mon cher neveu, tenez-vous près de moi :
Tant que je vous vois, je ne me sens pas seul.
1930 Je vous l'assure, véritablement,
Nous serons déconfits et vaincus.
Bertrand, mon cher neveu, par Dieu, regardez donc :
Voyez tous ces Turcs, ces Persans et ces Slaves !
Tout l'Archant en est recouvert !
1935 Je sais très bien, c'est une certitude,
Que les païens submergent la terre entière !
– Assurément, cher seigneur, dit Bertrand, vous avez tort
De vous lamenter encore une fois si vite.
Attaquez les flancs, j'attaquerai le centre ;
1940 Vengeons-nous bien avec nos épées acérées,
Pour que la honte ne rejaillisse pas sur notre lignage ! »
Sur ce, ils ont éperonné leurs chevaux.
Au milieu de la presse, ils ne cessent de se battre,
Tant et si bien que les païens ont reflué.

(Fin de la *Chevalerie Vivien*.)

ALISCANS

Cette chanson entretient avec la *Chanson de Guillaume* des liens de cousinage ; elles peuvent être considérées comme deux versions parallèles du récit de la bataille de l'Archant, rapportée par la seconde partie de la *Chanson de Guillaume* et parfois baptisée *Chanson de Rainouart* ou *G2*[1]. L'œuvre gravite autour de trois héros : Vivien, Guillaume, Rainouart, mais *Aliscans* accorde à ce dernier une place bien plus considérable que les autres versions, multipliant les aventures cocasses du *tinel* et les altercations entre Rainouart et les garçons des cuisines. La chanson comprend, dans la version éditée par Guessard et Montaiglon, 8435 vers, soit plus du double de la *Chanson de Guillaume* : c'est dire l'importance des amplifications, qui caractérisent la nouvelle mode épique, discrètement sensible par ailleurs à l'influence courtoise. Elle date certainement de la fin du XIIe siècle, et probablement, nous semble-t-il, des années qui ont précédé la troisième croisade (1187-89).

Analyse

La bataille fait rage aux Aliscans, et Vivien se déchaîne, tandis que son oncle Guillaume combat dans un autre secteur du champ de bataille. Malgré son énergie, Vivien, grièvement blessé, les entrailles pendantes, ne peut empêcher ses cousins d'être faits prisonniers. Il succombe lui-même à ses blessures, mais Guillaume, comme dans *G2*, arrive à temps pour le faire communier avant de le voir mourir dans ses bras. Devant l'ampleur du désastre, il décide d'aller chercher des renforts. A

---

1. Sur ces points de philologie, se reporter à notre Introduction générale.

Orange, Guibourc lui conseille de s'adresser au roi Louis. Guillaume traverse donc la France et trouve le roi à Laon où il s'apprête à donner le Vermandois en douaire à la reine. Plus mal accueilli qu'il ne l'était dans l'épisode correspondant de *G2*, le héros s'emporte contre la reine en pleine cour plénière et finit par obtenir les secours souhaités. Pendant le banquet, il remarque un jeune homme de taille gigantesque, d'origine sarrasine, qui est employé aux cuisines : Rainouart, dont on apprend qu'il est un fils de l'émir Déramé (comme Vivien dans ses *Enfances*, il avait été enlevé par des pirates, qui l'ont revendu à Louis). Il terrifie tout le monde par sa brutalité et surtout par l'usage immodéré qu'il fait de son *tinel*, une perche de bois de la dimension d'un tronc d'arbre avec laquelle il transporte des seaux sur ses épaules. Guillaume obtient de l'emmener avec lui et, à la demande de Rainouart, accepte de l'employer au combat avec son *tinel*. De passage à Orange, Rainouart suscite la tendresse de Guibourc, qui devine que ce jeune sot est son frère, mais ne le lui dit pas. L'armée royale, menée par Guillaume, arrive aux Aliscans : commence alors la seconde bataille des Aliscans, qui s'achèvera, grâce à Rainouart et à d'autres, en victoire pour les chrétiens : mais Déramé, en déroute, parvient à s'échapper sur ses navires. Rainouart est baptisé et épouse à Paris Aélis, la fille du roi Louis et de la reine Blanchefleur : il devient ainsi à la fois le neveu et le beau-frère de Guillaume. Ce dernier rentre ensuite à Orange.

L'extrême fin de l'œuvre varie selon les manuscrits. Le manuscrit de l'Arsenal, que nous suivons, fait prononcer à Guibourc des paroles d'espoir, et Guillaume entreprend la reconstruction d'Orange ravagée par les Sarrasins. Mais tous, sauf les mss C et M, incluent une annonce des événements qui se dérouleront dans la *Bataille Loquifer*.

Nous suivons ici le texte du manuscrit de l'Arsenal, édité, avec des corrections (et, pour les lacunes, de larges emprunts) d'après la famille A, par F. Guessard et A. de Montaiglon. Ce manuscrit est représentatif des manuscrits à « petit vers » ou « vers orphelin ».

I

A icel jor ke la dolor fu grans
Et la bataille orible en Alicans,
Li quens Guillaumes i soufri grans ahans.
Bien i feri li palasins Bertrans,
5 Gaudins li bruns et Guichars li aidans,
Girars de Blaives, Gautiers li Tolosans,
[Hunalt de Saintes] et Foukiers de Mellant.
Sor tos les autres s'i aida Vivians :
En .XXX. leus fu rous ses jaserans,
10 Et en son cors ot .XV. plaies es flans ;
De la menor morust uns amirans.
Molt a ochis de Turs et de Persans,
Mès ne li vaut le pris de .II. besans ;
Car tant i ot de nés et de challans
15 Et des dromons [et des escois corans]
Ainc tant n'en vit nus hom tant soit vivans.
D'escus et d'armes est covers li Archans.
Grans fu la noise [des felons] mescréans.

II

Li quens Guillaumes vait poignant par l'estor ;
20 Ses brans fu tains de sanc et de suour.
Enmi sa voie encontre .I. aumachour ;
Tel li douna parmi son elme à flour
Dusq' es espaules mist son branc de color.
Après ocist Pinel, le fil Cadour.
25 Li quens i fiert par force et par vigor ;
Mais tant i ot de la gent paienor

Derniers combats de Vivien

I

En ce jour si douloureux
Où la bataille faisait rage aux Aliscans,
Le comte Guillaume endura de grandes souffrances.
Le palatin Bertrand y frappa de beaux coups,
5 Comme Gaudin le Brun et Guichard le robuste,
Girart de Blaye, Gautier de Toulouse,
Hunaut de Saintes et Fouchier de Mélant.
Plus que tout autre s'illustra Vivien :
Son haubert était rompu en trente points,
10 Et ses flancs étaient transpercés de quinze plaies
Dont la moindre eût été mortelle pour un émir.
Il a massacré nombre de Turcs et de Persans,
Mais cela lui paraît être bien insuffisant,
Tant les païens ont de bateaux et de chalands,
15 De navires de guerre et de rapides esquifs :
Nul homme au monde n'en a jamais vu tant.
L'Archant est recouvert d'armes et d'écus.
Les cruels Infidèles faisaient un grand vacarme.

II

Le comte Guillaume galope au milieu des combats,
20 L'épée couverte de sang et de sueur.
Il rencontre sur son chemin un émir ;
Il le frappe si fort sur son heaume fleuri
Que son épée luisante le fend jusqu'aux épaules.
Puis il tua Pinel, fils de Cador.
25 Le comte donne des coups puissants et vigoureux ;
Mais les païens sont si nombreux

Sou[s] ciel n'a home ki n'en éust paour.
Atant e vos Desramé leur signour
Sor la brahagne ki cort par grant vigor ;
30 Si sont ot lui d'Inde l'enperéour,
C'est une gent ki vers Dieu n'ont amor.
Un espiel porte par molt ruiste fieror
Dont il ot mort maint gentil vavassor ;
Lui et Tacon, le fil de sa seror,
35 En la grant presse a sovent pris son tor.
« Avois ! s'escrie, tout morrés a dolour !
Hui perdera Guillaumes sa valor ;
Ja de ses homes n'istra .I. de cest jor. »
Li quens l'oï, molt en ot grant tenror.

III

40 Li quens Guillaumes voit ses homes morir ;
Forment l'en poise, mais nes puet garandir.
Vivien kiert, mais ne le puet véir ;
Quant ne le trueve, le sens quide marir.
Par mautalent va .I. paien ferir ;
45 Dusq'es espaules li fait le fer sentir.
Dont commencierent Sarrasin à venir,
Tout Alicans en véisciés covrir ;
Tel noise mainent la terre en font fremir.
Hardiement vont les nos envaïr ;
50 La véisiés fier estor esbaudir,
Tant hanste fraindre et tant escu crossir,
Et tant hauberc derompre et dessartir,
Tant pié, tant poing, tante teste tolir,

Qu'il n'est pas d'homme au monde qui n'en fût effrayé.
Survient alors Déramé, leur seigneur,
Qui galope vigoureusement sur la plage[1]
30 Avec les troupes de l'empereur de l'Inde –
une race ennemie de Dieu.
Il porte avec une ardeur féroce un épieu
Qui a déjà tué maint noble vavasseur[2].
Tacon, le fils de sa sœur, et lui
35 Se sont lancés plus d'une fois dans la bataille.
« Holà ! s'écrie-t-il, vous mourrez tous atrocement !
Aujourd'hui, Guillaume perdra tout son renom !
Nul de ses hommes n'en sortira vivant. »
En entendant ces mots, le comte est très ému.

III

40 Le comte Guillaume voit ses hommes mourir ;
Il s'en lamente, mais demeure impuissant.
Il recherche Vivien, mais ne peut le trouver :
Cela le met hors de lui.
Dans sa fureur, il va frapper un païen
45 Et lui fait tâter de son fer jusqu'aux épaules.
Alors les païens se mettent à déferler :
Vous auriez pu voir tout Aliscans s'en recouvrir ;
Ils font un tel vacarme que la terre en tremble.
Hardiment, ils attaquent les nôtres ;
50 Ah ! si vous aviez vu ce combat éclatant[3],
Tant de lances se briser et tant d'écus se fendre,
Tant de hauberts se rompre et se déchiqueter,
Tous ces pieds, tous ces poings, toutes ces têtes voler,

---

1. La *brahagne* : m. à m. « la stérile » ; le terme peut aussi bien désigner une lande qu'une plage ; le contexte nous a fait choisir la seconde. 2. Le terme de « vavasseur », fréquent dans les romans courtois, désigne un arrière-vassal, et par conséquent un homme appartenant à la petite noblesse ; les vavasseurs sont généralement considérés, dans cette littérature, comme une élite morale dont la *preudomie* contrebalance la pauvreté. 3. Le sentiment épique qu'inspire le spectacle des combats, dans la chanson de geste, est la joie (« esbaudir »), même lorsque la défaite menace. Sur cette joie épique, voir l'article de N. Andrieux, « *Grant fu l'estor, grant fu la joie* : formes et formules de la fête épique, le cas d'Aliscans », dans : *Mourir aux Aliscans*, études réunies par J. Dufournet, Paris, Champion (collection Unichamp), 1993, p. 9-30.

L'un mort sor l'autre trebucer et chaïr.
55 Plus de .xx^m. en véisiés gesir ;
Les cris puet on de .v. lieues oïr.
Et Viviens se conbat par aïr
Devers l'Archant, mais près est del morir,
Parmi ses plaies voit ses boiaus issir
60   En .III. lieus ou en .IIII.

IV

Viviens est en l'alue de l'Archant,
Et sa boele li vait del cors issant ;
A ses .II. mains le vait ens rebotant.
Il prist l'ensegne de son espil trencant,
65 Parmi les flans le vait fort estraignant.
Dont se rafice deseur son auferrant,
Entre paiens s'en va esperounant,
Au branc d'acier les vait adamagant.
Li plus hardis va devant lui fuiant ;
70 Droit vers la mer les en maine ferant.
D'un val li sort la maisnie Gorhant ;
[C'est une] gens dou plus divers samblant,
Tot sont cornu derire et devant.
Chascuns portoit une mache pesant,
75 [Tote] de plonc et de fer el tenant ;
De tés plonmées vont leur bestes cachant.
.C^m. estoient li felon mescréant ;
Si durement vont entr'aus glatisant
Ke la marine en va toute tounant.
80 Quant Viviens voit la gent Tervagant
De tel fachon et de si fait samblant,
Et ot la noise ke il vont [de]menant,
Si s'en esmaie ne m'en vois mervillant :
Arir[e] torne [le cief] de l'auferrant.
85 N'ot pas fuï une lance tenant
Quant devant lui voit une aige bruiant ;
Dont sot il bien passé ot convenant.
Li gentix quens s'areste maintenant,
A Damedieu va son gage rendant,

Les cadavres s'entasser les uns sur les autres !
55 Vous auriez pu en voir plus de vingt mille !
Les cris peuvent s'entendre à plus de cinq lieues.
Et Vivien combat avec fureur
Du côté de l'Archant ; il va bientôt mourir :
De ses plaies il voit se répandre ses boyaux
60   En trois ou quatre endroits.

IV

Vivien est dans le secteur de l'Archant,
Et ses boyaux se répandent de son corps ;
De ses deux mains, il les remet en place.
Il prend l'enseigne de son épieu tranchant,
65 Et s'en fait un bandage serré autour des flancs.
Alors il se remet bien droit sur son cheval
Et donne des éperons au milieu des païens,
Qu'il met en pièces de son épée d'acier.
Même le plus hardi s'enfuit en le voyant :
70 Il les entraîne droit vers la mer tout en frappant.
D'un val surgit la troupe de Gorhant.
C'est un peuple à l'allure des plus monstrueuses,
Avec des cornes et derrière et devant.
Ils étaient tous armés de masses pesantes,
75 Munies de poignées de fer et de plomb,
Avec lesquelles ils poussent leurs bêtes.
Il y avait cent mille cruels Infidèles ;
Ils poussent tous ensemble tellement de cris
Que la plage tout entière résonne de ce tonnerre.
80 Quant Vivien voit le peuple de Tervagant
Qui se présente sous une telle apparence,
Et qu'il entend le vacarme qu'il fait,
Il n'est pas étonnant qu'il en soit effrayé :
Il fait faire demi-tour à son cheval.
85 A peine avait-il fui de la longueur d'une lance
Qu'il se trouve devant un cours d'eau tumultueux ;
Il sut bien alors qu'il avait violé son serment.
Le noble comte s'arrêta aussitôt.
Présentant à Dieu son gage,

90 De sa main close aloit son pis batant :
« Diex, moie cope ke jou ai fuï tant ;
Ja le comperront li paien por itant. »
Vers les vachiers s'en [vet] esperounant
    Par moult très grant ravine.

V

95 Viviens torne, ke mais ne veut fuïr,
Vers les vachiers, qui Diex doinst encombrier.
A[s] prumiers cos les va si envaïr
Dusqe as cerveles leur fait le branc sentir.
Et cil des maches le fierent par aïr,
100 Parmi l'auberc li font le sanc issir.
Diex penst de s'ame que près est del morir !
Mais ne plaist Dieu k'encor doie finir
Dusqe Guillaumes ert à l'ensevelir,
K'en Aliscans se combat par aïr.
105 Es vos Bertran qui Diex puist benéir ;
D'une compaigne ot fait .c. Turs morir.
L'escu li eurent fait trauer et partir,
Et son vert elme derompre et desartir ;
Tous fu torciés ses brans des cos ferir.
110 Quant les vachiers voit ensamble venir,
Li gentix quens ne fu mie à losir ;
Ne sot ke faire, vers aus n'osa guencir,
    Tant forment les redoute.

VI

Li quens Bertrans voit venir maint vachier
115 De la maisnie au roi paien Gohier ;
Tot sont cornu et noir comme aversier.
Li quens Bertrans n'i osa aproismier ;
N'est pas mervelle, nus n'en doit mervellier,
Car tant dïable font moult a resoignier.
120 Si com il deut arire repairier,
Vivien voit enmi aus caploier

90 Il se frappa de son poing la poitrine :
« Dieu, *mea culpa* d'avoir ainsi fui !
Les païens vont me le payer cher. »
Il éperonne son cheval du côté des Vachers
　　　Plus violent que jamais.

V

95 Vivien fait demi-tour, refusant de fuir,
Du côté des Vachers (que Dieu les maudisse !) ;
Les premiers coups de son attaque sont si violents
Que leurs cervelles ont senti son épée.
Eux, le frappent de leurs masses avec fureur,
100 Et font couler son sang à travers son haubert.
Dieu ait pitié de son âme : il va bientôt mourir !
Mais Dieu veut qu'il reste en vie
Jusqu'à ce que Guillaume vienne l'ensevelir,
Qui se bat furieusement en Aliscans.
105 Voici Bertrand (Dieu veuille le bénir !)
Qui a massacré cent Turcs d'une compagnie.
Ils ont troué et déchiqueté son écu,
Et mis en pièces son heaume luisant.
Son épée est toute râpée des coups qu'il frappe.
110 Quand il vit les Vachers arriver tous ensemble,
Le noble comte ne fut pas à son aise.
Il ne savait que faire, n'osant aller contre eux,
　　　Tant sa peur était grande.

VI

Le comte Bertrand voit venir maint Vacher
115 De la maison du roi païen Gohier ;
Tous sont cornus et noirs comme des démons.
Le comte Bertrand n'osa s'en approcher :
Ce n'est pas surprenant, nul ne doit s'étonner,
Car d'aussi nombreux diables sont très redoutables.
120 Au moment où il s'apprête à battre en retraite,
Il voit Vivien qui lutte au milieu d'eux

Où il escrie : « Monjoie, chevalier !
Oncles Guillaumes, car me venés aidier.
Bertrans cousin, com mortel encombrier !
125 Dame Guiborc, ne me verés entier ;
Prés est ma fins, n'i a nul recouvrier. »
Bertrans l'entent, le sens quide cangier,
Dont a parlé à loi d'un homme fier :
« Viviens niés, or fais trop ke lanier,
130 Quant ne vos voi entre paiens aidier ;
Bien vueil morir se ne vos puis aidier. »
A icest mot a brocié le destrier.
Ki li véist ces vachiers detrencier,
L'un mort sor l'autre verser et trebucier,
135 Bien le déust aloser et prisier.
Tant fiert Bertrans et devant et derier
Ke la grant presse fist molt aclaroier ;
N'i convenist Rollant ne Olivier.
Voit Vivien, si le cort enbracier ;
140 Trestout sanglent le commence à basier.
Li quens Bertrans le voit si fort sainnier,
Le sanc vermel fors de son cors raier,
S'il fu dolans nus n'en doit mervellier.
« Viviens niés, dist Bertrans au vis fier,
145 Car vos alés lés cel estanc coucier,
[Desor cel arbre que voi la onbroier]
Et or morrai por vos escausgaitier,
Quant si vos plaies ne finent de sainier. »
Viviens l'ot, ne puet son cief drecier,
150 .III. fois se pasme sor le corant destrier ;
Ja chaïst jus ne fuisent li estrier.
A tant e vos le fort roi Hauchebier,
Si ot des paiens .XX. mile.

Et qui s'écrie : « Montjoie[1], chevaliers !
Oncle Guillaume, venez donc à mon secours !
Cousin Bertrand, quel désastre mortel !
125 Dame Guibourc, vous ne me verrez pas vivant !
Ma fin est proche, le destin est scellé. »
En entendant ces mots, Bertrand croit devenir fou.
Il lui répond alors d'un ton farouche :
« Neveu Vivien, je me comporte bien lâchement
130 Quand je vous laisse seul au milieu des païens.
Puissé-je mourir si je ne peux vous secourir ! »
A ces mots, il éperonne son cheval.
Si vous l'aviez vu mettre en pièces ces Vachers,
Et culbuter leurs cadavres l'un sur l'autre,
135 Vous auriez bien pu chanter ses louanges.
Bertrand donne tant de coups dans toutes les directions
Qu'il éclaircit les rangs serrés de l'ennemi ;
Il remplaçait fort bien Roland et Olivier !
Dès qu'il voit Vivien, il court le serrer dans ses bras ;
140 Il se met à l'embrasser, tout ensanglanté.
Le comte Bertrand le voit saigner si fort
(Le sang vermeil ruisselait de son corps),
Qu'il n'est pas étonnant qu'il s'en soit affligé.
« Neveu Vivien, dit Bertrand au visage fier,
145 Allez vous allonger auprès de cet étang,
Sous cet arbre qui étale son ombre là-bas.
Je suis prêt à mourir en montant bonne garde,
Puisque vos plaies ne cessent de saigner. »
Vivien l'entend, mais ne peut relever la tête ;
150 Il se pâme trois fois sur le rapide destrier ;
Sans les étriers, il serait tombé à terre.
Alors survient le puissant roi Haucebier,
        Avec vingt mille païens.

---

1. *Monjoie* est le cri de guerre des Français « ça est l'enseigne Carlun », *Roland*, v. 1234). Sa forme développée, *Monjoie saint Denis*, rappelle les liens qu'entretient la royauté (capétienne) avec la célèbre abbaye qui conservait l'oriflamme de l'armée royale. *Cf.* sur ces liens H.-E. Keller, *Autour de Roland*, Champion-Slatkine, 1989, p. 54-60.

VII

Li quens Bertrans voit Haucebier venir,
155 En sa compaigne de Sarrasins .xx. mil.
« Diex, dist li quens, ki tout as à baillir,
Secor nos, Sire, se toi vient a plasir !
Niés Vivien, or vos venrai morir,
Et moi méisme ne porrai garandir. »
160 Viviens l'ot, si commence à fremir ;
Dist a Bertran : « N'avons mais nul losir ;
Tant ke vivons, alons paiens ferir.
Ja de cest jor ne me venrés issir ;
Garisiés vos, je sui prés de fenir,
165 Mais ains irai Sarrasins envaïr. »
A icest mot resont alé ferir ;
Testes et bras font des cors departir,
Et ces cerveles en contremont boulir.
Paiens nel voit ki les ost envaïr ;
170 Lancent leur lances et espiex par aïr,
Desous Bertran font son ceval morir.
Plus de .LX. le coururent saisir,
Mais Viviens leur vait des mains tolir.
Mais grant angoisse l'en convient [à] souffrir :
175 Parmi ses plaies voit ses boiaus issir
Li gentix quens ki [bien semble] martir.
Miellor vasal ne puet nus hom véir ;
Par droite force fait les paiens sortir
Plus d'une lance et arire fuïr.
180 Viviens voit son cousin mal baillir,
Un paien fiert si k'il le fist morir ;
Le ceval prent, Bertran le fist saisir,
Et il i monte, Diex le puist benéir !
Dist Viviens : « Pensés de vous garir,
185 Fuiés vos ent, por Dieu le Saint Espir,

VII

Le comte Bertrand voit venir Haucebier,
155 Accompagné de vingt mille Sarrasins.
« Dieu, dit le comte, qui gouvernes le monde,
Secours nous, Seigneur, si tu le veux bien !
Vivien, mon neveu, je vais vous voir mourir
Et je ne pourrai sauver ma propre vie. »
160 Vivien l'entend et commence à trembler ;
Il répond à Bertrand : « Nous n'avons plus le choix :
Tant que nous sommes en vie, allons frapper les païens !
Vous ne me verrez pas survivre à cette journée ;
Protégez-vous, ma fin à moi est proche,
165 Mais avant, je me lancerai contre les Sarrasins. »
Sur ces mots, ils sont retournés au combat.
Ils font voler têtes et bras
Et font jaillir en l'air les cervelles en bouillie.
A ce spectacle, aucun païen n'ose plus les attaquer.
170 Ils jettent furieusement leurs lances et leurs épieux,
Tuant sous lui le cheval de Bertrand ;
Plus de cinquante courent s'emparer de lui,
Mais Vivien l'arrache de leurs mains.
Mais il en éprouve une douleur aiguë :
175 Il voit ses entrailles sortir par ses plaies,
Le noble comte qui est un vrai martyr[1].
Impossible de voir un meilleur combattant.
Par la force, il contraint les païens à reculer
De plus d'un trait de lance[2], et de prendre la fuite.
180 Vivien voit son cousin en difficulté :
Il frappe mortellement un païen,
Prend son cheval et le donne à Bertrand,
Qui monte en selle (puisse Dieu le bénir !).
Vivien dit : « Songez à vous protéger,
185 Enfuyez-vous, par Dieu, le Saint-Esprit,

---

1. Comme dans la *Chanson de Guillaume*, Vivien souffre une véritable Passion qui en fait un héros christique à qui est promise la béatitude des martyrs.
2. La longueur d'une lance, ou d'un trait de lance, était déjà la mesure de la fuite inopinée de Vivien lui-même : on peut la considérer comme la distance critique stéréotypée dans beaucoup de chansons de geste.

Ou, se che non, il vous convient morir.
Las ! ke ne voi mon chier oncle venir,
Ke Sarrasin ne peurent onqes chirir.
Se il est mors, tos nos convient morir,
190 Car n'est nus hom ki nos puist garandir
Fors Damediex ki tout a à baillir. »
Bertrans l'entent, si geta .I. souspir,
De pitié pleure, il ne s'en puet tenir ;
  Molt grant dolor demaine.

VIII

195 Niés Vivien, ch' a dit li quens Bertrans,
Se je vous lais et je m'en vois fuians,
Honte en aurai et reprovier tos tans.
— Non aurés niens, dist Viviens li frans.
Querés là val mon oncle en Aliscans,
200 En mi l'estor ù il est combatans ;
Por Dieu li dites k'il me soit secorans.
— Non ferai, niés, ch' a dit li quens Bertrans ;
Tant com el poing me puist durer li brans,
Vos serai jou vers Sarrasins aidans. »
205 Lors vont ferir andoi es mescréans,
Si leur detrencent les costés et les flans ;
Paiens nel voit ki n'en soit esmaians.
E vos .V. contes à esperons brocans ;
Leur cousin furent, de la terre des Frans.
210 L'uns fu Gerars li preus et li vaillans,
Gaudins li bruns, li preus et li aidans,
De Coumarchies Guielins li poisans,
Et si i vient quens Hues de Melans ;
Fièrement vinrent leur ensengnes crians.
215 Lors renovele uns estours molt pesans ;

Sinon, vous ne pourrez échapper à la mort.
Malheureux ! que ne puis-je voir venir mon cher oncle,
Que les Sarrasins n'ont jamais pu chérir !
Si lui est mort, nous sommes tous condamnés,
190 Car personne ne pourra jamais nous sauver,
Sauf Notre-Seigneur Dieu qui gouverne le monde. »
En entendant ces mots, Bertrand soupire ;
Il pleure de pitié, sans aucune retenue ;
   Il mène un bien grand deuil.

VIII

195 « Vivien, mon neveu, a dit le comte Bertrand,
Si je vous abandonne et que je prends la fuite,
A tout jamais la honte et les reproches me poursuivront.
— Certainement pas, dit le noble Vivien.
Allez chercher mon oncle là-bas, en Aliscans[1],
200 Au milieu de la bataille où il se bat.
Dites-lui, au nom de Dieu, qu'il vienne à mon secours.
— Certes non, mon neveu, dit le comte Bertrand ;
Aussi longtemps que je pourrai manier l'épée,
Je vous aiderai à repousser les Sarrasins. »
205 Alors tous deux se précipitent sur les païens,
Et leur découpent les côtés et les flancs ;
Tous les païens en sont terrorisés.
Voici cinq comtes qui donnent des éperons :
Ils étaient leurs cousins, de la terre des Francs.
210 Il y avait Girart, le preux et le vaillant,
Gaudin le Brun, le preux et le robuste,
Et Guielin de Commarchis, le vigoureux ;
Il y a aussi le comte Huon de Mélant.
Ils venaient avec fougue, en poussant leurs cris de guerre.
215 Le combat reprend alors de plus belle, et fait rage.

---

1. La critique a émis l'hypothèse que l'Archant, où combat Vivien, serait la partie du champ de bataille la plus proche de la mer ; Guillaume, quant à lui, se bat dans un autre secteur des Aliscans. *Cf* J. Wathelet-Willem, « Le champ de bataille où périt Vivien », *Marche Romane, Mélanges M. Delbouille*, Liège, 1973, p. 61-74.

Mains Sarrasins perdi illuec son tans,
Ki Dieu ne voloit croire.

IX

Grans fu l'estors, par verté le vos di.
Preu sont li conte, parent sont et ami,
220 Ne se fauront tant com il soient vif ;
Mais Vivien ting jou au plus hardi.
Devant les contes a ocis l'aupatri
Ki le jor l'ot navré et mal bailli
Parmi le cors de son espil forbi ;
225 Ce fu la plaie ke plus li a nuisi.
Mais Viviens ne l'a pas meschosi ;
Tel li douna del branc d'acier forbi
Desor son elme, ki à or fu forbi,
Dusq'es espaules l'a fendu et parti ;
230 Mort le trebuce en l'Archant envers mi.
Dient li conte : « Diex, qel vasal a chi !
Secor le, Sire, par la toie merchi ! »
A icest mot s'escrient Arabi ;
Dist l'uns à l'autre : « Mal sommes escarni ;
235 Lis vis diable ont cestui resorti
Quant il fu mors très ier à miedi.
Maint mal ont fait li linage Aimeri :
Guillaumes a le roi Tiebaut houni,
Quant dame Orable sa feme li toli
240 Et de sa terre trestot le dessaisi.
Se cist glouton nos escapent ensi,
Molt devons estre de Mahoumet honi.
Trop leur avons leur orguel consenti ;
Mais, ains le vespre ke il soit enseri,
245 S'en tenra molt Guillaumes a honi
Et à mavais recréant et failli.
– Voir ! dist Bertrans, vos i avés menti ! »
Lors les requirent li .VII. cousin ami.
La véissiés tant fort escu croissi,
250 Tant elme faindre, tant hauberc desarti.
Tel noise mainent paien et Sarrasin

Maint Sarrasin y a perdu la vie,
  Qui refusait la Foi.

IX

La bataille faisait rage, assurément, je vous le dis.
Les comtes sont valeureux, ce sont de proches parents,
220 Ils se soutiendront jusqu'à la mort.
Mais, à mon sens, Vivien était le plus hardi.
Il a tué sous les yeux des comtes l'émir
Qui l'avait le jour même blessé et mis à mal
En lui plongeant son épieu fourbi dans le corps :
225 De toutes ses plaies, ce fut la plus grave.
Mais Vivien ne l'a pas mal visé :
Il l'a frappé si fort de son épée d'acier fourbi
Sur le heaume qui était d'or fourbi,
Qu'il l'a fendu en deux jusqu'aux épaules ;
230 Il le renverse, mort, au milieu de l'Archant.
Les comtes s'écrient : « Dieu, quel guerrier que voici !
Seigneur, protège-le, par ta miséricorde ! »
Sur ces mots, les Arabes poussent des cris ;
Ils se disent entre eux : « Nous sommes bien joués !
235 Les vrais démons ont remonté celui-ci
Qui était mort, tout à l'heure, à midi.
Le lignage d'Aymeri nous a causé maint tort :
Guillaume a honni le roi Thibaut,
En lui enlevant sa femme Orable,
240 Et en le dessaisissant de sa terre.
Si ces vauriens nous échappent ainsi,
Mahomet devra bien nous honnir.
Nous n'avons que trop supporté leur outrecuidance !
Mais aujourd'hui, avant la tombée de la nuit,
245 Guillaume pourra bien se tenir pour honni,
Vaincu honteusement comme un lâche.
— Certes, dit Bertrand, vous êtes un menteur ! »
Alors les sept cousins liés d'amitié les attaquent.
Ah ! si vous aviez vu tous ces écus fendus,
250 Tous ces heaumes brisés, ces hauberts mis en pièces !
Païens et Sarrasins font un tel vacarme

Et tel tempeste li cuivert de put lin
De .II. grans lieues a on la noise oï.
Cele bataille ont li [noz] desconfi ;
255 Mais dusqe à poi seront grain et mari,
  Se Damedeix n'en pense.

X

Grans fu la noise, li cris et la huée.
Icele esciele fu tost desbaretée,
Quant Aerofles leur sort d'une valée
260 A tout .XX^m. de gent de sa contrée.
La gens fuians est ad lui retornée ;
Ja i aura dolereuse mellée.
Ainc n'acointierent li [noz] pieur jornée,
Car à tés gens auront poi de durée.
265 Sor les .VII. contes est leur force tornée,
Lancent leur lances et fausars à volée ;
Ni a celui n'ait la targe fausée,
L'auberc rompu et la char entamée,
En .XV. lius et plaïe et navrée.
270 Cil se desfendent comme gent aïrée ;
Cascuns si tient el poig destre l'espée,
As paiens caupent maint poing, mainte corée,
A maint en font chaïr la boelée.
De chou k'il chaut ? ja n'i aront durée,
275 Car de paiens est trop grans l'aünée ;
Mainte sajete leur ont traite et bersée.
Es Aerofle des vaus de Puisfondée ;
Tient une hace ki bien fu acerée,
Vient a Guicart, tele li a dounée
280 [Que] par derire a sa targe caupée
Et son ceval très parmi l'eskinée.
De chi en terre est la hace colée ;
Ele i entra une aune mesurée.

Et tant de ravages, ces maudits fils de putes,
Qu'on les entend à deux lieues à la ronde.
Les nôtres ont déconfit ce bataillon ;
255 Mais d'ici peu ils seront affligés,
    Si le Seigneur Dieu n'y veille.

X

Grands étaient le vacarme, les cris et les clameurs.
Ce bataillon fut vite mis en déroute
Quand Aérofle surgit d'une vallée
260 Avec vingt mille hommes de son pays.
Les fuyards sont retournés vers lui ;
Cela promet un affrontement cruel.
Jamais les nôtres n'ont connu pire journée,
Car ils ne pourront pas résister à pareille masse.
265 Le gros des troupes se tourne vers les sept comtes :
Ils lancent en l'air leurs javelots et leurs faux[1] ;
Les nôtres ont tous leur bouclier tordu,
Leur haubert en morceaux et la chair entaillée
En quinze lieux de profondes blessures.
270 Ils se défendent de toute leur fureur :
Chacun, tenant son épée au poing droit,
Coupe aux païens maint poing et maint viscère,
Faisant tomber au sol maintes entrailles.
Mais à quoi bon ? Ils ne pourront tenir,
275 Car les païens sont beaucoup trop nombreux.
Ils leur ont décoché beaucoup de flèches.
Voici venir Aérofle des Vaux de Puisfondée
Brandissant une hache bien aiguisée,
Il fond sur Guichard, lui assène un tel coup
280 Qu'il fend son bouclier par-derrière
Ainsi que son cheval, au milieu de l'échine ;
La hache est allée se ficher dans la terre,
Jusqu'à une bonne aune de profondeur.

---

1. Selon Godefroy (art. *Falsart*) : « sorte d'arme de hast. Originairement cette arme offensive n'était autre chose qu'une faux emmanchée droite à l'extrémité d'un hampe, et dont les paysans appelés à combattre pour leurs seigneurs se servaient en guerre. »

Guichars chaï envers en mi la prée,
285 Et ses chevaus lés lui, geule baée.
Quant Aerofles voit la sele versée
(Grans fu et fors, s'ot la broigne endosée ;
N'ot si fort homme dusqe en la mer Betée,
Fors Rainouart, fiel sa seror l'aisnée,
290 Et Haucebir de puis de Trimolée :
    Cil sont fort a mervelle),

XI

Quant Aerofles voit Guicart abatu,
(Il fu molt grans et de fiere vertu),
Guicart saisist par l'auberc c'ot vestu ;
295 Ausi le lieve com .I. rain de festu
Deseur le col de l'auferrant gernu.
Par droite force li a son branc tolu.
Guicars s'escrie : « Bertran niés, où es tu ?
Oncles Guillaumes, or m'avés vos perdu. »
300 Bertrans l'entent, ainc si dolans ne fu.
Tout li .VI. conte i sont poignant venu ;
Li .III. en fierent le paien sor l'escu ;
Mal soit de cel ki [l'en] ait reméu.
Sovent refiert cascuns del branc molu
305 Parmi son elme, mais n'enpire .I. festu.
Li autre .III. ont si fier estor rendu
Ochis i furent .L. mescréu.
De chou ke chaut, quant ne sont secoru ?
Car de paiens sont tot li canp vestu,
310 Molt grant damages est [as noz] avenu,
Car tot no conte sont pris et retenu,
Fors Vivien k'il ont à mort feru,
De .XV. espiex parmi le cors feru ;

Derniers combats de Vivien 327

Guichart tomba à la renverse dans le pré,
285 Et son cheval à côté de lui, la bouche ouverte.
Quant Aérofle voit la selle vidée
(Il était grand et fort, son haubert sur le dos ;
Personne n'était plus fort jusqu'à l'Océan arctique[1],
Excepté Rainouart, fils de sa sœur ainée,
290 Et Haucebier de Puy de Trimolée[2] :
    Leur force est prodigieuse),

XI

Quant Aérofle voit Guichart abattu
(Il était très grand et vigoureux),
Il le saisit par le haubert qu'il avait revêtu
295 Et le soulève comme une brindille
Par-dessus l'encolure du cheval à longs crins.
De vive force il lui a pris l'épée.
Guichart s'écrie : « Neveu Bertrand, où es-tu ?
Oncle Guillaume, vous ne me verrez plus ! »
300 A ces mots, Bertrand s'afflige comme jamais ;
Les six comtes, ensemble, accourent en éperonnant ;
Trois d'entre eux frappent l'écu du païen ;
Malheur à qui serait venu à sa rescousse !
Chacun frappe et refrappe à coups d'épée fourbie
305 Sur son heaume, mais sans parvenir à le blesser.
Les trois autres se sont tellement bien défendus
Qu'ils ont tué cinquante mécréants.
Mais à quoi bon, si nul ne les secourt ?
Car les champs sont complètement couverts de païens ;
310 Les nôtres ont connu là un grand malheur,
Car tous nos comtes ont été faits prisonniers,
Sauf Vivien, qu'ils ont blessé à mort :
Ils lui ont transpercé le corps de quinze épieux ;

---

1. La mer *betée*, i.e. « figée », est souvent comprise comme l'Océan glacial arctique. On notera cependant que dans le *Livre de Sidrach*, encyclopédie de la fin du XIIIe siècle, cette expression désigne la mer qui environne la terre et qui est salée : au-delà se trouve un deuxième anneau liquide, la « mer noire », puis encore un troisième, la « mer puante ». La *mer betée* désigne donc, en fait, les limites de la terre. 2. C'est, semble-t-il, la seule attestation de ce nom de lieu dans la production épique médiévale.

Mais ne chiet mie, k'il ne plaist à Jhesu.
315 Ains k'il i muire sera moult chier vendu.
Diex, quel damage ! Si hardis hom ne fu
  Très le tans Jeremie.

XII

En Alischans ot mervilleus hustin.
Bertran ont pris paien et Sarasin,
320 Guichart l'enfant, Gerart et Guielin,
Huon le preu et l'alosé Gaudin ;
Gautier de Termes ont loié d'un saïn.
Dist Viviens : « Bertrans, sire cousin,
Or vous en mainent li glouton de put lin,
325 Guichart l'enfant et Gerart le meschin !
Las ! hui perdra Guillaumes tot son lin.
Diex, por quoi vif, quant ne me prent la fin ?
Tex .xv. plaies ai el cors sous l'ermin
De la meneur morust .i. fort ronchin ;
330 Mais, par l'apostle que quierent perelin,
Ne l'en menront li cuivert de put lin,
Ains sentiront de mon branc l'acherin. »
N'ot point d'escu, mais hauberc doublentin
Et son vert elme, [qui le cercle ot] d'or fin,
335 Et tot li eurent dequassé li mastin.
Il reclama le baron saint Martin,
Et saint Andrieu, saint Pol et saint Quentin,
Saint Nicolai, saint Piere et saint Fremin,
Et saint Herbert, saint Mikiel, saint Domin,
340 K'il le maintigne vers la gent Apollin,
Et dant Guillaume, le comte palasin,
  Qui est de fiere geste.

XIII

Quant Viviens ot finé s'orison,
Dont fu plus fiers que lupart ne lion,

Mais il demeure en selle, au plaisir de Jésus.
315 Avant de mourir, il se vendra chèrement.
Dieu, quel malheur ! Il était le plus hardi guerrier
            Depuis le temps de Jérémie.

XII

En Aliscans, le combat faisait rage.
Païens et Sarrasins ont capturé Bertrand,
320 Le jeune Guichart, Girart et Guielin,
Le preux Huon et l'illustre Gaudin.
Ils ont lié Gautier de Termes avec une corde.
Vivien Dit : « Bertrand, mon cher cousin
Voilà que cette sale engeance vous emmène,
325 Avec le jeune Guichart et le jeune Girart !
Hélas ! Guillaume va perdre aujourd'hui tout son lignage.
Dieu, pourquoi suis-je en vie ? Que la mort ne vient-elle[1] !
J'ai quinze plaies sous ma fourrure d'hermine
Dont la moindre aurait fait mourir un cheval robuste ;
330 Mais, par l'apôtre qu'invoquent les pèlerins,
Cette sale engeance ne l'emmènera pas :
Ils vont sentir l'acier de mon épée ! »
Il n'avait pas d'écu, mais un haubert à doubles mailles,
Et son heaume brillant, cerclé d'or fin,
335 Que ces mâtins lui avaient tout déchiqueté.
Il supplia le noble saint Martin,
Et saint André, saint Paul et saint Quentin,
Saint Nicolas, saint Pierre et saint Firmin,
Et saint Herbert, saint Michel, saint Démétrius,
340 Qu'ils le protègent du peuple d'Apollin,
Ainsi que Guillaume, le comte palatin,
            Qui est de noble race.

XIII

Quand Vivien eut achevé sa prière,
Il devint plus féroce qu'un léopard ou un lion ;

---

1. Le ms. A1 est le seul à donner la leçon *quant* ; A2 A3 A4 donnent *que*, bien plus satisfaisant.

345 L'espée traite, fiert paiens à bandon.
Fiert .I. neveu Aerofle le blon ;
Elmes n'escus n'a vers lui garison,
Tot le fendi deschi ke en l'archon,
Gambes levées l'abat mort el sablon.
350 Et puis ochist son frere Glorion
Et Galafer, Murgant et Rubion,
Et Fauseberc et son fil Garsion.
De chou ke chaut ? trop i a d'aus fuison.
Es Haucebier d'outre Cafarnaon ;
355 En tot le mont n'a paien si felon.
Ciex Haucebiers fu de si haut renon
Qu'en paienime partout en parloit on.
Plaist vos oïr .I. poi de sa fachon ?
Plus avoit force ke .XIIII. Esclavon,
360 Demie lance ot de lonc el caon,
Et une toise ot par flans environ,
Espaules lées, ne samble pas garchon,
Les bras furnis, les poins carrés en son.
Demi pié ot entre les iex dou front,
365 La teste grosse et des cheveus fuison ;
Les iex ot rouges, espris comme carbon.
Une carée porteroit bien de plon ;
Fors Renouart, ainc ne fu si fors hom,
Ki puist l'ocist, si com dist la canchon.
370 Dist Haucebiers : « Laisiés moi cest glouton ;
La soie force ne vaut mie .I. bouton.
Se n'en avoie reproce de Mahon,
Ja l'averoie tué à .I. baston. »
En sa main tient d'une lance .I. tronchon ;
375 Par tel aïr en jeta le baron
Tot li desront le hauberc fremillon,
Et trespercha son vermel auketon,
Et li enbati el cors dusque au poumon.
Viviens chiet, ou il vausist ou non.

345 De son épée nue, il frappe les païens de toutes ses forces ;
Il frappe un neveu d'Aérofle le blond ;
Ni son heaume, ni son écu ne peuvent le protéger :
Il l'a tranché en deux jusqu'à l'arçon,
Et abattu raide mort, jambes en l'air, dans le sable.
350 Puis il tua son frère Glorion,
Et Galafre, Murgant et Rubison,
Et Fauseberc et son fils Garsion.
Mais à quoi bon ? Ils sont bien trop nombreux !
Voici Haucebier, né au-delà de Capharnaüm[1],
355 C'est le païen le plus cruel du monde.
Ce Haucebier avait si grande réputation
Que l'on parlait partout de lui en terre païenne.
Aimeriez-vous que je vous fasse son portrait ?
Il était plus fort que quatorze Slaves.
360 Sa nuque mesurait plus d'une demie lance,
Ses flancs avaient plus d'une toise de large,
Il est large d'épaules (ce n'est pas un gringalet),
A des bras vigoureux, avec des poings carrés.
Ses yeux étaient distants d'un demi-pied ;
365 Sa tête est large, sa chevelure abondante,
Ses yeux, rouges, enflammés comme du charbon.
Il pourrait bien porter une charretée de plomb ;
Nul homme ne fut jamais aussi fort, sauf Rainouart
Qui plus tard le tua, comme le dit la chanson.
370 Haucebier dit : « Laissez-moi cette canaille ;
Sa force ne vaut rien du tout :
Si Mahomet ne devait m'en tenir rigueur,
Je l'aurais déjà tué d'un coup de bâton ! »
Il tient en main un tronçon de lance ;
375 Il le jeta sur le baron si furieusement
Qu'il lui rompit son haubert scintillant,
Transperça son hoqueton[2] vermeil,
Et le lui enfonça dans le corps jusqu'au poumon.
Vivien s'écroule, qu'il le veuille ou non.

---

[1]. Dans les textes épique, les chefs sarrasins sont souvent originaires de régions situées à l'est de la Terre sainte ; dans le *Jeu de saint Nicolas*, Jean Bodel met en scène un « émir d'outre l'Arbre sec ». [2]. Le hoqueton est une sorte de corset rembourré porté sous le haubert.

380 Dist Hauchebiers : « De cestui païs avon ;
Ens en l'Archant Guillaume querre allon
Et à nos nés en prison le meton ;
Son anemi Tiebaut le presenton,
A son plaisir en prenge vengison. »
385 Lors s'en tornerent, brochant à esperon,
Vivien laisent gisant sor le sablon.
Li ber se drece quant vient de pamison,
Devant lui garde, s'a véu .I. gascon ;
A molt grant paine li monta en l'archon,
390 Vient en l'Archant sous .I. arbre roont,
Sous .I. estanc, d'aige i avoit à fuison.
La descendi, si a dit s'orison ;
   Ke Diex reçoive s'ame !

XIV

Viviens est en l'alues de l'Archant,
395 Joste la mer par dalés .I. estant,
A la fontaine dont li rui sont corant,
Li oiel li torblent, la colour va muant,
Li sans i flote, ki del cors li descent ;
Tout ot le cors et le hauberc sanglent.
400 A Damedieu va sa coupe rendant,
Et doucement de vrai cuer reclamant.
« Diex, dist il, Sire, vrais peres omnipotent,
Par qui est toute créature vivant,
La toie force ne va mie faillant ;
405 Secor mon oncle, se toi vient a commant. »
De Vivien lairomes à itant ;
Une autre fois i [serons] repairant.
Si vous diroumes del bon conte vaillant

380 Haucebier déclare : « Celui-ci nous laissera tranquilles !
Allons chercher Guillaume à travers l'Archant,
Et faisons-le prisonnier dans nos navires ;
Conduisons-le à son ennemi Thibaut,
Pour qu'il en prenne vengeance à son gré. »
385 Alors ils s'en allèrent, éperonnant leurs chevaux,
Et laissèrent Vivien étendu sur le sable[1].
Le baron se relève dès qu'il revient à lui,
Et remarque, devant lui, un destrier gascon ;
Il monte sur la selle avec difficulté,
390 Et s'en vient en l'Archant sous un arbre rond,
Près d'un étang dont les eaux sont profondes.
Là il met pied à terre, et fait son oraison ;
   Que Dieu reçoive son âme !

XIV

Vivien se trouve sur la terre[2] de l'Archant,
395 Près de la mer, à côté d'un étang,
Au bord d'une fontaine dont les eaux sont vives.
Ses yeux se troublent, son visage pâlit,
Son sang coule et s'épanche de partout ;
Son corps et son haubert sont ensanglantés.
400 Il confesse ses péchés au Seigneur Dieu,
Et l'implore avec douceur, d'un cœur sincère :
« Dieu, dit-il, Seigneur, vrai Père tout-puissant,
Qui donnes vie à toutes créatures,
Ta puissance ne peut faiblir.
405 Secours mon oncle, si telle est ta volonté. »
Nous allons abandonner Vivien en ce point,
Nous reviendrons vers lui un peu plus tard.
Nous allons vous parler du bon comte valeureux

---

1. Cette version contredit le scénario primitif de la *Chanson de Guillaume*, où les Sarrasins s'appliquent au contraire à cacher le corps du héros afin que les chrétiens ne puissent le retrouver. *Cf.* la *Chanson de Guillaume*, v. 926-928.
2. L'*alue, aluef* (alleu), est un bien possédé en pleine propriété, sans redevance (à la différence du fief) ; comme le fief, il désigne le plus souvent une terre. Pour une discussion de cette formule, *cf. La Chanson de Guillaume*, éditée par D. McMillan, Société des Anciens Textes Français, Paris, 1950, t. II, p. 133 (note critique du v. 16).

Ki se combat molt fort en Aliscant
410 Contre paiens. Moult en va ochiant,
La soie force ne va mie faillant ;
Mais ke plus fiert [tant] plus li va croisant
Icele [gens] ki aoure Tervagant :
Ce li est vis ke tos jors va croisant.
415 S'il ot paor, nus n'en [soit] mervillant ;
Dieu et ses sains va sovent reclamant
   Ke de mort le garise.

XV

En Aliscans fu molt grans la dolor.
Li quens Guillaumes tient le branc de color ;
420 Tant ot feru sor la gent paienor
Le cors ot taint de sanc et de suour.
De .xx^m. homes k'il mena en l'estor
N'ot que .XIIII. ; cil n'ont point de vigor,
Navré en sont à mort tout li plusor.
425 Li quens Guillaumes leur a dit par amor :
« Por Dieu, signeur, le nostre créator,
Tant com vivons, maintenons bien l'estor.
Li cuers me dist ja n'istrons de cest jor,
Car tout sont mort no chevalier millor.
430 N'oi mais crier nostre ensengne Francor,
Mors est Bertrans, dont ai au cuer dolor,
De mon lignage ai perdue la flor.
Or sai je bien jou en ai le piour
De la bataille ; mais, par saint Sauvéor,
435 Tant com je vive, n'aront paien sejor ;
Ja n'en auront honte mi ancisor,
Ne chanteront en vain li gogléor
Que jou de terre i perde plain .I. tor
   Tant ke je soie en vie. »

Qui mène un combat acharné en Aliscans
410 Contre les païens. Il en fait grand massacre,
Sa force ne faiblit pas.
Mais plus il frappe, plus le nombre s'accroît
De cette race qui adore Tervagant :
Il lui paraît qu'elle ne cesse d'augmenter.
415 Nul ne doit s'étonner s'il en est effrayé ;
Il supplie souvent Dieu et ses saints
    De le protéger de la mort.

XV

Les souffrances étaient immenses en Aliscans.
Le comte Guillaume brandit son épée étincelante.
420 Il a tellement frappé sur le peuple des païens
Que son corps était baigné de sang et de sueur.
Des vingt mille hommes qu'il avait menés au combat
Il n'en restait que quatorze, à bout de forces :
Nombre d'entre eux sont blessés mortellement.
425 Le comte Guillaume leur a dit affectueusement :
« Pour Dieu, seigneurs, notre Créateur,
Tant que nous sommes en vie, battons-nous férocement.
Mon cœur me dit que nous ne survivrons pas à cette
Car tous nos meilleurs chevaliers sont morts. [journée,
430 Je n'ai pas entendu le cri de guerre des Français,
Bertrand est mort, j'en ai le cœur bien triste,
J'ai perdu la fleur de mon lignage.
Je sais bien à présent que j'ai le dessous
Dans cette bataille ; mais, par le saint Sauveur,
435 Moi vivant, les païens n'auront pas de repos ;
Je maintiendrai l'honneur de mes ancêtres ;
Les jongleurs ne prétendront pas dans leurs chansons[1]
Que j'aurai reculé d'un seul arpent
    Tant que j'aurai été en vie. »

---

[1]. Une telle mise en abyme se rencontrait déjà dans la *Chanson de Roland*, éd. cit., v. 1012-1013 : *Or guart chascuns que granz colps i empleit, / Que malvaise cançun de nus chantet ne seit!* (au moment de l'attaque de l'arrière-garde) et v. 1466 : *Male chançun n'en deit estre cantee* (à propos des épées de Roland et d'Olivier).

XXIII

Li quens Guillaumes va cele part poignant ;
Molt fu iriés et plains de mautalent.
695 Vivien trueve sous .I. arbre gisant
A la fontaine dont li dois sont bruiant,
Ses blances mains sor son pis en croisant.
Tot ot le cors et le hauberc sanglant
Et le viaire et l'elme flanboiant ;
700 Sa cervele ot deseur ses iex gisant ;
Encoste lui avoit couchié son brant.
D'eure en autre va sa coupe rendant
Et en son cuer Damedieu reclamant,
A sa main close aloit son pis batant ;
705 N'avoit sor lui d'entir ne tant ne quant.
« Diex, dist Guillaumes, com ai mon cuer dolant !
Recéu ai hui damage si grant
Dont me daurai en trestout mon vivant.
Niés Vivien, de vostre hardement
710 Ne fu mais hom puis ke Diex fist Adan.
Or vos ont mort Sarrasin et Persant ;
Terre, car ouevre, si me va engloutant !
Dame Guiborc, mar m'irés atendant ;
Ja en Orenge n'ere mais repairant. »
715 Li quens Guillaumes va durement plorant
Et ses .II. poins l'un en l'autre torgant ;
Soventes fois se claimme las, dolant.
De sa dolor mais ira nus parlant,
Car trop le maine et orible et pesant.
720 Au duel k'il maine si chaï de Bauchant,
      Contre terre se pasm[e].

La mort de Vivien

XXIII

Le comte Guillaume éperonne son cheval de ce côté ;
Il était furieux, en proie à la colère.
695 Il trouve Vivien gisant sous un arbre,
Auprès de la fontaine dont les eaux murmurent,
Ses blanches mains croisées sur sa poitrine.
Son corps et son haubert étaient ensanglantés,
Ainsi que son visage et son heaume flamboyant ;
700 Sa cervelle s'était répandue sur ses yeux ;
Il avait posé son épée auprès de lui.
De temps à autre, il confessait ses fautes,
Et implorait le Seigneur Dieu dans son cœur,
Se frappant la poitrine de son poing fermé ;
705 Il était couvert de blessures sur tout le corps.
« Dieu, dit Guillaume, comme mon cœur est triste !
J'ai connu aujourd'hui de si terribles pertes
Que je m'en lamenterai toute ma vie durant.
Neveu Vivien, depuis que Dieu créa Adam,
710 Personne n'eut autant de hardiesse que vous.
A présent, Sarrasins et Persans vous ont tué.
Ouvre-toi donc, terre, pour m'engloutir !
Dame Guibourc, vous m'attendrez en vain ;
Jamais je ne pourrai revenir à Orange ! »
715 Le comte Guillaume pleure à chaudes larmes,
Et tord ses deux poings l'un contre l'autre[1] ;
Il ne cesse de se lamenter sur son malheur.
Personne ne décrira plus son affliction,
Car elle est trop intense, terrible et pesante.
720 Dans sa douleur, il tombe de Baucent[2],
        Et s'évanouit sur le sol.

---

1. C'était l'une des manifestations ostentatoires du deuil au Moyen Age, comme dans l'Antiquité classique. **2.** Baucent est le cheval de Guillaume dans *Aliscans*.

XXIV

Li quens Guillaumes fu iriés et dolans ;
Vivien voit ki gisoit tos sanglans.
Plus souef flaire ke baumes ne encens,
725 Sor sa poitrine tenoit ses mains croisans,
Parmi le cors ot .XV. plaies grans ;
De la menor morust uns Alemans.
« Niés Vivien, dist Guillaumes li frans,
Mar fu vos cors ke tant par ert vaillans,
730 Vostre proece et vostre hardemens
Et vo biauté ke si ert avenans.
Niés, ainc lions ne fu si combatans ;
Vos n'estiés mie estos ne mal querans,
N'onqes ne fustes de proece vantans,
735 Anchois estiés dous et humelians
Et sor paiens hardis et conquerans.
Ainc ne doutastes ne roi ne amirans ;
Plus avés mort Sarrasins et Persans
C'onques nus hom nen fist de vostre tans.
740 Niés, che t'a mort c'onqes nen fus fuians
Ne por paiens .I. seul pié reculans ;
Or te voi mort par dalés ces Archans.
Las ! ke n'i ving tant com il fu vivans ?
Del pain ke j'ai fust acumunians,
745 Dou vrai cor Dieu fust par ce connisans ;
A tos jors mais en fuisse plus joians.
Diex, reçoif s'ame par tes dingnes commans,
K'en ton service est mors en Aliscans
  Li chevaliers honestes. »

XXIV

Le comte Guillaume était au comble de l'affliction.
Il voit Vivien qui gisait tout sanglant.
Il sentait bon, bien plus qu'un baume ou de l'encens[1],
725 Et tenait ses mains croisées sur sa poitrine.
Son corps était meurtri de quinze plaies béantes :
La plus petite aurait causé la mort d'un Allemand.
« Neveu Vivien, dit le noble Guillaume,
Quel malheur pour vous qui étiez si vaillant,
730 Pour votre prouesse et votre hardiesse
Et pour votre beauté, qui était si gracieuse !
Cher neveu, vous étiez plus combatif qu'un lion ;
Vous n'étiez ni tête brûlée, ni querelleur,
Et jamais vous ne vous êtes vanté d'une prouesse ;
735 Au contraire, vous étiez doux et humble,
Mais hardi et combatif contre les païens.
Vous ne redoutiez ni roi, ni émir ;
Vous avez tué plus de Sarrasins et de Persans
Qu'aucun de vos contemporains.
740 Cher neveu, tu es mort d'avoir refusé de fuir
Et de reculer d'un seul pied devant les païens.
A présent, je te vois mort au milieu de l'Archant.
Ah ! que n'y suis-je venu quand il était en vie !
Il aurait communié avec ce pain que j'ai,
745 Et aurait ainsi goûté au Vrai Corps de Dieu ;
J'en aurais pour toujours éprouvé plus de joie.
Dieu, reçois son âme dans ta bienveillance,
Car c'est à ton service qu'est mort en Aliscans
  Ce noble chevalier. »

---

1. C'était le propre des corps saints que de dégager des odeurs suaves (*cf.* l'expression « mourir en odeur de sainteté ») : les chroniqueurs ecclésiastiques qui relatent des transferts ou des exhumations de reliques de saints ne manquent pas de signaler le fait. De même, symboliquement, les paroles (suaves) du Christ étaient comparées à une odeur agréable : dans les *Bestiaires*, la panthère, animal christique, est censée entraîner tous les animaux après elle à cause de la suavité de son haleine.

XXV

750 Li quens Guillaumes son grant duel renouvele ;
Tenrement pleure, sa main à sa maisele :
« Niés Vivien, mar fu, jovente bele,
Ta grant proece ki tant estoit novele ;
Si hardis hom ne monta onqes sor sele.
755 Haï ! Guibor, contesse, damoisele,
Quant vos serés ceste [lasse] novele,
Molt serés quite de quisant estincele ;
Se ne vos part li cuers sos la mamele,
Garans vos ert [cele] virge pucele,
760 Sainte Marie, qui maint pecchieres apele. »
Li quens Guillaumes por la dolor cancele,
Vivien baise tot sanglant la maisele,
Sa tenre bouce k'est douce com canele.
Met ses .II. mains amont sor la forcele,
765 La vie sent qui el cors li sautele ;
  Parfont dou cuer sospire.

XXVI

Niés Vivien, che dist li quens Guillaumes,
Quant t'adoubai en mon palais, a Termes,
Por vostre amor en donai à .C. elmes,
770 Et .C. escus, et .C. targes noveles,
Et escarlates, et mantiaus et gouneles ;
A leur voloir eurent armes et seles.
E ! Guiborc, dame, chi a froides noveles,
Ceste dolor porrés tenir a certes.
775 Vivien niés, parles a moi, men pers. »

XXV

750 Le comte Guillaume multiplie les marques d'affliction.
Il pleure tendrement, sa main posée sous son menton[1].
« Vivien, mon neveu, à quel malheur, belle jeunesse,
Fut vouée ta grande prouesse, toujours renouvelée !
Nul chevalier ne fut jamais aussi hardi.
755 Hélas, Guibourc, comtesse, noble dame,
Quand vous apprendrez cette funeste nouvelle,
Une cuisante souffrance vous ravagera !
Si votre cœur n'éclate dans votre poitrine,
Ce sera que la Vierge vous aura protégée,
760 Sainte Marie, que supplie maint pécheur. »
Le comte Guillaume chancelle de douleur,
Il baise Vivien, tout sanglant, au menton,
Et sur sa tendre bouche, douce comme la cannelle.
Il pose ses deux mains en haut, sur sa poitrine,
765 Et sent la vie qui palpite dans son corps.
       Il pousse un profond soupir.

XXVI

« Vivien, mon neveu, dit le comte Guillaume,
Quand je t'ai adoubé dans mon palais, à Termes[2],
Pour l'amour de vous j'ai donné à cent jeunes gens des
770 Et cent écus, et cent targes toutes neuves,   [heaumes,
Des étoffes d'écarlate, des manteaux, des tuniques ;
Ils eurent des armes et des selles à leur gré.
Hélas, Guibourc, ma dame, quelles nouvelles glaciales !
Ce grand malheur, vous ne pourrez que l'accepter.
775 Vivien, mon neveu, mon pair, parle-moi ! »

---

1. Encore un signe codifié d'affliction : cf. l'article de Ph. Ménard, *Tenir le chief embronc, crosler le chief, tenir la main a la maissele* : trois attitudes de l'ennui dans les chansons de geste du XIIe siècle », in : *Actes du IVe congrès international de la Société Rencesvals*, Heidelberg, 1969, p. 145-155 (*Studia romanica*, 14). **2.** Il pourrait s'agir de Termes-en-Termenès, ville de la *Via Tolosana*, entre Narbonne et les Corbières ; cf. J. Bédier, *Les Légendes épiques*, t. 1, Paris, 1908, p. 390-391 et J. Wathelet-Willem, *Recherches sur la Chanson de Guillaume*, Paris, Belles-Lettres, 1975, p. 620, n. 534.

Li quens l'enbrace par desous ses aseles,
Molt doucement le baise.

XXVII

Guillames pleure ki le cuer ot iré,
Parmi les flans tient l'enfant acolé,
780 Molt doucement l'a plaint et regreté :
« Vivien, sire, mar fu vostre biauté,
Vo vaselage quant si tost est finé.
Je vos nouri doucement et soué ;
Quant jou a Termes vos oi armes doné,
785 Por vostre amor i furent adoubé
.C. cevalier tout d'armes conraé.
Or vos ont mort Sarrasin et Escler,
Chi voi vo cors plaié et decopé !
Ciex Diex ki a par tout sa poesté,
790 Ait de vostre ame et merchi et pité,
Et de ces autres ki por lui sont finé,
Ki par les mors sont tot ensanglenté !
[En] convenant éus à Damedé
Ke ne fuiroies en bataille campel
795 Por Sarrasin plaine lance [de lé] ;
Biaus sire niés, petit m'avés duré !
Or seront mais Sarrasin reposé,
N'aront mais garde en trestot mon aé,
Ne [ne perdront] mais plain pié d'ireté,
800 Quant de moi sont et de vos delivré,
Et de Bertran, mon neveu l'alosé,
E dou barnage ke tant avoie amé.
Encor aront Orenge ma cité,
Toute ma terre et de lonc et de lé ;
805 Jamais par homme ne seront contresté. »
Li quens se pasme, tant a son duel mené.
Quant se redrece, s'a l'enfant regardé
Ki .I. petit avoit son cief levé ;
Bien ot son oncle oï et escouté.
810 Por la pité de lui a souspiré.
« Diex, dist Guillaumes, or ai ma volenté ! »

Le comte l'enlace en le prenant sous les aisselles,
Et le baise très doucement.

XXVII

Guillaume pleure, le cœur plongé dans l'affliction,
Il tient l'enfant dans ses bras par les flancs ;
780 Très doucement il a exhalé ses regrets :
« Vivien, seigneur, à quoi bon votre beauté,
Votre valeur guerrière, quand elles s'en vont si vite ?
Je vous ai élevé avec une grande tendresse ;
Quand je vous ai donné vos armes, à Termes,
785 Par affection pour vous j'ai aussi adoubé
Cent chevaliers avec leur équipement complet.
Maintenant, Sarrasins et Slaves vous ont tué,
Et je vois votre corps meurtri et mis en pièces !
Que ce Dieu qui gouverne le monde entier
790 Accorde à votre âme pardon et miséricorde,
Ainsi qu'à ceux qui sont morts en son nom
Et gisent, ensanglantés, au milieu des cadavres.
Tu avais fait serment au Seigneur Dieu
Que jamais un Sarrasin ne te ferait fuir
795 De la longueur d'une lance en plein combat ;
Très cher neveu, tu m'as vite quitté !
Désormais, les Sarrasins pourront se reposer,
Ils seront bien tranquilles, définitivement :
Ils ne risqueront plus de perdre un pied de leurs terres,
800 Quand ils seront débarrassés de vous, de moi,
Et de Bertrand, mon neveu renommé,
Et des barons que j'avais tant aimés.
Bientôt ils reprendront Orange, ma cité,
Toute ma terre dans toute son étendue ;
805 Jamais personne ne s'opposera à eux. »
Le comte se pâme, tant il mène grand deuil.
Quand il se relève, il regarde l'enfant
Qui avait légèrement relevé la tête ;
Il avait parfaitement entendu son oncle.
810 De pitié, il a poussé un soupir.
« Dieu, dit Guillaume, mon vœu est exaucé ! »

L'enfant enbrace, si li a demandé :
« Biaus niés, vis tu, por sainte carité ?
– Oïl voir, oncle, mais poi ai de santé ;
815 N'est pas mervelles, car le cuer ai crevé.
– Niés, dist Guillaumes, dites moi verité
Se tu avois pain benoït usé
Au diemence, ke prestres eust sacré ? »
Dist Viviens : « Je n'en ai pas gosté ;
820 Or sai jou bien que Diex m'a visité
   Quant vos a moi venistes. »

XXVIII

A s'amosniere mist Guillaumes sa main,
Si en traist fors de son benoït pain
Ki fu sainés sor l'autel Saint Germain.
825 Or dist Guillaumes : « Or te fai bien certain
De tes pecchiés vrai confês aparmain.
Je suis tes oncles, n'as ore plus prochain,
Fors Damedieu, le [verai soverain] ;
En lieu de Dieu serai ton capelain,
830 A cest bautesme vuel estre ton parin,
Plus vos serai ke oncles ne germain. »
Dist Viviens : « Sire, molt ai grant fain
Ke vos mon cief tenés dalés [vo] sain,
En l'onour Dieu me donés de cest pain,
835 Puis [me] morrai ore endroit aparmain ;
Hastés vos, oncles, car molt ai le cuer vain.
– Las ! dist Guillaumes, com dolereus reclaim !
De mon lignage ai perdu tout le grain ;
Or n'i a mès ke le paille et l'estraim,
840   Car mors est li barnages. »

XXIX

Guillaumes pleure, ne se puet sauoler.
Vivien fist en son devant ester,
Molt doucement le prist a acoler.
Dont se commence l'enfes à confesser ;
845 Tot li gehi, n'i laissa ke conter

Il s'adresse à l'enfant qu'il a pris dans ses bras :
« Cher neveu, vis-tu, par la sainte charité ?
— Oui, vraiment, mon oncle, mais je suis très affaibli ;
815 Ce n'est pas étonnant, car mon cœur est percé.
— Mon neveu, dit Guillaume, dis-moi en vérité
Si tu as mangé du pain bénit
Consacré par un prêtre, ce dimanche ? »
Vivien répond : « Je n'y ai pas goûté ;
820 A présent je sais bien que Dieu m'a visité,
      Puisque vous êtes à mon chevet. »

XXVIII

Guillaume porta sa main à son aumônière,
D'où il tira du pain bénit
Consacré sur l'autel de saint Germain.
825 Alors Guillaume lui dit : « Je te l'assure bien,
Tu vas tout de suite confesser tes péchés.
Je suis ton oncle, l'être le plus proche de toi
Excepté Dieu, le vrai Souverain ;
En son nom, je serai ton chapelain,
830 A ce baptême je veux être ton parrain :
Je serai plus qu'un oncle ou un cousin germain. »
Vivien répond : « Seigneur, je désire ardemment
Que vous teniez ma tête contre votre poitrine,
Et que, en l'honneur de Dieu, vous me donniez de ce pain :
835 Ensuite je mourrai ici-même aussitôt.
Dépêchez-vous, mon oncle, mon cœur va défaillir !
— Hélas ! répond Guillaume, quelle douloureuse requête !
De mon lignage, j'ai perdu tout le bon grain ;
Il ne reste désormais que la paille et la balle,
840   Car les barons sont morts. »

XXIX

Guillaume ne peut s'arrêter de pleurer.
Il inclina Vivien sur sa poitrine,
Et le prit par le cou avec une grande tendresse.
Alors le jeune homme commença sa confession ;
845 Il lui avoua, sans la moindre omission,

De che k'il pot savoir ne ramenbrer.
Dist Viviens : « Molt m'a fait trespenser
Au jor que primes deuc mes armes porter,
A Dieu vouai, ke l'oïrent mi per,
850 Ke ne fuiroie por Turc ne por Escler,
Ke de bataille ne me verroit torner
Lonc d'une lance, à tant le vuel esmer,
Ke mort u vif [m'i] porroit on trover ;
Mais une gent me fist hui retorner
855 Ne sai com lonc, car ne le sai esmer.
Je criem mon veu ne m'ai[en]t fait fauser.
– Niés, dist Guillaumes, ne vous estuet douter. »
A icest mot li fait le pain user,
En l'ounor Dieu en son cors avaler.
860 Puis bat sa coupe, si laissa le parler,
Mais ke Guiborc li rova saluer.
Li oiel li torblent, si commence a muer.
Le gentil conte a pris a regarder
K'il le voloit de son cief encliner :
865 L'ame s'en va, n'i puet plus demorer.
En paradis le fist Diex hosteler,
Aveuc ses angles entrer et abiter.
Voit le Guillaumes si [commence à] plorer ;
(...)

XLVIII

Li quens Guillames s'est durement hastés ;
Dist au portier : « [Amis], la porte ouvrés ;
Je sui Guillames, ja mar le meskerrés. »
1600 Dist li portirs : « .I. petit vos souffrés. »
De la tornele est molt tost avalés,
Vint à Guiborc, si haut est escriés :

Tout ce qui pouvait lui revenir en mémoire.
Vivien dit : « Ceci m'a beaucoup troublé :
Le premier jour où j'ai porté mes armes,
J'ai fait serment à Dieu, en présence de mes pairs,
850 Que ni Turc, ni Slave ne me pousserait à fuir,
Qu'on ne me verrait pas reculer dans un combat
De la longueur d'une lance (je l'avais estimé ainsi),
Qu'on doive me trouver mort ou vif.
Mais aujourd'hui des ennemis m'ont fait reculer
855 D'une distance que je ne peux évaluer.
Je crains bien qu'ils ne m'aient fait transgresser mon vœu.
– Mon neveu, dit Guillaume, vous n'avez rien à craindre. »
Sur ces mots, il lui donne le pain à manger,
Pour qu'il l'avale pour la gloire de Dieu.
860 Puis Vivien bat sa coulpe et cesse de parler,
Demandant seulement de saluer Guibourc.
Sa vue se trouble, il commence à pâlir.
Il se met à regarder le noble comte,
Car il voulait lui faire un signe de tête :
865 Son âme s'en va, elle ne peut demeurer.
Dieu le fit recevoir au paradis,
Et y entrer et vivre avec ses anges.
Devant sa mort, Guillaume se met à pleurer.
(...)

Guillaume, en fuite, devant les murs d'Orange[1]

XLVIII

Le comte Guillaume s'est mis au grand galop.
Il dit au portier : « Ami, ouvrez la porte !
Je suis Guillaume, vous pouvez me faire confiance ! »
1600 Le portier lui répond : « Attendez un instant. »
Très vite, il a dévalé la petite tour ;
Il va chercher Guibourc, et lui crie d'une voix forte :

---

1. Guillaume a revêtu les armes du païen Aérofle.

« Gentiex contesse, dist il, car vos hastés,
Là defors est uns chevaliers armés.
1605 D'armes paienes est ses cors conraés,
Estrangement est grande sa firtés,
Bien resamble home ki d'estor soit tornés,
Car je vois tos ses bras ensanglentés ;
Molt par est grans sor son ceval armés,
1610 Et dist k'il est Guillames au cort nés.
Venés i, dame, por Dieu, si le venrés. »
Ot le Guibors, li sans, li est mués ;
Ele descent dou palais segnorés,
Vient as crestiaus amont sor les fossés,
1615 Dist à Guillame : « Vasal, ke demandés ? »
Li quens respont : « Dame, la porte ovrés
Isnelement et le pont avalés ;
Car chi m'encauce Baudus et Desramés
Et .xx. mil Turs à vers elmes gemmés ;
1620 Se chi m'ataignent, je sui à mort livrés.
Gentiex contesse, por Dieu, car vos hastés. »
Et dist Guibors : « Vasal, n'i enterrés ;
Toute sui seule, n'ai ot moi home nés,
Fors cest portier et .I. clerc ordenés,
1625 Petits enfans, n'ont pas .X. ans passés,
Et de nos dames, ki le cuer ont irés
Por leur maris, ne sai où sont alés,
K'aveuc Guillame alerent au cort nés
En Aliscans, sor paiens desfaés.
1630 N'i aura porte ne guicet desfermés
Dusqe Guillames [ert] arire tornés,
Li gentiex quens ki de moi est amés ;
Diex le garise ki en crois fu penés ! »
Ot le Guillames, s'est vers terre clinés ;
1635 De pitié pleure li marchis au cort nés,
L'aige li cort fil à fil sor le nés.

« Noble comtesse, dit-il, dépêchez-vous !
Il y a, là-dehors, un chevalier en armes.
1605 Il est revêtu d'armes païennes,
Son apparence féroce est impressionnante ;
On dirait bien qu'il revient d'une bataille,
Car j'ai vu tous ses bras couverts de sang ;
Il est immense, sur son cheval, avec ses armes,
1610 Et prétend être Guillaume au Court Nez.
Venez le voir, dame, au nom de Dieu. »
A ces mots, Guibourc est bouleversée ;
Elle descend du palais seigneurial,
Vient aux créneaux, au-dessus des fossés,
1615 Et s'adresse à Guillaume : « Vassal[1], que voulez-vous ? »
Le comte répond : « Dame, ouvrez la porte
Immédiatement, et abaissez le pont ;
Car je suis pourchassé par Baudus et Déramé,
Et vingt mille Turcs à heaumes brillants ornés de gemmes.
1620 S'ils me rattrapent, je suis voué à la mort.
Noble comtesse, au nom de Dieu, dépêchez-vous ! »
Guibourc répond : « Vassal, vous n'entrerez pas ;
Je suis toute seule, je n'ai plus un seul homme,
Sauf ce portier et un clerc ordonné,
1625 Et des petits enfants qui n'ont même pas dix ans,
Et des dames, qui sont dans l'angoisse
A cause de leurs maris, partis on ne sait où :
Ils avaient accompagné Guillaume au Court Nez
En Aliscans, contre les païens sans foi.
1630 Nous n'ouvrirons ni porte, ni poterne[2]
Tant que Guillaume ne sera pas revenu,
Le noble comte qui a tout mon amour.
Dieu le protège, qui fut crucifié ! »
En entendant ces mots, Guillaume baisse la tête.
1635 Le marquis au court nez pleure d'émotion,
Les larmes en filets lui coulent sur le nez.

---

1. Le terme de *vassal*, dans un salut ou une apostrophe, est agressif, voire injurieux (puisqu'il suppose l'infériorité vassalique de l'interlocuteur). **2.** Un *guichet* est une petite ouverture, réservée aux piétons, à l'intérieur des grandes portes d'une cité ou d'un château fort ; le terme de poterne désigne plus généralement une porte destinée au seul passage des piétons.

Guiborc rapele quant fu amont levés :
« Ce sui je, dame, molt grant tort en avés,
Molt m'esmervel ki desconu m'avés ;
1640 Je sui Guillames, ja mar le meskerrés. »
Et dist Guibors : « Paien, vos i mentés,
Mais, par l'apostle c'on quiert en Noiron prés,
Anchois sera vostres ciés desarmés
Ke vos ovre la porte. »

XLIX

1645 Li quens Guillames se hasta de l'entrer ;
N'est pas mervelle, car bien se doit douter,
K'après lui ot le cemin fresteler
De cele gent ki nel puent amer.
« France contesse, dist Guillames li ber,
1650 Trop longuement me faites demorer ;
[Vez de paiens toz ces tertres raser].
– Voir, dist Guibors, bien oi à vo parler
Ke mal doiés Guillame resambler :
Ainc por paien nel vi espaonter ;
1655 Mais, par saint [Piere], ke je doi molt amer,
Ne ferai porte ne guichet desfermer
Deske je voie vostre cief desarmer,
Et sor le nés la bouce as iex mirer,
Car s'entresanlent plusieurs gens au parler.
1660 Chaiens sui seule, ne m'en doit on blasmer. »
Ot le li quens, lait la ventaille aler,
Puis haut leva le vert elme gemé.
« Dame, dist il, or poés esgarder ;
Je sui Guillames, car me laisiés entrer. »
1665 Si com Guibors le prent a raviser,
Parmi le canp voit .c. paiens aler.
Corsu d'Urastes les fist de l'ost torner ;
Par aus faisoit Desramé presenter
.CC. chaitis, ki tot sont baceler,
1670 Et .XXX. dames od les viaires clers.
De grans chaienes les eurent fait noer ;
Paien les batent, qui Diex puist mal doner !

Il rappelle Guibourc dès qu'il relève la tête :
« C'est bien moi, dame, vous vous mettez en tort,
Je suis très étonné que vous ne m'ayez pas reconnu.
1640 Je suis Guillaume, vous regretterez de ne pas me croire. »
Et Guibourc répondit : « Païen, vous me mentez !
Mais, par l'apôtre qu'on prie au Jardin de Néron,
Commencez donc par enlever votre heaume,
   Avant que j'ouvre la porte. »

XLIX

1645 Le comte Guillaume était pressé d'entrer.
Ce n'est pas surprenant, il peut bien s'inquiéter,
Car il entend derrière lui le chemin retentir
Du bruit de ceux qui n'ont pour lui que haine.
« Noble comtesse, dit Guillaume le vaillant,
1650 Vous me faites attendre bien longtemps !
Voyez ces tertres se couvrir de païens.
– Certes, dit Guibourc, je vois à vos propos
Que vous ne ressemblez guère à Guillaume :
Jamais je ne l'ai vu s'effrayer pour des païens !
1655 Mais, par saint Pierre, que je dois vénérer,
Je ne ferai ouvrir ni porte ni poterne
Tant que je n'aurai pas vu votre visage nu,
Et, de me propres yeux, la bosse sur le nez,
Car beaucoup de gens ont une voix semblable.
1660 Je suis ici toute seule, on ne doit me blâmer. »
A ces mots, le comte releva la visière,
Puis il souleva le heaume brillant à pierreries.
« Dame, dit-il, regardez à présent ;
Je suis Guillaume, laissez-moi donc entrer ! »
1665 Au moment où Guibourc parvient à le reconnaître,
Elle voit cent païens passer dans les champs.
Corsu d'Urastes les avait détachés de l'armée
Pour présenter en son nom à Déramé
Deux cents captifs, rien que des jeunes guerriers,
1670 Et trente dames aux clairs visages.
Ils sont attachés par de grandes chaînes ;
Les païens les battent (Dieu puisse les confondre !).

Dame Guiborc les a oï crier
Et hautement Damledeu reclamer ;
1675 *Dist à Guillaume : « Or puis je bien prover*
Que tu n'ies mie dan Guillaumes le ber,
La fiere brace qu'en soloit tant loer :
Ja n'en lessastes paiens noz genz mener
Ne à tel honte batre ne devorer ;
1680 *Ja nes sofrisses si près de toi mener !*
– Dex, dist li quens, com me velt esprover !
Mès par celui qui tot a à sauver,
Je ne leroie por la teste à coper,
S'en me devoit trestoz vis desmembrer,
1685 *Que devant lui ne voise ore joster.*
Por soe amor me doi je bien grever,
Et la loi Deu essaucier et monter,
Et le mien cors traveillier et pener. »
L'elme relace, puis let cheval aler,
1690 *Tant com il puet desoz lui randoner,*
Et vet paiens ferir et encontrer.
Le premerain a fet l'escu troer
Et le clavain derompre et desafrer ;
Parmi le cors fist fer et fust passer.
1695 *A autre part a fet l'enseigne outrer,*
Jambes levées l'a fet mort craventer.
Puis tret l'espée qu'il toli à l'Escler,
A .i. paien fist la teste voler,
L'autre porfent deci el cerveler
1700 *Et puis le tierz a fet mort reversser.*
Le quart fiert si qu'ainz ne li lut parler.
Paien le voient, n'i ot qu'espoonter ;
Li .i. à l'autre le commence à conter :
« C'est Aarofles, li oncles Cadroer
1705 *Qui vient d'Orenge essillier et gaster ;*
Corrociez est, moult l'avons fet irer
Quant nos ne fumes en Aleschans sor mer :

Guillaume devant les murs d'Orange 353

Dame Guibourc a entendu leurs cris[1]
Et les prières qu'ils adressaient à Dieu d'une voix forte ;
1675 Elle dit à Guillaume : « Là, je peux bien prouver
Que tu n'es pas sire Guillaume, le vaillant,
Surnommé Fièrebrace, si digne de louanges :
Tu n'aurais pas laissé les païens emmener les nôtres,
Ni les battre si honteusement et les martyriser.
1680 Jamais tu ne les aurais laissés passer si près de toi !
— Dieu, dit le comte, comme elle veut me mettre à
Mais, au nom du Sauveur du monde, [l'épreuve !
Je ne manquerai pas, dût-on me couper la tête
Ou m'écarteler tout vif,
1685 D'aller jouter maintenant sous ses yeux.
Je dois bien me démener pour son amour,
Soutenir et glorifier la foi chrétienne,
Et endurer des peines et des souffrances. »
Il relace son heaume, et fait aller son cheval
1690 De toute la vigueur dont il est capable,
Et se lance sur les païens pour les frapper.
Il traverse l'écu du premier adversaire
Et lui déchire la cuirasse qui en perd son orfroi.
Le fer et le bois lui transpercent le corps.
1695 L'enseigne a été projetée d'un autre côté,
Et il l'a terrassé, raide mort, les jambes en l'air.
Puis, tirant l'épée qu'il arrache au Slave,
Il fait voler la tête d'un païen,
En pourfend un autre jusqu'à la cervelle,
1700 Et en renverse un troisième, raide mort.
Il en frappe un quatrième sans le laisser ouvrir la bouche.
A ce spectacle, les païens sont remplis d'épouvante.
Le bruit alors commence à circuler :
C'est Aérofle, l'oncle de Cador,
1705 Qui vient de ravager et de piller Orange.
Il est très en colère contre nous,
Qui n'étions pas aux Aliscans-sur-Mer :

---

1. Le manuscrit de l'Arsenal étant lacunaire, les vers 1673-1770 ont été édités d'après une version dépourvue de « petit vers ».

Je cuit que chier nos fera comparer. »
An fuie tornent por lor vie sauver,
Toz les prisons ont coi lessiez ester. 1710
Li ber Guillaumes les suit por decoper,
Et cil li fuient qui n'osent demorer.
Voit le Guiborc, si commence a plorer;
A haute voiz commença à crier:
« Venez, biau sire, or i poez entrer. » 1715
Ot le Guillaumes, si prist à retorner,
Vers les prisons commenc[e] a galoper,
L'un après l'autre vet toz deschaener,
Puis les en rueve dedenz Orenge entrer.

L

Quant li quens ot les prisons delivrez 1720
Et vers Orenge les ot acheminez,
Après paiens s'est ariere tornez;
Toz les ataint li destriers abrivez.
Li quens ot tret li brans qui fut letrez,
A .IIII. cox en a .VI. craventez. 1725
A voiz paiene s'est li quens escriez:
« Filz à putein, les chevaus me lerez,
Si les aura mis oncles Deramez;
Chascuns sera en sa chartre gitez.
Moult durement s'est vers vous aïrez 1730
Por la bataille dont li estes faussez. »
Paien s'escrient: « Si com vos commandez;
Fetes, biau sire, totes vos volentez. »
A pié descendent, ez les vos desmontez;
Desor cheval n'en est .I. sol remez. 1735
Li dui les .II. ont par les poinz noez,
Ainz n'en i ot que .IIII. delivrez.
Cil ont les autres devant els amenez,
Droit vers Orenge es les acheminez.
« Dex, dist Guiborc, est Guillaumes faez 1740
Qui par son cors a tant enprisonez?
Granz pechiez fet, qu'il ne soit encombrez!
Sainte Marie, et car le secorez!

A mon avis, il va nous le faire payer cher. »
Ils prennent la fuite pour sauver leur vie,
1710 Abandonnant leurs prisonniers tout cois.
Le vaillant Guillaume les poursuit pour les mettre en
Et eux s'enfuient sans demander leur reste.   [pièces,
A ce spectacle, Guibourc fond en larmes,
Et se met à lui crier d'une voix forte :
1715 « Venez, mon cher seigneur, la porte vous est ouverte ! »
A ces mots, Guillaume fit demi-tour
Et, galopant en direction des prisonniers,
Les délivre l'un après l'autre de leurs chaînes,
Et leur ordonne de pénétrer dans Orange.

L

1720 Le comte, après avoir délivré les prisonniers
Et les avoir conduits vers Orange,
Retourne à la poursuite des païens.
Le destrier fougueux les a vite rattrapés.
Le comte, tirant son épée ciselée,
1725 De quatre coups en a abattu six.
Il s'écria dans la langue des païens :
« Fils de putains, vous me laisserez les chevaux,
Je les donnerai à mon oncle Déramé ;
Il vous expédiera tous dans ses prisons.
1730 Il est très irrité contre vous,
Qui n'êtes pas venus combattre à ses côtés. »
Les païens s'écrièrent : « A vos ordres !
Faites, noble seigneur, comme vous l'entendez. »
Ils mettent pied à terre : les voici descendus.
1735 Pas un seul n'est resté sur son cheval.
Ils se lient les poignets deux par deux,
Quatre seulement conservent leur liberté
Pour pouvoir faire avancer les autres devant eux.
Le cortège s'achemine droit vers Orange.
1740 « Dieu ! dit Guibourc, Guillaume est magicien,
Pour avoir fait tout seul tant de prisonniers !
Puisse-t-il ne pas être victime de cette démesure !
Sainte Marie, venez donc à son secours !

De paiens voi toz ces tertres rasez ;
1745 Lasse, dolente, chetive, que feré ?
Se il i muert, c'est par mes foletez. »
Ele s'escrie : « Sire, quar en venez !
Ahi ! Guillaumes, franc marchis au cort nez,
Por amor Deu qui en croiz fu penez,
1750 Lessiez ces Turs, trop les avez grevez :
A vis déables soient il commandez ! »
Et dist Guillaumes : « Si com vos commandez. »
Ez vos le conte qu'est venuz as fossez ;
Devant la porte s'est li bers arestez
1755 O sa grant proie, dont il i ot assez,
Et de vitaille .XV. somiers trossez.
Toz les paiens a ensemble enenglez
Devant la porte entre pont et le guez ;
La les a toz ocis et demanbrez.
1760 De ce fist moult que sages et membrez
Qu'à norreture n'en a il nul lessez.
Dont fu la porte overte et defermez
Et li granz ponz tornéis avalez.
Li quens i entre dolenz et abosmez,
1765 Et les chetis qu'il ot desprisonez,
Et li hernois as paiens desfaez,
Et la vitaille et li vins et li blez.
Puis ont les pons en contremont levez
Et les granz portes et les huis bien barrez,
1770 A granz chaenes ont les portax fermez.
(...)

LXIII

Li quens Guillames descendi au perron,
Mais n'ot ot lui escuier ne garçon
Ki li tenist son destrier Aragon ;

Je vois tous ces tertres recouverts de païens ;
1745 Hélas ! pauvre de moi, que faire en ce malheur ?
S'il est tué, ma folie en sera la cause ! »
Elle s'écrie : « Seigneur, revenez !
Hélas, Guillaume, noble marquis au Court Nez,
Pour l'amour de Dieu qui fut crucifié,
1750 Laissez ces Turcs, vous leur avez fait assez de mal !
Que tous les diables les emportent ! »
Et Guillaume répond : « Comme vous voulez ! »
Voici le comte qui s'approche des fossés.
Le baron s'est arrêté devant la porte
1755 Avec tout son butin, qui était abondant,
Et quinze bêtes de somme chargées de nourriture.
Il a rassemblé tous les païens dans un coin,
Devant la porte, entre le pont et le gué.
Là, il les a tous tués et taillés en pièces.
1760 Ce fut une très sage et remarquable décision
De ne laisser à aucun la vie sauve.
Alors la porte fut grande ouverte,
Et le grand pont-levis abaissé.
Le comte pénètre, triste et affligé,
1765 Avec les prisonniers qu'il avait libérés,
L'armement des païens sans foi ni loi
Et le ravitaillement, le vin et le blé.
Puis on remonta le pont-levis
Et on barricada les grandes portes et les issues,
1770 En les renforçant avec de grandes chaînes.
(...)

Arrivée de Guillaume à Laon et « scène de Laon »

LXIII

Le comte Guillaume descendit de cheval au montoir,
Mais il n'avait ni écuyer ni valet
Pour lui tenir son destrier d'Aragon.

Li ber l'atace à l'olivier roon.
Cil ki le voient sont en molt grant friçon ;
Plus le redoutent que l'aloe faucon.
A Loéy ou palais le dist on
K'il a aval descendu ou sablon
[.I. escuier, bien resamble baron] :
« Ne sai s'il est chevalier ou haus hom ;
En toute France n'a nul de sa fachon.
Grant a le cors, le vis et le menton,
Le regart fier assés plus d'un lion ;
Chaint a l'espée dont d'ormier est li poing.
Amené a .i. destrier Aragon,
Maigre a la teste, si a gros le crepon ;
Bien ataindroit à l'olivier a son.
Molt a bon frai[n], d'or i a maint boton,
Et la sele est de l'oeuvre Salemon.
Uns haumes pent devant a son arçon,
Et derriers a son hauberc fremillon,
Mais n'a entor forrel ne gambillon ;
Blance est la maille assés plu d'auketon,
Et s'en y a de rouge com carbon.
Molt par sont grant andoi si esperon ;
La broce a près .x. pans tout environ.
Si a vestu .i. mavais siglaton
Et par deseur .i. ermin pelichon.
Haut a le nés par deseur le gernon,
Et gros les bras, les poins quarrés en son,
Simple viaire et ceveus a fuison ;
A grant mervelle resamble bien felon. »
Franchois l'entendent, si en sont en fraiçon,
N'i a celui n'en baisse le menton.
Dist Loéis : « Car m'i alés, Sanson,
Puis me venés renoncier la raison.
Bien enqerés ki il est, et son non,

2320 Le baron l'attache à l'olivier rond.
Ceux qui le voient en tressaillent de peur ;
L'alouette ne redoute pas plus le faucon.
On porte la nouvelle à Louis, dans la grande salle,
Que vient de descendre dans la cour, sur le sable,
2325 Un écuyer qui a bien l'air d'un combattant :
« Je ne sais si c'est un chevalier ou un grand baron ;
Personne en France n'a pareille apparence.
Son corps est grand, comme son visage et son menton,
Son regard plus féroce que celui d'un lion.
2330 Il a ceint une épée dont le pommeau est d'or.
Il est venu sur un destrier d'Aragon
Dont la tête est étroite mais la croupe large.
Il est presque aussi haut que l'olivier.
Son frein est remarquable, avec maints boutons d'or,
2335 Et sa selle travaillée à la façon de Salomon[1].
Un heaume est suspendu à l'avant de l'arçon,
Et à l'arrière, son haubert étincelant,
Mais il n'est ni fourré ni rembourré.
Ses mailles sont plus blanches qu'une étoffe,
2340 Et certaines sont rouges comme charbons ardents.
Ses deux éperons sont gigantesques :
Leur broche mesure près de dix empans ;
Il a revêtu un méchant mantelet
Et porte, par-dessus, une pelisse d'hermine.
2345 Son nez se dresse au-dessus de sa moustache,
Ses bras, forts, se terminent par des poings massifs.
Son visage est franc et sa chevelure abondante.
C'est merveille de voir comme il a l'air terrible. »
A ces mots, les Français tressaillent de frayeur :
2350 Toutes les têtes s'inclinent vers le sol.
Louis intervient : « Allez-y donc, Sanson,
Puis revenez me dire ce qu'il veut.
Demandez-lui son identité et son nom,

---

1. L'*oeuvre Salomon* : ce serait une façon, d'origine orientale, de tailler l'or, l'ivoire ou le marbre. L'origine de cette expression est incertaine (pour une mise au point, *cf.* S.J. Borg, *Aye d'Avignon*, Genève, Droz (Textes littéraires français), 1967, p. 356-357). Les incrustations d'or et d'ivoire sont fréquentes dans la décoration des selles et des harnais que décrivent les chansons de geste et les romans.

Et d'ont il est et de qel region ;
Puis revenés arire. »

LXIV

Dist Loéis : « Sanses, car m'i alés,
Si gardés bien chaens ne l'amenés
Dusqe je sace de qel terre il est nés.
Tex puet il estre, sachiés par verités,
Mar le véimes entrer en cest rennés.
Alés tost, frere, gardés ne demorés.
– Sire, dist Sanses, si com vos commandés. »
Il s'en torna, s'avala les degrés,
Vien à Guillame, se li a demandé :
« Com avés non ? De qel terre estes nés ?
Et si me dites de qel terre venés.
– Voir, dist Guillames, aparmain le saurés.
Ne doit en France mes nons estre celés :
Jo ai à non Guillames au cort nés,
Si ving d'Orenge, durement sui lassés.
Vostre merchi, cest ceval me tenés
Tant ke jo aie à Loéi parlé.
– Sire, dist Sanses, .I. petit me souffrés ;
Je irai lassus el palais signorés,
Au roi sera mes mesages contés.
Sire Guillames, aparmain me raurés ;
Por Dieu vos pri ke ne vos aïrés :
Chi m'envoia Loéis li senés. »
Et dist Guillames : « Amis, or vos hastés,
Dites le roi, ja mar li celerés,
Ke je sui chi povres et esgarés.
Or venrai jo s'onqes fu mes privés.
Contre moi vigne et ses rices barnés ;
Or saurai jo comment je sui amés.
A la besoigne est amis esprovés.
Se dont nel fait, n'i a plus séurtés.
– Sire, dist Sanses, je li dirai assés ;

Et de quelle région il est originaire,
2355 	Puis revenez ici. »

LXIV

Louis intervient : « Sanson, allez-y donc,
Gardez-vous bien de l'amener ici,
Jusqu'à ce que je sache de quel pays il est.
Peut-être bien, sachez-le véritablement,
2360 Est-il entré dans ce pays pour notre malheur.
Allez vite, frère, ne vous attardez pas !
– Seigneur, dit Sanson, à vos ordres ! »
Il s'en alla, descendit l'escalier,
S'approcha de Guillaume et lui demanda :
2365 « Comment vous nommez-vous ? De quel pays êtes-vous ?
Dites-moi aussi de quelle terre vous venez.
– Assurément, dit Guillaume, vous allez le savoir.
En France[1], je ne dois pas dissimuler mon nom :
Je me nomme Guillaume au Court Nez,
2370 Et suis venu d'Orange : je suis épuisé.
S'il vous plaît, tenez-moi ce cheval
Jusqu'à ce que j'aie parlé à Louis.
– Seigneur, dit Sanson, attendez-moi un instant.
Je vais remonter dans ce palais seigneurial
2375 Pour rapporter mon message au roi.
Seigneur Guillaume, je reviendrai bientôt.
Je vous prie, au nom de Dieu, de ne pas vous fâcher :
C'est Louis, le sage, qui m'a envoyé ici. »
Guillaume répond : « Ami, dépêchez-vous,
2380 Dites au roi – malheur si vous le cachez ! –
Que j'arrive ici pauvre et éperdu.
Je vais bien voir maintenant s'il a été mon ami.
Qu'il vienne à ma rencontre avec sa riche suite :
Je saurai bien alors combien je suis aimé.
2385 C'est dans l'épreuve que l'on reconnaît un ami.
S'il reste coi, on ne peut plus se fier à rien.
– Seigneur, dit Sanson, je le lui transmettrai :

---

1. En pays sarrasin, en revanche, Guillaume est expert à déguiser son identité.

Mon vuel, fera li rois vos volentés. »
Il s'en torna, el palais est montés,
2390 Et dist au roi : « Sire, vos ne savés ?
Chou est Guillames, ki tant est redoutés ;
Par moi vos mande k'encontre lui alés. »
Loéis l'ot, vers terre est clinés ;
Dist a Sanson : « Alés, si vos saés,
2395 Ke ja par moi ne sera ravisés ;
A vis déables soit ses cors commandés !
Tant nous aura travelliés et penés ;
Ce n'est mie hom, ains est .I. vis maufés.
Maudehait ait ens el cors et el nés
2400 Qui il est bel ke chi est arivés. »
Li rois se siet dolans et trespensés.
Cil damoisel avalent les degrés
Et chevalier, dont il i ot assés,
[Cui] li quens ot [les garnemenz] donés,
2405 Les piaus de martre, les ermins engolés,
Et les haubers et les elmes jemmés,
Et les espées et les escus bouclés,
L'or et l'argent, les deniers monéés,
Les palefrois, les destriers sejornés.
2410 Quand il ce virent k'il ert si esgarés,
Onqes n'i fu baisiés ne acolés ;
Mavaisement fu li quens salués,
Mais par contraire fu sovent apelés,
Et d'uns et d'autres escarnis et gabés ;
2415 Soventes fois fu li quens rampronés.
Ensi va d'omme ki chiet en povertés ;
Ja n'ert cheris, servis ne honorés.
Et dist Guillames : « Signeur, grant tort avés ;
Je vos ai tos [et] servis et amés,
2420 Mains grans avoirs par maintes fois donés,
Deniers et robes maintes fois presentés ;
S'or ne vos doing, n'en doi estre blasmés,
Car en l'Archant fui tos desbaretés.
Mort sont mi homme, molt en sont poi remés ;

Je ferai tout pour que le roi vous satisfasse. »
Il s'en alla, remonta dans la salle,
2390 Et dit au roi : « Seigneur, le savez-vous,
C'est Guillaume, qui est si redouté ;
Il vous fait demander d'aller à sa rencontre. »
A ces mots, Louis baissa la tête ;
Il dit à Sanson : « Allez donc vous asseoir,
2395 Je n'ai pas l'intention d'aller le revoir.
Qu'il aille à tous les diables !
Il nous aura causé tant de tourments et de souffrances :
Ce n'est pas un homme, c'est un vrai démon.
Qu'il tombe malade et qu'il souffre du nez,
2400 Celui qui est heureux de sa venue ! »
Le roi s'assied, plongé dans des pensées moroses.
Les damoiseaux dévalent l'escalier
Avec un grand nombre de chevaliers
A qui le comte, naguère, avait donné des équipements,
2405 Des peaux de martres, des vêtements garnis d'hermine,
Des haubed'hermine,
Des épées et des boucliers à bosse[1],
De l'or et de l'argent, de la bonne monnaie,
Des palefrois, des destriers frais et dispos.
2410 Quand il le virent dans un si piètre état,
Aucun d'entre eux ne vint lui faire fête.
Leur accueil fut bien peu chaleureux :
Ils ne cessèrent de le malmener,
De se moquer et de le tourner en dérision.
2415 Ils le couvraient de railleries à qui mieux mieux.
Tel est le sort d'un homme qui devient pauvre ;
Plus personne ne l'aime, ne le sert ni ne l'honore.
Guillaume réplique : « Seigneurs, vous vous comportez
Je vous ai tous soutenus et aimés, [mal.
2420 Je vous ai distribué souvent bien des richesses,
Et offert bien souvent deniers et vêtements ;
Il ne faut pas me blâmer de ne rien vous donner,
Car je viens d'être mis en déroute à l'Archant.
Mes hommes sont morts, il y a peu de survivants ;

---

1. L'*escu bouclé* est un bouclier dont la partie centrale est renforcée par un renflement métallique.

2425 Bertrans i est, mes niés, enprisonés,
Gerars et Guis, et des autres assés ;
Ocis i est Viviens le senés,
Et jo méismes sui en .VI. lieus navrés.
Ne sai k'en mente, en fuies sui tornés,
2430 De ma grant perte sui forment adolés.
Entor Orenge a .C. mile d'Esclés ;
Asise l'a li fors rois Desramés,
Ensamble od lui .XXX. rois desfaés ;
Dusqe à .VII. ans est li sieges jurés.
2435 Dame Guibors, ki tant vos a amés,
Par moi vos mande ke vos le secorés.
Por Dieu, signer, prenge vos ent pité ;
Secorés nos, grant aumoune ferés. »
Quant il l'oïrent, mos ne li fu sonés,
2440 Guillame laissent, es les vos retornés ;
El palais montent par les marbrins degrés.
Li gentix hom est estraiers remés.
Anqui saura Guillames au cort nés
Com povres hom est dou riche apelés,
2445 S'il est avant ou arire boutés.
De chou si dist li vilains verités :
Ki le sien pert assés chiet en vieutés ;
    C'est sans [nule] dotance.

LXV

Or est Guillames tos seus sos l'olivier.
2450 Tot le guerpissent et laisent estraier ;
Ainc n'i remest sergant ne chevalier.
Anqui saura Guillames au vis fier
Com povres hom puet au riche plaidier.
« Diex, dist Guillames, ki tot as à baillier,
2455 Com par est viex qui il convient proier.
Se je aportaise et argent et ormier,
Cil m'ounoraissent et tenissent bien chier ;
Por ce k'il voient ke d'aide ai mestier,

Bertrand, mon neveu, y a été fait prisonnier,
Avec Girart et Gui, et bien d'autres encore ;
Vivien le sage y a été tué,
Et j'ai reçu moi-même six blessures.
Pourquoi mentir ? J'ai pris la fuite,
Et je suis accablé par ce que j'ai perdu.
Cent mille Slaves ont pris Orange en tenaille ;
Le puissant roi Déramé l'a assiégée,
Avec trente rois mécréants.
Il a juré de maintenir le siège pendant sept ans.
Dame Guibourc, qui vous a tant aimés,
Me fait vous demander d'aller la secourir.
Au nom de Dieu, seigneurs, prenez pitié !
Secourez-nous, ce sera un grand acte de charité ! »
Ils ne répondirent rien à ce discours :
Ils quittèrent Guillaume et s'en retournèrent
Vers la grande salle par l'escalier de marbre.
Le noble baron, lui, resta, abandonné.
Aujourd'hui Guillaume au Court Nez apprendra
Comment un riche se comporte avec un pauvre,
S'il l'honore ou le rejette.
Le paysan n'a pas tort de le dire[1] :
« Qui perd ses biens est méprisé de tous ».
    Cela n'est pas douteux.

LXV

Guillaume est donc tout seul sous l'olivier.
Tous s'éloignent de lui et le laissent, abandonné.
Personne ne reste, ni sergent, ni chevalier.
Aujourd'hui Guillaume au visage terrible apprendra
Comment un pauvre peut supplier un riche.
« Dieu, dit Guillaume, qui gouvernes le monde,
Combien peut s'avilir celui qui doit supplier !
Si j'avais apporté de l'argent et de l'or fin,
Ceux-là m'auraient honoré et chéri tendrement ;
Mais comme ils voient que j'ai besoin d'aide,

---

1. Les proverbes, sagesse populaire, étaient attribués au monde rural ; il existe un recueil de maximes dit *Proverbes au vilain*.

Me tienent vil com autre pautonier,
2460 Nis establer ne veulent mon destrier. »
Li quens s'asist, n'ot en lui c'aïrier ;
Sor son ceval a mis son branc d'acier,
Soventes fois regrete sa moillier.
Ens el palais entrent li cevalier.
2465 Rois Loéis les prist à araisnier :
« Où est Guillames, li marchis au vis fier,
Ki tant nos fait pener et traveiller ?
– Remés est seus desous [.I.] olivier. »
Loéis prist .I. baston d'aliier,
2470 A la fenestre s'est alés apoier.
Il voit Guillame plorer et larmoier,
Il l'apela, sel commence à hucier :
« Sire Guillames, alés vos herbergier ;
Vostre ceval faites bien aasier,
2475 Puis revenés à la cort por mangier.
Trop povrement venés or cortoier,
Ke vos n'avés garçon ne escuier
Ki vos servist à vostre descauchier.
– Diex, dist li quens, com or puis esragier
2480 Quant ciex se paine de moi contraloier
Ki me déust aloser et prisier,
Desor tous hommes amer et tenir chier !
Mais, par celui ki tout a à jugier,
Se jo me puis en cel palais fichier,
2485 Ja ne venra ains demain anutier,
De ceste espée, dont li poins est d'ormier,
Li quit jo faire la teste roeignier,
Et maint des autres parmi le cors fichier.
Mar m'i mostrerent ni orguel ne dangier ;
2490 Ains ke me parte vuel à aus consellier,
Par tel maniere, se je puis esploitier,
Ke mon corage en vaurrai esclairier. »
Lors commencha les iex à rouellier,

Ils me méprisent comme un vulgaire truand,
2460 Et ne veulent même pas mettre mon cheval à l'écurie.
Le comte s'assit, fou de rage.
Il a posé son épée d'acier sur ses genoux[1],
Et ne cesse de penser avec tristesse à son épouse.
Les chevaliers pénètrent dans la salle.
2465 Le roi Louis alors les interpelle :
« Où est Guillaume, le marquis au visage farouche,
A qui nous devons tant de peines et de sueur ?
— Il est resté tout seul sous un olivier. »
Louis s'empara d'un bâton d'alisier,
2470 Et alla s'accouder à la fenêtre.
Voyant Guillaume pleurer à chaudes larmes,
Il se mit à l'interpeller d'une voix forte :
« Seigneur Guillaume, allez chercher un gîte ;
Veillez au confort de votre cheval,
2475 Puis revenez à la cour pour dîner.
Votre tenue n'est pas décente pour la cour :
Vous n'avez même pas de valet ni d'écuyer
Pour s'occuper de vous déchausser.
— Dieu, dit le comte, comme la colère m'étouffe,
2480 Quand je vois s'appliquer à me couvrir de sarcasmes
Celui qui aurait dû me célébrer et m'honorer,
M'aimer et me chérir plus que tout homme !
Mais, par le Juge suprême du monde,
Si je parviens à pénétrer dans ce palais,
2485 Point ne sera besoin d'attendre demain soir,
Avec cette épée au pommeau d'or pur
Je compte bien lui couper la tête,
Et la planter dans le corps de bien d'autres.
Malheur à ceux qui m'ont méprisé et injurié !
2490 Avant de partir, je veux aller les rencontrer,
Pour faire en sorte, si j'y puis parvenir,
D'illustrer mon courage. »
Il se mit alors à faire rouler ses yeux,

---

[1]. Les autres manuscrits disent « genolz » et non « cheval », ce qui offre un sens meilleur.

Les dens a croistre et la teste à hochier ;
2495   Molt ot au cuer grant ire.

LXVI

Or fu Guillames sor l'olivier ramé ;
Assés s'oï laidir et ranprosner.
Forment l'en poise, mais nel puet amender,
Ke Loéis fait son huis si garder
2500 Ke n'i pot hom ne issir ne entrer,
Tout por Guillame ki tant fait a douter.
Voit le li quens, le sens quide derver ;
De mautalent commence à tressuer.
Uns frans borgois, Guimars l'oï nomer,
2505 Ot lui le maine, si l'a fait osteler,
Et son ceval ricement establer.
A haute table le fist la nuit souper ;
Mais ainc li quens n'i vaut de char goster
Ne de blanc pain une mie adeser ;
2510 Gros pain de [segle] fist li quens aporter,
De cel mainga, si but aigue au boucler.
Li frans borgois li prist à demander :
« Sire Guillames, gentix, nobles et ber,
Si bel mangier volés vos refuser ?
2515 Por quoi le faites ? Ne le devés celer ;
Se vos volés, je[l] ferai amender.
– Nenil voir, sire, ains fait molt à loer ;
Mais à Orenge, quant je m'en dui torner,
Plevi [ma fame] Guiborc, od le vis cler,
2520 [N'en] gousteroie, chou li vuel afier,
Tan com fuïse arire retornés ;

A grincer des dents et à secouer la tête[1] ;
2495 Grande était sa colère.

LXVI

Guillaume se tenait près de l'olivier touffu.
Il supporta bien des injures et des railleries.
Il en est bouleversé, mais demeure impuissant,
Car Louis a fait si bien garder sa porte
2500 Que nul ne peut ni entrer ni sortir,
A cause de Guillaume qui est si redoutable.
Voyant cela, le comte pensa devenir fou.
La colère le met dans un bain de sueur.
Un bourgeois généreux, nommé Guimard, dit-on,
2505 L'emmène chez lui, il lui offre le gîte
Et traite richement son cheval dans l'écurie.
Le soir, il l'installa au haut bout de la table.
Mais le comte refusa de goûter à la viande
Et de toucher tant soit peu au pain blanc ;
2510 Le comte réclama du gros pain de seigle ;
Il en mangea, et but de l'eau dans sa coupe.
Le bourgeois se mit à le questionner :
« Noble seigneur Guillaume, généreux et vaillant,
Vous voulez donc refuser un si bon repas ?
2515 Pourquoi cela ? Vous devez me le dire.
Si vous voulez, je le ferai améliorer.
— Assurément non, seigneur, il est délicieux.
Mais à Orange, au moment de partir,
J'ai promis à ma femme Guibourc au clair visage
2520 De faire abstinence, tel fut alors mon vœu,
Jusqu'au moment de mon retour.

---

1. Ce sont là les trois manifestations stéréotypées du *furor* dans la chanson de geste. On rencontre déjà ce thème, d'origine indo-européenne, dans le *Poème au roi Robert* (*Carmen ad Rotbertum regem*) d'Adalbéron de Laon (XIe siècle), où il est présenté comme indissociable du comportement du guerrier (*bellator*), c'est-à-dire de la fonction guerrière. L'*ire* n'est donc pas seulement une disposition psychologique. *Cf.* Adalbéron de Laon, éd. et trad. Cl. Carozzi, Les Classiques de l'Histoire de France au Moyen Age, Belles-Lettres, 1979, v. 110-111 : *Pugnos declinat, cubitos extendit in altum, / Erexis cilium, torquens cum lumine collum : / Miles nunc !* (« Les poings écartés, il tend les bras vers le ciel, il hausse les sourcils, se tord le cou et les yeux : maintenant, je suis un *miles* »).

Vostre merchi, ne vos en doit peser. »
Od le li ostes, si commence à plorer ;
A cele fois si l'ont laissié ester.
2525 Après mangier font les napes oster,
Au gentil comte font .I. lit atorner
De riche keute et d'un drap d'outremer,
Mais ainc Guillames n'i vaut dormir aler ;
Fresche herbe et joins fist li quens aporter,
2530 En une cambre s'est alés adoser,
Sour sa suère va s'ent li quens cliner.
Vers sa moillier ne se veut parjurer.
Onqes n'i pot dormir ne reposer.
Li quens Guillames se hasta dou lever,
2535 A l'oste fist son hauberc aporter,
Son branc d'acier n'i vaut mie oublier,
Son hauberc vest et a chaint le branc cler.
« Sire, dist l'ostes, où devés vos aler ?
– Voir, dist Guillames, bien le vos doi conter :
2540 Jo irai lassus à Loéi parler
Por le secors requerre et demander ;
Mais, par celui ki tout [a] à saver,
Teus le me puet escondire et véer
Et ma parole et ma raison blasmer,
2545 Mien ensientre, li ferai comperer.
– Sire, dist l'ostes, Diex vos laist bien aler !
Grans est l'orguex ke venrés assambler :
Li rois i doit Blanceflor corouner ;
Vostre seror, ki molt vos doit amer,
2550 Vermendois doit en douaire doner,
La mellor terre que on puist deviser ;
Mais ainc sans guerre ne pot nul jor ester.
– Voir, dist Guillames, jo ere au deviser.
De tout en tout l'estuet par moi aler,
2555 Car douce France doi jo par droit garder
Et en bataille l'oriflanbe porter ;

Je vous prie de ne pas vous en offenser. »
En entendant ces mots, l'hôte se mit à pleurer ;
Ils en restèrent là.
2525 Après le repas, on retire les nappes,
Et l'on prépare pour le noble comte un lit
Avec une riche couverture et un drap d'outre-mer,
Mais jamais Guillaume n'accepta d'y dormir.
Le comte fit apporter de l'herbe fraîche et des joncs,
2530 Et alla s'allonger dans une chambre,
Etendu sur son seul drap.
Il ne veut pas être parjure envers sa femme.
Il n'y put ni dormir, ni se reposer.
Le comte Guillaume eut tôt fait de se lever,
2535 Et demanda à son hôte d'apporter son haubert,
Sans oublier son épée d'acier.
Il revêt le haubert et ceint l'épée luisante.
« Seigneur, dit l'hôte, où donc vous rendez-vous ?
– Certes, dit Guillaume, il me faut vous le dire :
2540 Je vais aller là-haut parler à Louis,
Pour lui demander des secours.
Mais, au nom de Celui qui est omniscient,
Si quelqu'un cherche à m'éconduire et à s'y opposer,
Et se met à blâmer mes propos,
2545 Je suis bien décidé à le lui faire payer.
– Seigneur, dit l'hôte, que Dieu vous accompagne !
Vous allez voir une prestigieuse assemblée :
Le roi doit couronner Blanchefleur[1] ;
A votre sœur, qui vous doit une grande affection,
2550 Il doit donner le Vermandois en douaire :
C'est la meilleure terre que l'on puisse nommer,
Mais elle n'a jamais cessé d'être en guerre.
– Assurément, dit Guillaume, j'y assisterai.
Ma présence est absolument indispensable,
2555 Car mon rôle est de veiller sur la douce France,
Et de porter l'oriflamme dans la bataille[2].

---

1. Il ne s'agit pas du couronnement inaugural de la reine, mais d'une « cour couronnée », comme les rois en tenaient chaque année aux grandes fêtes ; ici, la reine devant recevoir un douaire, c'est elle qui porte couronne. **2.** Cette réflexion, qui est absente de la famille A, rappelle que Guillaume incarne la fonction

Et, se de rien me veulent contrester
Par quoi vers aus me facent aïrer,
Le roi de France quit je tost desposer,
2560 Et de son cief fors la corone oster. »
Quant li borgois l'a oï si parler,
De la paor commencha à trambler.
Et li marchis n'i vout plus demorer ;
De l'ostel ist, si s'en prist à aler
2565   Vers la sale vautie.

LXVII

Li quens Guillames est de l'ostel issus.
Sous son bliaut fu ses haubers vestus,
Et tient son branc sous son mantel repus.
Haut ou palais est li marchis venus ;
2570 Ainc n'i ot huis ki li [féist refuz].
En mi la sale vient li quens irascus,
Molt i trova princes, contes et dus,
Et chevaliers, [et] jouenes et cenus,
Et hautes dames vestues de bofus,
2575 De dras de soie, de paile à or batus.
Li quens Guillames fu bien recounéus,
Mais malement est entr'aus rechéus.
Por ce k'il ert si povrement vestus,
N'i ot huisier ki li desist salus,
2580 Nis la roïne, dont assés fu véus ;
C'est sa sereur, amer le déust plus.
De tout en tout i fu mescounéus.
Voit le Guillames, forment fu irascus ;
Deseur .I. banc s'ala séoir tous mus.
2585 Sous son mantel tenoit son branc tout nus ;
Petit en faut ne leur est courus sus.
Ains ke li quens se soit d'illuec méus,
Est Aimeris au perron descendus ;
En sa compaigne avoit .LX. escus.
2590 Grans fu la noise et li cris et li hus ;

Et, s'ils essaient de s'opposer à moi
Et qu'ainsi ils me poussent à bout,
J'aurai vite fait de déposer le roi de France
2560 Et d'enlever la couronne de sa tête. »
Quand le bourgeois l'entend parler ainsi,
Il se met à trembler de peur.
Le marquis, lui, ne s'attarda pas davantage ;
Il sortit de la demeure et se dirigea
2565   Vers la salle voûtée.

LXVII

Le comte Guillaume est sorti de la demeure.
Il avait revêtu son haubert sous son bliaut,
Et tenait son épée cachée sous son manteau.
Le marquis est monté au palais, à l'étage,
2570 Franchissant toutes les portes sans résistance.
Le comte, furieux, s'avance au milieu de la salle
Remplie de princes, de comtes et de ducs,
De chevaliers, des jeunes et des vieux,
Et de grandes dames vêtues d'étoffes précieuses,
2575 De draps de soie, de brocarts d'or battu.
Le comte Guillaume fut fort bien reconnu,
Mais il reçut un bien mauvais accueil.
Il était vêtu si pauvrement
Qu'aucun huissier ne daigna le saluer,
2580 Ni même la reine, qui le voyait très bien ;
C'était sa sœur, elle aurait dû le mieux aimer.
Mais il ne rencontra partout que du mépris.
Voyant cela, Guillaume redoubla de colère ;
Il alla s'asseoir sur un banc sans rien dire.
2585 Il tenait sous son manteau son épée nue ;
Peu s'en fallut qu'il ne bondît sur eux.
Mais avant même qu'il ait fait un mouvement,
Voici qu'Aymeri est descendu au montoir,
Accompagné de soixante hommes d'armes.
2590 Grands furent le tumulte, les cris et les clameurs ;

---

guerrière et que Charlemagne, dans les *Narbonnais*, lui avait confié l'oriflamme de Saint-Denis.

Franc s'estormisent, es le[s] vos sailli sus.
Contre Aimeri s'en est li rois issus.
Or croist Guillame sa force et sa vertus :
S'Aimeris puet, bien sera secourus,
2595   Li sires de Nerbone.

LXVIII

Au perron est descendus Aimeris
Et Ermengars, la comtesse gentis.
Aveuc li ot les .IIII. de ses fis,
Ernaut le preus, Buevon de Coumarcis ;
2600 S'i fu Guibers et Bernars li floris,
Mais n'i ert pas Aïmers li caitis :
En Espaigne est entre les Sarrasis
U se combat et par nuit et par dis.
Ains ke Aimeris fust el palais vautis,
2605 Li vint encontre ses genres Loéis
Et la roïne, ki molt ot cler le vis.
Molt fu li quens baisiés et conjoïs,
Et Ermengars, la comtesse gentis,
La france dame, ki tant mal a sentis.
2610 El faudestuef ont Aimeri assis,
Dejoste lui le roi de Saint Denis.
Et la comtesse sist lés l'enpéerris ;
Ele ert sa fille, si com dist li escris.
Li cevalier ont les sieges porpris
2615 Aval la sale, ainc n'i quisent tapis.
Souef i flaire et la rose et li lis,
Et li encens est ens encensiers mis.

Les Français s'agitèrent, les voilà tous debout.
Le roi s'est avancé à la rencontre d'Aymeri.
Guillaume est à présent plus fort et plus puissant :
Si Aymeri le peut, il viendra à son secours,
2595   Le seigneur de Narbonne.

LXVIII

Aymeri est descendu de cheval au montoir,
Ainsi qu'Hermengart, la noble comtesse.
Quatre de ses fils l'accompagnaient,
Hernaut le valeureux, Beuve de Commarchis,
2600 Guibert aussi, et Bernard à la barbe fleurie,
Mais il manquait Aïmer le Captif :
Il se trouve en Espagne, en pays sarrasin,
Où il se bat nuit et jour[1].
Avant qu'Aymeri entrât dans la salle voûtée,
2605 Louis, son gendre, vint à sa rencontre
Avec la reine, au visage rayonnant.
Le comte reçut beaucoup de marques d'affection,
Comme Hermengart, la noble comtesse,
La valeureuse dame si durement éprouvée.
2610 On fit asseoir Aymeri dans un fauteuil,
Aux côtés du roi de Saint-Denis.
La comtesse, elle, était près de l'impératrice :
C'était sa fille, comme le dit le livre[2].
Les chevaliers se sont installés sur des sièges
2615 Dans toute la salle, négligeant les tapis[3].
La salle est embaumée de roses et de lis,
Et l'on met de l'encens dans les encensoirs.

---

1. C'est là une donnée des *Narbonnais*, qui fait de ce héros le type du combattant nocturne, voué à la lutte sauvage contre les Sarrasins ; J. Grisward a montré, dans son *Archéologie de l'épopée médiévale* (éd. cit.), qu'Aïmer représente, dans la deuxième fonction indo-européenne qu'il incarne conjointement avec Guillaume, le versant « odhinique », comme le faisait, en Grèce, Achille en contraste avec Héraklès. 2. Cette mention du *livre* est fréquente dans les chansons de geste du XIIIe siècle ; il s'agit, plutôt que de la source (réelle ou prétendue), du manuscrit qui sert de support à la récitation jongleresque. L'oralité prend ainsi appui sur l'écriture. 3. D'ordinaire, lorsqu'il y a foule, les simples chevaliers sont assis par terre, sur des tapis : le texte souligne donc ici l'abondance de sièges, signe de luxe et donc de puissance.

Cist gougléor ont leur vieles pris.
Grans fu la joie el palais segnoris ;
2620 Molt i avoit et de vair et de gris,
Mais, ainc le vespre ke li jors soit fenis,
Aura paour trestous li plus hardis.
Nis l'enpere[re] vauroit estre à Paris,
Et la roïne en sa cambre à Senlis ;
2625 Car dans Guillames au cort nés li marchis
Tous seus se siet, corechiés et marris,
Iriés et fiers et tous mautalentis.
« Diex, dist li quens, or sui je trop tapis
Quant je voi chi mon pere et mes amis,
2630 Ma france mere dont fui engenuis,
Ke je ne vi .VI. ans a acomplis.
Trop ai souffert, molt sui viex et honis ;
Se ne m'en venge, je esragerai vis. »
A icest mot est li quens sus saillis ;
2635 Ainc de s'espée ne fu ses poins guerpis.
En mi la sale vint devant Loéis,
Haut a parlé, bien fu de tos oïs :
« Jhesu de gloire, li rois de paradis,
Save celi de qui je fu nasquis,
2640 Et mon chier pere dont fui engenuis,
Et tos mes freres et mes autres amis,
Et il confonde cel mavais roi faillis,
Et ma serour, la putain, la mautris,
Par qui je fui si vieument recuellis
2645 Et en sa cor gabés et escarnis.
Quant descendi sous l'olivier foillis,
Ainc de ses hommes n'i ot grant ne petis
Ki me tenist mon destrier arabis ;
Mais, par les sains ke Diex a benéis,
2650 Ne fust mes pere ki lés lui est assis,
Ja le fendisse del branc dusqe el pis. »
Ot le li rois, li sans li est fuïs,
Et la roïne vausist estre à Paris
Ou à Estampes, ou el borc de Senlis.
2655 N'i a Franchois ne soit tos esbahis ;

Guillaume à Laon

Les jongleurs se sont mis à leur vielle.
On mène grand-joie dans le palais seigneurial ;
2620 Beaucoup portent des fourrures de vair et de petit-gris,
Mais avant la tombée de la nuit
Même le plus hardi connaîtra la peur.
L'empereur lui-même souhaiterait être à Paris
Et la reine dans sa chambre à Senlis.
2625 Car sire Guillaume au Court Nez, le marquis,
Est assis tout seul, courroucé et affligé,
Furieux et fier, ruminant sa colère.
« Dieu ! dit le comte, je suis bien peu visible,
Quand je vois là mon père et mes amis,
2630 Ma noble mère qui m'a mis au monde,
Et que je n'ai pas vue depuis plus de six ans.
J'en ai trop supporté, je suis trop vieux et honni ;
J'enragerai si je ne me venge pas. »
Sur ces mots, le comte s'est dressé,
2635 Le poing crispé sur le pommeau de son épée.
Il traversa la salle, s'arrêta devant Louis
Et parla d'une voix forte que tous purent entendre :
« Que Jésus le glorieux, le Roi du paradis,
Veille au salut de celle qui me donna le jour,
2640 Ainsi que de mon cher père qui m'a engendré,
De tous mes frères et de mes autres amis,
Et qu'il confonde ce mauvais roi sans foi
Et ma sœur, la putain, la maquerelle,
Qui m'a réservé un si honteux accueil,
2645 Me laissant insulter et moquer dans sa cour !
Quand je suis descendu sous l'olivier feuillu,
Pas un seul de ses hommes, qu'il fût grand ou petit,
Ne vint tenir mon destrier d'Arabie.
Mais, par les saints que Dieu a bénis,
2650 Si mon père n'était pas là, assis à côté de lui,
Je le pourfendrais de mon épée jusqu'à la poitrine. »
A ces mots, le roi se mit à blêmir,
Et la reine aurait préféré être à Paris
Ou à Etampes, ou dans le bourg de Senlis.
2655 Tous les Français en sont tout étourdis ;

Dist l'uns à l'autre : « Guillames est maris ;
Ja fera diablie. »

LXIX

Quant Ermengars a véu son enfant
Et Aimeris, molt en furent joiant ;
2660 Del faudestuef saillirent maintenant,
Guillame embracent et derire et devant.
Si autre frere le vont molt acolant,
Baisier le veulent, il le[u]r va desfendant,
La soie bouce de la lor esquivant.
2665 Par le palais s'en vont enbaudisant ;
Li un ont joie, li autre sont dolant.
Li quens Guillames va son pere contant
Le grant damage k'a éu en l'Archant,
Ke li ont fait Sarrasin et Persant,
2670 Et tout ainsi com s'en ala fuiant,
De tos ses hommes n'amena .I. vivant :
« Et Vivien laissai mort sor l'estant,
A la fontaine dont li dois sont bruiant. »
Si com paien le vinrent encauchant
2675 Et enmenerent le palasin Bertran,
Et Guielin, et Guichart le vaillant,
Gerart de Blave, Gautier le Toulosant,
Huon de Santes, et Garnier l'Alemant ;
« Guiborc laissai en Orenge plourant ;
2680 Là l'ont asise li paien mescréant ;
.XV. roi sont et .XIIII. amirant.
Dedens Orenge va vitaille faillant.
En cest paiis m'envoia por garant
A Loéis, cel mavais mescréant ;
2685 Mais je voi bien [que] cuers li va faillant ;
En[s] en sa cort me fait vilain samblant.
Mais, par l'apostle ke quirent penéant,

Ils se disent entre eux : « Guillaume est en colère ;
Quel diable allons-nous voir ! »

LXIX

Dès qu'Hermengart et Aymeri eurent vu leur enfant,
Ils manifestèrent une grande joie.
2660 Ils se levèrent vivement de leur fauteuil,
Et serrèrent Guillaume contre leur cœur.
Ses frères s'avancent pour le prendre dans leurs bras,
Ils veulent l'embrasser, mais il le leur refuse,
Esquivant leur baiser en détournant sa bouche[1].
2665 On se réjouit dans tout le palais.
Les uns exultent de joie, les autres s'en affligent.
Le comte Guillaume se met à conter à son père
Le grand désastre qu'il a subi à l'Archant,
Que lui ont infligé Sarrasins et Persans ;
2670 Il raconta comment il avait pris la fuite,
Sans pouvoir ramener un seul survivant :
« Et j'ai laissé Vivien mort au bord d'un étang,
Près d'une fontaine dont les eaux murmurent » ;
Comment les païens se lancèrent à sa poursuite
2675 Et firent prisonnier le palatin Bertrand,
Et Guielin, et le valeureux Guichart,
Girart de Blaye, Gautier le Toulousain,
Huon de Saintes, et Garnier l'Allemand ;
« J'ai quitté Guibourc éplorée dans Orange ;
2680 Les païens mécréants l'y ont assiégée ;
Ils sont quinze rois et quatorze émirs.
Orange est au bord de la famine.
Elle m'a envoyé ici-même chercher du secours
Auprès de Louis, qui n'a ni foi ni loi !
2685 Mais je vois bien qu'il a un cœur de lâche ;
Dans sa cour même il se montre méprisant.
Mais, par l'apôtre que vénèrent les pénitents[2],

---

1. La raison est la même que celle qui lui faisait refuser les mets que lui présentait le bourgeois : Guillaume a fait le serment à Guibourc de n'embrasser personne jusqu'à son retour à Orange. **2.** La chanson évoque ici les pèlerinages, sans préciser s'il s'agit de celui de Rome (l'apôtre Pierre) ou de celui de Saint-

Ains ke m'en parte, le ferai tot dolant,
Et ma seror, le putain recréant. »
2690 Loéys l'ot, si s'en va enbrunchant ;
Lors vausist il ke il fust a Dinant.
Et Franchois furent tout mu et [tout] taisant ;
De lui aidier n'i a nul ki s'en vant.
Li uns à l'autre le va souef disant :
2695 « Qel vif déable porroi[en]t soffrir tant ?
Ainc n'i alerent chevalier tant vaillant
C'onques en France fuisent puis repairant.
Mar acointames Guillame à son beubant ;
Car laist Orenge, as maufés le commant,
2700 S'ait Vermendois dusqe as pors de Vuisant. »
Par le palais [furent] mu et taisant ;
N'i à celui, tant ait le cuer vaillant,
Por lui aidier en ost passer avant ;
Tout furent mu, li petit et li grant.
2705 Por Bertran pleure dant Bernart de Brubant,
Et Bueves pleure por Gerart son enfant.
Dame Ermengars fu droite en son estant ;
A haute vois va la dame escriant :
« Par Dieu, Franchois, tout estes recréant.
2710 Aimeris sire, or te va cuers faillant !
Biaus fiex Guillames, ne te va esmaiant,
Car, par l'apostle que quirent penéant,
Encor ai jo .I. tresor si très grant
Ne le menroient .xx[x]. car cariant ;
2715 Tout le donrai, ja n'i lairai besant,
As saudoiers ki s'iront combatant,
Et je méismes i serai cevauchant,
L'auberc vestu, lacié l'elme luisant,
L'escu au col et au costé le brant,
2720 La lance el poing, el prumier cief devant.
Por ce se j'ai le poil cenu et blanc,
S'ai je le cuer trestot lié et joiant,

Avant de repartir, je le lui ferai payer
Ainsi qu'à ma sœur, la putain déloyale. »
2690 En entendant ces mots, Louis se rembrunit.
Il aurait préféré se trouver à Dinant.
Les Français, eux, gardaient un silence de mort.
Pas un n'avait l'audace de proposer son aide.
Ils se disent l'un à l'autre à voix basse :
2695 « Quel vrai diable pourrait en supporter autant ?
Nul chevalier, si valeureux qu'il fût,
N'a pu en réchapper et revenir en France.
La peste de Guillaume et de ses vantardises !
Qu'il laisse Orange et l'abandonne au diable,
2700 Contre le Vermandois[1] jusqu'au port de Wissant ! »
Tous, dans la grande salle, gardent le silence.
Il n'en est pas un seul, si courageux soit-il,
Qui ose s'avancer pour proposer son aide.
Petits et grands demeuraient silencieux.
2705 Bernard de Brusbant pleure sur Bertrand
Et Beuve sur Girart, son enfant.
Dame Hermengart avait un port altier ;
Elle s'écrie alors d'une voix forte :
« Au nom de Dieu, Français, vous êtes tous des lâches !
2710 Aymeri, mon seigneur, ton courage faiblit !
Guillaume, mon cher fils, cesse de t'inquiéter,
Car, par l'apôtre que vont prier les pénitents,
Je dispose toujours d'un trésor si immense
Que trente charrettes ne suffiraient pas à le charrier.
2715 Je le distribuerai jusqu'au dernier besant
Aux soudoyers qui iront au combat,
Et moi-même je m'y rendrai à cheval,
Le haubert sur le dos, le heaume brillant lacé,
L'écu pendant au cou et l'épée au côté,
2720 La lance au poing, au premier rang.
Ma tête a beau être blanche et chenue,
Mon cœur est plein de joie et d'allégresse,

Jacques-de-Compostelle. Il s'agit en fait d'une formule épique dont la seule valeur sémantique est celle du serment. 1. Le Vermandois est précisément la terre qui est remise ce même jour en douaire à la reine Blanchefleur...

Et, se Dieu plaist, aiderai mon enfant,
Car, par l'apostle ke quirent penéant,
2725 Puis ke armée serai sor l'auferrant,
N'i a paien, Sarrasin, ni Persant,
[Se] le consieu de m'espée trenchant,
Ne le convigne chaoir de l'auferrant. »
Aimeris l'ot, souef en va riant
2730 Et de pitié en son cuer souspirant,
Et tout li fil de leur iex larmoiant.
A Aimeri vait li cuers en croissant.
Li quens Guillames ne se va demorant ;
Dusqe à petit parlera en oiant
2735   A Loéi de France.

LXX

Or fu Guillames en la sale pavée ;
Sus son mantel tint estrainte s'espée.
Sa vestéure fu toute despanée,
Braies ot noires, cemise deslavée.
2740 Et si avoit la teste hur[e]pée,
Ample viaire, nés haut, chiere levée,
Et grans fors poins et la brace quarrée.
Lonc ot le cors et la poitrine lée,
Les piés vautis et la gambe formée.
2745 Entre .II. iex ot molt large l'entrée ;
Bien plaine paume i avoit mesurée.
N'ot si fier homme dusqe en la mer Betée.
Sa sereur a fierement regardée,
Ki d'or estoit la teste corounée,
2750 Lés le roi sist ki l'avoit esposée.
Li quens l'esgarde de molt grant aïrée ;
De mautalent a sa chiere enbrasée,
En haut parole, s'a la chiere levée :
« Loéi, sire, chi a male saudée.
2755 Quant à Paris fu la cours asamblée,
Ke Charlemaine ot vie trespassée,

Et, s'il plaît à Dieu, j'aiderai mon enfant ;
Car, par l'apôtre que vont prier les pénitents,
2725 Dès que je serai en armes sur le cheval,
Il n'est pas de païen, de Sarrasin ni de Persan
Qui, une fois frappé de mon épée tranchante,
Puisse éviter de tomber de sa monture. »
A ces mots, Aymeri se sent bien aise
2730 Et soupire profondément de pitié ;
Tous ses fils ont les yeux baignés de larmes.
Le courage d'Aymeri se raffermit.
Le comte Guillaume ne reste pas inerte ;
Il ne va pas tarder à parler d'une voix forte
2735   A Louis, le roi de France.

LXX

Guillaume se tenait dans la salle pavée ;
Il gardait son épée serrée sous son manteau.
Ses vêtements étaient tout déchirés,
Ses braies noires de crasse, sa chemise délavée.
2740 Sa tête même était toute hirsute,
Son visage large, le nez implanté haut, le port altier,
Ses poings épais et forts et ses bras puissants.
Sa stature était haute et sa poitrine large,
Ses pieds cambrés et sa jambe bien moulée.
2745 Il y avait bien entre ses deux yeux
La largeur d'une paume entière.
Jusqu'à l'Arctique il n'est pas d'homme plus terrible.
Il lance des regards farouches à sa sœur
Qui portait sur sa tête une couronne d'or.
2750 Elle était assise auprès du roi, son époux.
Le comte lui lance des regards furieux ;
Son visage est enflammé de colère,
Il s'exclame d'une voix forte, en levant haut la tête :
« Louis, seigneur, voilà un bien mauvais loyer !
2755 Lorsque la cour se rassembla à Paris,
Après le décès de Charlemagne,

U il tenoient tot chil de la contrée,
De toi fust France toute desiretée,
Ja la corone ne fust à toi donée,
2760 Quant je soffri por vos si grant mellée,
Ke, maugré aus, fu en ton cief posée
La grans corone ki d'or est esmerée.
Tant me douterent n'osa estre vée[e] ;
Mavaise amor m'en avés or mostrée. »
2765 Dist Loéis : « C'est verités provée ;
Or vos en ert l'ounors guerredonée. »
Blancheflor l'ot, s'est molt haut escriée :
« Voire, dist ele, [s'iere] desiretée !
Or ont déable fait ceste acordée ;
2770 Mal cief puist prendre par qui est porparlée ! »
Guillames l'ot, si l'en a regardée.
« Tas toi, dist il, pute lise provée !
Tiebaus d'Arrabe vos a asoignantée,
Et maintes fois com putain defolée ;
2775 Ne doit mais estre vo parole escotée.
Quant vos mangiés la char et la pevrée,
Et ton vin bois à la coupe dorée,
La puison clere et l'espisse colée,
Mangiés fouace .IIII. fois buletée ;
2780 Quant vos tenés la coupe coverclée
Joste le fu, dalés la ceminée,
Tant com vos estes rostie et escaufée,
Et de luxure esprise et enbrasée,
La glotornie vos a tost alumée ;
2785 [Et] quant la chiere vos est si enflamée,
Et Loéis vos a bien retornée,
.III. fois ou .IIII. desous lui defolée ;
Quant de luxure estes bien so[o]llée,

Tous les hommes de ce pays te méprisaient[1].
Tu allais perdre toute la France, ton héritage,
Et tu n'aurais jamais reçu la couronne,
2760 Quand, choisissant l'affrontement pour défendre ta cause,
Je posai malgré eux sur ta tête
La grande couronne d'or pur.
Ils me redoutaient tant que nul ne protesta[2] ;
Tu te montres à présent bien peu reconnaissant. »
2765 Louis répond : « Ce n'est que trop vrai.
Vous allez en être tout de suite récompensé[3]. »
Blanchefleur, à ces mots, s'est écriée bien fort :
« Holà, dit-elle, me voilà déshéritée !
Ce sont les diables qui vous ont inspiré cet accord !
2770 Maudit soit celui qui l'a proposé ! »
A ces mots, Guillaume tourne vers elle son regard :
« Tais-toi, s'exclame-t-il, espèce de sale chienne !
Thibaut d'Arabie t'a prise pour maîtresse
Et t'a maintes fois labourée comme une putain ;
2775 Il ne faut surtout pas t'écouter !
Quand tu manges ta viande et ta poivrade[4],
Et que tu bois ton vin dans ta coupe dorée –
Boisson claire ou vin d'épices filtré[5] –,
Que tu manges ta fouace de farine bien tamisée,
2780 Quand tu tiens dans tes mains ta coupe à couvercle
Auprès du feu, devant la cheminée,
Jusqu'à être bien rôtie et échauffée,
Et tout embrasée par la luxure,
La gloutonnerie a eu vite fait de t'enflammer.
2785 Et quand ainsi ton visage est en feu
Et que Louis t'a tournée et retournée
Et labourée trois fois ou quatre sous son corps,
Quand tu es bien soûle de luxure

---

1. Le manuscrit porte : *U il tenoient* ; cette leçon n'offrant guère de sens, nous corrigeons, d'après le ms. A2, en : *Vil te tenoient*. 2. Guillaume rappelle ici le début du *Couronnement de Louis*. 3. Les autres mss présentent ici un vers sans lequel la réaction de Blanchefleur est incompréhensible : *Que tote France vos iert abandonnée* (« Car vous allez recevoir en fief la France entière ») ou (var.) : *Et Vermandois vous sera ja dounee*. 4. La *pevree* est une sorte de ragoût préparé avec une sauce poivrade. 5. Le Moyen Age affectionnait, à côté des vins naturels, les préparations dans lesquelles avaient mariné des épices.

Et de mangier et de boire asasée,
2790 Ne vos ramenbre de noif ne de gelée,
Des grans batailles et de la consieurée
Ke nous souffrons en estrange contrée,
Dedens Orenge, vers la gent desfaé[e] ;
Petit vos chaut comment vingne la blée.
2795 Pute mavaise, pute lise provée,
Molt auras hui ma parole blasmée,
Devant le roi l'a[ura]s tu desloée ;
Li vif diable vos ont or corounée ! »
Passa avant, del cief li a ostée,
2800 Voiant Franchois, l'a à ses piés jetée.
Isnelement mist sa main à l'espée,
Parmi les treces l'a li marchis cobrée ;
Ja li éust la teste tost coupée,
Ja par nul homme ne li fust devéé[e]
2805 Quant Ermengars li a des poins ostée ;
Guillame embrace et le poing et l'espée.
Et la roïne s'en va escavelée,
Toute esmarie, bien resamble dervée.
Ens en sa cambre s'en est fuiant tornée,
2810 De la paor chiet à terre pasmée.
Sa bele fille l'en a sus relevée,
C'est Aelis, la preus et la senée,
Une pucele, plus est bele ke fée.
Les iex a vairs, la face colorée ;
2815 Il n'ot plus bele dusqe en la mer Betée.
« Dame, dist ele, où fustes vos alée ?
A grant mervelle vos voi esp[o]antée.
— Par ma foi, fille, je doi estre afolée.
Li quens Guillames est en ceste contrée ;
2820 Je le trovai en la sale pavée,
Et mon chier pere à la barbe mellée,
Ma france mere, qui Diex a amenée ;
S'ele ne fust, je fuisse desmenbrée.
Li quens Guillames, k'est de grant renomée,
2825 Au roi avoit aïe demandée ;

Et rassasiée de nourriture et de boisson,
2790 Tu ne te soucies guère de la neige et du gel,
Des grandes batailles et des privations
Qui nous accablent en pays étranger,
Dans Orange, contre le peuple mécréant.
Peu importe pour toi comment pousse le blé !
2795 Sale putain, misérable chienne sans pudeur[1],
Tu auras bien critiqué mes propos aujourd'hui,
Et conseillé au roi de ne pas les écouter :
Ce sont vraiment les diables qui t'ont couronnée ! »
Il s'avança, lui ôta la couronne,
2800 La jeta à ses pieds, sous les yeux des Français.
Portant aussitôt la main à son épée,
Le marquis saisit Blanchefleur par les tresses ;
Il eût tôt fait de lui couper la tête –
Personne n'aurait pu l'en empêcher –
2805 Quand Hermengart la lui arrache des mains ;
Elle enlace Guillaume, ses poings et son épée.
La reine, quant à elle, s'échappe, échevelée,
Bouleversée, comme une vraie folle.
Elle a couru se réfugier dans sa chambre,
2810 Où elle s'évanouit de peur, à même le sol.
Sa fille si belle l'en a relevée,
Aélis, si pleine de dons et de sagesse :
Une jeune fille plus belle qu'une fée.
Ses yeux sont brillants, et son teint coloré.
2815 Il n'en est de plus belle jusqu'à la Mer gelée.
« Madame, dit-elle, d'où revenez-vous donc ?
Je m'étonne de vous voir si épouvantée.
— Ma foi, ma chère fille, on cherche à me tuer.
Le comte Guillaume est dans ce pays,
2820 Je l'ai trouvé dans la salle pavée,
Ainsi que mon cher père à la barbe grisonnante,
Et ma noble mère, que Dieu a amenée ;
Sans elle, j'aurais eu les membres tranchés.
Le comte Guillaume, dont le renom est grand,
2825 Venait de demander des secours au roi ;

---

1. *Provee* : « vraie », « notoire », d'où, dans ce contexte, « sans pudeur ».

Por seul itant ke je li ai véé[e]
Me deut avoir or la teste colpée.
Gardés, ma fille, la cambre soit fremée
Et la grant barre apoïe et serrée ;
2830 Car, s'il i entre, à mort [serai] livrée. »
Dist Aelis : « Trop par fustes osée
Quant à mon oncle avés dist rampronée,
Au melleur homme ki onques chainsist l'espée.
Et par lui estes roïne coronée,
2835 De toute France dame et avouée ;
En ceste hounor estes par lui posée ;
S'avés dit chose ki à lui desagrée,
Li vis diable vos i ont aportée. »
Dist la roïne : « Fille, molt [ies] senée ;
2840 Benoit soit l'eure k'en mes flans fus portée.
Ce ke tu dis est verités provée,
Par lui sui jou essauchie et montée,
Roïne et dame par la terre clamée.
Or m'otroit Diex la soie destinée
2845 Ke vers mon frere puisse estre racordée
Et ke je soie si vers lui amendée
Ke ceste faide puist estre pardonée. »
Atant se siet la roïne esplourée,
Sovent se claimme lasse, maléurée.
2850 Et Aelis est forment trespensée ;
De la cambre ist toute desafublée.
La rose samble en mai la matinée ;
Ele est plus blance ke [n'est] noif sor gelée,
Et de color ensi bien luminée
2855 K'en toute France, ki tant est longe et lée,
Nule tant bele ne puet estre trovée.
Vestue estoit d'une porpre roée ;
Sa crine fu de fil d'or esmerée.
Grant noise oï en la sale pavée ;
2860 Franchois disoient coiement, à celée :
« La roïne a Guillames vergondée ;
Se lui léust, par lui fust afolée.
Mauvaisement l'a Loéis tensée.
Chier dut avoir Orenge comparée ;

Pour la simple raison que je m'y opposais,
Il aurait voulu me couper la tête.
Veille, ma fille, à ce que la chambre soit fermée
Et la grande barre solidement fixée.
2830 Car s'il y entre, je serai promise à la mort. »
Aélis répondit : « Vous avez été bien téméraire
De tenir à mon oncle des propos blessants,
Lui, le meilleur homme qui ait ceint une épée,
A qui vous devez d'être une reine couronnée,
2835 Dame et protectrice de toute la France ;
C'est lui qui vous a élevée à cette dignité ;
Si vous lui avez dit des choses désagréables,
Des diables vivants vous y ont incitée. »
La reine répond : « Ma fille, tu es pleine de sagesse !
2840 Bénie soit l'heure où je t'ai portée dans mes flancs !
Tu me dis là la pure vérité ;
C'est à lui que je dois tous mes honneurs,
Et qu'on m'appelle dans le pays reine et souveraine.
Puisse Dieu m'accorder cette grâce
2845 De pouvoir faire la paix avec mon frère,
Et que nos relations se trouvent rassérénées
Au point qu'il me pardonne cette querelle. »
La reine éplorée s'assied alors
Et ne cesse de se lamenter sur son triste sort.
2850 Aélis, elle, reste plongée dans ses pensées.
Elle sort de la chambre, sans son manteau.
Elle ressemble à la rose, un matin de mai ;
Son teint est plus clair que la neige sur de la glace,
Et rehaussé d'une si fine coloration
2855 Que dans toute la France, qui pourtant est si vaste,
On ne saurait trouver femme plus belle.
Elle portait un vêtement de pourpre à médaillons,
Sa chevelure était rehaussée de fil d'or.
Elle entendit de grands bruits dans la salle pavée ;
2860 Les Français disaient entre eux, à voix basse :
« Guillaume a déshonoré la reine ;
Si on l'avait laissé faire, il l'aurait tuée.
Le roi l'a bien mal défendue.
Orange a dû coûter cher à Guillaume ;

2865 A maléur fust ele onqe fondée,
Tante jovente est par lui afinée !
Or esgardés com a la teste lée !
Mavaise esperite li est el cors entrée.
Véés com a cele ciere enbrasée !
2870 Ains ke la cors soit auqes desevrée,
Ert cele espée fierement achatée
Et de nos tos tainte et ensanglentée.
Pléust à Dieu, ki fist ciel et rousée
Ke il fust ore outre la mer Betée,
2875 Ou en Egipte, en terre desertée,
Ou en palagre, en haute mer salée,
Une grant pirre entor son col noée ;
Lors seroit France del maufé delivrée. »
Atant es vos la pucele senée ;
2880 Toute la cors est contre li levée.
François le voient, cascuns l'a saluée.
Quens Aimeris l'a en ses bras cobrée,
Et si .IIII. oncle l'ont forment acolée ;
Por la pucele est la cors acoisée.
2885 Dame Ermengars, la comtesse ounorée,
Devant Guillame est as piés presentée ;
Por la roïne li a merchi crié[e].
Li quens s'abaisse, si l'a amont levée.
« Dame, dist il, buer fuissiés onqes née !
2890 Par cele foi ke je vos ai portée,
Ja ne venrés ankenuit l'avesprée
J'aurai dou roi abatu la posnée ;
Sachiés je ne l'aim mie. »

LXXI

Or fu Guillames en la sale vautie ;
2895 De mautalent a la face rougie.
Il tient l'espée tote nue sachie ;
Par le tenant l'avoit ferm enpoignie.
Assés parole, ne trueve ki desdie ;
Il font ke sage, ne le mescrés vos mie,
2900 Car teus péust esmovoir la folie

2865 Maudit jour que celui de sa fondation !
Il conduit à la mort tant de jeunes gens !
Voyez donc comme sa tête est large !
Un esprit malin s'est emparé de lui.
Voyez comme son visage est embrasé !
2870 Avant que la cour ait commencé à se disperser,
Cette épée causera bien des malheurs,
Et sera teinte du sang de chacun de nous.
Plût à Dieu, Créateur du ciel et de la rosée,
Qu'il fût à cette heure au-delà de l'Arctique,
2875 Ou en Egypte, au milieu du désert,
Ou dans les profondeurs de la haute mer,
Une grosse pierre attachée à son cou ;
La France serait alors délivrée de ce démon. »
Voici qu'entre la jeune fille pleine de sagesse ;
2880 Toute la cour s'est levée devant elle.
La voyant, les Français l'ont tous saluée.
Le comte Aymeri l'a serrée dans ses bras,
Et ses quatre oncles l'ont embrassée affectueusement.
Devant elle, la cour est devenue silencieuse.
2885 Dame Hermengart, la comtesse honorée,
S'est prosternée aux pieds de Guillaume,
Implorant sa pitié pour la reine.
Le comte s'incline pour la relever.
« Dame, dit-il, béni soit le jour de votre naissance !
2890 J'en atteste cette confiance que je vous ai portée,
Avant la tombée de la nuit
J'aurai anéanti l'arrogance du roi ;
Sachez que je ne l'aime pas. »

LXXI

Guillaume était dans la salle voûtée.
2895 Son visage est enflammé de colère.
Il tient son épée nue, prête à frapper,
Fermement tenue par la poignée.
Il parle abondamment, sans qu'on le contredise :
Cela est sage, soyez-en convaincus,
2900 Car quiconque se serait comporté follement

K'il le fendroit treschi k[e] en l'oïe.
N'i a si cointe, ki tant ait baronie,
Ki sa parole ne sa raison desdie.
Rois Loéis tint sa chiere enbronchie ;
2905 Toute la sale fu si coie et serie
Ke s'on éust la messe commenchie.
Atant es vos la pucele ensegnie ;
Vestue fu d'un paile de Surie,
Les iex ot vairs, la face ki rougie ;
2910 Dou parage est de la geste enforcie,
De le plus fiere ki onqes fu en vie.
La damoisele fu molt bien ensegnie ;
Vint a Guillame, ains n'i quist compaignie.
Devant lui est la bele ajenoillie,
2915 Le pié li a et la gambe enbrachie :
« Merchi, biaus sire, por Dieu le fil Marie !
Vois chi mon cors, fai ent ta commandie ;
Se il te plaist, la teste aie trenchie,
Ou je soie arse et en carbon bruïe,
2920 De toute France, se toi plaist, essillie ;
N'en quir avoir vaillissant une aillie,
Ains m'en irai, povre, lasse, mendie,
Mais k'à mon pere soit l'acorde otroïe
Et a ma mere, ki por vos est marie !
2925 Jamais nul jor, je quit, ne sera lie ;
Quant vos desdist, ce fu grans derverie.
Pardonnés li, biaus oncles, ceste fie ;
S'ele est si ose ke jamais vous desdie,
Ardoir me faites en caudiere boulie. »
2930 Od le Guillames, li cuers li atenrie ;
I li a dit doucement sans fa[i]ntie :
« Ma bele niece, Jhesus vos benéie !
Levés vos ent, trop estes travellie.
– Non ferai, oncles ; miex vuel estre enfouie
2935 Ke je me lieve dusqe m'ert otroïe
Li acordance, et vostre ire apaïe. »
Dame Ermengars molt doucement l'en prie :
« Biaus fil Guillames, por Dieu le fil Marie,
Ne fai au roi en sa cort vilonie,

Risquait d'avoir le crâne fendu jusqu'aux oreilles.
Personne, si brave et si noble soit-il,
N'ose prendre position contre ses propos.
Le roi Louis garde la tête baissée.
2905 Toute la salle était aussi silencieuse
Qu'au commencement d'une messe.
Voici venir la jeune fille bien éduquée ;
Elle portait une étoffe de Syrie ;
Ses yeux étaient brillants, son visage rosé ;
2910 Elle appartient au lignage puissant,
Au plus farouche qui jamais exista.
La jeune fille était parfaitement éduquée ;
S'avançant vers Guillaume, sans autre compagnie,
La belle s'agenouilla devant lui,
2915 Et prit entre ses bras son pied et sa jambe :
« Pitié, cher seigneur, au nom de Dieu, Fils de Marie !
Me voici, fais de moi ce que bon te semble !
Si tel est ton plaisir, coupe-moi la tête,
Brûle-moi vive et réduis-moi en cendres,
2920 Ou, si tu veux, exile-moi de la France entière.
Je n'en veux pas un seul pied carré :
Je m'en irai, pauvre, malheureuse, mendiante,
Pourvu que paix soit faite avec mon père
Et ma mère, qui se lamente à cause de vous !
2925 Jamais plus, je le crois, elle ne sera heureuse.
En vous contredisant, elle a agi follement ;
Pardonnez-lui, cher oncle, pour cette fois ;
Si elle ose encore vous contredire,
Faites-moi brûler dans une chaudière bouillante ! »
2930 Ces mots ont attendri le cœur de Guillaume.
Il lui a dit avec douceur, sans dissimulation :
« Ma chère nièce, que Dieu vous bénisse !
Relevez-vous, vous vous tourmentez trop.
— Non, mon oncle, je préfère être mise en terre
2935 Que me lever avant d'avoir obtenu
La réconciliation, et l'apaisement de votre colère. »
Dame Hermengart l'en prie avec une grande douceur :
« Cher fils, Guillaume, au nom de Dieu, Fils de Marie,
N'humilie pas le roi en pleine cour :

2940 Por seul ta niece, ki tant est segnorie ;
C'est la plus bele de toute ta lignie.
Et Aimeris, tes pere, le chastie.
Biaus fiex Guillames, laissiés vostre folie ;
Vo volentés sera toute acomplie ;
2945 Véés, le roi envers vous s'umelie
Et vos promet et sa force et s'aïe. »
Loéis l'ot, s'a la teste drechie :
« Voire, voir, sire, tout à sa commandie. »
Guillames l'ot, li cuers l'en asouplie ;
2950 Il s'abaissa, la pucele a baisie,
Sa volenté bonement li otrie.
La damoisele doucement l'en merchie.
Or est en lui molt [s'ire] refroidie,
Et sa parole bonement adouchie.
2955 Dedans le fuerre a s'espée estoïe ;
Ernaut le baille et il l'a recuellie.
Molt en est lie Ermengars de Pavie ;
Por la roïne a molt tost envoïe
.II. cevaliers ki sont de Ponterlie,
2960 Et s'i ala li dus de Hong[he]rie
Ensamble od lui Garins de Lombardie ;
Cil l'amenerent en la sale vautie.
Li quens Guillames l'a par la main saisie,
Puis li a dit : « Bele suer, douce amie,
2965 Forment me poise ke vos ai laidengie ;
Ensi va d'homme qui mautalens aigrie :
Molt a tost dit et fait grant estoutie.
Voiant la cort, en ferai amendie.
– Sire, dist ele, je n'en sui pas marie ;
2970 Ja n'i aura honte ne vilonie.
Mes freres estes, molt m'en sui repentie
Se j'ai dit cose dont m'aiés en haïe ;
Miex vaudroie estre fors de France cachie.
J'en soufferrai, se volés, tel hascie,
2975 De cest palais m'en irai despoillie

Guillaume à Laon

2940 Pense à ta nièce, qui a tant de noblesse ;
C'est la plus belle de tout ton lignage.
Aymeri lui-même, ton père, te le demande.
Guillaume, cher fils, retrouve ta raison ;
Ta volonté sera entièrement faite :
2945 Regarde, le roi se fait humble devant toi
Et te promet de mettre ses forces à ton service. »
A ces mots, Louis a relevé la tête :
« Assurément, seigneur, comme il le commandera. »
Ces paroles attendrissent le cœur de Guillaume.
2950 Il se baisse, donne un baiser à la jeune fille,
Et accède bien volontiers à sa demande.
La demoiselle l'en remercie avec douceur.
La colère de Guillaume s'est bien apaisée,
Et ses propos sont devenus plus doux.
2955 Il a replacé son épée dans son fourreau
Et l'a confiée à Hernaut, qui l'a prise.
Hermengart de Pavie s'en réjouit beaucoup.
Elle a tôt fait d'envoyer auprès de la reine
Deux chevaliers originaires de Pontarlier
2960 Ainsi que le duc de Hongrie
Accompagné de Garin de Lombardie ;
Ils l'amenèrent dans la salle voûtée.
Le comte Guillaume l'a prise par la main
Et lui a dit : « Chère sœur, douce amie,
2965 Je regrette beaucoup de vous avoir insultée ;
Voilà à quoi la colère pousse un homme :
Il a tôt fait de se montrer très grossier.
Je ferai des excuses publiques devant la cour.
– Seigneur, dit-elle, je n'en suis pas affligée :
2970 Je n'en éprouve ni honte ni humiliation.
Vous êtes mon frère, et je me suis bien repentie
D'avoir, par mes propos, suscité votre haine ;
J'accepterais plutôt d'être chassée hors de France.
Si vous le voulez, je subirai cette peine,
2975 Je quitterai ce palais en chemise[1]

---

1. En chemise (*despoillie*, m. à m. « sans vêtements ») : c'est la tenue habituelle des pénitents.

Dusqe au mostier Saint Vincent l'abéie. »
Lors s'ajenoille, à ses piés s'umelie ;
Le pié li a et la gambe baisie.
Li quens Guillames l'en a amont drechie ;
2980 L'acorde est faite et leur ire apaïe.
Or est la cors durement esbaudie,
Grant joie mainent et signer et maisnie ;
Por Guillame est la cort molt esforcie.
Li rois commande sa table soit drecie,
2985 Cele ki ert à fin or entaillie.
Çou a Guillames conquis par s'estoutie.
Ensi va d'omme qui orguilleus chastie :
Ja n'en gorra, se bien ne le maistrie.
Or fu la cors molt forment esbaudie,
2990 Cil gougléor mainent grant druerie ;
    Molt par i ot grant feste.

(...)

LXXIII

3036 Grans fu la noise en la sale à Laon.
Molt vient as tables oisiaus et venison ;
Ki qe mangast la char ne le poison,
Onqes Guillames n'en passa le menton,
3040 Ains manga torte [et] but aige à fuison.
Molt s'esmervellent cevalier et baron.
Les napes ostent escuier et garçon,
Li quens Guillames mist le roi à raison :
« C'as enpensé, li fiex au roi Charlon ?
3045 Me secorras vers la geste Mahon ?
Ja déust estre li os à Chaalon. »
Dont dist li rois : « Et nos en parleron,
Et le matin savoir le vos lairon,
Ma volenté se jo irai ou non. »
3050 Guillaumes l'ot, rougist comme carbon,

Pour me rendre à l'église de l'abbaye de Saint-Vincent[1]. »
Elle s'agenouille alors, s'humiliant à ses pieds ;
Elle lui embrasse le pied et la jambe.
Le comte Guillaume l'a relevée ;
2980 Ils sont réconciliés et leur colère est apaisée.
La cour en est aussitôt fort réjouie :
Les seigneurs et leur suite exultent de joie ;
Grâce à Guillaume, la cour croît en valeur.
Le roi ordonne que l'on dresse sa table,
2985 Celle qui est incrustée d'or fin.
Voilà à quoi l'insolence de Guillaume a conduit !
C'est le sort de tout homme qui rudoie l'orgueilleux :
Pour en venir à bout, il doit le dominer.
La cour est à présent plongée dans l'allégresse,
2990 Les jongleurs entretiennent la liesse ;
      Bien grande était la fête.

(...)

LXXIII

3036 On menait grand vacarme dans la salle, à Laon.
On sert oiseaux et venaison en abondance.
Chacun mangeait la viande et le poisson,
Mais Guillaume refusa d'y goûter,
3040 Se contentant de tourte et d'eau, en quantité.
Chevaliers et barons en furent très étonnés.
Les écuyers et les valets enlèvent les nappes ;
Le comte Guillaume alors parla au roi :
« Que décides-tu, toi, le fils du roi Charles ?
3045 Viendras-tu à mon aide contre les musulmans ?
L'armée devrait déjà se trouver à Chalon ! »
Le roi lui répliqua : « Nous en reparlerons,
Nous vous ferons connaître demain matin
Notre décision d'y aller ou non. »
3050 A ces mots, Guillaume s'enflamma comme du charbon,

---

1. Il s'agit de l'abbaye de Laon, toute proche puisque le roi tient sa cour dans cette ville qui était l'un des principaux centres religieux et politiques de l'empire carolingien.

De maltalent a froncié le gernon.
« Comment diable, dist il, s'en [parlerons] ?
Est ce la fable du tor et del mouton ?
Or voi je bien moi tenés por bricon. »
3055 Il s'abaissa, si a pris .I. baston,
Et dist au roi : « Vostre fief vous rendon ;
N'en tenrai mais vaillant .I. esperon,
Ne vostre amis ne serai ne vostre hom,
Et si venrés, ou vous vueilliés ou non. »
3060 Ernaus se drece, ki rous ot le gernon ;
Dist a Guillame : « N'aies pas [marison] ;
Li rois dira son talent et son bon.
Retien ton fief, car nos tot t'aideron ;
Jo et mi frere ensamble o toi iron
3065 Et .XX^m. hommes en Aliscans menron.
Mort sont paien se nos les i trovon. »
Dist Aimeris : « Foiblement en parlon ;
A no pooir tot aidier li devon,
Et bien doit France avoir en abandon ;
3070 Senescaus est, s'en a le gonfanon.
Aidier li doient par droite esgardison ;
Ki li faurra, s'en prenge vengison.
Trop est mes fiex à escarnier haus hom ;
Mais, par l'apostle c'on quirt en pré Noiron,

De colère, il a froncé sa moustache.
« Comment diable ? dit-il, nous en reparlerons ?
Est-ce la fable du taureau et du bélier[1] ?
Je vois bien que vous me prenez pour un sot ! »
3055 Il se baissa pour s'emparer d'un bâton,
Et dit au roi : « Je vous rends votre fief.
Je n'en tiendrai plus la valeur d'un arpent[2],
Et je ne serai plus votre ami ni votre vassal,
Et vous viendrez, de gré ou de force. »
3060 Hernaut, à la barbe rousse, se dresse
Et dit à Guillaume : « Ne t'inquiète pas !
Le roi peut bien dire ce qu'il veut.
Garde ton fief, car tous nous t'aiderons.
Mes frères et moi nous t'accompagnerons
3065 Et nous mènerons vingt mille hommes en Aliscans.
Les païens sont morts si nous les y trouvons. »
Aymeri ajouta : « Ces propos sont bien mous !
Nous devons lui venir en aide de toutes nos forces,
Et la France doit être sous son autorité ;
3070 Il est le sénéchal, il porte le gonfalon[3].
Tous doivent l'aider, en toute justice.
Qu'il tire vengeance de tous les déserteurs.
Mon fils est d'un trop haut rang pour être raillé.
Mais, par l'apôtre qu'on prie au Jardin de Néron,

---

1. Cette « fable du taureau et du bélier » ne se trouve ni dans les fables de Marie de France, ni dans celles de l'*Avionnet* (adaptation française des fables d'Avianus), ni chez les fabulistes latins et médio-latins publiés par A-L. Hervieux, *Les Fabulistes latins*, Paris, Firmin-Didot, 1884-1894. Elle a été rapprochée, à tort semble-t-il, de celle du loup et de l'agneau (un bélier n'a rien de la douceur d'un agneau). G. Paris (*Romania*, t. XXXI, 1902, p. 100-103) propose, à partir d'une étude des variantes, de lire *tor* et *nuiton* (lutin, diablotin), sans trouver pour autant de fable correspondante. On notera que cette fable est mentionnée dans le *Roman de la Violette* de Gerbert de Montreuil, par un jongleur qui cite précisément ce passage d'*Aliscans* – et par conséquent sans autre précision. 2. La formule stéréotypée *vaillant un éperon* (= « la valeur d'un éperon ») signifie, comme beaucoup d'autres, « rien du tout » ; nous avons cherché une formulation qui se rapproche de l'original, sans être aussi déroutante pour un lecteur moderne. 3. On se souvient que les *Enfances Guillaume* faisaient de Guillaume le gonfalonnier, et d'Hernaut le sénéchal de Charlemagne ; cette fonction était alors définie comme celle de la gestion des vivres, de l'intendance (ce qu'elle était primitivement, aux temps mérovingiens et carolingiens). Ici, il s'agit plutôt d'une fonction de commandement, proche de ce qu'elle était devenue vers la fin du XIIe siècle (une sorte de vice-roi).

3075 Mais c'on ne le tenist à traïson,
De tos les princes de France le roion
Feroie met[tre] .vi^{xx}. en ma prison ;
Teus est or sires ki sambleroit garçon.
Blasmer doit on orguilleus et felon. »
3080 Aelis l'ot, si respondi son bon :
« Aimeris sire, bien ait or tel raison ;
Ki li faudra, ja n'ait il raençon
C'on ne le pende plus haut ke .i. laron. »
Dist la roïne à la clere fachon :
3085 « Aimeris sire, par le cors saint Simon,
N'aurai en France vaillant .i. esperon
Ne soit Guillame tout à son abandon,
Mais bien leur poist ou nés et el menton. »
Loéis l'ot, si drecha le gernon ;
3090 Ja parlera, [tot à lor] garison,
    A ciaus dou fier linage.

LXXIV

Quant Aimeri oi Loéis parler,
Riens ke i vuelle ne li ose véer.
Guillaume voit, le sens quide derver,
3095 Le vis li voit esprendre et alumer ;
S'il ot paour, ne l'estuet demander,
Car son lignage voit devant lui ester.
Le cief enbrunce, si commence à penser ;
Tel paor a ke n'osa mot soner.
3100 Voit le Guillames, le sens quida derver ;
Par maltalent le prist à apeler.
« Loéis sire, dist Guillames li ber,
Quant on te vaut dou tot desireter
Et fors de France et chacier et jeter,
3105 Je te reting et te fis corouner ;
Tant me douterent ne l'oserent véer.
Et à mon pere te fis ma suer douner ;
Plus hautement ne la poi marier,
Ne jou ne sai en nul sens esgarder
3110 Où tu [péusses mellor feme trover].

3075 Si on ne risquait d'y voir une trahison,
De tous les princes du royaume de France
J'en ferais mettre cent vingt dans mes prisons.
Tel, aujourd'hui seigneur, passerait pour un valet.
On doit blâmer l'orgueilleux et le félon. »
3080 A ces mots, Aélis répondit selon son cœur :
« Seigneur Aymeri, voilà des propos justes :
Qui refusera, qu'aucune rançon ne puisse
L'empêcher d'être pendu plus haut qu'un voleur ! »
La reine au visage lumineux ajouta :
3085 « Seigneur Aymeri, par le corps de saint Simon,
Qu'absolument tout ce que je possède en France
Soit à l'entière disposition de Guillaume ;
Mais qu'ils aillent à tous les diables ! »
A ces mots, Louis dressa la moustache.
3090 Il va parler, dans l'intention de les soutenir,
Aux membres du fier lignage.

LXXIV

Quand Louis eut entendu le discours d'Aymeri,
Il n'osa s'opposer à aucune de ses volontés.
A la vue de Guillaume, il croit devenir fou ;
3095 Il voit son visage s'enflammer de colère ;
Il ne faut pas demander s'il a peur,
Car il voit son lignage qui se tient devant lui.
Il baisse la tête et se met à réfléchir.
Il a si peur qu'il n'ose souffler mot.
3100 Voyant cela, Guillaume crut devenir fou ;
Il s'adressa à lui avec fureur :
« Seigneur Louis, dit le noble Guillaume,
Lorsqu'on voulait te priver de tout ton héritage,
Et te chasser hors de France, en exil,
3105 Je t'ai retenu et t'ai fait couronner.
Ils me redoutaient tant qu'ils n'osèrent l'empêcher.
Puis je priai mon père de t'accorder ma sœur :
Je ne pouvais lui donner d'époux de plus haut rang,
Et je ne vois vraiment pas
3110 Où tu aurais pu trouver meilleure épouse.

Quant tu véis que je t'oi fait monter,
Par droite force la corone porter,
Tos les barons fis à tes piés aler,
N'i ot si cointe ki l'osast refuser,
3115 [Tu me valsis quite France clamer] ;
Mais je ne vauc envers toi meserer ;
Ains me laissaise tos les menbres colper.
Tu me juras, ke l'oïrent mi per,
Ke, s'en Orenge m'asaloient Escler,
3120 Ne me fauriés tant com peusiés durer ;
Mais or vos voi envers moi parjurer. »
Loéis l'ot, si commence à plorer ;
Par grant amor commencha à parler :
« Sire Guillames, molt faites à loer ;
3125 Par vostre amor ferai jo m'ost mander,
De par ma terre venir et assambler,
Et .c^m. hommes porrés à vos mener.
Je ne puis mie à ceste fois aler ;
Grant mestier ai de ma terre garder.
3130 Vostre merchi, ne vos en doit peser. »
Et dist Guillames : « Ce fait à merchier.
Loéis sire, ne vos quir remuer ;
Bien saurai l'ost et conduire et mener. »
Li rois de France ne veut plus demorer,
3135 Ains fait ses os semonre et aüner,
Desous Laon venir et ajoster.
(...)

3146 Ens el palais fu Guillames li ber ;
Parmi la sale commence à esgarder,
De la quisine voit Rainoart torner,
Parmi .I. huis ens en la sale entrer.

Quand tu vis que je te rendais ta dignité
Et que ma force te donnait la couronne selon le droit,
J'obligeai tous les barons à se prosterner,
Même les plus braves n'osaient s'y refuser ;
3115 Tu voulus m'accorder autorité sur la France.
Mais je ne voulus pas mal agir envers toi :
J'aurais préféré qu'on me coupât tous les membres.
Tu me juras, en présence de mes pairs,
Que, si les Slaves m'attaquaient à Orange,
3120 Tu me viendrais en aide tant que tu vivrais.
Mais je te vois ici manquer à ta parole. »
A ces mots, Louis se mit à pleurer ;
Puis il lui dit d'un ton très amical :
« Seigneur Guillaume, vous êtes digne d'éloges ;
3125 Par amitié pour vous je convoquerai l'armée,
Je la ferai venir de toutes mes terres,
Et vous pourrez emmener cent mille hommes avec vous.
Je ne puis vous accompagner cette fois-ci ;
J'ai grand besoin de surveiller ma terre ;
3130 S'il vous plaît, ne vous en offusquez pas. »
Guillaume répond : « Merci beaucoup.
Seigneur Louis, peu importe que vous veniez.
Je saurai bien conduire et diriger l'armée. »
Le roi de France, sans plus attendre,
3135 Fait convoquer et rassembler ses troupes
Près de Laon.
(...)

Apparition de Rainouart

(LXXIV suite)

3146 Guillaume, le brave, se trouvait dans le palais.
Il balaye du regard la grande salle,
et voit Rainouart qui sort de la cuisine
Et entre dans la salle par une porte.

3150 Grant ot le cors et regart de sangler ;
En toute France n'ot plus bel baceler
Ne si très fort por .I. grant fais porter,
Ne miex séust .I. pierre jeter.
Si grant fais porte, sans mençoigne conter,
3155 C'une carete i a molt à mener,
Et s'est isniaus, n'a en France son per,
Preus et hardis, quand vient à l'asambler.
Li maistres keus si l'avoit fait touser,
A la paele noircir et carbouner
3160 Trestout le vis li out fait mascurer.
Cil escuier le prisent à gaber,
De grant torchas le prisent à ruer
Et l'un sor l'autre et espandre et bouter.
Dist Rainoars : « Car me laissiés ester,
3165 Ou, par la foi ke je doi Dieu porter,
Se envers vos me faites aïrer,
Leqel ke soit le ferai comperer.
Sui jo or fous qui on doive gaber ?
Vilainement poés vo ju mener ;
3170 Certes, je n'ai cure de vo juer ;
Laissés m'en pais, ne vos ruis adeser. »
Et dist li uns : « Or as tu dit ke ber ;
Rainoars frere, car m'apren à muser. »
A icest mot li lait la paume aler,
3175 El haterel li va grant cop doner,
Si ke la sale fist toute resoner.
Dist Rainoars : « Or puis trop andurer. »
Par les .II. bras l'a Rainoars conbré,
.II. tours le torne, au tierc le lait aler,
3180 Si roidement le fiert à .I. piler
Le cuer li ront et se li fist crever,
Et de la teste an .II. les iex voler.
Dont véisiés escuiers forsener ;
Plus de .L. en coururent armer,
3185 A grans maçues le veulent lapider,
Quant Aimeris commencha à jurer
Saint Nicholai qui il doit aourer ;
« N'i a si cointe, se li voi adeser,

Apparition de Rainouart

3150 De grande taille, il avait un regard de sanglier ;
Il n'y avait, dans toute la France, plus beau jeune homme,
Ni de plus fort pour porter de lourdes charges,
Ni qui sût mieux lancer une pierre.
Il porte de si grands faix, je le dis sans mentir,
3155 Qu'une charrette en serait surchargée,
Et il est plus rapide que personne en France,
Courageux et hardi lorsqu'il lui faut se battre.
Le maître-queux lui avait fait raser les cheveux,
Et avec une poêle noircir comme charbon
3160 Et barbouiller tout le visage.
Les écuyers se mirent à se moquer de lui,
Et à le frapper avec de grands torchons,
En le poussant et en se le renvoyant alternativement.
Rainouart s'exclame : « Laissez-moi donc tranquille,
3165 Ou, par la foi que je dois porter à Dieu,
Si vous me mettez en colère contre vous,
L'un d'entre vous le paiera cher.
Suis-je donc un fou, pour qu'on se moque de moi ?
Vos jeux sont vraiment méprisables.
3170 Certes, je n'ai pas envie de jouer avec vous !
Laissez-moi tranquille, je ne veux pas vous toucher. »
L'un d'eux lui dit : « Voilà qui est bien dit !
Rainouart, mon frère, apprends-moi à badiner ! »
Et aussitôt il lui donne une gifle,
3175 Et lui assène un grand coup sur la nuque,
Si fort que toute la salle en résonna.
Rainouart rétorqua : « Les bornes sont passées. »
Il l'a saisi par les deux bras,
Lui fait faire deux tours, le lâche au troisième,
3180 Et le projette si vigoureusement contre un pilier
Qu'il lui fait rompre et éclater le cœur
Et de leurs orbites jaillir les deux yeux.
Voyez alors les écuyers fous furieux !
Plus de cinquante courent aux armes,
3185 Qui veulent le mettre à mort avec de grosses massues,
Quand Aymeri se met à jurer
Par saint Nicolas qu'il doit vénérer :
« Si j'en vois un, si brave soit-il, le toucher,

Ke ses .II. iex ne li face crever. »
Par itant l'ont trestot laissié ester.
Li quens Guillames va le roi demander :
« Sire, dist il, ki est cis baceler
Ke orendroit vi as escuiers meller ?
A ces pilers l'en vi .I. si jeter
K'il li a fait tos les menbres frouer ;
Par [saint Denis], il fait molt à doter. »
Dis Loéis : « Je l'acatai sor mer,
As marchéans .C. mars en fis doner ;
Ensamble od moi l'en fis à pié aler.
Et il me dirent fix fu à .I. Escler ;
Soventes fois li ai fait demander
Ki ses pere est, mais ains nel vaut noumer.
Por ce k'est grans, ainc ne le poi amer ;
En ma quisine l'ai [puis] fait demourer,
Autre mestier ainc ne li vaic doner,
Ainc nel vel faire batisier ne lever.
.IIII. muis d'aige li ai véu porter
En .I. tinel et sor son col torser ;
Il a molt [très] grant force. »

LXXV

Guillaumes a Rainoart regardé ;
Molt le vit grant et corsu et quarré.
Tos est nus piés, si drap sont enfumé ;
En la quisine ot lo[n]c tans conversé.
Li maistres keus l'avoit la nuit tousé,
De la paele noirci et carboné ;
Le vis ot noir et tot descouloré.
Jouenes hom ert, n'ot pas .XX. ans passés ;
Gernon li poignent selonc le sien aé.
Molt estoit biaus, mais on l'a asoté ;
En toute France n'ot nul de sa biauté
Ne si hardi, tant preu ne si osé.
Mais une tece l'a forment enpiré :
Ja tant n'auroit une cose amenbré,
Ains c'on éust une traitie alé,

Je lui crèverai les deux yeux. »
3190 Aussitôt, ils le laissent tous tranquille.
Le comte Guillaume va s'adresser au roi :
« Seigneur, dit-il, quel est donc ce jeune homme
Que je viens de voir se battre avec les écuyers ?
Je l'ai vu en projeter un contre ces piliers
3195 Et lui rompre ainsi tous les membres.
Par saint Denis, il est bien redoutable ! »
Louis lui répond : « Je l'ai acheté sur la côte ;
J'en ai donné cent marcs à des marchands.
Je l'ai emmené à pied avec ma suite.
3200 Ils m'ont dit que c'était le fils d'un Sarrasin.
Je lui ai fait souvent demander
Qui était son père, mais il n'a jamais daigné répondre.
Sa taille me l'a toujours rendu insupportable.
Je l'ai ensuite relégué aux cuisines.
3205 Je ne lui confierai jamais d'autre tâche,
Et je refuse de le faire baptiser sur les fonts.
Je lui ai vu porter quatre muids d'eau
En les chargeant sur ses épaules avec un levier ;
Sa force est gigantesque. »

LXXV

3210 Guillaume a regardé attentivement Rainouart ;
Il le trouva très grand, imposant et massif.
Il est nu-pieds, les vêtements noircis par la fumée.
Il avait longuement vécu à la cuisine.
Le maître-queux l'avait tondu pendant la nuit,
3215 Et barbouillé de noir avec la poêle.
Son visage, tout noir, avait perdu sa couleur.
C'était un jeune homme qui n'avait pas vingt ans ;
La moustache commençait à poindre, comme à cet âge.
Il était très beau, mais on l'avait abruti.
3220 Personne en France ne le surpassait en beauté,
Ni en hardiesse, en prouesse, en audace.
Mais une tare lui a fortement nui :
A peine avait-il retenu quelque chose,
Qu'avant qu'on eût parcouru une portée de flèche

Ke maintenant n'éust tout oublié.
Se ce ne fust, saciés de verité
N'éust tel homme en la crestienté.
Li escui[e]r l'ont enpoint et bouté,
Molt grans torchas ont au vasal jeté.
Et si tenoient molt grans bastons quarrés ;
Se bien osaisent, il l'éusent tué
Por leur compaing qui il avoit tué ;
Mais Aimeris l'ot de la mort tensé.
Et d'aguillons l'ont durement bouté
Ke de sa char ont le sanc degouté.
Dist Rainoars : « Or ai trop enduré ;
Par saint Denis, mar mi avés navrés ;
Li aguillon seront chir comperé. »
Par les [.II.] bras en a .IIII. cobré,
Si durement l'un sor l'autre jeté
Por .I. petit leur cuer ne sont crevé,
Quant Loéis a François escrié :
« Or tost, signer, caciés fors cel malfé. »
Rainoars l'ot, le roi a molt douté,
Fuiant s'en torne, et François l'ont hué ;
En la quisine en vint tout [d'ire] enflé,
Après lui a l'uis clos et [bien] barré.
A la maisiere a son tinel trové,
Dont mainte seille ot à son col porté ;
Sainte Marie a Rainoars juré
Ke, s'il i vienent, tout seront afronté,
Ja ni aura haut ne bas deporté.
Ainc puis n'i ot François tant [alosé]
Ki vers lui voist ne ki l'ait abité,
Tant forment ont Rainoart redouté.
Gillaumes a Loéi demandé
Qués hom il ert et ù il l'ot trové.
Li rois respont k'il l'avoit acheté

3225 Il avait déjà tout oublié.
Sans ce défaut, sachez en vérité
Qu'il n'eût eu son pareil dans toute la chrétienté.
Les écuyers l'ont poussé et bousculé,
Et ont frappé le guerrier avec de grands torchons.
3230 Ils tenaient à la main de gros bâtons massifs.
S'ils avaient eu assez d'audace, ils l'auraient tué
Pour le punir du meurtre de leur compagnon.
Mais Aymeri l'avait protégé de la mort.
Ils lui ont donné force coups d'aiguillon
3235 Qui ont fait couler le sang de son corps[1].
Rainouart s'écrie : « J'ai été trop patient.
Par saint Denis, vous regretterez de m'avoir blessé !
Vous allez payer cher vos coups d'aiguillon ! »
Il en a saisi quatre avec ses deux bras
3240 Et les a entrechoqués si violemment
Que leur cœur a bien failli éclater,
Quand Louis a crié aux Français :
« Seigneurs, expulsez-moi vite ce démon ! »
Rainouart l'entend : il redoute le roi,
3245 Et il s'enfuit sous les huées des Français.
Il vient à la cuisine, tout gorgé de colère,
Verrouillant solidement la porte derrière lui.
Il retrouve près du mur son levier,
Avec lequel il avait porté maint seau sur ses épaules ;
3250 Rainouart jure par sainte Marie
Que, s'ils viennent là, il les combattra tous,
Nul, quel que soit son rang, ne sera épargné.
Désormais plus aucun Français, si renommé fût-il,
Ne vint vers lui ni ne s'en approcha,
3255 Tant était grande leur peur de Rainouart.
Guillaume a demandé à Louis
Qui donc c'était et où il l'avait trouvé.
Le roi répond qu'il l'a acheté

---

1. Faut-il rapprocher les tourments infligés à Rainouart, ce fils de roi déchu, de la Passion du Christ (sans voir pour autant dans Rainouart un « symbole » christique continu, ce que démentiraient d'ailleurs les vers qui suivent, ni dans la chanson d'*Aliscans* une œuvre allégorique) ? C'est en tout cas à ce héros que reviendra la tâche de sauver le monde chrétien : cette nouvelle interférence entre schémas épiques et schémas christiques serait justifiée.

As marcéans .C. mars d'argent pesé,
3260 Desous Palerne où erent arivé :
« Et si me dirent fiex ert à .I. Escler.
Ensamble od moi l'en ai chà amené.
Por ce kel vi si grant desmesuré,
Ne sai k'en mente, molt l'ai cuelli en hé ;
3265 Ne l'ameroie por toute m'ireté.
En ma quisine a lo[n]c tans conversé
Plus de .VII. ans, et si sont tot passé.
Assés souvent li a on demandé
Ki il estoit et de quel parenté,
3270 Mais ainc ne vaut dire la verité.
Sovent m'a dit et maintes fois rové
Ke le fesise batisier et lever,
Mais jo li ai tout adès devéé.
Il est haus hom, je[l] sai de verité ;
3275 En ma quisine là est tous asotés.
Autant mangüe com .X. vilain barbé ;
Mais de sa force n'a nul homme sous Dé
En paienime ne en crestienté.
Molt par est fel et plains de cruauté ;
3280 Je ne gart l'eure k'il m'ait escervelé. »
Guillaumes l'ot, s'en a .I. ris jeté ;
Le roi apele, si l'a araisouné :
« Loéy sire, par la vostre bonté,
Dounés le moi, si vos en saurai gré ;
3285 Par cele foi ke doi à Damedé,
Je li donrai à mangier à plenté. »
Et dist li roi : « A vostre volenté ;
Je le vos doing, sire, par amisté. »
Li quens Guillaumes l'en a moult merchié ;
3290 Ne fust si liés por une grant cité,
Le roi en a par amor acolé.
Rainoars a son tinel regardé ;
Forment l'en poise quant le vit enfumé,
Par maltalent l'a à terre jeté
3295 Si durement ke par mi l'a froué,
En .II. moitiés rompu et tronchouné.
Molt durement a Rainouars juré

Apparition de Rainouart

A des marchands cent marcs de bon argent,
3260 Près de Palerme, où ils avaient débarqué :
« Et ils me dirent qu'il était le fils d'un Sarrasin.
Je l'ai ramené ici avec ma suite.
A cause de sa taille démesurée,
Je ne crois pas mentir, je l'ai pris en grande haine.
3265 Je ne saurais l'aimer, fût-ce au prix de mon royaume.
Il est resté longtemps dans ma cuisine,
Pendant plus de sept ans entiers.
On lui a fréquemment demandé
Qui il était, et de quelle famille,
3270 Mais il ne veut jamais le révéler.
Il m'a souvent demandé avec insistance
De le faire baptiser sur les fonts baptismaux,
Mais jusqu'ici je m'y suis toujours opposé.
Il est de haute naissance, j'en suis certain.
3275 Dans ma cuisine, là, il est tout abruti.
Il mange autant que dix paysans barbus.
Mais nul homme, sur terre, n'est aussi fort que lui,
Ni en terre païenne ni dans la chrétienté.
Il est très farouche et plein de cruauté.
3280 Je m'attends à ce qu'il m'arrache la cervelle. »
Guillaume, à ces mots, éclate de rire.
Il s'adresse au roi dans ces termes :
« Louis, seigneur, au nom de votre bonté,
Donnez-le moi, je vous en saurai gré.
3285 Par la foi que je dois au Seigneur Dieu,
Je lui donnerai à manger à satiété. »
Le roi répond : « A votre gré !
Je vous le donne, seigneur, en signe d'amitié. »
Le comte Guillaume l'en remercie vivement.
3290 Le don d'une grande cité l'aurait moins réjoui :
Par affection, il donne l'accolade au roi.
Rainouart a observé son tinel.
Il est très mécontent de le voir enfumé :
Dans sa colère, il l'a jeté à terre
3295 Si violemment qu'il l'a rompu par le milieu,
Brisé en deux tronçons.
Rainouart a juré ses grands dieux

K'il vaudra faire plus grant et plus quarré,
Sel gardera, si puet, tout son aé.
3300 Bien a .VII. ans ke il a desiré
       D'un molt grant tinel faire.

LXXVI

Rois Loéis ne se vaut oublier ;
De par sa terre a fait ses os mander,
Desous Laon venir et aüner.
3305 .CC^m. hommes i péust on trover
Tos desfensables por leur armes porter ;
Grans fu li os, bien fait à redouter.
En la quisine fu Rainouars li ber ;
Desous Laon ot ces grailles soner,
3310 Et en la sale ces cevaliers jouer,
Et l'un à l'autre de l'ostoier parler.
Soventes fois ot Guillaume noumer
Ke en l'Archant doit toute l'ost mener ;
Des iex dou cief commencha à plorer,
3315 Par soi méisme se prist à dementer.
« E ! las, dist il, bien devroie plorer,
[.C. milliers d'omes] deuse en cest ost mener,
Rois d'Espaigne estre et coroune porter,
Et or m'estuet la quisine garder,
3320 Et le fu faire et la char escumer !
Ainc fiex de roi ne vi si aviler ;
Mais, par mon cief, se .I. an puis durer,
Roi Loéi ferai jo tout irer,
De toute France le ferai desposer
3325 Et de son cief fors la corone oster. »
Lors s'est assis, n'ot en lui c'aïrer.
Quant il oï ke l'ost devoit esrer,
Devant Guilame en est venus ester ;
Si fu nus piés, n'ot cauche ne soller.
3330 Très devant lui s'est alés acliner ;
Se li commence doucement à mostrer :
« Sire Guillames, gentix, nobles et ber,
Por amor Dieu, laissiés [m']o vos aler.
Si aiderai le harnois à garder ;

Qu'il en fabriquera un plus grand et plus massif,
Qu'il gardera, s'il le peut, toute sa vie.
3300 Cela fait bien sept ans qu'il a envie
De faire un tinel gigantesque.

LXXVI

Le roi Louis ne veut pas s'attarder.
Il a fait convoquer ses armées dans le royaume,
Avec ordre de se rassembler près de Laon.
3305 On aurait pu y dénombrer deux cent mille hommes,
Prêts à se battre avec les armes qu'ils avaient.
L'armée, immense, était très redoutable.
Rainouart, le guerrier, était à la cuisine.
Il entendait les trompettes sonner près de Laon,
3310 Et, dans la salle, les chevaliers jouer
Et parler entre eux de faits de guerre.
Il entend beaucoup parler de Guillaume
Qui doit conduire l'armée tout entière à l'Archant.
Il se met à verser des larmes
3315 Et à se lamenter en lui-même :
« Ah ! malheureux, dit-il, j'ai bien de quoi pleurer :
J'aurais dû conduire cent mille hommes dans cette armée,
Etre roi d'Espagne et porter couronne,
Et je suis condamné à rester aux cuisines,
3320 A faire le feu et écumer la viande !
Je ne connais pas de fils de roi si avili ;
Mais, par ma tête, si je peux vivre un an,
Je ferai enrager tant et plus le roi Louis,
Je le ferai déposer du trône de France
3325 Et j'arracherai la couronne de sa tête. »
Il s'est alors assis, tout bouillant de colère.
Lorsqu'il entendit que l'armée allait se mettre en marche,
Il est venu se dresser devant Guillaume,
Nu-pieds, sans chausses ni souliers.
3330 S'inclinant profondément devant lui,
Il s'efforce de le convaincre avec douceur :
« Seigneur Guillaume, noble, magnanime et vaillant,
Pour l'amour de Dieu, laissez-moi venir avec vous !
J'aiderai à la surveillance du matériel ;

3335 Trop bien saurai le mangier conréer
Et faire .i. poivre et .i. oisel torner ;
En toute France nen a mie mon per ;
Je ne criem homme d'une char conraer.
Et, se ce vient à ruistes cos douner,
3340 Par cele foi ke je vos doi porter,
Pior de moi i porriés bien mener. »
Et dist Guillames : « Amis, laissiés ester.
Ne porriés mie le grant paine endurer,
Les nuis villier et les jors jéuner ;
3345 En la quisine as apris à caufer,
Sovent mangier et ces mustiaus toster
Et le brouet des paeles humer,
Le pain repondre et par matin disner,
Et le vin boire, engloutir et laper,
3350 Et tote jor dormir et reposer.
Se de tot chou te convient consirer,
Ja ne porroies .i. mois entir durer ;
Puis ke li hom se prent à truander,
Malvaisement se puet puis deporter. »
3355 Dist Rainoars : « Or me laissiés parler,
Sire Guillames, je me vuel esprover ;
Trop longement m'ai laissié asoter,
Si m'aït Diex, nel puis mais endurer.
Ja en quisine ne quir mais converser ;
3360 Se Diex voloit, je vaudroie amender :
Mal soit dou fruit ki ne veut méurer.
Se le congié [ne] me volés douner,
Par saint Denis qui je doi aourer,
Seus i irai, qui k'en doie peser,
3365 En la bataille, en Aliscans sor mer,
N'i porterai ne cauce, ne soller,
Fors .i. tinel ke je ferai quarrer.
Tant me venrés de Sarrasins tuer
Nes oseriés véoir ni esgarder. »
3370 Od le Guillames, sel prist à apeler,

Apparition de Rainouart

3335 Je saurai bien m'occuper des repas,
Faire une poivrade ou un oiseau à la broche.
Je n'ai pas mon égal dans la France entière ;
Je ne redoute personne pour préparer une viande,
Et s'il est nécessaire de se battre vigoureusement,
3340 Par cette fidélité que je dois vous témoigner,
Je ne suis pas le pire que vous puissiez emmener. »
Guillaume répond : « Mon ami, n'insiste pas.
Tu ne pourrais endurer les grandes souffrances,
Veiller la nuit, jeûner le jour.
3345 Tu as appris à te chauffer à la cuisine,
A manger sans arrêt et à te rôtir les mollets,
A humer le brouet dans les poêles,
A avaler le pain et à manger dès le matin,
A boire du vin, à l'engloutir et le laper,
3350 Et à dormir et te reposer toute la journée.
S'il te fallait renoncer à tout cela,
Tu ne pourrais survivre un mois entier.
Dès qu'un homme commence à vivre en parasite,
Il ne peut plus se conduire dignement. »
3355 Rainouart répondit : « Laissez-moi m'expliquer.
Seigneur Guillaume, je veux me mettre à l'épreuve ;
Je me suis trop longtemps laissé abrutir,
Et, j'en atteste Dieu, je ne le supporte plus.
Je ne veux plus désormais vivre aux cuisines.
3360 Si Dieu le voulait, je souhaiterais m'améliorer :
Malheur au fruit qui refuse de mûrir.
Si vous vouliez bien m'y autoriser,
Par saint Denis que je dois vénérer,
J'irais tout seul, que cela plaise ou non,
3365 A la bataille, aux Aliscans-sur-Mer.
Je ne porterais ni chausses ni souliers,
Mais seulement un tinel que j'aurais équarri.
Vous me verriez tuer tant de Sarrasins
Que vous n'oseriez même pas les regarder. »
3370 Ces mots touchent[1] le cœur de Guillaume,

---

1. On pourrait donner à la formule *le prist a apeler* son sens traditionnel de « lui adressa la parole » ; dans ce contexte, nous préférons donner à *apeler* le sens, attesté, de « désirer », qui nous paraît plus satisfaisant.

Puis li otroie le congié de l'aler.
Et Rainoars l'en prist à merchier ;
D'iluec se torne, n'i vaut plus demorer.
Le sien afaire ne vaut pas oublier ;
3375 De grant barnage se prist à porpenser
Dont puis morurent .M. Turc et .M. Escler.
En .I. gardin va .I. sapin coper ;
Ciex qui il ert ne li osa véer.
Molt par ert gros, ou monde n'a son per ;
3380 .C. cevalier s'i puent aombrer.
Li rois de France ne le laissast coper,
Ki li vausist .C. mars d'argent doner ;
Car cascun jor s'ala illuec disner
Rois Loéis et son cors deporter.
3385 Et Rainoars le prist à esgarder,
Dedens son cuer forment à gouloser.
« Hé Diex, dist il, ki te laissas pener
En sainte crois por ton pule saver
Ki cest bel arbre porroit de chi oster
3390 Molt seroit bons as Sarrasins tuer.
Jel vel avoir, qui q'en doie peser ;
Tout mon parage en vaurrai afronter,
Se Jhesu Crist ne veulent aourer. »
Un carpentier i ala amener,
3395 Sel fist trencier et ses brances oster.
.XV. piés ot, si com j'oï conter ;
A .VII. costieres l'a bien fait roonder.
Li forestiers oï les cos doner ;
Là vint corant, quanque il peut randoner,
3400 A haute vois commencha a crier :
« Fil à putain, mar l'osastes penser !
Ki vos rova le bos à essarter ?
A Loéi vos irai encuser,
Ki vos fera à cevaus traïner. »
3405 Prist .I. baston, Rainoart va fraper
Ke de la teste li fait le sanc voler.

Et celui-ci lui donne la permission d'y aller.
Rainouart l'en remercie,
Puis s'en retourne, sans vouloir s'attarder.
Il veut se consacrer à ses projets :
3375 Il se prend à méditer de grands exploits
Dont sont morts par la suite mille Turcs et mille Slaves.
Il va dans un jardin couper un sapin ;
Le propriétaire n'ose l'en empêcher.
L'arbre était gigantesque, unique au monde ;
3380 Cent chevaliers auraient pu y trouver de l'ombre.
Le roi de France ne l'aurait pas laissé couper
Même pour la somme de cent marcs d'argent.
Car chaque jour allait dîner à cet endroit
Le roi Louis, qui aimait s'y détendre.
3385 Rainouart se mit à le fixer des yeux
Et à le convoiter vivement en son cœur :
« Hé, Dieu ! dit-il, qui t'es laissé meurtrir
Sur la sainte Croix pour sauver ton peuple,
Celui qui parviendrait à emporter ce bel arbre
3390 Serait très efficace pour tuer des Sarrasins.
Je veux l'avoir, que cela plaise ou non ;
Avec lui, je voudrai affronter tous mes parents,
S'ils refusent d'adorer Jésus-Christ.
Il conduisit sur place un charpentier
3395 Pour le faire couper et ébrancher.
Il mesurait quinze pieds, à ce que l'on m'a dit ;
Il l'a fait bien équarrir, à sept pans.
Le forestier entendit les coups de hache[1].
Il accourut sur place aussi vite que possible,
3400 Et se mit à crier d'une voix forte :
« Fils de putains, vous allez le payer cher !
Qui vous a donné l'ordre de défricher ce bois ?
Je vais aller vous accuser devant Louis,
Qui vous fera traîner par des chevaux ! »
3405 Prenant un bâton, il va frapper Rainouart
Qui se met à saigner de la tête.

---

1. La petite scène qui suit (v. 3398-3418) ne figure pas dans A2, pas plus que la mention de l'intérêt que Louis portait à ce sapin. Notre manuscrit multiplie à plaisir les altercations, que le public médiéval semblait apprécier.

Dist Rainoart : « Vos m'avés fait sainier ;
Mar me feristes, par le cors saint Omer ! »
Jete les poins, sel vait as bras cobrer ;
3410 Si durement le vait à lui tirer
Del cors li fait l'espaule desevrer,
.III. tours le torne, au quart le lait aler.
Deseur .I. cainne le fai[t] haut encrouer
Et les boiaus arere traïner.
3415 Rainouars crie : « Comment t'est, baceler ?
Alés au roi la parole conter
Ke Rainouars fait son bos tronchoner. »
Prist son tinel, si commence à chanter.
De cief en cief le fist rere et planer,
3420 Vient à .I. fevre, sel fist devant ferrer,
Et à grans bendes tout entor viroler.
Ens el tenant le fist bien réonder ;
Por le glacier le fist entor cirer
Ke ne li puisse fors des poins escaper.
3425 Quant il l'ot fait bien loier et bender,
.V. sous avoit, si li ala doner ;
Dedens la forge ne vaut plus demorer,
Son tinel prist, mist soi ou retorner.
Tout chil s'en fuient ki li voient porter ;
3430   Grant paour ont de lui.

LXXVII

Quant li tineus Rainouart fu ferés,
Aval la vile s'en est aceminés.
Tout chil le fuient qui il a encontrés ;
N'i a .I. seul n'en soit espaontés,
3435 Li plus hardis est en fuies tornés.
Et Rainouars est el palais entrés ;
Son tinel porte dont n'est pas encombrés.
Grans fu et lons et par devant quarrés,
Et si estoit de fer molt bien bendés.
3440 Ainc plus fiers hom ne fu de mere nés ;
A grant mervelle fu de tos redoutés.
Dist l'un a l'autre : « Où ira cis maufés ?

Apparition de Rainouart

Rainouart s'écrie : « Vous m'avez fait saigner ;
Malheur à vous, par les reliques de saint Omer ! »
Il jette ses poings en avant, le saisit dans ses bras
3410 Et le tire vers lui si violemment
Qu'il lui arrache l'épaule.
Il lui fait faire trois tours et le lâche au quatrième.
L'autre se trouve suspendu dans un chêne,
Ses boyaux traînant derrière lui.
3415 Rainouart lui crie : « Comment va, jeune homme ?
Allez donc raconter au roi
Que Rainouart fait abattre son bois ! »
Saisissant son tinel, il se met à chanter.
Après l'avoir fait entièrement raboter,
3420 Il va trouver un forgeron, pour en ferrer le bout
Et le cercler de bandes de fer fixées par des viroles.
Il le fit polir au niveau de la poignée ;
Pour qu'il puisse glisser, il le fit cirer
De sorte qu'il ne puisse lui échapper des poings.
3425 Quand il l'eut fait bien renforcer par des bandes,
Il alla lui donner les cinq sous qu'il avait
Et ne resta pas plus longtemps dans la forge :
Saisissant son tinel, il retourna chez lui.
Tous ceux qui le voient le porter prennent la fuite ;
3430   Ils ont très peur de lui.

LXXVII

Rainouart, une fois son tinel ferré,
A repris son chemin à travers la ville.
Tous ceux qu'il rencontre prennent la fuite :
Il n'en est pas un seul qui ne soit effrayé,
3435 Même le plus hardi prend ses jambes à son cou.
Et Rainouart est entré dans le palais,
Portant son tinel qui ne l'encombre guère.
Il était gros et long, large à l'extrémité,
Et très solidement cerclé de bandes de fer.
3440 Nulle femme ne mit jamais au monde homme plus
Tous le redoutaient prodigieusement.   [farouche ;
Ils se disaient entre eux : « Où ira ce démon ?

Voirement c'est *Rainoars au tinel*. »
Ainc puis cis nons ne li fu remués.
3445 Et Franc l'esgardent environ de tos lés
Et dient tout : « Signeur, or esgardés ;
Ainc mais ne fu fous si desmesurés.
Sainte Marie, où fu cis fus trovés ?
Fuions nos ent, ja nous aura tués. »
3450 Rainouars dist : « Or ne vos effraés ;
Mais je vos prie, por Dieu, ne me gabés,
Et mon tinel vos pri ke ne m'enblés,
Car je vos di [moult] tost le comperrés.
Je ne sui mie dou tout à vos remés.
3455 Si m'aït Diex, si bone arme n'avés ;
Jo nel donroie por .XIIII. cités. »
Lors si l'acole et le baissa assés.
Il en apele dant Guillame au cort nés ;
Rainouars dist : « Or sui tos aprestés ;
3460 Sire Guillames, envers moi entendés :
De vo service sui tous entalentés,
Alons nos ent, ke trop i demorés ;
Ja déussiés avoir les pors passés.
Par cel apostle c'on quiert en Noiron prés,
3465 De toute Espaigne vos quir rendre les clés ;
Ne le garra Tiebaus [n]i Desramés.
Gentix quens sire, por Dieu car en alés ;
Dedens Orenge estes molt desirés.
– Voir, dist Guillames, c'est fine verités.
3470 Or gart cascuns demain soit aprestés
Et de l'aler garnis et conréés. »
François respondent : « Si com vos commandés. »
(...)

Vraiment, on peut l'appeler *Rainouart au tinel*. »
Depuis, il n'a jamais perdu ce surnom.
3445 Les Français l'observent de tous côtés
Et disent tous : « Seigneurs, regardez donc !
Jamais on n'a vu de fou si gigantesque.
Sainte Marie, d'où celui-ci peut-il venir ?
Enfuyons-nous, il aura vite fait de nous tuer ! »
3450 Rainouart répond : « N'ayez pas peur !
Mais, s'il vous plaît, pour Dieu, ne vous moquez pas de
Et ne cherchez pas à me voler mon tinel, [moi,
Car, je vous le dis, je vous le ferais vite payer !
Vous m'avez rendu furieux contre vous.
3455 J'en atteste Dieu, vous n'avez pas d'aussi bonne arme.
Je ne la donnerais pas pour quatorze cités. »
Il le prend dans ses bras et lui donne force baisers.
Puis il appelle sire Guillaume au Court Nez ;
Rainouart lui dit : « Maintenant je suis fin prêt.
3460 Seigneur Guillaume, écoutez-moi bien :
J'ai très envie de vous servir,
Allons-y, vous vous attardez trop ;
Vous devriez avoir déjà passé les cols[1].
Par cet apôtre qu'on prie au Jardin de Néron,
3465 Je voudrais vous rendre les clés de toute l'Espagne ;
Ni Thibaut ni Déramé ne restera en vie.
Noble comte, seigneur, pour Dieu, prenez la route ;
On vous attend avec impatience à Orange.
— Assurément, dit Guillaume, c'est pure vérité.
3470 Que chacun donc se tienne prêt pour demain,
Equipé et préparé pour le départ. »
Et les Français répondent : « A vos ordres. »
(...)

---

1. Quels *ports* (maritimes, ou cols ?) peut-il y avoir entre Laon et Orange ? La leçon de A2, *ponz* (ponts), est mieux intelligible. Sans doute Rainouart exprime-t-il ainsi son désir de conquérir l'Espagne (*cf.* v. 3465).

CXIII

(...)

5426 « Diex, dist Bertrans, s'or avoie auferrant,
D'aisdier mon oncle seroie desirant. »
Dist Rainouars : « Or vos alés soufrant ;
Mien encient, ja'n arés .I. corant,
5430 Et tout cist autre, cascun sor .I. bauchant. »
Par devers lui vient .I. paiens corant ;
Bien fu armés d'un hauberc jaserant,
En son cief ot .I. vert elme luisant
Et à son col .I. fort escu pesant ;
5435 En sa main porte .I. fort espil trencant.
Il laisse courre si va ferir Elmant ;
Toutes ses armes ne li valent .I. gant ;
Mort l'abati dou destrier auferrant.
Rainouars hauce le haut tinel pesant,
5440 Parmi son elme le fiert en trespassant ;
Ainc [de] nule arme ne pot avoir garant ;
Dusqe en la sele le va tot esmiant,
Toute l'eschine dou ceval derompant ;
Ens en .I. mont va tout acravantant.
5445 A l'autre cop ra ocis Malquidant
Et Samuel, Samul et Salmuant ;
Ainc li ceval n'orent de mort garant.
« Voir, dist Bertrans, s'ensi alés ferant,
N'arons ceval nul jor en no vivant. »
5450 Dist Rainouars : « Trop vous alés hastant ;
Je n'en puis mais, par foi, sire Bertrant ;
Cis tinés poise, s'en sont li cop plus grant.
Ja en aurés, or vous alés souffrant :

Rainouart apprend à frapper d'estoc[1]

CXIII

(...)

5426 « Dieu, dit Bertrand, si j'avais un cheval,
J'irais volontiers aider mon oncle. »
Rainouart répond : « Un peu de patience !
A mon avis, vous aurez bientôt une monture,
5430 Et tous les autres seront montés sur un destrier[2].
Un païen fonce sur lui à bride abattue ;
Il était protégé par un haubert à bonnes mailles,
Sur sa tête il avait un heaume étincelant
Et à son cou un écu solide et lourd ;
5435 Il tenait dans sa main un bon épieu tranchant.
Lâchant la bride, il va frapper Elmant ;
Toutes ses armes ne lui servent à rien :
Il l'abattit raide mort de son cheval fougueux.
Rainouart lève le long et lourd tinel,
5440 Et frappe le Sarrasin sur le heaume au passage ;
Aucune de ses armes ne peut le protéger ;
Rainouart le réduit en miettes jusqu'à la selle
Et pourfend toute l'échine du cheval :
L'un et l'autre sont renversés pêle-mêle.
5445 D'un autre coup il a tué Malquidant
Et Samuel, Samul et Salmuant ;
Aucun de leurs chevaux n'échappa à la mort.
« Certes, dit Bertrand, si vous frappez de cette façon,
Nous n'aurons pas de cheval de toute notre vie ! »
5450 Rainouart répond : « Vous êtes trop pressé !
Je n'en puis mais, par ma foi, seigneur Bertrand ;
Ce tinel est pesant, les coups en sont plus forts ;
Vous aurez un cheval, patientez un peu :

---

1. Rainouart vient de libérer les cousins de Vivien, prisonniers des Sarrasins (*cf.* laisse XI). Bertrand, pour combattre, souhaiterait avoir un cheval. Nous sommes en pleine bataille. 2. *Baucent*, i.e. « balzan » et, substantivement, « cheval à balzanes » ; l'idée de balzanes est, dans les formules épiques stéréotypées, très affaiblie, et le terme n'est plus qu'une variante de « cheval », au même titre que *destrier* ou *auferrant*.

Chi en vient .I. deseur .I. [noir] bauchant ;
Molt par cort tost, veés com il vient bruiant. »
Atant es vous le Turc esperounant ;
Milon ocist à son espiel trenchant.
Dist Rainouars : « Trop as alé avant ;
Mort m'as mon homme, dont j'ai le cuer dolant. »
Le tinel lieve par molt grant maltalent ;
Ains li paiens ne fu si tost tornant
Ke del tinel nel feri en passant.
Ainc de nule arme ne pot avoir garant.
Ausi com foudres va ses tinés bruiant,
Desci k'en terre va li cols descendant,
Ens en .I. mont va tout acraventant.
« Diex, dist Bertrans, trop me vois delaiant. »
Dist Rainoars : « Trop me va anoiant
Ke plus me vont paien adamagant.
Sire Bertran, ne te vas mervillant ;
Grans est li fus, si poise par devant.
Quant j'ai mon cop entesé en hauchant,
De grant vertu vient aval descendant ;
Jou ne le puis tenir ne tant ne quant. »
Dist Bertrans : « Sire, si f[e]rés en boutant ;
Ensi iront vo cop amenusant. »
Dist Rainouars : « Or vois jou aprendant ;
Jou irai à l'escole ! »

CXIV

Dist Bertrans : « Sire, quant nous as delivré,
[Or nos aidiés] tant ke soiens monté ;
Li quens Guillames vous en saura bon gré. »
Dist Rainouars : « Volentiers, en [n]on Dé ;
Ja'n aurés un tout à vo volenté,
Et tout cist autre, ja n'en ert trestorné. »
Par mautalent a le tinel levé,
En contremont à .II. mains entesé,
Parmi son elme a .I. roi asené ;
Non ot Morindes, plains fu de grant firté,
A grant mervelle ot bien son cors armé.

Voici venir un païen monté sur cheval noir ;
5455 Il galope très vite, voyez quel bruit il fait ! »
Surgit le Turc qui donne des éperons ;
Il tue Milon de son épieu tranchant.
Rainouart déclare : « Tu es allé trop loin ;
Tu m'as tué mon vassal, et j'en suis affligé. »
5460 Il lève son tinel, enflammé de colère ;
Le païen n'avait pas eu le temps de tourner bride
Qu'il le frappait de son tinel au passage.
Aucune de ses armes ne peut le protéger.
Son tinel s'abat comme la foudre,
5465 Et le coup s'enfonce droit jusqu'à terre,
Renversant cavalier et cheval pêle-mêle.
« Dieu, dit Bertrand, comme je perds mon temps ! »
Rainouart répond : « Je suis très contrarié,
Car les païens cherchent davantage à me nuire.
5470 Seigneur Bertrand, ne sois pas étonné ;
Ce tronc est grand, il est lourd à manier.
Après l'avoir levé et ajusté mon coup,
Il s'abat avec une force colossale :
Je n'arrive absolument pas à le maîtriser. »
5475 Bertrand répond : « Seigneur, frappez donc en poussant ;
Vos coups ainsi seront mieux proportionnés. »
Rainouart réplique : « Je prends là une leçon ;
Je suis à bonne école ! »

CXIV

Bertrand lui dit : « Seigneur, puisque tu nous as délivrés,
5480 Aide-nous maintenant à avoir une monture ;
Le comte Guillaume t'en sera reconnaissant. »
Rainouart répond : « Volontiers, au nom de Dieu ;
Vous en aurez bientôt une comme vous la souhaitez,
Ainsi que tous les autres, je n'y renoncerai pas. »
5485 Il a levé son tinel avec fureur,
Le soulevant bien haut de ses deux mains,
Et il en frappe un roi au milieu de son heaume :
C'était Morinde, un homme très violent,
Qui portait des armes extraordinaires.

5490 Et Rainouars l'a si dou fust frapé
Parmi son elme, k'il ot à or gemé,
Toutes ses armes li ont petit duré.
Dusqe en la sele l'a tout esquartelé,
Et le ceval ra par mi tronchouné.
5495 Si bruit li cos com foudres encontre oré ;
Ens en .I. mont a tout acraventé.
Au resachier a .II. Turs encontré ;
De .VII^c. colt ne fuissent miex tué
Et li ceval desous aus asomé :
5500 Tout craventa devant lui ens el pré.
« Voir, dist Bertrans, ce sont cop de malfé ;
Rainouars sire, vous avoie rové
Ke dou tinel fuissent paien bouté. »
Dist Rainouars : « Jou l'avoie oublié ;
5505 Or le ferai si com as devisé. »
Atant es vous apoignant Balufré,
Un roi paien de molt grant cruauté ;
A grant mervelle ot son cors bien armé,
De doubles armes garni et apresté.
5510 Tient .I. espil trenchant et afilé ;
Il laisse coure le destrier abrievé,
Devant Bertran a .I. Franc mort jeté,
Ki couars ert en l'estor apelé.
Dist Rainouars : « Or avés mal esré ;
5515 Mort as mon homme, molt m'en as fait iré. »
Par maltalent a le tinel levé ;
Ains ke li rois eust son frainc retiré,
L'a Rainouars si dou tinel frapé,
Parmi son elme l'a si bien asené
5520 Toutes ses armes li ont petit duré.
Jusqe en la sele l'a tout esquartelé
Et le ceval ra par mi tronchouné ;
Ens en .I. mont a tout acraventé.

5490 Rainouart l'a frappé de son tronc si violemment
Sur le heaume, qui était d'or orné de pierreries,
Que tout son armement ne lui a guère servi.
Il l'a mis en pièces jusqu'à la selle,
Coupant son cheval par le milieu.
5495 Le coup résonne comme la foudre dans un orage ;
Cavalier et cheval sont renversés pêle-mêle.
Au tour suivant il affronte deux Turcs :
Sept cents coups ne les auraient pas mieux tués,
Et leurs chevaux sont assommés sous eux :
5500 Il renversa l'ensemble devant lui, dans le pré.
« Assurément, dit Bertrand, ces coups sont d'un démon ;
Seigneur Rainouart, je vous avais demandé
De frapper les païens en poussant le tinel. »
Rainouart répond : « Je l'avais oublié.
5505 Je vais maintenant suivre vos conseils. »
Voici Balufré qui pique des éperons,
Un roi païen extrêmement cruel ;
Il était revêtu d'armes extraordinaires,
Renforcées d'une double épaisseur.
5510 Il tient un épieu tranchant et affilé,
Lâche les rênes du fougueux destrier,
Et jette raide mort devant Bertrand un Français
Que, dans la mêlée, on qualifiait de couard[1].
Rainouart proteste : « Vous avez mal agi.
5515 En tuant mon vassal, tu m'as mis en colère. »
Il lève le tinel avec fureur :
Le roi n'a pas eu le temps de tirer sur les rênes,
Que Rainouart l'a déjà si bien frappé de son tinel
Et touché en plein milieu du heaume
5520 Que toutes ses armes ne lui ont guère servi.
Il l'a complètement mis en pièces jusqu'à la selle,
Coupant le cheval par le milieu.
Cavalier et monture sont renversés pêle-mêle.

---

1. Plus loin, on verra en effet Rainouart chargé de mener les « couards » au combat (éd. F. Guessard et A. de Montaiglon, v. 4726-4869, ou éd. Cl. Régnier, v. 5000-5095). Sur le rôle des « couards » dès la *Chanson de Guillaume* et leur rapport avec le monde carnavalesque, *cf.* J.-P. Martin, « Le personnage de Rainouart entre épopée et carnaval », *Comprendre et aimer la chanson de geste*, Feuillets de l'E.N.S. Fontenay-St Cloud, mars 1994, p. 77.

« Voir, dist Bertrans, or sai de verité,
5525 Rainouars sire, bien nous as oublié ;
Par toi n'en ermes garandi ne tensé. »
Dist Rainouars : « Jou nel fas pas de gré,
Sire Bertran, car le me ramenbrés.
Le boutement n'ai pas acoustumé ;
5530 Ki chou oublie k'il n'a fait et usé
Par droit esgart doit estre pardoné.
Or bouterai, puis qu'il vos vient en gré. »
Son tinel prist, estraint l'a et branlé ;
Desous s'asaile a le graille serré
5535 Et par devant le plus gros bout torné.
Es vos atant l'amirant Estiflé ;
N'ot si felon ne si mal desfaé,
Bien fu armés sor .I. noir estelé.
Un cevalier nous avoit mort rué ;
5540 Ciex estoit hom Rainouart l'aduré,
De ciaus ki erent par droit couart noumé.
Ains k'il éust son auferrant torné,
L'a Rainouars si dou tinel bouté
L'escu li a brisié et estroué
5545 Et son hauberc ronpu et despané.
Ront li les costes, le cuer li a crevé,
Dou bon ceval l'a mort acraventé.
Le frain a pris, Bertran l'a presenté.
Dist Rainouars : « Vous vient [point] cis en gré ?
5550 — Oïl voir, sire, miex vaut d'une cité. »
(...)

Rainouart apprend à frapper d'estoc 429

« Assurément, dit Bertrand, j'en suis bien sûr,
5525 Seigneur Rainouart, tu nous a bien oubliés.
Ce n'est pas toi qui vas nous protéger. »
Rainouart répond : « Je ne le fais pas par plaisir,
Seigneur Bertrand, il faut me le rappeler :
Je n'ai pas l'habitude de frapper ainsi ;
5530 Qui oublie ce dont il n'a pas l'habitude
Mérite à juste titre qu'on lui pardonne.
Je frapperai d'estoc, puisque vous le souhaitez. »
Il saisit son tinel, le serre et le déplace,
Bloquant sous son aisselle le bout le moins épais,
5535 Le plus gros pointé vers l'avant.
Voici qu'arrive l'émir Estiflé ;
C'était le plus cruel et le pire mécréant ;
Il avait de bonnes armes sur un cheval noir étoilé[1].
Il venait de nous tuer un chevalier,
5540 Un des hommes du courageux Rainouart,
De ceux que l'on appelait à bon droit les couards.
Avant même qu'il ait eu le temps de tourner bride,
Rainouart l'a frappé si fort de son tinel
Qu'il lui a brisé et transpercé le bouclier
5545 Et rompu et démaillé la cotte de mailles.
Il lui brise les côtes, lui transperce le cœur,
Et le précipite, mort, à bas de son bon cheval.
Il en saisit le mors et le donne à Bertrand.
Rainouart lui dit : « Celui-ci ne vous convient-il pas ?
5550 – Certes oui, seigneur, plus qu'une ville entière ! »
(...)

---

1. *Noir estelé* : cheval noir avec, au front, une tache en forme d'étoile. Cette formule est attestée dans plusieurs chansons de geste.

CXLVIII

(...)

6391 *Li paiens l'ot, si est haut escriez :*
« Mahomet sire, tu soies aorez !
Renoars frere, bien soiés vos trovez !
Venez çà, frere, por Mahon m'acolez. »
6395 *Dist Renoars : « Vassal, en sus estez ;*
[Si m'eïst Dex, n'iere de vos privés]
S'ançois nen estes bautiziez et levez ;
Dont vous sera [mes coros] pardonnez. »

CXLIX

Dist Valegrapes : « Renoars, ne foloie ;
6400 *Quar croi Mahon, si entre en bonne voie :*
Coronés ieres encui à molt grant joie. »
Dist Renoars : « Sarrasins, ne foloie
De ton Mahon, quar je ne le creroie,
Por nule rien ma loi ne guerpiroie,
6405 *Que Dex dona por aler droite voie. »*
Dist Valegrapes : « Fox est qui te chastoie ;
Or te feré [c'à home] ne feroie :
S'à cest tinel le tuen cors ociioie,
Ce m'est avis que malvestié feroie. »
6410 *Le tinel jete en sus hors de la voie.*
Et Renouars i cort, qui a grant joie ;
Prent son tinel, entor lui le tornoie.

CL

Renouart prant la grant perche quarrée ;
Il la paumoie, contremont l'a levée,

Rainouart tue son frère Valegrape[1]

CXLVIII

(...)

6391 A ces mots, le païen s'écria d'une voix forte :
« Seigneur Mahomet, loué sois-tu !
Rainouart, mon frère, quel bonheur de vous voir !
Venez ici, mon frère, embrassez-moi, par Mahomet ! »
6395 Rainouart répond : « Vassal, gardez vos distances !
J'en atteste Dieu, je ne serai de vos amis
Que lorsque vous aurez été baptisé !
Alors je n'aurai plus de haine à votre égard. »

CXLIX

Valegrape lui dit : « Rainouart, ne sois pas fou !
6400 Crois donc en Mahomet, reviens dans le droit chemin :
Tu seras couronné ce jour-même dans la liesse. »
Rainouart répond : « Sarrasin, ne dis pas de sottises
Sur ton Mahomet, en qui je ne saurais croire ;
Rien ne me fera abjurer ma religion,
6405 Que Dieu nous a enseignée pour suivre le bon chemin. »
Et Valegrape : « Bien fou qui te sermonne !
Je vais t'accorder une faveur exceptionnelle :
Si je te tuais avec ce tinel,
Il me semble que je ferais une mauvaise action. »
6410 Il jette le tinel loin du chemin,
Et Rainouart court le chercher, tout joyeux ;
Il le reprend et le fait tournoyer.

CL

Rainouart s'empare de la grande perche équarrie.
Il la prend à pleine main, la soulève

---

1. Au cours de la seconde bataille des Aliscans, Rainouart se heurte à plusieurs de ses frères. Il rencontre ici Valegrape, qui vient de s'emparer de son tinel, et qui se réjouit de le retrouver.

6415 *Fiert Valegrape ; tele li a donée*
Que le cuirain n'i pot avoir durée :
Tout li descire desi qu'en l'eschinée.
Dist Renouars : « Une en avez portée.
Tu es mis freres, c'est verité provée ;
6420 *Quar croiz en Dieu, qui fist ciel et rousée,*
Et en Marie, qui roïne est clamée ;
Se tu le fez, t'ame sera salvée. »
Le paiens l'ot, s'a la teste crollée :
« Je n'i creroie por l'or d'une contrée. »
6425 *Dist Renouart : « Tu as fole pensée ;*
Quant tu ne croiz [en] la Virge henorée.
Je t'ocirai à ma perche quarrée. »

CLI

Grant fu l'estor et longuement dura.
Et Renouars le paien regarda :
6430 *Isnelement de Bertrant li membra*
Qui del tinel bouter li commanda.
Desouz l'essele le grelle chief bouta
Et par devant le greignor retorna ;
Fiert Valegrape, en boutant le hurta
6435 *Par tel aïr que tot en tressua,*
Et le fort cuir li rompi et faussa.
Soz le costé le tinel l'assena,
Ront li les costes et le cuir li creva.
Le paien chiet et .I. grant bret jeta ;
6440 *Tot li Archant et la terre en crolla.*
Et Renouars moult forment l'esgarda ;
Or se repent forment que ocis l'a.

6415 Et frappe Valegrape avec une telle violence
Que son vêtement de cuir[1] ne résiste pas :
Il le lui met en pièces jusqu'aux reins.
Rainouart s'exclame : « Voilà un fameux coup !
Tu es mon frère, c'est la vérité pure ;
6420 Crois donc en Dieu, le Créateur du ciel et de la rosée,
Et en Marie, qui est déclarée reine ;
Si tu le fais, ton âme sera sauvée. »
Sur ces mots, le païen hoche la tête :
« Je m'y refuse, même pour tout l'or d'un pays. »
6425 Rainouart rétorque : « Tu manques de sagesse ;
Puisque tu ne veux croire en la Vierge honorée,
Je te tuerai avec ma solide perche. »

CLI

Le combat fut terrible et dura fort longtemps.
Et Rainouart regarda le païen :
6430 Il se souvint aussitôt de Bertrand,
Qui lui avait appris à frapper d'estoc.
Il plaça sous l'aisselle le bout le moins épais,
Orientant le plus gros vers l'avant.
Il frappe Valegrape d'un coup horizontal
6435 D'une telle violence qu'il sua à grosses gouttes,
Et lui déchira son fort vêtement de cuir.
Il le heurta de son tinel sur le côté,
Lui brisa les côtes et entama la peau.
Le païen tombe en jetant un grand cri ;
6440 Toute la terre de l'Archant en retentit.
Rainouart alors le regarde fixement :
Il se repent très fort de l'avoir tué.

---

1. Il s'agit d'une peau de serpent dont est revêtu Valegrape.

CLXXIX

(...)
Uns povres hom li commence à crier :
7375 « Sire, merchi ! je voiel à vos parler.
Des Sarrasin me vig à vos clamer
Ke en mes feves vi ir matin entrer.
Onqes por moi ne vaurrent remuer ;
Toutes leur vi essillier et gaster :
7380 Tant les doutai ne les osai véer.
Les quidai vendre et dou pain acater
Por mes enfans et por moi conréer ;
Ne leur avoie autre chose à douner ;
Or les convient trestous de fain enfler. »
7385 Dist Rainouars : « Mar l'oserent penser.
Par saint Denis, ferai leur comparer !
Tout le damage leur ferai restorer,
Cascune escosse .I. denier achater. »
Dist li vilains : « Jhesus vos puist saver ! »
7390 Atant es vos dant Guillame le ber.
Rainouars va de devant lui ester,
Par grant orguel le prist à apeler :
« Sire Guillames, or poés escouter
Des Sarrasins, qui vous vienent préer
7395 Et as vos homes la vitaille rober.
— Comment, por Dieu ? » dist Guillames li ber.
Dist Rainouars : « Bien le vous puis conter.
Plus de .X. mil Sarrasins et Esclers

Rainouart et le champ de fèves[1]

CLXXIX

(...)
Un pauvre homme se met à lui crier :
7375 « Seigneur, pitié ! je veux vous parler.
Je viens me plaindre à vous des Sarrasins
Que j'ai vus hier matin entrer dans mon champ de fèves.
Je n'ai pas réussi à les en faire partir,
Ils les ont toutes saccagées sous mes yeux :
7380 J'avais si peur que je n'osais m'interposer.
Je comptais les vendre pour acheter du pain
Pour nous nourrir, mes enfants et moi.
Je n'avais rien d'autre à leur donner.
A présent, ils vont devoir mourir de faim. »
7385 Rainouart répond : « Malheur à ces vandales !
Par saint Denis, je le leur ferai payer !
Je les obligerai à réparer les dommages,
En payant un denier pour chaque cosse. »
Le paysan lui dit : « Que Jésus sauve votre âme ! »
7390 Voici surgir le vaillant Guillaume.
Rainouart va se placer en face de lui
Et s'adresse à lui avec brusquerie :
« Seigneur Guillaume, écoutez donc maintenant
Comment les Sarrasins viennent vous piller
7395 Et dérober à vos vassaux leur nourriture.
– Comment cela, par Dieu ? » dit le vaillant Guillaume.
Rainouart lui répond : « Je vais vous le raconter.
Plus de dix mille Sarrasins et Slaves

---

1. Cet épisode a conduit J.-Cl. Vallecalle à proposer une interprétation fonctionnelle dumézilienne du personnage de Rainouart, qui serait un héros de « troisième fonction » indo-européenne, étant lié à l'agriculture et au monde paysan (*cf.* J.-Cl. Vallecalle, « Aspects du héros dans *Aliscans* », dans : *Mourir aux Aliscans*, études recueillies par J. Dufournet, Paris, Champion, coll. Unichamp, 1993, p. 193-196) ; mais on ne saurait alors l'assimiler au type d'Hercule, héros de deuxième fonction ; le débat reste ouvert ; *cf.* une discussion brève de ces hypothèses dans notre article : « *Aliscans* et la problématique du héros épique médiéval », *Comprendre et aimer la chanson de geste*, Feuillets de l'*E.N.S. Fontenay-St Cloud*, mars 1994, p. 52-53.

Ont cest vilain ses feves fait enbler ;
Dedens s'alerent [ces] deux jors osteler.
Mais or vous proi que m'i laissiés aler,
U, se che non, ja me venrés derver. »
Et dist Guillames : « Amis, laissiés ester ;
Je me dout molt de vo cors afoler :
.M. chevaliers ferai od vos armer.
— Non ferés ja ; ne vos covient douter.
Ja n'i menrai ne compaignon ne per ;
Se je nes puis trestos desbareter
Et par mon cors desconfire et mater,
Mar me donrés à mangier n'à disner.
— Lais l'i aler, frere, dist Aïmer ;
Ja ne porront paien vers lui durer. »
Et dist Guillames : « Bien le voeil créanter.
Je li commant les feves à garder ;
Justice en face del forfait amender. »
Dist Rainouars : « Che fait à merchier.
Sire Guillames, fai mon escu porter
Que jou toli Tornefier de Biaucler. »
Li quens Guillames li ala aporter,
Et Rainouars va la guige acoler.
Ki le véist cele enarme croller,
Entor son cief menuement torner,
Bien le devroit et prisier et loer.
    Od le vilain s'en torne.

CLXXX

Quant Rainouars ot le congié éu,
Od lui enmaine le povre homme cenu.
Desci as feves ne sont arestéu.
Rainouars monte sor .I. fossé erbu,
Voit maint paien armé et fervestu ;
A sa vois clere leur escria a hu :
« Fil à putain, Sarrasin mescréu,
Mar i avés la faviere abatu !
Je gart les feves, mien en sont li tréu ;
Ja en donrés .M. mars d'or fin molu,

Ont fait une razzia de fèves chez ce paysan ;
Ils se sont réfugiés ces deux jours dans son champ.
Mais à présent je vous demande de me laisser y aller,
Sinon, vous allez bientôt me voir devenir fou. »
Guillaume réplique : « Mon ami, n'y pensez plus ;
J'ai très peur de vous mettre en danger :
Je vous donnerai mille chevaliers en armes.
– Certainement pas ; vous n'avez pas à craindre.
J'irai seul, sans compagnon ni ami ;
Si je suis incapable de les mettre tous en déroute,
Et de les déconfire et les soumettre tout seul,
Ne me donnez plus jamais rien à manger !
– Laisse-le y aller, cher frère, dit Aïmer.
Les païens ne pourront jamais lui résister. »
Guillaume dit alors : « Je l'accorde volontiers.
Je lui confie la garde du champ de fèves.
Qu'il fasse rendre justice pour le forfait commis. »
Rainouart répond : « Tous mes remerciements.
Seigneur Guillaume, fais apporter le bouclier
Que j'ai conquis sur Tornefier de Beauclerc. »
Le comte Guillaume va le lui chercher,
Et Rainouart en passe la courroie à son cou.
Si vous l'aviez vu brandir ce cordon
Et le passer rapidement autour de la tête,
Vous l'auriez trouvé bien digne d'admiration.
        Il part avec le paysan.

CLXXX

Dès que Rainouart en a obtenu l'autorisation,
Il emmène avec lui le malheureux vieillard.
Ils vont d'une seule traite au champ de fèves.
Rainouart monte sur un talus herbeux
Et voit de nombreux païens en armes, bardés de fer.
De sa voix éclatante il leur cria très fort :
« Fils de putes, Sarrasins mécréants,
Vous avez eu tort de ravager le champ de fèves !
Je suis gardien des fèves, j'en perçois le paiement :
Vous en donnerez mille marcs d'or fin,

7435 Ou ja serés par les geules pendu.
Fil à putain, trop éustes béu
Quant au povre homme avés le sien tolu.
Mar i entrastes, tout serés confundu ;
Ne vos garroit tos li ors ki ainc fu. »
7440 Quant paien l'oent, molt en sont irascu.
Bien recounoissent Rainouart à l'escu,
Voient son cors k'il ot grant et corsu ;
Dist l'uns a l'autre : « Mal nos est avenu ;
Vés là celui à la fiere vertu.
7445 C'est ciex qui a le fort estor vencu
En Aliscans ù la bataille fu.
Li vif diable le nous ont aparu ;
Tout sommes mort quant nous a percéu. »
Cascuns guerpist le bon destrier grenu ;
7450 En fuies tornent, n'i ont plus atendu.
Sovent reclaiment Mahoumet et Cahu.
Mais li cortiex ert enclos de séu
Et de grant soif ù a grant pel agu :
Tous ciaus detint qi ne sont pas issu.
7455 Aval les feves sont paien descendu.
Et Rainouars leur est seure couru ;
Tant en detrence au branc d'acier molu
Trestot s'ecrient : « Baudus, sire, ù es tu ? »
Dist Rainouars : « Ne vous vaut .I. festu ;
7460 Jo l'ai conquis, Dieu merchi, et vencu.
Mar i avés le faviere péu :
Au vilain erent tout vo ceval rendu,
Ki por les feves se siet ore tout mu,
   Et trestoutes vos armes. »

CLXXXI

7465 En la faviere furent grans les huées ;
Paien s'en fuient, s'ont les colors muées.
Et Rainouars les sieut de randounées,

Rainouart et le champ de fèves

7435 Ou vous serez bientôt pendus par le cou !
Fils de putes, vous aviez trop bu
Le jour où vous avez volé son bien à ce pauvre homme.
Malheur à vous d'y être entrés ! Vous serez anéantis !
Tout l'or du monde ne saurait vous protéger ! »
7440 Ces paroles rendent les païens furieux.
Ils reconnaissent parfaitement Rainouart à son bouclier,
Et ils voient son physique impressionnant ;
Ils se disent entre eux : « Nous sommes mal engagés ;
Voyez là ce guerrier farouche et violent :
7445 C'est celui qui a remporté la grande bataille
Aux Aliscans, où le combat faisait rage.
Les diables en personne nous l'ont envoyé ;
Notre mort est certaine dès lors qu'il nous a vus. »
Tous abandonnent leur bon destrier à longs crins ;
7450 Ils prennent la fuite sans attendre leur reste.
Ils implorent ardemment Mahomet et Cahu.
Mais le courtil était enclos de sureau
Et d'une haute palissade de grands pieux pointus.
Tous ceux qui ne sont pas sortis sont prisonniers.
7455 Les païens se sont répandus dans le champ de fèves,
Et Rainouart s'est lancé à leur poursuite.
Il en met tant en pièces avec sa lame d'acier tranchant
Que tous s'écrient : « Seigneur Baudus[1], où es-tu ? »
Rainouart répond : « Cela ne vous vaut rien.
7460 Je l'ai vaincu et fait prisonnier, grâce à Dieu.
Malheur à vous d'avoir pillé le champ de fèves !
Tous vos chevaux seront remis au paysan
Qui est en ce moment prostré à cause de ses fèves,
Ainsi que toutes vos armes. »

CLXXXI

7465 De grandes clameurs montaient du champ de fèves.
Les païens prennent la fuite et pâlissent de frayeur.
Rainouart les poursuit à toute vitesse

---

1. Il s'agit de Bauduc, cousin de Rainouart et neveu de Déramé ; il s'est converti après avoir été vaincu par Rainouart : il ne saurait donc venir au secours des Sarrasins.

Si leur escrie à molt grant alenées :
« Fil à putain, mar entrastes es feves ;
7470 Nes aviés errées ne semées.
Li povres hom les avoit ahanées,
Ses devoit vendre à petites denrées.
Par le cuer Dé, mar les avés gastées !
Ainc ne v[é]istes feves si achatées
7475 Ne ki si fuisent chierement comparées. »
Dient paien : « Trop menés grans ponnées ;
Sire vasal, nes avons pas enblées ;
Ainc ne nos furent par nul homme v[é]ées. »
Dist Rainouars : « Vos les avés robées,
7480 Car ne vos erent de riens abandonées. »
Lors les aqet très parmi les favées,
Si leur detrence les pis et les corées.
Tous les ocist, les ont chier comparées,
Les verdes feves qui ne furent frasées.
7485 Rainouars a ses largeces monstrées :
Au vilain a ses feves restorées,
Toutes les armes des Turs li a livrées
Et les cevaus par les regnes donées.
Dist li vilains : « Chi a bones soudées ;
7490 Or sont molt bien les feves achatées.
Beni soit l'eure k'eles furent semées. »
Et no François n'i ont fait demorées ;
Vers Orenge s'en tornent.

CXCIX

Defors Orenge fu molt grans ploréis
Là où Guillames parti de ses amis ;
8370 Sovent i ot jeté et brais et cris.

Et leur crie à pleins poumons :
« Fils de putes, qu'êtes vous entré dans le champ de fèves ?
7470 Vous ne l'aviez ni labouré ni semé.
Le pauvre homme y avait mis toute sa peine,
Il comptait les vendre pour un prix modeste.
Par le cœur de Dieu, il vous en cuira de les avoir saccagées !
Vous n'avez jamais vu de fèves ainsi achetées,
7475 Ni qui se fussent payées aussi cher ! »
Les païens disent : « Vous êtes bien arrogant !
Noble seigneur, nous ne les avons pas volées ;
Personne ne nous a interdit de les prendre. »
Rainouart rétorque : « Vous les avez volées,
7480 Car elles ne vous avaient nullement été données. »
Il les poursuit alors au milieu des rangs de fèves
Et met en pièces poitrines et viscères.
Il les tue tous, ils ont payé bien cher
Les fèves vertes même pas écossées.
7485 Rainouart a su se montrer généreux :
Il a rendu ses fèves au paysan,
Et lui a livré toutes les armes des Turcs
Et amené les chevaux tenus par les rênes.
Le vilain dit : « Voilà un bon paiement !
7490 Les fèves, à présent, rapportent un bon prix :
Béni soit le jour où elles ont été semées ! »
Après quoi nos Français ne s'attardent pas :
   Ils s'en vont vers Orange.

Conclusion[1]

CXCIX

Abondantes furent les larmes versées sous Orange,
Là où Guillaume se sépara de ses amis.
8370 Il ne cessait de crier et de se lamenter.

---

1. Cette fin diffère totalement de celle du manuscrit A4 que suit, pour cette partie de l'œuvre, l'édition de Cl. Régnier.

François s'en tornent ; es les vos departis.
Si s'en alerent leur cemin vers Paris,
En cele terre que tient rois Loéis.
Et à Nerboune va li quens Aimeris,
8375 Et à Geronde va Ernaus li hardis.
A Andernas est Guibers revertis,
Et en Barbastre Bueves de Commarcis,
Et à Brubant dans Bernars li floris,
Et en Espaigne Aïmers li caitis.
8380 Li quens Guillames au court nés, li marcis,
Dedens Orenge remest molt escaris ;
Od lui remest Bertrans, Gerars et Guis,
Gautiers de Termes et Hunaus li hardis,
Gaudins li bruns, qui encor n'est garis
8385 De la grant plaie qu'il ot desous le pis.
N'ot en Orenge que .c. homes de pris.
De Vivien est molt mus et pensis ;
L'aige li coule aval parmi le vis.
Lors le conforte Guibors la segnoris
8390   Au miex qu'ele seut onqes.

CC

Pleure Guillames ; Guibors le conforta :
« Gentiex quens sire, ne vos esmaiés ja ;
Teus a perdu ki regaaignera,
Et teus est povres qui riches devenra ;
8395 Teus rit au main au vespre ploerra :
Ne se doit plaindre li hom ki santé a.
Bone pieche a li siecles commencha ;
Mors est Adans qui Diex primes forma
Et si enfant quanques il engenra.
8400 Par le delouve tous li mondes noia,
Fors que Noë [ainz] plus n'en escapa.
Ensi le vaut Diex ; le mont restora ;
Molt a duré et encor duerra ;
Ja de la mort .I. seus n'escapera.
8405 Tant com au siecle cascuns demouerra,
Si se contigne au miex ke il porra ;

Les Français s'en vont : c'est la séparation.
Ils se mirent en route pour rentrer à Paris,
Dans cette terre que gouverne le roi Louis.
Le comte Aymeri, lui, s'en va à Narbonne,
8375 Et Hernaut, le hardi, est rentré à Gérone.
A Andrenas est retourné Guibert,
Et à Barbastre Beuve de Commarchis,
A Brubant sire Bernard aux cheveux blancs,
Et en Espagne Aïmer le Captif.
8380 Le comte Guillaume au Court Nez, le marquis,
Reste à Orange avec bien peu de monde :
Bertrand, Girart et Gui,
Gautier de Termes et Hunaut le hardi,
Gaudin le Brun, qui n'est pas encore guéri
8385 De la grave blessure qu'il a sous la poitrine.
Ne restaient à Orange que cent hommes de valeur.
Guillaume pense beaucoup à Vivien en silence ;
Les larmes inondent son visage.
Alors Guibourc, la grande dame, le réconforte
8390   Autant qu'elle peut.

CC

Guillaume pleure ; Guibourc le réconforte :
« Noble comte, seigneur, ne vous tourmentez pas ;
Tel a perdu qui regagnera,
Et tel est pauvre qui deviendra riche ;
8395 Tel qui rit vendredi dimanche pleurera ;
Qui est en bonne santé n'a pas de raison de se plaindre.
Le monde existe depuis bien longtemps ;
Adam est mort, que Dieu créa le premier,
Ainsi que les enfants qu'il avait engendrés.
8400 Le monde entier fut submergé par le déluge,
Le seul Noé échappa à la mort.
Dieu le voulut ainsi ; il rebâtit le monde ;
Celui-ci a duré et il perdurera ;
Nul homme n'échappera jamais à la mort.
8405 Que chacun, tant qu'il demeurera dans le siècle,
Se comporte du mieux qu'il pourra ;

Se il sert Dieu, à bone fin venra.
Molt doit liés estre hom qui bone feme a,
Et, s'il est bons, de fin cuer l'amera ;
8410 Le bon conseil que li done crera,
Et jo sui cele qui bon le vos donra.
Refai Orenge, à grant pris tornera,
Dou grant avoir qu'en l'Archant ariva.
Mande sergans, assés en i venra ;
8415 Tel le pues faire jamais garde n'aura,
Et jo sui cele qui molt s'en penera.
— Diex, dist Guillames, quel comtesse chi a !
Jamais el siecle itele ne naistra. »
Li quens Guillames mie ne se targa ;
8420 Isnelement por les machons manda
Et carpentiers, quanqes il en trova.
Au miex qu'il pot Orenge restora,
De grant fossés et de murs le ferma.
       Bone chançon qui oïr le vaurra.
8425 Face moi pais et se traie en enchà.
Ja en sa vie [nule] milleur n'orra :
D'un grant estor que Rainouars fera
Vers Loquifer où il se combatra ;
Ainc si grant home nus encor n'esgarda.
8430 .II. jors tous plains la bataille dura ;
La merchi Dieu, Rainouars l'afina,
Au brant d'acier la teste li copa,
De Loquiferne le païis conquesta,
Et le roiame à son oes aquita,
8435   Et i porta coroune.

S'il sert Dieu, son âme sera sauvée.
L'homme qui a une bonne épouse doit être très heureux,
Et, s'il est bon, il l'aimera profondément.
8410 Il suivra ses bons conseils,
Et moi, je suis capable de bien vous conseiller.
Reconstruis Orange, tu en tireras gloire,
Avec tout le butin qui fut pris à l'Archant.
Convoque les hommes d'armes, ils viendront en grand
8415 Tu peux construire une ville inexpugnable,   [nombre.
Et j'y contribuerai de tout mon cœur.
– Dieu ! dit Guillaume, quelle merveilleuse comtesse !
Jamais elle n'aura son égale dans le monde. »
Le comte Guillaume ne perdit pas de temps ;
8420 Il fit venir immédiatement tous les maçons
Et tous les charpentiers qu'il pouvait rassembler.
Il remit en état Orange du mieux qu'il put,
Et l'entoura de larges douves et de murailles.

    Que quiconque veut entendre une bonne chanson[1]
8425 Fasse silence et s'approche de moi :
De sa vie, il n'en entendra jamais de meilleure :
Elle parlera d'une grande bataille
Qui opposera Rainouart à Loquifer ;
C'était le plus grand géant du monde.
8430 Le combat dura deux jours entiers.
Grâce à Dieu, Rainouart fut le vainqueur,
Et lui coupa la tête avec sa lame d'acier ;
Il conquit le pays de Loquiferne,
Soumit le royaume à son profit,
8435   Et y fut couronné.

              (Fin d'*Aliscans*)

---

1. Cette transition qui imite sans vraisemblance le style oral est fréquente dans les manuscrits cycliques. Elle redouble ici une autre transition qui se trouvait trois laisses plus haut, c'est-à-dire au moment où se faisait la transition dans les autres manuscrits. Les laisses que nous reproduisons ici ont tous les caractères d'un remaniement : elles visent à une mise en ordre (chacun des « Aymerides » retourne dans son fief ; Orange, dévastée par les Sarrasins, est reconstruite), que complète le discours moral de Guibourc, en énonçant une philosophie de la vie et de la mort fondée sur des proverbes et sur le livre de la Genèse : tout l'esprit didactique du XIIIe siècle s'y trouve condensé. Cette adjonction supposait l'insertion d'une nouvelle transition ; le remanieur n'a pas pensé à supprimer la transition antérieure.

S'il soit Dieu‹ on line sera sauves.
L'homme qui a une bonne cause doit être heureux
D, si il est bon, il l'Homme a profondement
aen, il saivre ses honorabseils.
Et moi, je suis capable de bien vous conseiller
Reconstitua Orst prit, id en tierras ziding,
Avecrtout le badg qui lui prit d'Archon,
Convoque les hommes d'armes, ils se duiront en grand
nombre
Et y rassembloea de tout mon cœur.
Dijon, roi Guillaume, quelle merveilleuse entrées !
Qnais elle n'a pas son égale dans le monde.»
Le comte Guillaume ne perdit pas de temps;
Et il lit venir immediatement ses marchis
Et tous les charretiers qu'il pouvait rassembler,
Il remit au clair Orange un milliers de l'uan
Et l'amour de Jarres dorés et de mouilles.
Que du comte vient enblinbre une bonne chanson
Basse chose n'est pas oc de nui...
De sa vie n'il n'en entendit pareille de meilleure:
Elle partata d'une grande bataille,
Qui opposa Reinour à Loquifer,
Ciant le plus grand géant du monde,
Les combat dura deux jours enters.
Guiera Dieu Reinour fit le vainqueur
Et lors que le trsu'a s'en Lame d'enfer,
Il conqui le pays de l'Inquileteri
soumit le royaume à son droit
Et y fut couronne.

(Gind Anevere)

LA BATAILLE LOQUIFER

La *Bataille Loquifer*, qui forme avec le *Moniage Rainouart* un ensemble parfois appelé *Geste Rainouart*, est caractéristique de la tendance à l'extension cyclique : elle imagine les aventures de l'âge mûr du nouveau héros qui avait occupé le devant de la scène dans la dernière partie d'*Aliscans*. Ces aventures sont mi-épiques, mi-surnaturelles, et exploitent largement l'univers des mythes et du folklore[1]. L'œuvre date de la fin du XIIe siècle ou du début du XIIIe, et comporte environ 4000 décasyllabes rimés – la rime est le signe d'un goût nouveau.

Analyse

Une première partie est consacrée à la fin de la guerre contre Déramé, qui s'était enfui sur ses navires à la fin d'*Aliscans*. Rainouart, sur la plage, voit arriver la flotte de son père, qui veut le faire prisonnier et l'emmener. Après divers combats (en particulier entre le héros et Ysabras), les païens décident d'enlever Aélis, la jeune épouse du héros. Rainouart les en empêche. Déramé fait appel à Loquifer. Aélis meurt en mettant au monde Maillefer. Rainouart est désespéré, et retourne dans ce monde des cuisines d'où ses exploits l'avaient extrait. Mais les païens menacent. Comme dans l'épisode de Corsolt du *Couronnement de Louis*, ou comme dans les romans arthuriens, le sort de la guerre est confié à un duel entre champions[2]. Rainouart, armé d'un *tinel*, finit donc par accepter d'affronter Loquifer, armé d'une *loque* (massue) : combat inhabituel, avec

---

1. *Cf.* sur cette question notre Introduction générale. **2.** Ainsi, dans le *Roman de Brut* de Wace, Arthur combat contre Frolle.

des armes non chevaleresques. Loquifer, après de longs échanges d'où la générosité n'est pas absente, est tué. D'autres combats suivent, où intervient Guillaume. Maillefer, le jeune fils de Rainouart, est enlevé dans son berceau par Picolet, frère d'Aubéron et émissaire de Déramé. Ce dernier est tué en combat singulier par Guillaume, et Rainouart jette sa tête à la mer pour mettre fin aux tempêtes que sa conservation attirait sur Orange.

La deuxième partie est centrée sur la quête de Maillefer : la chanson de geste épouse ici la structure des romans arthuriens. De fait, alors qu'il dort sur une plage, des fées enlèvent Rainouart et le conduisent dans le royaume *faé* d'Avalon (le pays de la fée Morgue) où vivent les ombres des héros du temps jadis, Roland et les chevaliers arthuriens. Rainouart doit livrer un nouveau combat singulier contre un monstre : Chapalu, chevalier ensorcelé qui revêt l'apparence d'un chat gigantesque et ne pourra recouvrer sa forme humaine que lorsqu'il aura sucé le sang de Rainouart. Après un séjour de deux semaines à Avalon, au cours duquel il engendre Corbon avec la fée, Rainouart, toujours à la recherche de son fils, prend la mer avec Chapalu, sans savoir que celui-ci est chargé de le noyer ; le héros est sauvé par des sirènes. Pendant ce temps, une tentative d'assassiner Maillefer échoue grâce à Picolet. Rainouart se réveille sur une plage, et cette partie s'achève donc comme elle avait commencé : la composition juxtapose des cellules circulaires. Le héros se souvient alors de la mort d'Aélis et de la disparition de son fils : la chanson s'interrompt sur les lamentations de Rainouart.

Toute transition avec le *Moniage Rainouart* est inutile : les deux œuvres se suivent dans une logique parfaite, puisque cette situation psychologique intolérable va pousser le héros à devenir moine à Brioude dès les premières laisses du *Moniage*. Les deux chansons se fondent en quelque sorte en une seule – et c'est d'ailleurs au cours de son « moniage » que Rainouart retrouvera Maillefer. La logique narrative dépasse les limites des chansons particulières.

L'édition que nous reproduisons ici suit le texte du ms. BN fr. 1448 (ms. D), que nous avons utilisé pour les *Enfances Vivien*.

LXXII

3600 Seignor, oés et bons moz et bons dis
De Renoart qui tant par fut hardis.
Verités est, ce tesmoigne l'escris.
Renoars iert sor mer en .I. laris.
Por Maillefer, son fil, est molt marris ;
3605 Tant a ploré, tos est mas et pansis.
Sor la marine se colche molt maris,
Desos son chief a sa grant mace mis ;
Tout maintenant est de duel andormis.
Es vos .III. faes, blanches con flor de lis,
3610 Venues ierent, volant conme perdris.
L'une tenoit .I. porpre antalleïs,
Et la seconde .I. charboucle voltis,
La terse tient .I. bastoncel tortis
Qui miolz valoit de la cit de Paris,
3615 Car n'est vitaille ne bovre signoris,
Ne soit dedens lou bastoncel petit ;
Et an la porpre sont arbre et pret flori,
Et vesteüres faites par grans delis ;
An l'escharboucle est li jors esclarsis ;
3620 Cant elle velt, si est terce ou miedis.
Molt seroit riches qui avroit sou conquis ;
Puis an fut sires Renoars .XV. dis.
Li bers se dort, ne s'est pas esperis ;
Ans qu'il s'esvaille sera en tel leu mis
3625 Que n'est hons nés ne cheval ne ronsins
Qui tant alast en .VI. mois aconplis.

Rainouart transporté dans l'île d'Avalon

LXXII

3600 Seigneurs, écoutez l'excellent récit
Sur Rainouart, qui était si hardi.
C'est la vérité pure, en témoigne un écrit.
Rainouart était au bord de la mer, sur une dune,
Très affligé à cause de Maillefer, son fils.
3605 Il a tellement pleuré qu'il est triste et pensif.
Il s'étend sur la grève, plein d'affliction,
Sa grande massue disposée sous sa tête.
Dans son accablement, il s'endort aussitôt.
Surviennent alors trois fées, blanches comme fleurs de lis,
3610 Venues à tire-d'aile, comme des perdrix.
L'une portait une fourrure de pourpre bien taillée,
La seconde, une escarboucle ronde
Et la troisième un petit bâton torsadé
Qui valait plus que toute la cité de Paris,
3615 Car toutes les nourritures et les boissons les plus riches,
Le petit bâton les renfermait.
Dans la pourpre se trouvaient des arbres, des prés fleuris,
Et des vêtements taillés avec amour.
Dans l'escarboucle, toute la lumière du jour :
3620 Selon son caprice, il était tierce ou midi.
Comme serait riche celui qui le posséderait !
Rainouart en disposa plus tard pendant quinze jours.
Le baron dort, il reste plongé dans le sommeil.
Avant son réveil, il se trouvera transporté
3625 Dans un lieu que nul être humain, nulle monture
Ne pourrait atteindre même en trois mois.

LXXII

Vers Renoart sont les faes venant ;
Renoart voient sor la rive dormant ;
Dist l'une a l'autre : « Or soions arrestant !
3630 Veez Renoart soz cel arbre gissant,
Lou plus hardi et lou miolz conbatant
Qui onques fust an cest sicle vivant ;
Car l'an portons trestout esbanoiant
A Avalon, noste cité vaillant,
3635 .C. lues est outre l'Arbre qui Fant.
S'i soit o nos, s'il velt, tout son vivant,
Avoc Artu et avoques Yvain,
Avoc Gavain et avoques Rolant ;
La gent faee sont iloques manant.
3640 Et s'il ne velt, si l'an merons avent
En Odïerne, si vera son anfent ;
O, se il velt, en Orenge la grant,
O, se il velt, en Loquiferne avent. »

LXXIV

Les fees voient Renoart andormi
3645 Sa mace avoit desos sa teste mis.
Dist l'une a l'autre : « J'en ferai mon ami,
Car ge ne sai si prout ne si hardi. »
L'autre l'antent, lou sanc cuide marir,
Que miolz l'amast a son eus que a lui,
3650 Mais elle n'ose de riens müer son dit,

LXXIII

Les fées s'approchent de Rainouart,
Qu'elles découvrent endormi sur le rivage.
« Arrêtons-nous là, se disent-elles :
3630 Voyez Rainouart étendu sous cet arbre,
Lui qui est le plus hardi et le plus vaillant homme
Qui ait jamais vécu en ce monde.
Amusons-nous à le transporter
A Avalon, notre merveilleuse cité[1],
3635 Qui est cent lieues plus loin que l'Arbre-qui-Fend[2].
S'il le désire, qu'il reste là jusqu'à la fin de ses jours,
En compagnie d'Arthur et d'Yvain,
De Gauvain et de Roland.
C'est la demeure de tous les êtres de féerie.
3640 Sinon, nous le conduirons
A Odierne, où il verra son fils,
Ou encore à Orange, la vaste cité,
Ou, s'il préfère, jusqu'à Loquiferne. »

LXXIV

Les fées trouvent Rainouart endormi,
3645 Sa massue disposée sous sa tête.
L'une dit à l'autre : « J'en ferai mon ami,
Car je n'en connais pas d'aussi preux ni d'aussi hardi. »
L'autre, à ces mots, croit perdre la raison,
Car elle aurait préféré l'avoir pour elle ;
3650 Pourtant, elle n'ose pas revenir sur sa parole

---

1. Avalon était une île appartenant à l'Autre Monde celtique : c'est là que la fée Morgue, sœur d'Arthur, fait transporter son frère blessé à mort, selon les traditions du *Brut*, du *Perceval* en prose et de *La Mort le roi Artu*. Ce lieu mystérieux devient ici une sorte de paradis (analogue aux Champs-Elysées antiques) épico-romanesque, puisqu'on y retrouve les grands héros des chansons de geste et des romans arthuriens. Sur la question de l'île d'Avalon, cf. E. Faral, « L'île d'Avalon et la fée Morgane », *Mélanges Jeanroy*, Paris, 1928, p. 243-253 et R.S. Loomis, *Arthurian Literature in the Middle Ages*, Oxford, 1959, chap. 7, p. 64-71. 2. L'Arbre-qui-Fend avait déjà été mentionné dans la chanson des *Aliscans*. « C'est à l'origine un arbre qui portait un feuillage de trois couleurs, symbole de la Trinité chrétienne ; c'est le *lignum genere trium foliorum frondatum* » (Cl. Régnier, éd. d'*Aliscans*, CFMA, t. 2, note au v. 5922, p. 294).

Qu'elle fera Renoart malbailli.
Renoart prenent, si l'ont antr'ex saisist ;
Li bers se dort, n'en a mie santi.

LXXV

Les faes prenent Renoart el sablon,
3655 Sa mace font müer an .I. falcon,
Et son hauberc .I. jugleor gascon
Qui lor viole clerement a cler ton,
Et son vert hiame müer en .L. Breton
Qui dolcement harpe lou loi Gorehon,
3660 Et de s'espee refirent .I. garsçon ;
Si l'anvoierent tout droit a Avalon.
Lo roi Artut trova an son donjon,
O lui Gauvain, Rollant, lou nier Chalon ;
La gent faee seoient anviron.
3665 Es vos lou mes qui escrie a hau ton :
« Oés, Artus, et vos, seignor baron,
Faites grant joie et aval et amont ;
A oste avrés lou mellor chanpïon
Qui onques fust an fable n'en chanson ;
3670 C'est Renoart, qui cuer a de baron. [294b]
Morgue ma dame et sa suer Marsïon
Lou prisent or, dorment sor lo sablon. »
Artut l'antent, s'a joie del baron ;
Contre s'an issent a grant prossessïon ;
3675 Faees i chantent dolcement, a cler ton,
Si dolcement c'onques ne l'oït on
Ne s'andormist ou il volsist ou non.

LXXVI

Avalon fut molt riche et asazee ;
Onques si riche cité ne fut trovee ;
3680 Li mur an sont d'une grant piere lee :
Il n'est nus hons, tant ait la char navree,
S'a celle piere peüst estre adesee,
Que lors ne fust guarie et repassee ;

De lui causer de grands tourments.
Elle s'emparent de Rainouart toutes les trois.
Le baron dort et ne s'aperçoit de rien.

LXV

Les fées s'emparent de Rainouart sur la plage.
3655 Elles métamorphosent sa massue en faucon,
Et son haubert en un jongleur gascon
Qui tire des sons limpides de sa viole ;
Son heaume vert se transforme en cinquante Bretons
Jouant doucement à la harpe le lai de Gorehon.
3660 Elles font également un valet de son épée,
Et l'envoient tout droit à Avalon.
Il trouva le roi Arthur dans son donjon,
Entouré de Gauvain et de Roland, le neveu de Charles ;
Les êtres enchantés étaient assis tout autour.
3665 Survient le messager, qui s'écrie d'une voix forte :
« Ecoutez-moi, Arthur, et vous, seigneurs barons,
Manifestez sans réticence votre joie :
Vous allez accueillir le meilleur champion
Qu'aient jamais célébré des fables ou des chansons.
3670 C'est Rainouart, le courageux baron.
Ma dame, Morgue, et sa sœur Marsion
L'ont enlevé alors qu'il dormait sur la plage. »
A cette nouvelle, Arthur se réjouit de le voir ;
On part à sa rencontre en grande procession :
3675 Les fées chantent doucement, d'une voix claire,
Si doucement que nul n'aurait pu résister au sommeil,
Quoi qu'il fît, en les entendant.

LXXVI

Avalon était une cité très puissante et prospère,
Nulle autre ne l'a jamais surpassée.
3680 Ses murs sont faits d'une seule pierre gigantesque,
Dont le simple contact a le pouvoir
De guérir complètement
Toutes les blessures, si graves soient-elles.

Tout tens reluist con fornaisse anbrassee.
3685 Chascune porte est d'ivoire planee ;
La maistre tor estoit si conpassee
Qu'il n'i a piere ne soit a or soldees ;
.V.M. fenestres i cloent la menee.
Honques n'i ot de fust une denree ;
3690 Il n'i ot ais taillie ne dolee
Qui d'ebenus ne soit faite et ovree ;
En chascune ait une piere soldee,
Chiere ameraude et grant topace lee,
Beril, sardin et grant topace lee ;
3695 La coverture est a or tregitee.
Sor .I. pomel est l'aigle d'or possee,
An son bec tient une piere provee ;
Hons, s'il l'avoit n'a soir n'a matinee,
Ja puis lou jor ne li iert riens vaee ;
3700 Cant qu'il demande li est lors aportee.
Leans converse la gent qui est faee ;
Cant ont oï del baron la menee
Que Morgue aporte de vers la mer salee,
Ancontre vont, s'ont grant joie monee,
3705 Porté l'an ont an la sale pavee.

LXXVII

Grant fut la joie de la gent faerie ;
Renoart portent an la sale voltie ;
Les fees ont defait l'anchanterie,
Et sil s'esvaille, si ait la noise oïe ;
3710 Il salt an piés, s'ait sa mace saissie,
Tos esmaris ait sa mace hausie.
Dist Renoars : « Dame sainte Marie, [294c]
Ou suis ge ? Dame, ne m'oblïés vos mie ?
Nomini Dame, qu'est seste tor antie ?
3715 Si riche sale ne fut mais establie.
O sont la gent qui ont tel menantie ?
Tel mervaille ai, ge ne sai que ge die ! »
Avent en vienent celle gent faerie :
Esprover volent sa grande baronie ;

Elle brille en permanence comme une fournaise embrasée.
3685 Chacune de ses portes est en ivoire poli ;
La tour principale était ainsi construite :
Toutes ses pierres étaient cimentées avec de l'or.
Cinq mille fenêtres empêchaient les bruits de pénétrer.
Rien n'était en bois ordinaire :
3690 Toutes les poutres, sculptées ou lisses,
Etaient travaillées dans l'ébène.
Chacune avait une pierre incrustée,
Emeraude de valeur, grosse topaze,
Béryl, sardoine, grosse topaze.
3695 Sur la toiture on a coulé de l'or.
Au sommet trône un aigle d'or sur un globe,
Tenant dans son bec une pierre aux vertus éprouvées :
Quiconque posséderait cette pierre
Ne se verrait jamais rien refuser.
3700 Il obtiendrait immédiatement ce qu'il désirerait.
C'est là qu'habite le peuple de féerie.
Dès qu'ils entendent les cris du baron
Que Morgue ramène du bord de la mer salée,
Tous vont à sa rencontre en manifestant leur joie,
3705 Et le portent jusque dans la salle pavée.

LXXVII

Grande était la joie du peuple de féerie.
Ils transportent Rainouart dans la salle voûtée.
Les fées ont mis fin à l'enchantement :
Il se réveille, entend l'agitation,
3710 Bondit alors sur ses pieds, saisit sa massue,
La brandit, frappé de surprise.
Rainouart s'écrie : « Sainte Marie, Dame,
Où suis-je ? Dame, ne m'abandonnez-vous pas ?
Par le saint nom de Dieu, quelle est cette tour antique ?
3715 Jamais on n'a construit de salle aussi magnifique !
Où sont les habitants d'une telle demeure ?
Je m'émerveille au point de ne savoir que dire ! »
Le peuple de féerie s'avance alors vers lui
Pour éprouver sa grande prouesse ;

3720 S'an Renoart a tel chevalerie
Con an on dit, ja sera essaïe.

LXXVIII

Renoars fut an la tor d'Avalon,
L'auberc vestut, lacié l'iame roont ;
Il tint sa mace haucie contremont ;
3725 La gent faee li ierent anviron.
Ans Renoars, qui cuer ot de lion,
Ne pot veoir escuier ne garson ;
A vois escrie, hautement a cler ton :
« Qui est seans ? est sou fantosme ou non ?
3730 Qui m'ait si mis, por lou cors saint Simon ?
Ne sai ou suis, s'an suis an grant frison.
A Deu me rent qui Pere et Fil a non. »
Artus entent la noise del baron ;
Il en apelle devent lui Amaugon :
3735 « Alés, dist il, sans nule arestison.
An prise molt cel vasal chanpïon ;
Talant m'est pris c'orendroit l'esaon.
Traiez me fors Chapalu lou felon,
Si l'anvoiés Renoart lou baron.
3740 Une bataille d'ous dous esgarderon. »

LXXIX

La gent faé par lou conment Artu
D'une citerne geterent Chapalu.
Plaist vos oïr ques diables ce fut ?
Lou chief ot gros et hidos et velu,
3745 Les iolz ot roges et lou chief anbatu ;
La gole ot lee et les danz anbatu ;
Li un sont plat et li autre costu ;
Teste ot de chat, cors de cheval corsu.
Si laide beste onques veü ne fu ;
3750 Voit lou li bers, tos an fut esperdu.

3720 On va essayer de savoir si Rainouart
Est aussi valeureux que le monde le prétend.

LXXVIII

Rainouart se trouvait dans la tour d'Avalon,
Son haubert endossé, son heaume rond lacé.
Il tenait sa massue levée,
3725 Le peuple de féerie faisait cercle autour de lui.
Mais Rainouart, qui avait un cœur de lion,
Ne pouvait voir absolument personne.
Il s'écrie alors d'une voix claire et forte :
« Qui est ici ? Sont-ce des fantômes ?
3730 Qui m'a mis là, par les reliques de saint Simon ?
Je ne sais où je suis, j'en suis très effrayé.
Je me confie à Dieu, qu'on nomme le Père et le Fils. »
Arthur entend les clameurs du baron.
Il fait venir devant lui Amaugon :
3735 « Allez, dit-il, en toute hâte.
Ce vaillant champion jouit d'une grande estime :
J'ai envie que nous le mettions à l'épreuve.
Faites sortir le cruel Chapalu,
Et envoyez-le contre le vaillant Rainouart.
3740 Nous assisterons à leur combat singulier. »

LXXIX

Sur l'ordre d'Arthur, le peuple de féerie
Fit sortir Chapalu d'une citerne.
Voulez-vous que je vous dépeigne ce démon ?
Sa tête était grosse, hideuse et velue,
3745 Ses yeux rouges, son visage enfoncé,
Sa bouche large, et ses dents enfoncées :
Les unes plates, les autres côtelées.
Il avait une tête de chat, un corps de cheval trapu.
C'était la bête la plus laide du monde.
3750 A sa vue, le baron frémit de tous ses membres.

LXXX

Renoars voit Chapalu lou salvage
Qui est montés sus el plus maistre estage.
Les ioz ot roges, ce li est vis qu'il arge ;
Lou cors a grant conme destriers d'Arrage, [294d]
3755 Lou chief hidos et obscur lou visage,
Piet de lupart et coe leonage.
Li bers lou voit, s'i signa son visage ;
N'ot tel paor an trestout son aage.

LXXXI

Renoars voit Chapalu qui s'esta
3760 Contre .I. piler ; forment lo redouta ;
Mais Renoars jure ja n'i fuira ;
Sa mace estraint, contremont la leva.
Cant Chapalus lou vit, si s'aïra ;
Par grant vertut sor ses piés se dreça,
3765 Que desoz lui li mabres an brisa
Et li palais retantist et crola,
Et des fenestres l'une a l'autre hurta ;
Ce fut avis a sous qui furent la
Que li palais et la tor chancela.
3770 Vers Renoart Chapalus s'adresa,
Mais Renoars tout premiers l'asena ;
Desor lou dos a plain cop lou frapa ;
Avis lor fut a sous qui furent la,
Dec'an l'abime li cos an devala,
3775 Mais ans por sou Chapalus ne crola,
Par tel aïr ses .II. piés li rua
Que de son chief l'iame li esracha.
Li bers chancele, a .I. piler hurta,
Et Chapalus durement lou pressa ;
3780 Puis prent son hiame, a ses piés l'agrapa,
Antre ses dens plus menu l'esgruma
Que n'est farine cant on molue l'a.
Dist Renoars : « Quel diable si a ?
Maldis soit il qui ceans m'aporta ! »

LXXX

Rainouart voit Chapalu le sauvage,
Qui vient de monter à l'étage principal.
Il avait les yeux rouges, Rainouart le crut en feu ;
Son corps avait la taille d'un destrier aragonais,
3755 Sa tête était hideuse, son visage, sombre,
Il avait des pattes de léopard et une queue de lion.
En le voyant, le baron a fait un signe de croix :
Jamais de toute sa vie il n'a eu aussi peur.

LXXXI

Rainouart voit Chapalu qui se tient
3760 Contre un pilier ; il en a très peur :
Mais il jure de ne pas prendre la fuite.
Il empoigne fermement sa massue, la lève en l'air.
A cette vue, la colère de Chapalu s'accroît.
De toutes ses forces, il se dresse sur ses pattes,
3765 Brisant le pavement de marbre,
Et faisant retentir et trembler la salle
Et s'entrechoquer les fenêtres.
Toute l'assistance eut la sensation
Que la salle et la tour chancelaient.
3770 Chapalu s'avança vers Rainouart,
Mais celui-ci le frappa le premier
D'un coup violent sur le dos.
Toute l'assistance eut l'impression
Que le coup descendait jusqu'à l'abîme,
3775 Mais Chapalu ne s'écroula pas pour autant.
Il lui décocha une ruade si violente
Qu'il lui fit sauter le heaume de la tête.
Le baron chancelle, se heurte à un pilier,
Et Chapalu le serre rudement ;
3780 Puis il s'empare du heaume, le saisit avec ses pattes,
Et le broie avec ses dents plus menu
Que n'est la farine moulue.
Rainouart s'exclame : « Quel diable est-ce donc là ?
Maudit soit celui qui m'a amené ici ! »

3785 Artus l'antent, si s'an rist et gaba.
Dïent les faees : « Sire, cant vos plaira,
Et vos volrés, Chapalus s'an rira,
Et Renoars si se reposera.
Voir, dist li rois, ancor se conbatra ;
3790 Vers Chapalu l'ostel desraisnera. »

LXXXII

Renoars fut an la tor d'Avalon,
Devent lui [voit] Chapalu lou felon ;
Teste ot de chat et coe de lion,
Cors de cheval et ongles de grifon,
3795 Les dans agus aseis plus d'un gaignon.
Renoart voit, si froncha lou grenon. [295a]
Plaist vos oïr quels fut s'astratïon ?
Chapalus fut, cant vint a natïon,
Anjandrés fut an l'Ile d'Orïon
3800 Par tel vertu que onques n'oït on ;
Car une faee qui Bruneholt ot non
Baignoit son cors an la fontaine Orcon ;
Devent lui vint Grigalet, .I. luiton ;
Iloques prist la fee an traïsson,
3805 Si anjandra Chapalu lou felon.
Cant il fut neis, si ot telle façon,
Si bel anfent trover ne poïst on.
La mere an fut dolante a desraisson ;
Destina li par grant aïroisson
3810 Que li suens cors preïst telle façon
Teste de chat, s'aüst piés de dragon,
Cors de cheval et coe de lion,
Et tant vesquist en telle estratïon,
Et qu'il n'isist del chastel d'Avalon
3815 Tant qu'il eüst but del sanc del talon
De Renoart, lou mellor chanpïon
C'onques portast ne escut ne baston :
Dont revenist sa premiere façon.

3785 Arthur l'entendit et s'en amusa beaucoup.
Les fées lui disent : « Seigneur, quand il vous plaira,
A votre volonté, Chapalu repartira,
Et Rainouart pourra se reposer.
– Assurément, dit le roi, il continuera le combat :
3790 Il disputera ce logis à Chapalu. »

LXXXII

Rainouart était dans la tour d'Avalon,
Face au cruel Chapalu
Qui avait une tête de chat, une queue de lion,
Un corps de cheval, des serres de griffon,
3795 Des dents bien plus acérées que celles d'un dogue.
En voyant Rainouart, il fronça sa moustache.
Voulez-vous connaître ses origines ?
Voici les circonstances de la naissance de Chapalu :
Il fut engendré dans l'île d'Orion,
3800 Dans des conditions incroyables :
Car une fée, nommée Brunehaut,
Se baignait dans la fontaine d'Orcon
Quand s'approcha un lutin, Gringalet.
Il posséda la fée par surprise,
3805 Et engendra le cruel Chapalu.
A sa naissance, son apparence était telle
Qu'on n'aurait pu imaginer plus bel enfant.
Mais la mère était démesurément furieuse :
Dans sa colère, elle lui jeta un sort,
3810 Le condamnant à avoir un corps monstrueux,
Avec une tête de chat, des pattes de dragon,
Un corps de cheval et une queue de lion,
Et à vivre sous cette apparence première
Sans pouvoir quitter le château d'Avalon
3815 Jusqu'à ce qu'il ait bu du sang du talon
De Rainouart, le meilleur champion
Qui ait jamais porté écu ni bâton[1] :
Il recouvrerait alors son apparence originelle.

---

1. Dans un duel judiciaire entre non-nobles, les champions étaient ordinairement armés d'un bâton. Dans *Le Chevalier au lion* de Chrétien de Troyes, les

Li rois Artus por cestai ochoson
3820 Laissoit conbatre Chapalu au baron.
Molt volantiers müeroit sa façon ;
Por cest se met Chapalu a bandon.
Vers Renoart en vient de grant randon ;
Celle part baee ou seit sa guairisson ;
3825 Cil lou redoute, si hauce lou baston.
Ans ne veïstes si fiere chaplisson,
Tot li palais en tentist anviron.

LXXXIII

Grant fut l'estor sus el palais listé.
Renoars ait son grant fust antesé,
3830 Fiert Chapalu, grant cop li a doné ;
El hasterel l'ai molt bien asséné ;
Durs est li curs del noiton defaé.
Li cos resort, contremont est volé ;
Ans que li bers fut aieres torné,
3835 Son bras retrait, ne son cop recovré,
Ait Chapalu sa masue angolé ;
Volsist ou non, li ait des poins hapé.
Daier son dos l'ai el palais rüé. [295b]
Dist Renoars : « Or i soient malfé !
3840 Par foi, dist il, or sai de verité
Que li diable me n'ont pas oblïé,
Qui m'ont seans an dorment aporté
A ce diable tant que m'ait estranglé.
Sainte Marie, aiez de moi pitié ! »
3845 Artus l'antent, si a .I. ris geté.
« Renoars est, dist li rois, efraé.
— Sire, dist Morgue, par vostre volanté,
Des or deüst Chapalu estre osté ;
Car, se il meurt, a moi iert reprové ;
3850 Par traïsson l'avrai si aporté.
— Voir, dist li rois, ans iert li chas müé. »
Chapalus salt, s'a Renoart cobré

Voilà pourquoi le roi Arthur
3820 Laissait Chapalu se battre contre le baron.
Chapalu désirait ardemment changer d'aspect :
C'est pourquoi il se bat si énergiquement.
Il se porte de toutes ses forces contre Rainouart ;
Il s'intéresse à l'instrument de sa guérison.
3825 Mais l'autre le redoute et brandit sa massue.
Jamais on n'avait vu combat si furieux,
Toute la salle en retentissait.

LXXXIII

Le combat faisait rage dans la salle décorée de bandes.
Rainouart tient levée sa grande massue de bois
3830 Et frappe Chapalu d'un coup violent,
Qu'il lui a bien asséné sur la nuque.
Mais le lutin sans foi a la peau coriace.
Le coup rebondit haut vers le ciel ;
Avant que le baron ait pu se retourner,
3835 Retirer son bras et revenir à la charge,
Chapalu a saisi sa massue avec sa gueule ;
Il la lui arrache, bon gré mal gré, des mains,
Et la jette sur le sol, loin derrière lui.
Rainouart s'exclame : « Quelle diablerie !
3840 Par ma foi, dit-il, je suis bien convaincu
Que les démons se sont occupés de moi,
Eux qui m'ont transporté ici pendant mon sommeil
Chez ce diable, pour qu'il finisse par m'étrangler.
Sainte Marie, prenez pitié de moi ! »
3845 Arthur sourit en l'entendant :
« Rainouart, dit le roi, est effrayé.
— Seigneur, dit Morgue, vous devez ordonner
A présent que Chapalu cesse le combat.
Car si Rainouart meurt, on me le reprochera.
3850 On dira que je l'ai amené ici traîtreusement.
— Certes, dit Arthur, que le chat d'abord se
Chapalu bondit, et empoigne Rainouart [métamorphose !»

---

deux diables (*netuns*) contre lesquels Yvain doit combattre pour délivrer les trois cents jeunes femmes prisonnières dans l'ouvroir sont armés d'un tel bâton.

Sor lou genoil ou seit sa salveté ;
Ja li aüst lou talon desiré,
3855 Mais Renoars li ait ses bras rüé,
Desor la gole li a son bras rüé
Par droite force l'ait de terre levé ;
ans qu'i l'eüst a la terre versé
L'a Chapalus si forment agrapé
3860 Que li ronpit la chause et lou soler
Et del talon a lou cuir reversé ;
Li sans en est tout contreval filé ;
Cil s'abaissa qui molt l'a desiré,
Si en ait but, et sucié, et lapé.
3865 Es vos son cors changié et remüé :
An forme d'ome est li chas tremüé.
Lou poil ot blont, menu recercelé,
Les iolz ot vars et lou vis coloré,
Gros fut par pis, graille par lou baldré.
3870 Renoart a dolcement acolé :
« Sire, dist il, buer fussiés onques né,
Delivré m'as de molt grant oscurté ;
Atandut t'ai des l'ore que fui né.
Servirai toi tout a ta volanté,
3875 Si t'en menrai, se il te vient a gré,
En Odïerne ou tes filz est porté ;
Lontens i ait Picolet lai gardé.
Li rois Tiebauz l'aüst tout demanbré,
Mais Picolet en prist molt grant pité ;
3880 En Odïerne l'ait norit et gardé. » [295c]
Renoars l'ot, si a .I. ris geté ;
Por son fil l'a dolcement acolé.
« Amis, dist il, bien t'aie je trové !
Se tu me tiens et foit et loialté
3885 Tant que je aie mon anfent recovré,
Se je tant vif, bien t'iert guerredoné. »
Lors vinrent faes et chevaliers faé ;
Renoart ont haltement salüé,
Les faees l'ont dolcement desarmé
3890 Et puis si l'ont o halt palais moné.
Artus li rois est contre lui levé ;

Par le genou, d'où doit venir son salut.
Il lui avait presque mordu le talon,
3855 Quand Rainouart l'a frappé à tour de bras
En pleine figure, à bras raccourci,
Et l'a, avec la force nécessaire, levé de terre.
Mais avant qu'il l'ait jeté au sol,
Chapalu l'a agrippé avec tant de force
3860 Qu'il a rompu la chausse et la chaussure,
Et qu'il lui a mis à nu le talon,
D'où un filet de sang s'est mis à couler.
Chapalu, qui n'attendait que cela, se pencha
Et but le sang, le suça, le lapa.
3865 Soudain, son corps se métamorphosa :
Le chat reprit une apparence humaine.
Il était blond, les cheveux finement bouclés,
Il avait les yeux vairs, le visage coloré,
Sa poitrine était large, sa taille, mince.
3870 Il donne délicatement l'accolade à Rainouart :
« Seigneur, dit-il, béni soit le jour où vous êtes né !
Vous m'avez délivré d'une terrible malédiction,
Et j'attendais votre venue depuis ma naissance.
Je me mets entièrement à votre service,
3875 Et je vous conduirai, si vous le désirez,
A Odierne, où votre fils a été emmené.
Picolet a longtemps veillé sur lui :
Le roi Thibaut l'aurait bien fait écarteler,
Mais Picolet l'a pris en pitié,
3880 Et l'a élevé et protégé à Odierne. »
A ces paroles, Rainouart se met à rire ;
Il l'embrasse doucement en pensant à son fils.
« Mon ami, dit-il, quelle chance de t'avoir rencontré !
Si tu te montres fidèle et loyal envers moi,
3885 Et si je peux ainsi retrouver mon enfant,
Si je vis jusque-là, tu seras bien récompensé ! »
Arrivent alors les fées et les chevaliers de féerie,
Qui saluent Rainouart avec déférence.
Les fées, après l'avoir désarmé avec délicatesse,
3890 Le conduisent dans la salle haute.
Le roi Arthur se lève devant lui :

Molt l'annorent et puis si ont lavé,
Et li qués orent lou mangier apresté ;
Bien sont servit, richement conraé.
3895 Cant ont mangié, des tables sont levé ;
Renoars ait roi Artus apelé ;
De celle gent li a molt demandé.
Et dist Artus : « Ja vos sera conté.
Je suis Artus, dont en a tant parlé.
3900 Renoars, freire, ce sont la gent faé
Et de cest sicle venu et trespassé.
Voi la Rolant, ce vermail coloré ;
Ce est Gavain, a cest paile roé ;
Et c'est Yvains, .I. suen conpain privé ;
3905 C'est Percevas qui la est a costé ;
Et c'est ma feme [desoz] cest pin ramé ;
Et celle belle, a ce vis coloré,
Ce est Morgain, qui tant a de bonté. »
Dist Renoars cant i l'ot escouté :
3910 « Je volroie or, par sainte charité,
Que je l'aüsse sanpres a mon costé ! »
Artus l'antent, si ait .I. ris geté.
« Renoars, freire, savriés me vos greit ? »
Dist Renoars : « Oïl, sire, o non Dé ! »

LXXXIV

3915 La gent faé repairent el donjon ;
Li lis sont fait et aval et amont ;
Si ont colchié Renoart lou baron
Desor .I. lit qui miolz valt de Lon,
Car li quepoul an sont d'or anviron.
3920 Morgue la nuit fut a lui a bandon ;
Toute la nuit fist Renoars son bon ;
Icelle nuit anjandra il Corbon,
.I. vif diable ; ans ne fist se mal non.
Cant del jor virent aparoir lou brandon,
3925 Tuit se leverent leans par la maison ;
Morgue vestit Renoart a son bon.

Tous lui font honneur, puis vont se laver les mains,
Les cuisiniers avaient préparé le repas ;
Le service est remarquablement riche.
3895 Le dîner fini, on se lève de table.
Rainouart s'adresse au roi Arthur
Pour savoir qui sont tous ces gens.
Arthur lui répond : « Vous allez le savoir.
Je suis Arthur, dont on a tant parlé.
3900 Rainouart, cher ami, tout ce peuple est de féerie :
Il est formé des défunts de votre monde.
Voici Roland, revêtu de vermeil ;
Et là Gauvain, avec une robe de soie à médaillons ;
Voilà encore Yvain, un de ses amis intimes,
3905 Et Perceval, juste à côté de lui.
Ma femme est là, sous la ramure de ce pin ;
Quant à cette beauté, au visage coloré,
C'est Morgue, aux innombrables qualités. »
Et Rainouart, à ces mots, lui répond :
3910 « Je voudrais à présent, par la sainte charité,
L'avoir toujours auprès de moi ! »
Cette réflexion fait rire Arthur :
« Rainouart, mon ami, vous m'en sauriez gré ?
– Oui, seigneur, au nom de Dieu », rétorque Rainouart.

LXXXIV

3915 Le peuple de féerie retourne dans le donjon.
On fait tous les lits,
On couche Rainouart, le baron,
Sur un lit qui vaut plus que la cité de Laon,
Car ses quatre pieds sont en or.
3920 Morgue, la nuit, se donne à lui,
Et Rainouart prend son plaisir jusqu'au matin.
C'est cette nuit-là qu'il engendra Corbon,
Un vrai démon qui ne sut faire que le mal.
Quand apparut la torche de l'aurore,
3925 Tout le monde se leva dans le château ;
Morgue habilla Rainouart selon son gré.

LXXXV

Quant Renoars fut leans sejornés
.XIIII. jors aconplis et passés,
De Morgue fut dolcement apelés
3930 An tel maniere con vos oïr porés :
« Renoars, freire, dist Morguë, entendés.
Je suis de vos ansainte par vertés ! »
Dist Renoars : « Dex an soit aorés.
Cant il iert grans, si lou me trametrés ;
3935 Je li querrai terrë et eritadés.
Por Deu vos prie que vos nel retenés.
Voir, dist la fee, si con vos conmendés ! »

LXXXVI

« Renoars, freire, dist la fee a vis cler,
Dites quel part vos an volrés aler ;
3940 Ja ne savrés cele part devisser,
Que ne vos face et conduire et moner.
Dame, dist il, ce fait a mercïer.
En Odïerne, la me ferés guïer,
Que ge ai bien [oï] dire et conter
3945 Que Picolet i fait mon fil garder.
N'a pas .I. an c'on lou volt descoler ;
Ans me lairoie tos les menbres coper
Que ge ne voise mon anfent delivrer. »
Morgue l'antent, lou sanc cuide desver.
3950 Chapalu fait inelement mander :
« Amis, dist elle, ses que voil conmander ?
Tu conduiras Renoart par la mer,
Et se il puet Maillefer conquester,
Corbans mes fil ne poroit riens clamer
3955 A Porpaillart, n'a Tolose sor Mer.
Cant tu seras en halte mer antrés,

LXXXV

Quand Rainouart eut passé dans ces lieux
Quatorze jours entiers,
Morgue lui adressa la parole avec douceur
3930 Et lui dit les mots que voici :
« Rainouart, cher ami, dit Morgue, écoutez-moi.
Assurément, je suis enceinte de vous !
– Béni soit Dieu ! répondit-il.
Quand l'enfant sera grand, envoyez-le moi :
3935 Je lui trouverai des terres et des domaines.
Pour l'amour de Dieu, ne cherchez pas à le retenir !
– Très bien, dit la fée, comme vous voulez ! »

LXXXVI

« Rainouart, mon ami, dit la fée au clair visage,
Dites-moi où vous souhaitez vous rendre.
3940 Où que cela puisse être,
Je vous ferai escorter.
– Dame, dit-il, grand merci.
Faites-moi conduire à Odierne,
Car j'ai entendu dire
3945 Que Picolet y retient mon fils.
Bien qu'il ait moins d'un an, on veut lui couper la tête.
Je me laisserais plutôt trancher les membres
Que de renoncer à aller délivrer mon fils. »
Morgue, à ces mots, croit devenir folle.
3950 Elle fait aussitôt appeler Chapalu :
« Ami, dit-elle, sais-tu ce que j'attends de toi ?
Que tu conduises Rainouart par voie de mer.
S'il parvient à délivrer Maillefer,
Mon fils Corbon ne pourra plus revendiquer
3955 Ni Porpaillart, ni Toulouse-sur-Mer[1].
Dès que vous serez parvenus en haute mer,

---

1. Il s'agit évidemment de la *Tortolouse* mentionnée dans le *Charroi de Nîmes* (v. 451, v. 482) en même temps que Porpaillart : c'est-à-dire, selon toute vraisemblance, la ville catalane de Tortosa, à quelques kilomètres du delta de l'Ebre et donc à proximité de la mer.

Si fai la nef pesoier et quasser ;
Tu es faés, ne poras riens douter.
A ton voloir t'en poras eschaper. »
3960 « Dame, dist il, je ne vos puis veer. »
Atant ont fait .I. batel aprester ;
Li bers i antre, n'i volt plus demorer.

LXXXVII

Va s'an la nef et Renoart anmoine ;
Pour son fil querre est antrés an grant poine. [296a]
3965 Passait la mer ou a mainte seraine
Qui chantent cler au chief d'une fontaine.
Dist Renoars : « Marie Mazelaine,
S'une an avoie, n'en prendroie Bretaigne !
Sire conpains, car va, si la m'amoine ! »
3970 Dist Chapalus : « Ce soit a bone estraine ! »
An mer saillit plus tost que vens n'elaine ;
Tant ait noé c'une l'an i amoine ;
Et celle brait et crie a haute alaine.
A Renoart en vient, si li amaine,
3975 Et celle tranble conme fievre quartaine.

LXXXVIII

Renoars voit la seraine de mer
Cui la chavol reluissoi tant cler,
C'a molt grant poine la puet on esgarder.
Pitié l'an prist que il la vit plorer :
3980 « Ne vos chalt, belle, fait il, a dementer,
Se avoc moi vos en plaist a aler. »

Fais en sorte que le navire éclate et se brise.
Tu es né d'une fée, tu n'auras rien à craindre.
Tu en réchapperas à ton gré.
3960 – Dame, dit-il, je ne puis refuser. »
Ils ont fait aussitôt préparer un navire,
Sur lequel le baron monte sans plus tarder.

LXXXVII

Le navire fait voile et emporte Rainouart,
Prêt à tout supporter pour retrouver son fils.
3965 En traversant la mer où de nombreuses sirènes
Chantent d'une voix claire au bord d'une fontaine[1],
Rainouart s'exclama : « Ah ! Marie-Madeleine,
Une seule me comblerait plus que toute la Bretagne !
Cher compagnon, va donc m'en chercher une ! »
3970 Chapalu lui répond : « Puisses-tu en profiter ! »
Il plongea dans la mer plus vite qu'un souffle d'air,
Nagea et finit par lui en ramener une,
Qui brait et crie de toutes ses forces.
Il la conduit à Rainouart,
3975 Toute tremblante comme une fièvre quarte.

LXXXVIII

Rainouart voit la sirène marine,
Dont la chevelure avait un éclat si brillant
Qu'elle éblouissait quiconque la regardait[2].
Il fut pris de pitié en la voyant pleurer :
3980 « N'ayez pas d'inquiétude, belle, lui dit-il,
Si vous acceptez de venir avec moi. »

---

1. Depuis l'*Odyssée*, les sirènes (quelle que soit leur apparence, oiseau ou poisson) sont réputées pour leur chant merveilleux ; l'évocation de la fontaine (sur une île ?) semble suggérer une confusion (ou un syncrétisme) avec le thème celtique de la fée au bain ou avec le thème antique des nymphes et des naïades. Au v. 3996, le texte renoue avec la tradition homérique de l'oubli des réalités que provoque le chant des sirènes sur les marins qui l'entendent. **2.** La sirène est un symbole de séduction : on la représente souvent avec un miroir à la main, peignant de longs cheveux ; *cf.* V.-H. Debidour, *Le Bestiaire sculpté en France*, Paris, Arthaud, 1961, p. 225-234 et E. Faral, « La queue de poisson des sirènes », *Romania*, t. 74, 1953, p. 433-506.

Cant la seraine l'oï ansin parler,
Sine li fist a son doi por mostrer
Que il li face ans la teste coper,
3985 Que ne poroit fors de la mer durer ;
Mais par covent l'an laist ores aler,
C'ancor li puist l'onor guerredoner.
Dist Renoars : « Bien lou puis creanter ;
A essïant ne vos voil afoler ;
3990 Alés vos ant, s'il vos plaist a aler ! »
Et la seraine lou prist a mercïer ;
En l'eve salt, si conmence a chanter ;
Dont veïssiés seraines assanbler ;
De la grant joie prisent a coroler ;
3995 Tant font grant joie, et si chantent [si] cler
Que tout a mis son fil en oblïer.
Ci vos lairai de Renoart lou ber ;
Cant leus sera, bien an savrai chanter.
De Maillefer vos volrai or chanter
4000 Et de Tiebaut, lou riche roi Escler,
Conment il volrent faire l'anfent tüer,
Por Renoart ocire [et] lapideir ;
Mais Nostre Sires no volt pas oblïer.

LXXXIX

En Loquiferne fut dant Tiebauz l'Escler.
4005 En mei la sale fut Maillefer mandé ; [296b]
N'i pot venir, on l'i a amené ;
Jones estoit, n'ot pas .I. an passé,
Mais ne fut anfes si grant de son aé.
Tiebauz lo voit, s'ait Mahomet juré
4010 Ne mengera si l'avra demanbré,
De qu'il l'avra ocis et afolé
Pour Renoart qui tant a de bonté,
Qui Loquifer a mort et afolé.
Cil de la vile se sont halt escrié :
4015 « Bons rois d'Arable, dis nos tu verité

Quand la sirène entendit ces propos,
Elle fit à Rainouart un signe du doigt
Pour lui dire que mieux valait qu'il lui coupât la tête,
3985 Car elle ne pourrait survivre hors de la mer.
Mais qu'il accepte de la relâcher :
Elle pourrait bien un jour lui en être reconnaissante.
Rainouart lui répond : « Je vous l'accorde volontiers.
Mon intention n'est pas de vous faire périr.
3990 Allez-vous-en, si vous le désirez ! »
Et la sirène le remercie vivement.
Elle plonge dans l'eau et se met à chanter.
Ah ! si vous aviez vu les sirènes s'assembler !
De joie, elles forment une carole :
3995 Elles sont si heureuses, chantent d'une voix si claire,
Que Rainouart en a complètement oublié son fils.
Mais quittons à présent Rainouart, le vaillant :
Je le chanterai de nouveau le moment venu.
C'est Maillefer que je vais vous chanter,
4000 Et Thibaut, le puissant roi Slave.
Je vous dirai comment ils voulaient le faire tuer,
Le frapper et le lapider à cause de Rainouart.
Mais Notre-Seigneur restait vigilant.

LXXXIX

Sire Thibaut le Slave était à Loquiferne.
4005 Il fit venir Maillefer dans la grande salle.
On l'y amena (il était trop jeune pour se déplacer,
Car il n'avait pas encore un an ;
Il était plus grand que tous les enfants de son âge).
En le voyant, Thibaut jura par Mahomet
4010 De ne manger qu'après l'avoir fait mettre en pièces,
Frapper à mort et tuer
Pour se venger de Rainouart, le valeureux,
Qui a blessé à mort et tué Loquifer.
Les habitants de la ville se sont écrié :
4015 « Bon roi d'Arabie[1], dis-tu vrai ?

---

1. Au premier vers de cette laisse, Thibaut était présenté comme un « Slave » ; il n'y a pas là de véritable contradiction : ces deux qualificatifs sont interchan-

Que Renoars a nos seignor tüé ? »
Et dist Tiebauz : « Je vos ai voir conté.
Vez la son fil que il a enjandré ;
Pres est Guillelme et de son parenté
4020 Qui m'ait ocis mon pere Desramé ! »
Païen l'antendent, s'ont l'anfent desnüé ;
Plus estoit blans que n'est noif en esté.
Tiebauz l'esgarde, trait lou branc aceré ;
L'anfes l'esgarde, si a .I. ris geté.
4025 Tiebauz s'estut, si a .I. poi pansé
Que, s'il l'ocit, ce sera grant vilté ;
An son vivant li sera reprové.
Il an [a]pelle .I. païen, Salatré :
« Ou est la feme qui l'anfent a gardé ?
4030 — Je suis ci, sire, dites vos volanté. »
Tiebauz li dist : « Or me di verité ;
Conment as tu de cest enfent ovré ?
— Par Mahomet, que je l'ai acorne[té !]
A ma memelle n'a tochié n'adesé,
4035 Ne la presist por .M. mars d'or pesé ;
Par felonie a mainte fois juné,
Mais d'eve boit .I. seter mesuré ;
Mal soit del baing que li aie tenpré.
Cant Loquifer, qui me norit soé,
4040 A mort ses peres, molt durement lou hé.
Se ge seüsse plus a d'un mois passé,
Ja li eüsse lou cuer el cors crevé,
Ou an dorment an son lit estranglé ;
Car mainte fois m'ait del pié si hurté,
4045 Pres qu'il ne m'ait tot lou ventre efrondré ;

Rainouart a réellement tué notre seigneur ? »
Et Thibaut répondit : « Je vous ai dit la vérité.
Voici le fils qu'il a engendré :
C'est un proche de Guillaume, ils sont parents :
4020 Guillaume, qui a tué mon père Déramé[1] ! »
A ces mots, les païens déshabillent l'enfant.
Sa peau était plus blanche que la neige en été.
Thibaut le regarde, dégaine son épée acérée :
L'enfant le voit et se met à rire.
4025 Thibaut s'immobilise, et se prend à penser
Que s'il le tue, ce sera une grande honte
Qui lui sera à jamais reprochée.
Il préfère appeler un païen, Salatré :
« Où est la femme qui lui a servi de nourrice ?
4030 – Je suis ici, seigneur, toute à votre service. »
Thibaut lui dit : « Dis-moi la vérité.
Comment as-tu élevé cet enfant ?
– Par Mahomet, je l'ai nourri au biberon !
Il n'a jamais touché mon sein,
4035 Et ne l'aurait pas fait pour un poids de mille marcs d'or.
Dans sa dureté il a souvent jeûné,
Mais il boit volontiers un setier d'eau entier.
Puissé-je lui avoir préparé un bain funeste !
Loquifer, qui m'a élevée avec tant de douceur,
4040 Son père l'a tué : je le hais à mort.
Si je l'avais appris il y a plus d'un mois,
Je l'aurais frappé en plein cœur,
Ou étranglé pendant son sommeil, dans son lit.
Car il m'a maintes fois cognée du pied
4045 Au point de réduire mon ventre en bouillie :

---

geables, et désignent essentiellement la qualité de « païen », sans considération réelle d'origine. 1. Cette donnée est incompatible avec la tradition, selon laquelle Orable, la sœur de Rainouart, l'épouse en premières noces de Thibaut (et en secondes noces de Guillaume) était elle-même la fille de Déramé. Or le mariage de Thibaut et d'Orable n'est nulle part considéré comme consanguin. Thibaut est habituellement présenté comme un neveu de Déramé. De plus, selon la *Chanson de Guillaume* (*G1*), c'est Gui, le frère de Vivien, qui tue Déramé (que Guillaume a seulement vaincu), et Thibaut l'Esclavon avait été tué sous les murs d'Orange par Vivien, donc bien avant l'époque de la *Bataille Loquifer*. Il est vrai que cela ne l'avait pas empêché de reparaître dans la chanson d'*Aliscans*. De telles fluctuations sont fréquentes dans les compositions cycliques.

Ancor me dolent li flanc et li costé.
Je l'ocirrai, s'il m'est acreanté ! » [296c]
Tiebauz l'antent, l'anfent li a livré ;
« Or va, dist il, fai en ta volanté. »
4050 Mais Picolés a forment sospiré ;
Molt est dolant de ceu qu'i l'ot anblé,
et Renoart qui molt l'avoit amé.

XC

Or est li anfes a martire esgardés.
A sa norrice est li anfes livrés.
4055 Par les bras fut do palais traïnés,
Et Picolés an fut forment irés.
Mahomet jure et la soe bontés :
« Se ge vif longe, chier sera conparés ! »
.I. Sarrasins qui ot non Giboé,
4060 Niés Loquifer et de sa seror né,
A feu conmende que il soit tormenté.
Païen li crïent : « Li feus est apresté ! »
Es la norrice, ses cors soit vergondés,
Qui plus est noire que aremens triblés ;
4065 Grant ot la gole, demi piet mesuré ;
De ses mamelles vos dirai verité,
En .I. lit ot .VI. paien engendré ;
Li .III. sont mort, et li .III. sont remés.
Chascons estoit de Maillefer ans né ;
4070 Sous qui sont mort ot a ses poinz tüés,
Et au .III. autres chascon les iolz crevés ;
De ses joiaus lor avoit ja mostré.
Dist Picolet : « Or ai trop anduré.
Se plus lou soffre, recreans suis prové ! »
4075 Il prist une herbe, ses ait si enchantés
Et anbeüs et si anfantosmés,
A terre chiet chascons tos anversés ;
Ne se meüssent por estre demanbrés.
Cant ce ot fait, si ait les huis barrés,

J'en ai encore les côtes toutes meurtries.
Je le tuerai, si on me le permet ! »
Thibaut, entendant cela, lui a livré l'enfant.
« Va donc ! dit-il, fais-en ce que tu veux ! »
4050 Picolet, lui, a poussé un grand soupir.
Il regrette beaucoup d'avoir enlevé l'enfant,
Et s'afflige pour Rainouart, qui l'avait tant aimé.

XC

A présent, l'enfant est destiné au martyre.
A sa nourrice il est abandonné.
4055 Il sortit de la salle traîné par les bras,
Tandis que Picolet ne décolérait pas.
Il jure par la puissance de Mahomet :
« Si je vis longtemps, ce crime se paiera cher ! »
Un Sarrasin, du nom de Giboué,
4060 Neveu de Loquifer (un fils de sa sœur),
Donne l'ordre qu'il soit brûlé vif.
« Le feu est prêt », lui crient les païens.
Arrive la nourrice – honte à elle ! –
Qui est plus noire que de l'encre broyée.
4065 Elle avait le cou large d'un bon demi-pied.
Quant à sa poitrine, incroyable mais vrai !
Elle avait supporté six naissances simultanées.
Trois de ces païens sont morts, trois autres ont survécu.
Tous étaient plus âgés que Maillefer :
4070 C'est lui qui a tué les trois premiers,
Et il a crevé les yeux des seconds.
Ils ont pu voir comme il savait jouer !
Picolet se dit : « Maintenant, la coupe est pleine !
Si j'attends davantage, je suis vraiment un lâche. »
4075 Avec une herbe, il les enchante tous,
Les enivre et les ensorcelle :
Tous s'écroulent à terre, à la renverse.
Rien au monde[1] n'aurait pu les faire bouger.
Après quoi il barricade les portes,

---

1. Mot à mot : « ils n'auraient pas bougé, même si on avait voulu les mettre en pièces ».

4080 Dont prist ses pec, ses ait tos descopés.
A l'anfent vint, sel prist par les costés ;
Del donjon ist par mi la fenestrés ;
Selonc lou mur est si soef colés
Que l'anfes n'est ne bleciés ne quassés.
4085 Cant vint a terre Picolés li sanés,
Droit a la mer s'an est acheminés ;
La nef trova a roi Tiebaut l'Escrer ;
Sous qui anz ierent a [tres]tos descolés, [296d]
Et .I. a .I. dedens la mer rüés.
4090 L'anfent saissit, del port est esquipés ;
.I. vens les guïe qui bien les a menés.
Devent Monnuble es les vos arivés.
Mors est ses freires, Auberons li ans nés.
Cant Picolés an sot la veritès,
4095 L'anfent mist jus, en la ville est antrés ;
Les degrés monte, el palais est montés ;
Cant l'ont veüt, forment l'ont acolé ;
Tuit li baron li firent fëauté,
Si li rendirent la maistre fermetés ;
4100 Et Picolés est a ous acordés.
Cant il fut d'ous tres bien asseürés,
Por l'anfent vait et ses riches barnés.
A molt grant joie fut la dedens portés ;
Or iert baigniés, noris et conraés,
4105 Et de tos jeus apris et dotrinés.
Cui Dex aïe, molt est bien assenés !

XCI

Or est li anfes de grant peris guaris ;
Or iert baigniés et richement garnis,
Et de tos jeus ansaigniés et apris.
4110 Or vos dirai de Tiebaut l'Arabis.
Au matinet quant jors fut esclarcis,
De Maillefer a demandé et quis
Se il est ars ou noiés ou ocis.
.I. Sarrasins vint el palais antis ;
4115 Cant vit les mors, si s'an est afouïs.

Rainouart transporté dans l'île d'Avalon

4080 Prend son épieu et les pourfend tous.
Il s'approche de l'enfant et le prend par les flancs,
Puis il sort du donjon par la fenêtre.
Il se laisse glisser si doucement le long du mur
Que l'enfant ne se fait ni blessure ni fracture.
4085 Une fois au sol, le sage Picolet
Se dirige droit vers la mer.
Il trouve le navire du roi Thibaut le Slave.
Il a vite fait de couper la tête à ses occupants
Et de les jeter à la mer l'un après l'autre.
4090 Puis il s'empare de l'enfant, et quitte le port ;
Un vent favorable les mène à destination.
Les voici arrivés devant Monnuble.
Son frère aîné, Aubéron, est mort.
Quand Picolet apprend la nouvelle,
4095 Il dépose l'enfant, et entre dans la ville.
Il monte l'escalier jusqu'à la grande salle ;
Dès qu'on le voit, chacun lui fait fête ;
Tous les barons lui font hommage,
Et lui remettent la forteresse principale.
4100 Picolet s'accorde ainsi avec eux.
Une fois assuré de leur fidélité,
Il va chercher l'enfant avec sa puissante suite.
On le conduit au château dans l'allégresse.
Là on le baignera, on pourvoira à tout,
4105 Et on lui apprendra à connaître tous les jeux.
Il est bien nanti, celui que Dieu protège !

XCI

A présent l'enfant a échappé à un grand péril.
On va le baigner, l'habiller richement,
Lui enseigner parfaitement tous les jeux.
4110 Retournons maintenant à Thibaut d'Arabie.
Au matin, quand le jour fut levé,
Il s'enquit du sort de Maillefer :
A-t-il été noyé, brûlé vif, massacré ?
Un Sarrasin entra dans le palais antique :
4115 En voyant le carnage, il prend la fuite

A roi Tiebaut s'an vint espoeris,
An halt parole, si que bien fut oïs :
« Hei, rois Tiebauz, antendés a mes dis !
Ans tel mervaille de tes iolz ne veïs,
4120 Car Maillefer en est portés ravis,
Et Picolés a vos homes ocis ;
Alés s'an est en estrange païs ;
L'anfent enporte qui pros est et gentis. »
Et dist Tiebauz : « Dont nos ait il traïs !
4125 Mais, par Mahon qui tant est signoris,
Se jel puis prendre, por voir sera honis ! »
Que qu'il devisent lor parole et lor dis,
.I. mariniers lor escrie a halt cris :
« Tiebauz d'Arable, molt estes escharnis,
4130 Car anblee est ta grant nés seignoris,
Et Picolet a les gardes ocis.
Voille levee, s'an vait an son païs ! »
Tiebauz l'antent, a poi n'enrage vis ;
D'ire s'esprent, si est an piés saillis.
4135 « Or tost ! fait-il, gardés que il soit quis !
Riches sera qui lou m'amenra pris ! »
Atant s'esmeuvent Sarrasin de grant pris,
Si ont cerchié les estranges païs ;
N'en trovent mie, aieres se sont mis.
4140 A Renoart voil restorner mes dis
Qui an la mer o Chapalu s'est mis.

XCII

Renoars est an mer voile levee.
An Loquiferne venist ans l'anjornee,
Mais Chapalus a si(t) la nef grevee,
4145 Vers Renoart a traïsson pansee
Por lou covent que il ot a la fee ;
Jamais si grande ne sera porpansee.
Vers Borïene a la nef restornee ;
A une roche l'a si fort ahurtee ;
4150 Que la nef est par mi lou fons quassee.
Li mas desront, la voile est defermee ;

Et vient, plein d'épouvante, devant le roi Thibaut.
Il lui parle à voix haute, on l'entend parfaitement :
« Hélas ! roi Thibaut ! Ecoutez-moi bien !
Vous n'avez jamais vu de vos yeux pareil spectacle.
4120 En effet, Maillefer a été enlevé,
Et Picolet a tué vos hommes,
Avant de se réfugier à l'étranger.
Il emporte avec lui le noble, le preux enfant. »
Thibaut s'exclame : « Il nous a donc trahis !
4125 Mais, par Mahomet, qui est si puissant,
Si je l'attrape, je le jure, il sera honni ! »
Tandis qu'ils échangent ces propos,
Un marin les apostrophe avec de grands cris :
« Thibaut d'Arabie, on s'est bien moqué de vous !
4130 Votre navire amiral a été enlevé,
Et Picolet en a tué la garnison.
Toutes voiles dehors, il rentre dans son pays ! »
En entendant ces mots, Thibaut est fou furieux :
Enflammé de colère, il se lève d'un bond :
4135 « Vite ! dit-il, partez à sa recherche !
Je comblerai de richesses quiconque le prendra ! »
Alors se mettent en route des Sarrasins valeureux,
Qui sillonnent les pays étrangers.
Mais ils ne trouvent rien, et retournent chez eux.
4140 Il est temps à présent de retrouver Rainouart,
Qui a pris la mer avec Chapalu.

XCII

Rainouart cingle à pleines voiles.
Il serait arrivé à Loquiferne avant l'aube,
Mais Chapalu a provoqué un accident :
4145 Il a cherché à faire disparaître Rainouart,
Comme il s'y était engagé envers la fée.
Jamais on ne pourra ourdir pareille trahison !
Il met le cap vers Borienne,
Et projette la nef si violemment contre un récif
4150 Que le fond se trouve éventré.
Le mât se brise, la voile se déchire.

De toutes pars est dedens l'eve antree.
Chapalus voit que la nef est quassee ;
Il est saillis en mer a la noee,
4155 Plus noe tost que balaine ne faee.
A vois escrie : « N'i a mestier celee.
Renoars, freire, vostre vie est alee ;
Ce vos a fait faire Morgue la fee.
Je m'en revois, ma poine ai achivee ;
4160 Vostre proesce est del tot afinee.
Tant me batis an la sale pavee,
Ja la dolor ne m'en iert trespassee ! »
Renoars l'ot, s'a la color müee ;
Devent lui voit une grant cloie lee ;
4165 Par maltalant l'a Chapalu rüee ;
Lo cuir li ront, tres par mi l'eschinee,
An plussors leus ait la char antamee.
Renoars voit sa mort si aprestee,
Chiet, si sa loque a fons en est alee ;
4170 Prent s'ai une ais, sa corpe ait reclamee, [297b]
Sainte Marie a sovent escrïee :
« Vierge, fait-il, Roïne Coronee,
A vos soit m'arme hui cest jor conmendee
Que enuit soit devent Deu ostelee.
4175 Ahi, Guillelmes, si dure destinee !
Deu te dont force, car la moie est alee ! »

XCIII

Or est li bers Renoars an la mer,
Forment s'esmaie car il ne seit noer.
Il tint une ais qui no lait afondrer ;
4180 Grans sont les ondes, si lou font anverser ;
Anprés la mer lou refont adanter.
D'ores en autres se prent a escrïer.
Tant fut lassés, no pot plus andurer ;
L'onde lou fiert, l'ais li fait eschaper.
4185 « Belle seraine, dist Renoars lou ber,

L'eau pénètre de toutes parts.
Chapalu, constatant que la nef est brisée,
Plonge dans la mer et se met à nager :
4155 Il nage plus vite qu'une baleine ou qu'une fée.
« Je ne vous cacherai rien, dit-il d'une voix forte.
Rainouart, mon ami, votre vie est finie !
C'est la fée Morgue qui a tout fomenté.
Moi, je m'en retourne, j'ai accompli mon travail ;
4160 C'en est fini de votre prouesse.
Vous m'avez tant frappé dans la salle dallée
Que j'en ressentirai à jamais la douleur ! »
A ces mots, Rainouart change de couleur ;
Il remarque, devant lui, un treillage grand et large[1] :
4165 Il en frappe rageusement Chapalu,
Lui déchire la peau en plein milieu du dos,
Lui entaillant la chair en plusieurs endroits.
Mais Rainouart voit que sa fin est proche :
Il tombe, et sa massue a coulé à pic ;
4170 Il se raccroche à une planche, bat sa coulpe,
Et ne cesse de supplier sainte Marie :
« Vierge, dit-il, Reine couronnée,
Je vous recommande aujourd'hui mon âme.
Que Dieu l'accueille ce soir dans sa demeure !
4175 Hélas ! Guillaume, quelle cruelle destinée !
Que Dieu redouble tes forces, car les miennes ont vécu ! »

XCIII

Le vaillant Rainouart est au milieu des flots,
Désespéré, car il ne sait pas nager.
Grâce à une planche, il évite de couler.
4180 Mais les vagues sont énormes, elles le font culbuter,
Et le replongent à plat ventre dans la mer.
De temps à autre, il pousse de grands cris.
Il est si épuisé qu'il ne peut plus tenir :
L'eau le balaye, sa planche lui échappe.
4185 « Belle sirène, dit le vaillant Rainouart,

---

1. Il s'agit d'un ouvrage fait d'un treillage en bois, appartenant au bateau : peut-être un élément de hune.

Or vos voil ge de covent apeler ;
Cant ge te vi antre mes bras plorer
Et ge te vi durement sospirer,
Je t'en laissai par tel covent aler
4190 Que me deüsses molt bien guerredoner ;
Or te voil ge de covent apeler.
Aidiés me, belle, nel devés refusser.
Saint Jelïen, dist Renoars lou ber,
S'or me voliez de cest peril geter,
4195 Moines seroie, a Deu lou vol voer ;
Trop ai mal fait, si m'en veul amender.
Mort ai mes freres, mon pere vi tüé. »
A ces paroles que vos m'oés conter,
Vint la seraine qu'il laissa eschaper ;
4200 O lui an vindrent plus de .C. sans falser ;
Les .II. en vont Renoart acoler,
Et .II. davent por son chief solever ;
Lors conmencierent totes a chanter,
Ci halt, ci bas, ci scrit, et ci cler
4205 Que li poisson an laissent lou noer,
Et li oissel an laissent lo voler.
Por lor dolz chant s'andort lou bacheler ;
Celles l'anportent a rivage de mer ;
Sor Porpaillart vinrent a l'ariver ;
4210 Dorment lo laissent, pansent del restorner.

XCIV

Renoars dort sor mer an .I. larris ;
Cant s'esvailla, si fut molt esbahis.
Voit Porpaillart, la ville et lou païs ;
Bien lou conut, celle part est guenchis,
4215 Vient au palais dont il estoit saissis,
Doné li ot Guillelmes lou marchis.
Des borjois fut honorés et servis,
Des chevaliers fut forment conjoïs.

Maintenant je veux te rappeler ta promesse.
Quand je te vis pleurer dans mes bras
Et pousser de profonds soupirs,
Je t'ai laissée partir, contre l'engagement
4190 Que tu saurais un jour m'en récompenser.
C'est maintenant que je te le demande :
Viens à mon secours, belle amie, ne refuse pas !
Saint Julien, dit le vaillant Rainouart,
Si vous me sauviez de ce péril,
4195 Je me ferais moine[1], j'en fais le vœu à Dieu.
J'ai beaucoup péché, je veux faire pénitence.
J'ai tué mes frères, et laissé périr mon père. »
A ces mots que je viens de vous rapporter,
Apparut la sirène qu'il avait libérée,
4200 Avec, sans mentir, plus de cent de ses compagnes.
Deux d'entre elles viennent prendre Rainouart par le cou,
Et deux autres soulever sa tête par-devant ;
Toutes se mettent alors à chanter,
L'une haut, l'autre bas, d'une voix douce ou éclatante :
4205 Et les poissons en oublient de nager,
Et les oiseaux en suspendent leur vol.
A leurs doux chants le jeune homme s'endort,
Tandis qu'elles le transportent jusqu'au rivage.
Elles abordent du côté de Porpaillart,
4210 Le laissent endormi et songent à repartir.

XCIV

Rainouart dort au bord de la mer, sur une dune.
A son réveil, il est fort étonné.
Il voit Porpaillart, la ville et ses environs :
Il reconnaît les lieux, se dirige de ce côté,
4215 Va au palais dont il est le seigneur,
Et que lui a donné Guillaume, le marquis.
Les bourgeois l'honorent et le servent,
Les chevaliers l'accueillent dans l'allégresse.

---

1. Dans le *Moniage Rainouart*, le héros se fait moine à l'abbaye Saint-Julien de Brioude (Auvergne, actuelle Haute-Loire). Nous avons donc là une anticipation de type cyclique.

Remanbre li de sa feme Aälis,
4220 De son enfent Maillefer lou jantis ;
Lors a tel deul, a poi n'enrage vis.
Desront ses dras, esgratigne son vis.

Il se ressouvient de sa femme Aélis[1]
4220 Et de son fils, le noble Maillefer.
Cela le rend alors fou de douleur.
Il déchire ses vêtements, lacère son visage.

(Fin de la *Bataille Loquifer*)[2]

---

1. Rainouart avait épousé Aélis, fille du roi de France Louis et de la reine Blanchefleur, sœur de Guillaume, à la fin de la chanson des *Aliscans*. **2.** Le manuscrit du *Moniage Rainouart* poursuit, avec un simple enchaînement de changement de laisse, sans autre marque de rupture.

LE MONIAGE RAINOUART

Le *Moniage Rainouart* est en parfaite continuité avec la *Bataille Loquifer*. Sa rédaction est antérieure à celle de cette dernière œuvre, et doit remonter aux années 1190-1200. Il n'a pas plus qu'elle de fondement historique, et il s'inspire de ce modèle qu'était pour lui le *Moniage Guillaume*.

Analyse

On peut distinguer deux parties :

1. De l'entrée de Rainouart au couvent de Brioude à son retour dans ce même monastère :

Le héros, dont l'allure terrifie les moines, doit forcer les portes de l'abbaye Saint-Julien ; il tente niaisement de dialoguer avec un crucifix, massacre quelques moines et finit par se faire accepter. Il supporte mal la règle monastique, et massacre des voleurs lors de ses sorties. Il a ainsi l'occasion, un jour, de s'attaquer à quatre mille Sarrasins déguisés en marchands sur une nef (c'est le *Charroi de Nîmes* inversé !), mais un orage l'emporte en pleine mer. De retour dans son abbaye, il passe son temps aux cuisines. Maillefer, élevé chez les païens depuis son enlèvement, conduit une armée sarrasine contre Orange, où il assiège Guillaume. Rainouart, avec la bénédiction des moines, vient à la rescousse. Le père et le fils s'affrontent en combat singulier, et Rainouart est vainqueur : mais Maillefer préfère se convertir que risquer la mort, et la scène de reconnaissance a lieu. Une pierre magique guérit les deux adversaires, et Maillefer est baptisé. Il épouse une nièce de Guillaume, Ysoire.

2. Un second départ du monastère, des épisodes maritimes et guerriers, et le retour définitif du héros à Brioude :

Rainouart retourne dans son abbaye, toujours aussi mal accueilli par les moines. Ceux-ci tentent, en vain, de le faire disparaître en introduisant des léopards dans le réfectoire. L'abbé, qui se convertit secrètement à l'Islam, monte un subterfuge : Rainouard et les moines se retrouvent, en pleine mer, avec les païens de Thibaut. Le héros en vient à bout, et un miracle permet aux malheureux innocents de se réfugier dans la tour d'Aiète, qui renferme le trésor de Thibaut et dont ils mettent en fuite les défenseurs. Une statue de Mahomet est tournée en dérision. Le grand affrontement se prépare : Rainouart combattra Gadifer, personnage monstrueux dont le cheval a coutume d'étrangler ses adversaires et tire un étrange engin, une sorte de véhicule blindé (le *travail*) dans lequel Gadifer s'abrite pour tirer des flèches. Grâce à une intervention divine, Rainouart tue Gadifer. Les païens, de rage, détruisent l'image de Mahomet. La fin est confuse et varie selon les manuscrits : Rainouart rentre dans son abbaye où il meurt peu de temps après ; Maillefer meurt de chagrin deux mois plus tard. Thibaut en profite pour recommencer la guerre, tandis que Guillaume et son épouse s'affligent de la perte de leurs proches parents.

Le manuscrit qui sert de base à l'édition que nous reproduisons est le ms. de l'Arsenal (ars), déjà utilisé pour *Aliscans* : il appartient à la version à vers orphelin. Dans ce manuscrit, la dernière laisse du *Moniage Rainouart* est suivie du *Moniage Guillaume*, sans annonce particulière. Il faut noter que l'épisode de Gadifer ne devait pas faire partie du *Moniage Rainouart* primitif.

I

Or est dolans Rainuars et marris [167 r]
Por sa moillier la gentil Aelis,
De son enfant, ki de Turs est ravis.
« Hé, las ! dist il, com or sui malbaillis !
5 Ne tenrai mais castel ne plaseïs !
Or aït Diex Guillaume le marchis,
Ke je m'en vois en estranges paiis.
Moines serai ains ke *past* li tirs dis ;
Servirai Dieu, car talens m'en est pris.
10 Ce poise moi ke tant home ai ocis,
Freres, cosins, et parens, et amis.
Qel ke i fuissent, si *les* ot Diex furnis.
Or aït Diex Guiborc od le cler vis
Et reconfort Guillaume le marcis ;
15 Ne vestirai jamais ne vair ne gris. »
A tant s'en torne Rainuars l'Arabis ;
De Porpaillart s'en ist par un postis ;
Onqes nel sot Guillaume li marchis.
Un tinel porte ki est grans et furnis ;
20 Broches d'acier avoit ens el cief mis.
Corant s'en vint contremont un larris ;
Desous un mont ataint un moine gris ;
De Brie estoit, dont il estoit partis.
Et Rainuars l'escrië a haus cris :
25 « Car me dounés ces dras c'avés vestis !
Je vos dourai cest blïaut de samis.

Rainouart devient moine à Brioude

I

Voici que Rainouart s'afflige et se lamente
A cause de sa femme, la noble Aélis,
Et de son fils, que les Turcs ont enlevé.
« Hélas, dit-il, quelle est mon infortune !
5 Je n'aurai jamais plus ni château, ni domaines !
A présent, que Dieu veille sur Guillaume, le marquis,
Car je m'en vais vers des pays lointains.
Je serai moine d'ici moins de trois jours,
Pour servir Dieu, car tel est mon désir.
10 Je me repens d'avoir tué tant d'hommes,
De frères, de cousins, de parents et d'amis[1].
Tout ce qu'ils ont été, ils le devaient à Dieu.
Dieu préserve à présent Guibourc au clair visage,
Et réconforte Guillaume, le marquis !
15 Je ne m'habillerai plus ni de vair, ni de gris. »
Sur ces mots, Rainouart l'Arabe se met en route.
Il quitte Porpaillart par une poterne,
A l'insu de Guillaume, le marquis.
Il porte un tinel long et redoutable,
20 Renforcé à l'extrémité par des broches d'acier.
Au galop, il monte en direction d'une lande.
Sous un sommet il atteint un moine gris
Qui venait de la Brie, son pays d'origine.
Rainouart l'apostrophe d'une voix forte :
25 « Donnez-moi donc votre habit !
Je vous donnerai ce bliaut de brocart[2].

---

1. Allusion à la bataille des Aliscans (*Chanson de Guillaume, Aliscans*), où Rainouart a même combattu contre son propre père, Déramé, mais, se reconnaissant, ils ont refusé de se tuer. **2.** Le *samit* est une « étoffe de soie sergée » (Godefroy). Le *bliaut* est une sorte de tunique.

Moines biaus sire, por le cors saint Denis,
　　Faite ce ke vos prie. »

II

　Li moines ot Renouart ki li crie ; [v]
30 Tel paor ot, tos li sans li formie.
　Point le ceval ki ne s'atarga mie ;
　Il vausist estre a Bride l'abeïe.
　Et Rainouars fierement li escrie :
　« Estés, vasal ! Vos faites grant folie !
35 Car me donés cele gone polie,
　Cel caperon ki sor vo cief norcie.
　Je vos donrai ceste cote entaillie
　Et cest blïaut de soie d'Aumarie ;
　Si serai moines a Bride l'abeïe.
40 Donés ça tost ! Nel m'escondites mie !
　Je vous donroie tel cop desous l'oïe,
　Forte ert la cars se li os n'en esmie ! »
　Li moines l'ot, si ne set ke il die ;
　Tel paor a k'il ne *li* respont mie ;
45 En fuies torne toute une praërie ;
　Et Rainuars le sieut par eramie.
　Se il l'ataint, molt est corte sa vie ;
　Anqui morra li moines a haschie.
　　Se Diex ne li aiüe.

III

50 *Vait s'ent li moines a coite d'esperon ;*
　Il volsist estre as puis de Besençon,
　Car Renouars le sieut de grant randon.
　D'eures en autre palmoie le baston ;
　Forment en jure le cors saint Simeon
55 *Que se li moines ne l'atent a bandon,*
　Il le sievra anchois dusc'a Dignon.
　Pus l'ocira a grant destruction ;

Moine très cher, au nom de saint Denis,
Accordez-moi cela ! »

II

Le moine entend Rainouart qui l'interpelle :
30 Il a si peur que son sang ne fait qu'un tour.
Il éperonne son cheval, qui réagit aussitôt ;
Il aimerait mieux être à l'abbaye de Brioude.
Et Rainouart l'apostrophe avec force :
« Ne bougez plus, brigand ! Vous n'êtes pas raisonnable !
35 Donnez-moi donc cette magnifique gonelle[1],
Ce chaperon qui vous coiffe de noir :
Je vous donnerai cette cotte à entailles
Et ce bliaut en soie d'Aumarie.
Ainsi, je serai moine à l'abbaye de Brioude.
40 Allez ! Plus vite ! Pas question de dire non !
Sinon, je vous donnerai un tel coup sous l'oreille,
Qu'il faudrait une chair bien dure pour que l'os ne se
En entendant ces mots, le moine reste coi.   [brise ! »
Il est si effrayé qu'il ne peut rien répondre.
45 Il prend la fuite à travers une prairie,
Et Rainouart le suit d'un galop impétueux.
S'il le rattrape, sa mort est assurée ;
Le moine mourra bientôt dans les tourments,
  Si Dieu ne le secourt.

III

50 Le moine s'enfuit au grand galop ;
Il aurait préféré être dans les montagnes de Besançon,
Car Rainouart le poursuit de toutes ses forces.
De temps à autre il brandit son tinel
Et jure bien, par le corps de saint Siméon,
55 Que si le moine ne l'attend de son plein gré
Il le suivra, s'il le faut, jusqu'à Dijon,
  Et le tuera sauvagement.

---

1. La *gone* est une cotte longue descendant jusqu'au mollet ; elle se distingue de la *gonele* proprement dite, qui se portait par-dessus l'armure.

57a *Puis vestira, ce dist, lou chaperon.*
Si enterra en la rendation ;
Servira Dieu, ce dist, comme preudom,
60 *Et sa mere Marie.*

IV

Vait s'ent li moines a grant esperonee,
Et Rainuars le sieut de randonee.
Tant l'a sievi par puis et par valee,
Ke il l'ataint par deseure une pree
65 Dejoste Bride, en une grant valee ;
Si l'abati od sa perce quarree.
Puis li toli sa cote k'estoit lee,
Le caperon, le pelice paree ;
Si l'ot molt tost Rainuars endosee.
70 Puis li vesti sa cote k'ert couee, [168 r]
Sel fait monter sans nule demoree ;
Vers Bride s'en retorne.

V

Quant Rainuars ot les noirs dras vestus,
Bien samble moine dou cloistre soit issus ;
75 Mais *tant* par fu et quarrés et corsus,
N'est hom, sil voit, ki n'en soit esperdus.
Et ciex s'en torne, ki molt fu irascus ;
Tant a coru kë a Bride est venus.
Dont s'escrïa, si est levés li hus ;

Rainouart devient moine à Brioude

57a Après quoi il revêtira, dit-il, son chaperon.
　　　Il se rendra ainsi dans l'abbaye,
　　　Pour servir Dieu, dit-il, comme un homme sage[1],
60　　　　　Et sa mère Marie.

IV

　　　Le moine s'enfuit au grand galop,
　　　Et Rainouart le poursuit de toutes ses forces.
　　　A force de le suivre par monts et par vaux,
　　　Il le rejoint dans une prairie
65　　Près de Brioude, dans une large vallée.
　　　Il l'abat avec son tinel équarri,
　　　Puis lui ôte son ample cotte,
　　　Le chaperon, la pelisse de beau drap[2] ;
　　　Rainouart a tôt fait de s'en revêtir.
70　　Puis il lui passe sa cotte à queues[3]
　　　Et le met à cheval sans plus attendre,
　　　　　Et repart vers Brioude.

V

　　　Quand Rainouart a revêtu les habits noirs,
　　　Il paraît bien être un moine sorti d'un cloître.
75　　Mais sa corpulence est si large et si puissante
　　　Que tous ceux qui le voient en sont frappés de stupeur.
　　　L'autre s'en va, fou de rage,
　　　Au grand galop jusqu'à Brioude.
　　　Là, il poussa des cris, suscitant un tollé ;

---

1. Le concept de *preudom*, mis à l'honneur par le roman courtois du XIIe siècle, suppose un ensemble de qualités : sagesse, expérience du monde, générosité, courtoisie ; ces qualités définissent alors le parfait chevalier ; au XIIIe siècle, dans des textes comme la *Queste del Saint Graal*, le concept prend une orientation plus religieuse : soumission à la volonté divine, art de comprendre ce qui est obscur ; les moines et les ermites sont alors les *preudoms*. Ce concept unifie d'une certaine manière la classe chevaleresque et le monde du clergé, et les religieux que présentent ces textes sont souvent d'anciens chevaliers – il en va de même pour Rainouart. E. Köhler consacre un chapitre à la notion de *preudom* dans son *Aventure chevaleresque*, Paris, Gallimard, 1974. 2. Un drap *paré* est un drap « dont les brins de laine sont aplanis et dirigés dans le même sens » (Godefroy). 3. Il s'agit d'une cotte fendue (*cf. cote entaillie*, v. 37), dont les pans forment comme deux queues (*cf.* les modernes habits « à queue de pie »).

80 Dist l'un a l'autre : « Cis paiis est perdus !
Li provos soit honis et confondus,
Ki doit garder les pors et les treüs.
Issons la fors ! N'i soit plus plais tenus !
Si soit ciex pris, honis et confondus,
85 Ki au moine a ses garnimens tolus ;
   Il est drois c'on li face. »

VI

Grans fu la noise, et li cris est levés.
Li moines vient poignant tos abrivés ;
A vois escrie : « Signeur, de chi tornés !
90 Uns grans deables, hideus comme maufés,
Mes dras toli que jo eu endossés.
Ne sai s'il est ou sos ou malsenés,
Mais cest blïaut, ki est engeronés,
Me fist vestir contre mes volentés.
95 La defors siet dejoste ces fossés ! »
Cele parole ot li *maire* Ysorés :
« Signer borgois, dist il, et k'arestés ?
Alés as armes, et si vos adoubés !
Pris soit li leres et bien encaïnés, [v]
100 Comme reuberes ocis et afolés ! »
Et cil respondent : « Si com vos commandés. »
Au grant befroi fu li apiaus sonés ;
Il s'en isirent quant cascuns fu armés.
Anqui sera Rainuars revidés,
105   Car on le vaurra pendre.

VII

Grans fu la noise et fors la taborie :
Li borgois s'arment, la banscloqe est bondie ;
La veïsiés mainte lance enpoignie,
Et mainte broigne, ki luist et reflanbie.

80 Les gens disaient entre eux : « Mais où va ce pays ?
Que soit honni et condamné ce prévôt,
Qui doit surveiller les cols et les péages !
Sortons tous ! Pas de discussion !
Faisons prisonnier, honnissons et condamnons
85 Celui qui a volé ses habits à ce moine !
   Ce n'est là que justice. »

VI

Le vacarme était grand, on criait de partout.
Le moine arrive au grand galop, plein d'ardeur.
A haute voix, il crie : « Seigneurs, faites demi-tour !
90 Un grand diable, hideux comme un démon,
M'a dépouillé de mes vêtements.
Je ne sais s'il est fou ou malintentionné,
Mais il m'a obligé à mettre sur mon dos
Ce bliaut-ci, qui a des pans.
95 Il est là, dehors, à côté des fossés. »
Le maire, Ysoré, entend ces paroles :
« Seigneurs bourgeois, dit-il, qu'attendez-vous ?
Courez aux armes, revêtez vos armures !
Que le larron soit pris et solidement enchaîné,
100 Et qu'on le supplicie et qu'on le tue comme un voleur ! »
Et les bourgeois répondent : « A vos ordres ! »
On sonna l'appel au grand beffroi ;
Leur troupe sortit dès que tous furent armés.
Rainouart sera attaqué très bientôt,
105   Car on voudra le prendre.

VII

Le vacarme était grand, le bruit assourdissant :
Les bourgeois s'arment, la cloche du ban retentit[1] ;
On pouvait voir mainte lance empoignée,
Et mainte broigne qui luit et étincelle.

---

1. La *banscloqe*, *bancloche*, est la plus forte cloche du beffroi, celle qu'on faisait sonner dans les grandes circonstances : exécution de criminels, départ en campagne des troupes de la commune.

110 Il issent fors, s'ont la noise esforcie.
Rainuart voient en une praërie,
Le froc ou dos et la gone deugie.
Deables semble, ne le mescreés mie.
Quant il oï la noise et la bondie
115 Et voit la gent de leur armes garnie,
Il se leva, s'a la perce haucie.
Corant leur vient parmi une cauchie ;
Cuida ce fust bataille ou aatie
K'il eussent pris entr'aus par esredie.
120 Il tint sa perce, contremont le paumie ;
Et cil li crient a haute vois serie :
« Fil a putain, vostre *mors* est jugie !
Pendus serés au pui de Satelie
Au grant gibet ki vers le ciel ondie.
125 Mar i avés robee l'abeïe
   Ne le saintisme moine. »

VIII

Quant Rainuars voit cele gent venir
Ki le menacent, le sens quide marir ;
Tient son tinel, si les vait envaïr ;
130 Fait ces escus et ces lances croissir. [169 r]
Qui il ataint, nel puet arme garir
Ne le couvient l'ame dou cors issir.
Ki dont veïst ces borgois esmaïr
Et traire arire et Rainuart guencir !
135 Vuelent ou non, se metent a fuïr ;

110 Ils franchissent les portes, le vacarme s'accroît.
Ils aperçoivent Rainouart dans une prairie,
Revêtu du froc et de la fine gonelle.
On dirait un démon, soyez-en bien certains.
Quand il entend retentir ce vacarme,
115 Et voit tout ce monde équipé de ses armes,
Il se lève, brandit sa perche,
Et vient vers eux au galop par une route.
Il s'imagine que c'est une bagarre ou une querelle
Qu'une fureur avait suscitée entre eux.
120 Il tient sa perche, la brandit en l'air,
Tandis que les autres lui crient d'une voix forte et claire :
« Fils de putain, votre mort est décidée !
Vous serez pendu au Puy de Satelie[1],
Au grand gibet qui ondoie vers le ciel.
125 Malheur à vous, qui avez volé l'abbaye
  Et le moine très saint. »

VIII

Quand Rainouart voit cette troupe qui approche
En le menaçant, il croit devenir fou.
Il empoigne son tinel et vient les assaillir.
130 Ecus, lances, il brise tout.
Ceux qu'il atteint, nulle arme ne peut les protéger,
Et empêcher leur âme de quitter leur corps.
Ah ! si vous aviez vu ces bourgeois prendre peur
Et reculer, et éviter Rainouart !
135 Bon gré mal gré, ils prennent la fuite.

---

1. Le ms. C donne *Satallie*. Selon Cloetta (éd. du *Moniage Guillaume*, SATF, t. II, Table, p. 377), il pourrait s'agir de « Satalie ou Adalia, ville d'Asie Mineure, sur le golfe de son nom. Mais il semble que ce nom est employé ici plaisamment pour désigner l'enfer, le pays de Satan ». D'autres pensent qu'il s'agit d'une hauteur de la région de Brioude. On notera que la littérature médiévale connaît aussi un « gouffre de Satalie », lié au mythe de Méduse (ainsi dans le *Livre d'Artus*, épisode de la Laide Semblance) : *cf.* J. Runeberg, *Etudes sur la Geste Rainouart*, Helsingfors, 1905, p. 86-95, et, récemment L. Harf-Lancner et M.-N. Polino, « Le gouffre de Satalie : survivances médiévales du mythe de Méduse », *Le Moyen Age*, 1988, p. 73-101. Mais notre texte parle d'un *pui*, d'un sommet surmonté d'un gibet, et non d'un gouffre.

Et Rainuars les sieut de grant aïr.
« Gloton, dist il, ja n'i porrés garir ;
Tous vous ferai de male mort morir !
Quidés me vos, male gent, desconfir ?
140 J'ai tant paien fait a sa fin venir. »
A ces paroles les recort envaïr,
Et cil s'en fuient – paor ont de morir –
En lor maisons por leur vies garir.
Toutes ces rues veïsiés desenplir ;
145 Tos les a fait Rainuars departir.
Lors s'en retorne, si s'est alés seïr
      A une crois a voute.

IX

A une crois qui fu de marbre bis
S'est Rainuars sor les degrés assis,
150 Le froc vestu, s'ot enbroncié le vis.
N'i a celui ne fust tous esmaris ;
Dist l'un a l'autre : « Dont vient cis anemis ?
Dïable samble, tant est gros et furnis.
Com li siet ore cis fros et cis samis !
155 De quel dïable nos est or cis saillis ?
C'est uns gaians del regne as Arabis. »
Dist uns bourgois, qui ot a non Tierris :
« C'est Rainuars au tinel, li marcis,
Bien le connois et au cors et au vis,
160 Et as cheveus, qu'il a noirs et petis. [v]
Mal soit de l'eure que cis plais fu bastis !
J'amaisse mieus cis moine fust rostis
Qu'il *fust* de nous cha dedens esvaïs.
Dex l'amera qui s'estordera vis ! »
165   Mout forment s'esbahirent.

X

Li bourgois furent dolent et esmari
Pour Rainuart, qu'il orent assalli ;
Es fors maisons en sont li plus foï.

Et Rainouart les poursuit de toute son énergie.
« Canailles, dit-il, rien ne vous protégera :
Je vous ferai tous périr horriblement.
Espérez-vous, sale engeance, m'abattre,
140 Moi qui ai massacré tant de païens ? »
A ces mots, il repart à l'assaut,
Et les autres s'enfuient – ils ont peur de mourir ! –
Dans leurs maisons pour se mettre à l'abri.
Comme toutes les rues brusquement se vidaient !
145 Rainouart les a tous mis en débandade.
Alors il s'en retourne, et il s'en va s'asseoir
    Au pied d'une croix, sous une voûte.

IX

Rainouart s'est assis sur les marches
D'une croix de marbre brun,
150 Vêtu du froc, le visage sombre.
Dans l'autre camp, chacun se désespère.
Ils se disent entre eux : « D'où vient donc ce démon ?
On dirait un diable, tant il est large et fort.
Voyez comme lui siéent ce froc et cette soierie !
155 Quel diable nous l'a donc envoyé ?
C'est un géant venu du pays des Arabes. »
Un bourgeois, nommé Thierry, prend la parole :
« C'est Rainouart au tinel, le marquis.
Je le reconnais bien à son allure et à son visage,
160 Ainsi qu'à ses cheveux, courts et noirs.
Maudite soit l'heure où cette affaire a commencé !
J'aurais mieux aimé que ce moine fût brûlé vif,
Plutôt que nous l'ayons détourné ici de son chemin !
Qui en réchappera sera aimé de Dieu ! »
165   L'étonnement fut grand.

X

Les bourgeois se lamentaient et déploraient
D'avoir attaqué Rainouart.
La plupart se sont réfugiés dans les maisons fortes,

Et Rainuars a son oire acoilli ;
170 De l'abeïe a le clocier coisi ;
Les murs entor en sont haut et massi.
Vint a la porte, si cria a haut cri :
« Ouevre la porte ! Ne me fai ester chi !
Ja sui jou moine, s'en ai les dras vesti ;
175   Ne me faut que courone. »

XI

Dist Rainuars : « Portier, la porte ouvrés.
Jo ai les dras, moine serai rieulés ;
Saint Julïen sera mes avoués,
Et jou serai ses moines couronés ;
180 Servirai Dieu, ensi est mes pensés. »
Dist li portier : « Vassal, n'i enterrés.
Bien samblés fol, se vos estïés rés.
Alés a Dieu, car li pains est donés. »
Rainuars l'ot, si s'en est vergondés ;
185 De loing s'enpaint, si est a l'uis hurtés
Del bout devant de son fust qu'est quarrés :
Les huis a frais et les gons desserrés ;
Li postis chiet quant il fu desbarrés,
188a *Li portiers fu desous acouvetés,*
Et Rainuars s'en est outre passés.
190 Dist au portier : « Amis, ci m'atendés   [170 r]
Tant que jou soie de l'encloistre tornés.
S'il vos anoie, sour costé vos tornés. »
      A icest mot s'en torne.

XII

Quant Rainuars ot le portier ocis,
195 L'encloistre voit ; cele part est guencis.
Tous li covens ert al mangier assis,
Et Rainuars est en l'encloistre mis.

Et Rainouart se remet en chemin.
170 Il aperçoit le clocher de l'abbaye ;
Les murailles qui l'entourent sont hautes et massives.
Parvenu à l'entrée, il crie d'une voix forte :
« Ouvre la porte ! Ne me laisse pas dehors !
Je suis déjà moine, j'en porte les vêtements,
175   Il ne me manque que la tonsure. »

XI

Rainouart s'écrie : « Portier, ouvrez la porte !
Je porte les habits, je serai moine régulier ;
Saint Julien sera mon saint patron,
Et je serai son moine tonsuré.
180 Je servirai Dieu : voilà ce que je veux. »
Le portier lui répond : « Pendard, vous n'entrerez pas !
Si vous étiez rasé, vous auriez l'air d'un fou[1] !
Allez-vous-en, la distribution de pain est finie ! »
Ces paroles paraissent déshonorantes à Rainouart.
185 Il prend son élan, et vient heurter la porte
Avec l'extrémité de son tinel massif :
Il a brisé les portes et fait sauter les gonds ;
La poterne s'écroule une fois la barre rompue,
188a Et le portier est enseveli là-dessous.
Et Rainouart a poursuivi son chemin ;
190 « Ami, attendez-moi ici, dit-il au portier,
Jusqu'à ce que je sois revenu du cloître.
Si vous n'êtes pas bien, tournez-vous de côté. »
      Là-dessus, il s'en va.

XII

Rainouart, après avoir assommé le portier,
195 Se dirige vers le cloître qui est devant ses yeux.
Tout le couvent était installé à table,
Et Rainouart est entré dans le monastère.

---

1. Etre rasé était l'un des signes distinctifs des fous. Le portier veut dire à Rainouart qu'il n'aura pas l'apparence d'un moine, et que la tonsure ne lui servirait de rien : il le prend pour un vagabond.

Tient son baston, si vient tous ademis.
En la caiere seoit l'abes Henris ;
200 De biaus mengiers devoit estre servis.
Et Rainuars, qui samble malfaitis,
Par un guicet s'est el renfroitoir mis.
Voi le li abes, si fu tous esmaris,
Et li covens fu si espoueris
205 Que cascuns est de la table sallis.
« Nomeni Dame ! dist li abes Henris,
Li vif d'iables s'est o nous chïens mis ! »
En fuies tourne trestos li plus hardis ;
De cambre en cambre fuient desos ces lis ;
210 Li autre mucent desous ces covertis.
L'abes meïsmes est sous un huis quatis.
Et Rainuars ne s'est mie esbahis,
Ne les a gaires caciés ne poursievis.
Voit le mangier, s'est a la table mis ;
215 Tant en menjue, gros est comme roncis.
Dist Rainuars : « De Dieu soit beneïs
Qui cest mengier a hui a table mis.
Desque j'essi de la court Loëys,
Ne fui jou mais de mengier si assis
220   Comme j'ai esté ore. »   [v]

XIII

Quant Rainuars ot beü a plenté
Et ot mengié le mangier dant abé,
Prent son tinel, n'i a plus demoré ;
Cherke les angles environ de tous lés,
225 Mais il n'i trueve ne moine ne abé,
Car tout estoient muchié et trestorné.
Et Rainuars a tant quis et alé,
Vient au moustier, s'a partout regardé,
Mais n'i trova home de mere né.
230 Amont esgarde et si a tant visé
Qu'il a veü un crucefis doré ;

Son tinel à la main, il fonce tête baissée.
L'abbé Henri était assis dans la chaire ;
200 On allait lui servir des mets délicats.
Rainouart, qui a l'air d'un truand,
Est entré dans le réfectoire par un guichet.
L'abbé, en le voyant, fut frappé de stupeur,
Et le couvent fut si épouvanté
205 Que tous les moines ont abandonné la table.
« Au nom du Seigneur, s'exclame l'abbé Henri,
C'est le diable en personne qui est venu nous rejoindre ! »
Même les plus hardis prennent la fuite ;
De chambre en chambre, ils se cachent sous les lits,
210 D'autres se dissimulent sous les couvertures.
L'abbé lui-même s'est tapi derrière une porte.
Rainouart, quant à lui, n'en a pas fait grand cas :
Il ne s'est guère lancé à leur poursuite.
Voyant les plats, il s'est mis à table,
215 Et a tant dévoré qu'il est replet comme un roncin[1].
« Que Dieu bénisse, dit Rainouart,
Celui qui a mis ces plats sur cette table.
Depuis que j'ai quitté la cour de Louis,
Jamais je ne me suis autant rassasié
220 Que je viens de le faire. »

XII

Quand Rainouart eut bu à satiété
Et mangé le repas de messire l'abbé
Il prend son tinel sans plus attendre.
Il a beau explorer tous les recoins,
225 Il ne trouve ni moine, ni abbé,
Car ils étaient tous bien cachés.
Et Rainouart a beau chercher partout,
A l'église, dans tous les bâtiments,
Il ne trouve absolument personne.
230 Comme il lève les yeux, son attention
Est attirée par un crucifix doré,

---

1. Le *roncin* est le cheval de somme, aux formes plus arrondies et empâtées que celles du *destrier* ou du *palefroi*.

Par grant maistrie l'ot on fait et ovré.
Rainuars l'a perchut et ravisé ;
Mervilla soit, si l'a araisonné :
235 « Di va, fait il, qui t'a si haut levé ?
Descent *cha jus* tant qu'aie a toi parlé.
Ou sont cil moine, quant n'en ai nul trové ?
Venés aval tant qu'aie a vous parlé ;
A aus me rent par bone volenté.
240   Servirai Nostre Sire. »

XIV

Dist Rainuars : « Vassal qui est lassus,
N'aies poour, descent a moi cha jus,
Et si me di – se t'ame ait ja salus –
Ou est li couvens, quë est il devenus ?
245 Si te dirai pour coi sui ci venus :
Rainuars sui, un caitif durfeüs ;
Tant Sarrasin ai mors et confondus,
Se Dex nel fait, que tos serai perdus.
Rendre me voel, ne sai qu'en die plus.
250 Servirai Dieu qui maint tot haut lassus, [171 r]
Car j'ai les dras et si les ai vestus ;
     Il ne me faut que rere. »

XV

Dist Rainuars : « Vassal, a moi parlés.
Que fais tu la, qui es si haut montés ?
255 Descent cha jus, ne soies effraés.
U'st li covens et li abes alés ? »
Ensi disoit Rainuars li dervés.
Une lieuee est illuec arestés :
« Vassal, dist il, a moi ne parlerés ;
260 Or m'en irai et chïens remanrés.
Tu me regardes ausi com uns dervés ;
As vis dïables soies tu commandés ! »
A tant s'en ist, en l'encloistre est tornés.
Rainuars s'est .IIII. fois regardés ;

Une véritable œuvre d'art.
Rainouart, l'ayant vu et observé,
S'émerveille, et lui adresse la parole :
235 « Allons ! dit-il, qui t'a perché si haut ?
Descends ici, que je te parle !
Où sont les moines, que je ne vois nulle part ?
Descendez donc, que je vous parle !
Je rejoins leur communauté de toute ma foi.
240   Je servirai Notre-Seigneur. »

XIV

« Pendard qui es là-haut, s'exclama Rainouart,
N'aie pas peur, descends me rejoindre,
Et dis-moi – que ton âme soit sauvée ! –
Où sont les moines ? que sont-ils devenus ?
245 Moi, je te dirai pourquoi je suis venu ici :
Je m'appelle Rainouart, je suis un pauvre diable :
J'ai tué et détruit tant de Sarrasins
Que, sans l'aide de Dieu, mon âme est toute damnée.
Je veux me faire moine : que dire de plus ?
250 Je servirai Dieu qui règne dans les cieux,
J'ai déjà les habits, que j'ai même revêtus :
      Il ne me manque que la tonsure. »

XV

Rainouart répète : « Pendard, réponds-moi !
Que fais-tu donc là, si haut perché ?
255 Descends ici, tu n'as rien à craindre.
Où sont partis les moines et l'abbé ? »
Ainsi parlait Rainouart l'insensé.
Il est resté là un bon moment sans bouger :
« Pendard, dit-il, vous ne me répondrez pas.
260 Je partirai donc et vous demeurerez là.
Tu me regardes comme un insensé :
Va donc au diable ! »
Sur quoi il sort, et se dirige vers le cloître.
Rainouart s'est retourné quatre fois :

265 Grant poür a del crucefis dorés.
Sour un letrin est Rainuars montés ;
Tant a les moines huciés et apelés
Que tout revienent ; n'en i a nul remés.
Et Rainuars les a araisonés :
270 « Segnor, dist il, or ne vos effraés.
Jou sui venus, dolans et esgarés :
Mout ai eü honors et ricetés,
Si oi moullier – plus bele ne verrés –
Dame Aielis, dont mout estoie amés ;
275 Ele estoit niece dant Guillaume au cort nés ;
Un fil en oi, mais il me fut enblés.
Encor en sui dolans et trespensés ;
Jamais mes cuers n'en iert liés n'asasés.
Moines voel estre, beneïs et sacrés ;
280 Sains Julïens sera mes avoués. [v]
Recevés moi, baron, se vos volés.
Se tost nel faites et vous me refusés,
Li plus hardis sera si mal menés,
De cest tinel, que vous ici veés,
285 Li briserai les flans et les costés. »
Et chil respondent : « Ja mar en parlerés,
Que nous ferons totes vos volentés. »
Adont li ont les noirs dras aportés,
Si l'ont vestu et le chief en som rés.
290 « Amis, dist l'abes, un petit m'entendés :
Chïens vos estes et rendus et donés.
Or soiés sages et bien amesurés,
Si servés Dieu de bone volenté ;
En la semaine .IIII. fois junerés ;
295 Aprés vo char la haire vestirés ;
Ne jamais, frere, de char ne mangerés. »
Dist Rainuars : « Dans abes, vos mentés !
Par cel Segneur, qui en crois fu penés,
J'en mangerai – ja mar en parlerés –
300 De cras bacons et des oisiaus pevrés ;
Si chanterai et sovent et assés,
Et cherkerai les plains et les regnés.
Se Sarrasins i trovoie arivés,

265 Il a très peur du crucifix doré.
Puis il monte au lutrin
Et appelle tant et si bien les moines
Que tous reviennent : pas un ne reste dans sa cachette.
Alors Rainouart s'est adressé à eux :
270 « Seigneurs, dit-il, soyez rassurés.
Douleur et solitude m'ont conduit ici :
J'ai amplement connu les honneurs et la richesse,
J'avais une femme, la plus belle du monde,
Dame Aélis, qui m'aimait profondément ;
275 C'était la nièce de Guillaume au Court Nez.
Elle m'a donné un fils, qui m'a été enlevé.
J'en suis encore triste et soucieux ;
Plus jamais je ne serai pleinement heureux.
Je veux devenir moine, béni et sacré ;
280 Saint Julien sera mon saint patron.
Acceptez-moi, seigneurs, si vous le voulez bien.
Si vous tardez et si vous refusez,
Voici le sort qui attendra même le plus courageux :
Avec ce tinel, qui est là sous vos yeux,
285 Je lui briserai les reins et les côtes. »
Et les autres répondent : « Inutile d'insister :
Nous allons faire toutes vos volontés. »
Ils lui ont alors apporté des habits noirs,
L'en ont revêtu et l'ont tonsuré.
290 « Ami, dit l'abbé, écoutez-moi un peu :
Vous vous êtes ici remis et confié à Dieu.
Soyez désormais plein de sagesse et de mesure,
Et servez Dieu de tout votre cœur.
Vous jeûnerez quatre fois par semaine ;
295 Vous porterez la haire à même la peau ;
Et jamais, frère, vous ne mangerez de viande. »
Rainouart lui répond : « Seigneur abbé, vous mentez !
Par le Seigneur qui fut crucifié,
Je mangerai, que vous le vouliez ou non,
300 Des jambons gras et des oiseaux au poivre ;
Je chanterai souvent, tant que je pourrai,
Et je parcourrai les plaines et les terres.
Si jamais j'y trouvais installés des Sarrasins,

Ne lor lairoie vaillant .II. oés pelés.
305 Sire, dist l'abes, se vous plaist, non ferés.
N'avons pas terre, chastiaus, ne iretés
Dont teus despens puist estre demenés ;
Tost avriens but calisses et autés,
Crois et reliques, et crucefis dorés. »
310 Dist Rainuars : « Or ne vos dementés. » [172 r]
Lors se departent ; é les vous desevrés.
A mïenuit est li couvens levés ;
Sonent matines, si ont les cans levés.
Rainuars est el dortoir esfraés ;
315 Il saut en piés, ne s'i est arestés :
« Ha las ! dist il, trop me sui oublïés !
De Damedieu, qui fist ciel et clartés,
Soit li couvens honis et vergondés :
Si par sui ore belement apelés ! »
320 Dont vest son froc, a tant s'en est tornés ;
Droit au moustier s'en est aceminés.
Ja fust laiens Rainuars tost entrés
Quant li souvint del crucefis dorés ;
Quant l'aperchoit, si est tost retornés ;
325 Il n'i entrast pour .M. mars d'or pesés.
Lors fu dolans et maris et troblés,
   Quant il n'est au service.

XVI

La nuis fu bele, pres est de l'ajorner,
Cantent li moine et hautement et cler.
330 Rainuars l'ot, le sens quide derver :
« Ha, las ! dist il, com or puis foursener :
Jou deüsse ore ces cans amont lever,
Et or n'i puis ne venir ne aler
Pour chel bon home qui siet lés ce piler.
335 Mais par cel Dieu que jou doi aorer,
Jou canterai – cui qu'en doie peser –
Si hautement, bien le puis afïer,
Que jou ferai le moustier resoner.
Mais d'une cose me puis mout aïrer :

Je ne leur laisserais même pas deux œufs pelés.
305 — Seigneur, dit l'abbé, s'il vous plaît, renoncez-y.
Nous n'avons ni terre, ni château, ni possessions
Qui nous permette de mener si grand train :
Nous aurions vite bu les calices et les autels,
Les croix et les reliques, les crucifix dorés. »
310 Rainouart répond : « N'ayez pas d'inquiétude. »
Sur ces mots, la communauté se sépare.
Au milieu de la nuit, tout le couvent se lève ;
On sonne les matines, tous bondissent du lit.
Rainouart prend peur au milieu du dortoir ;
315 Il saute du lit immédiatement :
« Hélas ! s'exclame-t-il, j'ai manqué à mon devoir !
Que Dieu, qui a créé le ciel et la lumière,
Jette l'opprobre sur ce couvent :
On ne s'est pas fait faute de m'oublier ! »
320 Il enfile son froc, et s'en va aussitôt,
Se dirigeant tout droit vers l'église.
Rainouart aurait eu vite fait d'y entrer,
S'il ne s'était souvenu du crucifix doré :
Dès qu'il l'a vu, il a fait demi-tour ;
325 Il n'aurait pas franchi le seuil pour mille marcs d'or.
Grands furent alors son trouble et son affliction
  De n'être pas au service divin.

XVI

La nuit était belle, l'aube commençait à poindre,
Les moines chantaient d'une voix forte et claire.
330 En les entendant, Rainouart ne décolère pas :
« Hélas ! dit-il, j'ai des raisons d'être en rage !
J'aurais dû prendre part à ces cantiques,
Et je suis incapable d'aller et de venir
A cause de ce bonhomme qui est près de ce pilier.
335 Mais, par ce Dieu que je dois adorer,
Je chanterai, que cela plaise ou non,
D'une voix si forte (j'en fais le serment !)
Que j'en ferai résonner toute l'église.
Mais une chose m'irrite profondément :

516   *Moniage Rainouart*

340 Onques n'apris encore a *orghener*. [v]
　　Jou ne *sarai*, jou quit, bien acorder.
　　Or voist la cose comment que puist aler. »
　　Adont quida Rainuars bien canter ;
　　Adont a pris durement a crïer
345 Tout ensement com il soloit hüer
　　En la bataille en Alissans sor mer.
　　Une loee en puet li sons aler ;
　　Le grant moustier fait bondir et soner.
　　Li couvens l'ot, ne le puet endurer ;
350 Mout belement le prisent a coser :
　　« Rainuart frere, laissiés cel cant ester ;
　　Le Dieu service ne devés destorber,
　　Mais alés vous el dortoir reposer. »
　　Dist Rainuars : « Bien le voel creanter ;
355 Mais mout me puis honir et vergonder
　　S'ensi m'estuet chi dedens sejorner
　　Et longuement seïr et *re*poser.
　　Faites moi tost mon tinel aporter,
　　Et un hauberc, et un vert elme cler,
360 Que jou me voel maintenant adouber ;
　　S'irai la terre et le païs garder,
　　Et le rivage et le port a tenser.
　　Se Sarrasins i pooie atraper,
　　Tous les feroie morir et devïer.
365 Le grant avoir en feroie aporter ;
　　Rice viandes en ferai achater. »
　　Dient li moine : « Or vos fist Dex parler.
　　Bien deveriés vo vertu esprover. »
　　Che li disoient, car nel porent amer ;

340 Je n'ai encore jamais appris à chanter[1].
Je ne saurai pas, sans doute, me mettre à l'unisson.
Mais tant pis : advienne que pourra.
Alors Rainouart pensa chanter correctement :
Il se prit à crier de toutes ses forces,
345 Comme il en avait eu l'habitude
Dans la bataille des Aliscans-sur-Mer.
Le son de sa voix porte à une bonne lieue,
Et la vaste église en retentit et en résonne.
Les moines ne peuvent supporter ces cris ;
350 Ils viennent courtoisement parler à Rainouart :
« Rainouart, cher frère, renoncez à chanter ;
Vous ne devez pas perturber le service divin :
Allez plutôt vous reposer dans le dortoir[2] ! »
Rainouart lui répond : « Je veux bien accepter.
355 Mais c'est pour moi une honte intolérable
S'il me faut passer tout mon temps dans le dortoir
Et être assis ou allongé à longueur de journée.
Faites-moi tout de suite apporter mon tinel,
Avec un haubert et un heaume vert[3],
360 Car je veux revêtir immédiatement mes armes.
J'irai protéger les terres environnantes,
Et défendre le rivage et le port.
S'il m'arrivait d'attraper des Sarrasins,
Je leur ferais à tous rendre l'âme.
365 Je ferais transporter l'innombrable butin,
Qui permettrait d'acheter de riches nourritures. »
Les moines répondent : « C'est Dieu qui vous a inspiré.
Bonne idée, de vouloir éprouver votre prouesse ! »
C'était l'antipathie qui les faisait parler :

---

1. *Orghener*, ou chanter *a orgue*, désigne la technique de l'*organum*. 2. On pourra comparer le traitement de l'incompétence de Rainouart en matière de chant avec celui de la maîtrise dont Renart fait montre en chantant *a ogre, a treble et a deschant*, selon la nouvelle mode, dans la branche du *Roman de Renart* dite des « Vêpres de Tibert » (éd. Mario Roques, C.F.M.A., branche XI, v. 12343 sqq). Cette branche est des environs de 1190 selon L. Foulet. 3. Sur la question du sens du *vert heaume* et de cette couleur des armes, *cf.* M. Plouzeau, « Vert heaume, approche d'un syntagme », *Les Couleurs au Moyen Age*, Senefiance n° 24, Aix-en-Provence, 1988, p. 589-650.

370 Car il vaudroient que il fust outremer, [173 r]
Ou jamais nel veïssent.

XL

Rainuars voit la nef qui est Turgant ;
Il desscent jus son tinel traïnant.
Plus tost qu'il pot vint a la nef courant :
855 « Qui estes vous, fait il, en cel calant ? »
Turgans respont, si li dist errannant :
« Sire, nous sommes une gent marcheant
Qui nos marciés aloumes pourcachant. »
Dist Rainuars : « Estés ! N'irés avant !
860 N'en porterés ne or fin ne arjant,
Ne mul ne mule, ne destrier d'Orïant ;
Tout le rendrai l'abé et le couvant. »
Dist Turgans : « Sire, donques venés avant.
Entrés chïens, et faites vo commant. »
865 Dist Rainuars : « Et jou miex ne demant. »
Ens en la nef est entrés maintenant ;
De toutes pars le vont Turc assallant :
Jetent *li* fus et grans dars en lanchant.
Tant en i a et derriere et devant
870 Par droite force li tollent son perchant.
870a *Mais Renouars s'en vait revertuant ;*
870b *Par droite force s'est levés en estant*
Si que le cors en ot tot tressuant.
Vient a un mast, sel *f*eri en boutant ;
Prent un copon del mast qui estoit grant.
Cui il ataint ne puet avoir garant ;
875 Hauberc ne elme ne li vaut un besant.
Ches paiens vait devant lui decolpant ;
Li pluseur sallent dedens l'aigue corant.

370 Car ils préféreraient le savoir outre-mer,
   Pour ne jamais le revoir.

Rainouart, en mer, aux prises avec une tempête[1]

XL

   Rainouart aperçoit le bateau de Turgant ;
   Il y descend en traînant son tinel,
   Courant le plus vite possible jusqu'à la nef :
855 « Qui êtes-vous, dit-il, marins de ce chaland ? »
   Turgant lui répond aussitôt :
   « Seigneur, nous sommes des marchands
   Qui allons en quête de marchés.
   – Arrêtez ! Vous resterez ici, dit Rainouart,
860 Vous ne transporterez ni or fin, ni argent,
   Ni mule ni mulet, ni destrier d'Orient :
   J'en ferai don à l'abbé et au couvent. »
   Turgant répond : « Venez donc, seigneur !
   Montez à bord et faites à votre gré. »
865 Rainouart réplique : « Je ne demande pas mieux. »
   Il pénètre aussitôt dans le navire :
   Les Turcs l'assaillent de toutes parts,
   Lui jetant des bâtons et de grandes lances.
   Ils sont si nombreux à l'entourer
870 Qu'ils lui arrachent son tinel de vive force.
870a Mais Rainouart se met à reprendre courage ;
870b Il se redresse de toute sa force,
   Au point d'en être inondé de sueur.
   Il s'approche d'un mât, qui était de bonne taille,
   Lui donne un coup horizontal et en prend un tronçon.
   Rien ne peut protéger ceux qu'il frappe :
875 Ni heaume ni haubert ne leur servent à rien.
   Il taillade tous les païens qu'il rencontre.
   Beaucoup d'entre eux plongent dans l'eau vive.

---

1. Les païens ont imaginé un stratagème : une fausse nef de commerce, remplie d'hommes en armes, accoste à Brioude (brusquement située au bord de la mer ?) pour tendre un piège à Rainouart.

Mieux veulent il noier en mer noant
Que Rainuars les voist si ochïant.
880 Rainuars a si voidié le calant,
Remés n'i a nul chevalier vivant ;
Tout sont ocis a honte.

XLI

Quant Rainuars ot si la nef voidie
Que la dedens ne remest nus en vie,
884a *Iscir cuida a plain de la galie,*
884b *Cant uns orages vint de vers Esclardie*
884c *Qui la nef a boutee et balancie*
885 Et del rivage est la nés eslongie.
Vente li vens, et la nef mout tornie,
Et Rainuars de maltalent gramie.
A vois escrie : « Dame sainte Marie !
Soucourés moi ! que jou chi ne perie !
890 Com de male ore essi de l'abeïe !
Saint Julïen, ne m'oublïés vous mie,
Car jou sui vostre moine ! »

XLII

La nef s'en vait sans plus de l'atargier ;
Vente li vens, li orage sont fier ;
895 D'ores en autres font le nef tornoier.
Rainuars est tout droit sor un cloier ;
Ne sait que faire, n'a en lui qu'aïrier.
Grant poour a nel convigne noier.
Saint Julïen commencha a hucier :
900 « Hé, ber ! dist il, car me venés aidier !
Lairés issi vo moine perillier,
Qui vos soloit servir et tenir cier,
Tes moines paistre et doner a mengier,
Qui chascun jour te servent al mostier ?

Ils préfèrent se noyer en nageant dans la mer
Qu'être ainsi massacrés par Rainouart.
880 Rainouart ainsi est maître du navire,
Où il ne reste nul chevalier vivant ;
Tous sont morts honteusement.

XLI

Quand Rainouart eut fait le vide dans le navire,
Et qu'il n'y resta plus âme qui vive,
884a Il pensa sortir sans difficulté de la galère ;
884b Mais une tempête se leva du côté d'Esclardie[1]
884c Qui a heurté et bousculé la nef,
885 Et l'a éloignée du rivage.
Le vent souffle, la nef est ballottée,
Et Rainouart est saisi de terreur.
Il s'écrie à haute voix : « Dame sainte Marie !
Secourez-moi ! Je ne veux pas mourir ici !
890 Jamais je n'aurais dû sortir de l'abbaye !
Saint Julien, ne m'abandonnez pas,
Moi qui suis votre moine ! »

XLII

La nef s'éloigne sans attendre.
Le vent souffle, la tempête est terrible
895 Et fait tournoyer de temps à autre le navire.
Rainouart se tient tout droit sur la dunette.
Il est désemparé, en proie à la colère.
Il a très peur de ne pas échapper à la noyade.
Il se met à invoquer à grands cris saint Julien :
900 « Hélas ! seigneur, dit-il, venez donc à mon secours !
Laisserez-vous ainsi votre moine en danger,
Lui qui toujours vous servait et vous chérissait,
Qui nourrissait vos moines, leur procurait des vivres,
Eux qui chaque jour vous vénèrent au monastère ?

---

1. Esclardie (var. : *Esclaudie*) : ville ou pays sarrasin, peut-être celui des *Esclavons*, d'où sont originaires près de vingt héros païens qui apparaissent dans d'autres chansons de geste.

905 Ainc mais de chose ne me poi esmaier,
N'ainc ne doutai serjant ne chevalier
Qui me peüst forfaire n'enpirier ;
Or ne me puis ne tenser ne aidier.
Se jou i mur vos avrés reprovier,
910   Saint Julïen, biaus sire. »

XLIII

Vait s'ent la nef, mout est grans li orés,
Et Rainuars fu forment esfraés.
A lui meïsme s'est forment dementés :
« Ha, lais ! fait il, com sui maleürés !
915 Glorïeus sire, de la Virge fus nés,
Et feïs chiel et soleil et clartés,
Les aigues douces et les bois et les prés,
En Belleen fustes de mere nés ;
Au temple fustes et offers et donés ;
920 Et mis en crois, el sepucre posés ;
Et au tiers jor fustes resusistés ;
Enfer brisastes, ainc n'i remest malfés
Ne fust de vous et mas et esfraés :
Si com c'est voirs, et vous bien le savés,
925 Si m'abaissiés ces vens et ces orés
Que jou n'i soie perilliés ne froés,
Mes vasselages abaissiés ne matés.
Et jou serai mais sages et senés :
Si ferai faire et mostiers et autés,
930 Servirai vous volontiers et de grés.
Saint Julïen, prenge vos ent pités !
Jou sui vos moines, *et* or ne m'oublïés ;
Che m'est avis, che seroit lasquetés. »
A tant depart li vens et li orés ;
935 La mer s'acoise, l'orages est remés.
Et Rainuars s'est tant forment penés,
Tant a bouté environ et en lés
As governaus et as perchans quarrés
Que Rainuars est au port arivés.
940 Mout par fu liés quand il fu escapés ;

905 Jamais rien n'est parvenu à me faire peur,
Jamais je n'ai craint de sergent ni de chevalier,
Si redoutables fussent-ils pour moi.
A présent je ne puis lutter ni me défendre ;
Si je meurs ici, on vous le reprochera,
910   Saint Julien, doux seigneur. »

XLIII

La nef s'éloigne, la tempête est terrible,
Et Rainouart tremble de frayeur.
Il se lamente en lui-même :
« Hélas, fait-il, quel malheur est le mien !
915 Seigneur de gloire, tu es né de la Vierge,
Tu as fait le soleil, le ciel et la lumière,
Les eaux douces, et les bois et les prés ;
Tu es né d'une femme à Bethléem ;
Tu as été présenté au Temple,
920 Crucifié et puis mis au tombeau.
Au troisième jour tu es ressuscité ;
Tu as détruit l'enfer, où il ne reste nul démon
Que tu n'aies effrayé et vaincu :
De même que cela est vrai, et vous le savez bien,
925 De même, apaisez-moi ces vents et ces orages,
Que je ne sois plus en danger, ni brisé,
Ni ma vaillance réduite à néant.
Quant à moi, je serai désormais plein de sagesse :
Je ferai construire des églises et des autels,
930 Et je vous servirai de tout mon cœur.
Saint Julien, prenez-en pitié !
Je suis votre moine, ne m'oubliez donc pas !
A mon avis, ce serait une indignité ! »
C'est alors que le vent et l'orage s'apaisent.
935 La mer se calme, la tempête est finie.
Et Rainouart a tellement dépensé ses forces,
S'est tellement démené en tous sens,
Aux gouvernails et aux grosses rames équarries,
Qu'il est finalement rentré au port.
940 Comme il est heureux de revenir sain et sauf !

Jamais, s'il puet, n'i sera atrapés.
A Bride vient atout l'avoir troussés.
Laiens mest longes, qu'il ne s'est remüés ;
Manjue et boit tout a ses volentés ;
945 Che qu'il veut faire ne li est deveés.
Bien fu *laiens apris* et doctrinés,
Mais tant vos di, et si est verités,
Ainc de quisine ne pot estre tornés ;
Tous tans voloit faire ses volentés.
950 Puis est laiens tant longues demorés
Qu'il s'en essi, issi com vous orrés
En la canchon, se vous tant l'escoutés.
Lairai de lui ; autre fois en orrés.
(...)

XCV

Cil tint le Turc qu'*il* ne le vaut laissier ; [199 r]
Si le tint fort qu'il ne se pot aidier ;
Del bras brisié l'avoit mout enpirié.
2585 Et Rainuars l'a fait agenoillier ;
Si fort le boute qu'il l'a fait trebucier.
Si le saisi par son helme d'acier ;
Fors li esrage, les las fait depecier.
Mist main au branc, si le prist a haucier ;
2590 Del poing del branc le fiert el hanepier,
Par mi le coife li fist le sanc raier.
Quant Mairefers se voit si damagier :
« Frans hom, fait il, merci te voel proier !
Fai me a ta loi lever et bauptisier ;
2595 Je croi celui qui se laissa coucier

Jamais plus, s'il le peut, on ne l'y reprendra !
Il retourne à Brioude avec les marchandises.
Il y séjourne longtemps sans en partir,
Mangeant et buvant tout son soûl.
945 On lui permet de faire tout ce qu'il veut.
On eut beau l'instruire et l'éduquer,
Je vous l'affirme, et vous devez me croire,
Jamais on ne put le détourner des cuisines ;
Il voulait tout le temps n'en faire qu'à sa tête.
950 Il resta ensuite au couvent un certain temps,
Avant de le quitter dans des circonstances que la chanson
Vous révélera, si vous l'écoutez jusque-là.
Je l'abandonne ici : j'y reviendrai plus tard.
(...)

Rainouart combat contre son fils Maillefer[1]

XCV

Rainouart tenait le Turc et l'empêchait de fuir.
Il le tenait si fort qu'il ne pouvait se dégager.
Il l'avait bien blessé en lui brisant le bras ;
2585 Rainouart le contraint à s'agenouiller,
Le frappe si fort qu'il le fait trébucher.
Puis il l'agrippe par son heaume d'acier,
Qu'il lui arrache en rompant les lacets.
Il saisit son épée, se met à la brandir,
2590 Et le frappe sur le crâne avec le pommeau,
Lui faisant gicler le sang sur la coiffe.
Quand Maillefer se voit si mal en point :
« Noble seigneur, dit-il, je te crie merci !
Fais-moi baptiser dans ta foi sur les fonts ;
2595 Je crois en Celui qui se laissa étendre

---

1. Maillefer, qui a grandi chez les païens, est en âge de porter les armes. Il est amené à combattre devant Orange (que les Sarrasins veulent reconquérir) contre Rainouart, toujours sur la brèche, sans savoir que c'est son père. Comme tous les Sarrasins, le poète le qualifie de « Turc ».

Ens en la crois pour son peuple avoier. »
Rainuars l'ot, prent soi a rehaitier,
Et de pitié commence a larmoier ;
Et Rainuars prist Dieu a graciier.
2600 « Sire, dist il, jou vos en voel proier.
Com avés non ? Nel me devés noier.
– Jel vos dirai, fait il, sans atargier.
Paien m'apelent Mairefer le guerrier.
Ne sai dont sui, si me puist Dex aidier,
2605 Mais on me dist, nel vos quier a noier,
Quant moie mere dut de moi acoucier,
De moi l'esteut et ouvrir et taillier ;
Dex regart l'ame, qui tot a a baillier.
Quant fui petis que jou dui alaitier,
2610 Si m'en enblerent Sarrasin pautonier ;
Presentés fui a Thiebaut le guerrier.
Garder me fist, norrir et ensegnier ; [v]
Ses niés estoie, merveilles m'avoit chier.
Ensi fui nés, ne le vos quier noier ;
2615 Si ving ici cest paiis calengier,
Et Pourpaillart et trestout le gravier
Fu a mon pere, chou oï tesmoignier.
Mors est piech'a, Dex ait l'arme del ciel ;
On l'apeloit Rainuars au levier.
2620 Maint Sarrasin a fait mort trebucier.
Sire, ensi fu com vous m'oés plaidier. »
Rainuars l'ot, le sens quide cangier ;
Chou est ses fiex, bien l'ot a l'acointier ;
Del puig en l'autre commencha a maillier,
2625 De son cief oste son elme de quartier,

Rainouart combat contre son fils Maillefer 527

Sur la Croix pour racheter son peuple. »
Ce discours réjouit beaucoup Rainouart,
Qui se met à verser des larmes de pitié,
Et à rendre grâce à Dieu.
2600 « Seigneur, dit-il, je vous prie de me dire
Quel nom vous portez : ne me le cachez pas.
– Je vais vous le dire tout de suite, fait l'autre.
Les païens m'appellent Maillefer le guerrier.
J'ignore mes origines, j'en atteste Dieu !
2605 Mais on m'a dit – je ne veux pas vous le cacher –
Que, lorsque ma mère accoucha de moi,
Il fallut lui faire une césarienne.
Que Dieu veille sur son âme, le Roi universel !
Lorsque j'étais petit, en âge de téter,
2610 D'ignobles Sarrasins m'ont enlevé,
Et présenté à Thibaut, le guerrier.
Il me fit protéger, élever et éduquer ;
J'étais son neveu, il m'aimait énormément[1].
Telle fut ma naissance, je ne vous cache rien.
2615 Je suis venu ici disputer ce pays :
Porpaillart et toute la côte
Etait à mon père, on me l'a assuré.
Il est mort depuis longtemps, Dieu ait son âme au ciel !
On l'appelait Rainouart au tinel,
2620 Et il a trébuché raides morts maints Sarrasins.
Seigneur, tout s'est passé comme je viens de le dire. »
Rainouart, à ces mots, croit devenir fou ;
Son fils est devant lui, ce discours le lui prouve.
Il se mit à se frapper alternativement les poings,
2625 Puis il ôta son heaume divisé en quartiers[2]

---

1. Ces assertions sont contraires au récit que la *Bataille Loquifer* a fait des événements (*cf.* l'extrait de cette œuvre donné *supra*, v. 3999-4049) : Thibaut voulait assassiner l'enfant, sous prétexte justement qu'il était le fils de Rainouart. Mais elles sont logiquement en place ici, puisque, dès le début du *Moniage Rainouart* (v. 660 sqq., v. 728, v. 1060 sqq.), on voit Maillefer entouré de l'affection de Thibaut, son oncle, qui l'adoube et le met à la tête d'une armée de cent mille Sarrasins. **2.** Ou « écartelé » (même sens). La division de l'écu en « quartiers » est une des possibilités de l'héraldique : une ligne verticale et une ligne horizontale divisent l'écu en quatre parties. Dans les chansons de geste, elle offre une formule-cheville commode (*de quartier*), de sens pratiquement vide (avec une rime en *-on*, on aura tout aussi bien un *escu a lion*, décoré de

Les las de soie commence a deslacier.
Ou qu'il le voit, si le cort enbracier ;
Les eux, la bouce, li commence a baisier ;
Si l'acoula et si l'a enbracié :
2630 « Tes peres sui, bien le puis aficier.
Jou t'ai bien mort par mon grant destorbier ! »
A terre ciet, si prent a larmoier ;
Quant se redrece, si commence a huchier,
Ses paumes batre, ses chevieus a sachier ;
2635   Mout tres grant duel demaine.

XCVI

En Rainuart n'en ot que aïrer ;
Son enfant prist forment a regreter :
« Biaux fiex, dist il, bien devroie derver ! »
Mairefers l'ot, prent le cief a lever ;
2640 Son pere esgarde, si commence a plorer :
« Pere, dist il, pour Dieu laissiés ester ;
Jou doi plourer et grant duel demener. [199 bis r]
Qui fiert son pere, Dex nel veut pardoner
S'on ne li fait errant le poing coper ;
2645 Prendés cel branc que jou voi la ester,
Et si me faites le pong del brac colper
Dont vous ai fait le cors ensanglenter.
Repentans sui ; aler voel outre mer,
Descaus en langes pour m'ame racater. »
2650 Dist Rainuars : « Biaus fiex, lai chou ester ;
Jou nel feroie pour les menbres colper. »
Il s'abaissa pour son fil desarmer ;
L'elme et l'auberc commencha a oster.
De sa chemise prist un pan a colper ;
2655 Le bras li loie, qui li fait doloser.
Li marcis ert sour le mur acousté,

En délaçant les lacets de soie.
Il court aussitôt prendre Maillefer dans ses bras,
Et le couvre de baisers sur les yeux, sur la bouche.
Il lui donne l'accolade, le prend dans ses bras :
2630 « Je suis ton père, je te l'affirme hautement.
Dans ma fureur guerrière, j'ai bien bien failli te tuer ! »
Il tombe à terre et se met à pleurer.
Lorsqu'il se relève, il commence à crier,
A battre ses paumes[1], à s'arracher les cheveux :
2635   Sa douleur est si grande !

XCVI

Rainouart était en proie à la colère.
Il se mit à se lamenter sur son enfant :
« Cher fils, dit-il, j'ai de quoi devenir fou ! »
A ces mots, Maillefer lève la tête.
2640 Il regarde son père, et se met à pleurer :
« Père, dit-il, au nom de Dieu, calmez-vous !
C'est à moi de pleurer et de manifester ma douleur.
Dieu ne peut pardonner à qui frappe son père,
A moins qu'on ne lui coupe immédiatement le poing.
2645 Prenez cette épée que je vois là à terre,
Et faites-moi couper le poing
Avec lequel j'ai répandu votre sang.
Je m'en repens. Je veux partir outre-mer,
Pieds nus, en langes[2], pour sauver mon âme. »
2650 Rainouart rétorque : « Cher fils, calmez-vous !
Je ne le ferais même pas sous menace de mort ! »
Il se baissa pour désarmer son fils,
Et commença à lui ôter le heaume et le haubert.
Il découpe un pan de sa chemise
2655 Pour lui bander son bras blessé.
Le marquis[3] s'était accoudé à la muraille

---

l'emblème héraldique du lion). Pour le heaume, comme pour le haubert (*cf. Aliscans*, v. 4688, et le glossaire de Cl. Régnier à la fin du t. 2 de son édition de cette chanson), il s'agirait d'une simple décoration. **1.** En signe d'affliction ; nous comprenons de la même façon le v. 2624. **2.** C'est la tenue de la pénitence et de l'amende honorable. **3.** Il s'agit évidemment de Guillaume.

Guiborc o lui, qui mout fait a loer,
Et chevalier, que jou ne sai nomer ;
Vienent entour, prendent lui a mostrer :
2660 « Sire, font il, or povés esgarder ;
si grant merville onques ne fu sa per !
Vés Rainuart si grant duel demener,
Ses paumes batre et ses cheviaus tirer,
Le Turc sovent baisier et acoler,
2665 Et de ses dras ses plaies repender. »
Dist li marcis : « Mout me fait tressüer.
Jou iroie, mais ne m'os parjurer ;
En couvent l'eu, pour ce ne l'os fauser.
Dame Guiborc, vous i couvient aler. »
2670 Guibors respont : « N'i ai que demourer. »
Ist del postic, le pont fait ratirer ;
Dusqu'a son frere ne vaut ainc arester. [v]
Quant el le voit, si commence a plourer ;
Dist Guiborc : « Frere, qu'avés a dementer ?
2675 Ques duels est che ? Nel me devés celer.
Apertient vous cil que jou voi la ster ? »
Dist Rainuars : « Ne le vos doi celer ;
Chou est vos niés, bien le devés amer,
Fiex Aielis, qui tant ot le vis cler.
2679a *Mais or alés, dame, sans demorer,*
2680 Tost au marcis, si le faites armer.
Ses compaignons faites o lui monter,
Ces Sarrazins voisent tous decolper.
La mort mon fil lor ferai comparer ! »
Guiborc respont : « Bien le voel creanter. »
2685 Elle s'en torne, n'i vaut plus demorer ;
Dedens Orenge commencha a entrer.
Li marcis vient por sa feme adestrer ;
Il n'i remaint serjant ne baceler
Qu'encor ne voisent la novele escoter.
2690 « Hé ! marcis sire ! dist Guiborc au vis cler,

Avec Guibourc, qui est si digne de louange,
Et d'autres chevaliers dont j'ignore le nom,
Qui viennent l'entourer et lui montrent la scène :
2660 « Seigneurs, disent-ils, ouvrez bien grands vos yeux :
Jamais on n'a rien vu d'aussi extraordinaire.
Voyez Rainouart, comme il mène grand deuil,
Comme il se bat les paumes et tire ses cheveux,
Ne cesse d'embrasser le Turc et de lui donner des baisers,
2665 Et lui bande les plaies avec ses vêtements ! »
Le marquis dit : « Voilà qui me met hors de moi.
J'irais volontiers, si je ne craignais de me parjurer.
Mais j'ai fait un serment[1], je tiens à le respecter.
Dame Guibourc, c'est à vous d'y aller.
2670 – J'y vais immédiatement », répond Guibourc.
Elle sort par la poterne, fait abaisser le pont,
Et se hâte de rejoindre son frère.
Dès qu'elle le voit, elle se met à pleurer,
Et lui dit : « Mon frère, pourquoi ces lamentations ?
2675 Qu'est-ce que ce deuil ? Dites-moi ce qu'il en est.
Est-ce un des vôtres, celui qui se tient là ? »
Rainouart répond : « Je dois bien vous le dire.
C'est votre neveu, il mérite votre affection ;
C'est le fils d'Aélis, qui avait le teint si clair.
2679a Mais allez-donc, dame, sans plus attendre,
2680 Rejoindre le marquis, pour lui dire de s'armer.
Faites venir avec lui ses compagnons,
Qu'ils aillent tous mettre en pièces les Sarrasins !
Je leur ferai payer cher la mort de mon fils[2] !
– J'accepte volontiers », répond Guibourc.
2685 Elle repart sans plus attendre,
Et rentre dans Orange.
Le marquis vient à la rencontre de sa femme.
Tous les sergents et les jeunes nobles l'accompagnent,
Dans l'espoir de satisfaire leur curiosité.
2690 « Hélas ! seigneur marquis, dit Guibourc au teint clair,

---

1. Guillaume avait promis à Rainouart, devant les protestations de celui-ci, de ne pas intervenir dans le duel (cf. éd. Bertin, v. 2203-2236). 2. Maillefer est très grièvement blessé, et Rainouart peut estimer qu'il ne survivra pas : seule une pierre magique permettra de le guérir (v. 2854-2882).

Chou est mes niés, cil gaians d'otremer,
Filx Aielis et Rainuart le ber.
Armés vous tost ! Faites vo gent monter !
Ces Sarrasins alés tost decoper ! »
2695 Et dist Guillaume : « Segneur ! or del monter ! »
(...)

CC

6835 Rois Gadifers fu mout de grant aïr,
Ne se degna pour Rainuart guenchir,
Fors seulement que il ala seïr ;
Voit Rainuart, sel prent a esscharnir :
« Dites, vassal, mout avés grant aïr, [245 v]
6840 Et de combatre avés mout grant desir.
Jou l'ai juré, si nel doi pas desdir,
Que a nul home ne doi en champ venir
Se mon cheval ne va anchois ferir.
Mais or alés mon cheval esvaïr :
6845 Se tu le pués ne vaintre ne matir,
Adonques primes porras a moi venir
Vo Dieu vengier et vostre loi garir. »
Dist Rainuars : « Or le laissiés venir,
Com faitement porra a moi garir.
6850 S'a ton cheval ne me puis garantir,
Devant prodom ne me doi mais veïr ! »
Et Gadifers li vait le frain tollir,
Poitral et sele, pour le miex obeïr.
C'est une beste, que Dex puist maleïr,
6855 Qui maint franc home a fait en champ finir ;

Ce géant d'outre-mer, c'est mon neveu,
Le fils d'Aélis et de Rainouart le vaillant.
Aux armes ! Vite ! Faites monter vos gens !
Allez vite mettre en pièces ces Sarrasins ! »
2695 Et Guillaume renchérit : « Seigneurs, vite, à cheval ! »[1]
(...)

Rainouart affronte le cheval de Gadifer[2]

CC

6835 Le roi Gadifer était très violent,
Il ne daigna se prémunir contre Rainouart,
Se contentant d'aller s'asseoir.
Voyant Rainouart, il se met à se moquer de lui :
« Dites-moi, pendard, vous êtes bien excité,
6840 Et vous semblez avoir très envie de vous battre.
Quant à moi, j'ai juré (je ne puis m'en dédire !)
Que je ne me battrai jamais contre quiconque
N'aura d'abord affronté mon cheval.
Allez donc maintenant attaquer ma monture :
6845 Si vous parvenez à le vaincre et à l'abattre,
Alors vous pourrez venir m'attaquer,
Pour venger vos dieux et défendre votre foi.
– Faites-le approcher, répond Rainouart,
Pour voir comment il va se défendre contre moi.
6850 Si je suis incapable de résister à ton cheval,
Jamais je ne pourrai me présenter devant un preux ! »
Gadifer va alors ôter le frein de son cheval,
Le harnais de poitrail et la selle, pour mieux lui obéir[3].
C'est une bête – que Dieu la maudisse ! –
6855 Qui a tué maint homme noble dans les batailles.

---

1. La laisse se poursuit : les Sarrasins seront déconfits, Rainouart et Maillefer soignés grâce à une pierre magique. 2. Gadifer, méprisant, refuse de combattre contre Rainouart, et lui propose simplement de délier son cheval qui est, à ses yeux, un adversaire très suffisant. Assis dans l'herbe, il vient d'insulter Rainouart. 3. « Pour mieux obéir à Rainouart » : c'est ainsi que comprend l'éditeur, G.A. Bertin ; Rainouart en effet semble prêt à combattre d'un cœur léger. Nous

Mabos l'aprist a corre et asallir.
Quant *il* se voit dou chief le frain tolir,
Lors sot il bien que chou est pour ferir.
Qui li veïst et grater et henir,
6860 Et regiber, houer et retentir !
Si se desroie, la terre fait fremir !
Li destriers saut, qui ne se vaut tenir,
Vers Rainuart courut par tel aïr
Toute la terre fait desous lui fremir ;
6865   Si court de grant tempeste.

CCI

Li destriers fu de bataille enseigniés,
A grant merveille fu orgilleus et fiers,
Henist et grate com s'il fust esragiés.
Pour chou l'amaine ot lui rois Gadifiers [246 r]
6870 Que maint en ot estranglé et mengiés.
Vers Rainuart en vient tous eslaissiés,
Geule baee, s'a les dens rechigniés ;
Et Rainuars si fu aparilliés ;
Tint son tinés, si fu mout aïriés.
6875 Lors li quida avoir les os froissiés,
Mais le cheval, qui mout ert esvoisiés
Et de tel jeu apris et maistriiés,
Guenchist arriere et rest avant lanciés,
Rainuart hape ens el dos par derriers.
6880 Se li haubers ne fust si fort mailliés,
Tous li eüst les costés esrachiés ;
Et nequedent il est un poi bleciés,
Li cuirs fendus, s'en est li sans raiés.
Et Rainuars a les *d*ens rechigniés,
6885 Pour un petit que il n'est esragiés ;
Sa coustume ert tele quant ert coissiés
Qu'il devenoit plus fel et plus iriés ;

Mabos[1] lui a appris à s'élancer et à attaquer.
Dès qu'il voit qu'on lui ôte le frein de la bouche,
Il comprend bien que c'est pour qu'il se batte.
Ah ! si vous l'aviez vu gratter le sol en hennissant,
6860 Et regimber, labourer la terre et la faire résonner !
Il se démène au point de faire trembler la terre !
Le destrier, qui ne tient pas en place, bondit,
Et se précipite vers Rainouart avec une telle fureur
Qu'il fait trembler sous lui toute la terre.
6865   Il fonce impétueusement.

CCI

Le destrier avait bien appris à se battre,
Il était merveilleusement orgueilleux et cruel ;
Il hennit et gratte comme s'il était enragé.
Le roi Gadifer l'emmène avec lui
6870 Parce qu'il a étranglé et mangé maint ennemi.
Il fond de tout son élan sur Rainouart,
La bouche ouverte, découvrant les dents.
Mais Rainouart, de son côté, se tenait prêt.
Il brandissait son tinel et bouillait d'ardeur.
6875 Il crut bientôt lui avoir brisé les os,
Mais le cheval, qui était très rusé
Et qui était expert et rompu à ce jeu,
S'écarte vers l'arrière puis bondit en avant,
Et attrape Rainouart par-derrière, dans le dos.
6880 Si les mailles du haubert n'avaient pas été si résistantes,
Il lui aurait arraché complètement les flancs.
Rainouart est néanmoins légèrement blessé,
La peau, fendue, laisse le sang couler.
Alors Rainouart a montré les dents ;
6885 Peu s'en fallut qu'il ne devînt fou de rage.
Ordinairement, quand il était blessé,
Sa violence et sa colère s'accroissaient.

---

préférons toutefois la variante de Da : *por le miex envaïr* (« pour que le cheval attaque plus facilement ») : l'intention de Gadifer est moins de plaire à Rainouart que de lui compliquer la tâche, et le cheval sera plus à l'aise sans son harnachement. **1.** Un Sarrasin inconnu par ailleurs.

> Che samblast bien que il fust marvoiés.
> Rainuars jure jamais ne sera liés
> 6890 Tresqu'il sera de la jument vengiés,
> > Qui mout est deputaire.

CCII

> Rainuart voit le destrier regeter
> Encontre lui, et henir et houer,
> Et d'eure en autre envers lui regiber.
> 6895 Et Rainuars laissoit son mast aler,
> Qu'il le quidoit ferir et assener,
> Mais ne le pot touchier ne adeser ;
> Mout savoit bien guencir et trestorner.
> Lors veïssiés Rainuars aïrer [v]
> 6900 Quant il nel puet ferir ne adeser !
> Che que il faut le fait a poi derver !
> « A vis dïables ! dist Rainuars li ber.
> Veut ceste *beste* hors del sens forsener ?
> Cheste jument vaudra moi estrangler !
> 6905 Se jel povoie ne tenir ne coubrer,
> Jou sai mout bien que ne porroit durer. »
> Adonques risent Sarrasin et Escler,
> Et Gadifers commencha a crïer :
> « Dites, vassal, quidiés vous tout trover ?
> 6910 Mout vous voi ore belement demener
> Qu'encontre moi voliés assambler
> Et en bataille aloier et jouster.
> Comment quidiés envers moi garander
> Quant d'un cheval ne te pués delivrer ?
> 6915 Viex es et frailes, ne te pués mais torner ;
> S'as gros le ventre de tes broués humer.
> Rainuart frere, je nel te doi celer,
> Quides tu estre *a la* char escumer
> A la quisine et pourchiaus escumer ?
> 6920 Ne saviés jahui a l'asambler
> Que mes chevaus seit belement jouer ?

On aurait vraiment dit que c'était un dément.
Rainouart jure qu'il ne connaîtra pas de joie
6890 Tant qu'il ne se sera pas vengé de cette jument,
Qui est vraiment infâme.

CCII

Rainouart voit le destrier qui rue
Contre lui, et hennit, et laboure le sol,
Et n'a de cesse de regimber contre lui.
6895 Rainouart, lui, maniait son tinel,
En cherchant à le frapper et à l'assommer,
Mais il ne parvenait pas à le toucher,
Tant l'autre savait s'écarter et esquiver.
Si vous aviez vu alors la colère de Rainouart,
6900 Qui ne pouvait le frapper ni l'atteindre !
Il devient fou de n'y pas parvenir !
« Par tous les diables, dit Rainouart le baron,
Cette bête veut-elle se comporter comme un dément ?
Cette jument cherche à m'étrangler !
6905 Si je parvenais à la maîtriser,
Je suis bien sûr que ses instants seraient comptés ! »
Alors les Sarrasins et les Slaves se mettent à rire,
Et Gadifer se prend à crier :
« Dites, pendard, pensiez-vous tout savoir ?
6910 Je vous vois là faire de bien grands efforts,
Vous qui vouliez vous mesurer à moi
Et jouter contre moi en combat singulier !
Comment penser vous garantir de mes coups
Quand vous êtes incapable de venir à bout d'un cheval ?
6915 Tu es vieux et fragile, incapable de bouger ;
Tu as un gros ventre, à force de humer des brouets !
Rainouart, mon frère, il me faut te le dire :
Te crois-tu en train d'écumer la viande
A la cuisine, et d'égorger[1] des pourceaux ?
6920 Ignorais-tu tout à l'heure, au moment de l'assaut,
Que mon cheval était expert à ce jeu ?

---

1. Nous traduisons ici la variante du ms. de Boulogne : *tuer*, au lieu de la répétition, de sens incongru, de *escumer*.

Car folement t'i voi or demener ;
Jou ne te pris le taint de mon souler !
Mout mains te pris c'orains a l'asambler. »
Rainuars l'ot, le sens quide derver :
« Ba ! vif diable ! dist Rainuars li ber,
Ceste jumens puet ele tant durer ? »
Rainuars voit qu'il nel puet enpirer [247 r]
Ne dou tinel ferir ne adeser ;
Jete les poins, sour li se lait aler,
Prent le destier par desour le couler ;
Si li estraint, les eux li fait vouler ;
Dedens la goule li vait ses poins bouter ;
Si li estraint, les dens li fait voler,
Une des joes o les dens maisseler
Et tout le col li fait si desnoer
Que dusqu'al pis li fait les ners quasser.
Hauce le poig, sel fiert el capeler ;
En .II. moitiés li fait le col sevrer.
Devant ses piés le fait jus craventer !
Il ot oï le paien ranprosner,
De sa parole laidengier et blasmer ;
Ne li vaut mais nule trieve doner.
Il prent son mast, si li va escrïer ;
Ains qu'il peüst redrechier ne lever,
Vait Gadifer tels .IIII. cols doner,
Qui li oïst sour chelui marteler –
Les piaus sont dures dont s'ot fait adober –
D'une huchie les oïst on soner !
Onques li Turs ne se pot tant pener
Que sa machue puist a soi sus lever
Ne sen espee traire.

Je te vois là t'agiter comme un fou :
Tu ne vaux pas plus que la teinture de mon soulier,
Et beaucoup moins que tout à l'heure, lors de l'attaque. »
6925 A ces mots, Rainouart crut devenir fou :
« Hé ! vif diable ! dit Rainouart le vaillant,
Est-il possible que cette jument résiste ainsi ? »
Il voit bien qu'il ne parvient pas à la blesser,
Ni même à la frapper et à l'atteindre de son tinel.
6930 Il lance alors ses poings, se jette sur le destrier,
Et le saisit par-dessous l'encolure.
Il l'étouffe, lui fait sauter les yeux,
Et va lui enfoncer ses poings dans la gueule.
Il le comprime et fait voler ses dents,
6935 Lui désarticule la joue, les dents et la mâchoire,
Ainsi que toute l'encolure :
Jusqu'au poitrail tous les nerfs se rompent.
Il lève le poing, et frappe sur l'encolure,
Qu'il fait se partager en deux morceaux.
6940 Il le fait s'écrouler à ses pieds.
Il avait entendu le païen ironiser,
Se moquer de lui et le ridiculiser ;
Impossible à présent de demander une trêve !
Emportant son tinel, il va l'apostropher :
6945 Avant que Gadifer ait eu le temps de se lever,
Il va lui asséner quatre coups si puissants
Que le bruit de leur martèlement –
le cuir de son armure est solide ! –
Pouvait s'entendre à une portée de voix !
6950 Jamais le Turc, malgré tous ses efforts,
Ne réussit à brandir sa massue
        Ni à tirer l'épée.

LE MONIAGE GUILLAUME

Il existe du *Moniage Guillaume* deux rédactions, l'une, courte (dite première rédaction ou *Moniage Guillaume I* : environ 950 décasyllabes), l'autre longue (seconde rédaction, ou *Moniage Guillaume II* : plus de 6600 décasyllabes). Toutes deux sont du XIIe siècle, sans que l'on ait de réelle certitude quant à l'antériorité de la première sur la seconde. L'écart qui les sépare conduit à les considérer comme deux poèmes différents, et non pas comme deux versions d'une seule et même œuvre, même s'ils procèdent d'un original commun. Selon toute vraisemblance, cet original a servi de modèle à l'auteur du *Moniage Rainouart*, lequel a inspiré à son tour les remanieurs à qui l'on doit les deux rédactions du *Moniage Guillaume* qui nous sont parvenues. Selon l'argumentation de M. Tyssens, le *Moniage Guillaume I* serait en fait une rédaction abrégée de l'original.

Analyse

Guibourc est morte. Guillaume décide d'expier sa vie de pécheur et de devenir moine dans une abbaye. Ses habitudes de guerrier déconcertent, et les moines font tout pour tenir à l'écart ce gêneur qui ne peut qu'appeler le malheur sur leur couvent : ils méditent même de l'exposer à la mort en lui faisant traverser un bois infesté de brigands. Le héros, quant à lui, a la nostalgie des champs de bataille, et il accepte vite de reprendre du service lorsque se présente un invasion sarrasine. De retour dans son abbaye (Aniane, dans les montagnes de l'actuel département de l'Hérault), il décide, avec l'approbation de l'abbé, de devenir ermite et de s'installer quelques kilomètres plus loin, dans un lieu désert et dangereux, où subsistent quelques vestiges d'un ermitage abandonné. Après avoir tué un géant qui revendiquait ces lieux, le héros cultive son jardin.

Commence alors l'épisode dit « de Synagon », qui a fait l'objet d'un long débat, la plupart des critiques le jugeant interpolé. Les païens s'approchent de Gellone, conduits par Synagon. Guillaume est fait prisonnier et se retrouve dans un cachot à Palerme, d'où il ne s'échappe que lorsque le roi de France débarque en Sicile.

Un jour le roi Louis, aux prises avec le géant païen Ysoré qui assiège Paris, décide de faire chercher Guillaume à travers le royaume; son messager passe dans l'ermitage, assiste à une scène étrange (Guillaume détruit son jardin et remplace les plantes utiles par de mauvaises herbes) mais ne reconnaît pas celui qu'il cherche : la cour comprendra lorsqu'il rendra compte de sa mission, et Guillaume acceptera de reprendre les armes. Après avoir vaincu le païen, Guillaume retrouve son ermitage et, tandis qu'il cherche à construire un pont, est amené à se battre avec le diable en personne. Il le précipite finalement dans le torrent, et meurt plus tard en odeur de sainteté.

Le *Moniage Guillaume I* ne se trouve que dans les manuscrits de l'Arsenal (ars) et de Boulogne-sur-Mer (C), caractérisés par la présence du vers orphelin. La seconde rédaction prend place dans les familles A, B, E, et C; dans ce dernier manuscrit, elle est rassemblée avec le *Moniage Guillaume I* en un poème unique. Tous les manuscrits, qu'ils contiennent simplement le cycle de Guillaume ou qu'ils soient des manuscrits du « grand cycle », s'achèvent sur le *Moniage Guillaume II*, à l'exception du ms. B1 du British Museum qui le fait suivre de quatre autres chansons : *Siège de Barbastre*, *Guibert d'Andrenas*, *Mort Aymeri* et *Foucon de Candie*, dont les deux premières prennent place, dans B2, entre la *Prise d'Orange* et les *Enfances Vivien*.

Le texte édité suit le manuscrit de l'Arsenal pour la première rédaction et le manuscrit de Boulogne pour la seconde.

XXVII

Li quens Guillaume aceut sa pescherie,
Et les chevaus n'i laissierent il mie,
Del bois issirent et vont vers l'abëie.
Troi moine furent sour la porte a espie,
690 Et par desous l'orent bien vereillie.
Voient Guillaume qui venoit la caucie,
Jus descendirent, ne s'atargierent mie,
A l'abé vienent, la novele ont noncie :
« Guillaume vient a mout grant chevaucie,
695 Chevaus amaine et destriers d'Orcanie.
– Dex, dist li abes, dame sainte Marie,
Tout cel avoir ne gäigna il mie.
A mout maint home a il tolu la vie,
Et desrobé moustier et abëie.
700 Clöés la porte, n'ai soig de sa folie,
A ceste fois n'i enterra il mie.
– Non, pour Dieu, sire, n'i a celui ne die,
Ja nos batroit et diroit estoutie. »
Es vous Guillaume et le vaslet qui crie :
705 « Ovrés la porte, prendés la pescherie
Et ches chevaus, s'iert rice l'abëie,

PREMIÈRE RÉDACTION

Derniers déboires à l'abbaye : Guillaume devient ermite

XXVII

Le comte Guillaume ramassa ses poissons[1],
Et ils n'oublièrent pas de prendre les chevaux.
Ils sont sortis du bois et vont vers l'abbaye.
Trois moines surveillaient à l'étage de la porte,
690 Qu'ils avaient solidement verrouillée sous eux.
Voyant Guillaume arriver sur la route,
Ils redescendent sans plus attendre
Pour annoncer la nouvelle à l'abbé :
« Guillaume arrive avec toute une cavalerie,
695 Il amène des chevaux et des destriers d'Orcanie.
– Dieu ! dit l'abbé, sainte Marie,
Il n'a pas pu gagner tout cela honnêtement !
Sans doute a-t-il fait un vrai massacre,
Et pillé une église ou une abbaye.
700 Barricadez la porte, au diable ses incartades !
Cette fois-ci, il n'entrera pas. »
Et tous de répondre : « Ah ! non, par Dieu,
Il nous frapperait et nous insulterait. »
Voici Guillaume et son valet qui crie :
705 « Ouvrez la porte, prenez ces poissons,
Et ces chevaux, qui enrichiront l'abbaye :

---

1. Guillaume revient de la côte, où il s'est procuré des poissons pour son abbaye ; au retour, il est attaqué par des brigands et les défait. Dieu fait pour lui un miracle : il ressoude la cuisse d'un cheval qui avait été tranchée d'un coup d'épée. On le voit ici repartir en emmenant les chevaux des larrons.

Tout par Guillaume, qu'onques n'i ot äie.
Or a il bien provende desservie,
N'i doit fallir en trestoute sa vie. »
710 Li moine l'öent, si ne respondent mie,
Chascuns vausist qu'il ne revenist mie.
Il li escrïent a haute vois serie :
« Demourés la, vous n'i enterrés mie,
       Car vous estes rouberes. »

XXVIII

715 Li ber Guillaume est venus a la porte,
Et li portiers l'a encontre lui close
Et veroullie et fremee a grant force.
Li quens Guillaume li crie et li ennorte :
« Oevre la porte, Dex confonde ta gorge !
720 Prent les poissons que cis somiers aporte.
Bons lus i a et s'i a mainte alose,
Et bones troites, dont les testes sont grosses,
Bons esturjons et bons saumons encore. »
Dist li portiers : « Par saint Piere l'apostre,
725 A ceste fois n'i enterrés vous ore ;
L'abes mëismes l'a encontre vos close.
— Dex, dist Guillaume, maldite soit tex ordre,
Quant nostre moine me font de l'entrer force.
Mais, par le foi que jou doi a saint Josse,
730 S'i puis entrer par amors ou par force,
Trestout li moine le conparront encore,
       Ne lairai nul nel bace. »

XXIX

« Dex, dist Guillaume, ki tout as a garder,
Conseille moi par la toie bonté :
735 Aveuc ces moines me quidai sejorner,
Dehét ait l'abes, quant ne m'i laisse entrer !
*Or sai jou b*ien, la me fisent aler

Guillaume les a gagnés tout seul, sans aucune aide.
A présent il a bien mérité une prébende,
Dont il puisse jouir toute sa vie durant ! »
710 Devant ce discours, les moines restent muets :
Chacun aurait souhaité qu'il ne revînt jamais.
Ils crient à Guillaume d'une voix forte et calme :
« Restez dehors ! Vous n'entrerez pas,
Car vous êtes un voleur. »

XXVIII

715 Le preux Guillaume est venu à la porte,
Et le portier lui interdit l'entrée,
Qu'il a fermée et bien barricadée.
Le comte Guillaume lui crie avec ardeur :
« Ouvre la porte ! Dieu te confonde !
720 Prends les poissons que cette bête de somme transporte !
Il y a de bons brochets, de nombreuses aloses,
Et de bonnes truites, avec de grosses têtes,
De bon esturgeons et aussi de bons saumons. »
Le portier lui répond : « Par saint Pierre, l'apôtre,
725 Cette fois-ci, vous n'entrerez pas.
L'abbé lui-même vous interdit l'accès.
— Dieu, dit Guillaume, maudit soit cet ordre,
Quand nos moines eux-mêmes m'interdisent d'entrer.
Mais, par la foi que je dois à saint Josse[1],
730 Si j'arrive à entrer, par la prière ou par la force,
Tous les moines le paieront cher :
    Tous seront bien battus. »

XXIX

« Dieu, dit Guillaume, qui veilles sur le monde,
Aide-moi dans ta miséricorde :
735 Je pensais vivre au milieu de ces moines,
Maudit soit cet abbé qui m'empêche d'entrer !
Maintenant je comprends : ils m'ont envoyé là-bas

---

1. Saint Josse, ermite en Ponthieu, était mort le 13 décembre 669.

Pour as larrons le mien cors afoler,
Mais Dex de gloire m'en vaut bien destorner.
740 Or sai jou bien merci n'i puis trover,
Ne par proiere ne porrai ens entrer. »
Li cuers del ventre li commence a lever,
De mautalent commence a tressüer.
D'encoste lui voit un grant fust ester,
745 Quatre vilain i orent que porter.
Par maltalent le vait as poins coubrer,
Encontremont le commence a lever,
Par grant vigour vint a la porte ester,
Issi grant cop li commence a douner,
750 Trestout l'encloistre en a fait resouner ;
Les cols puet on d'une liue escouter.
Le maistre porte fait a terre verser,
Et les veraus et les gons craventer ;
Et li flaiaus a le portier tüé.
755 Trestout li moine sont en foies torné
Parmi les cambres dont il i ot assés.
*El cloi*stre vint dans Guillaume li ber,
*Si commen*cha moines a escrïer.
Dis en encontre, ne porent esc*aper*,
760 (Ki li vëist a la terre fouler
Et de ses poins mout ruistes *cols douner* !)
As caperons les a pris a coub*rer* :
Un en a pris qui ne pot tost *errer*,
Trois tours le tourne, au q*uart le lait aler,*
765 Si roidement le fiert a un pil*er*
Qu'andeus les eux li fist del c*ief voler*,
Puis li escrie : « A moi venés par*ler !* »
Et d'une bote a consüi l'abé,
Enmi l'encloistre l'abati tout p*asmé.*
770 (Li autre moine sont en foies tor*né.*)
Qui dont vëist dant Guillaume le ber
Parmi l'encloistre et venir et aler,
En la quisine et el dortoir entrer !
N'i remest canbre ne face desfremer.

En espérant que je serais tué par les bandits,
Mais le Dieu de gloire a voulu m'en protéger.
740 Je sais bien qu'ils n'auront aucune pitié de moi,
Et qu'aucune prière ne me permettra d'entrer. »
Il sent sa poitrine se gonfler,
Et commence à suer de colère.
Tout près de lui il voit un grand tronc d'arbre –
745 Il aurait bien fallu quatre vilains pour le porter.
De rage, il va le saisir avec ses poings,
Commence à le lever vers le ciel[1],
Vient se placer de toute sa vigueur devant la porte,
Qu'il se met à heurter d'un coup si violent
750 Que tout le monastère en résonne ;
On pouvait les entendre jusqu'à une lieue de là.
La porte principale finit pas s'écrouler,
Verrous et gonds brisés,
Et le tronc d'arbre a tué le portier.
755 Tous les moines courent se réfugier
Dans les multiples pièces.
Le preux Guillaume entre dans le cloître,
Et se met à apostropher les moines.
Il en rencontre dix qui ne peuvent lui échapper :
760 Si vous l'aviez vu les piétiner au sol,
Et leur donner de rudes coups de poing !
Il les saisit par le chaperon :
A l'un, qui ne s'était pas enfui assez vite,
Il fait faire trois tours, le lâche au quatrième,
765 Le projetant si violemment contre un pilier
Qu'il lui fait voler les yeux hors des orbites ;
Après quoi il lui crie : « Venez donc me parler ! »
Dans son élan, il poursuit l'abbé
Et l'étend, évanoui, au milieu du cloître.
770 Les autres moines ont pris la fuite.
Ah ! si vous aviez vu sire Guillaume, le preux,
Aller et venir dans tout le monastère,
Entrer dans la cuisine et dans le dortoir !
Il n'est pas de pièce qu'il ne fasse ouvrir,

---

1. Ce tronc d'arbre utilisé comme arme fait évidemment songer au *tinel* de Rainouart.

775 Trestous les moines a mout mal de*menés*,
Par les cheveus l'un a l'autre hurté.
Tant les bati que tout sont estouné,
Au grant moustier sont en fuies torné.
Dist l'uns a l'autre : « Mal nos est encontré !
780 Il nos estuet a sa merci aler,
Ou nous serons a martire livré. »
Guillaume apielent, au pié li sont alé,
Trestout ensamble li ont merci crïé,
Mimes li abes, qui revient de pasmer.
785 Et dist Guillaume : « Trestout merci avrés,
Mais que vous faites chou que j'ai en*pensé*. »
Dïent li moine : « Volentiers et de gré. »
Et dist Guillaume : « Or oiés mon pensé :
*Quinse c*hevaus vos ai chi presentés,
790 *La pe*scherie que jou pris en la mer ;
Mais or vos pri, tout me soit pardoné
Quant qu'ai vers *v*ous et mesfait et esré ;
*A v*ous, dans *ab*es, en cri merci por Dé. »
Et dist li *ab*es : « Tout vos soit pardoné,
795 *Et li mort* soient maintenant enterré ;
Ja d'autres moines recoverrons plenté.
*Mais or no*s dites, pour sainte Karité,
De cest avoir, ou l'avés conquesté.
Alastes vous par le bois de Biaucler,
800 *Et les la*rrons i avés vos trouvé ? »
Et dist Guillaume : « Ja orrés verité :
Ainc a l'aler n'en poi nul encontrer,
Mais au venir m'orent mout mal mené
*Quinse la*rron que jou i eu trové ;
805 *A m*on serjant orent les poins nöé,
Si le jeterent envers en un fossé.
*O*nques merci en aus ne poi trover :
De char et d'os les ai si atorné
Que li chemins n'en iert mais enconbrés,
810 *Ne* povres hom n'en laira son errer.
— *Dex*, dist li abes, t'en soies aorés !

Guillaume devient ermite

775 Ni de moine qu'il ne mette à mal.
Il les empoigne par les cheveux et les entrechoque,
Et les frappe tant qu'ils sont tout étourdis
Et courent se réfugier dans la grande église.
Ils se disent entre eux : « Quel malheur !
780 Nous n'avons plus qu'à nous rendre à sa merci,
Si nous ne voulons pas connaître les pires souffrances. »
Ils interpellent Guillaume, agenouillés à ses pieds,
Et d'une seule voix ils lui crient merci –
l'abbé aussi, qui a repris connaissance.
785 Guillaume répond : « Vous serez tous pardonnés,
A condition de faire mes volontés. »
Les moines acceptent volontiers.
Guillaume leur dit : « Ecoutez mon idée.
Je vous ai apporté ici quinze chevaux,
790 Avec tous les poissons que j'ai pris dans la mer.
Je vous demande à présent que me soit pardonné
Tout le tort que je viens de vous causer.
J'en crie merci à vous au nom de Dieu, seigneur abbé ! »
L'abbé répond : « Que tout vous soit pardonné,
795 Et qu'on s'empresse d'enterrer les morts.
De nouveaux moines, nombreux, nous rejoindront bientôt.
Mais dites-nous donc, par la sainte charité,
Où vous vous êtes procuré ce butin.
Avez-vous traversé le bois de Beaucler,
800 Y avez-vous rencontré les brigands ?
– Je vais vous le dire, répond Guillaume.
A l'aller je n'en ai vu aucun,
Mais au retour j'ai rencontré quinze larrons
Qui m'ont fortement malmené.
805 Ils ont lié les poings de mon sergent[1]
Et l'ont jeté dans un fossé.
Ils étaient complètement insensibles à la pitié :
J'ai mis leurs abattis dans un tel état
Que le chemin sera désormais tranquille :
810 Les braves gens n'hésiteront plus à l'emprunter.
– Dieu, dit l'abbé, sois-en adoré !

---

1. Le *serjant* est un homme d'armes à pied, non-noble.

Onques n'amerent Jhesu de mäisté.
Tous li pechiés vos en soit pardonés. »
Lors fist li abes les poissons destrosser,
815 *Et tout li moine en orent au disner.*
Cil qui mort sont furent tost oblïé.
A la grant table sist Guillaume li ber,
Et mout bons vins ot a sa volenté,
       Tant com il en pot boire.

XXX

820 Icele nuit gist Guillaume li fiers.
Es vous un angele, Dex li a envoié.
Dist a Guillaume : « Or ne vos esmaiés !
Par moi te mande li glorieu*s del ciel* :
Le matinet prent a l'abé congi*é*,
825 Prent ton hauberc et ton gl*aive d'acier*,
Toutes tes armes – nulle ne r*elaissier* –,
Monte, si va, sans plus de delaie*r*,
Droit es desers encoste Monpe*llier* ;
En la gastine, lés un desrubant *fier*,
830 Une fontaine i a lés un rocier.
Ainc crestïens n'i estut jor en*tier*,
Fors un hermite qui mourut a*vant ier*,
Sel detrenchierent Sarrasin p*autonier*.
La troveras habitacle et mou*stier* ;
835 Hermites soies, que Dex l'a prononci*é*. »
Et dist Guillaume : « Jou ne voel plus targi*er*. »
Vait s'ent li angeles, et quant f*u esclairié*,
Li quens Guillaume prist a l'abé congi*é*,
Et il li doune, si n'en fu pas iriés,
840 Et tout li moine si en furent *mout lié*.
Vint a l'estable, met la sele ou d*estrier*,
Onques n'i quist serjant ne *escuier*.
Quant fu montés, si saisi son *espiel*,
Ses armes porte, il n'i a riens *laissié*.
845 L'abes li done vint livres de *deniers*,
Par tel couvent qu'il *ne revigne arrier* ;
Li quens Guillaume l'a mout bien otroié.

Jamais ils n'aimèrent Jésus, le Roi de majesté.
Que ce péché vous soit donc pardonné ! »
Ensuite l'abbé fit déballer les poissons,
815 Et tous les moines en mangèrent au dîner.
Ceux qui sont morts furent vite oubliés.
Le preux Guillaume s'assit à la grande table ;
On lui servit des bons vins à volonté,
    Autant qu'il put en boire.

XXX

820 Cette nuit-là, Guillaume le fier dormait.
Surgit un ange, que Dieu lui envoyait.
Il lui parla : « Ne sois pas effrayé !
Je te transmets un message du Dieu de gloire.
Au matin, prends congé de l'abbé,
825 Emporte ton haubert et ton épée d'acier,
Toutes tes armes – n'en oublie aucune ! –
Monte, et dirige-toi sans tarder
Vers les déserts qui bordent Montpellier.
En plein milieu des friches, près d'un ravin abrupt,
830 Se trouve une fontaine à côté d'un rocher.
Nul chrétien n'y a passé un jour entier,
Sauf un ermite qui est mort avant-hier :
Des Sarrasins scélérats l'ont massacré.
Tu trouveras là un ermitage et une chapelle.
835 Deviens ermite, car Dieu l'a décidé. »
Guillaume répond « Je ne veux plus tarder. »
L'ange s'en va, et, dès le point du jour,
Le comte Guillaume prit congé de l'abbé,
Qui le lui accorda avec un grand plaisir ;
840 Tous les moines aussi s'en réjouirent beaucoup.
Il va à l'écurie, et selle son destrier
Sans l'aide d'un sergent ou d'un écuyer.
Une fois à cheval, il empoigne sa lance.
Il emporte ses armes, sans en oublier.
845 L'abbé lui donne vingt livres en deniers,
Avec la promesse qu'il ne reviendra plus :
Le comte Guillaume le lui a accordé.

Dès or s'en vait dans Guillaume li fiers
Droit es desers d'encoste Monpellier.
850 A la fontaine, par devers le rocier,
Un habitacle i trueve et un moustier ;
Li Sarrasin l'orent tout essillié ;
    La s'en entre Guillaume.

XXXI

En l'abitacle s'en est Guillaume entrés,
855 Une capele i trova et autel.
Uns sains hermite i a lonc tans esté,
Et puis ert mors et a sa fin alés.
La se porpense dans Guillaume li ber
De Damedeu servir et honorer
860 Por les pechiés dont il ert enconbrés.
De cuir de cherf avoit fait un coler,
El col le mist del destrier abrievé.
Puis assambla des pieres a plenté
Por l'abitacle que il veut restorer.
865 En poi de mois l'a mout bien amendé
Et d'un cortil clos et aviroré,
Arbres et chives et colés a planté.
Mais mout redoute Sarrasins et Esclers.
Un castel ot desour un mont fremé,
870 La vait gesir dans Guillaume au cort nés,
    Que honte ne li facent.

Alors sire Guillaume le fier se met en route
Vers les déserts qui bordent Montpellier.
850 Près de la fontaine, à côté du rocher,
Il trouve un ermitage et une chapelle
Complètement ravagés par les Sarrasins.
    C'est là qu'entre Guillaume.

XXXI

Guillaume a pénétré dans l'ermitage,
855 Où il trouva une chapelle et un autel.
Un saint ermite y a longtemps vécu,
Et puis est mort et allé à sa fin.
C'est là que sire Guillaume, le preux, se propose
De servir et d'honorer le Seigneur Dieu,
860 Pour les péchés dont il était souillé.
Il avait fait un collier en cuir de cerf,
Qu'il passa au cou de l'ardent destrier[1].
Puis il alla chercher des multitudes de pierres
Pour remettre en état l'ermitage.
865 En quelques mois il l'a bien restauré,
Et il l'a entouré d'un jardin clos
Où il a planté arbres, cives et petits choux.
Mais il redoute fort les Sarrasins et les Slaves.
Il y a un château fortifié sur un pic[2] :
870 C'est là que va dormir sire Guillaume au Court Nez,
    Pour éviter qu'ils ne le déshonorent.

---

1. Le destrier, cheval de bataille, se trouve donc ainsi transformé en cheval de trait. 2. Ce détail est-il purement imaginaire ? L'archéologie a découvert récemment, entre le Pont du Diable et Saint-Guilhem-le-Désert, les ruines d'un édifice pré-roman, situé à 600 mètres d'une chapelle elle-même pré-romane proche d'une source et d'un vallon plus accueillant. Des archives du XVIIe siècle évoquent, dans ce secteur, une « sale de Charlemaigne », qui pourrait bien être un château ruiné. Les archives de l'abbaye d'Aniane possèdent un diplôme d'immunité de Charlemagne, de 787, où est mentionné, dans ce secteur, un *castrum Monte Clamense*, *castrum* qui est à nouveau mentionné dans une charte de Louis le Pieux datée de 822. Peut-être s'agit-il du bâtiment qui vient d'être découvert, et qui présente des similitudes avec certaines *aulae* de résidences princières de Rhénanie et de la France du Nord. *Cf.* G. Durand, « Une résidence rurale antérieure à l'an mil dans la moyenne vallée de l'Hérault ? », *Archéologie du Midi médiéval*, t. X, 1992, p. 242-245.

XXXII

Guillaume fu el desert bien parfont.
*Lés l'*abitacle, ou la fontaine sort,
Arbres planta et herbes a fuison.
875 Un castelet ot fremé sor le mo*nt*,
La gist Guillaume pour Sarrasins fel*ons*.
Encor le voient pelerin qui la *vont* ;
A Saint Guillaume des Desers troveront
Un habitacle la ou li moine *sont*.

XXXII

Guillaume était perdu au fond des solitudes.
Près de l'ermitage, là où la fontaine jaillit,
Il planta des arbres et des herbes en grand nombre.
875 Il y avait un petit château fortifié sur un pic,
Où il dormait, à cause des Sarrasins félons.
Les pèlerins qui s'y rendent le voient encore.
A Saint-Guilhem-le-Désert ils trouveront
Un ermitage là où les moines sont installés.

XLIII

(...)
Li quens s'en vait, ne s'i est arrestés,
Le bos trespasse et les amples regnés,
Dordone passe, dont parfont sont li gué ;
Rochemadoul a li quens trespassé,
2465 A Nostre Dame a li marchis oré.
Puis le trespasse, s'aquelli son errer,
Vers Monpellier s'en est aceminés,
Parmi un bois qui est grans et ramés.
Tant a alé li boins quens honerés
2470 Que a Dieu s'est otroiés et donés,
A l'amor Dieu s'est tos abandonés.
Lés un rochier est li quens trespassés,
Vit les desers et les vaus enconbrés,
Les grans desreubes qui mout font a doter,
2475 Vit les grans aighes et les destrois cavés,
Sos ciel n'a home n'en fust espaentés ;
Desor une aighe a un tertre esgardé,
Haut et rubeste, malasieu pour monter ;
Li quens Guillaumes a cel lieu avisé.
2480 Le desertine fait mout a redouter,
Car de serpens i ot a grans plentés,
Bos et culuevres et serpentiaus crestés,
Et grans laisardes et lais crapaus enflés.
En cel desert est Guillaumes remés ;
2485 Quant il i fu, si li vint mout en grés.
Et dist li quens : « Or ai mes volentés :
Chi fait mout boin manoir et converser,

SECONDE RÉDACTION

Installation et combat contre un géant

XLIII

(...)
Le comte s'en va sans s'attarder,
Passe les bois et les vastes contrées,
Traverse la Dordogne, dont les gués sont profonds ;
Il laisse derrière lui Rocamadour,
2465 Où le marquis a prié Notre-Dame.
Il continue, poursuivant son chemin.
Il prend la direction de Montpellier,
Et traverse un bois vaste et touffu.
Le bon comte, si digne d'honneur, a cheminé
2470 Jusqu'à faire don à Dieu de sa personne,
S'abandonnant tout entier à l'amour de Dieu.
En passant auprès d'un rocher,
Il vit les vallées désertiques et périlleuses,
Les grands ravins si terrifiants,
2475 Les eaux tumultueuses et les détroits profonds :
Tout homme aurait été pris d'épouvante.
Au-dessus d'un torrent il remarque un tertre
Elevé, abrupt, malaisé à gravir ;
Le comte Guillaume y pose son regard.
2480 Ces solitudes étaient très redoutables,
Car elles étaient infestées de serpents,
De crapauds, de couleuvres, de serpenteaux à crête,
De grands lézards et d'affreux crapauds enflés.
C'est dans ce désert que Guillaume s'est installé.
2485 Le lieu lui plut immédiatement.
Le comte dit : « A présent, j'ai ce que je voulais.
Voilà un lieu de résidence parfait :

Chi vaudrai jou mon ostel estorer,
Et jour et nuit Damedieu aorer.
2490 Dieus, s'il vous plaist que chi soie ostelés,
Ceste vermine faites de chi aler ! »
A genillons en prie Damedé,
Lui et sa mere en a mout reclamé,
Et Diex i a grant miracle moustré,
2495 Pour dant Guillaume, que il a mout amé.
N'ëussiés mie une traitie alé,
Quant li serpent, dont il i ot plenté,
Sont del desert contreval avalé
Et es grans aighes noié et effondré.
2500 Mais al descendre ont tel friente mené,
Si grande noise ont entr'eus demené
Que li marchis en fu tous effreés.
Quant li desers fu ensi delivrés,
Li quens Guillaumes en a Dieu merchïé.
2505 Lors se repose, que mout estoit lassés
Des mons monter et des vaus avaler.
Tous ot ses dras derous et despanés,
Des grans desreubes ot il les piés crevés,
Les mains, les bras en a ensanglentés.
2510 Li quens se couche quant il fu avespré ;
Cele nuit n'a ne bëu ne soupé,
Mais de la gloire del ciel est saoulés :
Qui bien sert Dieu ne puet estre esgarés !
En un buisson se dort li quens söef,
2515 Mais li vrais Dieus ne l'a mie oublïé,
Par un suen angele l'a bien reconforté,
En avison li a amonesté :
« Sire Guillaumes, sés que Diex t'a mandé ?
Tu l'as servi de boine volenté
2520 Et sour paiens ton cors mout agrevé.
Par moi te mande li rois de mäisté
Qu'en paradis a fait ton lit paré,
Quant che venra que tu devras finer.
Ne mais encore te voldra esprover,
2525 Encor t'estuet grans paines endurer :
En cest desert feras tu ton hostel,

Installation et combat contre un géant 561

C'est ici que je vais construire ma demeure,
Pour adorer jour et nuit le Seigneur Dieu.
2490 Dieu, si vous souhaitez que je m'installe ici,
Faites-en disparaître cette vermine ! »
Il en prie le Seigneur Dieu à genoux,
L'implore, Lui et sa Mère, avec ardeur,
Et Dieu a fait un grand miracle
2495 Pour sire Guillaume, qui a tout son amour.
En moins de temps qu'on ne parcourt une portée d'arc,
Tous les serpents, si nombreux qu'ils fussent,
Sont tombés en contrebas du désert,
Noyés et précipités dans les eaux tumultueuses.
2500 Mais dans leur chute ils ont fait un tel vacarme,
Ils se sont tellement battus entre eux,
Que le marquis en fut très effrayé.
Quand le désert fut ainsi nettoyé,
Le comte Guillaume a rendu grâce à Dieu.
2505 Il se repose alors, car il était très las
De monter et descendre par monts et par vaux.
Tous ses vêtements étaient complètement déchirés,
Les grands ravins lui avaient entaillé les pieds
Et ensanglanté les mains et les bras.
2510 Le comte se couche à la tombée de la nuit.
Ce soir-là il n'a ni bu ni soupé,
Mais il s'est rassasié de la gloire céleste :
Qui sert bien Dieu ne peut pas s'égarer !
Le comte dort béatement dans un buisson,
2515 Mais le vrai Dieu ne l'a pas oublié :
Il lui envoie un ange pour le réconforter,
Qui lui tient, en vision, le discours que voici :
« Sire Guillaume, sais-tu ce que Dieu te commande ?
Tu l'as servi de bon cœur,
2520 Et tu n'as pas ménagé ta peine contre les païens.
Par moi te fait savoir le Dieu de majesté
Que ton lit est tout apprêté au paradis
Pour le jour où la mort devra venir te prendre.
Cependant il voudra te mettre encore à l'épreuve,
2525 Il te faudra encore endurer de grandes peines :
Tu édifieras ta maison dans ce désert,

Serviras Dieu et main et avesprer ;
Et il te mande qu'il te donra assés,
Tes biens fais t'iert el ciel guerredonés. »
2530 A tant s'en va li angeles enpenés,
Et li marchis est el buisson remés
Jusc'al demain que il fu ajorné.
Li quens Guillaumes fu si assëurés
Pour le parole que Dieus li ot mandé,
2535 Ne doute mais le mort un oef pelé.

XLIV

Au matinet se leva li marchis.
Mout fu li quens et liés et esbaudis
De la parole que l'angeles li ot dit.
Par le desert s'est ricement pourquis
2540 Pour son hostel acesmer et bastir :
Assamble pierres et de ces cailliaus bis,
Brise ces arbres, des grans et des petis ;
Tel arbre fait par lui seul jus cäir,
Quinse vilain nel pëussent jovir.
2545 Li quens a trait le grant ramier foilli,
Mout a grant paine a faire son abit.

XLV

Grans fu la friente que Guillaumes faisoit
Des arbres grans que par force brisoit,
Pour son abit qu'iluec faire voloit.
2550 Mais ains qu'il ait acompli son voloir,
Sera li quens en mout trés grant destroit ;
Se Dieus n'en pense, qui haut siet et lonc voit,
Anchois le vespre ert de mort en effroi.
N'ot tel paour, mien entïent, des mois,
2555 Que il avra anchois que vespres soit,
Car el päis uns gaians conversoit,
Grans et oribles, mout ert de pute loi,
Qui le päis malement escilloit,
Homes et femes et enfans honissoit,

Et tu serviras Dieu du matin au soir.
Il te fait savoir qu'il te comblera :
Tes bonnes actions seront récompensées au ciel. »
2530 Sur ce, l'ange s'en va, aux ailes empennées,
Et le marquis demeure dans le buisson
Jusqu'à l'aube du lendemain.
Le comte Guillaume était ainsi rassuré
Par les paroles que Dieu lui a adressées,
2535 Désormais il ne craint plus du tout la mort.

XLIV

Le marquis se leva de bon matin.
Le comte était très heureux et réjoui
Des paroles que l'ange lui avait adressées.
Dans le désert il s'est mis en quête de matériaux
2540 Pour construire et embellir sa demeure :
Il rassemble des pierres et des cailloux bis,
Abat des arbres, des grands et des petits ;
Il parvient à renverser tout seul des arbres
Dont quinze paysans n'auraient pu venir à bout.
2545 Le comte a traîné la grande ramée feuillue ;
Quels efforts il déploie pour faire son ermitage !

XLV

Grand était le vacarme que faisait Guillaume
En débitant de toutes ses forces les grands arbres
Pour la maison qu'il voulait construire là.
2550 Mais avant d'avoir atteint son but,
Le comte connaîtra une grande détresse.
Si Dieu n'y veille, le Très-Haut qui voit loin,
Avant le soir il craindra de mourir.
Il n'avait pas connu, à coup sûr, depuis des mois
2555 Une peur comme celle qu'il éprouvera avant ce soir,
Car un géant vivait dans ce pays,
Enorme, horrible, sans foi ni loi,
Qui ravageait sauvagement la contrée
Et honnissait hommes, femmes et enfants :

Si les mengüe, quant li fains l'angoissoit.
Parmi Provenche les desreubes cercoit,
Et li päis forment le redoutoit,
Car tout destruit et a tort et a droit.
El desert vint ou Guillaumes estoit ;
Mout s'esmerveille tantost comme il le voit.
Cele part queurt li gaians trestot droit ;
Quatorse piés en son estant avoit.

XLVI

Li jaians est montés sour le desert ;
Bruit come uns tors, escume comme uns vers,
Grosse ot la teste, les iex gros et overs.
Le jour ot mors quinse homes desconfès
Et un abé et trois de ses convers.
Porte une mache bien löie de fer ;
N'ot si fort home entre chi et Navers
Qui le levast de le terre en travers.
Droit vers Guillaume en vint tout a eslès
Par le desreube, de tort et de travers :
Tel noise fait a venir li cuivers,
Quatre caretes ne fesissent tel frès.
Entre deus ex avoit un pié bien près.
Li quens se dreche si le vit en apert :
Tel paor ot, onques tel nen ot mès.
« Diex, dist Guillaumes, biaus sires sains Gervais,
Dont vient chis hom ? Jou quit qu'il vient d'infer. »
Dist li gaians : « Fils a putain, cuivers,
Par quel congié venistes el desert ?
Ancui morrés a dolerous maisel :
Tel te donrai parmi le haterel
De ceste mache que jou tieng par l'anel
Que de ton cief espandrai le cervel. »
Od le Guillaumes, ne li fu mie bel :
« Diex, dist li quens, aidiés moi, s'il vous plest ! »

2560 Il les mangeait quand la faim l'étreignait.
Il parcourait les précipices de la Provence,
Fort redouté par tout le pays,
Car il détruisait tout sans se soucier du droit.
Il arriva au désert où Guillaume vivait,
2565 Et il s'étonna fort de le rencontrer là.
Le géant court tout droit vers lui ;
Debout, il était haut de quatorze pieds.

XLVI

Le géant est monté jusqu'au désert.
Il meugle comme un taureau, écume comme un dragon ;
2570 Il a une grosse tête, de grands yeux écarquillés.
Le jour même il avait tué quinze hommes sans confession,
Et un abbé et trois de ses convers.
Il porte une masse de fer solidement attachée :
D'ici à Nevers on chercherait vainement
2575 Un homme capable de la lever complètement de terre.
Il s'élança de toutes ses forces vers Guillaume
A travers le ravin, sans aucune précaution.
Le maraud fait, en s'avançant,
Plus de vacarme que quatre charrettes.
2580 Ses deux yeux sont presque distants d'un pied.
Le comte se lève et le voit clairement :
Jamais de sa vie il n'éprouva pareille terreur.
« Dieu ! dit Guillaume, saint Gervais, noble seigneur,
D'où vient cet homme ? Je crois qu'il vient de l'enfer ! »
2585 Le géant l'apostrophe : « Fils de putain, maraud,
Qui t'a permis de t'installer dans ce désert ?
Tu mourras aujourd'hui dans d'atroces souffrances :
Je te frapperai d'un tel coup sur la nuque
Avec cette masse que je tiens par un anneau,
2590 Que ta cervelle jaillira de ton crâne ! »
Ce discours ne réjouit guère Guillaume :
« Dieu ! dit le comte, au secours, s'il vous plaît ! »

XLVII

Grant paour ot Guillaumes Fierebrache,
Quant vit venir envers lui cel diable ;
2595 Dieu reclama, qui Nöé mist en l'arce.
Et li gaians vers le conte s'eslaisse
Et li escrie : « Dans glous, mar i entrastes !
Volés vous chi prendre vo herbergage ?
Mieus vous venist que vous fuissiés a naistre.
2600 – Dieus, dist Guillaumes, qui tout le mont formastes,
Secorés moi, biaus pere esperitables !
Ja ai jou fait tante ruiste bataille,
Et cil gaians a tüer me manace.
Ja mais nul jour ne me quidai combatre,
2605 Ains me quidai salver en l'ermitage ;
Mais par l'apostle que on requiert en l'arce,
Mieus voel morir que chil jaians m'escape. »
Un grant planchon fors de la terre errace,
Ne sai s'il fu ou de tranble ou de carne ;
2610 Dist au giant : « Li cors Dieu mal te face !
Lai moi ester, jou n'ai soing de conbatre. »
Li gaians l'ot, a poi d'ire n'esrage ;
Envers Guillaume a jetee sa mache,
Ferir le quide, mais li marchis se garde.
2615 Par mautalent Guillaumes se rehaste,
Parmi le dos mervillos cop li paie,
C'agenoullier le fait enmi la place.
Dist li gaians : « Dans glos, mar le pensastes !
Miex vous venist que fuissiés a Halape. »
2620 Lors li rekigne si li fait lait visage,

XLVII

Guillaume Fièrebrace fut fort effrayé
Quand il vit venir vers lui ce démon.
2595 Il invoque Dieu, qui mit Noé dans l'arche[1],
Tandis que le géant se précipite vers lui
Et l'interpelle : « Canaille ! malheur à toi d'être ici !
Veux-tu vraiment t'installer dans ces lieux ?
Tu serais mieux dans le ventre de ta mère ! »
2600 – Dieu, dit Guillaume, qui avez créé le monde,
Secourez-moi, doux Père spirituel !
J'ai combattu dans tant de rudes batailles,
Et ce géant menace de me tuer !
Je souhaitais n'avoir plus jamais à combattre,
2605 Et faire mon salut en vivant en ermite.
Mais, par l'apôtre qu'on invoque sous l'arche[2],
J'aime mieux mourir que laisser échapper ce géant. »
Il arrache de terre un grand tronc d'arbre
(je ne sais si c'était un tremble ou un charme)
2610 Et s'adresse au géant : « Puisse Dieu te confondre !
Laisse-moi en paix, je ne veux pas me battre ! »
Ces paroles rendent le géant fou furieux ;
Il lance sa masse d'armes contre Guillaume,
Et croit l'atteindre, mais le marquis esquive.
2615 Guillaume, plein de fureur, s'élance à son tour,
Et lui assène un coup terrible dans le dos,
Qui le fait aussitôt tomber sur ses genoux.
Le géant crie : « Canaille, tu vas me le payer !
Mieux eût valu pour toi être à Alep[3]. »
2620 Il lui montre les dents, renfrogne son visage,

---

1. Dans le texte épique aussi, Guillaume a besoin d'être sauvé d'un véritable cataclysme... 2. Cette périphrase désigne saint Pierre. Le terme *arche* n'était déjà plus compris, semble-t-il, des scribes des XIIIe et XIVe siècles (*cf.* J. Frappier, *Les Chansons de geste du cycle de Guillaume d'Orange*, t. 2, 1964, p. 81, n. 1) ; selon Y. Lefèvre, il s'agirait à la fois de la « confession de saint Pierre » (le lieu où étaient honorées les reliques du saint dans l'église de Rome) et du trésor de saint Pierre. On notera que le ms. D2 invoque un autre apôtre, également associé à un grand pèlerinage médiéval (celui de Saint-Jacques-de-Compostelle, d'ailleurs fréquemment mentionné dans les chansons de geste) : *que on claime saint Iaque*. 3. Le sultan d'Alep, Nour-Eddin, avait laissé des souvenirs tragiques aux chevaliers de la deuxième croisade, au point que « vouloir tuer Nou-

Bee la goule si enpugne sa mache :
Grans ot les dens come uns sanglers salvages.
Vers le marchis destent par ire faite,
C'as dens le quide devorer et desfaire.
2625 « Dieus, dist Guillaumes, ce est chi uns diables,
Ainc mais ne vi si ruistre en mon ëage.
Sainte Marie, röine secorable,
Ne soufrés mie que cis gaians m'escape ! »
Et li gaians fiert le conte Guillaume
2630 Merveillos cop trés parmi les espaules ;
Mais il guencist, devers terre s'abaisse,
Le mache fiert en terre demi aune.
Et dist Guillaumes : « Chi a fiere retraite !
Se jou atench qu'il m'en redoinst une autre,
2635 Mors sui en fin, ce sai jou bien sans faille. »
Lors resaut sus, que pas ne se delaie,
Tint le planchon, a anbes mains l'enbrace ;
Et li jaians se machue rehauce :
Par grant aïr vait l'uns requerre l'autre.

XLVIII

2640 Entre Guillaume et le jaiant felon
Font tel bataille, ainc greignor ne vit hom.
Li quens Guillaumes a hauciè le planchon,
Fiert le jaiant trés parmi le caon,
C'agenoullier le fait, ou voelle ou non.
2645 Li jaians brait et fait grant marison :
« Voir, dist Guillaumes, ne vous vaut un boton,
Tout maugré vostre ferai ci ma maison,
Mon hermitage et m'abitation,
Servirai Dieu par boine entencion ».
2650 Dist li gaians : « Non ferés voir, dans glous.

Ouvre largement sa bouche et empoigne sa masse :
Il avait de grandes dents comme un sanglier sauvage.
Il bondit sur le marquis dans une violente colère,
Comptant le dévorer et le déchiqueter.
2625 « Dieu ! dit Guillaume, voilà bien un démon,
Jamais de ma vie je n'en ai vu d'aussi terrifiant.
Sainte Marie, Reine secourable,
Ne souffrez pas que ce géant m'échappe ! »
Et le géant frappe le comte Guillaume
2630 D'un coup terrible au milieu des épaules.
Mais celui-ci esquive en se baissant à terre,
Et la masse s'enfonce d'une demi-aune dans le sol.
Guillaume s'exclame : « Voilà une reculade efficace[1] !
Si j'attends qu'il me frappe à nouveau,
2635 Ma mort est assurée, j'en suis bien convaincu. »
Alors, sans hésiter, il bondit à l'attaque,
En tenant le tronc d'arbre serré dans ses deux mains ;
Le géant, quant à lui, brandit sa massue :
Tous deux vont s'affronter de toute leur ardeur.

XLVIII

2640 Guillaume et le géant cruel
Mènent le plus furieux des combats.
Le comte Guillaume a brandi le tronc d'arbre
Et frappe le géant en pleine nuque :
Il tombe à genoux, qu'il le veuille ou non.
2645 Le géant hurle de désespoir :
« Assurément, dit Guillaume, c'est bien inutile :
En dépit de vous je construirai ici ma demeure,
Mon ermitage et mon habitation,
Et je servirai Dieu de bon cœur. »
2650 Le géant lui répond : « Certes non, canaille !

---

radin » était devenu une expression humoristique pour désigner une vantardise de matamore. *Cf.* Chrétien de Troyes, *Le Chevalier au lion*, éd. M. Roques, CFMA, v. 596, et le *Roman de Renart*, branche I, éd. M. Roques, Champion, CFMA, v. 1581. **1.** Il faut sans doute voir dans cette remarque un écho à ce passage d'*Aliscans* où le jongleur vantait la sagesse de Guillaume, qui savait reculer lorsque c'était nécessaire (à la différence de Vivien, qui refusait de laisser du terrain) : *Aliscans*, éd. cit., v. 687-695.

Se vous estiés quatorse compaignon,
Si n'avriés vous duree ne fuison
Que ne t'esrace le fie et le poumon,
Et de ton cors, qui qu'en poist ne qui non,
2655 Ferai jou haste ancui sor le carbon. »
Lors li cuert seure iriés come lions.
Guillaumes crie : « Vrais Dieus, jou sui vos hom,
Garissiés moi encontre cest glouton ! »
Dist li jaians : « N'i a mestier sarmons,
2660 Ja de vo Dieu n'i avrés garison.
— Vous i mentés, li marcis li respont,
Toi ne ta force ne pris mais un boton. »
Lors s'entrevienent anbedoi a l'estor :
Li jaians jete quatre caus de randon,
2665 Mais li marchis se cuevre del planchon.
Une hucie fust alés uns garchons
Ains que l'estors fausist des deus barons.
Li quens li paie grans caus de son planchon ;
Et li gaians en ot grant marison,
2670 Les ieus röelle, les sourcieus lieve amont,
Le mace entoise par grant äirison :
Li quens se cuevre, cui Dieus face pardon,
De son levier fait escu et baston,
Et li jaians i fiert de tel randon,
2675 En deus moitiés fait voler le planchon.
Li quens recule pour le cop angoissous ;
Li gaians faut a ferir le baron :
Par tel äir descent li caus adont
Que li gaians feri si un perron,
2680 La mache brise parmi en deus tronchons.
« Dieus, dist li quens, or n'ai mais se bien non ! »
Lors li cuert seure a force et a bandon,
Et li jaians le hurte si des poins
Que tout envers l'abat sour le perron.
2685 Li quens se lieve et li jaians li sort,

Quand bien même vous seriez quatorze compagnons,
Vous ne pourriez résister bien longtemps
Avant que je ne t'arrache le foie et le poumon ;
Et ton corps, que cela plaise ou non,
2655 Je le ferai rôtir tantôt sur du charbon ! »
Et il bondit sur lui, furieux comme un lion.
Guillaume s'écrie : « Vrai Dieu, je suis votre vassal,
Protégez-moi contre cette canaille[1] ! »
Le géant lui répond : « Prières inutiles !
2660 Votre Dieu ne vous sera d'aucun secours.
— Menteur ! lui rétorque le marquis,
Je n'ai que mépris pour toi et pour ta force ! »
Sur ces mots, ils s'attaquent corps-à-corps.
Le géant le frappe de quatre coups vigoureux,
2665 Mais le marquis se protège avec son tronc d'arbre.
Un valet aurait pu aller à une portée de voix
Que le combat n'aurait pas encore cessé.
Le comte le gratifie d'un grand coup de son tronc,
Ce qui rend le géant furieux :
2670 Il roule les yeux, arque les sourcils,
Et lève sa masse d'armes dans une grande fureur ;
Le comte se protège (Dieu lui remette ses fautes !)
Utilise son tronc comme écu et comme bâton,
Mais le géant frappe dessus avec une telle vigueur
2675 Qu'il le fait se briser en deux morceaux.
Ce coup violent fait reculer le comte ;
Mais le géant ne peut atteindre le baron :
Le coup s'abat alors avec une telle force
Que le géant frappe un bloc de pierre
2680 Et que la masse se brise en deux.
« Dieu, dit le comte, à présent tout va mieux ! »
Aussitôt il l'attaque de toute sa vigueur
Et le géant le frappe de coups de poings tels
Qu'il le fait tomber à la renverse sur le rocher.
2685 Le comte se relève et le géant bondit ;

---

1. Guillaume conçoit sa relation avec Dieu sur le modèle de la relation féodo-vassalique entre un seigneur et son vassal : c'est pourquoi il lui demande ici l'équivalent de l'*auxilium*, de l'aide que le seigneur doit apporter à un vassal (son « homme ») en difficulté.

Lors s'entraherdent par tel devision,
Si s'entrefierent el vis et el menton
Des poins qu'il orent et grans et mervillos,
Que de lor bouces saut li sans de randon ;
2690 Il s'entrabatent, ou il voellent ou non.

XLIX

Entre le conte et le jaiant rubeste,
Voellent ou non, sont cëu a la tere.
En piés resalent, maintenant s'entraherdent,
Grans caus se donent es vis et es cerveles.
2695 Li gians tint Guillaume en si grant presse
Que pour mil mars n'i vausist il mie estre.
« Dieus, dist Guillaumes, sainte virge pucele,
Gardés mon cors que le vie n'i perde ;
Vers cest jaiant me donés tel poeste
2700 Qu'envers lui puisse desrainier ceste terre.
En vostre honour ferai une capele,
Ja mais n'ert jours que mes cors ne vous serve. »
Lors se resforce, vers le jaiant se dreche ;
Li quens le tint mout bien au poing senestre,
2705 Delés l'oreille le feri en la destre,
Del nés li vole de sanc plaine escüele,
Les os li froisse et estonbist la teste.
Et li gaians de noient ne s'areste,
Il ne prisoit le conte une cenele.
2710 Lors se reprendent, ambedui s'entraherdent
Tout turelant encontreval le tertre.
Se Dieus n'en pense et la virge pucele,
Mar fist li quens vers le jaiant moleste.

L

Entre Guillaume et le felon jaiant
2715 Par le desert vont andoi turelant ;
Li uns fiert l'autre, nel va mie espargnant,
Des poins qu'il orent mervillos et pesans :
Parmi les bouces lor raioit fors li sans.

Ils s'acharnent alors l'un contre l'autre,
Se frappant de tels coups au visage et au menton
Avec leurs poings vigoureux et puissants,
Que de leur bouche le sang jaillit en abondance.
2690 Ils s'écroulent tous deux, qu'ils le veuillent ou non.

XLIX

Tous deux, le comte et le géant sauvage,
Qu'ils le veuillent ou non, sont tombés à terre.
Ils se relèvent, s'attaquent de nouveau,
Se donnent de grands coups au visage et sur le crâne.
2695 Le géant serrait Guillaume de si près
Que celui-ci n'aurait pour rien au monde souhaité être là.
« Dieu, dit Guillaume, et vous, sainte Vierge immaculée,
Protégez-moi, que je reste en vie !
Contre ce géant accordez-moi la force
2700 De lui disputer la possession de cette terre.
J'édifierai une chapelle en votre honneur,
Chaque jour, sans faillir, j'accomplirai votre service. »
Alors il reprend courage, se dresse contre le géant.
Le comte le saisit vigoureusement par son poing gauche,
2705 Le frappe près de l'oreille avec sa main droite,
Lui fait jaillir du nez une pleine écuelle de sang,
Lui brise les os et lui fait résonner le crâne.
Mais le géant n'arrête pas pour autant :
Le comte ne lui fait vraiment ni chaud ni froid.
2710 Nouvel assaut : ils se prennent au corps,
Dévalant ensemble jusqu'au bas du tertre.
Si Dieu et la Vierge immaculée n'y veillent,
Malheur au comte d'avoir attaqué le géant !

L

Tous deux, le comte et le géant cruel,
2715 Dévalent ensemble à travers le désert.
Ils se frappent, sans chercher à s'épargner,
De leurs poings lourds et athlétiques.
Le sang leur jaillissait de la bouche.

Sor une roche sont venu turelant,
2720 Et par desous ot une aighe courant,
Grant et oantrible, mervillouse et bruiant,
Qui des desreubes et des roces descent.
Li quens vit l'aighe si en ot paor grant :
« Dieus, dist Guillaumes, soiés moi hui aidant
2725 Que cis dïables ne m'enbate laiens.
Se g'i pooie trebuchier cest gaiant,
A tous jours mais en seroie joiant,
Ja n'en istroit a trestout son vivant. »
De lui estort li jaians a itant ;
2730 Mais li marchis ne se vait delaiant,
Devant lui voit une pierre gisant,
Grant et cornue, a merveilles pesant :
Li quens le lieve par mout fier mautalent,
Le gaiant fiert enmi le front devant,
2735 Le test li brise, le cerveil li espant ;
Et Dieus i fist une miracle grant :
Avoec le caup le hasta li quens tant
Que tout envers fist voler le jaiant,
Tout contreval le grant rochier pendant.
2740 Desci en l'aighe vait li glous rondelant ;
Au chäir ens fist un flas issi grant
Que uns grans caisnes n'en fëist mie tant.
Li quens le voit, Dieu en va merchïant ;
Au maufé dist : « Le tien Dieu te commant ! »
2745 A son desert est li quens repairant ;
La se repose, que mout estoit lassant,
La s'endormi jusc'a l'aube aparant.

LI

Quant li boins quens ot le jaiant ochis,
Il se repose iluec jusc'al matin.
2750 Au matinet ne se mist en oubli,
Ains se pourcache de faire son abit.

Tout en dévalant ils parviennent à un rocher
2720 Qui surplombe un torrent
Large et terrible, impétueux, assourdissant,
Qui descend des ravins et des rochers.
Voyant ce torrent, le comte fut effrayé :
« Dieu ! dit Guillaume, venez à mon secours,
2725 Que ce géant ne me précipite pas là-dedans !
Si je pouvais moi-même l'y faire tomber,
J'en serais heureux jusqu'à la fin de mes jours :
Il en serait prisonnier pour toujours ! »
A ce moment le géant lui échappe ;
2730 Mais le marquis ne perd pas de temps :
Remarquant devant lui, sur le sol, une pierre
De grande taille, tranchante et prodigieusement lourde,
Il la soulève, plein d'ardeur et de colère,
Et en frappe le géant par-devant, en plein front :
2735 Il lui brise le crâne, fait jaillir la cervelle ;
C'est alors que Dieu fit un grand miracle :
Le comte frappa le géant si vigoureusement
Qu'il le projeta en l'air à la renverse ;
Il s'écroula au pied du rocher en surplomb.
2740 La canaille roula jusque dans le torrent.
En y tombant, il fit plus de vacarme
Que n'en aurait fait un grand chêne.
Voyant cela, le comte en rend grâce à Dieu
Et s'adresse au démon : « Que ton dieu t'emporte[1] ! »
2745 Le comte reprend le chemin de son désert.
Il s'y repose de sa grande fatigue
Et s'y endort jusqu'au lever du jour.

LI

Quand le noble comte eut tué le géant,
Il se reposa là jusqu'au matin.
2750 Au petit matin, il n'oublie pas son devoir :
Il s'affaire à la construction de sa maison.

---

1. Le *tien Dieu*, venant après la désignation du géant comme un *maufé*, désigne évidemment le diable, avec qui Guillaume aura d'ailleurs bientôt à se mesurer (*cf. infra*).

Brise ces arbres, ensi con vos ai dit,
Les oliviers, les loriers et les pins.
Li quens a trait le grant ramier foilli,
2755 Mout ot grant paine a faire son habit.
Quant l'ostel ot et fait et acompli,
Encoste lui ahane son courtil,
A un grant pel l'a li quens tost föi.
Herbes i plante, que par le bos cueilli,
2760 Et puis l'enclot tout entor de palis.
Ne sai des oevres dire toute la fin,
Mais mout a fait li quens bel edefi ;
Une capele i fist li quens gentis,
La ou sert Dieu au vespre et au matin.
(...)

LIX

Or fu Guillaumes en la chartre Mabon,
3215 Dedens Palerne, en la tor Synagon.
A grant mesaise i est et nuit et jour,
Car il i ot petite livrison,
Il ne mengüe de char ne de poisson,
Ne il ne boit ne claré ne poison,
3220 Fors pain et aighe a petite foison,
Et de ses plaies est a si grant dolor
Que bien se pasme set fois en un randon.
Une aighe coert au pié desos la tor,
Qui par conduit vient laiens de randon
3225 D'un flos de mer qui salee estoit mout.
Cele aighe met Guillaume en grant errour,
Car il i est souvent jusc'al menton,
Jusques au chaint ou jusques au genoul.
En la chartre ot un mout trés grant perron :
3230 Li quens i monte, qui n'i ot fait demor,

Il abat des arbres, comme je vous l'ai dit,
Des oliviers, des lauriers et des pins.
Le comte a tiré le grand arbre feuillu :
2755 Que de peine pour construire son ermitage !
Quand il en eut achevé la construction,
Il cultive son jardin juste à côté :
Il en a vite retourné la terre avec un pieu.
Il y plante des herbes cueillies dans le bois,
2760 Puis il l'enclôt d'une palissade.
Je ne saurais dire tout ce qu'il a fait,
Mais le comte a construit un bien bel édifice.
Le noble comte a fait une chapelle,
Où il sert Dieu du matin au soir.
(...)

Guillaume au cachot, à Palerme : une nouvelle épreuve

LIX

Guillaume était maintenant dans le cachot de Mabon,
3215 A Palerme, dans la tour de Synagon.
Il y trouve mauvais gîte la nuit comme le jour,
Car il y est très mal nourri :
Il ne mange ni viande ni poisson,
Et ne boit ni clairet, ni boisson :
3220 On ne lui sert qu'un peu de pain et d'eau,
Et ses plaies sont si douloureuses
Qu'il peut bien se pâmer sept fois d'affilée.
De l'eau baigne le pied de la tour :
Un conduit l'y amène tumultueusement
3225 D'un bras de mer extrêmement salé.
Cette eau donne à Guillaume de grandes frayeurs,
Car elle lui monte souvent jusqu'au menton,
A la ceinture, ou au genou.
Dans le cachot se trouve une très gros bloc de pierre :
3230 Le comte y grimpe sans une hésitation,

Car de ses plaies ert en mout grant dolor :
Li aighe sause i entre a grant fuison.
Souvent reclaime Jhesu le creator :
« Dieus, dist il, peres, par ta redention,
3235 Tensés le roi de la gent paienor !
De mon lignage ai perdue la flor,
Ja mais par home n'i averai secors,
Nus ne me set en ceste grant tristour.
Loëys, sire, c'or le sëussiés vous !
3240 Encor avroie par vous mout boin secors,
Mais c'est pour nient, car cha dedens morrons. »
Tenrement pleure li gentieus quens adont,
A grant mesaise i est et nuit et jor,
Sent le vermine entour et environ,
3245 Bos et culuevres, dont il i avoit mout ;
Serpens et wivres i ot a grant fuison,
Siflent et braient et mainent grant tenchon.
Mout fu Guillaumes, li ber, en grant frichon :
« Dieus, dist li quens, qui soufris passion,
3250 Con jou sui, sire, pour vous en grant dolor !
Jou vous proi, sire, par vo saintisme non,
S'onques fis cose qui fust a vostre bon,
Dont vous proi jou, biaus pere glorios,
Que jou ne muire en iceste prison,
3255 Dès que jou aie des paiens vengison.
Se Dieus che done que escaper puisson,
Encor ferroie de mon branc de color
Et porteroie et armes et adous,
Moi vengeroie de ces paiens felons. »
3260 Mout se desmente dans Guillaume li pros,
Set ans i fu en mout trés grant dolor.
Hui mais orrés la flor de la canchon,
Si con Guillaumes, qui ot cuer de baron,
Fu puis delivres par un suen compaignon,

Car ses plaies le font beaucoup souffrir,
Et l'eau saumâtre les baigne largement.
Il ne cesse d'invoquer Jésus, son Créateur :
« Dieu ! dit-il, Père, par votre rédemption,
3235 Protégez Louis de la race païenne !
Moi, j'ai perdu la fleur de mon lignage,
Jamais personne ne viendra me secourir,
Car personne ne connaît mon misérable sort.
Ah ! Louis, seigneur, que ne le savez-vous !
3240 Je pourrais bien attendre de vous ma délivrance !
Mais cessons de rêver ! C'est ici que nous mourrons. »
Alors le noble comte verse de tendres larmes,
Il a un mauvais gîte la nuit comme le jour ;
Il sent la vermine qui infeste les lieux,
3245 Crapauds et couleuvres qui y abondent ;
Serpents et guivres s'y pressent,
Sifflent, crient et font un grand vacarme.
Guillaume, le vaillant, en est tout effrayé :
« Dieu, dit le comte, qui souffris la Passion,
3250 Combien votre service[1] me cause de douleur !
Je vous prie, Seigneur, par votre très saint Nom,
S'il m'arriva un jour de vous satisfaire,
Je vous supplie, beau Père glorieux,
De m'éviter de mourir dans cette prison,
3255 Tant que je ne me serai pas vengé des païens.
Si Dieu m'accorde de m'en échapper,
Je frapperai encore bien de mon épée qui brille[2],
Et je porterai armes et armure,
Je me vengerai de la cruauté de ces païens. »
3260 Le preux Guillaume se lamente tant et plus,
Demeurant là sept ans dans d'affreuses souffrances.
Maintenant va commencer le meilleur de la chanson,
Qui vous dira comment Guillaume au cœur vaillant
Fut ensuite délivré par un sien compagnon,

---

1. Ce « service » est la lutte contre les Sarrasins, menée pour la gloire de Dieu. 2. Littéralement : « colorée » ; au Moyen Age, « l'éclat des armes est senti comme une couleur » (Cl. Régnier, glossaire de l'éd. d'*Aliscans*, sous l'entrée *color*).

3265 Le timonier Landri l'apeloit on,
　　　Ce nos conte l'estoire.

LX

　　Or est li quens en la chartre enserrés,
　　Poi a a boire et petit a disner,
　　Un pain le jour, et d'aighe plain boucler,
3270 De la piour que on puisse trover ;
　　Nus ne porroit ses paines aconter.
　　Sovent le vont li paien ramprosner,
　　Et li demandent s'il veut Mahon orer.
　　Od le Guillaumes, le sens quide derver :
3275 « Fil a putain, dist il, laissiés me ester !
　　Se Dieus chou done que jou puisse escaper,
　　Jou vous ferai tous les menbres cauper,
　　Et Synagon ochirre et desmenbrer,
　　Ceste cité ardoir et craventer. »
3280 Paien l'entendent sel prendent a gaber :
　　« Maistre, font il, or maneciés assés,
　　Ja en vo vie de prison n'isterés. »
　　Et dist li quens : « Ce est en Damedé. »
　　Ensi estoit Guillaumes enserrés,
3285 Si drap sont tout desrout et desciré,
　　Set ans avoit ne fu piniés ne rés,
　　Tout ot pelu et le vis et le nés,
　　Si caveil pendent dusc'al neu del baudré.
　　Quant il se veut dormir et reposer,
3290 Sour le perron le convient il monter,
　　La se repose, n'a autre lit paré.
　　Maigre a l'eskine, les flans et les costés,
　　Tous est ses cors et mas et descarnés,
　　Petit s'en faut qu'il n'est de fain enflés.
3295 « Hé ! Dieus, merchi, dist Guillaumes li ber,
　　Iere jou ja de la prison getés ?
　　Ore en soit, sire, a vostre volenté. »
　　Et nostre sire ne l'a mie oublïé,
　　Car de ses plaies fu garis et sanés.
3300 Li angeles Dieu l'a sovent conforté,

3265 Que l'on nommait Landri le Timonier,
Comme le raconte l'histoire.

LX

Le comte est donc enfermé dans le cachot,
Avec bien peu à boire et à manger :
Un pain par jour, un plein gobelet d'eau –
3270 la plus infecte que l'on puisse trouver – ;
On ne saurait décrire ses souffrances.
Souvent les païens viennent le harceler,
Lui demander s'il veut adorer Mahomet.
A cette question, il devient fou de rage :
3275 « Fils de putain, dit-il, laissez-moi donc tranquille !
Si Dieu m'accorde de pouvoir m'évader,
Je vous ferai couper les membres,
Je tuerai Synagon et le mettrai en pièces,
Et je ferai brûler et s'écrouler cette ville ! »
3280 Ces propos poussent les Sarrasins à se moquer :
« Maître, disent-ils, vous savez menacer,
Mais jamais vous ne sortirez de ce cachot ! »
Le comte répond : « A la grâce de Dieu ! »
Guillaume ainsi était retenu en prison ;
3285 Ses vêtements sont complètement déchirés ;
Depuis sept ans il n'a pu se peigner ni se raser,
Son visage et son nez se sont couverts de poils,
Ses cheveux tombent jusqu'à sa ceinture.
Quand il veut dormir ou se reposer,
3290 Il lui faut monter sur le bloc de rocher :
C'est là qu'il se repose, il n'a pas d'autre lit.
Son dos, ses flancs et ses côtés sont amaigris,
Son corps est tout entier faible et décharné,
Peu s'en faut que la faim ne fasse enfler son ventre.
3295 « Eh ! Dieu, pitié, dit le vaillant Guillaume,
Vais-je bientôt être tiré de cette prison ?
A présent, que votre volonté soit faite, Seigneur. »
Notre-Seigneur ne l'a pas oublié :
Il l'a soigné et a guéri ses plaies.
3300 L'ange de Dieu l'a souvent réconforté ;

Une nuit a a Guillaume parlé,
Mout belement l'en a araisoné :
« Ne te desmente, Guillaumes au cort nés,
Jhesus te mande qu'il t'a bien esprové,
3305 Si te comande ne soies effreés,
Car tu seras tempre desprisonés.
– Dieus, dist Guillaumes, tu soies aorés,
Encor ferai Sarrasins tous irés. »
Un poi lairons chi de Guillaume ester,
3310 A poi de tans i serons retorné.
(...)

LXXXIV

4955 Or a Guillaumes Ansëys herbegié,
Cele nuit l'a ricement aaisié
De teus vïandes que Diex li a baillié.
Quant mengié orent, li quens l'a arraisnié :
« Amis, dont estes ? ne me soit pas noié. »
4960 Dist Ansëys : « De France le regnié,
Hom Lööy, l'empereor proisié,
Que paien ont a Paris assegié.
Rois Ysorés, qui tant est efforciés,
Entor Paris a le regne escillié,
4965 Tant a le roi de France travillié,
Hors de Paris n'ose metre le pié.
Et li rois m'a en message envoié
Querre Guillaume le marcis au vis fier.
Bien a un an ne finai de cerquier
4970 Par bos, par viles, par bors et par marciés,
Ainc n'en öi ne parler ne plaidier.
Se il est mors, Dieus ait de lui pitié,
Et s'il est vis, Diex le gart d'enconbrier,
Car tant l'ai quis, tous en sui anuiés.

Une nuit il s'est adressé à Guillaume
Et lui a dit très courtoisement :
« Ne te tourmente pas, Guillaume au Court Nez,
Jésus te fait savoir qu'il t'a mis à l'épreuve,
3305 Et te commande de ne pas t'effrayer,
Car tu seras bientôt délivré.
– Dieu, dit Guillaume, loué sois-tu !
Je ferai encore enrager les Sarrasins ! »
Nous allons quitter Guillaume pour quelque temps,
3310 Nous le retrouverons d'ici peu.
(...)

Guillaume détruit son jardin

LXXXIV

4955 Guillaume a donc hébergé Anséis,
Et l'a rassasié ce soir en l'honorant
De nourritures que Dieu lui a données.
Après manger le comte l'a interrogé :
« Ami, d'où êtes-vous ? Ne me le cachez pas. »
4960 Anséis lui répond : « Du royaume de France.
Je suis vassal de Louis, l'empereur estimé,
Que les païens ont assiégé dans Paris.
Le roi Ysoré, qui est si puissant,
A ravagé le royaume autour de Paris.
4965 Il a tellement malmené le roi de France
Que celui-ci n'ose plus sortir de Paris.
Et le roi m'a envoyé comme messager
Chercher Guillaume, le marquis au visage fier.
J'ai passé plus d'un an à courir à sa recherche,
4970 Dans les bois, dans les villes, les bourgs et les marchés,
Sans jamais en apprendre la moindre nouvelle.
S'il est mort, que Dieu lui fasse miséricorde !
Et s'il vit, qu'il le garde de tout mal !
Oui, je l'ai tant cherché que j'en suis désespéré.

4975 Or m'en covient arriere repairier,
En douche France mon message nonchier.
Ains que g'i viengne, je quit, par saint Richier,
Paris ert prise et li rois detrenchiés,
Et tout si home pendu et escorchié,
4980 Car quant jou much, vous di, biaus sire chiers,
Petit avoient a boire et a mengier,
Et si n'atendent secors d'ome sous ciel,
Fors de Guillaume, le marchis au vis fier ;
Mais or me samble, ne lor avra mestier. »
4985 Lors comencha a faire un doel plenier.
Li quens Guillaumes l'en prist a castoier :
« Amis, biaus frere, le dolouser laissiés,
Car dieus a faire ne vaut mie un denier.
Mors est Guillaumes, ensi le quit jou bien :
4990 Li rois de gloire puist Löëy aidier.
Comme avés non ? gardés nel me noiés. »
Et cil respont : « Ansëys, par mon cief,
Nés fui d'Auvergne et si sui chevaliers,
Mais pour Guillaume devinch truans a pié,
4995 Car Löëys en a si grant mestier
Qu'il le regrete au main, a l'anuitier ;
Jou n'en quit mais le roi vëir entier. »
Et dist Guillaumes : « Dieus vous puist avoier,
Et gart le roi qui Franche a a baillier ;
5000 Jou l'entent bien qu'il en a grant mestier. »
A ces paroles comenche a lermoier,
Car bien conut Ansëys le guerrier ;
Par le brach destre le prist sans atargier :
« Frere, dist il, alons esbanoier !
5005 Et cil respont : « Biaus sire, volentiers. »
Li quens Guillaumes l'en maine en son vergier ;
Oiés del conte coment a esploitié :
En sa main tint un grant pel aguisié,
Vient a ses herbes, qu'il ot edefiié,
5010 Ainc n'i remest ne rose ne rosiers,
Ne flors de lis, ne saille, n'eglentiers,
Ainc n'i remest ne periers ne pumiers,
Ne flor de glai, persins ne oliviers :

Guillaume détruit son jardin

4975 Il me faut maintenant songer à rentrer,
Et rendre compte de ma mission en douce France.
Je crois, par saint Riquier, qu'avant mon retour
Paris aura été pris, le roi massacré,
Et tous ses hommes pendus et écorchés.
4980 Car quand je suis parti, je vous le dis, très cher seigneur,
Ils n'avaient presque rien à boire ni à manger.
Vraiment, ils n'attendent de secours de personne,
Si ce n'est de Guillaume, le marquis au visage fier.
Mais à présent, je pense, lui-même ne pourrait rien. »
4985 Sur ces mots, il laisse éclater toute sa douleur.
Le comte Guillaume vient le réconforter :
« Très cher ami, laissez ces lamentations,
Car il ne sert à rien de se tourmenter.
Guillaume est mort, j'en suis bien convaincu :
4990 Puisse le Roi de gloire venir en aide à Louis !
Comment vous appelez-vous ? Ne me le cachez pas ! »
L'autre répond : « Anséis, assurément ;
Je suis né en Auvergne et je suis chevalier,
Mais à chercher Guillaume je suis devenu chemineau,
4995 Car Louis a tellement besoin de son aide
Qu'il déplore son absence matin et soir.
Je ne pense pas revoir le roi vivant. »
Et Guillaume répond : « Que Dieu guide vos pas
Et veille sur le roi qui a charge de la France !
5000 Je comprends bien qu'il en a grand besoin ! »
En prononçant ces mots, il se met à pleurer,
Car il reconnaît bien Anséis, le guerrier.
Par le bras droit il le prend aussitôt :
« Frère, dit-il, allons nous promener. »
5005 L'autre répond : « Cher seigneur, volontiers. »
Le comte Guillaume le conduit à son verger.
Ecoutez bien ce que le comte a fait :
Tenant dans sa main un grand pieu aiguisé,
Il se dirige vers ses plantations
5010 Et détruit tout, les roses et les rosiers,
Les fleurs de lis, les sauges, les églantiers,
Il ne laisse debout ni poirier ni pommier,
Ni glaïeul, ni persil, ni olivier :

Ses boines herbes, qui tant font a proisier,
5015 A li marchis a son pel defroissié,
Puis les esrache ausi comme aversiers,
Par mautalent les gete en un fumier,
Ens el courtil n'en volt nule laissier.
Voit le Ansëys, a merveilles li vient,
5020 Ne desist mot por l'or de Monpellier,
Ne li osa n'enquerre n'enpeschier
Por coi il a son courtil vergoignié,
Car le marcis a forment resoignié,
Qu'il ne le fiere de son pel aguisié.
5025 Et quant Guillaumes ot trestout esrachié,
Tout son courtil si mal apareillé,
S'i replanta ronces et boutoniers,
Et canesson, orties, ce saciés ;
Dokes, cardons a replanté arrier,
5030 Et grans barleskes, qui poi font a proisier ;
Les piors herbes que il pot porcachier
A replanté li quens en son vergier.
Dist a son hoste : « Or nous alons couchier !
Sire, dist il, quant vous plaira, si iert. »
5035 Andui s'en sont a l'hostel repairiét,
Li quens li a son lit apareilliét
D'erbe fenee, de fuelle de ramier.
Li quens li doune a boire a son couchier,
A un hanap qui tint bien un sestier
5040 De mout boin cidre, c'Ansëys avoit chier.
La nuit s'en dort tant qu'il fu esclairié,
Al matinet s'est vestus et cauciés,
Vient a Guillaume pour demander congié.
Li quens li fait anchois un poi mengier,
5045 Et puis li doune cent saus de boins deniers
C'uns gentieus hom li ot pour Dieu bailliés ;
Et Ansëys l'en a mout merchiié.

Guillaume détruit son jardin

Toutes ses bonnes plantes, qui sont si appréciées,
5015 Le marquis les a brisées avec son pieu,
Avant de les arracher comme un démon
Et de les jeter, dans sa colère, sur un fumier :
Il n'en laisse subsister aucune dans son enclos.
Ce spectacle plonge Anséis dans l'étonnement,
5020 Mais il n'aurait rien dit pour tout l'or de Montpellier :
Il n'osa ni l'interroger ni s'interposer
Devant cette destruction de l'enclos,
Car il redoutait fort que le marquis
Ne le frappât de son pieu aiguisé.
5025 Et quand Guillaume eut fini de tout arracher
Et de mettre son jardin en pareil état,
Il planta à la place des ronces et des buissons,
De la camomille puante[1] et des orties, sachez-le bien.
Il replanta des patiences[2] et des chardons,
5030 Et de grands épineux[3], qui sont peu estimés,
Les pires plantes qu'il put se procurer,
Voilà ce que le comte a encore planté dans son verger.
Puis il dit à son hôte : « Maintenant, allons nous coucher.
– Seigneur, répondit l'autre, comme vous voudrez. »
5035 Tous deux sont revenus vers l'ermitage,
Où le comte lui a préparé un lit
De foin et de feuilles.
Le comte lui donne à boire, avant de se coucher,
Un hanap qui contenait un bon setier[4]
5040 D'excellent cidre, qu'Anséis appréciait.
Il dort toute la nuit jusqu'au lever du jour.
Au matin, il s'habille et se chausse,
Et va trouver Guillaume pour lui demander congé.
Le comte lui fait d'abord prendre quelque nourriture,
5045 Puis lui donne cent sous en bons deniers
Qu'un gentilhomme lui avait laissés en aumône.
Anséis l'en a très vivement remercié.

---

1. C'est une variété impropre à la consommation. **2.** « Patience » ou « parelle sauvage » (*rumex acetosella* ou *rumex crispus*). **3.** La *barleske* est une mauvaise plante non identifiée, et le terme paraît être un *hapax* ; le sens d'« épineux » nous a paru convenir au contexte. **4.** Le setier, mesure pour les liquides, équivalait à 8 pintes, soit 7,61 litres.

Au departir l'a li quens embrachié :
« Frere, dist il, a Damedieu ailliés,
5050 Et il maintiengne Löëy au vis fier ! »
EtAnsëys s'en va joians et liés
Vers douce France, le grant cemin proisié,
Passe les terres et les amples regniés.
Tous ses osteus ne vous sai acointier,
5055 Ne jou ne voel la canchon alongier :
Tant a alé qu'en France s'en revient,
Droit a Paris, ou Ysorés se siet.
Ceuls de la vile a forment justichiés
Et les passages, et les estrois sentiers ;
5060 Li rois mëismes ert a mout grant mescief.
Or vous dirai del gentil messagier :
En Paris entre quant il dut anuitier,
Al palais vint Ansëys li guerriers,
Troeve le roi et tous ses chevaliers.
5065 Voi le li rois, si li coert embrachier,
De ses noveles li demande et requiert.
Dist Ansëys : « Faites pais, si m'oiés !
Voir en dirai, qui qu'en doie anuier. »

LXXXV

Dist Ansëys : « Soufert ai grant ahan :
5070 Par toutes [terres] vous ai esté errant,
Quis ai Guillaume et arriere et avant,
En Lombardie et desci a Melant,
En Romenie, en Espaigne le grant,
Et par decha jusc'as pors de Wissant.
5075 Jou ai mon cors travillié plus d'un an,
Ainc n'arrestai un jour en trespassant ;
Tant ai cerquié castiaus et mandemens,
Bos trespassés et grans aighes corans,
Par tantes terres ai esté travillans,
5080 Nel savroit dire nus jougleres qui cant :
Ainc de Guillaume n'öi ne tant ne quant.

Le comte lui fait ses adieux en l'embrassant :
« Frère, dit-il, allez à la grâce de Dieu,
5050 Et qu'il sauve Louis au fier visage ! »
Et Anséis s'en va, le cœur rempli de joie,
Vers la douce France, par la bonne grand-route ;
Il traverse les terres et les vastes contrées.
Je ne fais pas mention de ses étapes,
5055 Car je ne voudrais pas allonger la chanson :
A force de cheminer il retrouve la France,
Et va droit à Paris, dont Ysoré fait le siège.
Ce dernier a durement traité les habitants,
Contrôlant les passages et les petits sentiers ;
5060 Le roi lui-même était dans l'infortune.
Qu'en est-il donc du noble messager ?
Il entre dans Paris à la tombée de la nuit.
Anséis le guerrier pénètre dans le palais,
Et trouve le roi avec ses chevaliers.
5065 Dès qu'il le voit, le roi court l'embrasser
Et l'interroge sur les fruits de sa mission.
Anséis répond : « Silence ! Ecoutez-moi !
Vous saurez la vérité, quoi qu'il en coûte. »

LXXXV

Anséis dit : « J'ai enduré bien des souffrances :
5070 Pour vous j'ai parcouru toutes les terres,
J'ai recherché Guillaume en tous sens,
En Lombardie et jusqu'à Milan,
En Romanie, dans la vaste Espagne,
Et de ce côté-ci jusqu'aux ports de Wissant[1].
5075 J'ai enduré des fatigues pendant plus d'un an,
Poursuivant ma route sans jamais m'arrêter.
J'ai visité tant de châteaux et de places fortes,
J'ai traversé tant de forêts et de rivières,
Je me suis démené à travers tant de terres,
5080 Qu'aucun jongleur ne saurait en chanter le détail :
Mais jamais je n'ai rien pu savoir de Guillaume.

---

1. Ce lieu se trouve dans l'actuel département du Pas-de-Calais.

En un desert, qui mout par estoit grans,
Trovai, biaus sire, un hermite manant,
Onques nus hom, jou quit, ne vit si grant.
5085 Jou li proiai pour Dieu herbergement,
Et il le fist, moi sembla, lïement.
De mon affaire m'ala mout enpescant,
Et jou li dis trestout demaintenant,
Et d'Ysoré qui vous va apressant,
5090 Tout vostre anui et vos destorbement,
Tout li contai vo damage pesant,
Et de Guillaume que j'aloie querant.
Li sains hermites m'escouta boinement,
Puis en plora, saciés certainement.
5095 En son vergier me mena a itant :
En sa main tint un pel agu devant,
Ses beles entes ala brisier errant,
De tous ses arbres n'en remest uns estant,
Et puis ala ses herbes estrepant,
5100 Roses et lis qui sont söef flairant.
Et jou avoie une paour si grant,
Pour chou qu'il ert si grans et si poissans
Et qu'il faisoit un si crüel sanblant,
N'osai mot dire, pour voir le vous crëant.
5105 De boines herbes n'en laissa plain un gant,
Puis i planta grans espines poignans,
Dokes, orties et canesson puant,
Et cauketrepes et ronces ensement ;
Ne plus n'en sai, ne plus n'en vois contant.
5110 Mais de Guillaume n'avrés ja mais garant,
Car il est mors, par le mien entïent. »
Löeys l'ot, del cuer va souspirant.
Uns dus l'entent, qui ot non Galerant,
De grant ëage, bien a passé cent ans.
5115 La teste crolle quant la parole entent,
Et dist au roi hautement en oiant :
« Toute ceste oevre vous dirai je briément,
Jou le sai bien, par le mien entïent :
Li grans hermites qu'Ansëys va nomant,
5120 Ce fu Guillaumes, par mon ghernon ferrant ;

Dans un désert, aux vastes solitudes,
J'ai rencontré, seigneur, un ermite qui vivait là.
Personne, à mon avis, n'en a vu d'aussi grand.
5085 Je le priai, au nom de Dieu, de m'héberger,
Et il le fit, me semble-t-il, avec plaisir.
Il s'intéressa très vivement à mon affaire,
Et je lui expliquai tout immédiatement :
Ysoré, qui ne cesse de vous tenir serré,
5090 Toutes vos difficultés et vos ennuis ;
Je lui racontai tous les dommages que vous subissiez,
Et lui parlai de Guillaume que je cherchais.
Le saint ermite m'écouta attentivement,
Puis en pleura, sachez-le bien.
5095 C'est alors qu'il me conduisit dans son verger :
Il tenait dans sa main un pieu aiguisé,
Et brisa promptement ses belles plantations ;
Il ne laissa debout aucun de ses arbres,
Puis il se mit à arracher ses plantes,
5100 Les roses et les lis au parfum si suave.
Pour ma part, j'étais si effrayé
Par sa grande taille, par sa force prodigieuse,
Et par son comportement si sauvage,
Que je n'osai souffler mot, je vous le jure.
5105 De ses bonnes plantes il ne laissa pas même une poignée,
Et il les remplaça par des épineux bien piquants,
Des patiences, des orties, de la camomille puante,
Des chardons étoilés, ainsi que des ronces.
C'est tout ce que je sais, et je n'en dis pas plus.
5110 Mais jamais plus Guillaume ne vous protégera,
Car il est mort, j'en suis bien convaincu. »
En l'écoutant, Louis soupire profondément.
Un duc entend, du nom de Galerant ;
C'est un vieillard qui a plus de cent ans.
5115 Il hoche la tête en entendant ce récit,
Et s'adresse au roi à voix haute devant tous :
« Je vais vous expliquer brièvement cette anecdote,
J'ai tout compris, j'en suis persuadé.
Le grand ermite dont Anséis nous parle,
5120 C'était Guillaume, par ma barbe grisonnante ;

Les boines herbes qu'il ala errachant,
Li arbrissel qu'il ala defroiant,
Pour chou le fist, saciés certainement :
Tu as ta terre empirié durement
5125 Des gentieus homes, des sages, des vaillans
Qu'ensus de toi as cachié laidement,
Desiretés les peres, les enfans.
Par ses frans homes est li sires poissans,
Tu n'en as nul de gentieus ne de frans,
5130 Perdu les as, rois, par ton malvais sens,
Dont douce Franche est tournee a torment.
Li quens Guillaumes le set bien voirement,
Pour chou ala les herbes estrepant.
Les males herbes dont fist restorement,
5135 Et les orties, les chëues puans
Que li sains hom planta par mautalent,
Chou senefie, par Dieu omnipotent,
Les losengiers, les faus, les mescrëans,
Les traïtours, les gloutons malquerans,
5140 Chels qui te servent de menchoignes contant,
Que entor toi as tenu longement
Et as douné t'onor et ton argent.
Or t'ai jou dit de ceste oevre le sens.
Par lor conseil serés vis recrëans,

En se mettant à arracher les bonnes herbes
Et à briser les arbrisseaux,
Il a voulu dire ceci, soyez-en sûr :
Tu as causé un tort considérable à ton royaume
5125 En le privant des gentilshommes, des sages, des courageux
Que tu as outrageusement chassés de ta cour,
Dépouillant les pères et les enfants.
Ce sont ses nobles qui font la puissance d'un seigneur :
Tu n'as plus avec toi d'hommes de noble race,
5130 Tu les as perdus, roi, par ta perversité ;
Ainsi la douce France est vouée au malheur.
Le comte Guillaume le sait pertinemment,
C'est pourquoi il est allé arracher ses plantes.
Les mauvaises herbes qu'il a replantées,
5135 Et les orties, les ciguës puantes[1]
Que le saint homme planta dans sa colère,
Sont le symbole, par le Dieu tout-puissant,
Des flatteurs, des trompeurs, des gens sans foi,
Des traîtres, des infâmes malveillants,
5140 De tous ceux qui te servent en t'abreuvant de mensonges,
Et que tu as longtemps retenus près de toi,
A qui tu as livré ta terre[2] et ton argent.
Voilà quel est le sens de cette histoire[3].
En les écoutant, tu ne seras qu'un misérable,

---

1. Il s'agit de la « ciguë vireuse ». 2. Le texte est incertain. *Onor* est à prendre, à l'évidence, au sens de « fief », « possession territoriale », et non au sens moral. Le ms. A porte ici *ton or*, qui forme évidemment une formule tentante avec *ton argent*, et qui a chance d'être une meilleure leçon. Il ne nous semble pas cependant indispensable de modifier le texte édité. 3. Cette « histoire » est à rapprocher de l'allégorie du « chant de la vigne », Isaïe, 5, 1-7 : « Mon bien-aimé avait une vigne sur un coteau fertile. Il la bêcha, l'épierra, il y planta des ceps de choix, au milieu d'elle il bâtit une tour, il y creusa aussi une cuve. Il en attendait des raisins, et elle donna des ceps sauvages ! (...) Eh bien, je vais vous l'apprendre, ce que je ferai à ma vigne. J'enlèverai sa haie et elle sera broutée, j'abattrai sa clôture et elle sera piétinée. J'en ferai une ruine, elle ne sera ni taillée ni sarclée, elle montera en ronces et en broussailles, et aux nuages j'ordonnerai de ne pas faire pleuvoir de pluie sur elle. Car la vigne de Yahvé des armées, c'est la maison d'Israël, et les gens de Juda en sont le plan chéri. Il en attendait l'équité, et c'est le sang versé ; le droit, et c'est le cri d'effroi ! » (trad. Osty). W. Cloetta, dans l'Introduction de son édition du *Moniage*, p. 148-151, propose des rapprochements avec des histoires de l'Antiquité latine et du haut Moyen Age (Hérodote, Tite Live, Notker) ; mais la configuration de ces histoires est exactement l'inverse de celle de notre texte.

5145 Se Diex nel fait par son digne commant.
Qui bordes croit et losenges puans,
Au cief de tour, par mon cief, s'en repent. »
Li rois l'entent, s'en a le cuer dolent,
De chou qu'il dist s'en va bien percevant.
5150 « Vous dites voir, dist li rois, Galerant ;
Par mal conseil ai jou perdu mon sens. »
Or vous lairai del roi et de ses gens,
Si vous dirai de Guillaume briément,
Qui pour le roi a son coer mout dolent,
5155 Sel secorra, s'il puet, prochainement.

LXXXVI

(...)
Haus fu li tertres ou il fu herbergiés,
Et par desous ot un destroit mout fier,
Une iaue i coert qui descent d'un rochier,
6550 Que nus ne puet passer sans encombrier.
Li quens Guillaumes un jour a l'aighe vient,
Voit le passage qui fait a resoignier,
Ou maintes gens estoient perillié.
Or se porpense li gentieus quens proisiés
6555 C'un pont de pierre i volra estachier,
S'i passeront pelerin et soumier
Et povre gent qui la iront a pié,
Qui n'ont cevaus ne batiaus por nagier.
Voir, bien s'esproeve Guillaumes li guerriers :
6560 La se voldront pelerin adrechier,
Quant il iront a Saint Gille proier ;
Par la iront Rochemadoul poier,
A Nostre Dame qui en la roche siet.
Li quens Guillaumes a le pont comenchié,
6565 Pierres et grès a trait plus d'un millier.

5145 Si Dieu n'intervient pas en montrant son vouloir.
Qui croit les mensonges et les flatteries infectes
S'en repent au bout du compte, par ma tête ! »
Le roi s'afflige d'entendre ces paroles,
Et comprend bien que ces propos sont justes :
5150 « Vous dites vrai, Galerant, dit le roi ;
Les mauvais conseillers m'ont fait perdre la raison. »
Je laisserai là le roi et sa cour,
Pour vous parler brièvement de Guillaume,
Qui pense au roi et en conçoit de l'affliction :
5155 Aussi le secourra-t-il bientôt, s'il le peut.

Guillaume et le diable

LXXXVI

(...)
Haut était le tertre où il demeurait :
Il dominait un défilé sauvage,
Où courait un torrent dévalant d'un rocher,
6550 Que nul ne peut traverser sans encombre.
Le comte Guillaume un jour s'en approcha :
Il vit le passage redoutable
Où maintes gens avaient péri.
Alors le noble comte si estimé décide
6555 D'y édifier un pont en pierre
Sur lequel passeront pèlerins et bêtes de somme,
Et tous les pauvres qui y viendront à pied,
Qui ne peuvent traverser à cheval ni en barque.
Oui, Guillaume le guerrier se met bien à l'épreuve :
6560 C'est par là que les pèlerins voudront passer,
Quand ils iront prier à Saint-Gilles,
Ou quand ils monteront à Rocamadour
Pour prier Notre-Dame au flanc du rocher.
Le comte Guillaume a commencé le pont,
6565 Rassemblant plus de mille pierres et morceaux de grès.

Ains qu'il ëust le premier arc drechié,
Le vaut dïables sousprendre et engignier :
Quanque Guillaumes pot le jour esploitier,
Tout li depeche par nuit li aversiers.
6570 Quant li marcis a l'ovrage revient,
Si troeve tout chëu et depechiét
Et les grans pierres rollees el gravier.
Sifaite vie mena un mois entier :
Ainc tant ne sot ovrer n'edefiier,
6575 Que au matin ne trovast tout brisiét.
S'il s'en corouche, nus n'en doit mervillier.
« Dieus, dist Guillaumes, sainte Marie aidiés !
Quel vif dëable me font cest destorbier ?
C'est anemis qui me veut assaier !
6580 Mais par l'apostle c'on a Rome requiert,
Se j'en devoie jusqu'en un mois veillier,
Si savrai jou, se jou puis, qui cho iert ;
Or le vaurai cascune nuit gaitier. »

CIV

Li quens Guillaumes durement s'äira
6585 De son ouvrage, que on li depecha.
Par une nuit li marchis i gaita :
« Dieus, dist il, sire qui tout le mont forma,
S'il vous plaist, sire, l'oevre que jou i fas,
Veoir me laisse celui qui le m'abat. »
6590 A icest mot i vient li sathanas,
Le pont debrise et fait grant batestal,
De dant Guillaume durement se jaba
Et bien s'afice, ja tant n'i overra
Trestout le jour que le nuit n'abatra.
6595 Mais ne set mie ce que li quens pensa :
Li quens se saine tantost con vëu l'a,
A lui s'en vint, c'onques n'i arresta ;
Et li dïables de lui ne se garda.
Li quens le prent a un poing par le bras :
6600 « Glos, dist li quens, certes mar i entras,
Mout m'as grevé, mais or le conperras ! »

Avant qu'il eût fini d'élever la première arche,
Le diable voulut lui tendre un piège habile :
Tout ce que Guillaume avait pu faire pendant la journée,
Le démon l'a démoli pendant la nuit.
6570 Quand le marquis revient sur son chantier,
Il trouve tout écroulé et ruiné,
Les grosses pierres tombées dans le lit du torrent.
Ce stratagème dura un mois entier :
Tout ce que Guillaume parvenait à construire,
6575 Il le trouvait écroulé au matin.
La colère le prend (comment s'en étonner ?) :
« Dieu, dit Guillaume, sainte Marie, soutenez-moi !
Quels vifs diables me causent ces tourments ?
C'est l'Ennemi qui cherche à me tenter !
6580 Mais, par l'apôtre que l'on prie à Rome,
Même s'il me faut veiller un mois entier,
Je ferai tout pour savoir qui c'est :
Désormais je ferai le guet chaque nuit. »

CIV

Le comte Guillaume était très irrité
6585 De voir qu'on lui détruisait son ouvrage.
Une nuit, le marquis était aux aguets :
« Dieu, dit-il, Seigneur qui as créé le monde,
Si vous le voulez bien, Seigneur, laissez-moi voir
Celui qui démolit l'œuvre que j'édifie. »
6590 A ce moment survient Satan,
Qui brise le pont et fait un grand tapage.
Il se moque bien de messire Guillaume,
Et se fait fort d'abattre chaque nuit
Tout ce qu'il aura pu construire pendant le jour.
6595 Mais il ignore à quoi le comte pense :
Celui-ci se signe dès qu'il le voit,
Se dirige vers lui sans une hésitation ;
Et le diable ne se méfie pas de lui.
Le comte, avec son poing, le saisit par le bras :
6600 « Canaille, dit-il, c'est tant pis pour toi !
Tu vas payer très cher le mal que tu m'as fait ! »

Trois tours le tourne, au quart le rue aval,
Si l'a geté en l'aighe trestout plat ;
Au cäir ens a rendu mout grant flasc,
6605 Ce sembla bien c'une tours i versast.
« Va t'ent, dist il, dëables Sathanas !
Diex, dist li quens, qui tout le mont formas,
Ne soufrés, sire, cis glous reviengne cha,
Par vo voloir remaigne tous tans la ! »
6610 Et Damedieus sa proiere öi a :
Ainc li dïables puis ne s'en remua,
Tous tans i gist et tous tans i girra.
L'aighe i tournoie, ja coie ne sera,
Grans est la fosse et noire contreval.

CV

6615 Quant li dïables fu en l'aighe parfont,
L'aighe i tornoie entor et environ ;
Grans est la fosse, nus n'i puet prendre fons.
Maint pelerin le voient qui la sont,
Et saint Guillaume sovent requis i ont ;
6620 Caillaus et pierres getent el puis parfont.
Tant fist Guillaumes qu'il parfini le pont.
En l'ermitage fu tant puis li sains hom
Qu'il i prist fin, si com lisant trovon,
Et Dieus mist s'ame lassus en sa maison.
6625 Encor i a gent de religion,
A Saint Guillaume del Desert i dit on.
Après sa mort ne sai que en canchon ;
Or proion Dieu qu'il nous face pardon,
Si come il fist Guillaume le baron.

Guillaume et le diable

Il lui fait faire trois tours, le lâche au quatrième,
Le précipite tout net dans le torrent ;
En tombant dans l'eau, il fait un bruit énorme :
On aurait dit qu'une tour s'y écroulait.
« Disparais, dit-il, diable de Satan !
Dieu ! dit le comte, qui avez créé l'univers,
Seigneur, ne souffrez pas que cette canaille revienne ;
Par votre volonté, qu'il reste à jamais là ! »
Et le Seigneur Dieu a entendu sa prière :
Le diable plus jamais ne put s'en échapper,
Il y demeure, et pour l'éternité.
L'eau tourbillonne, jamais elle ne s'apaisera :
Profond et noir est le gouffre, tout en bas.

CV

Une fois le diable englouti dans l'eau,
Celle-ci tourbillonna en tous sens ;
Profond est le gouffre, insondable.
Maints pèlerins le voient au passage,
Et souvent ils adressent des prières à saint Guillaume ;
Ils jettent des cailloux, des pierres dans le puits profond.
Guillaume finit par terminer le pont[1].
Le saint homme demeura ensuite à l'ermitage
Jusqu'à sa mort, les livres en témoignent[2],
Et Dieu a accueilli son âme en paradis.
Il demeure encore des religieux
Dans ces lieux que l'on nomme Saint-Guillaume-
Cette chanson prend fin avec sa mort ;   [du-Désert.
Prions à présent Dieu qu'il nous absolve,
Comme il l'a fait pour Guillaume le vaillant.

(Fin du *Moniage Guillaume*)

---

1. On passe encore aujourd'hui sur le « Pont du diable » pour atteindre Saint-Guilhem-le-Désert. Ce pont a été construit, en fait, au XIᵉ siècle par les abbayes d'Aniane et de Gellone. **2.** Il s'agit sans doute de la *Vita sancti Wilhelmi*, qui date du XIIᵉ siècle et est donc postérieure à la légende épique de Guillaume. *Cf.* J. Bédier, *Les Légendes épiques*, t. 1, Paris, Champion, 1908, chap. IV.

APPENDICE :

LA CHANSON DE GUILLAUME

Le texte suit l'édition de D. McMillan, publiée par la Société des Anciens Textes Français en 1949.

Cette chanson nous a été transmise par un unique manuscrit; elle n'a jamais été intégrée au cycle de Guillaume, sans doute parce que l'essentiel de sa matière se retrouvait dans *Aliscans* et que sa forme était jugée plus archaïque. Ses rapports avec l'Histoire carolingienne sont complexes : nous renvoyons le lecteur à l'Introduction générale. Nous faisons de même pour la subdivision établie par la critique entre sa première et sa seconde partie, *G1* et *G2*, séparées par le v. 1980 qui déclare Guillaume victorieux.

Analyse

Au-delà des problèmes que pose la jonction entre *G1* et *G2*, F. Suard propose d'envisager la chanson comme un tout et de dégager six parties qui mettent en place un véritable «projet narratif»[1] :

1. les combats acharnés que Vivien mène jusqu'au moment de sa mort, en pleine solitude (v. 1-928).

2. la première bataille de Guillaume (v. 929-1228), qui se solde par une défaite, avec la mort de Girart et de Guichard, cousins de Vivien.

3. la deuxième bataille de Guillaume (v. 1229-2328), avec la mort de Déramé, l'agonie et la mort de Vivien dans les bras de

---

1. F. Suard, Introduction à son édition de la *Chanson de Guillaume*, Bordas, 1991, p. IX-XV.

Guillaume, le retour de Guillaume, fuyard, à Orange (où Guibourc refuse d'abord de le reconnaître).

4. Guillaume réunit des secours : voyage à Laon, altercation avec la reine, découverte de Rainouart aux cuisines, retour à Orange avec l'armée fournie par Louis (v. 2329-2928).

5. la bataille de Guillaume et de Rainouart, avec les exploits héroï-comiques du *tinel* (v. 2929-3342).

6. épilogue (v. 3343-3354) : dernière bouderie de Rainouart, que Guillaume apaise ; baptême de Rainouart ; Guibourc lui révèle alors qu'elle est sa sœur.

Le manuscrit, anglo-normand, contient des difficultés sur la résolution desquelles la critique n'est pas toujours unanime. La versification est déroutante : là encore, on n'a pas trouvé d'explication satisfaisante, ni en s'appuyant sur les principes de la versification française, ni en la rapprochant de ceux de la versification anglo-saxonne. Mais il est certain que ce manuscrit transcrit la copie déformée d'un poème originellement français.

XLIX

Franceis s'en turnent par mi le coin d'un tertre ;
Devant els gardent as pleines qui sunt beles ;
En icel liu ne poent choisir terre
Ne seit coverte de pute gent adverse ;
610 Par tut burnient espees e healmes.
Quant il ço veient que altre ne purrad estre,
Ne ja n'en isterunt de la doleruse presse,
Vers Vivien returnent tost lur reisnes ;
Venent al cunte, volenters l'en apelent : [4d]
615 « Vivien, sire, sez que te feruns ? »
Respunt li quons : « Jo orrai voz raisuns.
— Si tu t'en turnes, e nus nus en turneruns,
Et se tu cunbatz, e nus nus combateruns ;
E que que tu faces, ensemble od tei le feruns. »
620 Respunt Vivien : « Multes merciz, baruns. »
Puis en regarde Girard, sun cunpaignun ;
En sun romanz l'en ad mis a raisun :

L

« Amis Girard, es tu sein del cors ?
— Oil, dist il, e dedenz e defors.
625 — Di dunc, Girard, coment se cuntenent tes armes.
— Par fei, sire, bones sunt e aates,
Cun a tel home quin ad fait granz batailles,
E si bosoinz est, qui referat altres. »

La mort de Vivien

XLIX

Les Français s'en vont au détour d'une butte ;
Ils contemplent devant eux les plaines et leur beauté ;
En cet endroit ils ne peuvent voir de terre
Qui ne soit couverte de cette sale engeance ennemie ;
610 Epées et heaumes brillent partout d'un éclat brun.
Quand ils comprennent qu'il n'y a rien à faire
Et qu'ils ne sortiront pas vivants de la mêlée,
Ils tournent bride et reviennent vers Vivien.
Ils s'approchent du comte et lui disent du fond du cœur :
615 « Seigneur Vivien, sais-tu comment nous nous [comporterons ?»
Le comte répond : « Je vous écoute.
– Si tu t'en vas, nous partirons aussi ;
Si tu livres combat, nous nous battrons aussi.
Quoi que tu fasses, nous t'accompagnerons. »
620 Vivien répond : « Mille mercis, barons ! »
Puis il se tourne vers Girart, son compagnon ;
Il lui adresse la parole à sa manière :

L

« Girart, cher ami, es-tu sain et sauf ?
– Oui, dit-il, je n'ai aucune blessure.
625 – Dis-moi donc, Girart, comment sont tes armes ?
– Par ma foi, seigneur, elles sont bonnes et maniables,
Dignes d'un homme qui s'est souvent battu,
Et qui, en cas de besoin, est prêt à se battre encore. »

LI

« Di, dunc, Girard, sentes tu alques ta vertu ? »
630 E cil respunt que unques plus fort ne fu.
« Di dunc, Girard, cun se content tun cheval ?
— Tost se laissed e ben se tient e dreit.
— Amis Girard, si jo te ossasse quere
Que par la lune me alasses a Willame ?
635 Va, si me di a Willame mun uncle,
Si li remembre del champ del Saraguce,
Quant il se combati al paen Alderufe ;
Ja set il ben, descunfit l'aveient Hungre.
Jo vinc en la terre od treis cent de mes homes ;
640 Criai : « Munjoie ! » pur la presse derumpre ;
Cele bataille fis jo veintre a mun uncle ;
Jo ocis le paien Alderufe,
E decolai les fiz Bereal tuz duze.
Al rei toli cele grant targe duble ;
645 Jo la toli le jur a un Hungre,
Si la donai a Willame mun uncle,
Et il la donad a Telbald, le cuart cunte.
Mais ore l'ad un mult prodome a la gule.
A sez enseignes qu'il me vienge socure. »

LII

650 « Cosin Girard, di li, ne li celer,
E li remembre de Limenes la cité,
Ne del grant port al rivage de mer,
Ne de Fluri que jo pris par poesté.
Aider me vienge en bataille champel. »

LI

« Dis donc, Girart, te sens-tu quelque vigueur ? »
630 L'autre répond qu'il ne fut jamais plus vigoureux.
« Dis donc, Girart, comment est ton cheval ?
— Il s'élance vite et il se tient bien droit.
— Girart, cher ami, oserais-je te demander
D'aller voir de ma part Guillaume, à la nuit tombée ?
635 Va, dis de ma part à mon oncle Guillaume
Qu'il se souvienne de la bataille de Saragosse,
Où il s'était battu contre le païen Alderufe ;
Il le sait bien, les Hongrois l'avaient vaincu.
Je vins sur place avec trois cents de mes hommes ;
640 Je m'écriai : « Montjoie » pour éclaircir les rangs ;
Je permis à mon oncle de remporter cette victoire ;
Je tuai le païen Alderufe
Et coupai la tête aux douze fils de Borel.
Je pris au roi ce grand bouclier renforcé ;
645 Je le ravis ce jour-là à un Hongrois
Et le donnai à mon oncle Guillaume,
Qui en fit don à Tiébaut, le comte lâche,
Mais à présent il est au cou d'un vrai guerrier.
Qu'avec ces garanties[1] il vienne me secourir. »

LII

650 « Girart, mon cousin, dis-lui sans rien omettre,
De se souvenir de la cité de Limenes[2],
Du grand port sur le bord de la mer,
Et de Fluri que je pris d'assaut.
Qu'il vienne à mon secours pour une bataille rangée. »

---

1. Le rappel de ces événements, que Vivien seul connaît, doit servir de preuve, pour Guillaume, que le messager est bien envoyé par son neveu. Ce procédé de reconnaissance est fréquent dans l'univers épique. 2. En Angleterre. La *Chanson de Roland* fait une rapide allusion à une conquête de l'Angleterre par Charlemagne, mais Vivien appartient à la génération suivante.

LIII

655 « Sez que dirras a Willame le fedeil ?
　　Se lui remembre del chanp Turlen le rei,
　　U jo li fis batailles trente treis ;
　　Cent cinquante e plus li fis aveir
　　Des plus poanz de la sarazine lei.
660 En une fuie u Lowis s'enfueit.
　　Jo vinc al tertre od dous cent de mes fedeilz ;
　　Criai : « Munjoie ! » le champ li fis aveir.
　　Cel jur perdi Raher, un mien fedeil ;
　　Le jur que m'en menbre n'ert hure ne m'en peist.
665 Aider me vienge al dolerus destreit. »

LIV

　　« Sez que dirras a Willame le bon franc ?
　　Se lui remembre de la bataille grant
　　Desuz Orenge de Tedbalt l'esturman.
　　En bataille u venquirent Franc,
670 Jo vinc al tertre od Bernard de Bruban ;
　　Cil est mis uncles e barun mult vaillant ;
　　A cunpaignun oi le cunte Bertram,
　　Qui est uns des meillurs de nostre parenté grant ;
　　Od « Deu aïe ! » e l'enseigne as Normanz
675 Cele bataille li fis jo veintre al champ ;
　　Iloec li ocis Tedbalt l'esturman.
　　Aider me vienge al saluz de l'Archamp,
　　Si me socure al dolerus haan. »

LIII

655 « Sais-tu ce que tu diras à Guillaume, le fidèle ?
Qu'il se rappelle le combat contre le roi Turlen,
Où je menai trente-trois assauts contre lui ;
Je fis prisonniers pour lui[1] plus de cent cinquante
Sarrasins parmi les plus puissants.
660 Un jour de déroute, quand Louis prenait la fuite,
Je montai sur la butte avec deux cents fidèles ;
En criant : « Montjoie ! » je lui donnai la victoire.
Ce jour-là je perdis Raher, un de mes fidèles ;
Lorsque je m'en souviens, l'affliction m'envahit.
665 Qu'il vienne m'aider dans cette détresse qui m'accable ! »

LIV

« Sais-tu ce que tu diras à Guillaume, le noble valeureux ?
Qu'il se souvienne de la grande bataille,
Devant Orange, contre Thibaut le Timonier.
Dans la bataille qu'ont remportée les Francs,
670 Je montai sur la butte avec Bernard de Bruban ;
C'est mon oncle, et un guerrier très valeureux ;
Le comte Bertrand m'accompagnait,
L'un des meilleurs de notre grand lignage ;
En criant : « Dieu avec nous ! » et le cri de guerre des
[Normands,
675 Je lui fis remporter la victoire sur le champ de bataille.
C'est là que je tuai pour lui Thibaut le Timonier.
Qu'il vienne à mon aide sur les terres[2] de l'Archant,
Et me porte secours dans cette terrible douleur ! »

---

1. C'est-à-dire pour Guillaume, bien entendu. 2. La leçon du manuscrit de Londres, *al saluz de l'Archamp*, conservée par Duncan McMillan, est très controversée, et nous avons adopté ici la correction admise par la plupart des éditeurs. D. McMillan reconnaît lui-même que la leçon du manuscrit « ne semble guère offrir de sens » (éd., tome II, note du vers 677, p. 140). En revanche, l'argument qu'il invoque pour repousser la correction *as alués* n'est peut-être pas aussi pertinent qu'il paraît. Il se fonde sur l'absence, dans le reste de la chanson, de la formule *as alués de l'Archamp*, qui aurait fort bien pu servir. Le fait est exact ; mais cette formule apparaît dans le manuscrit d'*Aliscans* édité par Guessard et Montaiglon dans la collection des Anciens Poètes de la France (ms. de l'Arsenal 6562), que nous avons traduit dans ce volume (*Aliscans*, v. 394) : or les deux œuvres sont parallèles et offrent de nombreuses rencontres textuelles.

LV

« Sez que dirras a Guiot mun petit frere ?
680 De hui a quinze anz, ne deust ceindre espee.
Mais ore la ceindrat pur secure le fiz sa mere.
Aider me vienge en estrange cuntree. »

LVI

« Sez que dirras dame Guiburc ma drue ?
Si li remenbre de la grant nurreture,
685 Plus de quinze anz qu'ele ad vers mei eue.
Ore gardez, pur Deu, qu'ele ne seit perdue,
Qu'ele m'enveit sun seignur en aïe.
S'ele ne m'enveit le cunte, d'altre n'ai jo cure. »

LVII

« Allas, dist Girard, cum te larrai enviz.
690 – Tais, ber, nel dire, ja est ço pur me garir. »
La desevrerent les dous charnels amis.
Il unt grant duel, ne unt giu ne ris ;
Tendrement plurent andui des oilz de lur vis,
Lunsdi al vespre.
695 Deus, pur quei sevrerent en dolente presse ?

LVIII

Girard s'en turne par mi le coin d'un tertre ; [5b]
Cinc liwes trove tant encunbree presse
Que unc n'alad un sul arpent de terre
Qu'il n'abatist Sarazin de sa sele,
700 Et qu'il ne trenchad pé u poig u teste.
Et quant il issi de la dolente presse
Sun bon cheval li creve suz sa sele.

LV

« Sais-tu ce que tu diras à Guiot, mon petit frère ?
680 Il a quinze ans aujourd'hui, et ne devrait pas ceindre l'épée.
Mais il va la ceindre pour secourir le fils de sa mère.
Qu'il vienne m'aider en pays étranger. »

LVI

« Sais-tu ce que tu diras à Guibourc, que je chéris ?
Qu'elle se souvienne de toutes les attentions
685 Dont elle m'a entouré depuis plus de quinze ans.
Faites en sorte à présent, au nom de Dieu, qu'elles ne soient
Et qu'elle envoie son époux à mon secours.   [pas perdues,
Si elle ne m'envoie pas le comte, je ne souhaite personne
[d'autre. »

LVII

« Hélas ! dit Girart, je t'abandonne bien malgré moi !
690 — Tais-toi, noble guerrier, ne dis pas cela ! C'est pour me
Alors se séparèrent les deux proches parents.   [sauver ! »
Grande est leur douleur, ils ne songent ni à jouer ni à rire ;
Leurs yeux répandent de douces larmes sur leurs visages,
Lundi au soir[1].
695 Dieu, pourquoi se sont-ils séparés dans une bataille
[douloureuse ?

LVIII

Girart s'en va par le détour d'une butte ;
Sur cinq lieues il traverse des rangs si serrés
Qu'il ne put parcourir un seul arpent de terre
Sans avoir à abattre un Sarrasin de sa selle,
700 Ou à trancher des pieds, des poings ou des têtes.
Et à peine était-il sorti de la mêlée
Que son bon cheval s'effondra, mort, sous lui.

---

1. Cette formule, *lundi al vespre*, avec ses variantes (*Lores fu mercresdi*, etc.), est une forme de refrain qui demeure énigmatique, malgré les efforts de la critique.

LIX

Del dolent chanp quant Girard fu turné
Desuz ses alves est sun cheval crevé.
705 Granz quinze liwes fu li regnes esfrei ;
Ne trovad home a qui il sache parler,
Ne cel cheval u il puisse munter.
A pé s'en est del dolerus champ turné ;
Grant fu li chaud cum en mai en esté,
710 E lungs les jurz, si out treis jurz juné,
Et out tele seif qu'il ne la pout durer ;
De quinze liwes n'i out ne dut ne gué
Fors l'eve salee que ert tres lui a la mer.
Dunc li comencerent ses armes a peser,
715 Et Girard les prist durement a blamer :

LX

« Ohi, grosse hanste, cume peises al braz ;
Nen aidera a Vivien en l'Archamp
Qui se combat a dolerus ahan. »
Dunc la lance Girard en mi le champ.

LXI

720 « Ohi, grant targe, cume peises al col ;
Nen aidera a Vivié a la mort. »
El champ la getad, si la tolid de sun dos.

LXII

« Ohi, bone healme, cum m'estunes la teste ;
Nen aiderai a Vivien en la presse
725 Ki se cumbat el Archamp sur l'erbe. »
Il le lançad e jetad cuntre terre.

LIX

Quand Girart eut quitté le douloureux champ de bataille,
Son cheval s'effondra, mort, sous sa selle.
705 Le pays était ravagé sur plus de quinze lieues ;
Il ne rencontra âme qui vive,
Ni cheval qu'il pût enfourcher.
Il a quitté à pied le douloureux champ de bataille ;
Grande était la chaleur comme en mai, au printemps,
710 Et longs les jours ; il n'avait pas mangé depuis trois jours,
Et il était près de mourir de soif.
Sur quinze lieues il n'y avait ni gué ni ruisseau,
Excepté l'eau salée de la mer, derrière lui.
Alors ses armes commencèrent à se faire pesantes,
715 Et Girart se mit à s'irriter contre elles :

LX

« Hélas, grosse hampe, comme tu es lourde pour mon bras !
Tu ne me permettras pas d'aider Vivien à l'Archant,
Lui qui se bat dans de terribles souffrances. »
Et il la jette à terre.

LXI

720 « Hélas, large bouclier, comme tu es lourd à mon cou !
Tu ne permettras pas de sauver Vivien de la mort. »
Il le jeta à terre après l'avoir ôté de son dos.

LXII

« Hélas, heaume solide, comme tu me serres le crâne !
Tu ne me permettras pas d'aider Vivien dans la mêlée,
725 Lui qui se bat sur l'herbe de l'Archant. »
Il le lança avec force contre terre.

LXIII

« Ohi, grant broine, cum me vas apesant ;
Nen aiderai a Vivien en l'Archamp
Qui se combat a dolerus ahan. »
730 Trait l'ad de sun dos sil getad el champ.
Totes ses armes out guerpi li frans
Fors sul s'espee dunt d'ascer fu li brant,
Tote vermeille des le helt en avant,
L'escalberc plein e de foie e de sanc ;
735 Nue la porte, si s'en vait suz puiant,
E la mure vers terre reposant. [5c]
La plaine veie vait tote jur errant,
E les granz vals mult durement corant,
Et les haltes tertres belement muntant,
740 Sa nue espee al destre poig portant ;
Devers la mure si s'en vait apoiant.
Cil nunciad a Willame de l'Archamp
U Vivien se combat a dolerus ahan ;
Od sul vint homes fu remis en l'Archanp.
745 Vivien lur fiert al chef devant,
Mil Sarazins lur ad ocis el champ.

LXIV

Li quons Vivien de ses vint perdi dis ;
Les altres li dient : « Que ferum la, amis ?
— De la bataille, seignurs, pur Deu mercis,
750 Ja veez vus que jo en ai Girard tramis ;
Aincui vendrat Willame u Lowis ;
Li quels que i venge, nus veintrun Arrabiz. »
E cil responent : « A joie, ber marchis. »
Od ses dis homes les revait envair.
755 Paien le pristrent en merveillus peril,
De ses dis homes ne li leissent nul vif.
Od sun escu demeine remist le chanp tenir,

LXIII

« Hélas, grande broigne[1], comme tu te fais pesante !
Tu ne me permettras pas d'aider Vivien à l'Archamp
Où il se bat dans de terribles souffrances. »
730 Il s'en est dévêtu et l'a jetée à terre.
Le noble combattant s'est séparé de toutes ses armes,
Sauf de son épée à la lame d'acier,
Toute rougie jusqu'à la garde,
Le fourreau plein de foie et de sang.
735 Il la tient nue, prenant appui sur elle,
La pointe contre le sol.
Tout le jour il poursuit sa route sur de bons chemins,
Descend de vastes coteaux à toute vitesse,
Monte aisément sur de hautes collines,
740 Son épée nue au poing,
S'appuyant sur sa pointe.
C'est lui qui a parlé à Guillaume de l'Archant
Où Vivien se bat dans de terribles souffrances.
Il n'a plus que vingt hommes avec lui à l'Archant.
745 Vivien se bat devant eux, au premier rang,
Et il massacre sur place mille Sarrasins.

LXIV

Le comte Vivien perdit dix de ses vingt hommes ;
Les survivants lui disent : « Ami, qu'allons-nous faire ?
– Seigneurs, au nom de Dieu, vous voyez bien
750 Que j'ai envoyé Girart parler de cette bataille ;
Bientôt viendra Guillaume ou Louis ;
Que ce soit l'un ou l'autre, nous vaincrons les Arabes. »
Et ils répondent : « Avec joie, vaillant marquis. »
Avec ses dix hommes il remonte à l'assaut.
755 Les païens le mettent dans une situation désespérée :
Ils ne laissent en vie aucun de ses dix hommes.
Il reste seul à résister avec son écu,

---

1. La *broigne* est une sorte de tunique de cuir renforcée de métal, que le *haubert* supplante au XIIe s. Ici cependant le terme *broigne* désigne plutôt le haubert ou côte de mailles (voir *infra* v. 777-778) ; son emploi procède d'une esthétique archaïsante.

Lunsdi al vespre.
Od sun escu remist sul en la presse.

LXV

760 Puis qu'il fu remis od un sul escu
Si lur curt sovent sure as turs menuz ;
Od sul sa lance en ad cent abatuz.
Dient paien : « Ja nel verrun vencu
Tant cum le cheval laissun vif suz lui.
765 Ja ne veintrum le noble vassal
Quant desuz lui leissun vif sun cheval. »
Idunc le quistrent as puiz e as vals
Cum altre beste salvage de cel aguait.
Une cunpaignie li vint par mi un champ,
770 Tant li lancerent guivres e trenchanz darz,
Tant en abatent al cors de sun cheval,
De sul les hanstes fust chargé un char.
Un Barbarin vint par mi un val,
Entre ses quisses out un ignel cheval,
775 En sun poig destre portad un trenchant dart ;
Treis feiz l'escust, a la quarte le lançad, [5d]
E fiert li en la broine de la senestre part
Que trente des mailles l'en abat contreval ;
Une grant plaie li fist el cors del dart,
780 La blanche enseigne li chai del destre braz ;
Ne vint le jur que unc puis le relevast.
Lunsdi al vespre.
Ne vint le jur que puis le relevast de terre.

LXVI

Il mist sa main derere sun dos,
785 Trovad la hanste, trait le dart de sun cors.
Fert le paien sur la broine de sun dos,
Par mi l'eschine lis mist le fer tut fors.
Od icel colp l'ad trebuché mort.
« Ultre, lecchere, malveis Barbarin ! »
790 Ço li ad dit Vivien le meschin :

Lundi au soir,
Il reste seul avec son écu au cœur de la mêlée.

LXV

760 Une fois demeuré seul survivant au combat,
Il ne cesse de harceler l'ennemi.
Avec sa seule lance il en abat cent.
Les païens disent : « Jamais nous ne le vaincrons
Tant que son cheval sera en vie.
765 Jamais nous ne vaincrons le noble guerrier,
Si nous lui laissons son cheval vivant. »
Alors ils le forcèrent par monts et par vaux
Comme une bête sauvage traquée dans une embuscade.
Une compagnie surgit sur un terrain dégagé :
770 On lui lança tant de javelots et de dards tranchants
Qui s'abattaient sur son cheval,
Que les hampes à elles seules auraient chargé un char.
Un Berbère déboucha d'un vallon,
Monté sur un cheval rapide,
775 Et portant dans son poing droit un dard tranchant.
Il le balança trois fois avant de le lancer,
Et lui toucha sa broigne au côté gauche,
Faisant tomber trente mailles.
Du dard, il lui fit une grande plaie,
780 Et l'enseigne blanche échappa de son bras droit.
Plus jamais il ne put la relever.
Lundi au soir.
Plus jamais il ne put la relever de terre.

LXVI

Il porta sa main derrière son dos,
785 Trouva la hampe, et retira le dard de son corps.
Il frappa le païen dans le dos, sur la broigne,
Et le fer lui transperça complètement l'échine.
De ce coup, il l'a renversé raide mort.
« Va-t'en, débauché, misérable Berbère ! »
790 Voilà ce que lui a dit Vivien, le jeune homme :

« Ne repeireras al regne dunt tu venis,
Ne ne t'en vanteras ja mais a nul dis
Que mort aiez le barun Lowis ! »
Puis traist s'espee e comence a ferir.
795 Qui qu'il fert sur halberc u sur healme
Sunt colp n'arestet desque jusqu'en terre.
« Sainte Marie, virgine pucele,
Tramettez mei, dame, Lowis u Willame. »
Cest oreisun dist Vivien en la presse :

LXVII

800 « Deus, rei de glorie, qui me fesis né,
Et de la sainte virgne, sire, fustes né,
En treis persones fud tun cors comandé,
Et en sainte croiz pur peccheurs pené,
Cele e terre fesis e tere e mer,
805 Soleil e lune, tut ço as comandé,
E Eva e Adam pur le secle restorer.
Si verreiement, sire, cum tu es veirs Deus,
Tu me defent, sire, par ta sainte bunté
Que al quor ne me puisse unques entrer
810 Que plein pé fuie pur la teste colper ;
Tresqu'a la mort me lais ma fei garder,
Deus, que ne la mente, pur tes saintes buntez. »

LXVIII

« Sainte Marie, mere genitriz,
Si verreiement cum Deus portas a fiz,

« Tu ne retourneras pas dans le royaume d'où tu es venu,
Et tu n'auras jamais l'occasion de te vanter
D'avoir tué le guerrier de Louis ! »
Puis il tire l'épée et se met à frapper.
795 Les coups qu'il donne sur le haubert ou sur le heaume
Ne s'arrêtent jamais avant d'atteindre la terre.
« Sainte Marie, Vierge immaculée,
Envoyez-moi, Dame, Louis ou Guillaume. »
Vivien prononça cette prière dans la mêlée[1].

LXVII

800 « Dieu, Roi de gloire, qui m'as fait naître,
Toi, Seigneur, qui fus engendré en la sainte Vierge,
Tu fus Un en trois personnes,
Et tu fus supplicié sur la sainte Croix pour les pécheurs ;
Tu fis le ciel et la terre, la terre et la mer,
805 Le soleil et la lune, ordonnant toutes ces choses,
Et tu créas Adam et Eve pour fonder le monde.
Aussi vrai, Seigneur, que tu es le vrai Dieu,
Fais en sorte, Seigneur, par ta sainte bonté,
Que mon cœur ne connaisse jamais la faiblesse
810 De fuir même d'un pied par crainte de mourir[2].
Fais-moi respecter mon serment jusqu'à la mort,
Dieu ! Que je ne le trahisse pas, par ta sainte bonté ! »

LXVIII

« Sainte Marie, mère de Dieu,
Aussi vrai que tu as porté Dieu dans tes entrailles,

---

1. D. McMillan avait mis deux points à la fin de ce vers, considérant qu'il annonçait la prière contenue dans la laisse suivante. Les usages épiques au changement de laisse nous incitent à voir les choses autrement, et à mettre un vrai point. *Cest oreison* a en effet été donnée une première fois, sous une forme schématique, dans les deux vers précédents ; les deux laisses qui suivent la reprennent sous une forme amplifiée. On aurait là la technique de la réexposition de motifs, caractéristique de l'esthétique de la répétition propre aux chansons de geste. **2.** C'est là une nouvelle reprise, dans un contexte désespéré, du célèbre vœu de Vivien, qui confondait courage et démesure : *cf.* déjà les v. 292-293. Le vœu est une donnée antérieure au temps de l'histoire : il sera mis en scène, ultérieurement, dans la *Chevalerie Vivien*.

815 Garisez mei pur ta sainte merci,
Que ne m'ocient cist felon Sarazin. »
Quant l'out dit, li bers se repentid : [6a]
« Mult pensai ore que fols e que brixs,
Que mun cors quidai de la mort garir,
820 Quant Dampnedeu meimes nel fist,
Que pur nus mort en sainte croiz soffri,
Pur nus raindre de noz mortels enemis.
Respit de mort, sire, ne te dei jo rover,
Car a tei meisme ne la voilsis pardoner.
825 Tramettez mei, sire, Willame al curb nes,
U Lowis qui France ad a garder.
Par lui veintrun la bataille champel.
Deus, de tant moldes pot hom altre resenbler !
Jo ne di mie pur Willame al curb niés ;
830 Forz sui jo mult, e hardi sui assez,
De vasselage puis ben estre sun per ;
Mais de plus loinz ad sun pris aquité,
Car s'il fust en l'Archamp sur mer,
Vencu eust la bataille champel.
835 Allas, peccable, n'en puis home gent
Lunsdi al vespre.
Que me demande ceste gent adverse. »

LXIX

Grant fu le chaud cum en mai en esté,
E long le jur, si n'out treis jurz mangé.
840 Grant est la faim e fort pur deporter,
E la seif male, nel poet endurer.
Par mi la boche vait le sanc tut cler,
E par la plaie del senestre costé.
Loinz sunt les eves, qu'il nes solt trover ;
845 De quinze liwes n'i out funteine ne gué

815 Protège-moi dans ta sainte miséricorde,
Que ces maudits Sarrasins ne me tuent pas ! »
A peine l'avait-il dit que le guerrier s'en repentait :
« Voilà bien des propos de fou et de misérable :
Je pensais à protéger ma carcasse de la mort,
820 Alors que Dieu ne l'a pas fait pour lui-même
Quand il a enduré la mort sur la sainte Croix
Pour nous racheter de nos ennemis mortels.
Je n'ai pas le droit, Seigneur, de te demander d'échapper à
Car tu n'as pas voulu te l'épargner à toi-même. [la mort,
825 Envoie-moi, Seigneur, Guillaume au Nez Courbe,
Ou Louis, qui gouverne la France.
Grâce à lui, nous vaincrons dans cette bataille rangée.
Dieu, comme un homme peut être semblable à un autre !
Je ne dis pas cela pour Guillaume au Nez Courbe ;
830 Je suis très fort, et j'ai de la hardiesse,
Je puis bien l'égaler en prouesse guerrière ;
Mais il a montré sa valeur depuis plus longtemps ;
Ainsi, s'il avait été à l'Archant sur la mer,
Il aurait remporté la bataille rangée
835 (Hélas, malheureux, je suis à bout de forces ![1])
Lundi au soir,
Que m'impose cette engeance ennemie. »

LXIX

Il faisait très chaud, comme toujours en mai, au printemps,
Et les journées étaient longues, et il n'avait pas mangé
840 La faim le tenaillait, insupportable, [depuis trois jours.
Et la soif était terrible – un vrai supplice.
Son sang jaillit tout clair de sa bouche
Et de la plaie qu'il a au côté gauche.
L'eau est bien loin, il ne peut en trouver ;
845 Sur quinze lieues il n'y avait ni source ni gué,

---

1. *Gent* est ici la particule négative *giens*. Ce passage est un des *loci desperati* de la chanson. D. McMillan reconnaît que la leçon qu'il édite n'offre aucun sens ; nous nous sommes donc rallié à la proposition de F. Suard qui, à la suite de J. Wathelet-Willem, lit *unc* pour *home*, et fait du v. 835 une incise et du v. 837 une relative dont l'antécédent est *bataille champel*, au v. 834 ; il n'y a donc pas de changement de phrase.

Fors l'eve salee qui ert al flot de la mer ;
Mais par mi le champ curt un duit troblé
D'une roche ben prof de la mer ;
Sarazins l'orent a lur chevals medlé,
850 De sanc e de cervele fud tut envolupé.
La vint corant Vivien li alosé,
Si s'enclinad a l'eve salee del gué,
Sin ad beu assez estre sun gré.
E cil li lancerent lur espees adubé,
855 Granz colps li donent al graver u il ert.
Forte fu la broine, ne la pourent entamer,
Que li ad gari tut le gros des costez,
Mais as jambes e as braz e par el [6b]
Plus qu'en vint lius unt le cunte nafré.
860 Dunc se redresce cum hardi sengler,
Si traist s'espee del senestre costé ;
Dunc se defent Vivien cum ber.
Il le demeinent cun chiens funt fort sengler.
L'ewe fu salee qu'il out beu de la mer,
865 Fors est issue, ne li pot el cors durer ;
Sailli li est arere de la boche e del niés ;
Grant fu l'anguisse, les oilz li sunt troblez.
Dunc ne sout veie tenir ne esgarder.
Paien le pristrent durement a haster.
870 De plusur parz l'acoillent li guerreier,
Lancent li guivres e trenchanz darz d'ascer ;
Tant en l'abatent en l'escu de quarters
Que nel pout le cunte a sa teste drescer ;
Jus a la terre li chai a ses pez.
875 Dunc le comencent paien formen a haster,
E sun vasselage mult durement a lasser.

La mort de Vivien   623

Rien que l'eau salée de la mer.
Cependant, à travers le champ de bataille un ruisseau
S'écoule d'un rocher très proche de la mer.   [boueux
Les Sarrasins l'ont troublé avec leurs chevaux,
850 Il était tout souillé de sang et de cervelle.
L'illustre Vivien y accourut ;
Il se pencha sur l'eau salée du gué,
Et en but plus qu'il ne l'aurait souhaité.
Les ennemis lui lancent leurs javelines toutes prêtes,
855 Et le criblent de coups sur le sable où il gît[1].
La broigne était résistante, ils ne purent l'entamer :
Elle protégea toute la largeur de ses flancs,
Mais ils ont blessé le comte aux jambes, aux bras,
Et en plus de vingt autres endroits.
860 Il se redresse alors comme un sanglier furieux
Et tire son épée qui pend au côté gauche.
Alors Vivien se défend en vrai guerrier.
Ils le malmènent comme des chiens agacent un sanglier
L'eau de la mer qu'il avait bue était salée,   [puissant.
865 Il la rejette, ne pouvant la supporter ;
Il la rend violemment par la bouche et le nez ;
L'angoisse l'étreint, ses yeux se troublent.
Il ne peut plus avancer qu'en aveugle.
Les païens se mettent à le harceler sans relâche,
870 Les combattants l'assaillent de toutes parts,
Lui lancent des javelines et des dards d'acier tranchants ;
Ils mettent si bien en pièces son écu écartelé[2]
Que le comte ne peut plus en protéger sa tête ;
Il tombe à terre à ses pieds.
875 Les païens commencent à s'acharner sur lui,
Et à épuiser ses forces.

---

1. Le martyre de Vivien rappelle ici la Passion du Christ : celui-ci, ayant eu soif (*Sitio*), avait été désaltéré avec une éponge imbibée de vinaigre (Matthieu, 27, 48), avant d'avoir le flanc transpercé par la lance de Longin. 2. Il s'agit ici d'un terme de blason : l'écu est partagé en quatre secteurs, ou *quartiers*. L'expression *escu de quartier* est une formule épique stéréotypée, concurrente de l'*escu a lion*, *i. e.* orné d'un lion héraldique.

LXX

Lancent a lui guivres e aguz darz,
Entur le cunte debatent sun halberc ;
Le fort acer detrenche le menu fer
880 Que tut le piz covrent de claveals.
Jus a la terre li cheent les boels ;
N'en est fis que durt longement mes.
Dunc reclaime Deus qu'il merci en ait.

LXXI

Vivien eire a pé par mi le champ,
885 Chet lui sun healme sur le nasel devant,
E entre ses pez ses boals trainant ;
Al braz senestre les vait cuntretenant.
En sa main destre porte d'ascer un brant,
Tut fu vermeil des le holz en avant,
890 L'escalberc plein e de feie e de sanc ;
Devers la mure s'en vait apuiant.
La sue mort le vait mult destreignant,
Et il se sustent cuntreval de sun brant.
Forment reclaime Jhesu le tut poant,
895 Qu'il li tramette Willame le bon franc,
U Lowis, le fort rei cunbatant :

LXXII

« Deus veirs de glorie, qui mains en trinité,
E en la virgne fustes regeneré,
E en treis persones fud tun cors comandé, [6c]
900 En sainte croiz te laissas, sire, pener,
Defent mei, pere, par ta sainte bunté,
Ne seit pur quei al cors me puisse entrer

LXX

Ils le criblent de javelines et de dards acérés,
Et mettent à mal autour du comte son haubert ;
L'acier puissant tranche le mince fer :
880 Toute sa poitrine se couvre de petites mailles.
Ses entrailles se répandent sur le sol.
Il sent bien que sa fin est proche.
Alors il supplie Dieu d'avoir pitié de lui.

LXXI

Vivien parcourt à pied le champ de bataille,
885 Son heaume tombe par-devant sur son nasal[1],
Et ses boyaux traînent entre ses pieds :
Il s'efforce de les maintenir de son bras gauche.
Il tient dans sa main droite une épée d'acier
Toute rougie jusqu'à la garde ;
890 Le fourreau est rempli de foie et de sang ;
Il marche, s'appuyant constamment sur sa pointe.
La mort l'oppresse terriblement,
Et son épée lui sert de soutien.
De toutes ses forces il supplie Dieu le Tout-puissant
895 De lui envoyer Guillaume, le valeureux Franc[2],
Ou Louis, le puissant roi guerrier[3] :

LXXII

« Vrai Dieu de gloire, qui demeures en trinité,
Et qui as repris chair dans la Vierge,
Qui règnes en trois personnes
900 Et t'es laissé, Seigneur, supplicier sur la sainte Croix,
Protège moi, Père, par ta bonté divine :
Fais que jamais ne me vienne l'envie

---

1. Le « nasal » est la pièce métallique qui protège le nez. A cette date, elle est distincte du heaume. **2.** F. Suard comprend ici *franc* comme un adjectif substantivé : « le bon et le noble » ; nous préférons opter pour notre part pour l'interprétation de H. Suchier et J. Wathelet-Willem. **3.** On remarquera que l'image de Louis est ici positive : comparer avec le v. 982.

Que plein pé fuie de bataille champel ;
A la mort me lait ma fei garder ;
905 Deus, ne la mente, par ta sainte bunté.
Tramettez mei, sire, Willame al curb niés ;
Sages hom est en bataille champel,
Si la set ben maintenir e garder. »

LXXIII

« Dampnedeus, pere glorius e forz,
910 Ne seit unques que cel vienge defors
Que ça dedenz me puisse entrer al cors
Que plein pé fuie pur creme de mort. »
Un Barbarin vint par mi un val
Tost esleissant un ignel cheval ;
915 Fiert en la teste le noble vassal
Que la cervele en esspant contreval.
Li Barbirins i vint eslaissé,
Entre ses quisses out un grant destrer,
En sa main destre un trenchant dart d'ascer.
920 Fert en la teste le vaillant chevaler
Que la cervele sur l'erbe li chet ;
Sur les genoilz abat le chevaler.
Ço fu damage quant si prodome chet.
Sur li corent de plusurs parz paens,
925 Tut le detrenchent contreval al graver.
Od els l'enportent, ne l'en volent laisser ;
Suz un arbre le poserent lez un senter,
Car il ne voldreient qu'il fust trové de crestiens.
Des ore mes dirrai de Girard l'esquier,
930 Cum il alad a Willame nuncier.
Lunsdi al vespre.
A Barzelune la le dirrad al cunte Willame.

De fuir de la longueur d'un pied dans la bataille.
Permets-moi d'être fidèle à ma foi jusqu'à la mort ;
905 Dieu, par ta bonté divine, puissé-je ne pas la trahir !
Envoyez-moi, Seigneur, Guillaume au Nez Courbe ;
Il s'y connaît en batailles rangées,
Et sait comment en demeurer maître. »

LXXIII

« Seigneur Dieu, Père glorieux et puissant,
910 Fais qu'aucun événement extérieur
Ne me contraigne à accepter l'idée
De fuir de la longueur d'un pied par crainte de la mort. »
Un Berbère surgit d'un vallon,
Lancé à pleine vitesse sur un cheval rapide.
915 Il frappe à la tête le noble guerrier
Au point que sa cervelle se répand.
Le Berbère surgit à toute vitesse,
Monté sur un grand destrier,
Tenant dans sa main droite un dard d'acier tranchant.
920 Il frappe à la tête le valeureux chevalier,
Au point que sa cervelle se répand sur l'herbe[1] :
Il fait tomber le chevalier sur les genoux.
Quel malheur de voir tomber pareil guerrier !
Les païens fondent sur lui de toutes parts,
925 Et le mettent en pièces sur le sable.
Ne voulant pas le laisser là, ils l'emportent avec eux
Et le déposent sous un arbre, près d'un sentier,
Car ils ne veulent pas que des chrétiens puissent le trouver[2].
Je vais maintenant raconter comment Girart, l'écuyer,
930 Est allé transmettre son message à Guillaume,
Lundi au soir.
C'est à Barcelone qu'il parlera au comte Guillaume.

---

1. La répétition du motif, avec de légères variations, est un fait esthétique plutôt qu'une négligence : c'est une forme de parallélisme interne à une laisse.
2. C'est ainsi que s'achève le premier récit de la mort de Vivien.

LXXIV

Li quons Willame ert a Barzelune,
Si fu repeiré d'une bataille lunge
935 Qu'il aveit fait a Burdele sur Girunde.
Perdu i aveit grant masse de ses homes.
Este vus Girard qui noveles li cunte.

LXXV

Li ber Willame ert repeiré de vespres ;
A un soler s'estut a unes estres,
940 E dame Guiburc estut a sun braz destre.
Dunc gardat par la costere d'un tertre,
Et vit Girard qui de l'Archamp repeire ;
Sanglante espee portat en sun poig destre,
Devers la mure se puiat contre terre.

LXXVI

945 « Seor, dulce amie, dist Willame al curb niés,
Bone fud l'ore que jo te pris a per,
E icele mieldre que eustes crestienté.
Par mi cel tertre vei un home avaler,
Sanglante espee en sa main porter.
950 Si vus dirrai une chose pur verité,
Qu'il ad esté en bataille champel,
Si vient a mei pur socurs demander.
Alun encuntre pur noveles escolter. »
Entre Guiburc e Willame al curb niés
955 Devalerent contreval les degrez.
Quant furent aval, Girard unt encuntré ;
Veit le Willame, sil conuit assez.
Dunc l'apelad, sil prist a demander :

LXXVII

« Avant, Girard, si dirrez de voz noveles. »
960 Ço dist Girard : « Jo en sai assez de pesmes.

LXXIV

Le comte Guillaume était à Barcelone,
De retour d'une longue bataille
935 Qu'il avait livrée à Bordeaux, sur la Gironde.
Il y avait perdu un grand nombre de ses hommes.
Voici Girart qui lui apporte des nouvelles.

LXXV

Le comte Guillaume est revenu des vêpres ;
Il se tient près d'une fenêtre, à l'étage,
940 Et Dame Guibourc se trouve à sa droite.
Il regarde vers le penchant d'une colline,
Et voit Girart qui revient de l'Archant.
Il tient une épée sanglante dans son poing droit,
Et se soutient avec la pointe de son épée.

LXXVI

945 « Chère sœur, douce amie, dit Guillaume au Nez Courbe,
Béni fut le jour où je t'ai épousée,
Et plus encore celui où tu fus baptisée.
Je vois un homme qui descend cette colline,
Et qui tient à la main une épée ensanglantée.
950 Je peux bien t'assurer d'une chose :
Il revient d'une bataille rangée,
Et veut me demander des secours.
Allons à sa rencontre pour avoir des nouvelles. »
Guibourc et Guillaume au Nez Courbe
955 Descendent les escaliers.
Arrivés en bas, ils rencontrent Girart ;
Guillaume le reconnaît aussitôt.
Alors il lui adresse la parole et l'interroge :

LXXVII

« Eh bien, Girart, donnez-moi de vos nouvelles ! »
960 Girart répond : « J'en ai de bien pénibles.

Reis Deramed est eissuz de Cordres ;
En halte mer en ad mise la flote,
E est en France que si mal desenorte.
Les marchez guaste e les aluez prent,
965 Tote la tere turne a sun talent.
U que trove tes chevalers, sis prent,
A lur barges les maine coreçus e dolent.
Pense, Willame, de secure ta gent. »

LXXVIII

« Reis Deramé est turné de sun païs,
970 E est en la terre qu'il met tut a exil.
Alez i furent Tedbald e Esturmi,
Ensemble od els Vivien le hardi ;
Li uns se cunbat, les dous en sunt fuiz.
— Deus, dist Willame, ço est Vivien le hardiz. »
975 Respunt Girard : « Or avez vus veir dit.
Il te mande, e jo sui quil te di,
Que tu le secures al dolerus peril. »

LXXIX

« Sez que te mande Vivien tun fedeil ?
Si te remenbre del champ de Turleis le rei,
980 U te fist batailles trente treis ;
Cent cinquante e plus te fist aveir. [7a]
En une fuie u Lowis s'en fuieit,
Il vint le tertre od dous cent Franceis,
Criad : « Munjoie ! » le champ te fist aveir.
985 Cel jur perdi Rahel, un sun fedeil ;
Quant li en menbre, n'ert hure ne li em peist.
Aider li algez al dolerus destreit. »

Le roi Déramé a quitté Cordoue ;
Il a mené sa flotte en haute mer
Et il se trouve en France qu'il met au pillage.
Il dévaste les marches et s'empare des alleux[1],
965 Il soumet tout le pays à son bon plaisir.
Où qu'il rencontre tes chevaliers, il les fait prisonniers,
Et les conduit, le cœur lourd, dans ses bateaux.
Veille, Guillaume, à secourir tes hommes. »

LXXVIII

« Le roi Déramé a quitté son pays
970 Et il occupe la terre qu'il ravage complètement.
Tiébaut et Estourmi ont marché contre lui,
Et avec eux, Vivien, le hardi ;
L'un se bat, les deux autres ont fui.
– Dieu, dit Guillaume, c'est Vivien, le hardi ! »
975 Girart répond : « Vous avez dit juste.
Il te demande, par mon intermédiaire,
Que tu viennes à son secours dans ce terrible danger. »

LXXIX

« Sais-tu ce que te fait savoir Vivien, ton fidèle ?
Qu'il te souvienne du combat contre le roi Turlen,
980 Où il livra pour toi trente-trois assauts ;
Il te fit faire plus de cent cinquante prisonniers.
Dans une déroute où Louis prenait la fuite,
Il monta sur la colline avec deux cents Français,
Cria : « Montjoie » et te donna la victoire.
985 Ce jour-là il perdit Rahel, un de ses féaux.
Il en éprouve beaucoup de chagrin quand il y pense.
Viens à son aide dans cette terrible détresse ! »

---

1. Les marches sont des zones-frontières entre deux pays, protégées généralement par des forces aguerries (ainsi, selon la *Nota Emilianense*, Roland était « préfet des marches de Bretagne ») ; les alleux sont des terres libres de toute redevance, de tout lien vassalique (à la différence des fiefs).

LXXX

« Sez que te mande Vivien le ber ?
Ke te sovenge de Limenes la cité,
990 Ne de Breher, le grant port sur mer,
Ne de Flori qu'il prist par poesté.
Aider li vienges en l'Archamp sur mer. »

LXXXI

« E sez que mande a dame Guiburc sa drue ?
Ke lui remenbre de la grant nurreture
995 Qui il ad od lui plus de quinze anz eue.
Ore gard pur Deu qu'ele ne seit perdue,
Qu'ele li enveit sun seignur en aide ;
Car si lui n'enveit, d'altres n'ad il cure. »

LXXXII

« E sez que mande a Guiot, sun petit frere ?
1000 De hui en quinze anz ne dust ceindre espee ;
Mais ore la prenge pur le fiz de sa mere ;
Aider li vienge en estrange cuntree. »

LXXXIII

« A, Deus, » dist Willame, « purrai le vif trover ? »
Respunt Guiburc : « Pur nient en parlez.
1005 Secor le, sire, ne te chalt a demander.
Se tu l'i perz, n'avras ami fors Deu. »
Quant l'ot Willame, sin ad sun chef crollé ;
Plorad des oilz pitusement e suef,
L'eve li curt chalde juste e niés,
1010 La blanche barbe moille tresqu'al baldré.
(...)

LXXX

« Sais-tu ce que te fait savoir Vivien, le courageux ?
Qu'il te souvienne de la cité de Limenes,
990 Et de Breher, le grand port maritime,
Et de Flori qu'il prit de vive force.
Viens à son secours à l'Archant sur la mer. »

LXXXI

« Sais-tu ce qu'il fait dire à dame Guibourc, son amie ?
Qu'il lui souvienne des grandes marques d'affection
995 Qu'elle lui a prodiguées pendant plus de quinze ans.
Puisse-t-elle faire à présent que ce ne fût pas en vain,
En envoyant son époux à son secours ;
Car si ce n'est pas lui, il ne veut de personne. »

LXXXII

« Et sais-tu ce qu'il fait savoir à Guiot, son petit frère ?
1000 Il ne devrait pas ceindre l'épée avant quinze ans ;
Qu'il la ceigne néanmoins pour le fils de sa mère ;
Qu'il vienne l'aider en pays étranger ! »

LXXXIII

« Ah ! Dieu, dit Guillaume, le verrai-je vivant ? »
Guibourc répond : « Paroles inutiles !
1005 Secours-le, mon époux, sans te poser de questions.
Si tu le perds là-bas, Dieu restera ton seul ami. »
Guillaume, à ces mots, a hoché la tête ;
Il a versé de douces larmes de pitié,
Qui glissent, toutes chaudes, le long de son nez
1010 Et mouillent sa barbe blanche jusqu'à la ceinture.
(...)

CXXI

Gui traist l'espee, dunc fu chevaler ;
La mure en ad cuntremunt drescé,
1845 Fert un paien sus en le halme de sun chef,
Tresque al nasel li trenchad e fendit,
Le meistre os li ad colpé del chef.
Grant fud li colps e Guiot fu irez,
Tut le purfent desque enz al baldré,
1850 Colpe la sele e le dos del destrer, [13a]
En mi le champ en fist quatre meitez.
De cel colp sunt paien esmaiez ;
Dist li uns a l'altre : « Ço est fuildre que cheit ;
Revescuz est Vivien le guerreier ! »
1855 Turnent en fuie, si unt le champ laissié.
Dunc se redresçat Willame desur ses pez,
E li quons Willame fud dunc punners.

CXXII

Ço fu grant miracle que nostre sire fist ;
Pur un sul home en fuirent vint mil.
1860 Dreit a la mer s'en turnent Sarazin.
Dunc se redresçat Willame le marchiz,
Sis enchascerent as espees acerins.

CXXIII

Si cum paiens s'en fuient vers la mer,
Li ber Willame est sur pez levez,
1865 Sis enchascerent as espees des liez.
Gui vit sun uncle el champ a pé errer,
Le cheval broche, si li est encuntre alé.
« Sire, dist il, sur cest cheval muntez ;

Guillaume et le petit Gui à l'Archant

CXXI

Gui tire l'épée, en vrai chevalier ;
Il en lève la pointe vers le ciel,
1845 Frappe un païen sur le heaume
Qu'il lui coupe en deux jusqu'au nasal,
Et lui fracasse le crâne.
Le coup fut formidable et Gui, dans sa fureur,
Le pourfend tout entier jusqu'à la ceinture,
1850 Tranche la selle et l'échine du destrier,
Et les abandonne sur place en quatre morceaux.
Ce coup frappe de stupeur les païens ;
Ils se disent entre eux : « C'est la foudre qui tombe !
Vivien, le grand guerrier, est ressuscité ! »
1855 Ils prennent la fuite, abandonnant le terrain.
Guillaume alors se releva[1],
Et le comte devint alors un fantassin.

CXXII

Notre-Seigneur a fait un grand miracle :
Un seul homme en a mis en fuite vingt mille.
1860 Les Sarrasins s'en vont droit vers la mer.
Alors se releva Guillaume, le marquis,
Et ils les poursuivirent de leurs épées d'acier.

CXXIII

Au moment où les païens s'enfuient vers la mer,
Le noble Guillaume s'est relevé,
1865 Et ils les poursuivent, l'épée au côté.
Gui voit son oncle parcourant à pied le champ de bataille :
Il éperonne son cheval et va à sa rencontre.
« Seigneur, dit-il, montez sur ce cheval ;

---

1. Guillaume était à terre, sur le point d'être tué par les Sarrasins, lorsque le petit Gui est intervenu. Il n'a donc plus de monture.

Guiburc ma dame le me prestad de sun gré. »
Gui descent e Willame i est munté ;
Quant il fut sus començad a parler :
« Par ma fei, niés, tu as pur fol mené !
L'altrer me diseies que li eres eschapé ;
Ore me dis que sun cheval t'ad presté !
Qui te comandat ma muiller encuser ? »
Ço respunt Gui : « Unc mais n'oi tel !
Poignez avant dreitement a la mer,
Ja s'en serrunt li Sarazin alé. »
Ad a cel colp sa bone espee mustré.

CXXIV

Li bers Willame chevalche par le champ,
Sa espee traite, sun healme va enclinant ;
Les pez li pendent desuz les estrius a l'enfant,
A ses garez li vint les fers batant ;
E tint sa espee entre le punz e le brant, [13b]
Del plat la porte sur sun arçun devant.
E Balçan li vait mult suef amblant,
E Gui, sis niés, le vait a pié siuvant,
D'ures en altres, desqu'al genoil el sanc.
Reis Deramé giseit en mi le champ,
Envolupé de sablun e de sanc.
Quant Willame le veit, sil conuit al contenant.
Quidat li reis qu'il eust pris de darz tel haan
Qu'envers nul home ne fust mes defendant.
Ore se purpense de mult grant hardement ;
Sur piez se dresce, si ad pris sun alferant,
Ostad la raisne del destre pé devant,
Prist sun espé qui fu bone e trenchant ;
De plaine terre sailli sus a l'alferant,
Dreit vers els en est alé brochant.

CXXV

Li bers Willame vit le paien venir,
Le cors escure, la grant hanste brandir ;

Guibourc, ma dame, me l'a donné de bon gré. »
1870 Gui descend et Guillaume monte sur son cheval ;
Une fois installé, il lui adresse la parole :
« Par ma foi, mon neveu, tu t'es moqué de moi !
L'autre jour tu me disais que tu lui avais échappé :
A présent, tu me dis qu'elle t'a prêté son cheval !
1875 Pourquoi mets-tu ainsi ma femme en cause ? »
Gui répond : « A quoi cela rime-t-il ?
Foncez donc tout droit vers la mer,
Les Sarrasins auront tôt fait de disparaître. »
En réponse, il lui a montré sa bonne épée.

CXXIV

1880 Le valeureux Guillaume chevauche sur le champ de
L'épée tirée, le heaume incliné vers l'avant ;   [bataille,
Ses pieds pendent par-dessus les étriers de l'enfant,
Dont le fer vient lui battre les mollets ;
Il tient son épée par le pommeau et par la lame,
1885 Posée à plat sur l'avant de l'arçon.
Baucent marche doucement l'amble,
Et Gui, son neveu, marche à pied derrière lui,
S'enfonçant à tout moment dans le sang jusqu'aux genoux.
Le roi Déramé gît en plein champ de bataille,
1890 Tout souillé de sable et de sang.
Dès qu'il le voit, Guillaume le reconnaît à son allure.
Le roi pensait qu'il avait été transpercé de tant de dards
Qu'il ne pouvait plus se défendre contre personne.
Il réfléchit alors à une action d'éclat :
1895 Il se relève, reprend son cheval,
Dégage la rêne de son pied avant droit,
Prend son épieu, qui était solide et tranchant ;
Il bondit du sol même sur le cheval,
Et se dirige vers l'ennemi à toute vitesse.

CXXV

1900 Le valeureux Guillaume vit le païen venir,
Secouer sa carcasse, brandir la longue hampe ;

Et il tint s'espee devant en mi le vis ;
Dunc l'en esgarde li reis dé Sarazins,
Le cure leist, al petit pas s'est mis.
1905 « A, uncle Willame, dist sun petit nevou Gui,
Ore pri vus, sire, pur la tue merci,
Que vus me rendez mun destrer arabi,
Si justerai al culvert Sarazin. »

CXXVI

« Uncle, sire, car me faites buntez !
1910 Vostre merci, mun cheval me rendez,
Si justerai al paien d'ultre mer.
— Niés, dist Willame, folement as parlé,
Quant devant mei osas colp demander.
Nel fist mais home qui de mere fust né
1915 Puis icel hure que jo soi armes porter ;
Iço ne me fereit mie mis sire Lowis le ber.
S'a ma spee li peusse un colp doner,
Vengé serreie del paen d'ultre mer. » [13c]
Lores fu mecresdi, le petit pas prist Deramé.
1920 Willame fiert le paien en le healme,
L'une meité l'en abat sur destre,
Del roiste colp s'enclinat vers tere,
E enbraçad del destrer le col e les rednes.
Al trespassant le bon cunte Willame
1925 Tute la quisse li trenchad desur la sele,
E de l'altre part chiet li bucs a la terre.
Dunc tendi sa main li bons quons Willame,
Si ad pris le corant destrer a la raisne.
Vint a Guiot, sun nevou, si l'apele.

Lui, tenait son épée juste devant son visage.
Alors le roi des Sarrasins l'observe,
Ralentit son allure et se met au petit pas.
1905 « Ah ! oncle Guillaume, dit Gui, son petit neveu,
Je vous demande à présent, s'il vous plaît,
De me redonner mon cheval arabe,
Pour que j'affronte ce maudit Sarrasin. »

CXXVI

« Mon oncle, seigneur, soyez compatissant !
1910 Je vous en prie, rendez-moi mon cheval,
Et j'affronterai le païen d'outre-mer.
— Mon neveu, dit Guillaume, tu manques de sagesse,
Quant tu demandes devant moi la faveur d'attaquer.
Jamais personne au monde ne l'a fait
1915 Depuis le jour où j'ai été en mesure de porter les armes.
Même mon seigneur Louis, le noble, ne le ferait pas.
Si je pouvais le frapper d'un coup d'épée,
Je serais bien vengé de ce païen d'outre-mer.
On était mercredi, Déramé se mit au petit pas[1].
1920 Guillaume frappe le païen sur le heaume,
Dont il abat la moitié droite ;
Ce coup rude le fait s'incliner vers le sol ;
Il embrasse l'encolure et les rênes du destrier.
Au passage, le vaillant comte Guillaume
1925 Lui découpe toute la cuisse au ras de la selle :
Le buste tombe au sol de l'autre côté.
Alors le vaillant comte Guillaume tendit la main
Et saisit par la rêne le fougueux destrier.
Il revint vers Guiot, son neveu, et l'appela.

---

1. Le texte est sans doute corrompu : la formule *lores fu mercresdi*, comme ses variantes, est toujours isolée dans un vers atypique (*cf.* par ex. le v. 1979) ; de plus, le second hémistiche se contente de reprendre, avec une légère variation, celui du v. 1904. On notera le changement d'assonance aux v. 1920-1929, sans signe matériel de changement de laisse dans le manuscrit.

CXXVII

1930 Li Sarazin se jut en mi le pré,
Si vit Willame sun bon cheval mener,
E il le comence tant fort a regretter :
« Ohi, balçan, que jo vus poei ja tant amer !
Jo te amenai de la rive de mer,
1935 Et il qui ore te ad ne te seit proz conreier,
Ne costier ne seigner ne ferrer.
– Glut, dist Willame, laissez cest sermun ester,
E pren conseil de ta quisse saner,
E jo penserai del bon cheval garder ! »
1940 Vint a Gui, e si li ad presenté :

CXXVIII

Li Sarazin out al quor grant rancune :
« Ha, balçan, bon destrer, tant mar fustes,
Vostre gent cors e voz riches ambleures !
La me portas u ma quisse ai perdue.
1945 Tantes batailles sur vus ai vencues !
Meillur cheval n'ad suz ces nues.
Paene gent en avront grant rancune.
– Glut, dit Willame, de ta raisun n'ai cure ! »

CXXIX

Li bers Willame vait par mi le pré ;
1950 Le bon cheval ad en destre mené.
Gui apele, e si li ad presenté :
« Bels niés, sur cest cheval muntez,
Si me prestez le vostre, par tun gré,
E vus muntez sur cest qui fu Deramé ;
1955 Ke cest u jo sez m'est mult atalenté.
– Bels sire, uncles, fai mei dunc bunté ;
Vostre merci, ma sele me rendez,
Si pernez cel del cheval Deramé. »
Respunt Willame : « Ço te ferai jo asez. »
1960 Dunc descent a terre pur les seles remuer.

CXXVII

1930 Le Sarrasin gisait au beau milieu du pré,
Et voyait Guillaume emmener son bon cheval.
Il se mit alors à déplorer violemment sa perte :
« Hélas, cheval, comme j'ai pu t'aimer !
Je t'avais ramené de la côte,
1935 Et ton ravisseur est incapable de s'occuper de toi,
De te soigner, de te saigner, de te ferrer.
– Canaille, dit Guillaume, tais-toi,
Et avise-toi de faire soigner ta cuisse :
Moi, je m'appliquerai à veiller sur ce bon cheval ! »
1940 Il s'approcha de Gui et le lui présenta.

CXXVIII

Le Sarrasin avait le cœur meurtri :
« Hélas, cheval, mon bon destrier, quel malheur !
Ton port était noble et ton amble splendide,
Et tu m'as porté là où j'ai perdu ma cuisse !
1945 J'ai remporté, monté sur toi, tant de victoires !
Il n'y a pas de meilleur cheval sous le ciel !
Le peuple des païens en sera très affligé.
– Canaille, dit Guillaume, je me moque de tes discours ! »

CXXIX

Le valeureux Guillaume avance dans le pré ;
1950 Il mène le bon cheval de la main droite.
Il appelle Gui et le lui présente :
« Cher neveu, montez sur ce cheval ;
Donnez-moi donc le vôtre, s'il vous plaît,
Et vous, montez sur celui de Déramé ;
1955 Car celui que je monte me convient parfaitement.
– Mon oncle, cher seigneur, faites-moi plaisir :
S'il vous plaît, rendez-moi ma selle,
Et prenez celle du cheval de Déramé. »
Guillaume répond : « Cela, je le veux bien. »
1960 Il met alors pied à terre pour échanger les selles.

CXXX

Tant dementers cun Willame remout les seles,
Gui vit le rei travailler sur l'erbe ;
Trait ad s'espee, si li colpad la teste.
De cele chose se corozat mult Willame :
« A, glut, lecchere, cum fus unc tant osé,
Que home maigné osas adeser !
En halte curt te serrad reprové. »
Ço respunt Guiot : « Unc mais n'oi tel !
S'il n'aveit pez dunt il peust aler,
Il aveit oilz dunt il poeit veer,
Si aveit coilz pur enfanz engendrer.
En sun païs se fereit uncore porter,
Si en istereit eir Deramé
Qu'en ceste terre nus querreit malté.
Tut a estrus se deit hom delivrer.
— Niés, dist Willame, sagement t'oi parler !
Cors as d'enfant e raisun as de ber.
Aprés ma mort ten tote ma herité. »
Lores fu mecresdi.
Ore out vencu sa bataille Willame.

CXXXI

Li quons Willame chevalche par le champ,
Tut est irez e plein de maltalant,
Rumpit les laz de sun healme luisant,
Envers la terre li vait mult enbronchant,
Sa bone enseigne teinte en vermeil sanc.
Mult grant damage trove de sa gent ; [14a]
Guiot le vait de loinz adestrant.

CXXX

Pendant que Guillaume s'appliquait à échanger les selles,
Gui vit le roi qui s'agitait sur l'herbe ;
Il tira son épée et lui coupa la tête.
Ce geste mit Guillaume hors de lui :
1965 « Ah ! canaille, gredin, d'où t'est venue l'audace
De toucher à un homme blessé !
Tu en seras accusé en pleine cour ! »
Guiot répond : « Quelle absurdité !
S'il n'avait plus de pieds pour marcher,
1970 Il avait toujours des yeux pour voir,
Et des couilles pour procréer.
Il pouvait toujours se faire transporter dans son pays,
Et des héritiers de Déramé seraient nés
Qui seraient venus porter le malheur ici, chez nous.
1975 Il faut savoir se libérer complètement.
– Mon neveu, dit Guillaume, tu es plein de sagesse !
Tu raisonnes en homme mûr dans un corps d'enfant.
Après ma mort, détiens tous mes fiefs ! »
C'était alors mercredi.
1980 A présent, Guillaume avait remporté la victoire.

(Fin de *G1*)

La mort de Vivien (G2)

CXXXI

Le comte Guillaume chevauche sur le champ de bataille,
Plein de tristesse et de fureur ;
Il arrache les lacets de son heaume brillant
Qui s'incline fortement vers le sol ;
1985 Sa bonne enseigne est teinte de sang vermeil.
Il constate le grand désastre des siens ;
Guiot le suit de loin.

Vivien trove sur un estanc,
A la funteine dunt li duit sunt bruiant,
1990 Desuz la foille d'un oliver mult grant,
Ses blanches mains croisies sur le flanc,
Plus suef fleereit que nule espece ne piment.
Par mi le cors out quinze plaies granz ;
De la menur fust morz uns amirailz,
1995 U reis u quons, ja ne fust tant poanz.
Puis regrette tant dolerusement :
« Vivien, sire, mar fu tun hardement,
Tun vasselage, ta prouesse, tun sen !
Quant tu es mort, mes n'ai bon parent ;
2000 N'averai mes tel en trestut mun vivant. »

CXXXII

« Vivien, sire, mar fu ta juvente bele,
Tis gentil cors et ta teindre meissele !
Jo t'adubbai a mun paleis a Termes,
Pur tue amur donai a cent healmes,
2005 E cent espees e cent targes noveles.
Ci vus vei mort en l'Archamp en la presse,
Trenché le cors e les blanches mameles,
E les altres od vus qui morz sunt en la presse.
Merci lur face le veir paterne
2010 Qui la sus maint, e ça jus nus governe ! »

CXXXIII

A la funtaine dunt li duit sunt mult cler,
Desuz la foille d'un grant oliver,
Ad bers Willame quons Vivien trové.
Par mi le cors out quinze plaies tels,
2015 De la menur fust morz uns amirelz.
Dunc le regrette dulcement e suef :
« Vivien, sire, mar fustes unques ber,
Tun vasselage que Deus t'aveit doné !

Il trouve Vivien au bord d'un étang,
Près de la fontaine dont les eaux murmurent,
1990 Sous le feuillage d'un immense olivier,
Ses blanches mains croisées sur le côté[1] ;
Nulle épice, nul piment n'a plus suave parfum.
Son corps était criblé de quinze plaies profondes :
La moindre d'entre elles aurait fait mourir un émir,
1995 Un roi, ou un comte, si puissant fût-il.
Puis il prononce de douloureux regrets :
« Vivien, seigneur, à quoi ont servi ta hardiesse,
Ta vaillance, ta prouesse, ta sagesse !
Maintenant que tu es mort, je n'ai plus de parent de valeur ;
2000 De toute ma vie je n'en trouverai pas de semblable ! »

CXXXII

« Seigneur Vivien, à quoi bon ta belle jeunesse,
Ton noble corps et tes tendres joues !
Je t'avais adoubé dans mon palais, à Termes,
Et donné, en ton honneur, à cent chevaliers des heaumes,
2005 Des épées, des boucliers tout neufs.
Vous voilà mort ici, à l'Archant, dans la foule,
Votre corps et votre blanche poitrine mutilés,
Avec tous ceux qui sont morts dans la mêlée.
Que leur soit miséricordieux le vrai Père
2010 Qui demeure là-haut, et nous mène ici-bas ! »

CXXXIII

Près de la fontaine dont les eaux sont limpides,
Sous le feuillage d'un grand olivier,
Le preux Guillaume a trouvé le comte Vivien.
Son corps était meurtri de quinze plaies telles
2015 Que la moindre aurait fait mourir un émir.
Il prononce alors des regrets doux et tendres :
« Seigneur Vivien, à quoi bon ta valeur,
Et ton courage que Dieu t'avait donné ?

---

1. Ces indications sont incompatibles avec celles des v. 925-928. C'est une seconde version de la mort de Vivien qui commence ici.

N'ad uncore gueres que tu fus adubé,
Que tu plevis e juras Dampnedeu
Que ne fuereies de bataille champel,
Puis covenant ne volsis mentir Deu.
Pur ço iés ore mort, ocis e afolé.
Dites, bel sire, purriez vus parler
E reconuistre le cors altisme Deu ?
Si tu ço creez, qu'il fu en croiz penez,
En m'almonere ai del pain sacré,
Del demeine que de sa main saignat Deus ;
Se de vus le col en aveit passé,
Mar crendreies achaisun de malfé. »
Al quons revint e sen e volenté,
Ovri les oilz, si ad sun uncle esgardé.
De bele boche començat a parler :
« Ohi, bel sire, dist Vivien le ber,
Içó conuis ben que veirs e vifs est Deu
Qui vint en terre pur sun pople salver,
E de la virgne en Belleem fu nez,
E se laissad en sainte croiz pener ;
E de la lance Longis fu foré,
Que sanc e eve corut de sun lé.
A ses oilz terst, sempres fu enluminé ;
"Merci !" criad, si li pardonad Deus.
Deus, mei colpe, des l'ore que fu nez,
Del mal que ai fait, des pecchez e dé lassetez !
Uncle Willame, un petit m'en donez.
— A, dist le cunte, a bon hore fui nez !
Qui ço creit ja nen ert dampnez. »
Il curt a l'eve ses blanches mains a laver,
De s'almosnere ad trait le pain segré,
Enz en la boche l'en ad un poi doné.
Tant fist le cunte que le col en ad passé.
L'alme s'en vait, le cors i est remés.
Veit le Willame, comence a plurer.
Desur le col del balçan l'ad levé,
Qui l'en voleit a Orenge porter.

La mort de Vivien

Il n'y a pas bien longtemps que l'on t'a adoubé,
2020 Et que tu as fait le serment au Seigneur Dieu
De ne pas fuir dans une bataille rangée ;
Ensuite, tu n'as jamais voulu trahir ton serment.
C'est la cause des coups mortels qui t'ont abattu.
Dis-moi donc, cher seigneur, peux-tu encore parler
2025 Et reconnaître le Corps très saint de Dieu[1] ?
Si tu crois qu'il a été sacrifié sur la Croix,
J'ai dans mon aumônière du pain consacré,
Que Dieu lui-même a béni de sa main.
Si tu en mangeais,
2030 Tu n'aurais plus à craindre l'assaut du démon. »
Le comte revint à lui,
Ouvrit les yeux, et regarda son oncle.
Il se mit à parler avec conviction :
« Hélas, mon cher seigneur, dit Vivien le vaillant,
2035 Je sais bien que Dieu est vrai et vivant,
Lui qui est venu sur terre pour sauver son peuple,
Est né à Bethléem de la Vierge
Et s'est laissé supplicier sur la sainte Croix ;
Il a été transpercé par la lance de Longin,
2040 Et le sang et l'eau ont coulé de son flanc.
Longin, frottant ses yeux, retrouva la vue ;
Il cria merci, et Dieu lui pardonna.
Dieu, *mea culpa* pour le mal que j'ai fait
Depuis ma naissance, pour mes péchés et mes lâchetés !
2045 Oncle Guillaume, donnez-m'en un peu !
— Ah ! dit le comte, bénie soit l'heure de ta naissance !
Qui croit tout cela ne sera jamais damné. »
Il va vite laver ses blanches mains dans l'eau,
Sort de son aumônière le pain bénit,
2050 Et lui en met un peu dans la bouche.
Il fait tant et si bien que Vivien l'avale.
L'âme s'en va, le corps reste ici-bas.
Guillaume alors se met à pleurer.
Il le soulève sur l'encolure du cheval,
2055 Dans l'espoir de l'emporter à Orange.

---

1. *Cor altisme Deu* : *corpus Christi*, c'est-à-dire l'hostie.

Sur li corent Sarazin e Escler,
Tels quinze reis qui ben vus sai nomer ;
Reis Mathamar e uns reis d'Aver,
E Bassumet e li reis Defamé,
2060 Soldan d'Alfrike e li forz Eaduel,
E Aelran e sun fiz Aelred,
Li reis Sacealme, Alfamé e Desturbed,
E Golias e Andafle e Wanibled.
Tuz quinze le ferent en sun escu boclé,
2065 Pur un petit ne l'unt acraventé.
Quant veit Willame que ne la purrad endurer,
Colché l'en ad a tere, sil comandad a Deu ;
Mult vassalment s'est vers els turné.
Et ces quinze l'unt del ferir ben hasté,
2070 Que par vife force unt fait desevrer
L'uncle del nevou qu'il poeit tant amer.
(...)

CLII

2475 Quant veit Willame les legers bagelers
De l'or d'Espaige li vienent demander,
Car il lur soleit les anels doner :
« Seignurs, ne me devez blamer.
Or e argent ai jo uncore assez
2480 En Orenge, ma mirable citez ;

Mais Sarrasins et Slaves viennent l'attaquer :
Ils sont quinze rois dont je connais les noms :
Le roi Mathamar et un roi des Avares,
Bassumet et le roi Défamé,
2060 Soudan d'Afrique et le puissant Eaduel,
Et Aelran et son fils Aelred,
Le roi Saceaume, Aufamé et Desturbé,
Et Golias, Andafle et Wanibled[1].
Tous les quinze, ils le frappent sur son écu à boucle,
2065 Et peu s'en faut qu'ils ne l'aient abattu.
Quand Guillaume voit qu'il risque la mort,
Il couche Vivien sur le sol et le recommande à Dieu.
Puis il se tourne vers l'ennemi très courageusement.
Ces quinze rois l'ont si bien pressé de leurs coups
2070 Qu'ils ont contraint de force l'oncle à se séparer
De son neveu qu'il aimait tant.
(...)

Guillaume à Laon

CLII

2475 Quand Guillaume voit que les jeunes gens joyeux
Viennent lui demander de l'or d'Espagne,
Car il avait coutume de leur donner des bagues :
« Seigneurs, dit-il, vous ne devez pas me blâmer[2].
J'ai encore beaucoup d'or et d'argent
2480 A Orange, ma magnifique cité ;

---

1. Ces noms (qui ne sont que quatorze) mélangent les consonances méditerranéennes et anglo-saxonnes (Aelred, Wanibled ; un roi anglo-saxon historique du temps de Charlemagne se nommait Aethelred), et sont souvent formés à partir d'un vocable exprimant le mal ou le désordre (Défamé, Desturbed), selon un procédé classique très pratiqué dans la *Chanson de Roland* ; cf. sur cette question J. Dufournet, « Notes sur les noms des Sarrasins dans la *Chanson de Roland* », *Revue des langues romanes*, t. 91, 1987, p. 91-105. 2. Avant même que le courant courtois ne fasse de la *largesse* la vertu primordiale des princes, celle-ci était une institution : sur le rôle de la distribution des richesses dans le haut Moyen Age, cf. G. Duby, *Guerriers et paysans*, Paris, Gallimard, 1973, p. 60 sqq.

Si Deu m'aït, nel poei aporter,
Car jo repair de l'Archamp sur mer,
U jo ai perdu Vivien l'alosed ;
Mun nevou Bertram i est enprisoné,
2485 Walter de Termes, e Reiner le sené,
E Guielin, e Guischard al vis cler ;
Sule est Guiburc en la bone cité.
Pur Deu vus mande que vus le socurez ! »
Quant cil oirent del damage parler,
2490 Laissent la resne al destrer sojurné,
Tote la place li unt abandoné ;
Turnent al paleis, asseent al manger. [17d]
Ancui saverad Willame al curb nes
Cum povres hon pot vers riche parler,
2495 E queles denrees l'um fait de cunsiler !

CLIII

Li reis demande : « U est Willame alé ? »
E cil li dient : « Ja est el perun remés.
Les vis deables le nus unt amené ;
Si cum il dit, mal li est encuntré. »
2500 E dist li reis : « Laissez le tut ester ;
Le gentil cunte ne vus chaut a gaber.
Alez i tost, e sil m'amenez.
– Volenters, sire, quant vus le comandez. »
Willame munte lé marbrins degrez ;
2505 Li reis le beise ; si l'aset al digner.
Quant ad mangé, sil prist a raisuner :
« Sire Willame, cum faitement errez ?
Ne vus vi mais ben ad set anz passez ;
Ne sanz bosoig, ço sai, ne me requerez.

J'en atteste Dieu, je n'ai pu en apporter,
Car je reviens de l'Archant sur la mer,
Où j'ai perdu l'illustre Vivien ;
Mon neveu Bertrand est retenu prisonnier,
2485 Avec Gautier de Termes, et le sage Renier,
Et Guielin, et Guichard au visage lumineux ;
Guibourc est toute seule dans la puissante cité.
Au nom de Dieu, je vous appelle à son secours ! »
Quand ils apprennent cette catastrophe,
2490 Ils lâchent la rêne du cheval vigoureux,
Et laissent Guillaume tout seul.
Ils retournent manger dans la grande salle.
Guillaume au Nez Courbe saura bientôt
Quel langage un homme pauvre peut tenir à un riche,
2495 Et combien on juge bon de porter secours à autrui[1].

CLIII

Le roi demande : « Où est allé Guillaume ? »
On lui répond : « Il est resté près du montoir.
Les démons nous l'ont envoyé :
A ce qu'il dit, il lui est arrivé malheur. »
2500 Le roi prend la parole : « Laissez-le tranquille.
Vous n'avez pas à vous moquer du noble comte.
Allez vite le trouver, et amenez-le moi.
– Volontiers, seigneur, à vos ordres. »
Guillaume monte l'escalier de marbre ;
2505 Le roi l'embrasse et le fait asseoir pour déjeuner[2].
Après le repas, il lui adresse la parole :
« Seigneur Guillaume, comment allez-vous ?
Il y a bien sept ans que je ne vous ai vu[3],
Et je sais bien que vous ne me sollicitez pas futilement.

---

1. *Conseillier* a fréquemment le sens de « porter secours » : dans les romans arthuriens, les *pucelles desconseilliées* sont des demoiselles qui ont besoin d'aide.
2. Le comportement du roi est très différent dans *Aliscans*. Pour une comparaison entre les deux scènes, voir l'article de J. Wathelet-Willem, « Le roi et la reine dans la *Chanson de Guillaume* et dans *Aliscans* : analyse de la scène de Laon », *Mélanges J. Lods*, Collection de l'ENSJF, Paris, 1978, t. 1, p. 558-570.
3. Dans le *Charroi de Nîmes*, Guillaume s'est précisément engagé à ne demander à Louis qu'un secours militaire au plus tous les sept ans.

2510 — Sire, dist il, jal savez vus assez ;
Jo aveie Espaigne si ben aquitez,
Ne cremeie home que de mere fust nez.
Quant me mandat Vivien l'alosé
Que jo menasse de Orenge le barné —
2515 Il fu mis niés, nel poeie veier.
Set mile fumes de chevalers armez.
De tuz icels ne m'est un sul remés ;
Perdu ai Vivien l'alosed,
Mis niés Bertram i est enprisoné,
2520 Le fiz Bernard de Brusban la cité,
E Guielin, e Guischard al vis cler ;
Sule est Guiburc en la bone cité.
Pur Dé vus mande que vus la socurez ! »
Unc li reis nel deignad regarder,
2525 Mais pur Bertram comence a plurer.

CLIV

« Lowis, sire, mult ai esté pené,
En plusurs esturs ai esté travaillé.
Sole est Guiburc en Orenge le seé ;
Pur Deu vus mande que socurs li facez ! »
2530 Ço dist li reis : « N'en sui ore aisez.
A ceste feiz n'i porterai mes piez. »
Dist Willame : « Qui enchet ait cinc cenz dehez ! »
Dunc traist sun guant qui a or fu entaillez,
A l'emperere l'ad geté a ses piez :
2535 « Lowis, sire, ci vus rend voz feez.
N'en tendrai mais un demi pé ;
Qui que te plaist, le refai ottrier. »
En la sale out tels quinze chevalers,
Freres e uncles, parenz, cosins, e niés,
2540 Ne li faldrunt pur les testes trencher.
De l'altre part fu Rainald de Peiter,

– Seigneur, dit-il, vous le savez parfaitement :
J'avais si bien libéré l'Espagne
Que je ne craignais plus personne au monde.
Quand l'illustre Vivien me fit mander
De venir avec tous mes vassaux d'Orange –
C'était mon neveu, je ne pouvais me dérober –,
Nous étions sept mille chevaliers en armes.
Il ne m'en reste plus un seul.
J'ai perdu l'illustre Vivien,
Mon neveu Bertrand est retenu prisonnier –
Le fils de Bernard de Brusban la cité –,
Avec Guielin et Guichard au visage lumineux ;
Guibourc est seule dans la puissante cité.
Au nom de Dieu, je vous demande de lui porter secours ! »
Le roi préféra détourner son regard,
Mais il se mit à pleurer à cause de Bertrand.

CLIV

« Louis, seigneur, j'ai beaucoup souffert,
J'ai été éprouvé dans de nombreux assauts.
Guibourc est seule dans la résidence d'Orange ;
Au nom de Dieu, je vous demande de lui porter secours ! »
Le roi répond : « Je n'en ai pas le loisir à présent.
Je n'irai pas cette fois-ci. »
Guillaume répond : « Maudit soit celui qui se rétracte ! »
Il ôte alors son gant incrusté d'or,
Et le jette aux pieds de l'empereur[1] :
« Seigneur Louis, je vous rends ici vos fiefs.
Je n'en tiendrai plus un demi-pied carré.
Redistribue-les à qui te plaît[2]. »
Dans la salle il y avait bien quinze chevaliers,
Des frères, des oncles, des parents, des cousins, des neveux,
Dont aucun ne lui ferait défaut même sous peine de mort.
Un peu plus loin se trouvait Raynaud de Poitiers,

---

1. C'est l'un des gestes codifiés de la rupture d'hommage. 2. Le fief, originellement, n'était pas héréditaire ; la rupture de l'hommage entraînait la confiscation du fief, qui pouvait être redistribué par le suzerain.

Un sun nevou, de sa sorur premer ;
A halte voiz començat a hucher :
« Nel faites, uncle, pur les vertuz del ciel !
2545 Fiz a barun retien a tei tun fé.
Si deu me aït, qui le pople maintient,
Je ne larrai pur home desuz ciel
Que ne t'ameine quatre mille chevalers
A cleres armes e a alferanz destrers.
2550 – E, Deus ! dist Willame, vus me volez aider !
Fel seit li uncles qui bon nevou n'ad cher. »

CLV

De l'altre part fu Hernald de Girunde,
Et Neimeri, sun pere, de Nerbune,
Li quons Garin de la cité d'Ansune.
2555 Dist li uns a l'altre : « Ore feriuns grant hunte
De nostre ami si le laissiun cunfundre. »
Dist Neimeri, sun pere, de Nerbune :
« Jo ne larrai pur rei ne pur cunte
Que ne li meine set mile de mes homes.
2560 – Et jo quatre mile », fait Garin d'Ansune. [18b]

CLVI

Ço dist Boeves, quons de Somarchiz la cité :
« Jo sui sun frere, se ne li puis faillir.
Jo ne larrai pur home qui seit vif
Que ne li ameine chevalers quatre mil.
2565 – E jo treis », fait Hernald le flori.
« Et jo dous », fait li enfes Guibelin.
« Seignur, ço dist de Flandres Baldewin,
Li quons Willame est prodome e gentil,

L'un de ses neveux, fils aîné de sa sœur[1] ;
Il se met à crier d'une voix forte :
« N'en faites rien, mon oncle, au nom des puissances [célestes !
2545 Fils de baron, conserve ton fief !
J'en atteste Dieu, qui dirige son peuple,
Il n'est personne sous le ciel qui m'empêcherait
De t'amener quatre mille chevaliers
Aux armes étincelantes, pourvus de fougueux destriers. »
2550 – Ah ! Dieu, dit Guillaume, vous voulez me soutenir !
Honni soit l'oncle qui ne chérit pas un vaillant neveu ! »

CLV

Un peu plus loin se trouvaient Hernaut de Gérone,
Et Aymeri de Narbonne, son père,
Le comte Garin de la cité d'Anséune[2].
2555 Ils se disent entre eux : « Nous nous couvririons de honte
Si nous laissions abattre notre parent. »
Son père, Aymeri de Narbonne, prit la parole :
« Dussé-je déplaire à un roi ou un comte,
Je lui amènerai sept mille de mes hommes.
2560 – Et moi quatre mille », dit Garin d'Anséune.

CLVI

Voici ce que dit Beuve, le comte de la cité de
« Je suis son frère, je ne puis l'abandonner. [Commarchis[3] :
Peu importe si cela déplaît à quelqu'un,
Je lui amènerai quatre mille chevaliers.
2565 – Et moi trois mille », dit Hernaut à la barbe fleurie.
« Et moi deux mille », dit le jeune Guibelin.
« Seigneurs, dit Baudouin de Flandres,
Le comte Guillaume est sage et noble,

---

1. Guillaume n'ayant qu'une sœur, la reine de France, ce Raynaud devrait être, en tant que fils aîné, l'héritier de la couronne : la chanson ne semble pas avoir prêté attention à ce détail incongru. 2. Peut-être s'agit-il d'Ansérune, localité célèbre pour son oppidum romain. 3. Son histoire épique a été célébrée dans la chanson de geste de *Beuves de Commarchis*, remaniement de la fin du XIIIe siècle dû au trouvère Adenet le Roi de la chanson du *Siège de Barbastre* (fin XIIe s.).

Si ad amé ses pers e ses veisins,
2570 Si socurst les, si les vit entrepris.
Jo ne larrai pur home qui seit vis
Que ne li amein chevalers mil.
Alum al rei, si li criun merci,
Que de socure Willame nus aïd ! »

CLVII

2575 Tuz ces baruns devant le rei vindrent.
Cil Baldewin li començat a dire :
« Forz emperere, pur Deu le fiz Marie,
Veez de Willame, cum plure e suspire !
Teint ad la charn suz le bliaut de Sirie ;
2580 Ço ne fu unques par nule coardie.
Sule est Guiburc en Orenge la vile ;
Ore l'assaillent li paien de Surie,
Cil de Palerne e cil de Tabarie.
S'il unt Orenge, puis unt Espaigne quite,
2585 Puis passerunt as porz desuz Saint Gille ;
S'il unt Paris, puis avront Saint Denise.
Fel seit li home qui puis te rendrat servise ! »
Ço dist li reis : « Jo irrai me meisme,
En ma cunpaigne chevalers trente mille.
2590 — Nu ferez, sire ! ço respunt la reine,
Dame Guiburc fu né en paisnisme,
Si set maint art e mainte pute guische.
Ele conuist herbes, ben set temprer mescines.
Tost vus ferreit enherber u oscire. [18c]
2595 Willame ert dunc reis e Guiburc reine,
Si remaindreie doleruse e chaitive. »
Ot le Willame, a poi n'esraga de ire :
« Qu'as tu dit, Dampnedeu te maldie !
Pute reine, vus fustes anuit ivre.

Il a toujours aimé ses pairs et ses voisins[1],
2570 Leur portant secours dans les difficultés.
Peu importe si cela déplaît à quelqu'un,
Je lui amènerai mille chevaliers.
Allons trouver le roi, implorons sa pitié,
Pour qu'il nous aide à secourir Guillaume ! »

CLVII

2575 Tous ces barons vinrent devant le roi.
Baudouin prit la parole le premier :
« Puissant empereur, au nom de Dieu, fils de Marie,
Voyez comme est Guillaume, comme il pleure et soupire !
Il a pâli sous son bliaut de Syrie :
2580 Mais ce n'est pas par couardise !
Guibourc est seule dans la ville d'Orange ;
Elle subit les assauts des païens de Syrie,
De ceux de Palerme et de Tibériade.
S'ils s'emparent d'Orange, ils reprennent l'Espagne,
2585 Puis ils emprunteront les ports près de Saint-Gilles ;
S'ils occupent Paris, ils prendront vite Saint-Denis.
Honni soit alors l'homme qui te servira ! »
Le roi répond : « J'irai en personne,
A la tête de trente mille chevaliers !
2590 — Ah ! non ! répond la reine,
Dame Guibourc est née en terre païenne,
Elle est experte en magie et en mauvais tours.
Elle connaît les plantes et sait faire des potions.
Elle aurait vite fait de vous empoisonner et de vous tuer !
2595 Guillaume alors deviendrait roi et Guibourc reine,
Et moi, je n'aurais plus que mes yeux pour pleurer. »
Ces propos mirent Guillaume hors de lui :
« Qu'est-ce que tu as dit ? Que Dieu te maudisse !
Reine misérable, tu as trop bu cette nuit.

---

1. Le type de noble représenté par Guillaume est ainsi opposé, en filigrane, au type le plus répandu dans la réalité française d'une grande partie du XIIe siècle, celui du chevalier pillard, toujours prêt à s'emparer des terres de ses voisins. La politique de Louis VI et de Louis VII visait à soumettre de tels rebelles, avec l'appui de l'Eglise.

2600 Il siet assez, unc ne l'i boisai mie.
Tant par sunt veires lé ruistes felonies
Enz en l'Archamp que vus avez oi dire. »

CLVIII

« Pute reine, pudneise, surparlere,
Tedbald vus fut, le culvert lecchere,
2605 E Esturmi od la malveise chere.
Cil deussent garder l'Archam de la gent paene ;
Il s'en fuirent, Vivier remist arere.
Plus de cent prestres vus unt ben coillie,
Forment vus unt cele clume chargee,
2610 Unc n'i volsistes apeler chambrere.
Pute reine, pudneise surparlere !
Mielz li venist qu'il t'eust decolee,
Quant tote France est par vus avilee.
Quant tu sez as chaudes chiminees,
2615 Et tu mangues tes pudcins en pevrees,
E beis tun vin as colpes coverclees,
Quant es colché, ben es acuvetee,
Si te fais futre a la jambe levee.
Ces leccheurs te donent granz colees,
2620 E nus en traium les males matinees,
Sin recevon les buz e les colees,
Enz en l'Archamp les sanglantes testés !
Si jo trai fors del feore ceste espee,
Ja vus avrai cele teste colpee ! »
2625 Pé a demi l'ad del feore levee ;
Devant fu Nemeri de Nerbune, sun pere,
Si li unt dit parole menbree :
« Sire Willame, laissez ceste mellee ! [18d]
Vostre sorur est, mar fust ele nee ! »
2630 E fait li reis : « Ben fait, par Deu, le pere,
Car ele parole cum femme desvee !

2600 Louis sait très bien que je ne l'ai jamais trompé.
Ils sont bien véridiques, les cruels coups du sort
De l'Archant, dont on vous a parlé. »

CLVIII

« Reine misérable, punaise médisante,
Tiébaut[1] te fout, cet infâme débauché,
2605 Comme Estourmi au visage sinistre.
Ils auraient dû protéger l'Archant de l'invasion païenne ;
Ils se sont enfuis, Vivien, lui, est resté.
Plus de cent prêtres t'ont fait sentir leurs couilles,
Ils ont abondamment battu ton enclume,
2610 Sans que tu penses à appeler de chambrière !
Reine misérable, punaise médisante !
Louis aurait mieux fait de te couper la tête,
A toi qui couvres de honte la France tout entière.
Quand tu es assise dans tes pièces bien chauffées,
2615 Et que tu manges des poussins en poivrade,
Que tu bois ton vin dans des coupes à couvercle,
Et que tu es couchée, bien couverte,
Tu te fais foutre, la jambe en l'air.
Ces cochons te livrent de durs assauts,
2620 Et nous, nous passons des moments pénibles,
Recevant coups sur coups,
La tête ensanglantée, à l'Archant !
Si je tire cette épée de son fourreau,
Je t'aurai vite coupé la tête ! »
2625 Il l'a sortie d'un pied et demi du fourreau ;
Son père, Aymeri de Narbonne, était devant lui ;
Il lui dit[2] avec sagesse :
« Seigneur Guillaume, cessez de vous disputer !
C'est votre sœur, maudite soit-elle ! »
2630 Et le roi dit : « Il a raison, au nom de Dieu le Père,
Car elle parle comme une folle !

---

1. Il s'agit de Tiébaut de Bourges, l'un des lâches qui, au début de la chanson, avait fui le champ de bataille avec Estourmi, comme le rappellent les vers suivants. **2.** Nous avons suivi ici la correction proposée par F. Suard : *Si li out* au lieu de *si li unt* (les confusions entre *u* et *n* sont fréquentes dans les manuscrits).

Si jo n'i vois, si serrad m'ost mandee.
Vint mile chevalers od nues espees
Li chargerai demain a l'ajurnee.
2635 – Vostre merci, fait Willame, emperere. »

CLXI

2790 Villame chevalche les pius e les vals
E les muntaines, que pas ne se targat ;
Vint a Orenge que forment desirad.
A un perun descent de sun cheval ;
Dame Guiburc les degrez devalad,
2795 Par grant amur la face li baisad.
Puis li demande : « Qu'as tu en France fait ?
– Nent el que ben, ma dame, si vus plaist.
Vint mil homes en amein ben, e mais, [20a]
Que l'emperere de France me chargeat,
2800 Estre la force de mi parent leal ;
Quarante mille, la merci Deu, en ai.
– Ne vient il dunc ? – Nun, dame. – Ço m'est laid.
– Malade gist a sa chapele a Es. »
E dist Guiburc : « Cest vers avez vus fait :
2805 S'il ore gist ja ne releve il mes.
– Ne voille Deu qui tote rien ad fait ! »
Willame munte le marbrin paleis,
A sun tinel Renewark vait aprés ;
Cels qui l'esgardent le tienent pur boisnard,
2810 E asquanz le crement que trestuz les tuast.

CLXII

Villame munte les marbrins degrez,
E Renewark le siut od sun tinel.

Si je n'y vais pas moi-même, je convoquerai mon armée.
Je lui confierai demain, dès l'aube,
Vingt mille chevaliers avec leurs épées nues.
2635 – Merci à vous, empereur », répond Guillaume.

Rainouart et Guibourc

CLXI

2790 Guillaume chevauche à travers collines et vallées,
A travers monts, sans s'attarder.
Il arrive à Orange, l'objet de ses désirs.
Il descend de son cheval à un montoir ;
Dame Guibourc descend les escaliers
2795 Et lui baise la face avec beaucoup d'amour.
Elle lui demande ensuite : « Qu'as-tu fait en France ?
– J'ai très bien réussi, ma dame, à votre plaisir.
Je ramène bien vingt mille hommes et plus,
Que l'empereur de France m'a confiés,
2800 Sans compter les troupes de mon loyal lignage :
J'en ai quarante mille, grâce à Dieu.
– Le roi ne vient-il pas ? – Non, dame. – Cela ne me plaît
– Il est couché, malade, dans sa chapelle, à Aix. » [guère.
Guibourc réplique : « C'est vous qui avez imaginé ce
 [conte :
2805 S'il est maintenant couché, qu'il ne se relève jamais !
– Puisse Dieu qui créa le monde ne pas vous entendre ! »
Guillaume monte dans la salle de marbre,
Et Rainouart le suit avec son tinel.
Ceux qui le regardent le tiennent pour un sot,
2810 Et quelques uns redoutent qu'il ne les tue tous.

CLXII

Guillaume monte les escaliers de marbre,
Et Rainouart le suit avec son tinel.

Dame Guburc l'emprist a esgarder ;
Vint a Willame, conseillad li suef :
2815 « Sire, dist ele, qui est cest bacheler
Qui en sun col porte cest fust quarré ?
— Dame, dist il, ja s'est un bageler,
Uns joefnes hon que Deus m'ad amené.
— Sire, dist ele, estuet le nus doter ?
2820 — Nenal veir, ben i poez parler. »
E ele le traist a un conseil privé :
« Ami, dist ele, de quele terre es tu né,
E de quel regné e de quel parenté ?
— Dame, dist il, d'Espaigne le regné :
2825 Si sui fiz al fort rei Deramé,
E Oriabel est ma mere de ultre mer.
— Cum avez nun ? — Reneward m'apelez. »
Guiburc l'oi, si lle reconuit assez ;
Del quor suspire, des oilz comence a plorer.
2830 E dist la dame : « Cest nun m'est mult privé ;
Un frere oi jo que si se fist clamer.
Pur la sue amur te ferai jo adubber, [20b]
Cheval e armes te ferai jo doner. »
Dist Reneward : « Ne place unques Deu
2835 Que ja altre arme i porte que mun tinel !
Ne sur cheval ne quer jo ja munter. »

CLXIII

« Ami, bel frere, jo vus adoberai,
Chevals e armes par matin vus durrai.
— Ne place Deu, dame, dist Reneward,
2840 Suz ciel n'ad rien qui tant hace cun cheval.
— Ami, dist ele, une espee porterez ;
Coment que aviegne de cel vostre tinel
Que s'il veolt fraindre ne esquasser,
Que al costé i puissez tost recovrer.
2845 — Dame, dist il, ma espee me donez ! »

Dame Guibourc se mit à le regarder ;
Elle s'approcha de Guillaume et lui demanda avec
[douceur :
2815 « Seigneur, dit-elle, quel est donc ce jeune homme
Qui porte sur son cou ce tronc massif ?
— Dame, répond-il, c'est un jeune homme,
Un adolescent que Dieu m'a donné.
— Seigneur, dit-elle, nous faut-il nous méfier ?
2820 — Assurément non, vous pouvez lui parler. »
Elle l'entraîne pour parler à l'écart :
« Ami, dit-elle, dans quelle terre es-tu né,
Dans quel royaume, et de quelle famille ?
— Dame, répond-il, du royaume d'Espagne ;
2825 Je suis le fils du puissant roi Déramé,
Et Oriabel est ma mère, au-delà des flots.
— Quel est ton nom ? — Appelez-moi Rainouart. »
A ces mots, Guibourc le reconnut très bien.
Son cœur soupire, ses yeux commencent à verser des
2830 La dame ajoute : « Ce nom m'est très familier ;   [larmes.
J'ai eu un frère qu'on appelait ainsi.
Par affection pour lui je te ferai adouber,
Je te ferai donner un cheval et des armes. »
Rainouart répond : « A Dieu ne plaise
2835 Que je porte jamais d'autre arme que mon tinel !
Et je n'ai pas besoin de monter sur un cheval. »

CLXIII

« Ami, cher frère, je t'adouberai,
Et je te donnerai au matin chevaux et armes.
— A Dieu ne plaise, dame, dit Rainouart,
2840 Il n'y a rien au monde que je déteste comme le cheval.
— Ami, dit-elle, tu porteras une épée ;
Quoi qu'il arrive à ton tinel,
S'il venait à se briser en morceaux[1],
Tu trouverais vite une arme de rechange à ton côté.
2845 — Dame, dit-il, donnez-moi mon épée ! »

---

1. *Fraindre et esquasser* : exemple de redoublement synonymique formulaire.

CLXIV

Dame Guiburc li aportad l'espee,
D'or fu li punz, d'argent fu neelee.
Ele li ceinst, e il l'ad mult esgardee.
Il ne sout mie que fuissent sorur ne frere,
2850 Ne nel saverad si ert l'ost devisee,
E la bataille vencue e depanee.

CLXXIX

Reneward fud mult prouz e sené ;
Al tur franceis lores si est turné,
3270 Al haterel detriés li dunad un colp tel
Que andous les oilz li fist del chef voler ;
Mort le trebuche veant tut le barné.
Este vus poignant un fort rei, Aildré ;
Celui fud uncle Reneward al tinel ; [23c]
3275 Un mail de fer ad en sun col levé.
Quatre cenz Franceis nus ad afronté,
Avant ses poinz ne puet un eschaper.
Si vait querant Willame al curb niés,
E Reneward s'est a lui acostez.
3280 « Sire, dist il, a mei vus combatez !
— Diva, lecchere, car me laissez ester !
A itel glotun n'ai jo soig de parler !
Mais mustrez mei Willame al curb niés,
Si l'avrai jo od cest mail afrontez. »
3285 Dist Reneward : « De folie parlez !
Des hui matin l'unt paiens mort getez,
Veez le la u il gist en cel pré

CLXIV

Dame Guibourc lui apporta l'épée :
Niélée d'argent, son pommeau était d'or.
Elle la lui ceignit, et il la contemplait.
Il ne sut pas qu'ils étaient frère et sœur,
2850 Et il ne le saura pas avant la dispersion de l'armée,
La victoire et le massacre des ennemis.

Rainouart remporte la victoire

CLXXIX

Rainouart était très preux et plein de sagesse ;
Il se retourne alors selon le tour français[1],
3270 Et lui assène derrière la nuque un coup tel
Qu'il lui projeta les yeux hors de la tête ;
Il l'abat mort devant tous les barons.
Voici au grand galop un roi puissant, Aildré ;
C'était un oncle de Rainouart au tinel ;
3275 Il portait à son cou un maillet de fer.
Il nous a fracassé le crâne de quatre cents Français ;
Nul ne peut y échapper s'il passe près de ses poings.
Il cherche partout Guillaume au Nez Courbe,
Et Rainouart s'est approché de lui.
3280 « Seigneur, dit-il, battez-vous contre moi !
– Holà, pendard, laisse-moi donc tranquille !
Je n'ai cure de parler à un pareil truand !
Montrez-moi plutôt Guillaume au Nez Courbe,
Pour que je lui fracasse le crâne avec ce maillet. »
3285 Rainouart rétorque : « Vous êtes complètement fou !
Dès ce matin des païens l'ont abattu, raide mort :
Voyez-le là, qui gît dans ce pré,

---

1. Le *tour franceis* est une technique de combat à cheval qui consiste à faire demi-tour par surprise au moment où l'on a dépassé l'adversaire (*cf.* J. Wathelet-Willem, *Recherches sur la Chanson de Guillaume*, t. 1, p. 380, n. 522).

A cel vert healme, a cel escu boclé !
— Fiz a putein, dis me tu dunc verité ?
3290 Pur sue amur t'averai mort geté ! »
E Reneward est avant passé,
Encontremunt en ad levé le tinel,
Et l'amurafle en ad le mail levé ;
Reneward le fiert sur le chef del tinel ;
3295 Fort fu le healme u le brun ascer luist cler,
Encontremunt s'en surt le tinel.
Dist Reneward : « Ore sui mal vergundé ;
Si mielz n'i fert, perdu ai ma bunté. »
Dunc se coruce Reneward al tinel,
3300 Par grant vertu li fait un colp ferir,
Tut le combruse, mort l'ad acraventé,
E le cheval li ad par mi colpé.
Une grant teise en fert le bastun el pré,
En treis meitez est brusé le tinel.
3305 Qui donast a paiens tote crestienté
E paenisme e de long e de lé
Ne fuissent els si joianz, ço poez saver.
Sure li corent cun chens afamez, [23d]
Tuz le volent oscire e demenbrer.
3310 Dunc se rebrace Reneward cume ber ;
Il nen out lance ne espé adubé ;
Les poinz que ad gros lur prent a presenter.
Quil fiert al dos, sempres l'i ad esredné,
E qui al piz, le quor li ad crevé,
3315 Et qui al chef, les oilz li fait voler.
Dient paiens : « Or i sunt vifs malfez !
Ore est il pire qu'il ne fu al tinel ;
A vif diables le puissum comander.
Ja n'ert vencu pur nul home qui seit né. »
3320 Dunc alasquid le nou de sun baldré,
Si ad le punt de l'espee trové
Que li chargeat Guiburc od le vis cler.
Traite l'ad de forere, si li vint mult a gré.
De devant lui garde, si vit le rei Foré,
3325 Amunt el le healme li ad un colp presenté ;
Tut le purfent jusqu'al nou del baldré,

Avec ce heaume brillant et cet écu à boucle !
— Fils de pute, est-ce que tu dis vrai ?
3290 Par affection pour lui je vais t'abattre raide mort ! »
Sur quoi Rainouart s'est avancé,
A levé le tinel vers le ciel,
Tandis que l'émir brandit son maillet ;
Rainouart le frappe à la tête avec son tinel ;
3295 Le heaume, dont l'acier bruni resplendit, est résistant,
Et le tinel rebondit vers le ciel.
Rainouart dit : « Quelle honte pour moi !
S'il ne frappe pas mieux, j'ai perdu ma valeur. »
Alors Rainouart au tinel devient furieux ;
3300 De toutes ses forces, il en donne un coup
Qui pulvérise l'adversaire et l'abat raide mort,
Coupant son cheval en deux.
Le bâton s'enfonce d'une grande toise dans le pré,
Et le tinel se brise en trois tronçons.
3305 Si l'on avait donné aux païens toute la terre chrétienne
Et les terres païennes dans toute leur étendue,
Ils n'auraient pas été aussi joyeux, sachez-le bien.
Ils se ruent sur lui comme des chiens affamés,
Et veulent tous le tuer et le mettre en pièces.
3310 Alors Rainouart retrousse ses manches courageusement ;
Il n'avait ni lance ni épieu prêt à servir :
Il leur assène ses poings massifs.
S'il en frappe un dans le dos, il lui casse aussitôt les reins ;
A la poitrine, il lui fait éclater le cœur ;
3315 A la tête, il lui fait jaillir les yeux.
Les païens disent : « Les démons s'en sont mêlés !
Il est pire à présent qu'avec son tinel ;
Qu'il aille à tous les diables !
Aucun être humain ne pourra jamais le vaincre. »
3320 Il desserra alors l'attache de son baudrier,
Et trouva ainsi le pommeau de l'épée
Que lui avait confiée Guibourc au visage lumineux.
Il la tire du fourreau et la trouve à son goût.
Regardant devant lui, il voit le roi Foré,
3325 Et lui assène un coup sur le sommet du heaume ;
Il le pourfend jusqu'au nœud du baudrier,

E le cheval li ad par mi colpé ;
Desi qu'al helt fiert le brant enz al pré.
Dist Reneward : « Merveilles vei, par Deu,
3330 De si petit arme, que si trenche suef.
Beneit seit l'alme qui le me ceinst al lé !
Chascun franc home deveit quatre porter,
Si l'une freinst, qu'il puisse recovrer. »

CLXXX

Dient paien : « Mult fames grant folie,
3335 Ke cest diable nus laissum ci oscire.
Fuium nus ent en mer, en cel abisme,
La u noz barges sunt rengees e mises ! »
Mais Reneward les ad si departies,
N'i ad une sule entere, sis ad malmises.
3340 Fuient paiens, Reneward ne fine de oscire ;
Ainz qu'il s'en turnent lur ad mort dous mile.
Cil s'en fuient, si que un sul ne remeint mie.

(...)

Et coupe son cheval en deux moitiés ;
L'épée s'enfonce jusqu'à la garde dans le pré.
Rainouart dit : « Au nom de Dieu, quelle merveille
3330 Que cette arme si petite, qui tranche si facilement !
Bénie soit celle qui me l'a suspendue au côté !
Chaque homme noble devrait en porter quatre,
Qu'il aurait sous la main si l'une se brisait. »

CLXXX

Les païens disent : « Nous sommes bien fous
3335 De laisser ce démon nous massacrer.
Enfuyons-nous vers les profondeurs de la mer,
Là où sont ancrées nos embarcations ! »
Mais Rainouart les a si bien mises en pièces
Qu'il n'en a pas laissé une seule en bon état.
3340 Les païens fuient, Rainouart les massacre sans relâche ;
Avant qu'ils aient pu échapper, il en a tué deux mille.
Tous prennent la fuite, il n'en reste pas un seul.

(...)

Table

Introduction 5
Note sur les éditions utilisées 37
Orientations bibliographiques 39

ANTHOLOGIE

LES ENFANCES GUILLAUME 43
   Destruction de la statue de Mahomet devant Narbonne (47). Le mariage d'Orable et les jeux d'Orange (53).

LE COURONNEMENT DE LOUIS 71
   Première « branche » : la scène du couronnement (77). Deuxième « branche » : le combat contre le géant sarrasin Corsolt (93). Troisième « branche » : Louis à Saint-Martin de Tours (115). Quatrième « branche » : l'épisode de Gui l'Allemand (131). Cinquième « branche » (143).

LE CHARROI DE NÎMES 147
   Guillaume réclame un fief au roi Louis (151). Le charroi (181).

LA PRISE D'ORANGE 199
   Guillaume s'ennuie à Nîmes (203). Les séductions d'Orange (211). Combats dans la tour (221).

LES ENFANCES VIVIEN 239
   Guillaume décide que le jeune Vivien sera échangé contre Garin, prisonnier des Sarrasins (243). Vivien, fils adoptif d'un marchand (251).

LA CHEVALERIE VIVIEN 271
   L'armée de Vivien décide d'affronter les païens (275). Vivien appelle Guillaume à son secours (285). Blessé à mort, Vivien continue de se battre (295).

ALISCANS 305
   Derniers combats de Vivien (309). La mort de Vivien (337). Guil-

laume, en fuite, devant les murs d'Orange (347). Arrivée de Guillaume à Laon et « scène de Laon » (357). Apparition de Rainouart (403). Rainouart apprend à frapper d'estoc (423). Rainouart tue son frère Valegrape (431). Rainouart et le champ de fèves (435). Conclusion (441).

La Bataille Loquifer 447
Rainouart transporté dans l'île d'Avalon (451).

Le Moniage Rainouart 491
Rainouart devient moine à Brioude (495). Rainouart, en mer, aux prises avec une tempête (519). Rainouart combat contre son fils Maillefer (525). Rainouart affronte le cheval de Gadifer (533).

Le Moniage Guillaume 541
Derniers déboires à l'abbaye : Guillaume devient ermite (545). Installation et combat contre un géant (559). Guillaume au cachot, à Palerme : une nouvelle épreuve (577). Guillaume détruit son jardin (583). Guillaume et le diable (595).

APPENDICE

La Chanson de Guillaume 601
La mort de Vivien (605). Guillaume et le petit Gui à l'Archant (635). La mort de Vivien (643). Guillaume à Laon (649). Rainouart et Guibourc (661). Rainouart remporte la victoire (665).